KB148068

아리랑

조정래 대하소설

아리랑

3

제1부 아, 한반도

해냄

차례

아리랑 제1부 아, 한반도

3권

27

뻘밭

이동만의 집 앞에는 네댓 사람이 불안하고 초조한 기색으로 서성이고 있었다.

그들의 꺼칠하게 마른 얼굴이며 낡고 후줄근한 입성에서는 궁기가 질질 흐르고 있었다. 그들의 궁상스런 몰골과 큼직한 무쇠문고리가 달린 대문과는 좋은 대조를 이루고 있었다.

"닌장맞을, 어찌서 요리 오래 걸리는고? 새로 논얼 맹글어 부치는 것도 아니겄고."

한 사람이 혀를 차며 투덜거렸다.

"이얘기가 꾀이는감만."

옆사람이 마른 입맛을 다셨다.

"몰를 일이지라. 잘 풀리니라고 길어지는 것인지."

유난히 삐쩍 마른 사람이 대문을 올려다보며 기운 없는 소리로 말했다.

"그나저나 가관이시, 몇 년 새에 사람팔자가 요리 달라질 수도 있드랑가."

또다른 사람이 높은 담을 꼬나보며 옆구리에 찌른 곰방대를 뽑았다.

"긍게 사람이 팔자럴 고치자면 눈치가 싸야 허는 법이여. 이 물건이 왜놈 앞잽이로 나서서 논 사딜이고 댕길 적에야 누가 미리 팔자가 필지 알았간디?"

"긍게 말이여. 그 째지게 가난허든 집구석 살림이 이리 고래등으로 변했시니 왜놈덜 심이 씨기넌 씬 거이로구만."

"무신 소리여? 다 우리 작인덜 깔고앉어 애믹이고 피 뽑고 히서 악허게 모은 재산이제."

"어허! 그 소리 담 넘겄소."

"아이고메, 그나저나 탈 아니라고. 인자 와서 소작얼 띠이먼 무신 수로 살란 것이여, 잡것."

한 남자가 한숨을 푹 쉬며 돌담 아래 쪼그리고 앉았다.

"이래 속고 저래 속고, 애당초 논 팔아묵은 우리가 다 빙신이제 머."

"다른 남자가 쓴 입맛을 다시며 담배쌈지를 꺼냈다.

"죽지도 사지도 못헐 망헌 놈으 시상이여, 으쩨야 좋을랑고……."

삐쩍 마른 남자가 한숨을 토하며 하늘을 올려다보았다.

사랑방에서는 역시 가난기가 흐르는 한 남자가 이동만 앞에 무릎을 꿇고 앉아 있었다.

"사또 행차 나팔 분 지가 은제라고 인자 와서 뒷북치덜 말고 썩 물러가그라."

보료 위에 올라앉은 이동만은 고개를 외로 꼰 채 싸늘하게 내쏘았다. 당당한 목소리와 함께 그의 말꼬리는 여지없는 '……해라'였다. 요시다 앞에서는 제대로 고개도 못 들고, 말도 더듬고, 어물거리는 빙충맞은 태도이기 일쑤인데 지금은 그런 모습을 찾을 길이 없었다.

이동만은 언행만이 그런 것이 아니었다. 풍채 또한 확연하게 달라져 있었다. 누르끼리하게 궁상기 들었던 얼굴은 간 곳이 없고 두 턱이 되도록 살이 찐 혈색 좋은 얼굴에 기름기가 자르르 흐르고 있었다. 그 얼굴은 오두막이 기와집으로 변한 것만큼이나 뚜렷한 변화였다. 얼굴에 살이 찐 것처럼 몸에도 살이 올라 그의 몸집은 전보다 배로 커 보였다. 거기다가 낡고 후줄근한 무명두루마기가 아니라 비단 바지저고리에 호박장식 달린 마고자까지 걸쳤으니 그 풍채가 가히 양반족보 자랑해도 좋을 만큼 당당하고 위압적이었다.

"어르신, 그거이 아니구만이라우. 논얼 팔 적에 평상 소작얼 부치겄다고 약조 안 허셨는게라."

울상이 된 남자는 이동만의 눈치를 살피며 목소리가 기어들고 있었다.

"어허! 또 그 소리."

이동만은 버럭 소리 지르며 긴 담뱃대로 놋재떨이를 내리쳤다. 그 바람에 재떨이에서는 궐련꽁초 두어 개가 튕겨져 나와 방바닥에 굴렀다.

이동만의 앞에는 궐련갑과 성냥통이 나란히 놓여 있었다. 그는 오래전부터 맛좋은 궐련을 피워오고 있었다. 그런데 긴 담뱃대는 오두막을 벗어나 초가일망정 큼직한 집으로 옮기면서 일삼아 장만한 것이었다. 지긋지긋한 가난을 벗고 마음대로 족보를 자랑해도 좋을 만큼 되었는데 양반 체통에 어울리는 긴 담뱃대가 필요했던 것이다.

그런데 그 담뱃대도 장터에 그냥 내다 파는 흔해빠진 것이 아니었다. 지리산 언저리에서 나는 10년 묵은 시누대를 고르고, 거기다가 인두지짐으로 이태백의 시를 새겨넣게 한 것이었다. 그리고 물부리는 천한 백통으로 하지 않고 옥돌을 깎아 끼웠다. 그는 체통을 과시하거나 권위를 부릴 필요가 있을 때면 일삼아 그 긴 담뱃대로 담배를 피워물고는 했다.

"저어…… 긍게 머시냐……."

잔뜩 주눅이 든 남자는 눈을 힐끔거리며 그래도 무슨 말인가를 꺼내려고 입술을 달싹거렸다.

"어허, 더 잔소리 말어. 무슨 소리럴 히도 소양이 없응게."

이동만이 사정없이 무질러버렸다.

"참말로, 이리 될지 알었음사 논얼 안 팔았을 것이구만이라."

원망스러운 얼굴로 남자가 토해낸 것은 말이 아니라 차라리 울음이었다.

"무신 새 날아가는 소리여, 시방! 그간에 5년 넘게 소작얼 내준 것도 다 일본사람덜이 인정이 깊어서 그리된 것이여. 그 은혜에 고마와허기넌새로 인자 와서 무슨 느자구없는 소리여, 소리가. 그려, 니놈 논 도로 내줄팅게 당장 사딜이겄어? 사딜이겄으먼 사!"

"아이고메……."

이 말을 신음처럼 흘리며 남자는 고개를 푹 떨구었다. 어금니를 어찌나 세게 맞물었는지 옆볼 아래로는 성난 이뿌리들이 드러나 보였다.

남자는 가슴에서 솟구치는 불덩이를 가까스로 참아내고 있었다. 그 뱃속을 뒤집는 억지소리를 참아내지 못하면 그나마 일은 끝장이었다. 소작에 처자식들의 목숨줄이 걸려 있었고, 이동만은 그 소작을 떼고 붙이는 칼자루를 쥐고 있었다.

"어르신, 글먼 금년 1년만이라도 소작얼 부치게 히주시게라. 그간에 무신 방책얼 세울랑마요."

남자는 바싹 탄 입술로 애원했다.

"어허, 참말로 그 사람 벽창호시. 일본농꾼덜헌티 줄 논도 모지랜다넌 말얼 몇 분썩이나 혀야 알아듣겄냐고."

이동만은 또 담뱃대로 재떨이를 내려치며 눈을 부릅떴다.

"글먼 우리보고 어찌 살라고 그러시능게라."

남자가 울부짖듯이 했다. 방바닥을 짚고 있는 거칠고 마디 굵은 두 손이 부르르 떨리고 있었다.

"어허, 답답허고 앞뒤가 칵칵 맥힌 사람이시. 사람 사는 방도가 어디 농사만 짓고 사는 것잉가. 농사 아니라도 군산이다 목포다 부두럴 찾어가먼 쌀짐이다 목화짐이다 일거리가 태산 아니냔 말이여. 허고, 정 농사럴 짓고 살 판이먼 산속으로 들어가 화전얼 일굼서 살아도 될 일 아니라고. 화전얼 허먼 해마동 소작 띠고 부치고 헐 걱정 없겄다, 이런저런 잡세 띠낄 걱정 없겄다, 신간 펜털 안컸어. 고것이 맘에 안 들먼 쩌어그 저 만주로 가. 만주로 가먼 여그 징게 맹갱보담 열 배고 시무 배고 너른 들판이 늘펀허다는 소문 아니드라고? 거그서야 말뚝만 박으먼 내 땅이랑게 거그로 찾어가는 것이 상책이랑게."

이동만은 빙글빙글 웃으며 과한 친절까지 베풀고 있었다.

어금니를 악문 남자는 두 주먹을 부르쥐며 몸을 일으켰다. 주먹으로 이동만의 면상을 후려치지는 못하더라도 욕이라도 속시원하게 퍼부어대고 싶었다. 그러나 그것도 뜻대로 할 수가 없었다. 이동만은 이미 옛날의 이동만이 아니었다. 머슴을 서넛씩이나 거느리고 있는 세도 당당한 양반이었고, 거기다가 일본 헌병대와 주재소까지 마음대로 주무를 수 있는 일본인 대농장의 주임이었다. 소작인이 지주양반에게 대들었다가는 당장 덕석말이 몰매질을 당하는 판에 이동만의 위세는 그보다 몇 갑절이 컸던 것이다.

대문이 큰 체신을 과시하듯 나무끼리 맞갈리는 소리를 요란하게 내며 반쯤 열리는가 싶더니 어깨가 처져내린 그 남자가 밀려나왔다.

"이, 인자 나옹마."

"어찌 됐능가?"

"틀어진 것 아니라고?"

밖에서 서성이고 있던 사람들이 그 남자에게로 우르르 몰려들었다.

"일이 틀어져분 것 아니오?"

삐쩍 마른 남자가 다급하게 물었다.

"다덜 가세. 하늘이 내래앉아부렀네."

그 남자는 헛것을 보는 것 같은 다 풀어진 눈으로 사람들을 둘러보았다.

"그 인종이 머시라고 혔는디? 세세허니 말 잠 히보소."

다른 사람이 그 남자의 어깨를 잡았다.

"세세허니 말허먼 멀혀. 속에서 천불만 일어나제. 없는 논에 농사 지묵을 생각 말고 군산이고 목포고 부두 찾어가 등짐 져묵고 살라대. 정 농사짓고 살고 잡으면 화전얼 일궈묵든지 만주로 봇짐 싸먼 될 일 아니냔 것이여."

그 남자는 비칠비칠 걸어가며 헛소리하듯 말하고 있었다.

"머시가 워찌고 워찌!"

"에라이 순 개상녀러 자석!"

"날베락 맞어 꼬드라질 놈 겉으니."

"아이고, 어찌 저런 드런 놈이 의병 손에 안 뒤졌능고."

사람들은 저마다 욕질을 해대고 침을 내뱉으며 발길을 돌리고 있었다.

그들이 소작농사마저 짓지 못하게 된 것은 일본이주민들 때문이었다. 보호조약이 체결되고 나서 와짝 밀려들던 일본이주민들은 의병의 기세가 드높아지면서 뜸해졌다. 그러다가 합방이 되는 것과 때를 같이하여 다시 밀려들기 시작했던 것이다. 그 농사꾼들은 큰 농장마다 자리를 잡았다. 농장에서는 그들에게 논을 우선적으로 배당했다. 결국 일본의 이주농민들이 늘어나는 만큼 조선사람들은 소작을 잃고 땅에서 밀려날 수밖에 없었다.

"다덜 화롯가에 엿 놓고 왔능가. 이리 발바닥에 불나게 걷는다고 무신 수가 생기는겨?"

서로 아무 말이 없이 걷기만 하고 있던 그들 중의 한 사람이 걸음을 멈추며 퉁을 놓았다.

"그려, 저그 앉어서 담배나 한 대썩 꼬실리고 보드라고."

다른 남자가 그늘진 얼굴로 고개를 끄덕였다.

그들은 길가의 둔덕으로 무겁게 발길을 옮겼다. 시름에 찬 그들의 모습은 더 초라하고 궁색스러워 보였다.

"그나저나 우리 신세가 인자 똥 친 작대기가 되야부렀는디, 무신 수로 목구녕에 풀칠얼 허제?"

한 남자가 맥빠진 탄식조로 말했다.

"자네 귀먹었능가? 이동만이놈이 다 갤차줬는디 무신 딴소리여. 부두서 등짐질에, 산속서 화전질에, 만주꺼정 가라고 갤차줬응게 얼매나 고마운 일이여."

"고런 씨부랄 놈. 그리 말허자면 못해묵을 것이 머시가 있어. 머심질에 인력거꾼에 도적질꺼정 쎄고 쎘제."

"말이 좋아 등짐질이제 그것도 일자리 얻기가 쉴털 않다는 소문이여. 그간에 소작 띠인 사람덜이 다 몰리는 판잉게."

"근다고 화전질이라고 해묵어지겄어. 화전질이야 죄짓고 막판에 드는 질인디."

"옛적 이얘기 말소. 이리 우습게 변해뿐 시상에서 안 굶어죽을라면 벨수 있간디."

"어이 말이시, 우리 싹 다 만주로 뜨면 어쩔랑가? 거그로 가는 사람덜도 더러 있다는 소문이든디."

"근디, 거그넌 참말로 임자 없는 땅이 그리 많을랑가?"

"김칫국 마시덜 말소. 거그도 사람 산 지가 수백 년인디 임자 없는 땅이라면 그것이 어디 농사 지묵을 땅이겄어."

"이, 그도 그렇네. 임자 없는 빈 농토가 우리 오기럴 기둘릴 리가 없제."

"어허, 그런 말이 아니구만. 사람이야 오래 살았어도 땅이 원체로 넓어 금세 농사질 수 있는 평지가 많다고 그러드랑게. 여그서 등짐질 힘스로 시낭고낭 살고, 소출도 작은 화전질 힘스로 산짐생으로 사느니 만주로 가서 왜놈덜 꼬라지 안 보고 배불리 묵고 사는 것이 질로 안 나슬랑가?"

"글씨, 거그가 타향도 아니고 타국인디 꼭 그리 안 되면 어찌고?"

"그려, 다 생사가 걸린 일잉게 차근허니 생각히야겄제. 급허다고 바늘허리에 실 매서 써지는 법 없응게."

여기서 말이 끊기고 그들은 더 어두워진 얼굴로 담배만 빨아댔다.

"그런 개아덜놈얼 그냥 놔둬서야 쓰겄어."

한 사람이 불쑥 내뱉었다.

"누구?"

"아, 누구넌 누구여. 이동만이놈이제."

"그냥 안 두먼 어찌겄어?"

"사람덜이 다 그리 생각허고 당허기만 헝게 그놈이 점점 더 무선 것이 없이 맘대로 나대는 것이여."

"글먼 어찌라고?"

"아조 쓴맛얼 봬야제 어째."

"쓴맛얼 뵐라면 진짜배기 요시다란 놈얼 봬야제 이동만이놈이 무신 소양 있어. 이동만이야 요시다가 시키는 대로 허는 놈인디."

"그 말도 맞는디, 이동만이놈이 따로 꾸미는 못된 짓이 쌔고 쌨단 말이시. 우리 일도 다 그놈이 꾸민 것이여."

"그놈 쓴맛 뵈자면 우리도 무사허덜 못헐 것잉게 쉽게 생각헐 일이 아니시."

"아서, 아서, 밤말 쥐가 듣고 낮말 새가 듣는 법이시. 그만들 가세."

한 사람이 자리를 털고 일어났다.

"그려, 그냥 지내갈 일이 아니여."

다른 사람이 중얼거리며 마른풀을 와드득 잡아뜯었다.

이동만은 군복과 흡사한 근무복을 갈아입고 방을 나섰다.

"여봐라아, 누구 없느냐아."

마루에 버티고 선 이동만은 집 안이 다 울리도록 목청껏 호령해 댔다. 그는 이 호령을 할 때마다 집안을 번듯하게 일으킨 자신의 능력을 맘껏 즐기고 있었다. 그리고 또 다짐하고 있었다. 이보다 열배는 더 부자가 되리라고.

"야아 여그 있구만요, 어르신."

몸집 좋은 머슴이 황급히 달려와 허리를 굽혔다.

"얼렁 자전거 대령허그라."

이동만은 헛기침을 하며 거드름을 피웠다. 그때 안채에서 그의 아내가 바쁜 걸음으로 건너왔다. 그의 아내도 비단옷으로 휘감고 있었다.

"또 작인덜이 찾어왔드람서요?"

그의 아내 박씨가 조심스레 물었다.

"찾어오나마나, 성가신 것덜."

이동만은 댓돌 위의 구두를 신었다.

"참말로 성가시럽구만요, 하로이틀도 아니고. 그려도 척 안 지게 잘허시씨요 이."

박씨는 남편의 눈치를 살폈다.

"즈그놈덜이 나허고 척지면 어쩔 것이여. 쓰잘디없는 소리 말소."

이동만의 말버릇은 그가 좋아하는 뼈대 있는 양반답지 못했다.

남편의 듣기 싫어하는 눈치를 알아챈 박씨는 더 입을 열지 않았다. 사람은 똑같은 사람인데도 남편은 예전의 남편이 아니었다. 살림이 펴나기 시작하면서부터 남편이 점점 더 어려워지고 기가 눌리는 것이었다. 부자로 호의호식하게 된 대신 가난할 때 남편에게 마음대로 대들고 속편하게 굴었던 것을 잃은 셈이었다.

머슴은 창고에서 자전거를 꺼내 안듯이 받쳐들고는 대문 밖으로 나갔다. 자전거의 바퀴에는 흙 한 점 묻어 있지 않았고, 바퀴테며 바퀏살은 반짝반짝 빛을 내고 있었다.

그 자전거는 이동만이 가장 애지중지하는 물건이었다. 아무리 흙을 묻혀가지고 들어오더라도 다음날 아침에는 말끔하게 닦여 있지 않으면 불호령이 떨어졌다. 그래서 머슴은 날마다 자전거를 신주단지 모시듯 해가며 물로 씻고 마른걸레로 닦고 하기에 정신이 없었다.

자전거라는 것이 귀한 물건이기는 했다. 일본에서 건너오는 물건들 중에서 그만큼 비싼 것이 드물었다. 군산바닥에서 자전거를 타고 다니는 것은 돈푼이나 만지는 일본상인들이었고, 그 수도 얼마 되지 않았다.

이동만은 그 자전거라는 것이 바퀴 두 개로 넘어지지 않고 굴러가는 것이 그지없이 신기했다. 그리고 인력거보다 훨씬 빠른 데다가, 인력거가 못 다니는 좁은 길까지 마음대로 다니는 편리한 물건이었다. 이동만은 그 신통한 물건을 마치 어린애처럼 좋아하고 아꼈다. 그는 아들들이 손대는 것도 용납하지 않았다. 그는 자전거를 굴리고 다니면서 자신의 부를 과시하는 동시에 자신이 진짜 개화꾼이라는 것을 자랑하고 있었다. 보호조약이 체결되면서 슬슬 일기 시작한 개화바람은 합방이 되면서 거세게 불어닥치고 있었다. '얼개화꾼'이라는 말도 그 바람과 함께 생겨난 말이었다.

"으흠, 소제넌 잘됐겠제."

이동만은 손잡이를 잡으며 자전거를 빠르게 훑었다.

"야아."

머슴이 허리를 굽실했다.

이동만은 자전거 발받침에 왼발을 올려놓았다. 그런 그의 살찐 얼굴은 턱없이 거만스러워 보였다.

"편히 댕게오시씨요."

박씨가 뒤에서 인사했다.

"어르신, 편허니 댕게오시게라우."

머슴이 허리를 깊이 숙였다.

이동만은 익숙한 솜씨로 자전거를 몰아나갔다. 자전거의 속도가 빨라짐에 따라 봄기운 가득한 바람이 상쾌하게 일어나기 시작했다.

그러나 이동만은 귓전을 스치는 시원한 바람처럼 기분이 상쾌하지가 않았다.

그 일이 걱정스럽게 마음을 누르고 있었다. 논을 사들였던 사람들한테서 강제로 소작을 거둬들이는 것도 골치 아픈 문제인데 요시다는 또 소작료를 올리려고 작정하고 있었던 것이다. 소작료 인상은 물론 요시다 혼자 생각이 아니라 모든 농장들의 뜻이 모아지는 것이었다. 그렇다고 하더라도 그 결정이 내려지는 날에는 또 한바탕 소란이 벌어질 판이었다. 소란이 벌어져 봤자 소작인들이 별수가 없겠지만 그러나 중간에서 또 시달리게 될 일이 지겨웠던 것이다.

"이 주임, 왜 이리 출근이 늦소."

사무실로 들어서던 이동만은 찔끔해서 멈춰섰다. 요시다의 성깔 묻은 눈초리가 자신을 꼬나보고 있었다.

"아 예, 아침부터 그놈의 소작인들이 또 열서너 놈이나 몰려들어 소란을 피우는 바람에 그리됐습니다."

이동만은 자기의 정당한 입장을 내세우기 위해 어물거리는 것 없이 재빨리 말을 해치웠다. 그는 거침없는 일본말로 소작인의 수를 배 이상 불리는 거짓말을 꾸며대고 있었다.

"그것들 참 골치 아프군. 그래, 어찌 됐소?"

요시다의 눈빛이 풀리며 목소리도 좀 부드러워졌다.

"예, 아무 염려 마십시오. 제까짓 것들이 떼거리로 몰려온다고 별수 있습니까. 다 꼼짝 못하게 해서 물리쳤지요."

이동만의 어조는 분명 자기 능력을 과시하고 있었다. 그러나 요시다 앞에서 굽실거리는 몸짓은 잊지 않고 있었다.

"생계에 직결되는 문제니까 그것들을 잘 다루도록 하시오."

요시다는 평소에 하는 말을 다시 되풀이했다. 그건 네 임무가 무엇인지 똑똑히 알아야 돼 하는 다짐인 동시에, 네가 그 일을 잘못 처리하면 모가지가 달아날 줄 알아 하는 협박이기도 했다.

요시다는 이동만을 그런 골치 아픈 일들을 처리하는 방패막이로 삼고 있었다. 그래서 이동만의 표나는 치부도 모르는 척 눈감고 있었다. 그의 치부가 농장의 재산을 축내는 것이 아닌 한 그건 오히려 다행스러운 일이기도 했다. 소작인들의 등을 치든 어쩌든 간에 그런 잇속을 챙길 수 있어야만 더욱 충견이 되기 때문이었다.

"에에 또, 내가 이 주임을 기다린 건 다른 것이 아니라 회의에 가기 전에 미리 알려줄 게 있어서요."

요시다는 의자에 몸을 부리고 앉으며 거만스럽게 말을 꺼냈다.

"예에, 말씀하십시오."

이동만은 손을 앞으로 모아잡으며 깍듯이 예를 갖추었다.

"그게 뭔고 하니, 오늘 회의에서 그동안 논의되어 왔던 소작료 인상을 최종적으로 결정하게 될 거요."

"아, 예에……."

이동만은 순간적으로 솟은 놀라움을 잽싸게 누르며 버릇이 된 몸짓으로 허리를 굽실거렸다.

"아니, 왜 그리 반응이 시원찮소. 이 주임은 소작료 인상이 싫소?"

요시다는 가차없이 찔러대며 이동만을 매섭게 쏘아보았다.

"아, 아, 아닙니다. 당연히, 당연히 인상시켜야지요. 회사가 잘되는 것이 회사 이익이, 그러믄요, 제가 바라는 것이지요. 소작인 제 까짓 것들이, 그러믄요, 회사가 베풀어주는 은혜가 얼만데, 예에 제 까짓 것들이 감지덕지해야 하고말고요."

이동만 특유의 더듬거리고 어물거리고 두루뭉수리가 되는 말버릇이 구사되고 있었다.

저 음흉하고 약아빠진 놈. 제놈이 시달리고 귀찮아지게 되니까 일단 싫다 이거지. 이놈아, 네놈을 괜히 주임자리에 앉혀놓고 잘 먹고 잘살게 하는 줄 아냐.

요시다는 입가에 쓴웃음을 바르며 이동만의 속셈을 헤집고 있었다.

"됐소, 이 주임이 그리 생각하면 됐어. 이 주임은 앞으로 소작인들에게 소작료 인상을 신속하고도 효과적으로 알릴 준비를 하시오."요시다는 몸을 벌떡 일으키며 말채찍으로 책상을 내리치고는, "첫째 그동안 5년이 넘게 조선인 지주들보다 소작료를 싸게 해서 은혜를 베풀었다는 것, 둘째 곧 개통될 군산·강경 간의 철도공사에 회사가 막대한 돈을 희사했다는 것, 셋째 군산역에서 부두까지 철도 연장공사에 또 막대한 돈을 희사하게 된다는 것, 특히 그런 막대한 돈의 희사는 전적으로 조선땅의 발전과 조선사람들의 편의를 도모하기 위해 취해진 조치라는 점을 효과적으로 선전하도록 하시오. 알겠소!"그는 미리 준비한 말을 연설조로 쏟아놓았다.

"예예, 명심하겠습니다."

이동만은 그저 머리를 주억거렸다.

"난 그만 회의에 가야겠소."

요시다는 말채찍으로 손바닥을 치며 걸음을 옮겼다.

"저어…… 한 가지 여쭤볼 말씀이 있는데요. 그러니까…… 저어, 일본인들도 소작료를 올려내게 되는 겁니까?"

"당신 지금 정신이 있어 없어! 일본인이 조선놈들하고 똑같아."

눈을 부릅뜬 요시다의 고함이었다.

"예에, 예, 잘 알겠습니다. 예, 그렇고말고요. 회의에 편히 다녀오십시오."

요시다의 서슬에 기가 질린 이동만은 문까지 열어주며 굽실거렸다.

그런 이동만을 사환아이가 물끄러미 바라보고 있었다.

"야 이놈아, 요것도 소제라고 했냐. 더 깨끔허니 혀, 더!"

이동만은 의자에 털퍼 주저앉으며 엉뚱하게 사환아이를 호통쳤다. 사환아이는 몸을 돌리며 입을 삐죽거렸다.

담배에 불을 붙인 이동만은 연기를 거칠게 내뿜었다.

빌어먹을 놈, 거짓말도 어지간히 하고 자빠졌네. 애초에 호남선을 군산으로 끌어들일라고 한 것도 제놈들 이익 때문이었고, 그것이 안 되니까 군산에서 강경으로 철도를 이어붙인 것도 다 제놈들 쌀 실어내기 편하라고 한 짓들 아닌가. 또 군산역에서 부두로 철길을 연장시키는 것도 다 제놈들 잇속 챙기자는 게 아니고 뭐냐. 그러면서도 뭐가 어쩌고 어째? 그런 막대한 돈을 희사하는 건 전적으로 조선땅의 발전과 조선사람들의 편의를 도모하기 위해서라고? 그래서 소작료를 올린다니, 에라 이 순 도적놈들아, 거짓말을 해도 좀 곧이들릴 거짓말을 해라. 이놈들 참 낯짝 뻔뻔하기가 개가죽을 둘러썼다니까.

이동만은 또 한바탕 소란이 벌어지고 시달릴 일을 생각하며 요시다를 위시한 농장지배인들을 욕해 대고 있었다.

그러나 그의 욕은 건성일 뿐이었다. 그가 진정으로 마음쓰는 데는 따로 있었다. 그건 다름이 아니라 소작료를 인상시켰을 때 자신에게 미칠 영향이 어떤 것인지 따지고자 했다.

소작료가 오르면 그만큼 작인들이 살기가 어려워질 것이고…… 그렇게 되면…… 전보다 소작다툼이 줄어들면서…….

여기까지 생각한 이동만은 담배를 신경질적으로 비벼껐다.

소작을 얻으려고 소작인들끼리 서로 다툼이 심하게 벌어져야만 자신의 재산이 불어나게 되어 있었다. 그동안 몇 년 사이에 재산을 듬직하게 모을 수 있었던 것도 일본농장의 소작료가 조선지주들의 소작료보다 다소 낮았기 때문이었다. 그런데 그 차이가 없어지게 되면 참으로 난리였다. 재산을 늘릴 계획은 아직 창창하게 남아 있었던 것이다.

빌어먹을, 형세가 좋아져도 마음이 급한 판에 이게 무슨 꼴인가. 그래, 이걸 어쩐다? 무슨 좋은 방도가 없을까…….

그는 다시 담배에 불을 붙였다. 담배를 연거푸 빨아댔다. 담배연기 속에 아내와 자식들의 얼굴이 떠올랐다.

"앞으로야 개화시상이닝게 신학문얼 안 허고넌 출세고 머고 못헌다. 느그덜언 이 애비가 다 일본유학얼 시킬 것잉게 열성으로 공부나 똑별나게 혀야 쓴다."

자식들에게 큰소리친 것이 한두 번이 아니었다. 자식들에게 신식공부를 가르쳐 어엿한 벼슬살이를 시켜야만 비로소 가문이 제대로 일어서는 것이었다. 그 계획이 순풍에 돛 단 듯 이루어질 줄 알았는데 고약하게 꼬일 판이었다. 그러나 무슨 수를 써서라도 그 꿈을 포기할 수는 없었다.

가만있자, 빚돈 이자럴 올려?

그의 머리를 번뜩 스친 생각이었다. 이동만은 제물에 신이 나서 무릎을 쳤다.

"소작료가 올랐으니 빚돈 이자도 올린다! 그려, 그려, 아조 존 방도로시."

그는 연상 고개를 주억거리며 끼들끼들 웃어대고 있었다.

사환아이가 그런 이동만을 이상스럽다는 듯 훔쳐보고 있었다.

이동만은 재산을 불리면서도 절대로 논을 사들이지는 않았다. 논이 탐이 나지 않아서가 아니었다. 가난했던 설움을 생각하면 징게 맹갱 들판을 다 가져도 속이 안 찰 판이었다. 그러나 논을 갖는다는 것은 요시다의 영역을 침범하는 것이었다. 요시다는 끝없이 농장을 늘리려는 욕심에 혈안이 되어 있는데 거기에 맞서는 짓을 했다가는 그날로 끝장이 날 것은 뻔했다. 그래서 논을 갖고 싶은 마음을 억누르고 돈놀이를 시작했던 것이다. 돈놀이를 하다가 기한을 넘겨 잡아채게 되는 논은 그대로 요시다에게 넘겼다. 그리되면 돈 제때 받아내고 업무실적 오르고 양수겸장이었다.

"그려, 그려, 다 방도가 있는 법이여. 하면, 내 존 머리럴 누가 당헐 것이여."

이동만은 침침한 웃음을 흐흐거리며 사무실을 나서고 있었다.

송수익과 헤어진 지삼출은 보름이 넘게 산에 머물러 있었다. 예정된 일을 처리하기 위해서였다. 그가 책임진 여섯 명의 대원 중에 두 명이 화전을 일구기로 되어 있었다.

그들이 먼저 한 일은 밭을 일굴 수 있는 마땅한 터를 찾는 일이었다. 물이 가까우면서 비탈이 심하지 않아야 했고, 남향받이로 햇볕이 잘 들어야 했다. 그리고 먼저 자리잡고 있는 화전민의 터를 다치지 않도록 신경써야 했다.

터를 잡은 다음에는 모두가 힘을 합쳐 두 집안이 거처할 수 있는 움막집을 지었다. 화전민의 집이라는 것은 그야말로 비바람과 추위를 막아내기 위한 움막에 지나지 않았다. 천장이 낮고 흙벽을 두껍게 친 모양새는 그저 집 시늉에 불과했다. 그러나 명색이 사람의 거처였고, 한 채가 아니라 두 채를 짓는 것이라서 시일이 꽤나 걸렸다.

그들은 집 두 채를 마무리짓느라고 분주하게 돌아가고 있었다.

"애덜 쓰시오. 이리 울타리꺼정 둘러놓고 봉게 아조 궁궐인디요."

한 남자가 집을 끼고 돌며 쿠렁하게 큰소리로 인사를 건넸다. 그 뒤로는 동이를 인 처녀가 따르고 있었다.

"아이고 손씨, 어여 오시게라. 울타리나마나 다 시늉이구만요."

지삼출이 반색을 하며 그 남자를 맞았다. 다른 사람들도 일손을 멈추며 반갑게 인사를 건넸다.

"시늉이라니, 울타리 치기 참 잘혔소. 하로밤얼 잘라도 만리성얼 쌓드라고 은제 또 뜰지 몰를 화전살이라도 사람 사는 집이면 울타리가 있어야 집 겉은 법이오. 고라니고 산돼지 막는 것이야 그 담 일이고."

남자는 흡족한 얼굴로 나뭇가지 울타리를 흔들어보았다. 그는 몸 다친 송수익에게 잠시 은신처를 마련해 주었던 손씨였다.

"아니, 딸꺼정 딜고 어쩐 일이다요?"

손판석이 처녀가 이고 있는 동이를 힐끗 쳐다보며 물었다.

"오늘이 집이 다 되는 날 아닝게라. 그래서 미리 담근 술얼 좀 걸러갖고 왔는디, 맛이 어쩔랑가 몰르겄소."

"어허, 우리 손씨덜 인심이 요리 기맥히당게." 손판석은 과장되게 손뼉을 쳐대며 "어이 두성이, 총각이 눈치 없이 멀허고 있는겨. 큰애기 목 다 빠지능구마." 한 남자를 향해 주먹질을 해 보였다.

"이, 나넌 저것이 물동운지 알었제 술동운지 알았드랑게라."

그들 중에 유일한 총각인 배두성이가 크고 두꺼운 입술을 헤벌리며 처녀에게로 뛰어갔다.

"진작에 술동우라고 힜으먼 목이 덜 빠졌제라."

배두성이가 동이를 받쳐잡으며 처녀에게 눈웃음을 보냈다.

"힝, 말 한분 정붙게 허네. 물동우먼 목이 빠지게 냅둘라고 혔능갑만."

처녀가 눈을 흘기며 맵게 쏘아댔다.

"맞어, 우리 필녀 말이 맞어. 총각놈 말이 귀싸대기 맞기 딱 좋구만."

손판석이 같은 성씨라는 것을 과시하듯 처녀를 역성들고 나섰고, 다른 사람들은 와아 웃음을 터뜨렸다.

"저것이, 저것이, 다 커갖고 부끄럼 탈 줄도 몰르고 은제나 철이 들란지 원."

손씨는 민망한 듯 멋쩍은 듯 딸을 쳐다보며 끌끌 혀를 찼다.

"치이, 아부지년. 부끄럼언 아무나 보고 탄다요. 나가 미친 것도 아닌디."

필녀는 입을 삐쭉하며 홱 돌아섰다.

"하이고, 두성이넌 필녀헌티 장개가기넌 다 글렀구나."

"필녀 눈에 두성이넌 퇴짜여 퇴짜."

이런 말이 다시 터진 웃음에 뒤섞이고 있었다.

"술맛이 어쩔란지 몰르겄소. 마침 퇴깽이고기가 생겼응게 한 점썩 험스로 술맛덜 보시게라."

손씨가 작은 바가지로 술을 휘저었다.

"어쩐 퇴깽이고기다요?"

"쟈 필녀가 덫질얼 히서 잡았다요."

"어허! 요것언 우리가 묵을 것이 아니로구먼. 대장님이 잡수셔야 헐 고기여. 필녀가 대장님헌티 그리 약조헌 것얼 들었는디."

송수익과 작별하며 필녀가 했던 말을 지삼출은 순간적으로 떠올렸던 것이다.

"저 기억 총총헌 물건언 누구여. 그리 알고나 묵웅게 밉지나 않네."

지삼출의 말을 등뒤로 들으며 필녀는 중얼거리고 있었다.

필녀는 송 대장을 생각하며 울타리의 생나무껍질을 자꾸 벗기고 있었다.

"없이사는 살림에 멀라고 술꺼정 담고 그러시오."

지삼출이 손씨에게 인사를 차렸다.

"우리겉이 없이사는 사람덜일수록 잔정 나눔서 살아가야 맘이나 따땃헌 것 아니겄어라우."

손씨가 술이 찰랑찰랑하게 담긴 애바가지를 지삼출에게 내밀며 인정스런 웃음을 지었다.

"참말로 고마우요. 밭터 잡는 디도 앞장서 주고, 집 짓는 디도 발 벗고 나서주고, 손씨헌티 입은 덕이 너무나 크요."

지삼출은 술바가지를 받아들며 진심으로 고마움을 나타내 보였다.

"아이고, 그까징 것이 덕언 무신 덕이라고 그런 말씸얼 허고 그러시오. 댁덜이 헌 고상에 비허먼 나가 헌 일언 암것도 아닌디요. 나이만 들어부러서 뒷전에 처져 있음스로……."

손씨는 민망해하며 말끝을 흐렸다.

"그리 말씸허덜 마시게라. 갑오년에 나서서 싸운 것이 얼매나 장헌 일 허신 것인디요. 허고, 그간에 우리럴 얼매나 많이 도왔는디요. 앞에 나서서 총질허는 것만 싸우는 것이간디요. 뒤에서 믹여주고 입혀주고 재와주는 사람덜이 없음사 의병덜이 어찌 그리 오래 쌈얼 헐 수 있었겄소. 앞에 나슨 사람덜이나 뒤에서 도운 사람덜이나 다 똑겉이 싸운 의병이 아니겄능게라."

지삼출은 손씨의 마음을 헤아리며 분명하게 말했다. 그건 손씨가 듣기 좋으라고 하는 겉치레 인사말이 아니었다. 송수익의 일깨움을 통해 확실하게 마음에 담게 된 생각이었다.

"아이고, 그리 말씸허시먼 더 쥐구녕얼 못 찾겄구만이라우. 얼렁 술잔 돌리시씨요, 안주가 맵짜히서 묵을 만헌디."

손씨는 그 말이 고맙고 마음 뿌듯해져서 밝게 웃었다.

"술 잘 묵겄소."

입맛을 다신 지삼출은 술잔을 기울이기 시작했다. 술 넘어가는 소리가 꿀꺽꿀꺽 시원스러웠고, 그때마다 툭 불거져 나온 목울대가 박자를 맞추듯 오르내렸다. 그 모습을 바라보며 둘러앉은 사람들은 무심결에 입맛을 다시고 있었다.

"크으, 술맛 참 기맥히시."

지삼출이 어깨를 부르르 떨며 탄성을 토해냈다. 사람들이 제각기 군침을 꿀떡꿀떡 삼켰다. 손등으로 입술을 쓱 문지른 지삼출은 손가락으로 산토끼고기 한 점을 집어 입에 넣었다.

술잔은 빠르게 옆으로 옆으로 돌아가고 있었다. 산그늘이 내리고 있는 가운데 술잔이 돌고, 술잔에는 산그늘과 함께 서로의 정이 담기고 있었다.

"인자 집이 다 됐응게 곧 뜨시겄제라?"

손씨는 아쉬운 얼굴로 지삼출과 손판석을 쳐다보았다.

"글씨요, 오란 디넌 없어도 가기넌 가야겄제라 이."

손판석이 쌈지를 꺼내며 대꾸했다.

"근디요, 더러더러 내래가 보먼 시상이 날로 달로 살기가 에로와지는갑든디, 어디서나 에롭게 살 판이먼 맘이나 편헌 것이 안 좋겄는게라. 산골이야 많고 많은디."

손씨는 주위의 산을 둘러보며 자신의 마음을 나타내고 있었다.

"고마운 말씸이기넌 헌디, 살기가 에로와도 내래가기넌 가야제라. 에로운 속에서 부대낌스로 시상이 어찌 돌아가는지럴 알아야

형게요."

신중한 지삼출의 대꾸였다.

"묵고살기만 에로운 것이 아니라 긍게 머시냐…… 그간에 헌 일얼 숨키기도 에로운 일이라……."

손씨는 말끝을 얼버무리며 상대방의 눈치를 살폈다.

"야아, 갑오년에 다 당헌 것맨치로 아는 얼굴덜 있는 디서야 어디 살어지겠소. 또 아는 사람 없는 디로 숨어들어서 살길얼 찾어야제."

지삼출은 말에 어울리지 않게 빙긋 웃기까지 했다. 그 유유한 배짱에 손씨는 그만 기가 질리고 있었다.

"근디…… 묵고살 일언 정해뒀소?"

그래도 걱정스러워 손씨는 다시 묻지 않을 수가 없었다.

"지아무리 험헌 왜놈덜 시상이 됐다고 성헌 몸뗑이 있넌디 산 입에 거무줄이야 치겠소? 이것저것 닥치는 대로 힘스로 살다 보면 살아지는 것이제."

지삼출은 마음에 담고 있는 생각을 다 말하고 싶지 않았다.

"자아, 한잔 더 허시게라."

옆사람이 술잔을 내밀었다.

"안직 술이 남었능가?"

"허기넌 산속서 비탈밭이나 파묵고 사는 것이야 사람 사는 것이 아니제라. 그저 진 죄가 무서와 이리 피해 살기넌 허는디, 자석덜 전정 생각허먼 앞이 막막허구만요. 자석덜이야 무신 죄가 있다고……."

손씨는 가는 한숨을 내쉬었다.

"어허 참, 무신 생각얼 그리 갑갑허니 묵고 그려요. 시상언 다 맘 묵기에 달렸응게 생각얼 딱 고쳐묵으씨요. 손씨나 나가 동학군으로 나슨 것언 백번 잘헌 일이제 하나또 죄가 아니오. 우리럴 죄인으로 잡아죽일라고 허는 놈덜이 죽일 놈덜이제. 허고, 자석덜 전정이 걱정시러우면 맘 강단지게 묵고 아랫시상으로 내래갔시요. 또, 그리 못허겄으면 자석덜이 크는 대로 내래보내서 살리씨요. 자석덜이 입다물면 아무 탈 없이 살아질 것잉게."

지삼출은 아주 단호하게 말했다. 평소부터 굳히고 있는 생각인데다가 손씨의 마음을 돌려놓아야 한다고 생각하자 말에 힘이 팽팽해졌던 것이다.

"글씨요, 나야 이리 살아 있는 것만으로도 과만헌디, 자석덜이 사람 꼴 못허고 산속서 한평상 살 것얼 생각허면 불쌍히서……."

"하이고, 왜놈덜 시상에서 니나 나나 사람 꼴 허고 살기넌 다 글렀고, 왜놈덜 앞잽이로 배불리고 출세허고 사는 인종덜보담이야 여그 산속서 밤이면 퇴깽이허고 발바닥 대고 자고 낮이면 비탈밭이나 가는 것이 훨썩 더 사람 꼴로 사는 것이오. 허고, 정작 사람 꼴로 사는 길언 딱 한 가지가 있소."

손판석은 손씨 앞에 검지손가락을 똑바로 세워 보였다.

"고것이 먼디요?"

손씨가 금방 반응을 나타냈다.

"고것이 먼고 허니, 아덜덜이 크는 대로 의병으로 내보내시게라."

손판석의 말은 좌중의 눈길이 모두 모아질 만큼 엉뚱했다. 그런데 손씨는 별로 놀라는 기색이나 예상이 빗나갔다는 기색 없이 입을 열었다.

"글먼 의병쌈이 다 끝막음헌 것이 아니랑게라?"

"그야 왜놈덜헌티 뺏긴 나라럴 찾을 때꺼정 끝내서야 되겄소? 우리가 이리 갈라지는 것언 더 씬 심으로 새로 뭉칠라는 임시변통이오."

지삼출의 설명이었다.

"이, 그렇구만이라. 그리되먼 얼매나 좋겄소. 나가 말언 못혔어도 이리 갈라지는 것얼 봄스로, 갑오년에도 아까운 목심덜만 죽고 헛일이고 또 의병도 귀헌 목심덜만 바치고 헛일이구나 싶어 맘이 내래앉고 말았구만이라. 새로 일어나기만 험사 내 자석도 의병으로 나스게 뒈럴 밀겄구만요. 나가 왜놈덜헌티 쌓인 원한이 얼맨디. 근디, 왜놈덜 시상이 얼매나 오래가겄소?"

"그것이야 더 말헐 것도 없이 우리 조선사람덜이 허기에 매인 것 아니겄소. 니나 나나 다 맘 강단지게 묵고 왜놈덜 몰아내자고 나스먼 오래갈 택이 없는 일이고, 니나 나나 겁묵고 눈치봄서 왜놈덜 무서와 벌벌 떨면 영영 왜놈덜 시상 되야불고, 조선사람덜이야 왜놈덜 종살이만 대대로 허게 될 판 아니겄소."

지삼출은 송수익에게 듣고 배워서 마음속에 차곡차곡 담아둔 생각을 차분하게 풀어냈다.

"맞는 말씸이오. 어쨌그나 다 우리가 헐 탓이겄제라."

손씨는 생각에 잠긴 얼굴로 고개를 끄덕거렸다.

"날이 어두워지는디 인자 그만 넘어가야 안 되겄소?"

손판석이 손씨를 일깨웠다.

"야아, 어두워지나마나 산짐생 다 됐응게라. 근디 은제 뜨실랑가요?"

손씨가 쪼그려앉으며 엉덩이를 털었다.

"일이 다 끝났응게 낼이라도 떠야겄소."

지삼출이 몸을 일으키며 대답했다.

"어허, 글먼 이 술이 낙성주가 아니라 이별주가 되야부렀네."

손씨는 얼굴을 찡그리며 혀를 찼다.

"아닌디요, 낙성주에 이별주꺼정 겸했으니 그 아니 좋소."

손판석이 눈치 빠르게 받아넘겼다.

"참말로, 이리 허망허니 이별이면 서운허서 어쩔께라?"

손씨의 주름잡힌 얼굴이 쓸쓸해졌다.

"또 만낼 것인디요. 잘 기시써요."

지삼출은 손씨의 손을 잡았다.

다른 사람들도 손씨와 작별인사를 해나갔다. 필녀는 어느새 빈 동이를 들고 울타리 밖에 나가 있었다.

그들은 아쉬운 술기운에 젖어 저녁밥을 끓여 먹었다. 대충 설거지가 끝나자 그들은 관솔불빛 아래 둘러앉았다.

"이리 다 들어앉고 봉게 아늑헌 것이 겉보기허고넌 달른디요. 불도 잘 딜여 방바닥도 따땃헌 것이."

총각 배두성이가 새삼스럽게 방 안을 둘러보며 흡족해했다.

"자네도 우리허고 여그 눌러앉제. 옆에 큰애기도 딱 있겄다. 신방 채리면 더 좋아 뵐 것인디."

집주인이 된 천수동이 빙긋 웃으며 농을 걸었다.

"아까 봉게로 그리되기넌 에롭겄든디. 그 큰애기 쌀쌀허기가 얼음장이등마."

다른 사람이 얼른 말을 이어받았다.

"나도 그런 시악씨넌 맘에 없소. 얼굴이 이뿌기럴 허요, 행실이 얌전허기럴 허요. 무신 놈에 처녀란 것이 내외헐 줄도 몰르는 디다가 선머심애맨치로 덫질이나 허고 댕기니 그것얼 각시 삼아 어디다 써묵겄소."

"하이고 이사람, 쌔넌 짤라도 침언 질게 뱉고 잡은갑네. 자네 인물에 비허면 그 큰애기 인물이야 떠오르는 달뎅이고 날개옷 입은 선녀여. 그러고 산속에 삼스로 덫질 잘허는 것이야 서방헌티 고기 믹여 잘 모실 장헌 솜씨제 어디 숭거리야 되갔디. 못 묵을 떡이라고 오기 부리덜 말어."

손판석이 엇지르고 나왔다. 사실 배두성은 뚝심은 세게 생겼어도 두꺼운 입술에 큰 입이며 뭉툭한 코며, 인물은 촌스럽기 그지없었다.

"와따, 종씨라고 체면도 없이 편역들고 나스요 이. 나 퇴깽이고기 안 묵어도 존게 그런 선머심애넌 싫소."

배두성은 조금도 기가 꺾이지 않고 고개를 내둘렀다.

"이 벽이야 그닥잖은디 이놈에 짚방석이 너무 얼금얼금히서 원……."

지삼출은 방바닥에 깔린 짚깔개를 매만지며 아쉬움을 나타냈다.

사방 벽은 종이 한 장 발라지지 않은 흙 그대로였고, 방바닥에는 엉성하게 엮어진 짚깔개 사이사이로 흙바닥이 들여다보였다. 벽에 바른 흙은 그래도 옷에 묻어나거나 쉽게 바스러져 내리지 못하도록 찰흙을 파다가 되게 이겨 바르는 정성을 들인 것이었다. 그런데 짚은 넉넉하게 구할 수가 없어서 그렇게 엉성하게 엮을 수밖에 없었다.

"아이고, 싸움서넌 맨흙얼 구들 삼고도 잤는디요. 이만허면 양반집 안방 안 부럽구만이라우."

천수동은 진심으로 이렇게 말했다. 밭터를 구해준 것뿐만 아니라 집까지 지어준 것에 대해 그는 더없이 고마움을 느끼고 있었던 것이다.

"우선에 이리 나고 내년에 짚 넉넉허니 구해 새로 짜도록 허시요."

지삼출은 책임자답게 마음을 썼다.

"야아. 근디 낼 뜨실랑게라?"

"그래야 되겠소."

"글먼 은제나 또 만내게 될랑가요?"

"나도 잘 몰르겠소. 뒷일언 공허 시님이 다 알아서 헐 것잉게 천씨넌 그저 농사나 열성으로 져서 배 안 곯게 몸보존이나 잘허씨요. 강씨도 그리허고."

"야아, 명념허겠구만이라우."

천수동 옆에 앉은 강기주가 대답했다.

"그리허고, 식구덜 옮길 적에 쥐도 새도 몰르게 혀야 헐 것이오."

"야아, 그리허겠구만요."

"그 담에, 낼 아칙에 여그럴 뜸서 서로 작별혀야 헝게 미리서 말해 두는 것인디, 김씨 말이오……."

지삼출의 눈길이 그 옆의 세 사람에게로 옮겨지자 그들은 얼른 앉음새를 고치며 바르게 앉았다.

"김씨가 책임 맡어 한 동에 걸러 한 사람썩 자리잡고, 서로가 몰르는 사람으로 넘덜 눈 피허는 것 잊어불지 마시오. 무신 변동이 있을 적에넌 넘덜이 눈치 못 채게 김씨헌티 알리고."

"야아, 알겄구만요."

세 사람은 함께 대답했다. 그들은 연고 없는 곳으로 숨어들어 농사를 짓기로 되어 있었다.

"무신 다른 헐 말덜 있으시오?"

지삼출이 대원들을 둘러보았다. 그들은 서로서로 쳐다볼 뿐 별달리 할 말이 없는 얼굴들이었다.

"글먼 재미진 이얘기나 허다가 잡시다. 그냥 자기 서운헝게."

지삼출이 조금 물러나 앉으며 말했다.

"근디 말이여, 그간에 우리 손으로 죽인 왜놈덜이 얼매나 될랑게라?"

기다렸다는 듯 배두성이가 꺼낸 물음이었다. 관솔불이 긴 그을음을 피워올리고 있었다.

들길을 걷고 있는 지삼출과 손판석은 그저 흔한 농군일 뿐 의병 냄새는 어디에도 묻어 있지 않았다. 들녘에는 이미 논일이 시작되고 있어서 그들의 모습은 더 묻혀들고 있었다.

"대낮에 이리 태평시럽게 들판얼 걸어갔게 영 요상시러운디."

손판석이 사방을 휘둘러보며 말했다.

"하먼, 자네야 나보담 중죄인잉게 가심이 통게통게헐 것잉마. 사방팔방 잘 망봄서 걷소."

지삼출의 빈정거리는 말투였다.

"그거이 무신 소리여? 왜놈얼 죽여도 자네가 나보담 서너 배넌 더 죽여놓고."

손판석이 지삼출에게 눈총을 주었다.

사실 지삼출은 총을 잘 쏘고 싶어서 짬만 생기면 포수들에게 요령을 배우려고 애썼던 것이다. 결국 그는 포수들이 놀랄 만큼 총질을 잘하게 되었다. 이번에도 처자만 없었더라면 총을 그대로 들고 포수들을 따라나섰을 것이다. 그는 총을 놓는 것을 무척 아쉬워했었다.

"그런 말이 아니시. 자네야 철길공사장서 도망 나온 몸잉게 자네 얼굴얼 알아볼 왜놈덜이 많을 것 아니라고."

"옛끼, 재수 없는 소리 말소. 근디, 공허 시님언 인자 중질 안 허는 것잉가?"

"그 편헌 중질얼 어째 안 혀. 우리 일이 잘되게 헐라먼 더 열성으로 중질얼 히야제."

"근디 바른말로 히서 공허 시님언 머리 깎고 중옷만 둘렀제 순 엉터리 땡초 중에 땡초여. 술도 묵고 괴기도 묵고, 속인허고 똑겉은디, 여자넌 안 보능가 몰르제."

"그리 말허자면 왜놈 죽이넌 것언 살인이시? 살인꺼정 해대닝게 아조 왕땡초로구마. 이사람아, 알라먼 똑똑허니 알소. 그 사람이 진짜배기 도통헌 시님이여. 시상이야 어찌 돌아가든 도 닦는다고 눈 내리감고 앉어서 자울자울허면 신간 편케 살아질 몸인디 목심 내바침서 싸우로 나슨 사람이란 말이시. 절밥에 길든 몸으로 그것이 어디 쉬운 일이간디. 그리 목심 내논 중잉게 도통헐 것이 따로 없고, 도통헌 시님이 묵는 술언 술이 아니라 곡차고, 괴기넌 산삼이고, 여자럴 보는 것언 육보시여. 자네가 속인 중에 속인이라 숭잡고 그러는 것이제."

"아이고 참말로, 자네넌 의병 나온 담보톰 어찌 그리 유식해져 부렀능가. 이 말이고 저 말이고 청산유수로 잘도 둘러붙인단 말이여."

"서당개 3년이먼 풍월얼 읊는다는디 자네넌 귀 봉허고 살었능가?"

지삼출은 픽 웃음을 흘렀다.

"자네야 나보담 입심이 존게로."

손판석이 쏩쓰름하게 웃었다.

"근디, 자네 논이 멫 마지기나 남었능가?"

"아니 무신 자다가 봉창 뚜딜기넌 소리여? 서 마지기 있든 거 왜 놈덜이 집에 불질러 움막 새로 장만허니라고 팔아묵고, 아새끼덜 병치레허니라고 팔아묵고, 솔래솔래 다 팔아묵어 진작에 손털고 맨주먹 아니드라고."

"헹펜이 그리된 줄이야 몰랐는디. 그려, 험헌 세월 사니라고 그리 된 것이제. 식구덜 고상이 말이 아니겄네."

지삼출의 목소리가 가라앉았다.

"대장님댁 망헌 것에 비허면 우리 집이야 암것도 아니제."

손판석이 하늘을 올려다보았다.

"그려, 우리가 이리 살어 있는 것만도 천행으로 생각허세. 몸 성 헌게 식구덜 믹여살리는 것이야 걱정 없네."

지삼출은 목소리에 힘을 넣으며 손판석의 어깨를 쳤다.

"하면, 산 입에 거무줄이야 칠라등가. 그나저나 이리 뿔뿔이 갈 라졌다가 얼매나 새로 만내질랑가?"

손판석도 기분을 바꾸며 지삼출을 쳐다보았다.

"몰르제. 공허 시님이 이리저리 끈얼 대서 단속헐 참잉게 두고 볼 일이제."

"그려, 두고 볼 일이여. 잘되겄제."

두 사람은 한동안 말없이 걸었다. 쟁기질로 흙이 뒤집어지고 있 는 들녘에는 생흙냄새가 자욱했고, 논두렁마다 파릇파릇 돋고 있 는 풀들의 싱그러움이 꽃보다 고왔다.

"인자 얼매 안 남은 것 아니라고?"

손판석이 주위를 둘러보았다.

"그런감마. 담 주막서 저녁 묵음서 어둡기럴 기둘리세."

지삼출이 이마에 손차양을 대고 멀리 살펴보았다.

"가도 가도 끝이 없는 이 들판에 왜놈이라 섬놈덜이 설레발얼 쳐대니……."

손판석이 타령조로 읊조렸다.

밤 깊은 어둠에 싸여 지삼출과 손판석은 동네 어귀로 들어섰다. 어둠 속에서도 키 크고 가지 많은 당산나무의 자태는 어렴풋이 드러나고 있었다.

어둠 속을 걸으며 손판석이 연상 큼큼거렸다.

"자네 콧병났능가."

지삼출이 속삭이는 소리로 손판석을 나무랐다.

"자네넌 냄새가 안 난가?"

손판석이 엉뚱한 소리를 했다.

"안 나기넌 어찌 안 나. 발소리넌 죽임서 콧소리넌 그리 크게 내면 무신 소양 있어. 냄새럴 맡는다고 꼭 그리 소리럴 내야 맛잉가?"

"이, 딴 동네 지낼 적에넌 안 나든 냄새가 우리 동네에 들어슨게 확 풍기는디, 그거이 한 가지가 아니라 여러 가지가 뒤죽박죽인 것이 쌉싸름허기도 허고 알큰허기도 허고 찝찌름허기도 허고 시큼털털허기도 허고, 하도 요상시럽고 얄궂웅게 나도 몰르게 콧소리가 나옹구마."

"그리 말허자면 한도 없제. 들치근허기도 허고 떱떠름허기도 허

고 쿵쿵허기도 허고 비리치그리허기도 허고, 그런 것이 다 동네 두
엄냄새기도 허고 집집마동 밴 사람냄새기도 허고 마누래 몸냄새기
도 허고 새끼덜 발냄새기도 허시."

"긍게 개만 집 찾는 냄새 맡는 것이 아니랑게."

"실답잖은 소리 말고, 우리 동네에도 왜놈덜 앞잽이가 다 백혔을
것잉게 맘놓덜 말드라고."

지삼출은 다시 다짐했다. 동네가 가까워져 있었다.

"알겠네. 어디서 만낼꼬?"

"첫닭 울면 만경 나가는 질목 다리께서 만내세."

두 사람은 서로 다른 고샅길을 찾아 헤어졌다.

지삼출은 담 옆으로 붙어서서 발뒤꿈치를 바짝 들고 걸었다. 짚
신을 신은 데다 발끝걸음이라 소리라고는 나지 않았다. 그동안 몸
에 밴 걸음걸이였다.

그는 불현듯 몇 년 전 철도공사장에서 돌아오던 때를 생각했다.
그때는 대낮에 동네로 들어서면서 아들의 이름을 고래고래 소리쳐
불렀던 것이다. 보따리에는 엿이 몇 가락이나마 들어 있었다. 그나
마 그때가 좋았다는 생각이 서글픔처럼 스치고 지나갔다. 그때만
해도 나라가 엎어진 것은 아니었던 것이다.

몇 년 동안 목숨을 내걸고 싸우며 눈비 속에서 자고 굶고 다치
고 했으면서도 결국은 밤고양이처럼 어둠에 숨어 살금살금 집으
로 찾아들고 있는 자신의 신세가 기가 막혔다. 부귀영화를 바래서
한 일이 아니었다. 하루를 살아도 사람답게 사는 것이 옳다는 생각

으로 갑오년에 나섰던 마음 그대로 다시 나섰던 것이다. 그러나 그때도 왜놈들에게 쫓기는 것으로 결말이 났고, 지금도 또 왜놈들에게 쫓기는 것으로 막음하고 있었다.

그간에 고생고생시킨 아내를 대할 면목이 없었고, 애비 없이 배곯고 큰 두 자식에게 더없이 미안했다.

"그저 살어만 있으씨요. 우리가 머럴 더 바래겄소."

그간에 서너 차례 얼굴만 보고 지나갈 때마다 아내가 애타게 한 말이었다.

아내가 바라던 대로 살아서 돌아오기는 했지만 막상 내보일 것 없이 쫓기는 몸으로 집에 가까워지고 보니 새삼스럽게 면구스러움과 미안함만이 앞을 가로막았다. 지삼출은 걸음을 멈추며 숨을 들이켰다. 어둠 속에 웅크린 듯한 집이 바라다보였다. 그 집을 보자 가슴이 찡 울렸다. 자신이 의병으로 나서게 되자 아내와 아이들은 주인집 문간채에서 그 집으로 옮겨앉은 것이다. 주인은 왜놈들에게 당하게 될지도 모를 위험을 미리 피하려고 했던 것이다. 그러나 주인에게 서운한 생각은 없었다. 주인은 그래도 낡아빠진 오두막이나마 장만해 주었고 그 뒤로도 아내에게 물일을 시키며 두 자식을 굶겨죽게 하지는 않았던 것이다. 왜놈들의 물불 가리지 않는 험악한 행투를 생각하면 주인의 입장을 이해할 수 있기도 했다. 머슴놈이 의병을 나갔으니 집주인에게 불똥이 튈 수도 있었던 것이다.

지삼출은 조심스럽게 지게문을 질벅였다. 방 안에서는 아무 기척이 없었다. 다시 방문을 가만가만 두들겼다.

"누, 누구여!"

아내의 겁 실리고 눌린 목소리였다.

"어이, 나시 나."

낮은 지삼출의 목소리는 뜨거웠다.

"아이고메 만복이 아부지!"

무주댁의 목소리도 뜨거웠다.

문고리가 벗겨지고 방문이 열렸다. 한 손에 짚신을 벗어든 지삼출은 아내가 나서기 전에 방으로 몸을 디밀었다.

"어쩐 일이시오?"

어둠 속에서 무주댁의 목소리가 떨렸다.

"이, 아조 산에서 내래왔네."

지삼출은 아내를 쓸어안으며 말했다.

"야아? 그거이 무신 소리다요?"

무주댁은 놀라며 남편의 가슴팍을 떠밀었다.

"놀랠 것 없네. 그대로 있으소, 그대로."

지삼출은 아내를 더 꼭꼭 끌어안았다. 몸을 맡긴 무주댁은 그 품안에서 작게 작게 졸아들고 있었다.

지삼출은 아내의 머리에 얼굴을 마구 비비댔다. 치자냄새 같기도 하고 탱자냄새 같기도 한 아내의 냄새가 가슴을 휘돌고 있었다. 총을 들고 아내를 안았을 때는 맡을 수 없었던 냄새였다. 그 싱싱하면서도 아련한 냄새는 첫날밤에 맡은 그대로였다.

무주댁은 남편의 가슴에 얼굴을 묻은 채 울고 있었다. 뜻 모를 울음이 쏟아지고 있었다. 반가움도 아니고 서러움도 아니었다. 야속함이나 원망은 더구나 아니었다. 남편의 억센 팔이 몸을 조여올 때마다 가슴에 가득 찼던 시름이며 근심이며 아픔들이 녹아내리고 삭아내리는 것 같았다. 그러면서 눈물은 자꾸만 쏟아지고 있었다. 살아온 남편이 그저 고맙고, 남편의 힘이 이리도 큰 것인가 싶었다.

"다덜 몸 성헌가?"

지삼출은 손바닥으로 아내의 등을 더듬고 매만지며 물었다. 그런 그의 가슴벽은 눈물로 젖어내리고 있었다. 옛날의 실팍하던 느낌은 간 곳이 없고 손바닥에 닿는 아내의 등은 얇고 좁았다.

"야아, 얼렁 아그덜 보시게라."

무주댁은 눈물을 추스르며 남편의 가슴에 묻었던 얼굴을 들었다.

"그려, 불쌍헌 새끼덜."

지삼출은 아내와 함께 앉았다.

두 아이는 서로 떨어져 자고 있었다. 에미를 가운데 두고 양쪽에 잠자리를 잡았다는 것을 지삼출은 금방 알아차렸다. 그는 몸집이 더 작은 아이의 손부터 잡았다.

참말로 용허기도 허네. 어두운디도 아덜언 용케도 알아보네. 그려, 핏줄언 그리 땡기는 법잉게.

무주댁은 마음 흐뭇해하며 남편이 아들을 품는 것을 지켜보고 있었다.

아들 만복이의 손을 잡은 지삼출은 허리를 굽혀 귀를 아들의 코

가까이 갖다 댔다. 아들의 작은 손은 따스했고 깊은 숨소리는 골랐다. 무병하고 건강하다는 증거였다.

이놈아, 무병허니 잘 커서 장혀. 이 애비가 못된 짓 허고 댕긴 것 아닝게 원망언 말어. 니도 사내꼭진게 알아둬야 헐 일이여.

지삼출은 깊은 속말을 하고 있었다.

그는 딸 곱단이의 손을 어루만지고 머리를 쓰다듬어주고는 몸을 일으켰다.

"나 첫닭 울먼 떠야 헝게……."

지삼출은 조심스레 윗방문을 밀쳤다.

무주댁은 이불을 들고 그 뒤를 따랐다. 몇 년 만의 잠자리였다. 지삼출은 불덩어리가 되어 아내를 품었고, 무주댁도 불덩어리로 남편을 끌어안았다. 그 뜨거운 만남 속에서 세월의 간격도, 겹겹의 고생도, 말 못한 사연도 다 불붙어 스러지고 있었다.

불길이 꺼지고 나서도 지삼출은 아내를 그대로 품고 있었다.

"인자 어디로 가신다요……."

무주댁의 가느다란 소리였다.

"……이, 군산으로 가볼라네."

지삼출은 두 팔로 방바닥을 떠밀어 무거워진 몸을 일으키며 대답했다.

"군산이오? 거그서 멀헐라고."

"듣자니께 소작살이도 영 에로와지고, 이 나이에 어디 가서 머심질 해묵기도 틀린 일 아닝가. 군산에 가면 쌀짐 지는 일이 많허당게 그 일얼 혀볼 참이시. 안직 쌀 두 가마니 질 기운이야 남었웅게. 허고, 군산에넌 타관사람덜이 많이 들끓어 몸얼 숨키기도 좋네."

"그러기도 허겄는디, 등짐질이 심들어서……."

"아니시, 머심질보담 낫네."

"글먼 우리넌……."

"이, 나가 먼첨 가서 자리잡고 곧 불를 것잉게 자네넌 나가 댕겨 간 표식 내지 말고 기둘리소."

"살기가 자꼬 더 팍팍해지느만이라."

"걱정 말소. 나 한숨 자야겄네."

지삼출은 아내의 알몸을 다시 끌어안았다. 그리고는 곧 잠이 들었다. 무주댁은 첫닭 울기를 기다리며 잠이 멀어지고 있었다.

더위가 기승을 부리기 시작하고 있었다. 들녘에는 끝없이 펼쳐진 초록빛이 하늘끝과 맞닿아 있었다. 그 푸르름의 단조로움을 조화시키기라도 하려는 듯 봉분 닮은 야트막한 야산들이 마을을 품고 띄엄띄엄 엎드려 있었다. 그 야산들은 푸르른 바다에 잠길 듯 솟아 있는 작은 섬들 같았다. 넓고 넓은 푸른 들판에 또렷또렷하게 표가 나는 희고 작은 점들이 있었다. 그건 일손을 놀리고 있는 농부들의 모습이었다.

"아하, 그 풍광 한번 좋다."

말 위에 올라앉은 요시다가 가늘게 뜬 눈으로 들판을 바라보며 경치를 감상하고 있었다. 그는 윤기 번들거리는 말을 탄 것만이 아니라 왼쪽 옆구리에는 긴 칼까지 차고 있었다. 얼핏 보면 그의 모습은 군인이나 다를 것이 없었다.

"예에, 풍광만 좋은 것이 아니라 금년에도 풍년입니다."

자전거에 올라앉은 이동만은 잽싸게 발라맞추었다.

"풍년, 그거 좋지. 암, 풍년이 들어야지."

요시다는 만족스러운 웃음을 흐흐거렸다.

"소작료도 올렸겠다, 금년에 풍년이 들면 지배인님 공이 하늘에 닿겠습니다."

이동만은 요시다의 귀에 단말을 연상 이어붙이고 있었다. 그러나 그건 단순한 아첨만이 아니었다. 소작료 인상에는 자신의 공로가 있다는 것을 요시다에게 상기시키려는 의도가 감추어져 있었다.

"이 주임, 소작료 인상이 작인들에게 완전히 통했다고 안심하지 마시오. 가을에 소작료를 말썽 없이 다 거둬들여야만 그 일은 완료되는 것이오."

요시다의 말은 싸늘했다.

"무슨 말씀이신가요?"

이동만은 그만 어리둥절해졌다.

"무슨 말이냐니. 지금은 소작인들이 수그러들었지만 정작 가을에 가서 인상된 소작료를 내기가 아까워 집단적으로 말썽을 부릴지도 모른단 말이오."

이동만은 말문이 막히고 말았다. 말을 듣고 보니 그럴 염려가 없는 것도 아니었던 것이다.

"그러니 끝까지 방심하지 말고 작인들 동태를 잘 파악하란 말이오. 갑시다, 한바퀴 돌아보게."

요시다는 가볍게 채찍질을 하며 말을 몰기 시작했다. 이동만은 그 뒤를 따라 자전거 발판을 돌리기 시작했다.

이동만이 윤기 나는 자전거에 올라앉았지만 그 모습은 말 위에 버티고 앉은 요시다에 댈 것이 아니었다. 우선 그 높이부터가 비교가 되지 않았고, 적갈색 말의 풍채 앞에서 자전거의 크기는 왜소하기 이를 데 없었다. 그런 대조적인 모습으로 그들은 날마다 한 차례씩 농장을 돌았다. 소작인들의 농사일을 독려할 겸 감시하는 것이었다. 그 일을 위해 요시다는 일부러 말을 일본에서 실어오기까지 했던 것이다. 혈통이 대단하다는 그 말의 족보 자랑이 시작되면 요시다는 입에 침이 마를 지경이었다.

그들 두 사람의 모습이 드러났다 하면 소작인들은 먼발치에서부터 미리미리 몸을 사렸다. 담배 한 대를 피우다가도 서둘러 담뱃대를 털었고, 점심때면 주위에서 누가 낮잠이라도 자지 않는지 살피고는 했다. 괜한 트집을 잡혀 욕먹는 것이 더럽고 비위 상했던 것이다.

"어이, 저 원수놈덜이 또 오네. 책 안 잽히게 일덜 잘허소."

한 농군이 주위를 둘러보며 시름겨운 탄식조로 말했다.

"아이고, 지리산 덕유산 호랭이넌 멀 묵고 사는고. 저놈덜 칵 안 씹어가고."

건너편 논두렁에서 다른 농부가 말을 받으며 논으로 들어섰다.

"호랭이넌 아무나 묵간디. 저놈덜 창새기넌 곰쓸개보담 써서 호랭이도 안 묵네."

또다른 농부가 피를 뽑아들며 그들 쪽으로 침을 내뱉었다.

말발굽소리와 함께 두 사람의 모습은 곧 가까워졌다.

"이건 누구 논인가, 누구!"

요시다가 말을 멈춰잡으며 소리쳤다. 이동만이 그 말을 조선말로
바꾸었다.

"야아, 지 것이구만이라우."

두 번째 농부가 어물어물 나섰다.

"이 논은 색깔이 왜 이 모양이야. 게으름 피우지 말고 거름을 더
쳐, 거름."

요시다가 채찍 끝으로 농부를 겨냥하며 날카롭게 외쳤다.

"이리 농사지먼 소작 띠일 것잉게 정신 똑똑허니 채려."

이동만이 옮겨놓은 말이었다.

그리고 요시다는 채찍을 휘둘러 다시 말을 달리기 시작했다. 그
뒤를 이동만은 기를 쓰며 자전거를 몰아대고 있었다.

"저런 개아덜놈덜. 당장 날벼락이나 쳐서 칵 꼬드라져라."

멀어져 가는 그들을 노려보며 두 번째 농부가 이빨을 뿌드득 갈
았다.

"나무래는 씨엄씨보담 말기는 시누가 더 밉다는 말언 저 이동만
이놈 두고 헌 말이여."

세 번째 농부가 주먹질을 해댔다.

"소작료럴 올리고도 저리 큰소리 탕탕 치니 참말로 사람 환장헐

일이시. 반타작 소작질에 목얼 매고 살어야 허는 우리 신세넌 천상 종놈 신세 다 되야분 것이여, 빌어묵을!"

첫 번째 농부가 논두렁으로 올라서며 한숨을 내쉬었다.

"우리가 이리 당허고만 있어서야 되겠어. 저것덜얼 쳐죽이든지 어쩌든지 무신 수럴 내야제."

두 번째 농부도 논두렁으로 올라섰다.

"글씨 말이여, 맘이야 다 그런디 우리가 믿는 디가 있어야 소리도 질러보고 기댈 디가 있어야 뎀베보기도 헐 것 아니라고. 저놈덜언 헌병이야 순사야 등에 지고 나대는 판인디 우리덜언 머시가 있어야 말이제. 의병도 다 꺼져가는 불이니."

세 번째 농부의 탄식이었다.

"그려, 우리 편언 눈 씻고 찾어도 없제. 있는 사람덜이야 그제나 이제나 배불리 묵고 살겠제만 우리겉이 없는 사람덜이야 앞으로 살어나가기가 뻘 밭에 빠져 허부적이는 꼴일 것이로구만."

첫 번째 농부가 쓴 입맛을 다시며 허리춤에서 곰방대를 뽑았다.

"그러겄제. 갈수록 살기가 팍팍헐 것이로구만."

세 번째 농부도 곰방대를 빼들며 논두렁에 주저앉았다.

그들은 더 말이 없이 담배만 뻐끔뻐끔 빨았다. 푸르른 들녘에는 따가운 햇살만 내리쬐고 있었다.

며칠이 지난 깊은 밤이었다. 짙은 어둠 속에서 그림자들이 담을 넘고 있었다. 소리 없이 움직이고 있는 그들은 한둘이 아니었다. 담을 다 넘은 네댓 개의 그림자들은 재빠르게 움직여 사랑채 쪽으로 몰려갔다.

그림자들이 사랑채 앞에서 멈춰섰다. 하나의 손짓에 따라 그림자들은 두 패로 갈라졌다. 한 패는 사랑채 앞에 늘어섰고, 다른 한 패는 마루로 올라섰다. 그림자들은 제각기 몽둥이를 들고 있었다.

마루로 올라선 세 그림자 중의 하나가 문고리를 잡아당겼다. 방문은 안으로 잠겨 있었다. 허술한 지게문이 아니라서 안으로 걸린 문고리를 밖에서는 벗길 수가 없었다.

그림자가 문을 흔들었다. 안에서는 아무 기척이 없었다. 그림자는 더 거칠게 문을 흔들어댔다. 그 소리가 어둠 속의 적막을 깨고 있었다.

"누, 누구여! 누구여!"

방 안에서 흘러나온 겁질린 소리였다.

"밤중에 찾어온 것이 누구넌 누구겄어, 밤손님이제. 돈만 내노면 된게 얼렁 문 열어."

그림자의 대꾸였다.

이동만은 와들와들 떨면서도 순간적으로 생각했다. 문을 열어주었다간 벽장 안에 모셔놓은 돈궤의 돈을 고스란히 빼앗길 판이었다. 기운 쓰는 머슴이 둘이나 되는데 그런 억울한 꼴을 당할 수는 없었다. 농사도 안 지으면서 머슴을 둘씩이나 먹여 살리는 것은 몰려드는 소작인들을 막아내고 이런 때 써먹자는 것이었다. 문을 열어주지 말고 머슴들을 깨우면 될 일이었다.

이동만은 방문 쪽으로 살금살금 기었다. 그리고 문고리를 붙들었다.

"도적이야, 도적이야! 판돌아, 갑동아, 얼렁 일어나그라아. 도적이
야, 불이야!"

이동만은 목이 터져라 외쳐댔다.

"어어, 난리시. 으쩌까?"

그림자 하나가 당황했다.

"다덜 정신 채려. 저놈얼 죽여야 혀!"

다른 그림자의 쨍쨍한 목소리였다.

"판돌아, 갑동아, 도적이야, 살인이야!"

너무 소리를 질러 이동만의 목소리는 패고 있었다.

그림자들이 뒤로 물러서는가 싶더니 몸으로 방문을 떠다밀었다.
나뭇가지들 부러지는 소리와 함께 방문이 부서져나갔다. 어둠 속
에서 그 소리는 너무나 요란스러웠다.

"판돌아, 갑동아, 이놈덜아⋯⋯."

방문이 떼밀리는 바람에 이동만은 방바닥에 나뒹굴어지며 소리
치고 있었다.

"작인덜 피 빨아대는 이 웬수놈얼 죽여!"

이 말과 함께 그림자들이 몽둥이를 휘두르기 시작했다.

"아이고메 나 죽네. 살인이여, 살인!"

이동만은 몽둥이를 피해 어둠 속을 허우적거리며 외쳐대고 있
었다.

"죽여라, 죽여!"

"골통얼 깨, 잡새끼!"

"어쿠…… 아이고메……."

어둠 속에서 퍽 퍽 하는 둔한 소리에 맞물리는 날선 비명이 뒤엉키고 있었다.

"어떤 놈덜이여, 때래잡어!"

"이, 저그, 저그여."

두 머슴이 사랑채로 달려오고 있었다.

"머심놈덜이다, 저놈덜 패죽여!"

사랑채 앞을 지키고 있던 그림자들이 두 머슴과 맞붙었다.

"에라이 잡녀러 새끼덜!"

"아이고, 윽윽……."

"더런 놈덜, 다 죽여 다!"

방은 방대로, 마당은 마당대로 비명이 터지고 있었다.

그때 안채 쪽에서 불빛이 달려오고 있었다. 그리고 여자들의 외침이 어둠을 찢기 시작했다.

"사람 살려어, 살인 났네, 살인!"

"다 듣소오, 사람 죽이네, 사람 죽여!"

"어이, 지집년덜이 불얼 들었네."

마당에서 다급하게 소리쳤다.

"머시여! 다덜 내빼."

방에서 그림자들이 튀어나왔다.

그림자들은 삽시간에 어둠 속으로 사라졌다. 불빛과 여자들의 외침이 사랑채에 가까워지고 있었다.

"저놈덜 잡어라, 저놈덜. 저것덜이 도적이 아니라 작인놈덜이다. 당장 잡어!"

이동만은 허둥지둥 방에서 나오며 외쳐대고 있었다. 그런데 그는 이상한 소리를 내며 마루 아래 토방에서 마당으로 곤두박였다.

조금 있다가 호롱불빛이 사랑채 마당을 비추었다.

"아이고 영감, 요것이 어쩐 일이당게라."

호롱불을 든 부인 박씨가 질겁을 했다. 얼굴이 피범벅인 이동만은 죽어버린 것처럼 마당에 널브러져 있었다.

"영감, 영감, 정신 채리씨요."

호롱불을 부엌데기에게 넘긴 박씨는 울먹거리며 남편을 흔들었다.

"나 다, 다리…… 다리가……."

무슨 심한 고통을 참는지 얼굴을 찡그릴 대로 찡그린 이동만의 목소리는 기어들어 가고 있었다.

"다리가 어쨌다는 것잉게라?"

박씨가 두서없이 남편의 다리를 붙들었다. 그 순간 이동만의 윗몸이 벌떡 일으켜지며 자지러지는 비명을 질렀다. 그리고는 이동만의 윗몸이 내던져지듯 뒤로 넘어갔다. 그때서야 박씨는 남편의 다리가 부러졌다는 것을 알았다.

"아이고 죽겄네, 아이고 허리야."

불빛이 흐린 마당 한쪽에서 들리는 앓는 소리였다. 그리고 또다른 쪽에서도 신음소리가 들리고 있었다.

"저것이 무신 소리여?"

박씨가 놀라서 물었다.

"매타작당헌 머심덜이구만이라우."

호롱불을 머리 위로 치켜올린 부엌데기가 그쪽으로 눈길을 모으며 대답했다.

"아이고 저런 못난 반편이덜. 엄살떨지 말고 얼렁얼렁 일어나 줜어런 방으로 뫼셔. 느그덜이 사람이여."

박씨는 몸을 발딱 일으키며 표독스럽게 쏘아질렀다.

곧 불빛 아래 모습을 드러낸 두 머슴의 꼴도 말이 아니었다. 하나는 머리와 얼굴이 터져 피를 흘리고 있었고, 다른 하나는 허리를 펴지 못한 채 다리를 절룩이고 있었다. 그 몰골을 보자 분이 끓어오르던 박씨의 가슴도 약간 누그러졌다.

"줜어르신이 이리되도록 멋덜 혔어!"

그러나 박씨는 다 삭이지 못한 분을 토해냈다.

"그놈덜이 한둘이 아니라 열 놈이 다 됐구만이라. 죽을힘얼 다혔는디도……."

머리가 터진 머슴의 기죽은 대꾸였다.

"어르신이 다리가 분질러졌응게 조심히서 방으로 뫼셔."

네 사람이 받치고 들고 하는 가운데 이동만은 계속 숨넘어가는 비명을 질러댔다. 방에 눕히기까지 어찌나 소리를 질러댔는지 이동만의 목은 쉬어버렸다.

"어쩐 독헌 도적놈덜이 사람얼 끌어내다가 다리꺼정 분질르능고…….”

혼수상태에 빠진 남편의 얼굴에서 피를 닦아내며 박씨는 눈물을 떨구고 있었다.

그들이 소작인이라는 것을 알게 된 이동만은 일단 겁이 없어졌다. 몽둥이질을 당하면서도 한 놈만 잡으면 된다는 생각을 하고 있었다. 그 욕심으로 정신없이 뒤를 쫓다가 마루에서 허방을 딛으며 굴러떨어져 다리를 부러뜨리게 된 것을 박씨가 알 리 없었다.

하늘이 희붐하게 트이자마자 이동만은 병원으로 실려갔다. 급히 연락을 받고 달려온 요시다가 앞장선 입원이었다.

군산에 하나밖에 없는 병원은 일본인 전용이나 마찬가지였다. 그 병원은 의병을 토벌하다 부상당한 일본군들을 치료하기 위해서 만들어진 일종의 후송병원이었다. 그러다가 ‘남한 대토벌’이 끝나면서 일반병원으로 모습을 바꾸게 되었다.

체를 하면 소금 한 주먹을 털어넣거나 된장을 물에 풀어 한 사발 마시고 가슴을 쓸어내리며 꺽꺽 건트림을 해대며 견디고, 하루거리로 열이 올라 어금니가 마주치도록 부들부들 떨며 여름 내내 학질을 앓으면서도 금계랍 몇 알을 사먹을 수 없는 가난한 조선사람들로서는 아예 그 병원 앞에 얼씬거릴 엄두도 낼 수가 없었다.

“바까야로! 칙쇼!”

옷이 벗겨진 이동만의 몸뚱이를 보며 요시다는 험악한 얼굴로 연거푸 욕을 내뱉고 있었다.

이동만의 살찐 몸뚱이는 여기저기 멍투성이였다. 그 피멍들에 어울리게 이동만의 입에서는 연상 신음소리가 흘러나오고 있었다.

"이런 답답할 일이 있나. 아니 그래 그놈들 중에서 얼굴 아는 놈이 한 놈도 없단 말이오?"

요시다가 안타까워했다. 그러나 그 말은 이동만의 화만 지를 뿐이었다.

"아, 캄캄한 밤에 무슨 수로 얼굴을 알아봅니까."

이동만이 거침없이 쏘아질렀다. 요시다 앞에서 그리 당당하게 기세를 편다는 것은 평소에는 상상도 못할 일이었다. 이동만의 배짱은, 내가 네놈 대신에 이 꼴이 된 것이다 하는 시위를 겸해 공을 과시하자는 것이었다.

"죽일 놈들이 다리까지 부러뜨리다니. 그놈들을 내가 꼭 잡아내고 말 테니까 이 주임은 치료나 잘 받으시오."

요시다의 이 말에는 아무 대꾸 없이 이동만은 앓는 소리만 더 크게 냈다. 다리가 부러진 이유를 사실대로 발설했다간 아무래도 자신에게 이익이 될 것 같지 않았던 것이다. 자칫 잘못했다가는 웃음거리가 되기 십상이었던 것이다.

"에에 또, 이 주임한테 한 가지 반가운 소식을 알려줄 게 있소. 바로 며칠 전에 미개간지 이용법이 공포됐소. 이건 지난 4월에 공포된 토지수용령과 함께 우리한테는 그야말로 유리한 법이란 말이오. 땅을 더 많이 늘려나갈 수 있는 법이니까. 총독부에서는 이달 6월에 들어 벌써 어업령 임업령까지 공포하고 또 미간지법까지 공포해 준 것이오. 이렇게 우리 앞길을 착착 열어줘서 할 일이 많아졌으니 이 주임은 어서 빨리 완쾌하도록 하시오. 범인은 내가 꼭 잡을 테니까."

요시다는 이동만의 손을 꼭 잡아주었다. 이동만은 그만 가슴이 찡 울렸다.

이동만이 다리가 부러지도록 소작인들에게 몰매질을 당했다는 소문은 한나절이 못 가 농장 안에 쫙 퍼졌다.

"아이고, 그놈이 칵 뒤졌어야 허는디 아깝게 되야부렀구마."

"그놈이 앉은뱅이나 돼불면 씨언허겄다."

"그나저나 하늘이 도왔네. 잽힌 사람이 하나또 없당게 말이시."

"그 간 큰 사람덜언 대체 누구까?"

"누구넌 누구여. 우리보담 잘난 사람덜이제. 아조 잘헌 일이로구만."

"근디 그 사람덜이 작인 이름 내건 의병덜이 아닐랑가?"

"글씨, 그럴 법도 헌디?"

그러나 이런 입모음들도 잠깐이었다. 소작인들은 차례로 농장 사무실로 끌려가기 시작했다. 농장 사무실에는 헌병들이 진을 치고 있었다. 사무실은 헌병대 수사실로 변해 있었다.

헌병들은 소작인들에게 무작정 매타작을 놓았다. 범행을 자백하라는 것이었다.

그 매타작은 나흘 동안이나 계속되었다. 그러나 범인들의 흔적은 끝내 찾아지지 않았다.

"매타작얼 당혔어도 그 작인덜이 안 잽혀서 한나도 아프덜 않구마."

"이, 나 맘도 그렇단 말시."

"우리가 또 매타작얼 당허드라도 존게 담에넌 요시다놈 다리럴 분질렀으먼 좋겄네."

"저, 저 입방정 보소."

소작인들은 끼리끼리 모여 '범인'이 잡히지 않은 것을 다행으로 여기는 동시에 고소해했다.

"그놈들이 아마 소작을 떼인 놈들일 거요. 이번에 작인놈들한테 쓴맛을 보였으니까 앞으론 더 기가 죽어 꼼짝을 못할 거요. 그것만 으로도 큰 효과를 본 셈이오. 그게 다 이 주임 공이오."

요시다는 자기가 큰소리쳤던 것을 변명하기 위해 이동만을 공치하하기까지 했다. 이동만은 큰소리만 쳐댄 요시다가 당장 꼴보기 싫었지만 앞일을 생각해서 그런 감정은 내비치지 않았다.

"그놈들을 잡을려고 지배인님도 수고 많이 하셨지요."

이렇게 속과 다른 말을 하는 것은 다리 때문이었다. 몽둥이에 맞은 타박상들은 별문제가 아닌데 다리 부러진 것은 네댓 달 동안을 치료해야 한다는 것이었다. 다리를 뻗치고 누워 몇 달 동안 꼼짝을 못하게 되면 요시다가 자리를 갈아치워 버리는 것이 아닐까. 이동만은 그 걱정으로 몸이 달기 시작하고 있었던 것이다. 그래서 기왕에 잡지 못하게 된 범인들이 소작을 떼인 놈들 중에 있건 지금 소작을 짓고 있는 놈들 중에 있건 그건 관심이 없었다. 그가 후회를 곱씹고 있는 것은 괜히 그놈들 중에 하나라도 잡으려고 욕심부렸던 일이었다.

이동만은 열흘쯤 지나 퇴원을 했다. 그러나 전혀 기동을 할 수가 없었다. 석고를 해붙인 왼쪽 다리가 뻣뻣하게 내뻗쳐 있었던 것이다.

이동만은 푹푹 쪄대는 삼복더위를 땀 삐질삐질 흘려대며 앉은 자리에서 나야 했다. 호남평야는 들판만 넓어 논농사가 이루어진 것이 아니었다. 들판이 넓으면서 기후가 벼농사에 꼭 알맞았던 것이다. 벼는 물을 좋아하고, 쨍쨍한 햇볕을 좋아하고, 낮이 긴 것을 좋아하면서, 반면에 바람은 싫어했다. 그런 기후란 비가 많이 오면서 햇볕이 따가운 데다 바람이 불지 않으니 햇볕 속에 나서면 끈끈하고 숨이 막힐 지경이 되고, 그늘에서도 눅눅하고 후텁지근할 수밖에 없었다. 벼에게는 좋을지 모르지만 사람이 살기에는 고약한 기후였다. 혼자 기동도 못하는 병자의 몸으로 그런 한여름을 나자니 이동만은 괜한 일에도 짜증을 내고 아무에게나 소리를 질러대고는 했다.

"아이고메, 큰 벼슬 허고 앉었다, 벼슬."

그의 비위를 맞추고 눈치보기에 지친 그의 아내 박씨는 아랫사람들 앞에서도 신경질을 감추지 않게 되었다.

"흐흐흐흐…… 마침내 조선교육령이 공포됐소. 이제 본격적으로 일본어 교육을 실시해 조선사람들을 그야말로 대일본제국의 신민을 만든다 이거요. 그 얼마나 잘 생각해 낸 묘책이오, 흐흐흐흐……."

한 달에 한 번쯤 얼굴을 내밀고 가는 요시다가 8월에 와서 한 말이었다.

"우리가 기다리던 미간지 조사가 드디어 착수됐소. 땅 넓힐 기회가 왔으니 이 주임도 어서 낫도록 하시오."

요시다가 9월에 와서 한 말이었다. 그즈음에 이동만은 양쪽 겨드랑이에 목발을 끼고 집 앞까지는 나다니고 있었다.

이동만은 넉 달 만인 10월에 다리에서 석고를 떼냈다. 금방 날아갈 것만 같은 기분이었다. 그러나 그 기분도 잠시뿐이었다. 석고를 떼내고 걸어보니 다리가 절름거리는 것이 아닌가.

"이 다리가 어째 이러오. 나가 절름발이가 되야분 것 아니오!"

이동만은 일본의사에게 조선말로 울부짖었다.

의사는 처음이라서 그럴 거라고 했다. 걸음걷기 연습을 자꾸 해나가면 차차 정상이 될 거라는 것이었다. 이동만은 그 말을 믿을 수밖에 없었다.

이동만은 힘드는 것을 참아가며 밤낮없이 걷는 연습을 했다. 그러나 한 달이 지나도 절름거리는 것은 고쳐지지 않았다. 의사는 태연하게, 부러진 뼈가 다시 붙으면서 그렇게 될 수도 있다는 것이었다. 이동만은 눈앞이 캄캄해지며 정신이 아뜩해지는 걸 느꼈다. 평생 절름발이 신세였던 것이다.

며칠을 낙망에 빠져 있던 이동만은 뿌드득 이빨을 갈아붙이며 일어섰다. 이대로 주저앉아버렸다간 작인놈들이 바라는 대로 된다는 생각이었다. 작인놈들에게 원수를 갚기로 이를 앙다물었다.

이동만은 자전거를 버려둔 채 지팡이를 짚고 사무실에 나가기 시작했다. 그런데 얼마 안 가 아이들이 먼발치에서 놀림노래를 부르기 시작했다.

절름절름 절름발이
딸랑딸랑 절름봉알
이리 절름 이리 딸랑
저리 절름 저리 딸랑

절름거리는 다리로 뛸 수도 없고, 멀찌막하게 떨어진 아새끼들 얼굴은 알아볼 수가 없고, 이동만은 가슴에 끓는 천불을 들판에다 토해낼 수밖에 없었다.

황금빛으로 변한 넓고 넓은 들판은 느릿한 부드러움으로 흔들리고 있을 뿐이었다.

28

변신의 굴레

날마다 바다끝은 보이지 않았다. 바다 저편은 누르스름하면서도 희끄무레한 색조로 뿌옇게 흐려져 있었다. 그 칙칙하고 음산한 색감의 휘장은 하늘까지 이어져 있어서 수평선과 맞닿아 있는 하늘 끝도 찾아볼 수가 없었다.

그 누르칙칙한 휘장은 햇살을 모두 잡아먹고 해마저 빈혈 앓는 모습으로 만들어놓았다. 해는 날마다 생기 잃은 커다란 동그라미로 자취를 감추고는 했다. 그 희멀건하게 붉은 해가 현란한 빛으로 충만한 노을을 거느릴 리 없었다. 살아서 뛰는 빛과 싱싱하게 반짝이는 색들로 현란함의 극치를 이루는 바다노을의 흔적도 찾을 수가 없었다.

바다에 끼어 있는 그 깊이를 알 수 없는 휘장은 안개가 아니었다. 그건 저 먼 대륙에서부터 날아오고 날아오는 흙먼지였다. 반도의 서쪽바다를 예로부터 '서해'라고 하지 않고 굳이 '황해'라고 이름지은 까닭은 대륙을 관통해서 흘러내린 길고 긴 강들이 누런 흙탕물을 바다에 쏟아내 그 색깔을 누렇게 물들이기 때문만은 아닌 것이다. 해의 생기를 빼앗을 만큼 진하게 날아오는 흙먼지들도 서쪽바다에 떨어져내리며 '황해'를 만들고 있었던 것이다.

바닷가인 군산은 그 흙먼지가 한층 심했다. 시야가 뿌옇게 흐려지고 새로 지은 건물들이 즐비한 시가지가 충충해 보일 정도였다. 그런데 그런 날씨는 아랑곳하지 않고 군산은 잔치분위기로 들떠 있었다. 넓게 뚫린 번화가의 길목마다 현수막이 펄럭이고 있었고, 나무신인 게다짝 딱딱거리는 소리가 더 요란해진 가운데 일본사람들은 현수막을 가리키고 서로 손을 맞잡아 흔들기도 하면서 껄껄거리고 목소리도 높았다. 가게마다 일본식 붉은 지등을 내걸었는가 하면, 상인들은 자전거를 거칠게 몰아대며 피할 사람이 없는데도 연상 찌릉찌릉 종을 울려댔다.

경축 군강선 철도 개통
경축 군산부 철도 완공

현수막에서 펄럭이고 있는 글씨였다.

현수막에 쓰인 글씨 그대로 군산과 강경 사이에 철도가 개통되었던 것이다. 철도 개통으로 군산 전체가 떠들썩한 것은 그럴 만한 이유가 있었다. 그 철도가 개통됨으로써 군산은 마침내 육로 수로 철로 세 가지 길이 합쳐지는 교통의 요충이 됨과 아울러 다른 부(府)들보다 앞질러 발전할 수 있는 발판을 마련하게 되었던 것이다.

그 철도 개통의 의미는 결코 단순하지가 않았다. 금강을 거슬러 올라가 강경에 이르는 뱃길에서 소모하는 시간을 단축시키는 동시에 수송량을 대폭 늘릴 수 있는 이점만이 아니었다. 그 철도는 엄연히 호남선의 일부였다. 따라서 군산의 세력은 항구로서 그치는 것이 아니라 내륙으로 뻗치게 되어 있었다. 힘을 뻗칠수록 일본물건들을 많이 팔아먹고 조선물건들을 많이 내갈 수 있어서 군산은 그만큼 번창할 수밖에 없었다.

전주까지 신작로를 닦아 호남평야의 쌀을 신속하게 실어내게 된 것은 더 말할 것도 없었다. 그뿐만 아니라 승합마차까지 달리게 되니 강경장으로 찾아가던 상인들이 군산으로 발길을 돌리게 되었다. 신작로가 일으킨 이변이었다. 그런데 달구지보다 몇십 배나 빠르고 힘이 센 기차가 달리게 되었으니 또 생겨날 이변은 얼마든지 있었다.

철도 개통식날도 3월의 하늘은 칙칙하게 흐리기만 했다. 그러나 군산역에 모인 사람들의 얼굴에는 웃음이 넘쳐나고 있었다. 그들은 거의가 일본사람들이었다. 군산을 휘어잡고 있는 관리들과 재력가들이었다. 그런데 재력가란 사업가들이기보다는 각 농장을 대표하는 농장조합원들이었다.

"호남선 전 구간에 걸쳐서 우리 군산·강경선이 제일 먼저 개통을 보다니, 이 얼마나 통쾌한 일이오."

손가락등으로 수염끝을 밀어올리며 쓰지무라가 껄껄대고 웃었다.

"그게 다 부청에서 애쓰신 덕분 아닙니까."

요시다가 재빨리 말을 받았다.

"아니오, 아니오. 우리 관청에서야 한 일이 뭐 있나요. 다 농장에서 애써서 이런 좋은 결실을 맺었지요."

쓰지무라가 겸손한 척해 보였다.

"과분하신 말씀이십니다. 저희들이야 당연히 해야 할 일을 한 것뿐입니다. 그런데 저어, 앞으로 이 역에서 부두까지 철도를 연장시키는 것이 시급한 문젠데, 그 일도 많이 도와주시기 바랍니다."

요시다는 아첨을 서슴지 않았다.

"돕지요, 돕고말고요. 그게 다 대일본제국의 융성을 위하는 일 아닌가요."

쓰지무라는 금시계줄 늘인 배를 내밀며 흡족하게 웃어댔다.

그들 옆에서 몸을 약간 돌려세운 하시모토는 손수건으로 눈을 문지르며 쩔쩔매고 있었다.

"아니 하시모토 상, 왜 그러십니까?"

백종두가 눈치 빠르게 가까이 다가섰다.

"빌어먹을, 눈에 티가 들어갔소. 무슨 놈의 흙먼지가 이따위로 지독해."

하시모토가 눈을 비비대며 짜증스럽게 내뱉었다. 불쑥 내뱉은 그 소리가 너무 커서 주위사람들의 눈길이 그에게로 쏠렸다.

"아하, 하시모토 상이 하늘에 미움 산 일 있나. 그게 그냥 티가 아니라 흙가루니까 자꾸 문지르지 말고 눈물을 흘려 씻겨나가게 하시오."

쓰지무라가 경험을 자랑하듯 여유 있게 말했다.

"맞습니다. 자꾸 문질러대면 흙가루가 눈알에 박혀 더 탈이 생기지요. 하시모토 상이 조선생활에는 아직 초년병이라."

요시다가 말끝을 묘하게 비틀며 맞장구를 쳤다.

하시모토는 요시다의 말에 울컥 화가 솟았다. 초년병이라니……불난 데 부채질이었던 것이다. 그러나 화를 지그시 눌러 참았다. 자리도 자리였고, 아직까지는 요시다와 맞대결할 시기가 아니었던 것이다.

"초년병? 예에, 맞는 말씀이지요. 초년병이야 언제나 노년병의 말을 잘 들어야 덕을 보는 거지요."

하시모토는 겸손한 척 말했다. 그러나 말투에는 비아냥거림이 섞여 있었다.

"글쎄요, 하시모토 상도 이젠 초년병을 넘어선 것 아닌가요? 조선말을 거의 다 알아들을 정돈데. 조선말은 요시다 상보다 하시모토 상이 더 잘하는 것 아닌가요?"

우체국장 하야가와가 그 웃음 머금은 듯한 얼굴에 어울리는 부드러운 어조로 말했다. 그러나 그 말에는 요시다를 찌르는 가시가 박혀 있었다. 그는 그간에 출장소장에서 우체국장으로 직위가 달라져 있었다.

"어허허허…… 그러고 보니 그렇군. 하시모토 상도 초년병이야 아니지."

쓰지무라가 은근히 하시모토를 편들며 껄껄거리고 웃었다.

"그까짓 조선놈들 말 잘 알아듣고 떠듬거리며 흉내 내는 게 무슨 소용 있습니까. 통변이 있으면 됐지."

요시다가 불쾌한 기색을 드러냈다.

"아니 요시다 상, 그거 진심으로 하는 말입니까? 설마 그렇지 않겠죠?"

하야가와가 정색을 하고 요시다를 쳐다보았다. 그 얼굴에는 언제나 감도는 웃음기가 사라지고 없었다.

요시다는 자신이 실언을 했음을 금방 깨달았다. 조선말을 가능한 한 빨리 익히고, 통변을 전적으로 믿지 말라는 것은 관청에서 암암리에 내리고 있는 지시였던 것이다. 그 지시는 한 사람당 열 명의 정보선을 독립적으로 확보하라는 지시와 맞걸리는 것이기도 했다.

"아닙니다, 농담입니다. 하시모토 상만큼 조선말을 못하니까 해본 농담이지요. 하시모토 상이야 워낙 통변 출신이니까 어학에는 뛰어난 재주를 가진 사람 아닌가요. 그 재주로 치자면 여기서 하시모토 상을 당할 사람이 없겠지요?"

요시다는 다른 사람들을 싸잡아 하시모토와 비교하는 것으로 위기를 모면하고자 하고 있었다.

"아마 그럴 거요. 하시모토 상이야 재주도 좋은 데다가 열성이니까."

쓰지무라가 고개를 끄덕이고는 다른 말을 꺼내게 되어 요시다는 일단 안심하게 되었다. 하시모토를 좀 밟아주려다가 오히려 자신이 궁지에 몰릴 뻔했던 것이다. 젊은 놈이 제 농장을 갖겠다고 설쳐대는 꼴이 더욱 아니꼽고 껄끄럽게 느껴졌다.

그때까지도 눈에서 티를 빼내지 못한 하시모토는 눈물을 찔끔거리며 속마음을 다지고 있었다. 어디 보자, 요시다 이놈아. 네놈이 농장이 제일 크다고 지금은 까분다만, 네놈은 어디까지나 월급쟁이일 뿐이야. 두고 봐, 머잖아 네놈이 앉아 있는 회장자리를 나한테 내놓게 하고 말 테니까. 어서 많이 까불어라.

"이래서는 안 되겠는데요. 눈꺼풀을 뒤집어 확 불면 티가 나가는데요."

백종두가 하시모토 옆으로 다가섰다.

"아니오, 괜찮소."

"아닙니다. 제가 확 불어드릴게요."

백종두는 눈치 없이 더 바짝 다가섰다.

역 주변은 온통 잔치기분으로 들떠 있었다. 신식악대가 붕짝붕짝 흥나는 가락을 울려대고, 울긋불긋한 깃발들이 수없이 줄에 매달려 팔랑거리고, 넓은 마당을 가득 채운 구경꾼들은 북적거리고, 사탕장수며 엿장수들은 사람들 사이를 비집고 다니며 손님을 불러대느라 목청을 높이고 있었다.

"저놈덜 저것, 해논 것 좀 보소."

역에서 멀찌감치 떨어진 자리에서 지삼출이 앞을 바라본 채 중얼거렸다.

"머 말이여?"

손판석도 눈길을 앞쪽으로 보냈다.

"저 시뻘건 핏뎅이 말이시."

지삼출이 세차게 혀를 찼다.

"이, 저것이 불뎅이제 어디 핏뎅이간디. 일장기, 해란 말이시, 해."

손판석은 곧이곧대로 말을 받았다.

"워따 자네 잘났네. 나 눈에넌 핏뎅이로만 뵈는구만. 나야 무식형게."

지삼출이 퉁을 놓았다.

"아니구만, 자네 말도 맞어. 사람 죽이기 좋아허는 저놈덜 맘보 같기도 허시."

손판석은 지삼출의 마음을 헤아리며 고개를 주억거렸다.

"저 씨부랄 놈에 것만 보면 속이 확 뒤집어짐서 전신이 푸들푸들 떨린당게."

지삼출은 뿌드득 이빨을 갈았다.

새로 지은 역건물의 가운데 지붕은 삼각형으로 뾰족하게 높이 솟아 있었고, 그 꼭대기에 세운 높은 깃대에서는 커다란 일장기가 펄럭이고 있었다. 새하얀 바탕에 새빨갛게 찍힌 동그라미는 하늘이 흐려서 그런지 유난히 붉고 크게 보였다.

지삼출은 그 깃발을 볼 때마다 진한 피비린내를 맡았다. 그리고 전신이 부르르 떨리는 전율과 함께 당장 그 깃발을 찢어발기고 싶은 충동을 느꼈다. 그 감정은 일본군 토벌대를 대하면서 느낀 그대로였다.

"나도 속 뒤집어지는디 얼렁 지내가세. 인자 즈그 땅이라고 저 염병지랄인디, 당장이야 안 보는 것이 상책이시."

손판석이 쓴 입맛을 다시며 먼저 걸음을 떼어놓았다.

"이, 저 꼬라지 보면 나보담도 자네가 더 속 뒤집어지겠구마. 저놈에 철길공사에 자네 피땀도 서너 바가지넌 들었을 것 아니라고?"

지삼출은 뒤늦게 손판석이 철도공사장에서 도망쳐 나왔던 일을 생각해 냈다.

"말도 마소. 나넌 요새도 헌병놈덜얼 보면 가심이 퉁게퉁게허시. 날 알아보는 놈이 있을랑가 싶어서 말이시."

"그런 걱정 말소. 우리가 왜놈 보면 그놈이 그놈이대끼 왜놈덜도 우리 보면 다 어슷비슷헐 거싱게. 허고, 자네넌 그적에야 빡빡 중대가리였는디 시방이야 신식 왜놈머리 아니라고."

지삼출은 손판석의 마음속에 들어앉은 남모를 걱정을 없애주려고 머리 모양이 달라진 것까지 일깨웠다. 손판석은 포로로 잡혀 상투머리를 잘린 다음부터는 단발을 하게 되었다.

"그럴 법도 허시. 인자 자네도 그놈에 상투 짤라불소. 답답허고 근지럽고 냄새나고, 좋을 것이 머시가 있능가. 머리가 이리 짤막헝게 시언허고 가뿐허고 존 것이 한두 가지가 아니네."

손판석은 보란 듯이 두 손으로 손가락 빗질을 해넘겼다.

"나야 싫네. 자네맨치 억지로 당혔으면 몰라도 나 뜻으로 상투 짤라 왜놈덜 숭내 낼 맘이야 없웅게."

지삼출은 완강하게 고개를 저었다.

"저놈에 고집통머리. 허먼, 평상 상투 틀고 살 챔이여?"

손판석이 눈을 흘겼다.

"두고 보세. 아직은 짤를 맘이 없응게."

손판석은 더 말하지 않았다. 지삼출의 고집을 잘 아는 탓이었고, 그러다가도 어느 때 마음만 먹으면 상투쯤 쉽게 잘라버릴 지삼출이라는 것을 알고 있었다.

"공허 시님이 그간에 만주 댕게왔을랑가?"

손판석이 새 이야기를 꺼냈다.

"몰르겄는디. 그 사람 뚝뚝헌 얼굴만 보고야 통 맘얼 짚을 수가 없응게. 쬐깨 빨르게 걷세. 그 사람이 기둘리게 히서넌 안 된게."

그들의 걸음은 빨라졌다.

공허는 그저께 바람처럼 나타나서 만나자는 말 한마디를 남겨놓고는 바람처럼 사라졌던 것이다.

포교당에서는 공허가 기다리고 있었다.

"그간에 고상덜이 많었겄지요."

공허가 비로소 반가운 웃음을 지으며 두 사람을 맞이했다.

"즈그덜이야 몸에 익은 일인디 고상언 무신…… 근디 시님언 그간에……."

지삼출은 말끝을 사리며 공허를 유심히 쳐다보았다. 다음 말은 눈에다 담고 있었다.

"예에, 모시고 댕게왔구만요."

공허가 나직하게 말하며 엷게 웃었다.

"무사허셨구만이라우."

"거그가 어딘게라?"

지삼출과 손판석은 반가운 기색으로 다가앉으며 한꺼번에 입을
열었다.

"예, 무사허니 통화라는 땅에 당도허셨는디, 거그서 어디로 옮기실
란지넌 소승도 잘 몰르겠구만요. 거그 헹편에 따라 정허실 일이닝게."

그들은 '대장님'이니 '만주'니 하는 말은 생략하고 있었다. 공허가
송수익과 함께 만주로 동행했다가 돌아온다는 계획을 아는 것도
대원들 중에 몇 사람 되지 않았다.

"어찌…… 거그넌 조선사람덜이 많이 건네와 있등게라?"

지삼출이 마른침을 삼켰다.

"우리 조선사람덜이 많기로넌 거그 서간도보담 북간도 용정 쪽
이 더 많다고 협디다."

"글면 잘못 가신 것 아닝게라?"

"그러지넌 않구만요. 거그도 사람덜이 뫼들고 있는 참이고, 나라
찾을 일로 뜻얼 합치고 있는 중입디다. 북간도허고도 내왕이 잦고."

"땅언 넓등게라?"

손판석이 물었다.

"나가 보고 온 것언 한 구석지뿐이라 머시라고 말허기가 난헌디,
땅이 씨커먼 디다가 들판에 논이라고넌 없응게 영판 요상허등마요."

"우리넌 어찌야 허능게라?"

지삼출이 쌈지를 꺼내며 물었다.

"안직 더 기둘러야겠소. 거그서 일얼 짜기로 혔응게."

"시님이 큰 고상허셨구만요."

"고상이 무신 고상이오. 중놈이 기차란 것 타고 산천유람 잘혔제. 올 적에넌 압록강에 철다리가 완공돼서 더 편허게 왔소."

"글먼 기차란 것이 조선땅허고 만주땅얼 맘대로 왔다갔다허능게라?"

손판석이 놀란 얼굴로 물었다.

"예에, 작년 11월보텀 그리됐소."

"왜놈덜 참말로 징헌 놈덜이시. 거 머시라드냐, 그 무신 연락선얼 하로에 두 번썩 부산허고 일본 어디허고 왔다갔다허게 맨근 것이 작년 12월 아니라고? 그 배에서 내려 기차럴 갈아타면 만주꺼정 대체 메칠이 걸리는 것이여? 밤낮 이틀이면 안 되겠다고. 그 연락선인가 먼가 띄운 것이 그 철다리 놓는 것허고 맞춘 것 아닐랑가?"

지삼출의 생각 빠른 머리가 그렇게 돌고 있었다. 군산에서는 한때 관부연락선 정기운항 소문이 파다했던 것이다.

"그 관부연락선이란 것 말이구만이라. 듣고 봉게 그런디, 왜놈덜이 그리 머리 썼을 것이오."

공허가 고개를 끄덕거렸다.

"어허 핵교 선상덜꺼정 군대옷 입히고 칼 차게 히서 조선사람덜 꼼지락달싹 못허게 맨들어놓고 왜놈덜이 인자 만주땅도 집어묵을라는 심뽀 아니여?"

손판석이 부싯돌을 치며 말했다.

"개자석덜이 그런 심뽀로구만. 그리되면 거그서도 의……." 지삼출은 말을 멈칫했다가는, "우리 헐 일도 다 틀리는 것 아니여?" 말을 바꾸며 화가 난 얼굴로 담배를 뻑뻑 빨았다.

"나도 와서야 알었는디, 핵교 선상덜얼 헌병 맨들어논 것 보고 앞이 캄캄해져 부렀소. 그려도 거그야 여그허고넌 달른게 맘 급허니 묵지 마씨요."

공허가 위로하듯 말했다.

그들이 말하는 학교 선생들의 문제는 총독부가 작년 11월부터 공립보통학교 선생들에게 군인제복을 입게 한 것이었다.

"근디 여그서 살기넌 어쩌요?"

공허가 마음이 쓰이는 듯 약간 얼굴을 찡그리며 물었다.

"그작저작 살 만허구만요."

지삼출은 가볍게 대꾸하며 웃어 보였다.

"식구덜언 어찌 되았소."

"인자 날도 풀리고 헝게 차차로 딜고 올라능마요."

공허는 마음이 무거워 눈길을 방바닥으로 떨구었다. 아직도 식구들과 떨어져 살고 있는 것은 그들의 노임이 형편없다는 증거였던 것이다. 토굴살이를 하지 않고서야 군산 같은 도회지로 식구들을 쉽게 옮겨올 수 없는 일이었다.

"딴사람덜언 어쩌고덜 있등게라?"

손판석이 담뱃재를 털며 물었다.

"다덜 자리 지키고 있드만요."

공허의 목소리가 착잡했다.

"다덜 맘 강단지게 묵어야 헐 것인디. 날언 자꼬 가고, 살기넌 에롭고……."

지삼출이 침울하게 중얼거렸다.

"그것도 걱정언 걱정이오. 나가 그저 부지런허니 찾아댕김서 단속허겄소."

공허가 바랑을 끌어당기며 일어날 채비를 했다.

"인자 어디로 가시능게라?"

손판석이 아쉬운 얼굴로 물었다.

"중놈 행보야 오란 디넌 없어도 갈 디넌 많은게요."

공허는 빙긋 웃으며 몸을 일으켰다.

"중놀이가 공허 시님 같은지 알었음사 나도 진작에 머리 깎었을 것인디."

손판석이 뚱하게 말하며 일어났다. 지삼출이 혀를 차며 눈총을 쏘았다.

"땡초놀음이 볼만헌갑제라? 중도 속도 아니란 말이 나 겉은 놈두고 난 말잉게 중놀이가 다 이렇다고 생각지넌 마시요 잉."

공허는 돌덩이 같은 느낌의 머리를 뒤로 젖히며 호쾌하게 웃어 댔다.

지삼출과 손판석은 포교당을 앞서서 나왔다. 주위를 둘러본 그들은 뒤를 돌아보는 일 없이 내처 걸었다.

"자네 부두로 철길 빼는 일 어쩔 참이여? 날이 다 차가는디."

한참 걷고 나서 손판석이 말을 꺼냈다.

"자네나 나나 팔자 사납게 철길공사판 일얼 익힌 몸이기넌 헌디, 품삯이 등짐질보담 얼매나 많을랑고?"

"우리야 한푼이 급헌 헹펜잉게 그것이야 따질 것이 없고. 눈앞에 돈 보고 공사판으로 옮겨앉었다가 그 공사 끝나불면 십장헌티 미움 사 등짐질 못허게 될란지도 모른다 그 말이시."

"그것이야 걱정 말소. 우리가 부두 등짐질에 평상얼 말뚝 박을 것도 아니고."

지삼출은 잘라 말했다.

"그것도 맞는 말이시. 글면 사람덜이 넘칠란지도 몰릉게 당장 가서 이름 올리세."

"괜찮허시, 사람이라고 다 받아주간디. 기운 쓰는 것 봐감서 고른다는 말 못 들었능가. 왜놈덜 야박헌 인심에 우리가 덕 보게 생겼네."

지삼출이 쓰게 웃었다.

군산역에서 부두까지 연장하는 철도공사는 오로지 쌀만을 운반하기 위한 것이었다. 그래서 공사비도 농장과 상인들이 부담하고, 노동자들의 임금도 다른 철도공사와는 달리 조금 낮게 준다는 소문이었다.

길거리의 현수막은 여전히 펄럭거리고 멀리서 뙈액 땍 기차가 소리 지르는 소리가 울리고 있었다. 아이들은 그 소리가 나는 쪽으로 다투어 뛰어가고 있었다. 개통식을 마치고 기차가 강경으로 떠나기라도 하는 모양이었다.

"빌어묵을, 돼지 멱따는 소리시."

손판석이 소리나는 쪽으로 침을 뱉었다.

"조선놈덜 개명시키고 편히 살릴라고 철길 깔아준 것인디 그 은혜에 고마와허덜 않고 그 무신 호로시런 짓이여."

지삼출이 정색을 하고 말했고,

"아이고메, 잘못혔구만이라. 지가 원체로 무식히서 그런지 몰랐구만요. 다시넌 안 그럴팅게 용서허시씨요."

손판석은 비는 시늉을 해 보였다. 그리고 그들은 마주 보며 혜식은 웃음을 흘렸다.

"근디, 자네 언제 집에 걸음 헐랑가?"

손판석이 시름겨운 소리로 물었다.

"위태위태허니 걸음만 허면 머헐 것잉가. 어서 다 딜고 와야 헐 것인디."

지삼출의 얼굴에 그늘이 스쳤다.

"나 말도 그 말인디. 꼬랑지가 질면 볿히드라고 실속 없는 걸음 그만허고 싹 딜고 오는 것이 어쩐가. 그 무신 법인지가 새로 생겨인자 곧 맘대로 옮겨살지도 못허게 헌담시로."

"긍게 말이시. 근디 나넌 또 한 식구가 딸레서 더 걱정이로구마."

"무신 소리여? 첩 뒀간디?"

"어이, 첩에다 자석이 열이시." 지삼출은 픽 웃음을 흘리고는, "거 영근이네 말이시. 감골댁이 따라나슬라고 애가 달았다니께." 무거운 한숨을 쉬었다.

"영근이넌 영영 못 올 사람으로 쳐부렀능가?"

손판석이 의아스러워했다. 그러나 지삼출은 감골댁의 딸 수국이를 놓고 벌어지고 있는 일을 입에 올리지 않았다.

"그 집 자석덜이 다 컸제?"

"둘 다 시집 장개 갈 나이제."

"글먼 무신 걱정이여. 즈그 밥벌이 톡톡허니 헐 나인께로 아덜언 부두서 쌀짐 지게 허고, 딸언 미선소서 일자리 잡으면 우리보담 더 낫게 살겄는디. 그 감골댁이 자네허고넌 원체로 한집안겉이 살어서 그러는갑구만."

"그려, 그런 것이네."

지삼출은 그저 그런 것으로 얼버무렸다.

"긍게 더 지체헐 것 없덜 안혀?"

"그려, 거적얼 쳐서라도 비바람만 막으먼 살아지는 것잉게."

지삼출은 눈을 질끈 감았다.

'살림 가난험서 인물 잘난 것도 큰탈이랑게라. 보름이도 에미 속 태우등마 수국이넌 보름이보담 더 고와분게 그 값 허니라고 왜놈꺼정 입맛 다시고 들어서 감골댁이 딸년 지키니라고 정신이 하나 또 없단 말이오.'

지삼출은 아내의 몸달아하는 말을 다시 듣고 있었다.

달포 전에 갔을 때 아내는 그 이야기를 꺼내놓으며 감골댁네도 함께 뜨게 해달라고 마음이 급했다. 아내가 그러지 않아도 감골댁이 원하는 것이면 자신은 언제라도 그렇게 할 수가 있었다. 감골댁네는 자신의 마음에서 전혀 남이 아니었고, 정 많고 인물 좋았던 아저씨를 생각하면 그 가족에게 잘해주지 못한 것이 언제나 죄스러웠다. 보름이와 수국이는 하필이면 아버지를 닮은 인물이었다. 두 아들이 아버지를 닮았더라면 감골댁이 그렇게 속태울 일이 없었을 것이다. 왜놈까지 수국이를 탐내고 드는 판이니 감골댁이 딴 고장으로 뜰 작정을 할 만도 했던 것이다.

"이참에 가서 일 저질러불랑가?"

손판석이 지삼출의 팔을 붙들었다.

"그러세, 어채피 야반도주헐 신센게."

두 사람은 부두 쪽으로 발길을 돌렸다. 바다 쪽은 여전히 뿌옇게 흐려 있었다.

한편 감골댁은 중매쟁이 봉산댁에게 매일이다 싶게 시달리고 있었다. 감골댁이 아무리 화를 내고 냉대를 하고 막말을 해도 봉산댁은 끄떡도 하지 않고 찾아들고 또 찾아들었다.

봉산댁은 새로 찾아들 때마다 어김없이 찾아들 만한 이유를 가지고 있었다. 저쪽에서 내세우는 조건이 달라져 있는가 하면, 이쪽의 약점을 용케 알아내 새 조건을 걸고 들기도 했다.

큰딸 보름이를 못살게 굴었던 할망구가 죽지도 않고 또 수국이한테까지 달라붙어 삼줄처럼 질기게 실랑이질하고 있는 것이 감골댁은 지긋지긋하고 몸서리가 쳐졌다. 거기다가 난데없이 일본사람까지 덤벼들게 되자 감골댁은 정신이 하나도 없었다.

왜놈이 딸을 눈독 들인 그 황당한 일을 당하게 되자 감골댁은 까맣게 잊고 있었던 일을 번뜩 떠올리게 되었다.

"인물이야 꽃 중에 꽃이다마넌, 작약이라고 어디 다 궁궐서 놀아지디냐. 다 똑겉은 작약이라도 타고난 시와 때가 지각각이라, 난 장험처에 피어나면 그 팔자 호박꽃보담도 못허니라. 눈 타고 손 타서 고이 필 꽃이 어디 있드냐. 양귀비야 일색으로 천하나 엎었다마넌…… 아까운디, 참말로 아까와."

수국이가 아홉 살이었던가, 떠돌이 점쟁이가 복채도 놓지 않았는데 흘려놓은 말이었다.

감골댁은 너무 기막히고 겁이 나 어떻게 하면 좋으냐고 점쟁이에게 매달리지 않을 수가 없었다.

"중살이나 시키면 될랑가……."

이 한마디를 남기고 점쟁이는 후적후적 떠나가고 말았다.

물동이를 이고 사립을 나간 수국이가 무엇에 쫓기듯 되돌아 들어오고 있었다.

"어찌 그냐, 수국아."

토방에서 배추를 다듬고 있던 감골댁은 가슴이 섬뜩해져 딸을 불렀다.

"그 할망구가 또 오요."

수국이가 물동이를 내리며 진저리를 쳤다. 옆볼에 소름이 돋아올랐다.

"아이고메 징허고 징헌 할망구. 저승사자넌 멀허고 있능고."

감골댁은 탄식하듯 하며 배추를 옆으로 밀치고 몸을 일으켰다.

"이, 자네가 그리 빌어준게 저승사자가 와도 몇 년 있다가 온다 등마."

봉산댁이 굽어진 허리에 왼손을 올리고 마당을 질러오며 비위짱 좋게 말을 받아넘기고 있었다.

"그 나이에 다릿심만 존지 알았등마 귀도 총총허기도 허요. 저승사자가 올라면 10년언 더 있어야겠소."

감골댁은 말을 함부로 한 미안함 같은 것을 느낄 겨를도 없이 그 낯 두꺼운 뻔뻔함이 미워 또 험한 소리를 대질러버렸다.

"하면, 하면. 욕얼 많이 묵어야 오래 살고, 악담얼 많이 들어야 명이 질어지는 법이시. 긍게로 자네가 고마운 사람이 아니고 머시여."

그러나 봉산댁은 노여움을 타거나 화를 내는 일이라고는 없이 이렇게 능글능글 감고 들었다. 오히려 맥이 빠지는 것은 감골댁이었다.

"말 다 끝냈는디 멀라고 또 왔능게라."

징그럽게 웃는 늙은 얼굴이 싫어 감골댁은 고개를 돌리며 쏘아붙였다.

"어이 보소, 자네 아덜 대근이가 신식공부허고 잡아 발싸심이람시로?"

봉산댁은 감골댁의 치맛귀를 잡아끌며 은근한 소리로 물었다.

"무신 새 날아가는 소리다요. 갸가 그리 넋 안 나갔소."

감골댁은 이것이 또 새로운 덫이다 싶어 야멸차게 내쏘았다.

"아따 자네 벌통얼 삶아묵은 것도 아닐 것인디 어찌 그리 톡톡 쏘고 긍가. 서로 좋자고 허는 일잉게 나 말 차근허니 들어보소."

봉산댁은 감골댁의 치마를 더 세게 끌어당겨 마루에 앉히려고 했다.

"이, 벌 중에서도 땅벌통얼 삶아묵었소. 드럽고 징헌게 여그 놓씨요."

감골댁은 치마를 낚아챘다. 그러나 봉산댁은 치마를 놓치지 않았다.

"보소, 보소, 나 말 들어보랑게. 자네 집에 인물 나서 집안이 크게 일어나게 생겼단 말이시. 대근이럴 한양이고 일본이고 다 보내서 신식공부꺼정 시키겄다고 헌다니게. 자네 알아들어?"

봉산댁은 숨가쁘게 말을 해치우며 감골댁 앞으로 얼굴을 디밀었다.

"인자 벨 드런 놈으 소리 다 듣겄소. 무신 소리럴 히도 소양없소."

감골댁은 매서운 눈으로 봉산댁을 쏘아보았다. 그러나 그 뜻밖의 말이 마음 한구석을 파고들었다. 대근이와 수국이의 얼굴이 겹쳐졌다. 그건 안 될 일이었다. 부엌에 있는 수국이가 봉산댁의 말을 못 들었으면 싶었다. 대근이가 신식공부를 하고 싶어하는 건 그저 개명바람을 탄 것이었다.

"어이 보소, 논 닷 마지기에다가 한양이고 일본이고 보내서 신식공부럴 시키겄다는 것이네. 이리 큰맘 쓰는 사람이 시상에 어디 있겄능가. 시상만사 맘묵기에 달린 것이란 말이시. 눈 딱 감고 수국이만 김 참봉 앞으로 보내면 수국이 지 평상 손끝에 물 한 방울 안 묻히고 비단옷 칠칠이 감아감서 얼매나 호강허고 살고, 자네도 논 닷 마지기 깔고 앉으면 머심 하나 척 부림서 이래라저래라 호령만 허먼 쌀가마니가 척척 쌓일 것이니 늙발에 그 팔자가 얼매나 배불르게 늘어지는 것이고, 대근이야 원체로 똑똑헝게 뒤 대주는 돈으로 지가 원허는 대로 한양이고 일본이고 좋을 대로 댕김서 신식공부 열성으로 허먼 지 출셋길 훤히 열리고, 다 찌그러진 집안 크게 일으키먼 그 얼매나 좋고 존 일이여. 나야 수국이 겉은 딸만 있음사 열 분이라도 더 팔자 고치겄네. 나 말이 어찐가?"

봉산댁은 침 마른 양쪽 입꼬리를 혀로 빠르게 핥으며 감골댁을 빤히 쳐다보았다.

"지끔이라도 하나 낳씨요."

감골댁은 콧방귀를 뀌었다.

"어허 참, 오기 받친 말이라도 헐 말이 따로 있제. 그려, 나가 시방 나이 서른이고 수국이 아부지가 살아만 있음사 무신 수럴 써서라도 씨럴 받겄네."

봉산댁은 파르르 기를 세우며 되받아치고 들었다.

"아이고메 시상에나…… 시상에나……."

감골댁은 어이없는 얼굴로 봉산댁을 멍하니 바라보기만 했다.

"쓰잘디없는 잡소리 치우고 말이시, 자네 너무 그리 콧대 세우덜 말드라고 잉. 꽃이 피면 시들고, 과실이 익으면 떨어지는 법 아니드라고. 자네 딸이라고 미색이 천년만년 갈지 아능가? 수국이도 이팔청춘 넘기고 인자 열아홉이여. 열아홉 큰애기야 더 볼 것 없이 만개해 흐드러진 꽃이고, 살 실팍허니 올라 사각사각헌 죽순인디, 만개헌 꽃언 금세 시들고 살찐 죽순언 금세 쉔다는 것얼 알어야 헐 것잉만. 지끔이 질로 시세 나가는 때라 그 지독뱅이 김 참봉도 돈 아까운지 몰르고 그리 후헌 값 친 것잉게 때럴 놓치덜 말란 말이시. 이러다가 시물이 빨딱 넘어보소. 김 참봉이야 코똥도 안 뀔 것이고, 늙은 큰애기 거렁뱅이헌티도 시집 못 보내네."

봉산댁은 걷어올린 소매 속에서 궐련꽁초를 꺼내 물었다.

"야아, 다 늙어빠진 영감탱이헌티 첩살이 보내느니 젊은 거렁뱅이헌티 처녀시집 보낼라요."

감골댁은 매몰차다 싶게 쏘아댔다. 그러나 다음 순간 가슴이 철렁했다. 말이 씨 된다고 자신의 말이 신경에 거슬렸던 것이다.

"어이, 자꼬 오기만 부림서 뻗대지 말고 앞뒤럴 조단조단 따짐서 생각혀 보소. 보름이 때허고 달르게 강짜허고 독 품을 본마누래가 있능가, 자석덜이 다 컸으니 뒷수발헐 일이 있능가. 그대로 들앉으면 본처에다 안방마님……."

"아이고메 시끄럽소!"

감골댁은 더 참지 못하고 바락 소리를 질렀다. 감골댁의 성질 돋은 눈은 봉산댁을 노려보고 있었다.

"아니 자네, 어찌 긍가?"

연상 웃음짓고 있던 봉산댁의 얼굴도 좋지 않은 기색으로 변했다.

"아무리 중신애비 거짓말 바지게거짓말이라고 히도 입술에 침이나 볼르고 거짓말허씨요. 김 참봉이 보름이 일이 어긋난께 딴 첩질 시작헌 것이야 시상이 다 아는 일인디 머시가 어찌고 어쩌라? 본처에다 안방마님이라고라? 첩에 첩이제 머시가 본처고 안방마님이오."

감골댁은 어느 때 없이 야무지게 따지고 들었다.

"이, 이, 그려서 성질 터져올랐구먼그랴. 그럴 법도 허기넌 헌디, 근디 자네가 앞뒤럴 잘 몰라서 역정 낸 것이네. 무신 소린고 허니 말이시, 김 참봉이 그 첩헌티 정 식은 지가 한참이시. 발걸음 뜸해진 지가 오래랑게. 그 여자가 낯짝만 반반혔제 방정맞고 성미가 지랄이란 소문 안 났드라고. 김 참봉이 수국이만 품게 됨사 그 여자야 당장에 차내뿔 것이네. 그리되먼 첩살이에 첩살이허는 얄궂은 꼴 안 당허고 편안허니 본처에 안방마님 놀이 허게 된다닝게."

"쌍첩이고 홀첩이고 다 싫은게 그만 말허씨요. 봉산댁 입만 아프요."

"아니시, 일없네. 나야 말허는 것이 재미진 사람잉게로." 봉산댁은 입술에 침을 발라 입을 손바닥으로 야무지게 훔치고는, "어이 나 잠 보소, 자네 고집이 어찌 이리 쇠고집이고 똥고집인가. 이래 사나 저래 사나 사람 한평상 살다 가는 것인디 배불리 묵고 등 뜨시게 살다 가야제 손톱이 자라날 날 없이 일허고 골창 다 빠지게 고상고상 혀도 쫄쫄이 배곯고 덜덜 떪스로 살다 꼬드라지는 것이 서럽고 원통허지도 않능가. 딸자석 특출난 미색이라고 자네 처지에 정승사우 볼 것잉가, 이 도령 겉은 사우 볼 것잉가. 이도 저도 다 틀린 일잉게 눈 딱 감고 가시네새끼 한나 처분허서 다 팔자 피게 맨글소. 요것이 하늘이 점지헌 자네 복이랑게."

봉산댁의 말은 너무 간곡해 흡사 애원하는 것처럼 들리기도 했다.

"삘 승헌 소리 다 듣겄소. 심 봉사가 지 눈 뜨자고 심청이 팔아묵었으면 그 눈이 떠졌겄소. 베락 맞어 죽었제."

감골댁은 이렇게 말을 해놓고 기분이 너무 흡족했다. 봉산댁이 더는 꼼짝 못하게 입을 봉한 것이라 싶었던 것이다.

"이, 자네 말 참 잘혔네. 우리찌리 이래 갖고넌 10년이 가도 결판이 안 날 일잉게 당장 당자럴 불르소. 뱃사람덜도 심청이허고 맞대면혔응게 공양미 삼백 석으로 결판이 났제 심 봉사허고 말거래혔음사 이적지 입씨름만 허고 앉었을 것이네. 자네넌 심 봉산께 뒤로 물러나 앉고, 나허고 수국이허고 맞대면허세. 나가 어째 요리 존 생각얼 진작에 못혔제. 나가 수국이허고 결판내면 자네나 나나 두말없기시. 수국이가 그리 못허겄다 허면 나도 다시넌 이 집 사립문 안에 발 안 디딜 것잉게 얼렁 수국이 불르소. 수국이 정재에 있제? 수국아아, 얼렁 요리 나오니라."

봉산댁은 기세등등해서 부엌 쪽에다 대고 수국이를 불러댔다.

"아니 미쳤소, 미쳤소!"

당황한 감골댁은 봉산댁의 입을 틀어막으려 들었다.

감골댁은 정신이 하나도 없었다. 봉산댁이 그렇게 말을 뒤엎으며 되잡고 덤벼들 줄은 생각지도 못했던 것이다. 저 할망구는 자신이 당할 수 없는 백 년 묵은 여우다 싶었다.

"아니 어찌 이려? 유식허니 심청전 끌어댐스로 나 말 막을라고 뎀빈 것이 누구였간디. 그려, 두말 말고 심청전맨치로 히서 깨끔허니 결판내자닝게. 나도 나잇살이나 묵은 것이 다리품에 말품 팔로 댕기기도 인자 노곤해진 참잉게로."

봉산댁은 생기 도는 눈으로 감골댁을 똑바로 쳐다보며 몰아대고 있었다.

감골댁은 수국이가 부엌에서 뛰쳐나올까 봐 가슴이 벌떡거리고 있었다. 어린것이 생각 짧게 제가 심청이 되겠다고 나서면 큰일이었던 것이다.

"나갔씨요, 당장 나가! 넘 새끼 갖고 그러덜 말고 봉산댁 손지딸년이나 어서 키워 줄줄이 첩년으로 팔아묵어 호의호식허고 살랑게라. 나가란 말이오, 당장!"

감골댁은 숨을 씩씩거리며 봉산댁의 팔을 잡아채고 등을 떠밀어댔다.

"이, 완력으로 허먼 늙은것이 밀리제. 일언 다 안 끝났웅게 그리 알드라고."

봉산댁은 사립 밖으로 밀려나며 할 말은 다 하고 있었다.

수국이는 부엌에서 치마폭에 얼굴을 묻고 울고 있었다. 벌써 반년이 넘도록 실랑이해 오고 있는 문제였다. 봉산댁과 어머니가 줄다리기하고 있는 사이에서 이러지도 못하고 저러지도 못하여 애졸이며 견뎌온 나날이었다.

봉산댁과 어머니가 그동안 밀고 당기던 싸움은 자신의 두 팔을 양쪽에서 하나씩 나눠잡고 서로 끌어당기는 것이나 마찬가지였다. 그 고통 속에서 혼자 울기도 많이 울었다. 울 때마다 보름이 언니를 생각했다. 몇 년 전에 보름이 언니가 당했던 고통을 생각했고, 시집을 갔지만 혼자가 되어버린 언니를 생각했고, 자신과 언니의 팔자는 결국 같아지는 게 아닐까 하는 생각을 했다.

그러나 제일 많이 엎고 뒤집은 생각은 김 참봉에게 첩살이를 가는 것이었다. 늙은 김 참봉을 생각하면 구렁이에게 몸이 감기는 것처럼 무섭고 징그러웠지만 어머니와 동생 대근이를 생각하면 그런 것쯤 참아낼 수 있을 것도 같았다. 그 생각에 매달리다 보면 어머니가 원망스러워지기도 했다. 어머니가 못 이기는 척하면 자신이 마음을 정하고 나서면 그만인 일이었다. 그러나 어머니는 사생결단 안 되는 일로 말뚝을 박아놓고 있었다. 차라리 굶어죽는 게 더 낫다는 것이었다.

진정을 말하자면 그런 어머니가 더없이 고맙고 우러러보였다. 봉산댁의 말마따나 끝도 한정도 없이 찌든 가난과 골빠지는 고생을 면하고 팔자를 고치게 되는 판에 딸자식 하나 내놓는 것은 예사인 세상이었다. 상것이 양반의 첩살이로 들어앉는 것을 자랑으로 여기는 사람들도 많았다. 벗어날 가망이 없는 고생을 하면서도 어머니가 어떻게 그렇게 강단진 마음을 먹고 살 수 있는 것인지 놀라울 뿐이었다.

"수국아, 수국아, 니 우냐?"

감골댁이 딸의 어깨를 흔들었다.

"아니, 엄니……."

수국이는 손등으로 눈물을 닦으며 고개를 들지 못했다.

"그 할망구가 돈 멫 푼 얻어묵자고 노망이다. 그 할망구가 헌 말두 귀로 들을 것 없다. 한 귀로 듣고 한 귀로 흘려부러라. 다 인간 말종덜이 막가자고 씨부리는 소린게."

"엄니, 오늘 말언 잠 생각혀 보는 것이 어쩌겄소. 우리 대근이 소원이 풀리는디."

수국이는 몸을 일으키며 사정하듯 말했다. 눈물 젖은 눈매와 함께 슬픔이 깃들인 얼굴은 애잔하고 함초롬한 것이 더 고와 보였다.

"니 미쳤냐! 꿈에도 그런 소리 말어라. 혹여 대근이헌티도 입 놀리지 말고." 감골댁은 얼굴에 찬바람이 돌도록 엄하게 딸을 꾸짖고는, "니 맘 다 알어. 그 맘이먼 다 되았어. 니가 그리 맘쓰는 것 보고 저승서 느그 아부지가 고마워헐 기여. 나가 니나 느그 언니럴 죽으나 사나 지킬라고 허능 것언 나 뜻만이 아니고 느그 아부지 뜻인 것이여. 아부지넌 이 시상 사람이 다 공평허단 것얼 믿었고, 그런 시상얼 맹글라고 싸우다가 죽은 것이여. 긍게 사람얼 돈으로 흥정허고 허는 것얼 아부지넌 질로 못된 짓으로 생각혔제. 가난이야 죄가 아닌게 니도 아부지 그런 생각얼 맘에 짚이 담고 살아야 혀."

감골댁은 차분한 목소리로 말하며 딸의 등을 쓰다듬어주었다.

"엄니, 엄니! 그 할망구 또 집에 왔었제라."

바지게를 한쪽 어깨에 걸친 대근이가 마당으로 들어서며 목청을 높였다.

"어디서 만냈드냐?"

감골댁은 수국이에게 나오지 말라고 손짓하고는 부엌을 나섰다.

"그 할망구가 당산나무 돌아가는 것얼 봤구만이라."

대근이는 기분 나쁜 기색이 역연했다.

"이, 또 왔다가 갔다."

"빌어묵을 할망구, 오늘은 또 머시라등게라?"

"말도 못 꺼내게 허고 막 몰아내 부렀다."

"아이고 잘허셨소. 나가 나서서 패대기럴 칠 수 없응게 엄니가 몰악시럽게 내쳐서 정띠게 허씨요."

"이, 에미가 다 알어서 허겄다."

감골댁은 아들에게서 듬직한 힘을 느끼며 웃어 보였다.

"근디, 그 왜놈헌티서넌 또 사람이 안 왔등게라?"

"그 뒤로 안직 안 왔는디."

"드럽게 왜놈꺼정 지랄이여, 지랄이. 그놈이 오먼 패디기럴 쳐뿔까?"

"아서, 아서. 그것도 나가 알어서 혀."

감골댁은 당황해서 팔을 내저었다.

백종두는 며칠 동안 밀린 서류들을 끌어당겼다. 상부에서 하달된 서류들만 해도 손아귀를 넘쳐나는 분량이었다. 그는 선하품을 하며 얼굴을 찡그렸다. 그는 새로 내려오는 서류들만 보면 머리가 혼란스러워지고 골치가 아팠다.

총독부에서는 거의 매일이다시피 새로운 법을 만들어 공포해 대고 있었다. 공문으로 하달되는 그 법들은 종류가 어찌나 많은지 내용은 고사하고 제목도 미처 기억할 수가 없을 지경이었다. 각급 기관장들은 해당 법문 내용을 숙지하라는 지시도 있고 해서 공문을 대충대충 훑어보기는 하지만 영 머리에 담기는 것이라고는 없었다.

그래도 면장 노릇을 해먹자면 법문 내용은 차차 '숙지'하더라도 제목은 다 알아야 될 것 같아서 제목만 따로 적어 암기하려고 했다. 그러나 그것도 싱싱한 계집들 엉덩이 쓸어대며 술 마시는 것에 비하면 수월한 일이 아니었다.

일본세상이 된 후의 면장 노릇이란 옛날의 이방 노릇과는 생판 달랐던 것이다. 법조문이라는 것부터가 옛날에는 보도 듣도 못했던 것들이 수두룩했던 것이다.

사무실 문이 열리며 하시모토가 들어섰다. 그는 가볍게 인기척을 냈지만 백종두는 책상에 머리를 박은 채 움직임이 없었다.

"백 면장님, 뭘 그리 열성으로 하시오."

"어, 아니 하시모토 상, 어서 오십시오."

몸을 벌떡 일으킨 백종두는 거리감이 생긴 눈의 초점을 맞추느라고 눈을 껌벅거렸다.

"무슨 좋은 일이오?"

하시모토가 의자에 앉으며 백종두의 책상을 흘끗 살폈다.

"아이고, 좋은 일이긴요. 새로 하달된 법조문들을 훑어보고 있었지요. 새로 공포되는 법들이 어찌 그리 많은지 도무지 정신을 차릴 수가 없을 지경입니다."

백종두는 엄살을 섞어 말하며 하시모토에게 궐련을 권했다.

"그래요? 좋은 일 중에 좋은 일을 하고 있었군요. 총독부에서 계속 새 법을 만들어 공포하는 것은 아주 잘하는 일입니다. 그동안 조선은 구체적이고 체계적인 법이 없이 너무 적당히 살아왔어요. 그러다 보니 사회가 무질서하고 혼란스러웠지요. 총독부의 그런 조처는 다 조선의 발전을 위해 필요한 겁니다. 백 면장님도 그 점을 잘 알고 새로 만들어진 법들을 파악해 나가야만 면장의 임무를 충실히 수행하게 될 것이오."

하시모토는 자못 심각한 태도로 말했다. 백종두는 그 훈계하듯 하는 말투에 그만 비위가 꼬였다.

뭐, 조선의 발전을 위한 조처? 이놈아, 고양이가 쥐 생각해 주는구나. 조선사람들을 꼼짝달싹 못하게 얽어매느라고 날이면 날마다 법을 만들어내고 있는 놈들이 말 한번 뻔뻔하게 잘하네. 저놈도 저거 아주 흉악한 놈이라니까.

그러나 백종두는 그런 속마음은 전혀 내색하지 않고 부드럽게 웃었다. 어차피 세상은 일본세상이었던 것이다.

"예에, 그래서 날마다 이 고생 아닙니까. 그런데 벌써 3월 들어 조선 민사령·형사령·감옥령에다가 조선 부동산등기령·부동산증명령·등록세령 그리고 또 경찰범처벌규칙 등등 끝이 없으니 정신을 차리기가 어렵지요."

백종두는 공문더미를 밀치며 고개를 내둘렀다.

"그건 그렇고, 그 일은 어찌 됐지요?"

하시모토는 담배연기를 내뿜으며 말머리를 돌렸다.

"무슨 일 말이지요?"

백종두는 얼른 짚이는 것이 없어 잠깐 생각하느라고 되물을 수밖에 없었다.

"아하, 아무리 공문 하달이 많다고 백 면장, 내 일에 너무 무심한 것 아니오?"

하시모토는 백종두의 변명거리를 미리 잡아채며 정색을 했다.

"그럴 리가 있습니까, 하시모토 상 일을. 갑자기 생각이 안 나서 그럴 뿐이지요."

백종두는 옹색스럽게 웃었다.

"백 면장도 그럴 때가 다 있소? 그 처녀 문제 말이오."

하시모토가 한쪽 다리를 꼬아올리며 헛기침을 했다.

"아아 예, 난 그저 땅문제에 정신이 팔려서 그 문제는 잠시 깜박했군요. 그야 그 담에도 또 사람을 보냈지요. 그런데도 그 에미가 영 말을 들어먹지 않아요. 고집이 보통이 아니라니까요."

백종두는 사실 그대로 말했다.

"아니, 지지리 가난한 조센징이 그런 호조건에도 말을 안 듣는단 말이오?"

하시모토의 눈째가 고약해졌다.

"예, 죽어도 딸을 첩으로 내놓지 않겠다고 에미가 고집을 부린답니다."

"그게 도대체 무슨 소리요. 가난한 조선사람들은 딸을 부잣집에 첩으로 넘기는 건 예사로 하는 일 아니오. 그런데 쌀 50가마니 돈이 싫다니, 내가 일본사람이라 그러는 것 아니오?"

하시모토의 눈은 한층 사나워져 있었다. 백종두는 하시모토의 그 눈치 빠른 짐작이 그럴 법도 하다고 생각했다. 그러나 그 사실을 수긍하자니 이상하게 자신의 입장이 곤궁해질 것 같았다.

"아닙니다, 그렇지는 않습니다. 가난해도 딸을 첩으로 보내는 걸 집안의 수치로 아는 사람들도 적지 않습니다. 또 처녀 당사자들도 가난하게 살더라도 정식으로 혼인해서 사는 것이 제일가는 팔자라고 생각하고 있고요."

"아니, 양반들이나 집안 찾고 수치 찾지 양반도 아닌 주제에 집안의 수치는 다 뭐요?"

하시모토는 짜증스럽게 꽁초를 잉끄렸다.

"글쎄요, 상민은 상민들대로 또 그런 체면을 차리는 게 있지요. 조선사람들은 그게 아주 심합니다."

"이런 빌어먹을. 그럼 쌀 열 가마니 값을 더 올리면 어떻겠소?"

이렇게 내뱉은 하시모토를 백종두는 흘깃 쳐다보았다. 몸이 달아도 예사로 단 것이 아니었다. 50가마니 값이 되기까지 벌써 두 번을 더 올렸던 것이다. 다시 열 가마니 값을 더 올리겠다는 것은 사람을 또 보내보라는 뜻이었다.

"그러지요, 사람을 곧 보내도록 하지요."

백종두는 시원스레 대꾸했다.

"그런데 말이오, 그 심부름꾼이 재주가 없는 것 아니오?"

하시모토는 백종두 쪽으로 돌아앉으며 미심적은 얼굴로 고개를 갸웃했다.

"글쎄요, 그런 일에는 이골난 사람으로 골랐는데요."

백종두는 느리게 고개를 저었다.

"이거 참, 값만 자꾸 올려놓고 이번에도 안 되면 곤란한데……."

하시모토는 고개를 뒤로 젖히며 중얼거렸다.

"그 처녀가 미인은 미인인 모양이지요?"

백종두는 야릇한 웃음을 흘렸다.

"이번에 안 되면 무슨 좋은 수가 없겠소? 좀 다른 방법으로 말이오."

하시모토는 몸을 바로잡고 앉았다. 백종두는 그 엉뚱한 말이 대답치고는 명답이라고 생각했다.

"다른 방법이라…… 글쎄요, 좀 생각해 봐야 되겠는데요."

"나한테 한 가지 좋은 생각이 있긴 있소. 다른 게 아니고 마음에 있는 여자를 밤중에 몰래 자루에 넣어 업어오는 조선풍습이 있잖소. 그 방법을 쓰면 어떻겠소. 하룻밤 자버리면 꼼짝없이 내 여자가 되는 것이고, 돈이야 그 다음에 전하면 되잖소."

"아이고, 그건 큰일납니다. 그 방법이야 과부한테 쓰는 거지 처녀한테 쓰는 게 아닙니다. 그건 곤란합니다."

눈이 휘둥그레진 백종두는 고개를 마구 내저었다.

"아니, 뭐가 그리 큰일난다는 거요? 과부나 처녀나 다 똑같은 여잔데."

"아니지요, 아니지요. 과부하고 처녀는 천양지차지요. 과부야 헌 계집이고, 처녀야 깨끗한 몸 아닌가요. 만약 처녀를 그랬다가는 온

마을사람들이, 아니 우리 면민들 전부가 들고일어날 겁니다. 조선 사람들은 처녀 순결을 목숨처럼 귀히 여기니까요. 하시모토 상은 앞으로 우리 면에다가 대농장을 꾸밀 원대한 꿈을 가지고 있지 않습니까? 그 일이 지금 착착 진행되고 있는데 괜히 그런 일로 인심을 잃어보세요. 그 일이 잘되겠습니까?"

백종두는 가차없이 하시모토의 가슴팍을 찔러댔다. 그건 하시모토를 위해서가 아니었다. 그를 빙자한 자기방어였다. 만약 하시모토가 그 짓을 해서 면민들이 들고일어나기라도 한다면 그 불똥은 자기한테까지 튈 위험이 있었던 것이다. 왜놈이 처녀를 업어다가 첩으로 삼았다……. 그건 생각만으로도 끔찍한 일이었다. 그 소문은 짚더미에 불붙이기였다. 가뜩이나 일본사람들에게 감정이 좋지 않은 판에 사람들에게 감정풀이 한바탕하라고 멍석 깔아주는 격이었다. 백종두는 그런 일로 면장자리를 다치고 싶지 않았다.

"그것 참 고약하네. 선녀가 따로 없던데."

하시모토는 짭짭 입맛을 다셨다.

백종두는 하시모토가 그리 반해버린 처녀가 얼마나 잘생겼는지 한번 보고 싶은 마음이 슬그머니 동하고 있었다. 그건 호기심이 아니라 욕심이었다.

"백 면장, 만약 이번에도 성사가 안 되면 말이요, 마지막으로 백면장이 한번 나서주시오."

하시모토가 불쑥 꺼낸 말이었다.

백종두는 순간적으로 감정이 뒤집히며 '아니, 뭐라고요!' 하는 말을 곧 터뜨릴 뻔했다. 그러나 상대가 상대라서 그 말을 가까스로 참아내며 감정도 눌렀다. 저자식이 면장을 뭘로 보고…… 하는 감정이 가슴에서 꿈틀대고 있었다.

"내가 죄인은 많이 다뤄봤어도 중매쟁이 노릇은 해본 일이 없어서……. 하시모토 상은 조선땅만 좋아하는 줄 알았더니 조선여자도 좋아합니다그려. 예쁜 여자라면 권번에 넘어오는 것도 수두룩하고, 쌀 스무 가마니 값이면 처녀로 탈탈 고를 수 있는데요."

백종두는 묘하게 웃으며 빈정거리고 있었다.

"예쁜 여자라고 다 맘에 드는 건 아니잖소. 내가 백 면장보고 나서달라는 건 중매쟁이가 되라는 게 아니오. 거 있잖소, 면장님의 권한으로 멋지게 해결해 버리라는 거요."

몸이 단 하시모토는 빈정거림도 빈정거림으로 받아들이지 못하고 있었다.

"면장님의 권한이라…… 어디 일이 돼가는 걸 차차 두고 봅시다."

백종두는 딱 잘라 거절은 못하고 미적지근하게 어물거렸다.

"다시 사람을 보내보고…… 어쨌든 백 면장님만 믿겠소." 하시모토는 기지개를 켜며 일어나더니, "나 군산 좀 나갔다 오겠소. 쓰지무라 과장님한테서 연락이 와서." 그는 묻지도 않은 말을 했다.

그러나 그건 즉흥적으로 꾸며낸 거짓말이었다. 백종두도 그 말이 미심쩍었지만 무슨 일이냐고 따져물을 수가 없는 처지였다. 다만 '과장님'으로 힘이 더 막강해진 쓰지무라가 하시모토의 배경이라는 사실이 중요할 뿐이었다.

"너무 염려 마시고 다녀오세요."

백종두는 아니꼬움을 싹 감춘 채 환한 웃음을 피워내며 하시모토를 문밖까지 배웅했다.

하시모토는 면사무소를 나오며 또 그 처녀를 생각하고 있었다. 그 곱고 매혹적이던 모습이 곧 잡힐 것처럼 눈앞에 선하게 떠올랐다. 갖기가 어려우니까 더욱 갖고 싶은 욕심이 발동하고 있었다. 그 처녀는 그냥 예쁜 꽃만이 아니었다. 예쁘면 야하기가 쉽고, 고우면 되바라지기가 쉬웠다. 그런데 그 처녀는 그런 속기가 전혀 없었다. 화사한 듯하면서도 단아했고, 선정적인 듯하면서도 다소곳했고, 맑은 듯하면서도 슬픈 기가 서려 있었다.

석양 햇빛을 받고 있는 그 처녀를 보는 순간 가슴에서 일어난 회오리 바람은 걷잡을 수가 없었다. 인물 잘생긴 여자를 한두 번 본 것이 아니었다. 그러나 그처럼 일순간에 마음이 뒤흔들린 일은 없었다. 며칠 동안 마음에서 지우려고 애를 써보았다. 짐승과 다를 바 없는 하잘것없는 조센징이라고, 마늘냄새 고추장냄새 지독하게 몸에 밴 조센징이라고 자신을 타이르고 일깨웠다. 그러나 갖고 싶은 욕망은 조금도 묽어지지 않았다.

결국 그 욕망에 밀려 아내에게 더 준비가 필요하니 기다리라는 거짓편지를 띄우게 되었다. 그리고 처녀집에 사람을 보내게 되었다. 그때만 해도 손쉽게 갖게 될 줄 알았었다. 그런데 갈수록 애만 태우게 만들었다. 자꾸 액수가 올라가는 것도 아까웠지만 부질없이 날짜만 까먹는 것은 더욱 아까웠다. 아내가 건너오기 전에 실컷 재미를 보려고 했던 계획이 수포로 돌아가고 있었던 것이다.

새삼스럽게 사람과 짐승이 다르다는 것을 절실히 느끼지 않을 수가 없었다. 요시다가 말을 타고 농장을 누벼대는 꼴이 아니꼽고 눈꼴시어 자신도 말을 사들이기로 작정했었다. 그 일은 한번 가격을 정하는 것으로 깨끗하게 끝이 났다. 말은 지금쯤 배에 실려오고 있을 것이었다. 그런데 말 구입보다 먼저 시작한 처녀의 일은 돈만 가지고 해결이 되지 않았다.

사회생활을 시작하면서 한번 마음먹은 일을 이루지 못한 것은 아무것도 없었다. 남들보다 먼저 러시아로 갔던 것도, 거기서 사업을 확장시키면서 정보원으로 성공했던 것도, 부잣집 딸을 마누라로 삼은 것도 뜻대로 다 된 일이었다. 그런데 조센징 계집애 하나가 속을 썩이고 있었다.

"두고 봐라, 내가 누군데!"

눈꼬리에 독이 오른 하시모토는 침을 내뱉으며 걸음을 빨리했다.

지삼출과 손판석은 밤이 늦어 마을로 숨어들었다. 농사철이 시작되어서 그런지 어둠 속에 두엄냄새가 진하게 배어 있었다. 야기에도 서늘한 느낌이라고는 전혀 없었다.

"맘이 영 지랄 겉은디."

손판석이 중얼거렸다.

"어찌 안 그러겄어. 태 묻고 커나고 장개들어 새끼덜 낳고 산 땅인디."

가라앉은 어조로 지삼출이 대꾸했다.

"어찌까, 첫닭 울먼 나서?"

"아니시. 여자에 아그덜꺼정 있응게 자정 임시에 나서야 해뜨기 전에 만경강이라도 건느제."

"글먼 바뿌시. 어디서 만내?"

"나가 자네 집으로 가겄네."

두 사람은 서로 다른 고샅길을 잡았다.

지삼출은 방으로 들어서서 앉지도 않고 아내에게 일렀다.

"얼렁얼렁 짐 챙기소. 금세 떠야 헝게."

"무신 번갯불에 콩 볶아묵는 소리다요. 챙길 짐이 한두 가지가 아닌디 메칠 전에 일러줘야제라."

"자네 시방 태평세월이시. 나가 벼슬히서 한양 행차허는 줄 아능겨? 메칠 전에 일러줘서 짐 싸는 소문나먼 우리 식구 다 어찌 되는지 몰라서 허는 소리여?"

지삼출의 낮은 목소리에는 노여움이 묻어 있었다.

"지가 잘못 생각혔구만요. 근디 우리만 뜨는게라?"

"아니시, 나가 시방 감골댁헌티 댕게올라네. 근디 자네 말이여, 농사 지묵고 살 것 아닝게 암것도 챙길 것 없네. 옷허고 이불, 밥그럭만 딱 챙기소. 솥단지도 챙기지 말어. 알겄능가!"

"야아, 얼렁 댕게오시게라."

무주댁은 두근거리는 가슴으로 남편의 등을 밀었다.

지삼출은 한달음에 감골댁의 집으로 갔다. 사립을 밀치고 마당으로 들어서는데 문득 영근이의 얼굴이 떠올랐다. 그리움이 가슴을 흔들었다. 돈 벌어 꼭 돌아오겠다던 세월이 9년이나 흘러 있었다. 그렇게 끌려가지 않았더라면 틀림없이 함께 의병으로 나섰을 것이다. 지삼출은 코허리가 매운 것을 느꼈다.

"아짐, 아짐, 나 삼출인디요."

지삼출은 지게문을 가만가만 흔들었다.

"누, 누구여? 만복이 아부지?"

잠기운이 없는 소리였다.

"불언 키지 마시게라."

방으로 들어서며 지삼출이 말했다.

"아, 어쩐 일이여. 이 밤중에."

감골댁은 몇 달 만에 다시 만나는 지삼출의 팔을 더듬어 붙들었다. 그때도 어둠 속에서 잠깐 만났을 뿐이었다.

대근이와 수국이가 어둠 속에서 인사를 했다. 지삼출은 대근이의 어깨를 어루만져주며 또 세월의 흐름을 실감했다.

"오늘 밤에 곧 뜰라능마요. 아짐씨도 얼렁 짐 챙기시게라."

"어디로 가는디?"

"군산이구만요."

"거그서 묵고살아질랑가?"

"여그보담 못헌 디가 있간디요."

"아이고메, 자네가 우리 은인이시. 글안해도 엊그적께 왜놈헌티서 또 사람이 왔었는디. 좋은 말로 헐 때 안 들으면 가만 안 둔다고 얼매나 겁얼 주든지. 인자 우리 수국이 살아났네."

감골댁의 목소리가 울먹였다.

"짐언 옷허고 이불허고 밥그럭만 챙기씨요. 딴것언 아까와라 말고 다 내뿔고. 나 금세 또 오겄구만이라."

"이, 아까운 물건 암것도 없네."

지삼출은 감골댁의 말을 들으며 다급하게 방을 나섰다.

잠이 깬 두 아이가 어두운 아랫목에 붙어앉아 있었다. 지삼출은 두 아이를 한아름에 안고 한참이나 앉아 있었다. 아직도 젖비린내가 남아 있는 것 같은 아이들의 체취 속에서 말로 다 못할 온갖 감정이 뒤엉키고 있었다.

지삼출은 짐을 지고 집을 나섰다. 아내와 아이들을 당산나무 아래에 두고 손판석의 집으로 갔다. 손판석의 식구들과 함께 감골댁네로 갔다. 감골댁 식구들은 마루에 나앉아 기다리고 있었다.

그들은 발소리 숨소리를 죽이며 당산나무 아래까지 왔다. 밤은 깊을 대로 깊어져 있었다.

"느그덜 엄니 손 꽉 잡고 걸어야 혀. 걷다가 엎어져도 울어서넌 안 되고. 울먼 왜놈순사 칼에 우리 다 죽웅께."

지삼출이 두 집 아이들에게 다졌다.

세 집 식구들은 어둠 속을 걷기 시작했다. 밤 깊은 어둠은 그들의 모습을 잘 감싸주고 있었다. 하늘에는 별들이 유난히 반짝이고 있었다.

29

탐욕의 소용돌이

배를 약간 내민 듯한 장덕풍은 왼쪽 팔은 뒷짐을 지고 오른쪽 팔은 맘껏 휘둘러대며 활기차게 걷고 있었다. 그 뒤를 등짐 진 두 사내가 바쁜 걸음으로 따르고 있었다. 한발 앞서고 있는 사내는 빈대코 김봉구였고, 뒤의 사내는 새로 짝을 맞춘 나보길이었다.

"아이고 성님, 한복판 존 디 다 두고 어찌 해필허고 요런 구석지에다 공장얼 채렸소. 사람 짠뜩 애묵게."

김봉구가 불만스레 투덜거렸다.

"자네 안직 똥독이 다 안 빠졌는갑구만? 요까짓 것 걷기가 심들면 그놈에 다리 다 삭았응게 보부상질 걷어치워." 장덕풍은 매정하다 싶게 면박을 주고는 "가겟방이 아니고 공장인디 비싼 돈 딜여 군산 한복판에 채린다고 장사가 잘되간디? 사탕만 맛나게 맨들면 소매상덜이 다 지 발로 찾어오는 것이여. 허고, 시방이야 여그가 구석지라도 사오 년만 지내봐. 여그도 한복판이여. 그때 가면 여그 땅값이 얼매가 될란지 알어? 자네넌 나이 헛묵었어."

그는 자신의 치부 수완을 과시하는 동시에 상대방을 조롱하는 양수겸장을 치고 있었다.

"체, 이런 디가 어느 세월에 한복판이 되겄소. 성님 저시상으로 간 뒤에나?"

김봉구도 당하고만 있지 않고 뒤틀리는 배알을 그대로 드러냈다.

"허! 눈뜬 봉사가 큰소리치네. 조선사람이면 거렁뱅이새끼도 안 살든 갯가 뻘 밭이 그리 비싼 땅이 될란지 자네 땅짐이나 혔등가!"

김봉구는 그만 입이 닫히고 말았다.

"저그 다 왔네."

장덕풍은 걸음을 멈추며 앞을 손가락질했다.

"아니, 저것이 무신 공장인게라? 다 허물어져 넘어가는 집구석 이제."

김봉구가 어처구니없다는 듯 장덕풍을 쳐다보며 헛웃음을 쳤다. 그 옆의 나보길이도 실망스러운 얼굴이었다.

"잉, 자네덜이 그럴지 알었제. 껍데기만 뻔지르르허기럴 바래는 실속 없는 자네덜언 평상 그놈에 등짐 신세 못 면헐 것이여. 풋감 묵고 체해 선하품허는 놈걸이 그런 상호덜 허고 있지 말고 일차 안 으로 들어가 보고 말혀."

장덕풍은 두 사람에게 경멸적인 눈흘김을 보내며 혀를 차댔다.

그러나 그들 두 사람이 실망하는 것도 무리는 아니었다. 장소도

시가지에서 너무 떨어진 변두리인 데다가 명색이 사탕공장이면 어찌 모양이나마 갖추었어야 할 텐데 눈앞에 놓인 것은 허름한 초가 한 채였던 것이다. 좀 색다른 것이 있다면 새 판자들을 잇대어 널따랗게 울타리를 둘러친 것이었다. 곧 송진냄새가 풍길 듯이 판자들이 새것인 데다가 그 둘레가 너무 넓어 초가는 더 작고 초라해 보였다.

"짜아, 자네덜 요것 잠 읽어보소."

장덕풍은 문 앞에 떡 버티고 서서 크고 느긋한 소리로 말했다.

"아이고, 요것언 또 머시요? 간판 아니라고. 무신 놈에 간판이 이리 크고 야단시럽소?"

김봉구는 대문기둥에 걸린 내리닫이 간판을 쳐다보며 어이없어 하고 있었다. 넓고 두꺼운 판자에 큼직큼직한 한문자를 박아놓은 간판은 허름한 초가에 비해 도무지 어울리지 않는 것은 사실이었다. 간판의 크기도 크기였고, 그 상호는 더욱 허풍스러웠다.

"어허, 무신 잔말이 그리 많혀. 어서 읽어보기나 허라닝게."

장덕풍이 그만 노기를 띠었다.

"장풍제과사업소."

나보길이 얼른 읽어내렸다.

"장풍제과사업소? 장풍이야 성님 이름서 따온 것이고, 제과에 사업소넌 머시오? 사탕공장이란 말언 어디 가고."

김봉구는 눈치 없이 입을 놀렸다.

"저, 저 무식허기넌. 짚이 배운 것 없으면 눈치나 빨라야 정신없이 변허는 시상서 지 밥이나 찾어묵고 살아질 것 아니겄어. 제과가 사탕이나 과자럴 맨든다는 말이고, 사업소가 공장이란 뜻임스로 더 윗질인 말이여. 자네덜이야 그제나 이제나 등짐 지고 돌아치는 신센께 변헌 것 없이 장돌뱅이제만 나 겉은 사람언 인자 장사꾼이나 장사치가 아니여. 글먼 머시냐! 이런 장사럴 사업이라 허고, 나 겉은 사람얼 사업가라고 허는 것이여. 시상이 변혔응게 인자 자네덜도 명념혀. 나넌 사업가여, 사업가!"

장덕풍은 자신의 가슴을 손바닥으로 퍽퍽 치며 결연하게 외쳤다. 그 기세에 눌려 김봉구와 나보길은 옴짝달싹 못하고 기가 꺾이고 있었다.

"여러 말 말고 자네덜도 코가 있으먼 맡아보소. 여그서보톰 단내 꼬신내가 안 난가?"

장덕풍은 코끝에 잔뜩 힘을 넣어 콧구멍을 키운 채 뻐기고 있었다.

김봉구는 그 못생긴 빈대코를 큼큼거렸고, 나보길은 코를 벌름거리며 대문 안을 기웃거렸다. 말을 듣고 보니 단내가 풍기는 것도 같았고, 꼬신내가 스치는 것도 같았던 것이다.

"여그서 백번 돼지코 맨들어봤자 소양없어. 들어가서 사탕이고 과자가 어찌 맨들어지는지 봐야 혀. 백문이 불여일견잉게로 말이여."

장덕풍은 문자까지 써가며 앞장서 대문 안으로 들어갔다.

넓은 마당을 가로질러 초가집에 가까워지자 단내와 고소한 냄새가 진하게 풍겨왔다. 그리고 무슨 동그란 것들이 얇은 쇠판을 구르는 소리들이 다그르르 자그르르 들려오고 있었다.

장덕풍이 큰기침을 하며 판자문을 밀치고 안으로 들어갔다. 뒤따라 들어온 김봉구와 나보길은 그만 눈이 휘둥그레졌다.

초가집 안은 밖의 볼품없던 모습과는 전혀 딴판이었다. 우선 초가집 안은 완전히 한 통으로 트여 있었다. 지붕을 받친 기둥들만 가운데 몇 개 서 있어서 그 넓이가 꽤나 넓어 보였다. 그 확 트인 속에 단내와 고소한 냄새가 진동하고 있었고, 네댓 사람이 여기저기서 제각기 일손을 바삐 놀리고 있었다.

"자아, 날 따라서 맘놓고 귀경덜 허드라고."

거만스런 웃음을 입가에 문 장덕풍은 두 사람을 눈 아래로 훑었다. 두 사람은 완전히 주눅이 들어 어느새 손들을 앞으로 모아잡고 있었다. 등짐을 진 채 손을 앞으로 모아잡게 되니 자연히 목이 길게 빠져 그 모습이 꼭 무슨 죄라도 진 것 같은 등신 꼴이었다.

구워낸 과자를 간추리는 사람, 밀가루반죽을 하고 있는 사람, 사탕들을 양철판 상자에서 좌우로 굴리고 있는 사람, 석탄불 위의 기계에서 과자를 구워내는 사람, 엿가락처럼 긴 것을 실로 토막토막 자르고 있는 사람을 그들은 차례로 구경했다. 김봉구와 나보길은 등짐을 진 채였고, 장덕풍은 짐을 벗어놓으란 말도 하지 않았다.

장덕풍은 엿가락처럼 긴 것을 실로 토막내고 있는 사람 앞에서 걸음을 멈추었다. 장덕풍은 그 젊은 사람의 손놀림을 더없이 흐뭇한 얼굴로 바라보고 있었다. 그 젊은이는 실 한쪽 끝을 입에 물고 다른 끝을 오른손에 잡고는 왼손으로 받쳐든 엿가락처럼 긴 것을 실을 한 바퀴씩 돌려 잘라대는데, 오른손의 놀림이 어찌나 빠른지 거의 보이지 않을 지경이었다. 더욱 놀라운 것은 손을 그렇게 빨리 놀릴 때마다 토막들은 연상 톡톡톡톡 떨어져내리는데, 그 크기가 눈으로 구분할 수 없을 정도로 다 똑같은 것이었다.

그 젊은이가 일손을 멈추자 장덕풍은 비로소 입을 열었다.

"기문아, 새로 온 손님덜이다. 수인사혀라. 어이, 우리 작은아덜이고, 이 사업소 지배인에다 공장장이시. 자네덜 인사 트소."

장덕풍은 득의만면하게 작은아들을 두 사람에게 소개했다.

"지넌 장기문이라고 허능구만이라."

젊은이가 손등으로 이마의 땀을 문지르며 꾸벅 인사를 했다.

"이, 나넌 자네 아부님얼 성님으로 뫼시고 등짐장사럴 배운 김봉구라고 허능구마. 자네넌 참말로 시상에 둘도 없는 재주럴 지녔네 이."

김봉구는 부러운 듯 젊은이를 바라보았다.

"재주가 아니라 기술이시, 기술!"

장덕풍은 마땅찮은 얼굴로 김봉구에게 눈총을 쏘며 내질렀다. 그는 등짐장사를 자신에게 배웠다는 김봉구의 말에 비위가 뒤틀렸던 것이다. 그는 언제부턴가 보부상의 과거를 덮고 싶고 감추고 싶어했던 것이다.

"지넌 나보길이라고 허능마요. 참 장헌 솜씨럴 지녔구만요."

나보길이 고개를 깊이 숙였다.

"저짝으로 가서 짐덜 벗고 사탕이고 과자고 맛덜 봄서 쉬시씨요. 지넌 일이 바쁜게 이얘기야 아부지허고 허시고."

장기문이 인사치레를 하고 돌아섰다.

"그려, 저짝으로 가서 짐덜 벗세. 사탕이고 과자고 다 맛얼 보는디, 한 가지에 하나썩만 맛얼 보소. 많이 묵을수록 맛이 덜해지는 것잉게."

장덕풍이 다시 활갯짓으로 앞장서며 턱없이 큰소리로 말하고 있었다.

뒤따르고 있는 김봉구의 눈이 고약하게 치뜨이고 입이 비틀려 돌아가고 있었다. 그런 그는 까닭 모르게 분하고 역정이 나고 있었다.

"장사야 묵어없애는 장사가 질인디, 사탕이고 과자넌 신식인 디다가 저리 솜씨 존 장헌 아덜 두고 일찍허니 공장얼 채렸시니 금세 부자 되시겄구만이라우."

나보길이 등짐을 벗으며 장덕풍의 귀에 단말을 내놓았다.

"이, 자네넌 젊은디 눈치가 빠르시? 그려, 어느 시상에서나 한밑천 잡을라먼 눈치가 빨라야 허는디, 더군다나 이리 무섭게 변허는 시상에서넌 더 말허잘 것도 없는 일이여. 자네 이름이 보길이, 보배 보에 길헐 길 자겄제. 그만치 눈치가 빨름사 이름대로 되겄는디. 보배 보에 길헐 길, 아조 존 이름이시."

장덕풍은 유식한 척 이름풀이까지 해가며 푸짐하게 말인심을 쓰고 있었다.

"닌장맞을, 보길이가 무신 놈에 존 이름이요, 존 이름은. 보길이 대길이 만길이 복길이 천복이 만복이 수복이, 다 째지게 가난헌 촌놈덜 이름이제. 김봉구, 봉황 봉 자에 아홉 구, 봉황이 한 마리도 아니고 아홉 마린디, 그런 촌놈덜 이름에 비허면 얼매나 좋소. 근디도 나 꼬라지 봇시요. 이름이 다 무신 소양이 있다요."

김봉구는 갑자기 열을 내고 들었다. 그는 괜히 속이 답답해지는 화풀이를 그렇게 하고 있었다.

"허! 자네넌 그놈에 이름 땜시 안 되는 것이여. 봉황 아홉 마리가 훨훨 날아서 어디로 가제? 저 끝도 한도 없는 하늘 아니여? 자네넌 지아무리 용얼 써도 재물이 하늘로 풀풀 날아가는 수다 그것이여. 이려도 소양이 없능가아?"

장덕풍은 쭉 늘여뺀 고개를 틀어돌리며 김봉구의 화를 질렀다.

"성님언 나가 잘된다는 것이 그리 배아프요? 참 섭허구만이라 잉."

시무룩해진 나보길의 얼굴에는 서운한 기색이 역연했다.

"아니시, 아니시. 헛말 듣고 뜬구름 잡을라다가넌 맘만 허해징게 헌 소리시."

김봉구는 서둘러 둘러붙이느라고 장덕풍의 재수 없는 말에 공박할 기회를 놓치고 있었다.

나이 어린 공원이 작은 함지박에다가 과자며 사탕을 고루고루 담아가지고 왔다.

"자아, 요것덜 맛이나 보소."

장덕풍이 함지박을 그들의 앞에다 놓았다. 김봉구는 과자를 얼른 집어들었다.

"염병헐, 그 개잡년만 아니었어도 내 신세가 요 꼴언 아닐 것인디. 그년얼 잡기만 허먼 가랭이럴 열두 갈래로 찢어발기고 말 것이로구만."

김봉구는 과자를 와삭 깨물었다.

"이사람아, 인자 그 소리 그만허랑게. 다 과거지사란 말이여. 그 적에 자네가 태수겉이 죽어부렸으면 어쩔 것이여. 이리 살아 있는 것얼 천행으로 알고 앞일만 생각허란 말이시. 자네가 원수갚음허겄다고 그 일얼 안 잊으면 맘이 딴 디로 가 앞일얼 못 본단 말이여. 그래 갖고넌 돈벌기넌 다 틀린 일이랑게. 나 말 알아묵어?"

장덕풍은 안타까운 얼굴이었다. 같은 말을 벌써 몇 번이나 했는지 몰랐다.

"잊어불라고 히도 잘 안 되는디 어쩔 것이요. 성님이야 큰아덜이 정식으로 순사가 되야 권세 짱짱해졌겄다, 작은아덜이 요런 신식기술 배와 공장 떡허니 채렸겄다, 앞으로야 떼부자 될 일만 남었응게 그리 속편허니 말허제라. 성님언 인자 이쁜 첩만 하나 얻으면 양반이고 머시고 부러울 것이 머시가 있소."

"이사람아, 무식허니 첩이 머시여. 소실이라고 허소, 소실. 글안해도 시방 쓸 만헌 것얼 골르고 있는 참이시."

김봉구는 어깨를 늘어뜨리며 장덕풍을 멀거니 쳐다보고만 있었다.

나보길은 두 사람의 말에는 전혀 귀를 팔지 않고 사탕이며 과자를 이것저것 부지런히 집어다가 맛을 보기에 바빴다.

"맛이 으쩌?"

장덕풍이 나보길의 눈치를 살폈다.

"야아, 맛이야 일본사람 공장 것이나 달블 것이 없는디요. 값얼 쬐깨라도……."

나보길은 말끝을 얼버무렸다.

"하면, 하면. 자네덜이야 누구라고. 자네넌 과시 눈치가 빨르당게. 시상 변헌 디에 맞쳐서 물건도 착착 바꿀지 알고."

두 사람 사이에서는 벌써 거래가 이루어지고 있었다. 그런데 아직 감정을 수습하지 못한 김봉구는 마지못한 듯 박하사탕 하나를 집어 입에 넣고 와드득 깨물었다.

"자네넌 안직 맛도 다 안 봤능가?"

장덕풍이 끌끌 혀를 찼다.

"맛이야 보나마나. 나도 저 사람 허는 대로 허겄소. 눈치 없는 놈이야 눈치 빨른 사람 따라가야제 어쩌겄소."

김봉구는 오기 받친 한마디를 잊지 않았다.

그들은 장덕풍이 제과공장을 차리는 것을 계기로 상품품목 하나를 더 추가하는 것이었다. 그들의 등짐에 실리는 품목은 10여 년 세월 동안 알게 모르게 자리바꿈을 해왔다. 무명베가 광목으로 바뀌었고, 일제 화장품이 자리를 차지했고, 궐련과 성냥이 끼어드는가 하면, 화투가 차지하는 자리가 넓어지기도 했다.

그렇게 변하다 보니 이제 그들의 등짐은 거의가 일본물건들로 채워졌다.

"다 아는 소린디 말이여, 돈벌이럴 잘허는 것이야 외상얼 안 띠이는 것이고, 그 담이 싸게라도 많이 팔아대는 것잉 거 알제? 양반 미투리 짜는 놈허고, 상놈 짚신 짜는 놈허고, 짚신 짜는 놈이 결국에 큰 부자 됐다는 말 명념덜 허드라고."

장덕풍은 자리를 털고 일어섰다. 그 말은 장사의 기본 상술인 박리다매를 새삼스럽게 일깨우는 것이 아니었다. 자기가 물건을 싸게 주는 만큼 싸게 팔아넘기고 자주 오라는 말을 그렇게 하고 있었다. 그는 사탕공장을 어서 키우기 위해 은근하게 영업적 발언을 하는 셈이었다.

"터럴 아조 널찍허니 잡으셨구만이라 이."

공장을 나선 나보길이 빈터를 둘러보며 부러운 눈치였다.

"여그다가 크담허니 공장얼 질 작정허고 돈푼 잠 썼구만."

장덕풍도 빈터를 둘러보며 만족스러운 얼굴로 헛기침을 했다.

"어느 세월에 이 공터에 다 찰 만치 큰 공장얼 세우겄소. 부두 옆에 쌀창고럴 짓는 것도 아닌디."

김봉구가 옹이 박인 말을 뱉어냈다.

"자네 시방 나헌티 화풀이허자는 것이여, 나가 잘되는 것이 배가 아퍼서 그러는 것이여. 듣자 듣자 허닝게 듣기에 영 뻬시고 깔끄라운디."

장덕풍은 성질 돋아오른 얼굴로 김봉구를 노려보았다.

"아니, 아니구만요. 성님이 하도 겁나게 말씸허싱게 믿기덜 안히서 그렇제라."

정곡을 찔린 김봉구는 너무 당황해서 정신없이 둘러댔다. 장덕

풍에게 밉보였다가는 자신의 신세는 그나마 기댈 데 없이 막판이
되는 것이었다.

"떡 치는 옆이서 헛기운이라도 써주는 시늉얼 혀야 귀쪽떡 한 쪽
이라도 얻어묵어지는 것이여." 장덕풍은 가소롭다는 듯 한마디 오
금을 박고는, "어디 보드라고, 나가 3년 안에 공장얼 짓나 못 짓나.
허고, 나가 땅얼 이리 널찍허니 잡은 것이 사탕공장만 질라는지 아
는감? 사탕공장이야 반에반만 짤라서 짓고 남치기 땅에다넌 정미
소럴 질 챔이여, 정미소."

그는 상대방을 더 배아프게 만들어주려는 듯 정미소 이야기까
지 꺼냈다.

김봉구는 온몸에서 맥이 빠지며 두 다리가 후들거리는 것을 느
꼈다. 그건 장덕풍에 대한 가위눌림이었다. 장덕풍은 자신이 생각
하고 있는 것보다 훨씬 더 돈이 많은 것이 틀림없었다. 그러지 않고
서야 정미소까지 세울 꿈은 꿀 수 없는 일이었다. 정미소는 큰돈이
들어서 그렇지 세우기만 하면 돈을 삼태기로 긁어모은다는 소문이
었다.

"그려요, 성님 허는 일이 모다 불겉이 일어나서 군산서 질가는
부자가 되시게라. 그리되면 나 겉은 놈도 성님 그늘서 떡고물이라
도 집어묵고 살 것 아니겠소."

김봉구는 마침내 허물어지고 말았다.

"그려, 맘얼 그리 써야제. 인자 가세."

장덕풍은 다시 앞장을 서서 걷기 시작했다.

기운 좋게 내달아가고 있는 장덕풍을 바라보며 김봉구는 한없이 초라한 자신을 느끼고 있었다.

참말로, 저 장덕풍이놈 운수대통허니라고 왜놈덜 시상이 왔당게. 저놈언 떼부자가 되는 판인디 나넌 꺼꿀로 더 찌그러든 신세 아니라고. 나 이름이 참말로 재물이 풀풀 날아가는 이름일랑가…….

김봉구의 마음은 자꾸 절망의 비탈로 굴러내려가고 있었다.

장덕풍은 자기 가게 앞에 사람이 탄 인력거가 멈춰서 있는 것을 보고 걸음을 더욱 빨리 서둘렀다. 인력거에 올라앉은 사람의 얼굴은 알아볼 수 없으나 갓에 한복 차림인 것으로 보아 얼핏 짐작이 가는 사람이 있었다.

"어디 갔길래 사람을 이리 오래 기둘리게 허고 이러냐."

장덕풍이 어느 만큼 가게에 가까워졌을 때 인력거에서 먼저 호령이 떨어졌다. 그때는 장덕풍도 상대방이 만경 부자 정재규라는 것을 알아보고 있었다. 그의 짐작은 그대로 들어맞았던 것이다.

"아이고 만경 어런, 행차허셨구만요. 손덜이 있어서 사탕공장에 잠 댕게오니라고……. 이 한디서 오래 기둘리셨는게라우?"

손을 앞으로 모아잡은 장덕풍은 있는 겸손을 다해 굽실거렸다.

"양반 체면에 곤란해서 갈라든 참이네."

정재규의 어조는 싸늘했다.

"아이고 이거 죄송시럽구만요. 만경 어런 행차허실지 알었음사 자리럴 안 뜨는 것인디…… 지가 실수가 됐구만요."

장덕풍은 그저 모든 것을 자기 잘못으로 덮어쓰며 상대방의 비위를 맞추려고 들었다. 유별나게 양반 행세하기를 좋아하는 정재규인 것을 익히 알고 있는 처지에 그까짓 입으로 발라맞추는 것쯤 장덕풍은 얼마든지 할 수 있었다. 사람을 기다리면서도 인력거를 보내지 않고 그대로 타고 앉아 있는 것이 정재규의 남다른 양반 행세 중의 하나였다. 인력거를 잡아두는 돈보다 양반 행세가 먼저였던 것이다. 그런 정재규가 자신에게 맘껏 양반 행세를 하게 해주는 것은 자신이 끝없이 굽실거려 주는 것임을 장덕풍은 잘 알고 있었다. 이런저런 돈벌이를 위해서도 정재규한테는 얼마든지 굽실거릴 필요가 있었다.

"저어…… 나락얼 내실라는가요?"

장덕풍은 조심스럽게 물었다.

"아니시. 이리 가차이 오게."

나이 많은 장덕풍은 재빠른 동작으로 젊은 정재규가 타고 앉은 인력거 옆으로 붙어섰다.

"에에…… 나락이야 차차 내고, 나 오늘 급전이 있어야겠네."

정재규의 나직한 말이었다.

"야아, 얼매나 올리먼 되는디요?"

장덕풍은 민감하게 반응했다. 또 노름판이 벌어진다는 것을 직감했던 것이다.

"우선 50원얼 챙기게."

"야아, 어디로 가시는디요?"

"국향으로 가네."

"야아, 금방 보내겄구만이라우."

"가자, 인력거 잡아라."

정재규는 호령하며 인력거 등받이에 몸을 뒤로 눕혔다.

"그려, 니가 화투노름에 미쳐 돌아가는구나. 이, 많이많이 미쳐 돌아가그라. 니가 미쳐 돌아가야 내 재산이 불어난게로. 애비 없이 쳐빠뿐 만석꾼 부잣집 자석이 주색잡기 말고 헐 짓이 머시가 또 있겄냐 잉!"

멀어져 가는 인력거를 바라보며 장덕풍은 히죽히죽 웃고 있었다.

"아니, 성님 시방 낙지 잡으요?"

김봉구가 가게를 나서며 궁금증을 드러냈다. 장덕풍은 순간적으로 웃음을 싹 감추고 돌아섰다.

"들어가세, 딴 물건 챙게야제."

"저것이 만경 부자 정 아무개 아닝게라?"

"아니, 자네가 어찌 그걸 다 알어?"

장덕풍이 놀란 눈으로 김봉구를 쳐다보았다.

"어허, 나도 장돌뱅이로 발바닥에 군살 백인 지가 10년 빨딱 넘어 20년이 다 차가요. 나가 내왕허는 디야 어디 부자 누구가 멫 석 허는지야 쪼르륵 다 알제라. 글고 저 만경 정 부자네야 인심 사납기로 소문난 집구석 아니드랑가요?"

김봉구는 장덕풍이가 정 부자와 친한 것이 또 배가 아파 것지르고 들었다.

"자네넌 그놈에 입이 초라니 방정이여. 입방정으로 복 까바시지 말고 잠 진득허니 닫아둬."

장덕풍은 세차게 혀를 차댔다.

"근디 성님, 성님허고 허능 것얼 봉게로 영판 가차운갑는디, 정부자 겉은 부자허고도 무신 거래힐 것이 있소?"

김봉구는 미친 척 달라붙었다.

"글씨, 자네넌 시상얼 맹탕으로 헛산다니께. 저런 부자덜이 일본사람헌티 쌀얼 팔아묵자면 새중간에 사람이 들어서얄 것 아니여?"

"글먼 성님언 거간꾼도 허능게라?"

"밑천 안 딜이고 목돈 잡기 그보담 더 존 일이 어디 또 있는감?"

김봉구는 가슴이 내려앉는 것을 느꼈다. 자기는 도저히 장덕풍을 당할 도리가 없다는 절망이었다.

"얼렁얼렁 물건 챙기세."

장덕풍은 필요 없는 말을 끊느라고 바쁜 척 허풍을 떨어댔다.

김봉구는 장덕풍이 양반 노름꾼들에게 노름빚을 대주고 그 이자는 보통 빚돈의 곱으로 받아들인다는 것을 모르고 넘어가고 있었다.

"아 멀 그리 넋놓고 섰능가. 인자 들어가 집안일허제."

장덕풍은 가게 한쪽에서 서성이고 있는 아내에게 거칠게 내질렀다. 자기가 돌아온 지가 언젠데 그때까지 안으로 들어가지 않고 있는 아내의 둔함이 그는 영 마땅찮았던 것이다.

"물이 못 나게 불러낼 때넌 무신 초친 맛이고 점방 지킨 공 몰르고 저리 정내미 떨어지게 허는 것언 또 무신 경우여, 경우가."

그의 아내는 다 들으라는 듯 거침없이 투덜거리며 안으로 들어갔다.

"저, 저 무식헌 예펜네가!"

장덕풍이 눈을 부라리며 결기를 세웠다.

"아이고 성님, 참으씨요. 아짐씨도 나이가 얼매라고 넘덜 앞서 성님이 잠 과혔소."

김봉구는 눈을 꿈벅거렸다.

"저 물건이 나이들어감서 저리 미런 떨고 뚝뚝허니 대들고 헝게 나가 보드랍고 살뜰게 허는 소실감얼 안 찾게 생겼어, 빌어묵을."

장덕풍은 광목다발을 내리며 꼭 필요한 것도 아닌 말을 하고 있었다.

김봉구는 곧 터지려는 말을 간신히 참아내고 있었다.

하이고, 등짝 근지러운 소가 둔덕 찾았고나. 니 마누래가 그리된 것언 다 니 못된 행투 땜시여. 니가 돈 잘 범서 돈얼 푼푼히 주기럴 허냐, 옷감 산데미로 쌓아놓고 옷얼 지대로 혀주기럴 허냐. 부래묵을 것 다 부래묵음서 천덕시럽게 대허는디 어떤 년이 좋아라 허겠냐. 그려, 자고로 인종 못된 것이 돈 벌고 출세허면 가차운 사람 하시허고, 마누래 뒷전 치고 첩질허능 거이다. 잉, 첩질 많이많이 히서 재산 찰팍 엎어묵고 좆대감지나 썩어 내래앉어라.

그들이 물건을 거의 다 챙겼을 즈음에 순사 하나가 가게 앞에 자전거를 세웠다. 그 순사가 가게로 들어서는 것을 먼저 본 나보길이 흠칫 놀랐다. 잘못한 것 아무것도 없으면서도 헌병이나 순사를 보면 덜컥 겁부터 나는 것이었다.

"아이고메, 요것이 누구여! 우리 칠문이 아니라고. 와아, 참말로 기맥히시."

뒤늦게 장칠문을 알아본 김봉구는 환성을 지르며 그의 손을 덥석 잡았다.

"어허 아재, 칠문이가 머시다요 칠문이. 나도 인자 나이가 서른이 넘고, 정식 순사란 말이오. 사람 체면 그리 막 깎덜 마씨요!"

장칠문은 냉정하게 말하며 김봉구에게 잡힌 손을 빼냈다.

"어허, 긍게…… 머시냐……."

그저 반가움만으로 대들었다가 그렇게 면박을 당한 김봉구는 무색해서 어쩔 줄을 모르고 있었다. 그런데 장덕풍은 아들의 그런 언행을 모르는 척하며 딴전을 피우고 앉아 있었다.

"하야가와 국장님이 아부지 잠 보자고 허시요."

장칠문이 박하사탕을 꺼내며 말했다.

"무신 일인디?"

장덕풍은 자신도 모르게 몸을 일으켰다.

"잘 몰르겄는디요."

"잉, 잘되았다. 급허니 나갈 일이 있었는디, 니가 나 잠 태와다 도라."

"글씨요, 아부지가 너무 무거와분디……."

장칠문은 사탕을 씹어대며 자기 아버지와 자전거에 번갈아 눈길을 보냈다.

"일 다 끝냈응게 자네덜이야 인자 어서 뜨소." 장덕풍은 두 팔을 저어 김봉구와 나보길을 몰아내듯 하는 손짓을 하고는, "어이 보소, 가게 비네. 얼렁 나와서 가게 보소." 안쪽으로 통하는 문을 열어젖히고 소리를 질러댔다.

김봉구와 나보길이 등짐을 지고 인사를 했지만 장덕풍은 마음이 급해 건성으로 인사를 받았다. 김봉구는 장칠문을 묵살했고 장칠문도 김봉구를 거들떠보지도 않았다.

"그 애비에 그 새끼여……"

가게 모퉁이를 돌아서며 김봉구는 혼잣말을 하고 있었다.

"다시넌 안 불러낼지 알었등마 아까 헌 말 땅에 떨어지기도 전에 어찌 또 난리판굿이여. 뻔뻔허니 낯 뚜껍기가 곰발바닥이랑게."

장덕풍의 아내가 가게로 들어서며 목청을 높이고 있었다.

장덕풍은 아내의 말을 못 들은 척하며 아들의 자전거 뒷자리에 올라앉았다.

"얼렁 가자, 국향 술집보톰."

"무신 일인디요?"

"알 것 없다."

장덕풍은 자전거가 굴러가는 맛을 간지럽게 느끼며 하야가와가 왜 오라는 것인지 생각해 보았다. 그러나 딱히 마음에 짚이는 것이 없었다.

의병이 씨가 말라들고 있다고 해서 그와의 관계가 달라진 것은 하나도 없었다. 하야가와는 의병이 일어나기 전에는 동학당 뿌리를 캐내야 한다고 성화더니 이제는 의병들의 뿌리를 도려내야 한다고 다그치고 있었다. 그 지치지도 않는 지독한 끈기에는 그저 기가 질릴 뿐이었다.

그의 말로는, 의병들이 그렇게 무서운 기세로 일어난 것은 뭐니 뭐니 해도 동학 잔당들이 보이지 않게 숨어서 새끼를 치고 또 새끼를 쳐서 그리된 것이고, 이젠 살아남은 의병들이 산지사방으로 다시 숨어들기 시작했는데 그것들을 이 잡듯 모조리 없애지 않으면 또 새끼에 새끼를 쳐서 언젠가는 또다시 들고일어나게 된다는 것이었다. 그의 말이 좀 억지 같기도 하고 좀 허풍 같기도 했었는데, 아들 칠문이의 출세를 보고는 생각을 고쳐먹지 않을 수가 없었다. 칠문이는 거지처럼 떠도는 사람 하나를 잡았는데 그게 바로 의병을 하다 숨어든 자였다. 그 공으로 칠문이는 제꺽 정식 순사가 되었다. 총독부까지 그 일을 그렇게 크게 생각하는 줄은 몰랐던 것이다. 그뿐이 아니었다. 하야가와한테 찾아가 아들을 군산으로 좀 옮겼으면 좋겠다고 한마디했더니 그것도 금방 해결이 되었다.

하야가와가 그렇게 속빠르게 손을 써준 것은 어디까지나 자기가 지시하는 일을 더욱 은밀하게 잘하라는 뜻임은 더 말할 것이 없었다. 그러나 얼마 전부터는 돈벌이 재미에 더 마음이 팔리지 그 일에는 별로 마음이 쓰이지 않았다. 그렇다고 하야가와가 보자는데 능장을 부려 마음을 들킬 필요는 없었다. 관청에 통하지 않는 데가 없이 힘이 대단한 하야가와의 눈 밖에 나서 좋을 것은 아무것도 없었던 것이다.

"군산 온께 순사질헐 만허냐?"

아들의 허리를 붙든 장덕풍은 턱없이 큰소리로 물었다. 자전거가 빨리 달리고 있어서 자기도 모르게 목소리가 커지고 있었다.

"하먼이요, 인자 숨통이 터지능마요. 어쨌그나 큰 괴기넌 큰물서 놀아야제라."

장칠문의 말소리도 컸다.

"지랄헌다, 니까징 것이 머시가 큰 괴기여. 인자 새끼순산 것이."

"허 아부지, 어쩨 이러시요. 두고 봇씨요. 나가 아부지 생전에 꼭 경찰서장 해묵고 말 것잉게라."

"아따, 그리되면 효도허는 것이제. 근디 공 세우겄다고 욕심 과허게 부리덜 말어. 군산이야 오만 잡것덜이 다 뫼들어 들끓는 잡탕잉게 몸조심히야 혀."

"나도 다 안께 걱정 마시게라."

자전거의 속도를 따라 5월의 바람이 얼굴을 시원하게 스치고 지나갔다. 바람결에 눈을 가느다랗게 뜬 장덕풍은 경찰제복을 입은 아들의 허리를 안고 번화한 군산의 대로를 달리는 달뜬 기분을 맘껏 즐기고 있었다. 그 기막힌 기분이야말로 세상의 어떤 말로도 형용할 수가 없었다. 그 어떤 양반도 부럽지 않았고, 그 어떤 관리도 부럽지 않았다. 칠문이놈이 어렸던 자신의 장돌뱅이 시절에는 더 말할 것도 없었고, 군산 변두리에 가게를 차릴 때만 해도 오늘날과 같은 팔자가 되리라고는 꿈도 꾸지 못했던 것이다. 일본세상이란 참으로 요술방망이 같은 희한하고 고마운 세상이었다. 한 가지 뜻대로 안 되는 것이 자꾸만 나이를 먹어가는 일이었다. 10년만 더 젊었더라도…… 재산이 눈덩이처럼 불어날수록 그 아쉬움은 더욱 커져갔다.

"아부지, 국향 골목 다 왔구만이라."

"이, 고상혔다."

장덕풍은 아들의 등을 두들겨주고 자전거에서 내렸다. 그는 손바닥에 느껴진 듬직한 느낌을 음미하며 아들 둘은 참 잘 됐다는 생각을 또 하고 있었다. 그리고 큰아들을 일진회에 넣고, 작은아들을 사탕공장에 넣은 자신의 판단력에 또다시 만족을 느끼고 있었다.

큰아들은 순사에 딱 알맞게 완력도 세고 배포도 두둑했다. 그런가 하면 작은아들은 기술자에 어울리게 몸집이 아담하고 눈썰미가 좋았다. 큰아들이나 작은아들이 빈대코 김봉구 같았더라면 큰아들은 순사보가 되지도 못하고 일진회원 때 벌써 똥통에 빠져 똥독이나 앓았을 것이고, 작은아들은 고급 기술자가 되어 공장을 차릴 생각도 못하고 지금도 양철판에 사탕이나 굴려대는 신세를 못 면했을 것이다. 그런 생각을 해보면 두 아들 농사는 풍년에 풍년을 거둔 것이었다.

그는 그런 것들이 다 큰 덕에 풍년 풍 자인 자기 이름 덕이라고 믿고 있었다.

장덕풍은 일본기생집 국향 앞에서 잠시 쭈뼛거렸다. 정재규나 다른 몇몇 양반에게 노름빚을 대주느라고 고급 기생집들을 꽤나 드나드는데도 그 호화로운 치장이나 윤기 나는 말끔함은 전혀 익숙해지지도 편안해지지도 않았다. 다시 기생집 앞에 설 때마다 언제나 새잡이로 낯설고 어덜리고 주눅들고 어색하고 옹색스럽고, 어쨌거나 그 기분은 관청에 발을 디미는 것만큼이나 지랄 같았다.

어찌 된 놈의 것이, 마당에 깔린 자갈은 그냥 밟고 다녀도 되는 흔한 자갈일 뿐인데도 짚신발에서 흙이라도 묻을까 봐 마음이 쓰였고, 가끔 마루끝에 엉덩이를 걸치게 되면 옷에서 무엇이라도 묻어나 그 번들거리는 마루를 더럽히게 될까 봐 마음이 조이고 하는 것이었다.

나도 재산이 많다, 나도 마음만 먹으면 당장 이런 데 와서 술을 얼마든지 마실 수 있다, 이런 말을 스스로에게 해가며 그런 마음을 없애려고 해보았지만 아무 소용이 없었다.

그러나 언젠가는 자기도 양반들 못지않게 큰 호령 해가며 일본 기생들을 끼고 술을 질탕하게 마실 작정을 하고 있었다. 그때가 바로 장풍제과사업소를 다시 짓고 정미소를 세우는 날이었다. 그때만 되면 돈을 아무리 퍼써도 재산이 축날 리 없었던 것이다. 사탕공장이 커지고 정미소까지 갖게 되면 만석꾼 논부자는 하품 나오는 것일 뿐이었다. 만석꾼은 1년에 한 차례 1만 석을 걷어 다음 1년 동안 파먹고 사는 것이지만 사탕공장이나 정미소는 사시장철 돈을 벌어들이는 것이었다. 정재규는 색질에 노름질로 돈을 파먹는 데다가 형제간에 재산다툼까지 벌이고 있으니 그 앞날이야 빤히 내다보이고 있었다. 정재규같이 정신 못 차리는 것들 재산 좀 몰아잡았다가 그런 것들이 망해 넘어지는 꼴들을 보면서 느긋하게 기생집을 출입할 작정이었다.

세상은 급속하게 돈이 말하는 세상으로 변해가고 있었다. 이젠 돈으로 양반족보를 사는 놈이 미친놈이 될 정도로 양반값은 떨어졌고, 앞으로는 돈이 많으면 양반이 되는 세상이 오고 있었다. 정재규 같은 것들이 거덜이 나면 그때 가서 한판에 100원짜리 술판을 벌이는 것도 해볼 만한 일이었다.

두고 봐라, 다 내 발밑에서 기게 될 것이니.

장덕풍은 입에 괸 침을 꿀떡 삼키고는 옷을 털며 위아래로 자신의 몰골을 살폈다. 기생집 문을 들어서기 전에 자신도 모르게 하게 되는 몸짓이었다.

"하이, 장상!"

장덕풍이 조심스럽게 자갈 깔린 길을 중간쯤 걸어가고 있는데 기생 하나가 마루에 서서 빨리 오라고 손을 까불어대고 있었다. 퇴기냄새가 풍기는 낯익은 얼굴이었다. 장덕풍은 걸음을 서둘렀다. 그러자 자갈들이 부딪치는 소리가 커졌다. 그는 그 소리도 마음이 쓰였다.

장덕풍이 서너 개의 돌계단을 다 올라서는데 정재규가 기생의 뒤를 따라나왔다. 정재규는 손부터 내밀었다.

장덕풍은 아무 말 없이 돈을 내밀었다. 돈을 받아든 정재규가 돌아서려고 했다.

"만경 어런."

장덕풍의 나직한 소리였다.

"여그 손도장……."

장덕풍은 손바닥만한 종이뭉치를 넘기며 역시 낮은 소리로 말했다.

"지끔 급헌디 담에 눌르세."

정재규의 얼굴이 짜증스러워졌다.

"그리넌 안 되겠는디요."

목소리가 완강해지며 장덕풍의 투박한 두 손은 동그란 다식 크기만한 백통으로 된 인주통을 열었다. 백통그릇에 담긴 인주의 새빨간 색깔은 마치 완강한 장덕풍의 목소리 같았다.

"어디여, 어디."

정재규는 신경질을 부리며 오른손 엄지손가락을 내밀었다. 손가락에 인주가 묻고, 한지 위에 지문이 선명하게 찍혔다. 바로 위에도 지문이 두 개나 더 찍혀 있었다. 지문이 찍힌 데마다 서툰 글씨로 금액과 날짜가 적혀 있었다.

"가게에 있겠구만이라우."

장덕풍이 돌아서며 남긴 말이었다. 노름하다 돈이 더 필요하면 연락하라는 뜻이었다.

화투는 석유호롱보다 더 드센 기세로 퍼지고 있었고, 정재규는 그 가지가지 놀이에 깊이 빠져 있었다.

종이뭉치와 인주통을 주머니에 잘 넣은 장덕풍은 서둘러 골목을 벗어났다.

장덕풍은 우체국 뒷문에 이르러 표나지 않게 좌우를 살폈다. 별로 신경쓸 사람이 없는 것을 확인하고는 재빨리 안으로 들어갔다.

장덕풍은 국장실 뒷문을 똑똑 똑똑똑 하는 식으로 두 차례 두들겼다. 하야가와하고 약속되어 있는 신호였다. 하야가와는 여간 급하거나 중한 일이 아니고서는 낮에 사무실로 부르는 일이 드물었다. 그래서 장덕풍은 궁금증과 긴장감을 함께 느끼고 있었다. 혹시 무슨 흠잡힐 일이라도 생겼나 싶어 우체국으로 오는 동안에 찬찬히 되짚어보았지만 그럴 만한 일은 잡히지 않았다.

"들어오시오."

문이 열리면서 얼굴처럼 부드러운 하야가와의 목소리가 흘러나왔다.

"국장님, 그간 안녕하셨습니까."

사무실로 들어선 장덕풍은 유창한 일본말과 함께 허리를 깊이 숙였다.

"예, 저쪽으로 앉으시오."

하야가와의 말을 들으며 고개를 든 장덕풍은 놀란 얼굴로 멍하니 서 있었다.

"아니, 왜 그리 놀라시오? 내 얼굴에 뭐가 묻기라도 했소?"

하야가와가 멋쩍은 웃음을 지었다.

"그것이 아니고, 저어…… 국장님도 무관복을 입으셔서……."

장덕풍은 한쪽 손을 뒷머리로 가져가며 히죽 웃었다.

"총독부 지시로 모든 관리들이 무관복을 착용하게 된 것 아니오."

"예, 그것이야 알지요."

"헌데, 내가 무관복 입은 건 처음 본다 그거요? 왜, 안 어울리오?"

하야가와는 옷을 쓰다듬으며 자신의 모습을 내려다보았다.

"아닙니다, 아주 잘 어울리는데요."

"잘 어울린다니 좋소. 앉읍시다."

하야가와는 먼저 의자에 앉으며 고개를 끄덕였다. 그러나 그는 상대방의 입에 발린 소리를 조금도 믿지 않았다. 어깨가 좁고 몸이 가는 편인 자신에게는 군복이 별로 어울리지 않는다는 것을 이미 알고 있는 터였다. 그러나 듣기 좋으라고 한 말을 그는 군이 탓하지도 않았다. 사람이란 으레 그런 식의 말을 예의나 예절이라고 이름 붙여서 입술에 바르고 살도록 길들여져 있었다.

"헌데 저어…… 어째서 보통학교 선생님들한테도, 관리들한테도 무관복을 입으라는 건가요?"

의자에 엉거주춤 엉덩이를 걸친 장덕풍은 의문스런 얼굴로 물었다.

"아, 그거야 다 조선을 위해서요. 조선이 너무 문란하고 어지러우니까 관리나 선생들이 무관정신으로 협동 단결해서 조선의 기강을 바로잡고 살기 좋게 만들어주려는 것이오."

"예에, 아주 고마운 일이로군요."

장덕풍은 환하게 웃어 보였다. 그러나 속은 석연찮았다. 온통 헌병 천지가 되어버린 것 같아 보기에도 좋지 않고, 왠지 으스스한 한기를 느꼈던 것이다.

"가게에 드나드는 손님들한테도 그 점을 잘 설명해 주시오."

기색이 달라진 하야가와는 장덕풍을 주시하며 강한 어조로 말했다.

"예에, 명심하겠습니다."

하야가와를 오래 대해온 장덕풍은 그의 강도에 맞추어 힘있게 대답했다. 이런 경우 하야가와는 상대방의 느낌이나 생각 같은 것은 아예 묵살해 버렸다. 무엇이든 주입이 필요한 경우에는 말을 강하게 하고, 같은 말을 몇 번씩이고 강조하는 것이 최선의 방법이라고 믿고 있었다. 그 확신에 찬 강조가 반복되는 동안에 상대방이 품고 있는 의혹을 죽이고 의심을 무찌르고 의문을 없애면서 믿음을 싹트게 하는 것이었다. 그것이 말이 발휘하는 신묘한 마력이고 신기한 최면력이었다. 말은 무기보다도 훨씬 더 강력한 지배력이었다. 어느 인간집단이든 완벽하게 지배하려면 1차적으로 무력을 동원해야 하고, 2차적으로 말을 동원해야 하는 것이었다. 탁월한 정치술이란 그 두 가지의 조화였다. 별다른 구속력이 없는 것 같은 상태에서 인간을 무한히 지배하고 있는 종교나 미신이나 지식이라는 것은 바로 말의 힘이었다. 무력이 보이는 힘이라면 말은 보이지 않는 힘이었다.

그런 측면에서 그는 총독부의 무관복 착용 조처를 별로 달가워하지 않았다. 이젠 말의 힘을 이용할 단계이지 관리들마저 무관복을 입어 거부감과 위화감을 조성시킬 필요가 없었던 것이다.

"에에 또, 내가 장상을 보자고 한 건 다름이 아니라 이번에 좋은 일……."

하야가와는 말에 뜸을 들이느라고 궐련을 반쯤 뽑아 장덕풍에게 권했다.

"아이고 이거……."

잔뜩 긴장하고 있던 장덕풍은 엉덩이를 번쩍 들며 황송한 몸짓으로 손을 내밀었다. 담배를 뽑는 마디 굵은 손가락끝이 바들바들 떨리고 있었다.

"……좋은 일이 한 가지 생겼소. 그게 뭔고 하니, 장학후원회를 결성하기로 한 것이오. 장학후원회란 더 말할 것 없이 대일본제국과 조선의 번성을 위해 매진할 인재를 공부시키는 데 유지들이 힘을 모아 보조금을 대주는 것이오. 돈을 조금씩 쓰는 것이지만 이 얼마나 좋은 일이오. 이 좋은 일에 장상도 회원이 되었으면 하는데, 장상 생각은 어떠시오?"

"아 예, 여부가 있습니까. 그런 좋은 일에 저 같은 것을 끼워주셔서 감사합니다. 돈이야 말씀하시는 대로 다 내겠습니다."

장덕풍은 더없이 흔쾌하게 대응했다. 그건 결코 속배 아픈 아부만이 아니었다. 장덕풍의 그런 대응에는 진심이 훨씬 더 많았다.

우선 그를 기분 좋게 한 것은 자신을 '유지' 대접을 해준 사실이었다. 그리고 이 일로 하야가와하고 더욱 가까워질 수 있다는 점이었다. 그것도 돈을 주고받는 사이로 말이다. 그건 하야가와의 뒷다리를 잡는 것이 아니라 부자지를 한꺼번에 잡는 것이었다. 돈이라는 것은 참으로 묘한 물건이었다. 도둑을 맞지 않는 한 돈은 헛쓰이는 경우가 없었다. 받는 사람은 약해지고 주는 사람은 강해지며,

가면 반드시 돌아오게 되어 있었다. 그 상대가 관리이면 더욱 틀림이 없었다. 살살 이권을 뽑아내면 10원 주고 100원을 벌어들일 수 있는 절호의 기회였다.

"하하하하…… 장상은 역시 호남아요. 그렇게 솔직하게 대답을 해주니 내 마음이 다 시원하오. 돈이야 1년에 두 번쯤 내면 되는데, 그리 많은 액수는 아닐 거요. 내가 그 고마운 뜻 잊지 않고 차차로 갚아나가도록 하겠소."

하야가와는 아주 유쾌하게 웃어댔다. 그가 그렇게 소리내어 웃는 것은 좀처럼 보기 드문 일이었다.

"아니 뭐…… 제까짓 게……."

장덕풍은 두 손을 맞비비며 겸손한 듯 쑥스러운 듯 웃었다.

그런데 그는 속으로 환호성을 지르고 있었다. 자신의 예상이 너무나 빨리 그리고 너무나 정확하게 들어맞았던 것이다. 차차로 갚아준다니……, 솔직한 것은 자신이 아니라 하야가와였던 것이다.

"사업은 잘되지요?"

용무를 끝낸 사람의 여유를 보이며 하야가와는 담배에 불을 붙였다.

"예에, 덕분에 잘됩니다."

"돈벌이에 정신 팔려 그 일을 잊어버리는 건 아니지요?"

"아이고, 그럴 리가 있습니까."

"그게 말이오, 찾아내지 못해서 그렇지 이 군산바닥 노동자들 속에도 그놈들이 숨어들어와 있을 것이오."

"그러니 그걸 어떻게 찾아내지요."

"그건 염려할 게 없소. 꼬리를 흔들며 움직일 때를 기다리면 되니까."

그놈들이 그리 혼이 나고도 또 움직일까요? 하는 말이 곧 나오려는 것을 장덕풍은 황급히 눌렀다. 하야가와 앞에서 그런 말을 내놓는다는 것은 제 도끼로 발등찍기였다. 그러나 선생이고 관리고 군복을 입고 군인이 다 된 것을 생각하면 그런 마음이 들기도 했던 것이다.

"자아, 바쁠 텐데 그만 일보시오."

하야가와가 일어났다.

"예에, 돈은 언제까지 가져오면 되나요?"

"아, 그건 내가 다시 연락하겠소."

하야가와가 아주 친근한 웃음을 보내며 뒷문을 열었다.

장덕풍은 춤을 추고 싶은 기분으로 우체국 뒷문을 나섰다. 사탕 공장을 새로 짓고 정미소를 차릴 날이 바로 눈앞으로 다가든 것 같았다.

큰길로 나온 장덕풍은 잠시 망설였다.

집에까지 걸어가기는 너무 멀었다. 아니 정재규한테서 또 연락이 왔을지도 모른다는 생각으로 마음이 조급했다. 그렇다고 칠문이를 찾아가 또 태워다 달라고 하기도 어려웠다. 공무로 바쁠지도 모르고, 경찰서에 없어 헛걸음을 할지도 몰랐다. 그는 어려운 결단을 내렸다.

"어이, 어이, 인력거!"

장덕풍은 인력거는 아예 타는 물건이 아닌 것으로 제쳐두고 살았다. 그런 돈 잡아먹는 호강은 아편 같은 것이라고 여겼다. 그러나 오늘만은 달랐다.

장덕풍이 인력거에서 내리는데 한 남자가 가게에서 달려나왔다.

"아이고 장샌, 우리 집 어런 어디 기시당게라?"

그 남자는 장덕풍을 붙들었다.

"아니 요것이 누구여, 강 서방 아니라고? 어쩐 일이여?"

장덕풍은 마뜩찮은 얼굴로 그 남자를 힐끗 보고는 고개를 돌려버렸다. 그는 지금 부아가 치밀고 있었다. 아까운 돈 없애가며 굳이 인력거를 타고 온 것은 돈을 더 빌려달라는 정재규의 연락을 받기 위해서였지 정재규를 찾아나선 늙다리 머슴의 상판을 보자는 것이 아니었던 것이다.

"우리 집 어런 얼렁 뫼셔가야 허는디, 시방 어디 기신게라?"

강 서방은 애달은 얼굴로 장덕풍의 뒤를 종종걸음 치고 있었다.

"또 마누래가 강짜여?"

장덕풍이 거칠게 내쏘았다.

"아니구만요, 큰마나님이 찾으싱마요."

"하이고 엠병허고 자빠졌네. 저 잡것이 인자 인력거 타고 댕김서 양반 숭내 내기로 작정혔능갑네. 저 인력거삯이먼 광목 치매저구리가 한 벌 아닐 것이여. 예펜네넌 요리 꾸지레허니 맨들어놓고 잘 싸돌아댕긴다."

가게를 지키고 있던 장덕풍의 아내는 이렇게 투덜거리며 뒷문을 밀치고 있었다.

"무신 일 났능가, 큰마나님이 찾게."

장덕풍은 가게로 들어서며 귀가 솔깃해지고 있었다. 정재규네 집 안일이 그동안 어떻게 시끄러워지고 있는지 알고 싶어졌다. 그건 남의 집 불화를 구경하는 단순한 재미 때문만이 아니었다. 정재규와 쌀거래 돈거래를 하는 처지에서 다 미리미리 알아둬야 할 일이었다.

"한양서 끝에 되련님이 내래오시고, 가운데 서방님이 오시고 히서 그렁마요."

"거그 앓소. 세찌년 공부나 안 허고 멀라고 내래왔능고? 첫찌가 지 몫아치 재산 팔아묵기라도 헐라능 것인가?"

장덕풍은 살살 말을 꾀여내려고 시도하며 박하사탕 하나를 꺼내 강 서방에게 불쑥 내밀었다.

"아니구만이라, 아니어라. 얼렁 우리 집 어런 기신 디나 갤차주씨요."

강 서방은 손을 내저으며 물러섰다.

"자네 집 어런 오늘 본 일 없응게 어디 기신지도 몰르고, 먼 걸음 했응게 사탕이나 한나 입맛 다시란 것이여."

"아닌디요, 어런 찾으로 또 딴 디 가봐야제라."

"그려? 딴 디 갈 디 있으면 가보드라고. 군산바닥 기생집얼 다 더트든지, 고샅고샅 댕김서 소리럴 질르든지, 그것이야 자네 맘대롱게."

장덕풍은 콧방귀를 뀌며 박하사탕을 도로 유리병에 던져넣어 버렸다. 그는 강 서방이 더 이상 찾아갈 데가 없다는 것을 빤히 알고 있었다.

"꼭 뫼시고 가야는디, 으쩌꼬……?"

주름진 얼굴이 일그러지며 강 서방은 장덕풍을 바라보기만 했다.

"긍게 사탕이나 한나 묵음서 다리 쉬어가란 것 아니여. 못 찾고 간다고 자네가 덕석몰이당헐 것도 아니고, 여자가 허는 동네마실도 아닌디 그리 쉽게 찾어지간디. 앉소, 앉으랑게."

장덕풍은 다시 박하사탕 하나를 꺼냈다.

"에라 나도 몰르것다. 이리 싸대는 것이 한두 번도 아니고."

강 서방이 쪽마루에 몸을 부려버렸다.

"묵소, 입 안이고 목구녕이고 화아헌 것이 묵을 만허시." 장덕풍은 강 서방의 손에 사탕을 쥐여주고는, "두찌 세찌가 큰마나님허고 뫼앉었으면, 재산다툼얼 인자 끝장 보자 그것잉가?" 그는 아주 은근한 소리로 물었다.

"글씨요…… 세찌 되련님이 내래오신 것이야 그 일허고넌 연관 없이 큰마나님 성화로 선볼라고 오신 것인디, 가운데 서방님이 들이닥쳤응게 결국에넌 또 그 다툼이 벌어지것제라."

강 서방은 사탕을 우물거리며 말을 풀어내고 있었다.

"근디, 칼자리 쥔 것언 장남 아니라고? 장남이 틀어쥐고 안 내놀라는 칼자리럴 두찌 세찌가 잡게 되것어?"

"그야 두고 봐야제라. 큰마나님도 그짝 편인 디다가, 세찌 되련님이 장개럴 들게 되면 판이 달라질 것잉게라. 큰마나님이 세찌 되련 님얼 막둥이라고 끔찍허니 아는 디다가, 세찌 되련님도 나이가 갤 치는지 전허고넌 눈치가 어째 달르든디요."

"그 세찌가 똑똑허다고 안 혔어?"

"야아, 세 아덜 중에 인정도 질로 많고, 공부도 잘허제라."

"하! 정재규도 에롭겄는디."

장덕풍은 무심결에 이렇게 말을 토하고는 흠칫 놀라 강 서방을 빠르게 홈쳐보았다. 정재규라고 이름을 함부로 불러버린 것이 실수 였고, 자신의 생각을 너무 노골적으로 드러낸 것도 실수였다. 그러 나 강 서방은 사탕을 맛있게 빨 뿐 무심한 눈치였다.

"자네 생각에넌 판이 어찌 되성불른가?"

장덕풍은 그래도 자신의 실언을 지우기 위해 얼른 다른 말을 꺼 냈다.

"글씨요, 우리 아랫것덜이야 배불른 쌈 귀경이나 허는 처진디, 그 쌈이 그리 쉽게 풀리지넌 않을 것 같은디요. 부모가 자석덜 생각허 는 맘허고, 성제간덜이 성제간 생각허는 맘이 원체로 달릉게라. 돈 이고 재산이라는 것이 먼지, 그놈에 것 앞에서넌 성제간 정이고 머 시고 다 끊기고 딴 넘이 된당게요. 글로 보면 우리맨치로 없이사는 것도 속편허요."

강 서방은 입을 홈치며 쓰게 웃었다.

"허, 딴 넘만 되면 다행이게. 끝장에넌 원수지간이 되네. 근디 그 것이 어찌 근지 알어? 부모허고 자석언 일촌이고, 성제간찌리넌 이촌이란 말이시. 근디다가 넘 식구인 지집덜이 각단지게 하나썩 붙는단 말이시. 그리되면 이촌이 사둔네 팔촌 되야분다 그것이랑게."

"아매 그런갑소. 나 인자 가볼라요. 근디 행여 우리 집 어런 어디 기신지 암스로도 안 갤차주는 것언 아니겄제라?"

강 서방이 몸을 일으키며 장덕풍을 빤히 들여다보듯 했다.

"옛끼 이사람아, 무신 숭헌 소리여. 질 먼디 얼렁 가고, 자주 만내세."

"아이고메, 자주 만내서 사탕 얻어묵는 것이야 존디, 그리되면 우리 집 재산 다 날라가뿌요."

강 서방이 가게를 나서며 손을 내저었다.

"이사람아, 그것이 자네 재산이여."

장덕풍은 소리치고는 허허대고 웃었다.

강 서방은 마음이 무거운 것과는 달리 잰걸음을 치고 있었다. 사람을 찾지 못했으면 늦지나 말아야 했던 것이다. 가운데 서방님의 불호령이 떨어질 것을 생각하면 벌써부터 오금이 조였다.

정재규의 두 동생 정상규와 정도규는 강 서방을 기다리며 안채의 대청에 나앉아 있었다. 가는 봄이고 오는 여름의 길목인 5월 하순이라 한낮의 햇발은 더위를 품고 있었다.

그들의 옆에는 정재규의 어머니 최씨가 보료 위에 비스듬히 기대 누워 있었다. 최씨의 혈색 없는 얼굴에는 병색이 드러나 있었다.

"도규야, 나 인자 더 말힐 기운도 없다. 이 에미 죽기 전에 니럴 장가들일라는 것언 이 에미 욕심만이 아니랑게. 니가 장가가겄다고 맘얼 정해야 니 몫얼 당당허니 찾게 된단 말이다. 니 큰형님 오기 전에 얼렁 맘얼 정해라. 그러고 큰형님 앞서서 니 입으로 그 말얼 허고, 재산얼 아부님 유언대로 분할해 도라고 당당허니 말허란 말이다. 그래야 이 에미도 당당허니 나슬 것 아니냐. 어쩌냐, 맘 정했제!"

최씨는 기운 없는 소리로 그러나 간곡하게 막내아들 정도규에게 말하고 있었다. 그러나 눈을 내려뜬 정도규는 입을 꾹 다물고만 있었다.

"야 도규야, 니넌 어찌 그리 말귀럴 못 알아듣냐. 장가넌 장가고 공부넌 공부란 말이다. 장가럴 들어 각시야 여그 집에다 살리고 니넌 경성서 공부럴 허면 공부에 무신 지장이 있다는 것이냐. 니 몫 재산이야 안 찾을라면 안 찾아도 좋은디, 어무님께 그리 불효해도 되겄냐? 얼렁 맘 정해라."

정상규는 짜증스럽게 갓전을 밀어올리며 성질 돋은 눈길로 동생을 쏘아보았다.

정도규는 눈을 내리감으며 또 생각해 보았다. 혼인에 불효라는 문제가 연결되면 그만 할 말이 없어졌다. 그건 어머니가 자신에게 바라는 유일한 소원이었다. 인습적인 효·불효에 얽매여서 그러는 것이 아니었다. 어머니가 끝자식인 자신에게 베풀어준 사랑은 흉거리가 될 만큼 유별났다. 그런 어머니가 당신의 살아생전에 바라는 혼인을 공부를 내세워 거부하기란 너무 괴로웠다. 또한 공부욕심이 앞서서 아직 결혼할 마음이 없는 것도 사실이었다. 그러나 정확히 따져보면 어머니가 자신의 혼인을 바라는 건 어머니만을 위한 소원이 아니었다. 그건 막내자식에게 베풀고자 하는 어머니의 마지막 사랑이었지 결코 당신을 위한 것이 아니었다. 어머니는 그 사랑 속에 재산문제까지 다 포함시켜 놓고 있었다. 그 사랑을 거부하기란 너무 힘겨웠다.

"예, 어머님 말씀대로 따르겠습니다."

정도규는 눈을 뜨며 말했다.

"아이고 고마워라, 우리 아덜. 나 인자 맘놓고 눈감겄다."

최씨가 정도규의 손을 붙들었다. 그 눈에 금방 눈물이 번지고 있었다.

"그려, 아조 잘 생각혔다. 그래야 효도도 허고 니 일도 잘 풀리제."

정상규도 비로소 웃음을 띠며 동생의 어깨를 두들겼다.

정도규는 묵묵히 앉아 있기만 했다. 어머니의 뜻을 따르기로 했으면서도 그는 마음이 무겁기만 했다. 노쇠와 함께 병이 깊어가고 있는 어머니의 마음은 충분히 이해하지만 큰형이나 작은형은 똑같이 마음에 들지 않았다. 재산을 탐하는 마음은 둘 다 하나도 다를 것이 없었던 것이다.

아버지가 돌아가신 뒤로 2년이 넘게 두 형은 재산다툼을 해오고 있었다. 아버지는 재산의 반을 큰형에게, 나머지 반씩을 작은형과 자신에게 분배한다는 유언을 남겼던 것이다. 그런데 장례를 치르고 난 큰형은 아버지의 유언을 묵살하고 들었다. 재산은 장자 상속인데 아버지가 병환으로 정신이 흐려져 실언을 했다는 것이었다.

그러니 재산을 분배해 줄 수는 없고 매년 수확을 그 비율로 나눠 주겠다는 주장이었다. 아버지는 평소부터 그런 뜻을 가지고 계셨지 실언이 아니라고 어머니가 나섰고, 불효막심하고 형제우애 끊는 짓 하지 말고 당장 재산을 분배하자고 작은형은 대들었다. 그러자 큰형은 어머니는 아버지와 마찬가진데 어머니가 살아 계시는 동안은 재산을 그대로 보존하는 것이 효도지 서둘러 분배해서 집안이 졸아드는 형국을 만드는 것은 불효라는 것이었다.

그런 묘한 주장에 작은형은 더욱 열을 내고 덤벼들었다. 그 다툼은 두 형 사이에서만 벌어진 것이 아니었다. 두 형수들까지도 소리 안 나는 다툼을 하게 되었다. 다투는 소리가 담을 넘고, 아랫사람들의 입단속을 시켰지만 소문은 퍼져나갔다. 창피스러운 일이었다. 그런 데다 작은형은 자기편을 들어 함께 나서지 않고 뭘 하느냐고 성화였다. 그런 재산싸움이 창피스럽기만 한 데다가 자신은 큰형과 나이 차이가 너무나 많아 작은형처럼 그렇게 대들 수도 없었다. 궁리 끝에 생각해 낸 것이 한성으로 유학을 떠나는 것이었다. 큰형은 즉석에서 환영을 했다. 그런데 작은형은 전주의 학교가 뭐가 모자라서 한성으로 가느냐며 펄펄 뛰었다. 둘 다 자기 잇속 때문이었다.

작은형은 결국 주먹다짐 직전까지 가는 싸움을 대판 벌이고는 자기 식구들을 데리고 딴살림을 나가고 말았다. 그건 어머니 힘으로 막을 도리가 없는 사태였고, 주변 사람들에게는 더없이 좋은 구경거리가 되었다. 어머니의 발병은 아버지를 잃은 상심 탓이었고, 병세가 심해진 것은 두 형 사이에서 애를 태운 때문이었다.

"이 에미 큰성님 기둘리기 심드는디 인자 재미진 한성 이얘기나 좀 해라."

최씨는 막내아들을 사랑스런 눈길로 바라보며 잔잔하게 웃었다.

"뭐 재미있는 얘기가 있어야지요."

그러면서도 정도규는 어머니를 즐겁게 할 수 있는 이야깃거리를 더듬고 있었다.

"촌인 군산이고 강경이 저리 날로 달로 변허는디 한성이야 더 말할 것 있었냐. 나가 한성 구경헌 후로 얼매나 달라졌는지 몰르겄다."

어머니의 말에서 정도규는 이야기의 실마리를 잡았다.

"예, 달라진 것이 있어요. 3년 전에 한성 구경을 가실 적에 기차를 타셨지요?"

"탔제, 솜리서 탔제."

"예, 경성서는 전차도 타셨지요?"

"탔제, 근디 그것 싱겁드마. 기차 한 칸얼 도회지에다 띠다논 것 아니드냐."

"예, 그렇기도 하지요. 헌데 기차는 석탄을 때서 가고, 전차는 전기로 가는 것이 다르지요."

"그 이치야 몰르겄고."

"그때 자동차라는 것도 보셨지요?"

"그 발통 네 개 달린 거?"

"예, 그렇지요. 그 자동차는 못 타보셨지요?"

"그것이야 귀헌 물건이라 일본고관덜만 타는 것이라고 허든디.

그저 인력거만 많이 탔제."

"그 자동차를 이제 민간인들도 아무나 돈만 내면 탈 수 있게 됐어요. 인력거하고 똑같이 된 거지요."

"그것이 엄청이 비싸다든디 어찌 그리 흔해졌능고? 그간에 많이 변했네."

이야기에 이끌리고 있는 최씨의 웃음 담긴 얼굴에는 약간 화색이 돌고 있었다.

"예, 어떤 일본사람이 회사를 차려서 그런 장사를 시작한 거지요. 그 돈을 받고 사람을 태워다 주는 자동차를 닥구시라고 불러요. 삯전을 받는 차라는 뜻이지요."

"닥구시? 이름도 요상시럽네. 그것도 일본말이겠제?"

"아닙니다. 저 서양 미국사람들 말이지요. 본시 삯전 받고 자동차로 사람을 태워다 주는 장사가 서양에서 일본으로 건너오면서 그 이름도 따라서 온 거지요."

"이, 니가 멫 년 전에 신기허니 생각허고 열성으로 배우든 그 꼬부랑꼬부랑헌 말 말이지야? 으쩐지 듣기에 요상시럽다 혔다."

"예, 그 영어로 닥구시예요. 어서 어무님 몸이 쾌차하도록 하세요. 제가 모시고 그 닥구시를 태워드릴게요."

"그려, 그려. 나도 타보고 잡다. 우리 막둥이 이얘기도 재미지게 잘도 허제. 어디 또 한나 히봐라."

정도규는 가슴이 찡 울리는 것을 느꼈다. 별로 재미있을 것도 없는 이야기를 그리 재미있어하는 어머니가 안쓰럽고 딱했던 것이다.

어머니가 그런 정도의 이야기를 재미있어하며 얼굴에 웃음이 도는 건 그만큼 마음이 외롭고 적적하다는 표시였다. 두 형은 재산다툼에 정신이 팔려 어머니를 그렇게 만들어놓은 것이었다. 두 형이 그런 지경이니 며느리며 손자들이 어머니의 마음을 따스하게 해드릴 리 없었다. 결국 아버지가 재산을 많이 남긴 것이 탈이었다.

"이번엔 운동시합 얘길 한 가지 할게요. 이건 조선땅에서 처음 열린 운동시합인데요, 이름을 권투라고 하기도 하고 영어로는 뽁싱이라고도 해요. 개화물이 든 젊은 사람들은 뽁싱이라는 말을 더 많이 씁니다. 그 운동도 서양에서 건너온 것이라 이름이 그런 겁니다. 그 운동이 단성사에서 열렸는데, 참 볼만했어요. 어떻게 하느냐면 말이지요, 높직한 단상에다 동아줄 세 가닥씩으로 네모진 울타리를 쳐놓았어요. 그 넓기가 이 대청마루보다 곱절 정도 될 거예요. 그 안에서 두 선수가 호박덩이만큼 큰 가죽장갑을 끼고 서로 치고 받고 싸우는 거지요. 그래서 주먹 권 자, 권투라고 하는 겁니다."

"그리 싸와서 뭐허게?"

"하하하…… 그게 운동시합인데요, 서로 치고받고 해도 아무렇게나 하는 게 아니에요. 이런저런 규칙이 있고, 심판이란 사람이 그 울타리 안에서 돌아다니며 두 선수가 규칙을 잘 지키나 안 지키나 감시를 하지요."

"에이그, 그래도 치고받고 허다 보면 코피도 터지고 다치기도 헐 것 아닌고."

"예, 코피가 터지는 건 예사고, 눈도 찢어지고, 심하면 얻어맞고 넘어져서 기절을 하기도 해요."

"저런, 저런, 순 쌍놈덜 운동이로구만. 씨름겉이 양반 운동이 아니여. 사람 베리는디 그런 것 보덜 말어."

"예, 나이 잡수신 어른들은 그리 말씀하시면서 좋아하지 않아요. 헌데 젊은 사람들은 아주 좋아합니다. 그것을 보고 있으면 아슬아슬하고 기운이 절로 나는 것이, 자기가 미워하는 사람을 마구 두들겨주는 기분이 들거든요. 좀 거칠고 사납기는 해도 그냥 구경하기는 속이 시원하기는 해요."

"그 짓얼 허는 사람덜언 왜 해?"

최씨는 끔찍스러워하면서도 관심을 드러내고 있었다.

"잘하는 선수는 유명해지고 돈도 벌거든요. 구경가는 사람들이 입장료를 내잖아요."

"별난 시상 다 왔다. 사람얼 잘 패서 옥에 갇히는 것이 아니라 유명해지고 돈도 벌다니."

"다 일본사람들이 세상을 변하게 만들고 있지요. 참, 황금정에도 전찻길공사를 한창 하고 있어요."

"황금정이라먼……."

"아니, 어찌 혼자서 들어스느냐!"

정상규가 느닷없이 고함을 질렀다. 최씨와 정도규는 소스라치게 놀랐다.

"아무리 수소문허고 찾어도 어디 기신지 몰……."

"닥쳐라, 이 등신 겉은 놈아!"

정상규가 눈을 부릅뜨며 대청바닥을 박차고 일어났다.

그 불호령에 놀라 부엌에서고 행랑에서고 사람들이 얼굴을 내밀었다.

"형님, 참으세요. 강 서방이야 무슨 잘못이 있습니까."

성질 과격한 작은형이 강 서방에게 손찌검이라도 할까 봐 정도규는 얼른 일어섰다. 최씨가 눈을 내리감았다.

30

길 그리고 길

아침햇살이 푸르른 나뭇잎사귀 위에서 해맑게 빛나고 있었다. 간밤에 내린 이슬에 몸을 흠뻑 적신 잎들은 이제 햇살로 몸을 말리고 있었다. 이슬에 부딪히는 햇살의 눈부신 빛무늬 속에서 잎사귀들의 푸르름은 더욱 싱싱하고 풋풋하게 돋아오르고 있었다.

잎 무성한 나뭇가지들 사이에서 참새들이 짹짹거리고 푸득거렸다. 참새들이 다투어 짹짹거리는 소리들도 그지없이 맑았고, 밤새도록 접고 있던 날개들을 펼치는 푸득거림도 더없이 건강했다.

여름의 아침은 텃밭의 남새들에도, 담장의 호박넝쿨에도 풍만한 빛을 뿌리고 있었다. 남새들은 밤사이에 새잎들을 뾰족이 돋아올리고, 호박넝쿨은 호두알만한 씨호박에 맺힌 암꽃을 피워내고 있었다.

신세호는 마당가에 서서 생명감 넘치는 아침을 온몸으로 느끼고

있었다. 그는 숨을 깊이 들이마셔서는 한식경 있다가 숨을 내쉬고
는 했다. 숨을 깊이 들이마실 때면 햇살의 반짝거림과 나뭇잎들의
푸르름이 빨려들어 가슴 가득 차서 숨을 멈추고 있는 동안에 그
반짝거리는 원기와 푸른 생기가 온몸으로 스미고 퍼지는 기분을
느꼈다.

해를 바라보고 하는 그 심호흡은 운동이면서 치료법이었다. 주
재소에서 풀려나와 겨울 동안을 꼬박 앓아누웠다가 봄이 되면서
기동을 하게 되자 아침마다 심호흡을 시작했던 것이다. 그건 단순
히 심정적이거나 기분만으로만 하는 행위가 아니었다. 해는 만상
의 근원이며 원기였고, 맑은 공기는 맑은 물과 함께 생명의 생기였
다. 그는 그 우주의 생성원리로 상한 몸을 자연스럽게 치료할 수
있다고 믿고 있었다.

그러나 아내는 자신의 생각을 믿지 않았다. 보약을 지어다 먹어
야 한다고 애달아했다. 자신이 응하지 않으니 아내는 똥물을 걸러
먹어야 한다느니, 동전을 가루 내어 술에 타마셔야 한다느니, 고춧
가루를 식초에 삭혀 먹어야 한다느니 하며 종종걸음을 치고 다녔
다. 궁한 살림에 보약이 비싸니까 마다하는 줄 알고 돈 안 드는 요
법으로 바꾼 것이었다. 결국 아내는 그러다가 지쳤다. 사실 보약을
먹을 만큼 살림에 여유도 없었다. 그렇다고 다소 무리를 하면 못
먹을 것도 없었다. 그러나 왜놈들에게 어이없이 당하고 나서 보약
을 지어 먹어가며 얼병을 치료하고 싶은 생각은 전혀 없었다. 응어
리진 증오감이 그 짓을 용납하지 않았다. 약냄새 풍겨대며 누워 있

는 것이 그놈들에게 지는 것 같았고, 이웃들에게도 창피스러웠다. 스스로의 힘과 의지로 이겨내고 싶었다. 그래야만 그놈들에게 당한 학대와 모독을 갚는 것이라고 생각되었다.

겨울을 나면서 결국 그 의지를 실천해 냈고, 봄을 맞으면서 본격적으로 심호흡 치료를 하기 시작했다. 심호흡 방법은 역시 치료효과가 있었다. 햇빛을 온몸에 받으며 싱그러운 아침공기를 맘껏 들이마시는 그 상쾌함은 새로운 기운을 돋아올려 주고는 했다.

"그걸 고집이라 하기엔 너무 미련하고, 선비의 고아한 지조라고 해둘 수밖에 없겠구먼."

병문안을 온 임병서가 보약을 도로 가지고 가며 남긴 말이었다. 임병서의 성의에 미안하긴 했어도 그의 말이 싫지는 않았었다.

달포 전쯤부터 몸은 회복이 다 되었지만 아직도 심호흡을 계속하는 건 가끔씩 어깨나 허리가 뜨끔거리고 옆구리가 결리는 증상이 남아 있어서였다. 매질도 매질이었지만 찬물을 뒤집어쓰고 얼음덩이가 되었던 것이 더 얼병을 깊게 했던 것 같았다.

"아부지, 아침진지 채렸는디요."

큰딸이 텃밭 위에 펼쳐놓았던 두루마기를 걷어가며 참새들의 지저귐처럼 맑은 소리로 알리고 있었다.

"오냐 알았다. 물기가 잘 들었냐."

신세호는 딸에게 웃음을 보냈다.

"예, 잘 퍼지게 골고로 젖었구만요."

딸이 두루마기를 살펴보며 말했다.

신세호는 입에 물을 머금어 물방울을 풍기지 않고 이슬에 축여 다리미질한 옷을 입기 즐겨했다. 그 옷을 입으면 이슬의 투명한 청결감과 함께 그 순백의 고아함이 몸에 스미는 기분이었던 것이다.

"어디 출타허시게요?"

신세호의 아내 김씨가 다리미에 부채질을 하며 물었다.

"송형 모친 병환이 위중한 모양이오."

"그 어런도 말년 고상이⋯⋯."

김씨는 가늘게 한숨을 내쉬었다.

신세호는 끝을 맺지 않은 아내의 말이 무겁게 가슴에 얹히는 걸 느끼며 숟가락을 들었다. 송수익네를 생각하면 언제나 마음이 무거워졌다. 한세상을 다 산 노인네의 고생이야 끝나가는 고생이지만 나머지 식구들의 고생은 시작되는 고생이었던 것이다.

임병서의 말로는 송수익이 만주로 갔을 거라고 했다. 확실한 사실이 아니고 추측이었다. 그러지 않고서야 의병싸움이 한 차례도 벌어지지 않을 리가 없다는 것이 그 근거였다. 그렇다고 송수익의 부인에게 확인해 볼 수도 없는 일이었다.

자신이 송수익을 만나기 전부터 벌써 송수익은 죽은 사람으로 소문이 퍼져 있었고, 그 댁 사람들도 그런 것으로 바깥사람들을 대하고 있었던 것이다.

송수익네를 생각하면 둘이나 되는 자식들이 먼저 마음에 걸리고는 했다. 송수익은 아들이 둘이었고, 자신은 딸이 둘에 아들이 하나였다. 그러면서도 자신의 자식들보다는 송수익네 자식들 걱정이 더 앞섰다. 순전히 아비가 없는 탓이었다. 자식들에게 아비가 없는 것은 집에 지붕이 없는 것이고, 밤길에 등불이 없는 것이었다. 더구나 송수익네는 별로 많지 않은 가산까지 그동안의 고초와 함께 줄어든 형편이었다.

신세호는 햇발 따가워지기 시작하는 들길을 걸어나갔다. 언제부턴가 들녘에 나서면 마음이 우울하게 변하게 되었다.

조선사람들이 논을 잃어가며 일본인 농장들이 자꾸 커져가는 것을 의식하는 탓이었다. 물가는 오르고 살기는 어려워지고 집안에 길흉사는 생기고 어찌할 수 없이 빚돈을 쓰게 되면 논은 넘어가게 마련이었다. 돈은 분명 조선사람한테 빌렸는데 논은 일본사람 앞으로 넘어가는 일이 태반이었다. 그 조선사람들이란 일본사람들의 앞잡이에 지나지 않았던 것이다. 그러나 진짜 조선사람들에게 돈을 빌려도 결과는 마찬가지였다. 어느 쪽이나 똑같이 이자가 비싸서 빚감당을 해낼 도리가 없었다.

신세호는 들녘에 나설 때마다 차라리 산골에 살았더라면 하는 생각을 버리지 못했다. 들녘에 살면서 농민들이 목숨줄이나 다름없는 논들을 어이없이 빼앗기고 있는 모습을 속수무책으로 바라보고만 있어야 하는 건 나라 잃은 고통에다 또 하나를 더하는 이중고였다. 일본사람들은 교활할 만큼 영리하게 평야지대부터 손아귀에 넣어가며 식량 약탈부터 차근차근 해나가고 있었다.

그리고 신세호는 들녘을 바라볼 때마다 자신 앞에 닥친 일을 심각하게 생각하지 않을 수가 없었다. 자식들은 커가는데 여태까지

처럼 편안하고 안일하게 살아서는 안 된다는 문제였다. 여태까지는 양반이고 글공부를 한다는 이유로 몇 마지기 안 되는 논을 그나마 머슴을 부려 지어왔던 것이다. 그러나 앞으로도 계속 그러다가는 생활은 더 궁해지게 되고 자칫 빚돈을 쓸 일이 닥치면 논은 영락없이 날아갈 수밖에 없는 형편이었다. 그런 빤히 내다보이는 신세가 되기 전에 방책을 세워야 했다. 그거야 딱 한 가지 길이 있을 뿐이었다. 손수 농사를 짓는 것이었다. 농자천하지대본, 그 길은 양반의 체통은 깎일지 몰라도 선비의 곧고 근면한 길임은 분명했다. 벼슬을 마다하고 올곧게 살려고 했던 가난한 선비들은 일찍부터 그 길을 시범해 보여왔던 것이다. 다만 그동안의 편안과 안일을 떼쳐내야 하는 마음의 결단만이 남아 있었다.

"이봐, 똑똑히 들어. 앞으로 또 한 번만 그따위 금서들을 아새끼들한테 가르쳤다가는 그땐 가차없이 감옥행이야. 그리고 서당을 또 한 번만 열어도 마찬가지야. 앞으론 서당도 금지야. 넌 언제나 우리한테 감시받고 있다는 걸 잊지 말라구."

주재소장이 내보내면서 한 말이었다. 다시는 서당조차 열지 못하게 된 처지에서 손수 농사를 짓는 것은 단순히 왜놈들에게 논을 뺏길 위험을 모면하는 것만이 아니었다. 그건 수단과 방법을 가리지 않고 농토를 약탈하려고 드는 왜놈들에게 맞서서 자신이 벌일 수 있는 최소한의 싸움이기도 했다.

　나라를 빼앗겼으나 산들은 푸르르고

논들을 잃어가나 들녘은 더 푸르네

청산이 밀려들어 근심이 되는데

그 근심 사를 길 몰라 새 근심이 크네

마음에 젖어드는 이런 시구(詩句)가 괴로워 신세호는 하늘로 눈길을 보냈다.

사랑채가 없어져 버린 송수익의 집에는 썰렁한 냉기가 돌고 있었다. 사랑채가 불탄 자리는 아직도 거무스름하게 자취를 남기고 있었고, 안채의 기와지붕 한쪽에는 잡풀이 돋아나고 있었다.

"머슴 있는가?"

신세호가 마당을 건너가며 물었다.

"저어, 들에 일 나갔구만이라우."

옆으로 서너 걸음 앞서 걷고 있던 식모가 멈칫하며 대답했다.

"농사일이 아무리 바쁘기로서니, 저 지붕에 잡초 먼저 없애라 이르게."

언짢은 얼굴인 신세호의 목소리는 엄했다.

"야아, 집안에 우환이 들어서…… 서로 헛보고…… 당장 뽑겠구만이라우."

빠르게 지붕을 살핀 식모는 당황해서 어쩔 줄을 모르며 난색이 되었다.

"알았으면 됐네."

신세호는 한마디 더 꾸짖을까 하다가 마음을 돌렸다. 그 꾸짖음이 자칫 송수익의 아내 안씨에게까지 미칠 수도 있었고, 바깥주인이 없어 마음이 태만해진 것이 분명한 아랫것들의 약은 심사를 더 꼬이게 할 염려도 있었던 것이다.

그러나 마음의 언짢음은 그대로 남아 있었다. 기와지붕에 잡초가 돋는 것은 가세가 기우는 표시고, 흉가가 될 징조라고 하는 말 때문만이 아니었다. 이상하게도 그 잡초를 보는 순간 불길한 생각이 스쳐갔던 것이다.

그 불길함은 송수익의 모친과 송수익을 겹쳐 떠오르게 했다.

식모의 전갈을 받은 안씨가 안방에서 급히 나왔다.

"날이 더운디 어찌……."

댓돌을 내려선 안씨가 치마폭과 함께 손을 모아잡으며 머리를 숙였다.

"예, 모친께서 병환이 더 중해지신다기에……."

신세호도 마주 인사를 했다. 그러면서 그는 또 마음이 언짢아지고 있었다. 그동안 안씨의 얼굴이 더 많이 상했고, 수심도 더 깊어져 있었던 것이다.

"이리 찾아주신게 고맙구만요."

"별말씀을 다…… 의원은 뭐라고 하는지요?"

"노환이라고만 허능구만요."

안씨의 목소리가 더 낮아졌다.

신세호는 눈을 내리감았다. 더는 약으로 고칠 수 없다는 뜻이었다. 신세호는 괴로움을 씹었다. 그분의 병은 노환만이 아니었다. 그간에 겪은 마음의 고통과 몸의 고초가 고스란히 병이 된 것이었다. 그나마 그분의 강단으로 그 험한 세월을 지금껏 이겨내 온 것이라 할 수 있었다.

"지금 지무시지는 않으신지요?"

"아니구만요. 어여……."

신세호는 무거운 발걸음으로 문지방을 넘어섰다. 방문이 열려 있는데도 방 안에는 좋지 않은 냄새가 차 있었다. 그 냄새는 환자의 병세가 많이 나쁘다는 것을 말해 주고 있었다.

"어머님, 저 세호입니다. 그간에 좀 어떠시온지요."

신세호는 이씨 옆에 무릎 꿇어 앉았다.

"누구……? 이, 자네 왔능가……."

이씨의 움푹 팬 눈자위에 파르르 경련이 일어났다. 가라앉은 목소리는 탁하고도 가늘었다.

"자주 찾아뵙지 못해 죄송합니다."

"아니시…… 자네가 고마운 사람이제. 우리 집에 발길허먼 눈총 받는디."

신세호는 가슴이 아팠다. 중병에 빠져 있으면서도 환자는 왜놈들의 눈총에 마음을 쓰고 있었다. 그 눈총이 환자를 더 외롭게 만들었을 수도 있었던 것이다.

"아닙니다, 눈총 같은 것 안 받습니다. 잡수시는 건 좀 어떠신지요."

"묵기넌 머…… 나야 인자 다 살었네. 나가 염치없이…… 자네럴 기둘렸는디…… 나가 말이시……."

이씨는 뼈만 남은 손을 신세호에게로 더디게 뻗쳤다. 신세호는
얼른 그 손을 모아잡았다. 그리고 섬뜩 놀랐다. 그 손은 너무 차가
웠던 것이다.

"……나가 자네헌티 한 가지 부탁이 있네. 나가 없어지면…… 우
리 손지덜…… 그 새끼덜 잠 잘 살펴주소. 애비가…… 애비가 없
이 커야 허니 그것덜이…… 자네헌티 부탁이시……."

신세호의 손을 맞잡은 이씨의 손은 떨렸고, 파인 눈에서는 눈물
이 흐르고 있었다.

"무슨 그런 말씸을 하세요. 마음을 강건허니 잡수시고 쾌차하셔
야지요."

"내 병 나가 다 아네. 대답허소."

이씨는 신세호의 손을 더 꼭 쥐었다.

"예, 그건 염려 안 하셔도 됩니다."

신세호는 목숨이 사그라들고 있는 이씨에게 다른 위로가 없다
는 것을 느끼며 그분이 바라는 대답을 하지 않을 수가 없었다. 이
미 죽음을 맞이하고 있는 그분에게 그 어떤 위로의 말도 아무 소
용이 없다는 것을 느꼈던 것이다.

송수익의 아내 안씨는 문 앞에 서서 옷고름으로 눈물을 훔치고
또 훔쳤다.

"고마우네…… 인자 편안허니 눈얼 감을 수 있겄네."

신세호의 손을 맞잡고 있던 이씨의 손이 풀렸다. 이씨의 얼굴은

희미하게 웃고 있었다. 그리고 이씨는 곧 잠이 들었다. 신세호는 이씨를 물끄러미 내려다보고 있었다. 핏기 없이 창백하게 메마른 얼굴에서는 송수익이 집을 떠나기 전의 모습은 찾을 수가 없었다. 다 낡아버린 무명천 같은 그 얼굴은 그간의 세월이 얼마나 고단했던가를 여실히 나타내고 있었다.

신세호는 뒷걸음질로 방을 나왔다. 안씨가 눈물 젖은 눈을 가리듯 하며 약간 비켜섰다.

"아이들은 어디 갔습니까?"

신세호는 댓돌로 내려서며 물었다.

"예, 아이덜언 외가 걸음얼 시켜서……."

안씨는 신세호를 바로 쳐다보는 법이 없었고, 신세호도 안씨를 바로 쳐다보지 않으며 외간남녀간의 내외하는 법도를 깍듯이 지키고 있었다.

"아이들은 오래 걸립니까?"

신세호는 이씨의 병세가 신경이 쓰이고 있었다.

"아니구만요. 해지기 전에 올 것인디요."

신세호는 더 말없이 대문에 이르렀다.

"저어, 마음을 작정하셔야 될 것 같구만요. 어찌, 마련은 하고 계신지요."

신세호는 초상준비를 염려하고 있었다.

"예, 얼추 다 끝내놨구만요."

"이거 제가 힘이 못 돼드려서…… 바로 통지 주십시오."

신세호는 정중하게 인사했다.

"이리 와주셔서…… 살펴가시씨요."

안씨도 공손하게 작별인사를 했다.

신세호는 무거워진 발길을 터덕터덕 옮기고 있었다. 병세가 더
나빠졌다는 말은 들었어도 그렇게까지 위중하게 되었을 줄은 몰랐
다. 그러나 그분은 끝내 아들 수익의 이름은 입에 올리지 않았다.
그 마음의 강단이 무서웠다. 그런 어머니라서 송수익 같은 아들을
두었는지도 모른다는 생각이 새삼스럽게 들기도 했다.

"선상님, 선상니임……."

한 아이가 뒤쪽에서 소리치며 뛰어오고 있었다. 그러나 생각에
잠겨 걷고 있는 신세호는 그 소리를 헛듣고 있었다.

"선상님, 선상님!"

그 아이는 신세호의 앞을 가로막듯 하며 숨을 헐떡거렸다.

"어, 왜 그러느냐?"

그때서야 신세호는 생각에서 깨어나며 아이에게 눈길을 보냈다.

"선상님 안녕허신게라우. 선상님, 지가 명식인디요. 김명식이."

열서너 살 먹어 보이는 아이는 신세호를 올려다보며 손바닥으로
제 가슴을 두어 번 두드려 보였다.

"오냐, 김명식이! 그래 잘 지내느냐?"

신세호는 아이를 알아보며 반갑게 웃음지었다.

"선상님, 대근이도 아시제라, 방대근이."

"암, 알지."

"근디 대근이가 말이어라……."

명식이는 빠르게 주위를 둘러보았다.

"……대근이가 없어져 부렀구만요."

"없어져?"

"야아, 밤새 식구덜이 어디로 다 떠부렀구만이라우. 대근이 집 말고 또 두 집도 그렇고라."

"세 집이 같이 떴단 말이냐?"

"야아, 근디 그 두 집언 어런덜이 의병 나갔든 집이랑게요."

신세호는 그때서야 무슨 까닭인지 알 것 같았다.

"그래, 동네가 시끄럽지는 않았느냐?"

"주재소서 나와갖고 조사허고 생판 난리가 났었구만이라우."

신세호는 말없이 고개만 끄덕였다.

그 일로 송수익 모친의 병세가 더 나빠졌는지도 모른다는 생각이 들었다.

"선상님, 대근이가 어디로 갔을랑가요?"

신세호는 멀리 눈길을 보낸 채 고개를 저었다. 무엇이든 많이 배우려고 열성이었던 방대근이의 얼굴이 떠올랐다.

"선상님, 서당언 은제 또 여는게라?"

"좀더 두고 보자. 대근이 소식 알려줘서 고맙다. 그럼 잘 있거라."

신세호는 명식이의 머리를 쓰다듬었다.

"선상님, 편허니 가시씨요."

김명식이는 시무룩하게 인사했다.

신세호는 그 아이에게 쫓기듯 들길을 빨리 걸었다. 서당을 언제 또 여느냐는 말이 줄곧 따라오고 있었다. 그 아이의 기대에 찬 눈길 앞에서 차마 서당을 다시는 열 수 없게 되었다는 말은 할 수가 없었다.

그 동네에는 새로 생긴 서당이 없는가? 새로 생긴 것이 있는데도 나한테 정이 들어 내가 다시 차리기를 기다리는 것인가?

신세호는 뒤늦게 이런 생각을 하고 있었다. 왜냐하면 근자에 서당들이 부쩍 늘어나고 있었던 것이다. 갑작스럽다 싶게 서당이 많이 생기는 것은 전에 없던 새로운 현상이었다. 신세호는 자신이 다시 서당을 열 수 없는 입장에서 그 새로운 변화를 유심히 살피고 있었다. 그리고 그 예상하지 못했던 현상에 심적 위안을 받기도 했다.

그런데 그 이상스러운 변화를 유심히 살펴본 결과 그건 우연이 아니라는 사실을 알아내게 되었다. 그건 지난 몇 년 동안에 한성에서부터 각 지방 큰 고을에 걸쳐서 신식학교들이 생긴 것과 유사한 현상이었다. 다만 큰돈이 없으니까 손쉽게 서당들을 열고 있었다. 달라진 세상에서 누구나 무식을 깨우쳐야 한다는 생각은 서당을 여는 사람들에게 공통되어 있었다. 서당을 여는 사람들은 서로 만나 약속한 일도 없는데 생각은 일맥상통하고 있었던 것이다. 그 현상은 마치도 바람이 불어야 나무가 흔들리고, 구름이 모여야 비가 내리는 것과 같은 이치였다.

신세호는 집에 돌아와서도 방대근이의 일을 생각했다. 그 아이는 총각이 다 된 나잇값을 하느라고 자신이 주재소에서 풀려나오자 달걀 한 꾸러미를 들고 집에 찾아왔던 것이다. 그 아이는 나이에 비해 생각이 숙성했고, 하는 행동에서는 남자다운 기질을 강하게 드러내고는 했다. 공부를 하려는 열성만큼이나 의병에 대한 관심도 높았다. 그 아이가 밤을 틈타 어디로 떠나버린 것인지, 마음을 무겁고 허전하게 만들었다.

방대근이가 의병으로 나섰던 다른 두 남자를 따라 딴 고장으로 뜬 것은 분명해 보였다. 그런데 방대근이가 그 사람들과 함께 앞으로 어떻게 살아갈 것인지가 염려고 걱정이었다. 그 아이가 의병에 대해 관심을 많이 썼던 것도 뒤늦게 이해가 되었다.

신세호는 자정이 넘도록 기울어져 가는 은하수를 바라보고 있다가 잠자리에 들었지만 이런저런 생각들로 새벽까지 잠을 설쳤다. 서로 뒤엉킨 생각에 뒤척이다가 문득 방대근이네 식구들과 두 남자의 식구들이 송수익을 찾아 만주로 떠난 것이 아닐까 하는 생각이 떠올랐다. 그러나 이내 고개를 저었다. 그렇다면 송수익이네 가족도 떠났어야 했다. 그러나 또다른 생각이 떠올랐다. 송수익의 모친이 중병이라 그들만 먼저 떠난 것이 아닐까 하는 생각이었다.

노모와 자식들을 버려두고 만주로 떠나버린 송수익과, 송수익 모친의 유언과 다름없었던 부탁과, 주재소의 명령대로 서당을 다시 열지 못하고 있는 자신과…… 괴롭고 긴 밤이었다.

점심나절까지 불안하게 보냈지만 송수익의 집에서는 아무 전갈도 없었다. 보리밥에 상추쌈을 싸서 먹고 나니 잠을 설쳤던 피곤이 밀려들었다. 텃밭가 감나무 아래 평상에 누워 잠을 청했다. 그러나 잠은 쉽게 오지 않았다. 어젯밤의 생각들이 다시 엉켜들고 있었다. 매미소리로 그 생각들을 씻어내려고 하면서 잠을 자려고 애썼다.

"세호, 세호 있는가."

잠이 들락말락하던 신세호는 벌떡 몸을 일으켰다. 사립 앞에는 임병서가 얼굴에 갓그늘을 얹고 서 있었다.

"아니 어서 들게. 자네가 어쩐 일인가."

신세호는 짚신을 끌며 사립 쪽으로 나가 임병서를 맞이했다.

"단잠을 깨운 것 아닌가?"

"아니네, 몸만 곤하고 잠은 오지 않아서 애만 쓰고 있던 참이네."

"몸은 좀 어떠신가. 안색이 안 좋네."

"덕분에 몸은 다 좋아졌네. 평상하고 마루, 어디로 자리하겠나."

"여름 감나무 아래 평상이야 제격이 아닌가."

"매미소리도 있으니 운치도 괜찮네."

두 사람은 평상에 자리잡고 앉아 서로 집안의 안부를 물었다.

"내가 걸음 한 것은 다름이 아니고 언젠가 말했던 그 일 있지 않은가……."

임병서가 신중하게 말을 꺼냈다. 신세호는 '그 일'이라는 것이 무엇인지 언뜻 잡히지 않아 그것이 무슨 일인지 눈으로 묻고 있었다.

"음, 송형을 절에서 함께 만났을 때 운을 뗐던 일 있잖은가. 병 자찬 자 형님을 모시고 새로 모색하겠다던 일 말이네. 그 일이 마침내 구체화된 계획 아래 추진되기 시작했네."

임병서의 얼굴에는 긴장된 힘이 실려 있었다.

"그래서 그간에 소식이 뜸했구먼."

신세호는 앉음새를 고치며 상대방의 이야기를 들을 자세를 갖추었다.

"그러니까 말이네, 새로 시작하는 일은 길게 얘기할 것 없이 상실한 국권회복운동이네. 위로 상감마마를 받들고 국권을 회복하기 위해 우선 우리 전라도땅에서부터 그 운동을 전개하기로 한 것이네. 그 이름을 독립의군부라 칭하고, 운동의 전개에 따라 전국으로 조직을 확대해 나가기로 계획이 되어 있네."

"독립의군부라…… 독립의군부……."

신세호는 그 명칭을 되뇌어보았다.

그러면서 한꺼번에 일어난 의문들을 정리해 보려고 했다. '독립'이란 말은 새로운 것이 없었다. 이미 오래전에 독립협회라는 것이 결성되어 독립문을 세웠고,《독립신문》도 발간했던 것이다. 다만 그때는 독립의 대상이 청국이었고 지금은 일본으로 바뀌어 있었다. 그런데 '의군부'라는 것이 여러 가지 의문을 불러일으켰다.

"어찌, 명칭이 맘에 안 드나?"

"그런 게 아니고, 의군부라면 의병을 다시 모집한다는 뜻인가?"

"그게 아니네. 의병으로 왜병과 맞서 싸우는 것은 이제 더 이상 효과가 없네. 지난 수년간의 싸움을 보지 않았나. 왜병의 막강한 세력 앞에서 아까운 인명만 살상하고, 일본과 감정만 악화시켰던 것이네. 그래서 이번엔 방법을 달리하자는 것이네. 그건 다름이 아

니라 우리 유생들이 뜻을 모아 상감의 법통을 받들면서 총독부를
상대로 국권반환운동을 적극 전개하는 것이지."

"입으로만 말인가?"

신세호는 어이없다는 생각을 했고, 그 감정을 포착한 임병서의
얼굴에 문득 긴장이 스쳐갔다.

"어디 말로만 하겠는가. 유생들이 도처에서 일어나 시위를 벌이
고, 그 힘으로 대표가 나서서 총독에게 국권반환을 강력하게 요구
하고, 상감께서도 이 일에 나서시게 하고, 방법이야 여러 가지가 강
구되어 있네."

신세호는 송수익을 생각했다. 송수익은 목숨을 내걸고 싸웠다.
그 자격으로 상감마저 준엄하게 질타했다. 그리고 나라 되찾을 새
길을 찾아 만주로 떠나갔다.

자신이 당한 일도 돌이켜보았다. 송수익이 한 일에 비해 자신이
한 일은 실로 부끄러울 만큼 보잘것없고 미약한 것이었다. 그런데
도 왜경들은 그처럼 혹독하게 다루었다. 그리고 그자들은 의병활
동했던 사람들을 찾아내기만 하면 무작정 사형이란 벌로 죽여없애
고 있었다.

"글쎄 난 모르겠네. 그런 여러 방법이란 게 무슨 효력이 있을 것
인지. 다른 것은 다 차치하고라도 당장 눈앞에서 벌어지고 있는 일
을 좀 유심히 볼 필요가 있지 않나 싶네. 보통학교 선생들이 군복
차림을 하더니만 관리들까지 군복을 입고 나서지 않았나. 그게 다
총독부놈들이 시켜서 하는 일인데, 그 의도가 무엇이겠나. 그건 선

생도 관리도 군대화하고, 우리 조선사람들을 무력으로 통치하겠다는 노골적인 표시 아닌가. 그런 흉악한 짓을 서슴없이 자행하고 있는 자들을 상대로 자네가 말한 그런 방법들이 통하겠는가?"

신세호는 느리게 고개를 저으며 한숨을 내쉬었다.

"이사람아, 그 무슨 심약한 소린가. 해보지도 않고 미리부터 안 될 생각만 하니. 당해내지 못할 무력에 무력으로 맞서니까 일이 꼬이기만 한 것이란 말일세. 허고, 총독부 고급 관리들은 일선에 나선 군인들과는 달리 조리 있는 말을 알아들을 수 있는 사람들일 거네. 폐일언하고 자네도 이번 일에 발 벗고 나서줘야겠네."

임병서의 끝말은 사뭇 강압적이었다.

"나를 보고 심약하다는 데는 할 말이 없네. 허나 내가 보기로는 이번 일은 문약한 유생들이 도모하는 꿈같은 일이 아닌가 싶네. 난 좀더 생각할 여유를 가졌으면 좋겠네."

신세호의 나직한 말은 냉정했다.

"이런 낭패가 있나. 자네가 왜놈들한테 한바탕 당하고 나더니만 기가 다 꺾여버린 게로군. 이사람아, 그래서야 쓰나. 다시 마음을 추슬러서 일어나야지. 이대로 좌시했다간 이 나라는 영영 왜놈들 것이 되고 마네. 힘을 내세."

임병서의 말에 신세호는 가슴 한복판을 찔리는 아픔과 함께 불쾌감이 일어났다.

"맞네, 난 송수익이 같은 용맹은 없는 사람이네. 허나 자넨 내 말을 잘못 알아듣고 있네. 내가 생각할 여유를 갖겠다는 건 자네들이 도모하는 일이 마땅찮아서지 왜놈들을 겁내서가 아니란 말일세."

정색을 한 신세호는 임병서의 빗나간 생각에 쐐기를 박았다. 신
세호의 자르듯 하는 말에 임병서는 문득 머쓱해졌다.

"아하, 듣고 보니 내가 말을 잘못했네그려." 임병서는 자신의 잘
못을 어색한 웃음으로 얼버무려 시인하고는, "그럼 자네 생각으로
는 어떤 방법이 좋다고 생각하나? 의병을 다시 일으키기는 틀렸고,
우리가 도모하는 일도 성사되기는 틀렸고, 그러니 속수무책으로
좌시만 하자는 겐가?"

그는 뚝심 좋아 보이는 생김대로 신세호를 몰고 있었다.

"글쎄…… 긴 얘긴 하고 싶지 않네만 나라고 생각이 없지는 않
네. 자넨 내가 왜 서당을 차렸는지 아나? 짐작하는지 모르지만, 자
네와 더불어 송수익이를 만나고 나서 난 여러 가지로 충격을 많이
받았네. 의병이 가망 없이 쇠해버린 것도 그렇고, 그렇다고 굴하지
않고 만주땅으로 떠날 결심을 한 송수익의 불굴의 의지도 그렇고,
나라 잃은 상감에 대한 송수익의 가차없는 질타도 그렇고…… 난
집에 돌아와 며칠을 고심하다가 서당을 열기로 작정했던 거네. 송
수익이처럼 나서지는 못하더라도 뒤에서 커나는 아이들의 머리를
깨우치게 하자. 아이들을 깨우쳐 힘을 기르는 것도 왜놈들과 싸워
나가는 한 방법이라고 생각했던 거지. 그 방법을 물론 내 단독으로
생각해 낸 것이 아니라 송수익이 암시한 것이기도 했네. 헌데 왜놈
들은 그 방법도 용납하지 않았네. 놈들은 이쪽의 의도를 벌써 간
파하고 있었던 게지. 다시 말해 놈들은 제놈들이 조선을 지배하는

데 있어서 방해가 되는 그 어떠한 일도 용납하지 않겠다는 뜻이네. 그런 방침이 어디서 세워졌겠나? 총독부겠나, 말단 주재소겠나? 헌데 자네는 총독부 고급 관리들은 일선에 나선 군인들하고는 다를 거라고 했지? 어림없는 소리네. 꿈꾸고 있는 소리야. 몽상이라고."

신세호는 고개를 설레설레 저었다. 임병서는 무엇인가 생각하는 얼굴로 신세호를 똑바로 지켜보고 있었다.

"그렇네, 자네 말도 타당한 데가 없지는 않네. 허나 우리는 지금 나라를 빼앗긴 처지에 빠져 있지 않은가. 그러니 무슨 방법으로든 나라를 되찾을 궁리를 해야 된단 말일세. 의병으로 맞서봐도 안 됐으니 이제 화평한 방법을 써보자는 것 아닌가."

"자네도 참 답답허이. 그 순서가 잘못 뒤바뀐 거라는 생각은 안 해봤나. 오랜 고사를 통해서 보더라도 먼저 화평한 방법을 써서 안 되니까 무력을 써서 일을 해결하는 경우는 허다해도, 먼저 무력을 쓴 자들에게 무력으로 맞섰다가 패하고 나서 화평한 방법을 써서 일을 해결한 경우는 단 한 번도 보지를 못했네. 이거 보게, 왜놈들을 좀 생각해 보게. 이 나라를 빼앗은 보호조약을 체결할 때 왜놈들이 군대로 궁궐을 에워싼 것은 덮어두세. 그 뒤에 일어난 의병싸움에서 우리 의병들만 죽었는가? 왜병들도 수없이 죽었네. 또 왜놈들은 얼마인지 모를 돈을 들여가며 철도를 놓고 있고 신작로를 닦고 있네. 그뿐인가? 논을 수없이 사들이면서 제놈들 백성을 끌어들이고 있네. 왜 제 나라 군졸들을 수없이 죽여가며 싸웠겠는가? 왜 막대한 돈을 들여가며 철도를 놓고 신작로를 닦겠는가? 왜 논들을 끝없이 사들이면서 제 나라 백성들을 끌어들이겠는가? 그게 조선 유생들이 국권을 반환해 달라는 요구를 들어주기 위해서인가? 국권반환을 요구하다니…… 삼척동자도 웃을 일이시. 그런 헛웃음 날 일은 안 하니만 못하네. 왜놈들에게 웃음거리만 될 뿐이야."

신세호는 손바닥으로 왼쪽 옆구리를 눌렀다. 말에 힘을 들이다 보니 옆구리가 찌르르 결렸다.

"자네하고 나하고는 생각이 너무 머네. 고초를 겪고 나서 생각이 좀 달라진 줄 알았더니만 예전과 마찬가지로군."

임병서는 두루마기 자락을 내치며 불쾌한 기색을 드러냈다. 그의 조심성 없는 태도에서 신세호는 또다시 모독감 같은 것을 느꼈다.

"자네, 말을 좀 삼가게. 난 의병에 나서지 못했으니 송수익이나 자네에 비해 용기가 없는 것은 분명하네. 그렇다고 하여 이 난국을 더럽고 비열하게 살 생각은 추호도 없네. 헌데 자네는 말끝마다 날 비열한으로 몰아 그 일을 피하려는 것처럼 말하고 있네. 자넨 자네 생각만 옳다고 생각하고 내 말뜻을 제대로 알아들으려고 하지를 않네. 어디 그런 법이 있나."

신세호도 불쾌한 기색을 감추지 않고 임병서를 정면으로 공격하고 들었다. 그 의외의 기세에 임병서는 긴장하지 않을 수가 없었다. 신세호의 그 완강함은 예전의 신세호가 아니었던 것이다. 임병서는 신세호가 그 고초를 겪으면서 그 나름으로 달라졌다는 것을 깨닫지 않을 수 없었다.

"이사람아, 내가 자넬 비열한으로 몰 까닭이 있나. 일을 실행에 옮기지도 않고 가망이 없다는 말부터 먼저 하니까 내 말이 그리 나간 거지. 내 말이 그리 들렸다면 내가 잘못했네. 헌데, 자넨 그 일에 뜻을 합칠 마음이 영 없는가.”

임병서는 말을 끝내기로 마음먹고 다시 확인했다.

“그렇네, 내가 갈 길이 아니네.”

신세호의 대답은 너무 분명했다.

임병서는 놀란 얼굴로 신세호를 멍하니 바라보았다. 마치도 자기가 갈 길을 따로 확정해 놓은 것 같은 태도가 임병서로서는 경이롭기까지 했다.

“알았네. 그게 자네 갈 길이 아니라면 그럼 자네가 갈 길은 따로 있다는 말인가?”

임병서는 또 신세호의 앞을 가로막고 나섰다.

“모르겠네, 길이 있는지 없는지. 어찌 되었거나 당장 죽지 않을 바에야 누구나 이 난국을 살아가자면 길이 있을 게 아닌가. 왜놈들한테 빌붙거나 앞잽이로 나서서 더럽고 추하게 살아가는 놈들이야 인종지말이니 더 말할 것도 없는 일이고, 그래도 옳고 바르게 살아려는 사람들로 보자면 그 생각에 따라 길이 여러 갈래가 있을 게 아닌가. 우국지심으로 송수익이 택한 길이나 자네가 택한 길이 한 가닥씩일 수가 있고, 생업을 지키며 범부로 살아가는 것도 또 한 가닥이 될 수가 있을 거네.”

차분하게 말을 마친 신세호는 머리 위의 감나무숲으로 눈길을 돌렸다. 마침 매미가 유난스런 소리로 울어대기 시작했던 것이다.

"자네야 손수 생업을 지키는 처지도 아니고 그저 글줄이나 읽으며 몸 더럽히지도 않고 그렇다고 다치지도 않고 한평생 살아가겠다는 겐가?"

임병서는 더 참지 못하고 정면으로 들이댔다.

신세호는 엷게 웃으며 눈을 감았다가 떴다.

"아니네, 그리 염치없지는 않네. 금년 농사 끝나면 머슴 내보내고 내가 손수 농사를 질 작정이네. 허고, 서당을 다시 열지 못하게 돼 있지만 내가 서당에서 했던 일을 무슨 수를 써서든 이어나가려고 마음먹고 있네. 그 길도 한 가닥이 될 수 있지 않겠나."

신세호는 임병서를 물끄러미 바라보았다.

"그렇군. 내가 자넬 잘못 찾아왔구먼. 자네 말을 듣고 보니 길은 여러 갈래네만, 어느 길이 더 옳은지는 더 두고 볼 일이네."

임병서는 여기서 말을 끊었다. 그는 하고 싶은 말을 참아내고 있었다. 신세호는 줄곧 송수익이 옳다는 듯한 인상을 풍겨왔던 것이다. 임병서는 그 느낌이 마땅찮으면서도 또 이야기가 길어지는 것이 싫어서 그 말은 꺼내지 않았다.

"저어…… 여그가 신 자 세 자 호자 어런댁이제라?"

한 사내가 사립 밖에서 다급한 소리로 외치고 있었다.

"거 누구냐."

신세호는 대꾸하면서 불길한 느낌에 부딪히고 있었다.

"야아, 송 자 수 자 익 자 어런댁에서 왔는디요, 저어……."

"어찌 되셨느냐? 세상을 뜨셨느냐?"

신세호는 몸을 일으키며 묻고 있었다.

"야아, 기별드리라고 히서……."

"알았다. 넌 어서 돌아가거라."

신세호는 사내에게 이르며 평상에서 내려서고 있었다.

"아니, 수익이 모친께서 별세하셨다고?"

임병서도 놀란 얼굴로 평상끝에 다리를 걸쳤다.

"그 어른이 중환이셨네. 자넨 좀 앉아 있게. 나 의관 좀 차려야겠네."

신세호는 걸음을 서두르며 짚신에 발을 꿰고 있는 임병서에게 손짓했다.

임병서는 평상에 걸터앉아 먼 하늘로 눈길을 보냈다. 송수익의 얼굴이 떠올랐다. 그는 만주로 떠나면서 어머니와 처자식을 만나 보았는지 어쩐지 의문스러웠다. 그즈음에 그의 집은 워낙 감시를 심하게 받고 있어서 그냥 떠났는지도 모른다는 생각이 들었다. 만약 그랬다면 그 어머니의 한스러움이 너무 컸을 것 같았다.

임병서는 자신도 모르게 한숨을 내쉬었다. 나라 잃은 불행이 한 집안을 불행으로 바꾼 또 하나의 사태였다. 우국충정으로 저질러진 불효는 불효가 아니었다. 그러나 오래 뒤에 어머니의 별세 소식을 듣게 되면 송수익의 가슴에는 장자로서 어머니의 임종을 못 지킨 회한이 그대로 남을 터였다. 송수익은 꼭 만주로 가야 했던가를 임병서는 또 생각하고 있었다.

"밥때가 다 됐네만 그냥 나서야겠네."

허둥거리는 손짓으로 갓끈을 매며 신세호가 말했다.

"무슨 소린가. 어서 가봐야지."

임병서가 몸을 일으켰다.

"자넨 어찌하겠나?"

사립을 나서며 신세호가 물었다.

"아무 채비가 없으니 내일 문상을 했으면 좋겠네."

"그렇게 하게. 상주들도 오늘은 빈소 차리기에 정신이 없을 테니."

"송형이 자당님 아프신 걸 알고 떠났나?"

"그건 나도 잘 모르겠네."

"그럼, 만주로 떠나기 전에 뵙기는 했을까?"

"그것도 모르겠네. 며칠 전에 가 뵈었을 때 송형 부인한테 그걸 좀 물어볼까 하다가 그만두었네. 어머님이고 부인이고 송형 이야길 입에 올리는 걸 아주 꺼리는 눈치였으니."

"아이들은 몇이나 되나?"

"둘이네."

임병서는 또 한숨을 내쉬었다.

그들은 더 말이 없이 고샅을 벗어났다. 바로 눈앞에 푸르른 들녘이 펼쳐졌다. 여름햇볕 아래 들녘은 풍성하게 살이 올라 있었다.

당산나무 짙은 그늘 아래서 아이들이 뒤엉켜 와자하게 떠들어대고 있었다.

"저 미친년이 왜놈 애 밴 년이여."

"아니라든디."

"기여. 왜놈허고 흘레붙었당게."

"니가 봤어, 봤어?"

"나도 들었어. 어런덜이 다 그려."

"그짓말 말어. 그리 말 안 허는 어런덜도 많혀."

남루한 차림의 여자를 에워싼 아이들은 서로 패를 갈라 우김질을 해대고 있었다. 그 소란 속에서도 여자는 태평스럽게 앉아 헝겊 쪼가리들을 매만지고 있었다. 그런데 여자의 낡고 때 전 삼베치마 속의 배는 불룩해 보였다.

"아니여, 저년헌티 물어보자."

"니 미쳤냐? 넋나간 미친년이 아는 것이 머시가 있다냐."

"그려, 삼수 니도 미쳤다."

"머시여, 이 잡새끼가!"

"헤헤헤헤……"

"호호호호……"

아이들은 웃어대기 시작했다.

"그러덜 말고 저년 옷얼 벳게보자."

"그려, 왜놈 새끼럴 뱄으면 무신 표식이 있을란지도 몰릉게."

"이, 고것 재미지겠는디."

"근디 가만히 있을랑가?"

"그려, 미친년이 발광허먼 기운이 무지허게 씨다든디."

"우리가 다 뎀비는디 지 혼자서 어쩔 것이냐."

"맞어. 얼렁 시작허자."

아이들은 서로서로를 쳐다보며 장난기 서린 눈들을 반짝거렸다. 그러더니 와아 소리를 지르며 여자에게로 덤벼들었다.

열서너 명의 아이들에게 기습을 당한 여자는 괴성을 질러대며 저항하고 있었다. 아이들의 비명소리도 뒤섞이고 있었다. 눈을 홉 뜬 여자가 닥치는 대로 아이들을 떠다밀고 할퀴고 물어뜯고 있었 던 것이다.

"이 고얀 놈들, 웬 못된 짓들이냐!"

아이들의 머리 위에 불호령이 떨어졌다. 신세호의 외침이었다.

여자에게 달라붙던 아이들은 삽시간에 흩어져 달아나기 시작 했다.

"이놈덜아…… 이놈덜아, 찢어죽일 놈덜아…… 온냐, 느그덜이 나꺼정 죽일라고…… 나랑 우리 엄니가 느그덜얼 다 씹어묵을 기 여……."

여자는 실성기 완연한 눈으로 신세호와 임병서를 노려보며 곧 덤벼들 태세로 소리치고 있었다. 힘이 잔뜩 들어간 여자의 열 손가 락은 갈퀴처럼 구부러져 있었고, 핏기 없이 마른 입술은 부들부들 떨리고 있었다. 아이들의 거친 손길을 탄 치마는 말기가 터져 속살 을 그대로 드러내고 있었다. 그 한쪽으로 표나게 불룩한 배의 일부 가 드러나 보이고 있었다.

"못된 놈들, 저걸 어째야 하나……."

신세호는 곤혹스러운 표정으로 눈길을 돌리며 혀를 찼다.

"저 여자가 혹시 태중이 아닌가?"

임병서가 신세호에게 눈길을 보냈다.

"그래서 아이놈들이 그 못된 짓들을 한 게 아닌가. 어찌 여자들이 하나도 안 보이나……."

신세호는 사방을 두리번거리고 있었다.

"여자들에게 맡길 생각이라면 이러고 서 있을 것이 아니라 가까운 집들로 찾아가 보는 것이 어떤가?"

"그럴까? 다 논일들을 나가서 누가 집 안에 있을라는지 원. 내가 가볼 것이니 자네는 여기 있게."

신세호는 왔던 길을 되짚어 걸음을 서둘렀다.

임병서는 멀어지고 있는 신세호의 뒷모습을 물끄러미 바라보고 있었다. 그의 선한 심성을 새삼스럽게 느끼며 무슨 까닭인지 그가 손수 농사를 짓겠다던 말이 겹쳐지고 있었다.

신세호는 마침 첫 번째 고샅에서 아이를 업고 나오는 여자노인네를 만났다. 신세호는 그 노인에게 아이들이 저지른 일을 간략하게 설명하고, 그 여자를 좀 간수해 달라고 부탁했다.

"야, 야, 알겠구만이라우. 그리 맘쓰시넌 어러신 맘이 불심이구만요. 근디, 그 불쌍헌 것이 머 묵자고 여그로 또 와서 그리 험헌 꼴얼 당했능고. 아그새끼덜이 날이 갈수록 험해지는 것이 다 왜놈시상이 갤치는 것이랑게."

신세호를 뒤따르며 여자노인네는 빠르고 세게 혀를 차대고 있었다.

"가세, 오래 지체했네."

신세호는 당산나무 아래서 걸음을 멈추지 않고 내처 걸었다. 임병서는 발길을 서둘러 신세호와 보조를 맞추었다.

　　"이 동네도 실성한 여자가 또 있네그려."

　　임병서가 뒤를 힐끗 돌아다보고는 말을 꺼냈다.

　　"실성한 여자가 어디 한둘이라야지. 저 여잔 우리 동네 여자가 아니네."

　　"음, 실성한 몸이니 자기 동네가 따로 있겠나. 저 여자도 혹시 왜놈들한테 험한 꼴 당한 것 아닌가?"

　　"볼 것 있나. 저 여자 서방이 의병 나섰다가 잡혀죽은 것이 4년 됐네. 왜놈들이 동네사람들 모아놓고 목매달아 죽였는데, 그때부터 저 여잔 미쳤지."

　　"그러면, 그 태중인 것은 무언가!"

　　임병서의 어조가 출렁였다.

　　"그것이 고약하네. 그 여자가 미색은 아니라도 젊지 않던가. 어떤 놈이 천벌받을 짓을 한 거네. 헌데 젊은 왜놈헌병들이 윤간을 했다는 소문이 파다하네. 그걸 본 사람이 있다는 말도 있는데, 정작 그 사람이 나서야 말이지. 나선다고 별수가 있는 건 아니네만. 나서봤자 그 사람만 당할 판이니까."

　　"자넨 그 소문을 믿나?"

　　"믿지."

　　두 사람은 한동안 말없이 들길을 걸어가고 있었다. 햇볕 따가운 푸르른 들녘 여기저기에는 허리 구부린 사람들의 모습이 무슨 무늬처럼 박혀 있었다.

"아이들도 그 소문을 아는 모양인가?"

"아이들 귀도 귀 아닌가."

"그래서 아이들이 그 야단이었군."

임병서는 가늘게 한숨을 쉬었다. 그리고 그는 자신의 생각을 고쳤다. 신세호가 그 실성한 여자를 맡길 사람을 군이 찾았던 것은 그의 심성이 선하기 때문만은 아니라 싶었다. 그는 그 여자를 왜놈 헌병들이 범했다는 소문을 확고하게 믿는 것만큼 그 여자를 모두가 보호해야 한다는 생각을 갖고 있는 것이 분명했다. 신세호에게 확인이 필요치 않은 그 생각에 임병서는 뒤늦은 동감을 느끼고 있었다.

"난 이쪽 길로 가야 하네."

갈림길목에서 신세호가 걸음을 멈추었다.

"그러게, 내일 만내세."

신세호는 고개를 끄덕였고, 그리고 두 사람은 마주 보며 스산한 웃음을 흘렸다.

송수익의 집에 당도한 신세호는 마당에 벌써 차일이 쳐져 있는 것을 보고 놀랐다. 상가답게 활짝 열려진 대문을 들어서면서 신세호는, 새벽에라도 운명하신 것인가 하고 생각했다. 아까 머슴의 다급한 행보로 보아서는 운명한 지가 얼마 안 된 것 같은 느낌이 확실해 그 손 빠른 준비에 놀라면서도 한편으로는 또 그런 의문이 들기도 했다.

빈소도 이미 마련되어 있었고, 상제들도 상복을 격식대로 갖추고 있었다. 그리고 큰일을 치르기 위한 지짐이 부치는 기름냄새가 진하게 풍기고 있었다. 그런데 문상객은 별로 눈에 띄지 않았다. 장례채비에 비해 문상객이 별로 없는 것으로 보아 그 모든 준비는 송수익의 부인 안씨의 손으로 미리미리 갖추어진 것임을 짐작할 수 있었다.

신세호는 문상을 통해서 송수익의 어머니가 아침나절에 눈을 감았다는 것을 알았다. 고인의 유언에 따라 장례는 삼일장으로 간소하게 치르게 되어 있었고, 장지도 선산으로 정해져 있었다.

신세호는 자신이 도울 일이 아무것도 없다는 것을 알았다. 신세호는 왠지 허탈한 느낌으로 빈소를 물러나오며 송수익의 어머니와 그의 부인을 되짚어 생각하고 있었다.

으레껏 양반은 오일장을 치르는 것이 관습이었다. 그런데 고인은 간소한 삼일장을 유언으로 남긴 것이다. 그건 스스로 여자라는 겸손에서가 아니었다. 남겨진 자손들을 위해 긴 장례로 쓸데없는 돈을 쓰지 않게 하기 위함이었다. 고인은 장자가 없는 집안의 장래를 그렇게 마음쓰며 눈을 감은 것이다.

그런 찬찬한 시어머니에 비해 며느리 또한 못지않았다. 시어머니가 1년 남짓 앓았다고는 하지만 며느리는 그간에 벌써 장례준비를 차질 없이 해놓고 있었던 것이다. 안씨의 그런 빈틈없음은 시어머니에 대한 도리이기도 하겠지만 더는 남편 몫까지 해내고자 하는 다부진 마음가짐 탓이리라 싶었다.

신세호는 안씨에게 맡겨진 시동생 하나와 두 자식들을 생각하며 마음이 놓이는 것을 느꼈다. 혼자 힘으로 대사 마련을 그토록 빈틈없이 해낼 정도라면 시어머니가 계시지 않아도 식구들을 능히 추슬러나갈 수 있으리라는 믿음이 갔다.

문상객들이 밀려들기 시작하면서 신세호는 술잔을 기울이게 되었다. 거나한 술기운에 취해 그는 느릿느릿 먹을 갈았다. 그에게 맡겨진 일은 만장에 글씨를 쓰는 것이었다. 주로 문중사람들이 고인의 남다른 죽음을 슬퍼해 만드는 만장이었다.

신세호는 붓이 흔들리지 않을 정도로 마신 술기운에 취해 먹을 갈았고, 시집간 세 딸과 며느리의 구슬프고 애절한 곡성을 들으며 만장에 한 글자 한 글자를 정성스럽게 박아 써나갔다. 만장의 글귀마다 슬퍼하고 애통해하는 사연들이 담긴 글자들에 정성을 바치며 그는 고인의 명복만을 비는 것이 아니었다. 벗 송수익에게 소리 없는 말을 보내고 있었다.

이사람아 수익이, 낯설고 물선 만주땅 그 어디메쯤 있는 겐가. 그간에 어찌 자리라도 잡은 겐가. 우국충정이 남보다 뜨거워 수천 리 밖 타국땅으로 떠났으니 자당님 별세하신 이 슬픈 소식을 무슨 수로 전하겠나. 그 머나먼 땅을 기러기인들 찾아갈까 비둘기인들 찾아갈까. 죽는 건 몸이지 넋이 아니라고 하니 사무친 자당님 넋이 자네를 찾아갈까. 자네 따라 떠나지 못한 지지리 못난 내가 자당님 빈소를 지키네.

밤을 꼬박 지샌 신세호는 날이 희붐해질 녘에 국밥 한 그릇을 껄껄한 입 속에 몰아넣고는 헛간 처마 밑에 자리잡고 잠이 들었다.

누군가가 깨워서 잠을 깨보니 눈앞에 임병서가 서 있었다. 점심 나절이 가까워진 시각이었다.

"간밤을 꼬박 새운 모양이군."

임병서가 엷게 웃었다.

"이런, 한숨만 잘 참이었는데……."

신세호는 멋쩍게 웃으며 일어났다.

점심을 함께 먹은 임병서는 신세호가 만장 두 개에 글씨를 쓰는 것을 구경하고 해가 기울어 떠났다.

임병서가 떠나고 한참이 지난 해질녘에 빈소 쪽에서 목탁소리가 들려왔다. 그 목탁소리를 듣는 순간 신세호의 뇌리에는 직감적으로 떠오르는 얼굴이 있었다. 신세호는 자신도 모르게 빈소로 빠른 걸음을 옮겼다. 과연 자신의 직감은 적중했다. 그 승려는 다름 아닌 공허였다.

빈소 앞에 무릎 꿇어 앉은 공허는 목탁을 치며 반야심경을 독경하고 있었다.

목탁소리의 그 특유한 공명음은 청아하면서도 담백하게 울려퍼지고 있었고, 굵은 목소리에 실린 독경가락은 구성진 듯 서러운 듯하면서 목탁소리와 어울려 숙연한 분위기를 자아내고 있었다.

눈을 지그시 내려감은 신세호는 독경소리를 귀담아들으며 그 깊은 뜻을 음미하고 있었다.

……색불이공 공불이색 색즉시공 공즉시색(色不異空 空不異色 色

卽是空 空卽是色) 형태 있는 것이 헛것과 다르지 아니하며, 헛것이 형태 있는 것과 다르지 아니하니라. 형태 있는 것이 곧 헛것이요, 헛것이 곧 형태 있는 것이니라.

언제 들어도 알 듯 말 듯 한 그 심오한 의미는 반야심경의 핵이 었고, 그 응축된 구절은 반야심경을 불경 중의 불경으로 드높게 세우고 있었고, 그 난해하고도 오묘한 뜻은 깨달은 자 석가모니의 지고한 진리의 정점인 동시에 불교가 푸는 우주만상에 얽힌 수수 께끼의 열쇠였다.

우주만상의 수수께끼를 푸는 열쇠라서 그러는 것인가……. 그 구절은 그대로 더할 수 없이 간결하고도 담담한 조사였고, 그리고 명료하면서도 간단한 죽음에 대한 설파였다.

사람이 산다는 것과 죽는다는 것은 헛것이 형태를 지어 일시에 머무는 것이요, 그 형태가 다시 흩어져 헛것으로 돌아감이니 죽음 을 너무 서러워하거나 애통해하지 말 일인 것이다……. 이렇게 의 미를 새겨나가다가 신세호는 문득 저 양반이 여기 와도 괜찮은가! 하는 생각에 부딪혔다.

일단 그 생각이 들자 신세호는 불안해지기 시작했다. 그러나 공 허는 신변의 위협 같은 것은 전혀 느끼지 않는 듯 부동의 자세로 목탁을 치며 독경을 하고 있었다.

공허는 한 차례의 독경으로 끝나지 않았다. 독경을 하다가 문상 객이 오면 독경을 그치고 문상객이 물러나면 다시 독경을 시작하 고는 했다. 그 하는 태도를 보아 쉽게 떠날 것 같지가 않았다. 그 어디에나 헛눈 한번 파는 일도 없이 자기의 소임에만 열중하고 있는 공허를 어떻게 알은체하거나 불러낼 수가 없는 채로 신세호는 조바심이 심해지고 있었다.

그러다가 신세호는 만장 하나를 또 쓸 일이 생겨 발길을 돌리지 않을 수 없었다. 당사자가 어련히 알아서 하랴 생각하며.

신세호는 붉은 비단 위에 글씨를 써내리며 온 정성을 쏟고 있었다. 이제 그의 귀에는 목탁소리며 독경소리가 들리지 않고 있었다. 그가 글씨를 거의 끝냈을 즈음이었다.

"이놈아, 꼼짝 마라. 니가 바로 공허제!"

"바까야로!"

이런 외침이 터지고 있었다.

신세호는 소스라치며 붓을 뗐다. 어둠살이 내리고 있는 마당에 사람들이 웅성거리고, 승복의 뒷덜미를 잡힌 공허가 마루 아래로 끌어내려지고 있었다.

"난 공허가 아니라 법운이오. 사람얼 잘못 봤소."

공허가 태연하게 큰소리로 외치고 있었다.

"이놈아, 거짓말 말어."

순사보인 조선사람이 뒷덜미 잡은 주먹으로 공허의 뒷덜미를 쥐어박았다.

총을 든 일본순사가 옆구리에 찬 쇠고랑을 빼들었다.

"이거 보시오, 시상이 아무리 변했어도 중헌티 쇠고랑 채우는 법언 없소. 총꺼지 들었음서 중놈이 머시가 무서와 쇠고랑이요, 쇠고랑이."

공허의 호령이었다.

그 말에 호응해 사람들이 한마디씩 내던지고, 마당이 다시 술렁거렸다. 그러자 순사보가 일본순사에게 뭐라고 지껄여댔다. 일본순사가 고개를 끄덕거렸다.

"쇠고랑언 면혔웅게 얼렁 가자."

순사보가 공허를 떼밀었다.

"중놈이 바랑허고 목탁언 챙개얄 것 아니겠소."

공허의 쿠렁한 목소리였다.

공허는 유유하게 목탁을 챙겨 바랑에 넣고는 빈소에 합장까지 하고 돌아섰다. 그리고 조용하게 상가를 빠져나갔다.

공허가 잡혀가고 말자 신세호는 허물어지듯 주저앉았다. 너무 허망하고 너무 기막혔던 것이다. 감시의 눈이 있으리라는 것을 예비하지 않은 공허가 야속하기만 했다. 신세호는 비척비척 술독으로 걸어가고 있었다.

넓고 넓은 들녘에 어둠살이 내리고 있었다. 어둠살은 연한 보랏빛이었다. 어둠살에 잠기고 있는 아슴한 들녘에는 그 넓이만큼의 고요가 가득했다.

띄엄띄엄 자리한 들마을들도 안개발 같은 어둠살에 물들고 있었다. 초가들은 고요 속에 서로 이마를 맞대고 저녁연기를 피워올리고 있었다. 푸르스름한 연기들은 그 연한 자태를 오래 간직하지 못하고 스러지고 있었다. 개 짖는 소리가 가끔 멀리로 들리고는 했다.

공허는 흥얼거리는 가락으로 독경을 하며 걷고 있었다. 그러나 그의 마음은 저녁연기 피어오르고 있는 들마을로 가 있었다. 그는 그 아늑하기 그지없는 들마을에서 아이를 부르는 여자의 긴 목소리가 정겹게 들려오는 것을 듣고 있었다. 그러나 그건 환청이었다. 아니 그의 마음속에 아로새겨져 있는 먼 기억의 소리였다.

그는 어느 곳에서나 저녁연기 피어오르는 마을을 볼 때마다 어린 자기를 부르던 어머니의 목소리가 저 멀리서 아슴푸레하게 들려와 가슴 저리게 했고, 토장국 맛있게 끓이던 어머니의 따스한 온기가 사무쳐와 눈물겹고는 했다. 먹물옷을 입고서도 옛 기억을 떼칠 수가 없었고, 그럴수록 먹물옷을 입지 않을 수 없었던 신세가 한스럽기만 했다.

솔가지나무를 한 짐 해가지고 돌아왔는데 집이 불타고 있었다. 울며불며 어머니를 찾았지만 아무데도 없었다. 두 동생도 보이지 않았다. 불이 다 꺼지고 나서야 아버지와 어머니 그리고 두 동생이 집과 함께 타죽었다는 것을 알았다. 아니, 왜병들의 칼에 찔려죽은 다음 집과 함께 불태워진 것이었다. 마을사람들은 뼈들을 추려내 묘를 쓰게 하고는 서둘러 등을 떼밀었다. 어서 마을을 떠나라는 것이었다. 네가 살아 있는 것을 알면 왜놈들이 또 죽일 거라고 했다. 동학군으로 나갔던 아버지가 몸을 다쳐 돌아와 집 뒤 토굴 속에서 숨어 있었던 것을 까맣게 몰랐던 것이다. 마을을 떠날 수밖에 없었다. 그때 나이 여덟 살이었다. 몇 달을 굶주리며 떠돌았다. 이틀을 꼬박 굶고 어느 개울가에서 쓰러졌다. 정신을 차려보니 옆에 중이 하나 앉아 있었다. 중이 말없이 내민 것은 주먹밥 한 덩이였다. 정신없이 주먹밥을 먹고 나자 중이 말했다. 갈 데가 없으면 함께 가자고. 그저 고개를 끄덕였다.

"어이, 그놈에 염불인지 타령인지 잠 끈쳐!"

옆에서 걷고 있던 순사보가 내질렀다. 그 바람에 공허의 왼쪽 옆에서 걷고 있던 일본순사가 놀라며 고개를 돌렸다.

순사보가 뭐라고 일본말을 했다. 일본순사가 가볍게 고개를 끄덕였다. 공허는 대강 눈치로 그들의 말을 알아들었다. 공허는 일부러 염불을 흥얼거리고 있었던 것이다. 그들의 마음속에 막연하게 자리잡고 있는 승려에 대한 외경심을 자극하는 동시에 경계심을 풀게 하기 위해서였다. 왜놈들은 대체로 조선사람들보다도 더 불교에 대해 숭앙심을 가지고 있기도 했다.

"중헌티 그리 막말허는 것언 부처님께 막말허는 것이나 마찬가지요. 댁도 태어나고 커남서 할무니나 엄니가 무병장수 평강득복허게 해도라고 불전에 수십 번언 빌었을 것 아니겠소?"

공허는 그 누구나 피하기 어려운 약점을 찌르고 들었다.

"머시여? 중이면 다 중이여? 가짜 중놈이 무신 잔말이 많여."

순사보가 눈을 치떴다.

"가짜 중이라니, 아까도 말헌 대로 사람얼 잘못 본 것이오."

"니가 송수익이허고 의병으로 나댄 공허가 아니라고!"

"아, 나넌 법운이랑게요."

"니 정 주딩이 놀릴 것이여? 쇠고랑 맛얼 봐야 주딩이 닥치겄어."

"알겠소, 그만둡시다. 어쨌그나 우리 주지시님이 아시게 될 것잉게 결국 주재소 주임이 곤란허게 될 것이오."

공허는 여유만만하게 말하고는 다시 염불을 흥얼거리기 시작했다. 그러면서 옆눈길로 일본순사를 훔쳐보았다. 일본순사는 두 손으로 앞에 받쳐들고 있던 총을 언제부터인지 오른쪽 어깨에 메고 있었다. 그 방심상태에 공허는 전신에 힘이 팽팽하게 뻗치는 것을 느꼈다.

"이보시오, 나 소피 잠 보면 좋겠소."

공허는 사타구니를 거머잡았다.

"빌어묵을……."

순사보가 혀를 차며 일본순사에게 말을 건넸다. 일본순사가 총을 벗어 앞으로 받쳐들며 고개를 끄덕였다.

공허는 서너 발짝 길가로 옮겨 바지를 까내렸다.

"어허, 거그서 그대로 서서 내깔길 챔이여? 질 아래로 내래가서 앉어서 눠."

순사보가 뒤에서 소리쳤다.

"중놈 자지넌 자지가 아닝게 아무나 봐도 상관없소. 허고, 똥도 아닌디 앉어서 누는 법이 어딨소."

공허는 느긋하게 대꾸했다.

"잔말 말고 내래가! 누구 앞이라고 골마리 까고 지랄이여."

그때서야 공허는 말뜻을 알아들었다. 순사보의 말은, 누가 볼까 보아 그러는 게 아니라 일본순사 앞에서 불경한 짓을 하지 못하게 하는 것이었다.

"알겠소, 그리헙시다."

공허는 것지르는 말을 한마디 할까 하다가 그냥 넘겼다. 순사보의 성미를 긁어서 별로 좋을 것이 없었던 것이다. 그저 말을 잘 듣는 척해서 안심을 시켜야 했다.

공허는 길을 내려서서 한쪽 무릎을 비탈에 대고 앉았다. 꼭 소피가 급했던 것은 아니었다. 조금이라도 시간을 끌어야 했다. 주재소에 한 발이라도 가까워지기 전에 어두워져야 했다.

공허는 끙끙 힘을 써가며 오줌을 누고 있었다. 어둠살은 이제 진한 회색빛으로 변해 있었다. 먼 들마을의 자취들도 감추어져 아주 흐릿했다.

절밥 얻어먹은 1년 만에 머리를 깎이고도 무시로 스님을 졸라댔다. 사랑방을 배돌며 주워들었던 서산대사나 사명대사가 부린 도술을 가르쳐달라고. 스님은 눈총을 쏘고 뒤꼭지를 쥐어박다 못해 마음을 돌려먹었다.

"니놈언 업보가 커서 중 노릇 참허니 허기넌 틀렸다. 그놈에 억씬 성미에다가 살이 낀 눈이 니 팔자럴 고단허니 맹글 거이다. 이놈아, 나서라, 도술언 나도 부릴지 몰르고, 니 한 몸 지키는 호신술이나 깨쳐줄 티니."

글공부와 함께 10년 가까이 익힌 것이 기운 키우고 몸 가볍게 하는 호신술이었다.

"어허 참 씨어언허다! 죄인헌티 존 일 허셨응게 극락 갈 것이오."

허리끈을 묶으며 길로 올라선 공허는 큰소리로 말했다.

"극락? 참 생김대로 비우짱도 좋고 뱃보도 존 중놈이시."

순사보는 픽 웃었다. '극락'이라는 말이 과히 기분 나쁘지 않았던 것이다.

"빨리 걸어. 날이 너무 어두워졌다."

일본순사가 투덜거리듯 말했다.

"얼렁얼렁 걸어. 날이 어둔디."

순사보가 공허의 팔을 가볍게 잡아챘다. 공허는 명령에 잘 따르는 척 걸음을 빨리하기 시작했다.

들녘의 어둠은 먹물빛으로 변하고 있었다. 어둠 멀리 작은 불빛들이 깜빡깜빡 드러나기 시작했다. 바글바글 끓듯 하는 개구리들의 울음소리가 여기저기서 울려대고 있었다.

공허는 일본순사를 훔쳐보았다. 빨리 걷기에 힘이 들어서 그런지 어쩐지 그는 또 총을 멘 채로 앞만 보고 부지런히 걷고 있었다. 공허는 순사보 쪽으로 눈을 돌렸다. 순사보도 걷기에만 정신을 팔고 있는 것 같았다.

공허는 이를 맞물었다. 그리고 일본순사의 어깨를 낚아잡았다. 다음 순간 픽 소리가 울리며 짧은 비명과 함께 일본순사가 나가떨어졌다.

"아이고메, 저놈!"

순사보가 외치며 덤벼들었다. 공허의 발길이 순사보를 걷어찼다. 순사보가 푹 고꾸라졌다. 공허는 욕을 내뱉으며 순사보를 사정없이 짓밟았다. 순사보의 몸이 꿈틀하더니 쭉 내뻗쳤다. 공허는 잽싸게 일본순사 쪽으로 몸을 돌렸다. 일본순사는 정신을 잃고 나자빠져 있었다.

공허는 그때서야 숨을 토해내며, 두 손바닥을 맞털었다. 자신이 마음먹고 박치기를 했는데 정신을 잃지 않았다면 그건 사람이 아니라 괴물일 수밖에 없었다.

공허는 순사보의 멱살을 잡아끌었다. 순사보를 일본순사 옆에 한 발 간격으로 나란히 맞추었다. 그리고 그는 숨을 한껏 들이켰다가 느리게 토해냈다. 그런 다음 한 발을 일본순사 목 위에 올려놓았다. 그리고 다른 발을 순사보 목 위에 올려놓았다.

두 목숨의 숨넘어가는 경련이 두 다리를 타오르고 있었다. 이를 앙다문 그는 불길에 휩싸인 집을 보고 있었다.

안직 멀었다, 안직 멀었어…….

두 주먹을 불끈 쥔 그는 어둠을 응시한 채 속말을 되씹고 있었다.

31

대지진의 시발

어둠이 짙어지고 있는 마당에는 덕석이 서너 장 깔려 있었다. 그
사이 사이에 모깃불이 지펴지고 있었다. 모기들은 어스름이 깔리
기 바쁘게 앵앵거리며 날기 시작했다. 한낮에 기승을 부리던 파리
떼가 잠잠해질 만하면 그 자리를 모기떼들이 차지하고는 했다.

어스름이 두꺼워져 어둠으로 바뀌면서 반딧불의 푸르스름한 빛
이 어둠 속을 떠돌 즈음이 되면 모기떼들은 더욱 극성스러워졌다.
사람들의 맨살이 드러난 곳이면 모기떼들은 가리지 않고 덤벼들
어 침을 꽂았다. 팔다리는 더 말할 것 없었고, 심지어 콧등이며 눈
두덩까지도 가리지 않고 달라붙었다.

농부들은 낮에는 논물에다 발을 잠그고 거머리들에게 피를 빨
리고, 밤에는 또 모기떼들에게 시달림을 당해야 했다.

마당에서든 마루에서든 저녁 더위를 식히자면 모깃불을 피우지

않고서는 견딜 도리가 없었다. 집집마다 어스름이 깔리기 시작하면서 마당 가운데다 모깃불을 놓는 것은 빼놓을 수 없는 일과 중의 하나였다.

"할아부지, 오늘언 어찌서 모깃불얼 시 개나 피와?"

"온냐, 그럴 일이 있다."

박병진은 막대기로 덤불을 약간 들어 모깃불에 바람이 통하게 하며 건성으로 대꾸했다.

"할아부지, 어찌서 덕석얼 다 깔어?"

"온냐, 그럴 일이 있다."

박병진은 또 건성으로 대꾸하며 다음 모깃불로 발걸음을 옮겼다.

"이잉, 할아부지 미와. 어찌서 그런지 갤차줘야제, 얼렁 갤차줘어!"

아이는 할아버지의 허벅지께를 주먹질해 대며 투정을 부렸다.

"이놈아, 손님덜이 오신다."

박병진은 다음 모깃불에 바람을 통하게 하며 또다시 건성으로 대꾸했다.

"손님덜? 글먼 잔치혀?"

박병진의 옆에 바짝 붙어앉은 아이의 목소리가 화들짝 밝아졌다.

"잔치이?"

박병진은 손자를 내려다보았다. 그는 그때서야 골똘한 생각에서 깨어나고 있었다.

"아니여, 잔치 아니여."

박병진은 어떤 기대에 차 있는 손자아이의 얼굴을 내려다보며 고개를 저었다.

"치이, 잔치도 안 허는디 손님덜이 멀라고 와."

아이는 얼굴이 금방 시무룩해지며 입을 쑥 내밀었다.

박병진은 그만 마음이 착잡해졌다. 회의를 하려고 사람들이 모인다는 말을 해줄까 하다가 어린 손자가 알아들을 리 없어 허리춤에서 곰방대를 빼들었다. 또, 알아듣지 못하는 말을 놓고 물음이 길어질 손자에게 말대꾸할 심사도 아니었던 것이다.

"어린덜이 헐 일이 있어서 뫼는 것잉게 니넌 일쩍허니 자그라."

박병진은 손자의 머리를 쓰다듬었다.

"덥고 배도 안 꺼졌는디 어찌 자."

손자아이가 또르르 구르는 소리로 내쏘았다.

"온냐, 글먼 쩌그 저 도깨비불이나 잡아서 호박꽃에 넣고 놀그라."

박병진은 어둠 속을 느리게 날고 있는 여러 개의 반딧불이를 가리켰다.

"이잉, 싫여. 맨날 허는 놀이라 재미가 하나또 없당게로."

아이는 고개와 함께 어깨를 마구 흔들어댔다.

박병진은 곰방대에 담배를 재며 손자의 얼굴을 물끄러미 바라보았다. 그 천진한 것의 얼굴을 보자 가슴이 답답해지면서 앞날이 막막하게 느껴졌다. 오늘 모이는 뜻이 당장의 생계도 문제였지만 저 어린것들의 앞날을 위해서이기도 했다. 그건 참으로 날벼락이었다. 느닷없이 터진 그 일은 다른 말로 할 말이 없었다.

"할아부지, 옛날이얘기 해줘어이잉."

아이는 콧소리를 내어 어리광을 부리며 할아버지의 무릎을 잡고 들었다. 박병진은 손자를 안고 뒤로 앉은걸음을 쳐서 덕석에 주저앉았다. 옛날이야기를 할 기분이 전혀 아니면서도 박병진은 손자를 꼭 끌어안았다. 무겁고 어두운 마음에 서러움 같은 것이 찬바람으로 휘돌고 있었다.

"박샌 있능가?"

"저녁 잡수셨는게라우?"

서너 사람이 사립을 들어서고 있었다.

"어이, 어서덜 오시게."

박병진은 손자를 일으켜세우며 대꾸했다. 손자아이가 코를 불어댔다.

"가그라, 저그 고샅에 아그덜 소리가 왁자허니 니럴 불른다."

박병진은 손자의 등을 가볍게 밀었다.

"이잉, 맛난 것 어런덜만 묵을라고?"

아이는 어깨를 내둘러 할아버지의 손길을 떼쳐내며 코를 더 세게 불었다.

"이놈아, 속터지는 소리 말어. 맛난 것언 무신 맛난 것이여."

박병진이 목소리를 바꾸어 꾸짖었다.

"어허! 이리 덕석 쫙 깔아놓고 사람덜 뫼드닝게 저놈이 무신 잔치판이라도 벌이는지 아는갑네."

한 남자가 허허대고 웃었다.

"잉, 쬐깐헌 것이 눈치가 영 싼디라."

옆의 남자가 말을 받았다.

"그려, 눈치가 싸긴 싸다만 헛짚었다. 니 어디 보자, 자지가 익었능가 안 익었능가."

다른 남자가 아이 앞으로 달려들었다.

"아이고메 할아부지!"

아이는 소리치며 튕겨 달아났다.

아이가 사립 밖으로 나가는데 또 네댓 사람이 인기척을 내며 마당으로 들어서고 있었다. 그들은 약속이나 한 것처럼 부채를 하나씩 들고 있었다. 더위를 식히고 모기를 쫓기 위해서도 부채는 여름밤 나들이에 없어서는 안 될 물건이었다.

"다덜 편케 앉으씨요."

박병진은 새로 들어선 사람들에게 자리를 권했다.

"홍수로 흉년 든게 깨구락지만 풍년이드라고 왜놈덜 등쌀에 살기 에로와진게 이 잡놈에 모구꺼정 난리판굿이랑게."

누군가가 부채로 장딴지를 치며 투덜거렸다.

"그사람, 쥑헌티 볼기짝 채인 견마잽이가 늘어진 말자지에 회초리질해 대는 짱이시. 왜놈덜 밉다고 애맨 모구헌티 화풀이허덜 말어. 모구덜이 귀 있어 자네 말 알아들음사 가만 안 있을 것잉게."

말이 오가는 사이에 또 네댓 사람이 저녁인사들을 하며 사립을 들어서고 있었다. 세 군데 모깃불에서 피어난 연기가 매캐한 냄새를 풍기며 마당에 자욱하게 퍼지고 있었다.

"오늘이 열이틀 아니라고?"

한 사람이 하늘을 올려다보았다.

"이, 달이 곧 뜰 것이구마."

연기만 많이 나게 만들어놓은 모깃불로는 마당이 너무 어두운 것을 그들은 그렇게 말하고 있었다.

그들이 서로서로 인사를 나누며 덕석에 자리잡는 동안에 열 명 남짓한 사람들이 또 사립을 들어서고 있었다.

"이, 내촌 사람덜이 다 오는구마."

모깃불을 잘 피우려고 손쓰고 있던 사람이 몸을 일으키며 반가운 기색으로 말했다.

"아이고, 어여 오시게라. 다덜 일찍허니 나섰구만이라우."

박병진이 그 사람들을 지금까지와는 다른 반가움으로 맞이했다. 그들은 옆동네에서 온 사람들이었다.

"우리가 외리 양반덜얼 너무 기둘리게 혔능갑는디요."

그들 중에 한 사람이 앞서 와 있는 사람들에게 인사했다.

"야아, 우리가 춘향이도 아니고 기둘리다 씬물 나 인자 갈라든 참이었구만이라."

누군가의 대꾸에 모두는 와아 소리내어 웃었다.

"자아, 욜로 앉으시게라."

"야아, 여그 좋구만요."

그들은 서로서로 자리를 권하며 세 개의 덕석에 알맞게 자리들을 잡았다. 덕석 사이사이에 놓인 모깃불들은 더 진한 연기들을 피워내고 있었다. 그러나 모기들은 그 연기 속을 뚫고 에엥 에엥

소리내며 날아다니고 있었다. 일단 자리를 잡고 앉은 사람들은 말이 없었다.

그들 사이에 말이 뚝 끊기면서 생겨난 침묵은 마당에 가득한 어둠만큼 진하고 무거웠다. 그들이 일시에 말을 끊은 것은 회의가 시작되기를 기다리는 것인 동시에 자신들이 당면하고 있는 문제의 중대성을 나타내는 것이기도 했다.

"저어, 외리 양반덜도 알고 있는지 몰르겄는디, 총독부서 토지조사령인가 머시랑가 허고, 시행규칙얼 공포했다고 허든디요."

아까 내촌 사람들을 대표해서 인사했던 사람이 침묵을 깨며 말을 꺼냈다.

"토지조사령에다 시행규칙 공포라고 혔소? 그 소식 어디서 들었소?"

박병진이 지체없이 말을 받았다.

"면사무소 서기가 헌 말잉게 헛소문이 아니구만요."

"토지조사령에다 시행규칙이면…… 앞으로 토지조사럴 더 활발허고 씨게 해나가겄다는 말 아니겄소?"

박병진의 말에 힘이 받치고 있었다.

"글안해도 면사무소서 그 일에 발 벗고 나슬 채비허니라고 눈코 뜰 새가 없다고 허드만이라."

"글먼 토지조사령 내막이 어찌 되는지도 들었소?"

"그것이야 함봉허드만요. 곧 알게 될 거싱게 기둘리라고 험서."

"죽일 놈덜, 함봉허나마나 우리덜 논 뺏디끼 또 조선사람덜 전답

뺏을라고 즈그놈덜 멋대로 빌어묵을 놈에 법 맨든 것 아니겄소."

박병진의 말이 뜨거워지고 있었다.

"그리되면 우리덜 일이 더 가망 없이 되는 것 아닐랑게라?"

누군가가 걱정스럽게 말했다.

"판이 그리되겄구마."

"머시여! 글먼 우리 신세가 머시 되게."

"머시넌 머시여. 왜놈덜 동척(東拓) 소작인 신세제."

"니미 씨팔놈으 것, 그리넌 못혀!"

둘러앉은 자리는 금방 어지러워졌다.

"봅시다, 다덜 말얼 쬐깨 참는 것이 좋겄구만요."

박병진이 사람들을 둘러보며 말했다. 사람들은 곧 입을 다물었다. 그러나 욕을 내뱉는 소리, 쓴 입맛을 다시는 소리, 한숨을 내쉬는 소리, 혀를 차대는 소리들이 뒤섞이고 있었다.

"그런디 말이오, 지끔 말이 나온 토지조사령이란 것이 우리로서야 걱정될 것도 무서울 것도 하나또 없소. 우리가 농토럴 다 뺏긴 것도 그놈에 토지조사에 걸린 것인디, 우리가 재수가 없너라고 넘덜보담 먼첨 뺏긴 것이 달르다면 달르다고 허겄구만요. 그렁게 우리넌 그놈에 속도 모를 법에 정신 팔지 말고 우리덜 논 찾을 방도나 세우는 것이 옳겄는디요."

박병진이 차분하게 말했다.

"그리허자고 이리 모인 것잉게 그것이 옳은 일이구만이라."

내촌 대표격인 사람이 말을 받았다.

"그러닝게…… 우리가 이리 모여앉기 전에 가차운 사람덜찌리 의논도 허고 혼자 속으로 생각덜도 많이 혔을 것잉게 어디 존 방도 덜얼 내놔 봇씨요."

박병진은 말을 마치며 손바닥으로 팔뚝을 쳤다. 모기가 따끔하게 침을 놓았던 것이다.

마당의 어둠이 많이 사위어져 있었다. 동쪽하늘이 번하게 밝아져 있었다. 열이틀 달이 떠오르는 참이었다.

사람들은 아무도 말이 없었다. 멀리서 개구리들이 우는 소리가 아이들이 왁자하게 떠드는 소리와 함께 들려오고 있었다.

"이러고덜 앉었다가 밤새겄소. 맘묵은 생각덜얼 돌아감서 내놔 봇씨요."

내촌의 대표격인 사람이 좌중을 둘러보았다.

"쩌어 말이요 잉, 나가 무식해서 그런지넌 몰르겄는디, 왜놈덜이 허는 행투로 보면 순허고 얌전허니 해갖고넌 뺏어간 논덜얼 도로 토해낼 것 겉지가 않구만이라우."

한 남자가 화난 목소리로 말했다.

"그렇게 어찌허잔 것인지럴 세세허니 말해 봇씨요."

박병진의 나직한 말이었다.

"그 담이야 더 말헐 것 머시가 있당가요. 인자 우리 전부가 들고 일어나 왜놈덜헌티 싸납고 독허니 대들어야제라."

"싸납고 독허니 대들자." 박병진은 그 말을 되씹고는, "딴사람 또 의중얼 말해 봇씨요." 그는 마음 무거움을 느끼며 소리나지 않게 한숨을 쉬었다.

"저어, 나 생각도 같구만이라. 땅 도적질해 간 놈덜이 땅 토해낼 생각언 안 허고 인자 와서 됩데 소작료럴 올리겄다고 나오는 판굿인디, 문서로 말로 땅 내놓으라고 헌다고 땅이 되찾어지겄소? 어채 피 이판사판잉게 들고일어나 뎀비는 것 말고야 무신 방도가 있겄는가요."

기운찬 젊은 목소리였다.

"그런디 말이여…… 그리 막가는 생각이 어쩔랑가 모르겄소. 나라도 홀랑 묶어치워뿐 왜놈덜이 우리 시물시 사람이 독헌 맘 묵고 대든다고 히서 아이고 무서라 허고 논얼 금방 내주겄소. 그 악독헌 놈덜이 무신 죄럴 씌워 잡아들일란지도 모를 일이고, 소작 얻을라고 허는 사람이 쌔고 쌘 판에 동척에서넌 우리럴 소작에서도 띠내불란지도 모를 일이오. 그리되면 참말로 신세 막막허니 된게 달리 잠 생각혀 보는 것이 어쩌겄소."

좀 나이든 사람의 목소리였다.

"우리럴 소작에서도 띠낸다고라? 그것도 말이라고 허요, 시방!"

젊은 목소리가 버럭 소리쳤다.

"어허 이사람아, 얻다 대고 소리질르고 그려. 자네넌 성님도 없어!"

상대방의 노기 띤 목소리도 높아졌다.

"성님이고 아부지고 따지게 생겼소. 말 겉은 말얼 히야제 나이대접얼 허제."

"머시여! 니 말만 말이고 내 말언 말이 아니란 법이 어딨냐. 요런 시건방구진 인종 걸으니라고."

두 사람은 곧 싸움이라도 벌일 것처럼 말이 거칠어지고 있었다.

"안 되겄소, 이래서넌 안 되겄소. 우리가 서로 말쌈허자고 모인 것이 아니오. 의논지게 회의럴 허자고 모인 것잉게 서로가 자기 헐 말만 순서대로 허먼 되겄소. 한배럴 탄 우리가 다퉈서 좋을 것이 머시가 있소. 서로 참고 맘얼 합칩시다." 박병진은 빗나가고 있는 말다툼을 가로막고는, "어디, 또 딴 의중얼 지닌 사람이 말해 봇씨요." 헛기침을 하며 좌중을 둘러보았다.

그러나 다음 말이 이어지지 않았다. 사람들은 입을 다문 채 무거운 얼굴로 앉아 있기만 했다. 그들의 얼굴을 막 떠오른 달빛이 비춰주고 있었다. 장독대 가장자리에 껑충하게 선 접시꽃이 달빛에 함초롬히 젖고 있었다.

"저어, 여러 생각덜 중에서 질로 존 생각얼 골라내잔 것잉게 에로와 말고 어서덜 말얼 풀어내 봅씨다."

내촌의 대표격이 굳어지고 있는 분위기를 돌리려고 입을 열었다.

"사랑방에 둘러앉아 잡소리나 허라먼 몰르까 무식헌 우리덜이 더 존 생각이 머시가 있간디라."

누군가가 뚜벅 말했다.

"거 머시냐, 우리가 나서서 씨게 뎀비자, 그러덜 말자, 그만허먼 헐 이얘기가 다 나온 것 같구만이라. 그렁게 양단간에 그것보톰 정허는 것이 어쩔랑가 모르겄소."

다른 사람이 내놓은 의견이었다.

"아, 그려그려."

"맞어, 그것 좋겄구마."

여기저기서 찬동하는 말이 나왔다.

"에에…… 지금꺼정 나온 두 가지 방도 중이서 하나럴 정허자는 의견이 나오고, 또 여러 사람이 그것이 좋다는 뜻얼 비쳤는디, 글먼 묻겄소, 그리 정허는 것이 좋겄소?"

박병진은 전체에게 의향을 물었다.

"야아, 좋구만요."

"그리헙시다아."

여러 사람들의 목소리가 합쳐져 울리고 있었다.

"좋소. 글먼 두 가지 방도 중이서 한나럴 정허도록 허겄소. 순서대로 물을 것이니 맘에 있는 디에 손얼 들어주면 좋겄소."

박병진은 가결 방법을 정하며 사실 그 두 가지 방도 외에는 다른 뾰족한 수가 없다는 것을 느끼고 있었다.

"자아, 그러면 묻겄소. 우리가 심지게 나서서 농토럴 되찾자 허는 방도요."

박병진의 목소리가 크게 울렸다.

"이판사판이여."

"그려, 앉어서 당헐 수만 있간디."

"처자석 다 굶겨죽여."

이런 말들과 함께 손들이 들어올려지고 있었다. 그런데 그 손들이 너무나 많은 것에 박병진은 놀라고 있었다.

내촌 대표격이 일어나 손들을 세어나갔다.

"시나마나구만."

"이대로 결정난 것이여."

"이리되면 손 안 든 사람얼 시는 것이 빨르제 잉."

손을 든 사람들의 입놀림이었다.

"열일곱이구만이라."

내촌 대표격이 박병진에게 말하고는 제자리에 앉았다.

"에…… 다덜 보고 들어서 아는 대로 우리가 심지게 나서자는 것이 열일곱 사람으로 결정이 났소. 질로 중헌 문제럴 결정얼 봤응게 인자보톰언 모두가 나서기넌 나서는디 어찌 해나갈 것인지럴 정해야 허겄소."

박병진은 결정사항을 주지시킴과 아울러 회의의 방향을 바로잡았다. 그는 그렇게 결정이 내려진 것을 당연한 귀결이라고 생각했다. 논은 누구에게나 목숨줄이었고, 그간에 너무 오래 참아온 것이었다.

"저어…… 그런 세세헌 것이야 외리 박샌허고 내촌 김샌 두 양반이 알아서 정허고 우리야 따라서 허면 좋덜 안컸는게라우?"

어떤 사람이 큰소리로 말했다.

"이, 그것이 좋겄구만요."

"그려, 존 생각이시."

"맞소, 그리 정헙시다."

모두가 입을 모아 찬성했다.

"모두 생각이 그러허다면 그 담 일언 나허고 내촌 김샌허고 상의 허기로 허겄소. 어쨌그나 앞일이 순탄허덜 않을 것잉게 니나없이 맘얼 단단허니 묶어야 헐 것이고, 우리 모두가 한덩어리로 뭉쳐야 헐 것이오."

박병진의 다짐하는 어조는 무거우면서도 강했다. 사람들은 하나같이 숙연하게 앉아 있었다.

"억울허니 땅얼 뺏긴 사람이 우리만이 아닝게 다덜 맘 강단지게 묶고 나스면 일이 안 풀릴 리 없을 것이오. 우리가 나스면 딴 동네 사람덜도 심받어 나스게 될 것이고, 그리되면 서로가 의지도 되고 그럴 것이오."

내촌 대표격인 김춘배가 말을 덧붙였다.

"저어…… 자리럴 그냥 파허기 서운히서 막걸리럴 쬐깨 장만했응게 한 잔씩 돌림서 이얘기나 더 헙씨다."

박병진이 자리에서 일어났다.

박병진의 아들과 며느리가 술동이와 김치사발들을 옮겨오고, 더 밝아진 달빛 아래 술자리가 벌어졌다. 그러나 그들의 침울한 얼굴은 풀릴 줄을 몰랐다.

"나가 이틀 전에 김제 나갔다가 들은 이얘긴디 말이여, 범벅골 사람덜이고 가운데뜸 사람덜이고 마실마동 시끌시끌허다등마. 그 사람덜도 땅 뺏긴 디다가 소작료꺼정 올린당게 새 정신이 든 것이제."

한 사람이 모깃불더미에서 불씨를 달고 있는 보릿대를 집어들며 말했다.

"그 사람덜언 지종(地種)이 머신고?"

다른 사람이 말을 걸쳤다.

"그것이야 보나마나 아니라고. 우리겉이 궁장토가 아니면 역토일 것이고, 역토가 아니면 둔토겄제. 왜놈덜이 그 땅덜얼 다 몰아잡아 국유지로 뺏은 것잉게로."

그까짓 걸 따져서 무슨 소용이 있느냐는 듯 또다른 사람의 말은 퉁명스럽기 그지없었다.

"허기사 그려. 뺏기고 똥줄 타기로야 그나저나 매일반잉게."

"근디 말이여, 온 나라 궁장토고 역토고 둔토럴 싹 다 몰아잡아 한입에 꿀떡해 부렀시니 동척놈덜이 묵어치운 논밭이 대관절 몇 마지기나 될랑고?"

"어디 그뿐이간디? 목장토넌 어쩌고?"

"아이고, 그 마지기 수럴 상감이 알겄어, 어떤 대감이 알겄어. 동척에 웃대가리놈덜이나 알고, 총독부놈덜이나 알제."

"그나저나 상감도 무심허고 그 많은 대감덜도 한심헌 사람덜이여. 왜놈덜이 백성덜 농토럴 국유지로 몰아 뺏고 들면 발 벗고 나서서 막었어얄 것 아니냔 말이여."

"그 무신 쉰 방구 꾸는 소리여? 임금자리 뺏긴 허깨비 상감에다, 나라 팔아묵은 개떡겉은 대감놈덜인지 몰라서 허는 소리여, 시방?"

"아니여, 상감이고 대감덜꺼지 거슬러 올라갈 것 머 있간디. 질로 느자구없는 놈덜이 관청 관리놈덜 아니라고. 조사 나온 왜놈덜헌티 굽신굽신험서 이 땅이고 저 땅이고 다 총독부 뜻대로 되게 문서 까발리고 넘게준 것이 그놈덜 아니냔 말이여."

"하이고, 자네넌 쉰 방구가 아니라 쉰 트름 허능구마? 아, 언제라고 관리놈덜이 백성덜 편드는 것 봤어? 그 백여시 겉은 놈덜이야 왜놈시상에서 또 자리차고 앉을라고 왜놈덜 비우 맞추고 나스니라고 정신이 하나또 없었든 것 아니여. 그 공으로 다 자리 지킴서 요렇타게 잘살고 있는 판인디."

"그런 개잡녀러 새끼덜이 있응게 왜놈덜이 맘놓고 설레발얼 치는 것이여. 그놈덜이 바로 왜놈덜보다 더 도적놈덜이여!"

"바로바로 고것이여. 그런 종자덜이 왜놈덜보담 더 쳐죽일 웬수덜이랑게."

"긍게 말이여. 고런 놈덜 씨럴 몰레야 허는 것인디. 어이, 속터지는디 술잔 얼렁얼렁 돌리소."

"한 잔 묵었으면 됐제 욕심도 많네. 술맛 떨어지고 우리 입만 아픈디 그런 이야기 더 허덜 말어."

"우리찌리 앉었을 때 이리 말이라도 히야 속이 풀리제 요런 말도 못허먼 화병나서 죽네."

"이, 술도 바닥이 다 나가는디."

긴 흐름을 짓고 있는 은하수가 달빛 속에 기울어져 있었다. 모깃불도 사그라들어 연기발이 가늘어져 있었다.

"술도 다되고 밤도 늦었는디 우리넌 인자 일어나야겠소."

내촌의 김춘배가 부채질을 하며 몸을 일으켰다. 다른 사람들도 다같이 자리를 털고 일어났다. 누군가 긴 한숨을 쉬었다.

사람들이 떠나간 텅 빈 마당에 달빛만 가득했다. 박병진은 달빛에 싸여 마당 가운데 덩그러니 서 있었다. 시름겨운 가슴에 외로움이 밀려드는 것을 그는 느끼고 있었다.

박병진은 오늘의 결정이 집채보다 큰 바위와 맞서고 있는 기분이었다. 아니, 집채는 어림없었다. 커다란 산이라고 해야 옳을지 몰랐다. 그건 어디까지나 왜놈들을 상대로 하는 싸움이었다. 그 싸움에서 이겨 빼앗긴 논들을 되찾게 될지 어쩔지는 알 수 없는 일이었다. 그러나 대대로 물림해 온 엄연한 사유지를 하루아침에 국유지로 둔갑시켜 빼앗아가는 강도질을 당하고만 있을 수는 없는 일이었다. 순리로 되찾으려고 기다리고 참아왔었지만 동척의 처사는 오히려 간악해지고 있었다. 이제 들고일어나지 않을 수 없는 형편에 이르고 있었다.

"쥔어런, 지넌 사서삼경이 먼지넌 몰라도 왜놈덜이 우리 웬순지넌 알고, 사람 사는 것이 옳은 일에 나서야 되는 것인지넌 아는구만이라."

머슴 지삼출이 의병으로 나서며 한 말이었다.

그때까지만 해도 심덕 좋고 기운 좋은 머슴이 동학군이었다는 것은 땅짚도 못하고 있었던 것이다. 처자식을 남겨둔 채 훌훌히 떠나는 사내 지삼출이가 그렇게 실해 보일 수가 없었고, 사람의 마음이 그렇게 깊을 수 있다는 것을 새삼스럽게 깨닫기도 했다. 그리고 그가 떠난 허전함 속에서 부끄러움은 오래 가시지 않았다. 헌병대의 감시와 시달림 속에서도 지삼출의 처자를 지키려고 애썼던 것은 그 부끄러움을 다소라도 덜고자 했던 것인지도 몰랐다.

박병진은 주먹을 꼭 쥐며 눈을 내리감았다. 지삼출의 담력을 닮아야 한다고 스스로를 일깨우고 다짐했다.

지삼출은 당장 눈앞의 잇속이라고는 아무것도 없는데도 목숨을 내걸고 나섰던 것이다. 그러나 자신은 빼앗긴 농토를 찾으려는 잇속으로 나서는 것이었다. 그러면서도 앞을 막아서는 산부터 느끼는 것이다. 나이 탓으로 돌릴 일이 아니었다. 그건 좀스러운 변명이었다. 나이 마흔아홉이면 중늙은이를 넘어 늙은이로 접어드는 나이였다. 손자들까지 보았으니 더 바랄 것도, 부러워할 것도 없는 나이였다. 세상이 태평하고 집안이 무고하면 무병장수나 바라겠지만 형편은 그 반대였다. 농토를 다 뺏기고 왜놈들 소작인 노릇을 하게 되면 아들은 갈데없이 종놈 신세인 것이고, 손자새끼들은 거지꼴을 면할 수 없게 될 터였다. 자손들이 그런 꼴을 당할 때 어른이 해야 될 일은 너무나 자명했다.

박병진은 앞을 가로막고 있는 산을 떠미는 기운으로 눈을 떴다.

"아부님, 안으로 드셔야겠는디요. 밤이슬이 꿉꿉허구만이라."

아들이 조심스럽게 말했다.

"그려, 얼렁덜 치워라."

박병진은 아들과 며느리에게 이르고 마루 쪽으로 걸음을 옮겼다.

박병진은 마루에 걸터앉으며 무심결에 한숨을 토하다가 손으로 입을 가렸다. 아들과 며느리가 들을까 봐서였다. 그렇지 않아도 마음을 앓아오고 있는 자식들에게 걱정을 보태서는 안 되었고, 아비로서 조금이라도 약한 모습을 보이고 싶지 않았던 것이다.

느닷없이 농토를 빼앗긴 것을 생각하면 참으로 어처구니없고 기가 찼다. 어느 날 갑자기 국유지 통고와 함께 소작료가 배정되었다. 합방이라는 것이 되기도 전인 그해 4월이었다. 대물림해 온 사유지가 주인도 모르게 국유지로 둔갑한 날벼락은 혼자만 맞은 것이 아니었다. 그 피해자는 수두룩했다. 같은 피해자들끼리 모여 뒤늦게 그 연유를 캐려고 나설 수밖에 없었다.

그 연유를 알고 보니 더욱 기가 찼다.

통감부에서는 2년 전부터 벌써 조사원들을 풀어 나라 전역의 궁장토와 역토·둔토 그리고 목장토까지 조사했다는 것이었다. 그 조사라는 것이 각 지방관청이나 관할관청이 가지고 있는 문서들을 모으는 일일 뿐이었다. 그 문서들을 모아 거기에 기재된 논밭들을 무조건 국유지로 묶어버렸던 것이다. 동양척식주식회사라는 것이 2년 전에 생겼다는 것도 그때서야 알게 되었다.

"아부님, 늦었는디 지무시제라."

마당을 다 치운 아들이 토방으로 올라서며 옷을 털었다.

"느그 먼첨 자그라. 나 술 깨고 잘란다."

박병진은 건성으로 부채질을 했다. 괜히 잠자리에 누워 뒤척이고 싶지 않았던 것이다.

통감부가 국유지 조사라는 것을 시작한 애초의 속뜻이 농토를 빼앗자는 것이니까 그 도둑놈 속은 더 말할 것이 없다 하더라도 그런 왜놈들의 음흉한 속셈에 그대로 놀아난 조선관리들의 창자 없는 행투는 가관이 아닐 수 없었다.

조선관리들은 궁장토며 역토 둔토 같은 것들이 전부가 국유가 아니고 태반이 사유지라는 내력을 환히 아는 사람들이었던 것이다. 그러면서도 그 사람들은 사유지들까지 다 몰아 왜놈들에게 넘겨주는 짓을 저질렀던 것이다.

"나 겉은 말직이 멀 알간디."

"문서를 보자넝게 뵈준 것뿐인디."

뒤늦게 말썽이 나자 관리들이 서로 발뺌하는 소리였다.

궁중의 살림살이가 내수사(內需司)와 나머지 일곱 개의 궁(宮)에 세금을 바치는 물물로 꾸려진다는 것은 세상이 다 아는 일이었다. 왕실에서는 나라 전역에 걸쳐 마땅한 농토들을 각 궁에 속하게 해서 세금을 거둬들이는 것이었다. 그러니까 들녘이 넓은 김제 일대에는 내수사에 들어 있는 논이 있는가 하면 선희궁에 들어 있는 논이 있었고, 또 용동궁이나 수진궁에 들어 있는 논들도 있었다.

그 내수사와 일곱 개의 궁에 속해 있는 농토 전부를 궁장토(宮庄土)라고 불렀다. 그러나 궁장토가 전부 궁중의 땅이거나 왕실의 재산이 아니라는 것은 농사를 짓지 않는 포수나 백정도 다 아는 일이었다. 궁장토 중에서 궁중의 토지는 일부분에 지나지 않았다. 그 궁중의 토지를 유토(有土)라고 해서 논 없는 농사꾼들에게 소작을 내주고 있었다. 그렇지 않고 개인들의 농토이면서 각 궁에 속해 세금만 내는 논밭은 무토(無土)라고 불렀다. 그 무토는 사유지이니까 얼마든지 사고팔고 하는 거래도 자유로이 할 수 있었다. 다만 궁토로서 그저 세금만 꼬박꼬박 잘 내면 그만이었다.

"니 9대조부 때 일이었니라. 우리 집안 논이 궁방전 가차이 붙어 있으니 농사철마동 이만저만 애를 묵는 것이 아니여. 우선에, 농사럴 짓는디 무신 일이고 간에 궁토가 앞장이고 왕이라. 가뭄이 들먼 물질얼 대도 궁토가 우선이고, 홍수가 나먼 물질얼 빼도 궁토가 우선이고, 매사가 그런 식인 것이제. 거그다가 시시때때로 끌어다가 궁토 부역꺼정 시켜대니 사람이 살 수가 없는 노릇이제. 허고, 궁토에 든 사람덜언 농사 편허게 짐스로도 세금만 바치면 그만인디 궁토에 안 든 사람덜언 그리 에롭게 농사지어 관가에 세금언 세금대로 다 바치고 또 온갖 잡세에 시달리는 것이여. 그렇게 숨 지대로 쉬고 살자면 어째야 되겄냐? 궁토로 들어가는 것 아니겄냐. 그려서 니 9대조가 집안 농토럴 궁토로 들이미셨고, 그때보톰 집안살림이 쬐깨썩 피어난 것이여."

농사일을 넘겨받으며 아버지에게 들은 이야기였다. 그러니까 자신의 집안 논은 무토 중에서도 투탁지(投託地)였던 것이다. 궁토에 투탁지가 많은 것은 다 그런 연고 때문이었다.

그런데 통감부에서는 그런 사유를 전부 무시해 버리고 궁토에 속한 모든 농토를 국유지로 만들어버리는 동시에 논주인들을 소작인으로 취급했던 것이다.

역토나 둔토도 사정은 똑같았다. 역토(驛土)는 100리 간격으로 자리잡은 역들을 운영하는 경비를 마련하느라고 나라땅 일부에다가 개인들의 농토를 포함시켜 세금을 거둬들였던 것이고, 둔토(屯

土)는 군대가 주둔하는 지역에서 군영을 운영하기 위해서 개인들의 농토를 지정하여 세금을 내게 했던 것이다. 그런데 통감부에서는 그 역둔토에 속한 개인들의 농토도 모두 국유지로 둔갑시켜 버렸던 것이다.

더 기가 막힌 것은 그렇게 억지 춘향이를 만든 농토의 7할 이상을 통감부가 동양척식주식회사에 넘겨준 것이었다. 소유권이 동척으로 넘어간 것이고, 동척은 조선에서 제일가는 땅부자가 되어버린 것이었다.

뒤늦게 땅을 되찾고자 들고일어나면서 합방이라는 것이 되었고, 총독부에서는 사유지라는 것을 밝힐 수 있는 문서를 제출하면 다시 조사해서 조처한다고 했다. 그래서 그 문서를 찾아 너나없이 허덕거리지 않을 수가 없었다.

"땅언 목심이여. 더 늘쿨 생각 말고 잘 지키기나 혀. 땅얼 새끼덜 애끼대끼 혀야 복이 오는겨."

아버지의 말을 되새기며 분도 참아냈고, 풀어지려는 마음을 되잡아가며 문서를 구하려고 발싸심했던 것이다.

박병진은 서쪽으로 약간씩 기울어지고 있는 달을 하염없이 바라보고 있었다.

문서를 구하러 다녔던 그때의 일을 되짚어 생각하니 분하고 억울하고 암담했던 감정이 되살아나고 있었다.

선희궁에 세금을 내고 있다가 농토를 빼앗기게 된 사람이 외리에 열둘이었고, 내촌에 열하나였다. 그들은 자연히 한자리에 모일 수밖에 없었다. 일을 한꺼번에 수습하자면 양쪽에서 대표자를 뽑아야 했다. 농사꾼인 그들은 거의가 눈뜬 장님이었다. 짧은 글이나마 읽을 줄 아는 사람은 서너 명에 지나지 않았다. 외리에서는 자신이 뽑혔고, 내촌에서는 김춘배가 뽑히게 되었다.

총독부에서는 사사로운 문서는 인정하지도 않았다. 그러니 관청에 있는 문서를 구해내야 했다. 그런데 합방인지 무엇인지가 되어버려 관청들은 모두 왜놈들이 좌지우지하고 있었고, 말직인 조선 관리들은 어느새 상투를 다 잘라버린 것처럼 하는 짓도 왜놈이 다 되어 있었다. 그런 그들을 상대로 문서를 구해내자니 줄기차게 찾아다니고 뒷손을 쓰지 않을 수가 없었다. 가까스로 문서를 구해내서 토지조사국에 이의신립을 내기까지 반년이 흘러갔다.

그 일을 해나가면서 새삼스럽게 왜놈들 처사에 치가 떨리는 반면 가슴 서늘해지는 무서움증을 느끼지 않을 수 없었다. 2년 전이면 온 나라가 의병으로 들끓고, 왜군들은 의병들을 잡아죽이려고 혈안이 되어 있을 때였다. 그 사람을 죽이고 집을 불질러대고 하는 난장판을 벌이면서 통감부놈들은 뒤로는 쥐도 새도 모르게 국유지 조사라는 것을 한 것이었다. 그 이중의 음흉한 짓은 생각할수록 끔찍스럽고 소름 끼쳤다.

이의신립을 냈지만 아무런 소식이 없었다. 토지조사국을 찾아가면 심사중이니 기다리라고만 했다. 그러면서 가을이 왔다. 가을걷이를 하고 나서 선희궁에 세금을 낸 것이 아니라 동척에 소작료를 바쳐야 했다. 영락없이 소작인 신세였다. 나라 뺏긴 서러움이 무엇인지 절절히 느끼지 않을 수가 없었다.

이의신립은 감감무소식인 채 두 해째 소작료를 내야 했다. 또 해가 바뀌어도 이의신립 결과는 나오지 않고 사람의 피를 바작바작 말리는데, 엉뚱하게 터져나온 것이 동척의 소작료 인상이었다. 그거야말로 엎친 데 덮치는 격이었다. 너나없이 더 참지 못하고 분을 터뜨렸다. 그 분함이 모아져 오늘의 결정을 내린 것이었다.

박병진은 또 무심결에 깊은 한숨을 내쉬었다. 앞일에 대한 걱정이 첩첩이 쌓이고 있었다. 그는 또 곰방대에 담배를 꾹꾹 눌러담고 있었다.

방문 열리는 소리가 났다.

"아부님, 인자 지무셔야 안 되겠는가요."

아들의 목소리에 박병진은 고개를 돌렸다. 아들도 여지껏 잠을 못 자고 있었던 것 같았다.

"니 안직꺼정 안 잤다냐?"

"야아, 잠이 안 오는구만이라우."

박병진은 고개를 끄덕였다. 쉽게 잠을 자면 오히려 이상한 일이기도 했던 것이다.

"그려, 일로 와서 앉그라."

박병진은 아들이 자리잡기를 기다렸다.

"건식이 니가 잠얼 못 자는 것이야 당연지사 아니겠냐. 허나 낼 보톰이야 싹 잊어불고 농사일이나 잘허도록 혀. 근심 걱정이야 이 애비가 다 맡을 것잉게."

"근디…… 다 들고일어난다고 그 일이 잘 풀릴랑게라?"

"인자 다른 방도가 없응게."

"그러기넌 헌디, 그런디 저어…… 다 들고일어나면 헌병이고 순사덜이 막고 나스고 안 그러겠는가요?"

"……그러기도 허겄제."

"그리되면 위태헌 일이 생길지도 몰르는디…… 지가 나서는 것이 어쩌겄는게라."

박건식의 말은 무척 조심스러웠다.

"아니여, 아니여. 니넌 나설 생각 말고 뒤처져 있어. 뒤이서 농사 지대로 짓고 처자석 야무지게 지켜야 혀. 그것도 아조 큰일 허능 것잉게."

박병진은 아들을 똑바로 쳐다보며 힘주어 말했다.

"그려도 아부님 연세가……."

"어허, 여러 말 말어. 나가 안직 기운 펄펄허고, 그런 일이 바로 나이 묵은 사람이 맡을 일인 것이여. 허고, 땅얼 지키는 것도 중헌 일이제만 처자석 지키는 것이 더 중헌 일인 것얼 명념혀."

박병진은 이렇게 말하며 옛날의 아버지를 떠올리고 있었다.

하시모토는 더위도 잊고 벌써 며칠이나 뻔질나게 면사무소를 드나들고 있었다. 언제나 양복 차림에 금시계줄까지 늘이고 다니며 신식 서양멋쟁이라는 것을 과시하던 그도 더위에는 어쩔 수 없이 양복을 벗어던졌다. 그런데 그가 입고 다니는 여름옷도 서양것이기는 마찬가지였다. 윗옷이라는 것이 방정맞을 정도로 소매가 짧은 데다 무늬가 혼란스럽고 야하게 울긋불긋했다.

"아하, 오늘도 더럽게 덥소."

사무실로 들어서는 하시모토의 목소리는 터무니없이 컸다. 그는 날마다 드나드는 것이 약간은 멋쩍고 눈치보여 일부러 그렇게 목청을 높이고 있었다.

"어서 오시오, 하시모토 상." 백종두는 반가운 척 웃어 보이고는, "여기 김제 만경 늦더위는 옛날부터 조선팔도에서 유명해요. 이렇게 화끈화끈한 늦더위가 없으면 나락이 잘 영글지를 않지요. 일본 사람들이 좋아하는 쌀이 이 더위에 잘 익고 있으니 덥더라도 참아야죠. 더울수록 하시모토 상 돈벌이도 잘되는 것 아니겠소?"

그는 속이 꼬이는 소리를 이렇게 하고 있었다.

"좋소, 좋소. 참을 만해요."

하시모토는 고개를 까딱까딱하더니 바지 뒷주머니에서 쥘부채를 꺼내 쫙 펼쳤다. 그 손목의 힘을 일순간에 튕기면서 뿌리듯 해야 하는 쥘부채 펼치는 솜씨가 조선양반들만은 못해도 꽤나 익숙해 보였다.

"거, 서양옷에 조선부채라. 조선것이면 뭐든지 다 무시하고 업신여기는 하시모토 상도 그 부채는 꽤나 좋은 모양이지요?"

백종두는 여전히 웃는 얼굴로 오랫동안 참아왔던 말을 톡 쏘아 댔다.

"맞소, 이것 하나만은 꽤 쓸 만해요. 휴대하기 간편하고, 바람 잘

나고, 햇볕도 가려 차양 노릇도 하고, 아주 제법이란 말이오."

백종두의 야유를 전혀 눈치채지 못한 하시모토는 채신머리없이 부채를 빨리 부쳐대며 만족스럽게 웃었다.

"그것만이 아니고 쓰임새가 또 있소. 양반들이 상것들한테 호령하고 일 부릴 때 손막대기 대신 쓰고, 피할 사람 피할 일에 얼굴가리개로 쓰고, 소리꾼들이 장단 맞추는 데 쓰고, 그뿐이 아니라 거기에 시원한 산수화들을 그렸으니 마음까지 시원하게 해준단 말이오. 그 얼마나 멋이 있고 운치가 있소."

백종두는 유식을 과시하는 기분에 취해 아는 것은 모조리 주워섬기고 있었다.

"그렇다고 이까짓 부채 하나가 뭐 대단할 건 없소."

하시모토는 부채를 탁 접으며 싸늘한 기색을 드러냈다. 방심상태에 빠져들던 백종두는 그만 찔끔해졌다.

"그렇긴 하지요. 헌데, 오늘 아침엔 좀 늦었습니다?"

백종두는 눈치 빠르게 말머리를 돌렸다.

"어젯밤 김제에서 과음을 좀 했어요."

하시모토는 금방 거만스러운 얼굴로 몸을 의자 뒤로 젖혔다.

그 태도 변화에 백종두는 가슴에 도사리고 있는 아니꼬운 감정과 죽 쒀서 개 좋은 일 시킨다는 생각이 또 곤두서고 있었다.

"일이 잘 풀리는 모양이지요?"

그러나 백종두는 그런 감정을 싹 감추고 은근하게 물었다.

"토지조사국 준비원이라고 별수 있겠소? 김제군이라고 해봤자 군산부 발밑에 깔리는 신센데."

하시모토는 일부러 이렇게 말했다. 백종두의 기를 꺾기 위해서였다. 백종두는 그 말뜻을 금방 알아차리고 있었다. 그럴수록 아니꼽고 헛일한다는 생각은 커질 뿐이었다.

"동척에서 전답은 언제쯤 불하한다고 하던가요?"

백종두는 시기심을 누르지 못하고 궁금증을 드러냈다.

"모르겠소, 그건 맘놓고 기다리기만 하면 될 것 같소."

하시모토는 시큰둥하게 대꾸하며 눈길을 딴 데로 돌렸다. 하시모토의 그런 반응이 이야기를 꺼리는 것임을 백종두는 누구보다 잘 알고 있었다.

"잘됐군요. 땅이야 썩지도 닳아지지도 않는 물건이니 언제든 불하만 되면 그보다 더 좋은 일은 없지요."

백종두는 속에 없는 단말을 할 수밖에 없었다.

"지주위원회는 계획대로 사람을 다 정했소?"

하시모토는 똑바로 앉으며 물었다.

"글쎄요…… 그게 생각보다 그리 쉽지가 않다니까요. 지주위원회만 생각하면 두 명이면 되는데, 또 동네마다 지주 대표를 두 명씩 골라내야 되니 골치 아프지요. 그 많은 사람들이 다 우리 편이 돼야 하는데, 사람 맘이 어디 그렇습니까? 조선속담에, 논 아흔아홉 마지기 가진 놈이 한 마지기뿐인 사람보고 팔라고 볶아댄다는 말이 있어요. 백 마지기를 꽉 채우겠다는 심보지요. 지주라는 것들이 다 그런 욕심을 가지고 있으니 우리 편 골라내기가 영 어렵다니까요."

백종두는, 바로 네놈이 그런 더러운 심보 가진 놈이 아니냐 하는 뜻으로 말하고 있었다.

백종두는 토지조사령과 그 시행규칙이 공포되고 나자 그동안 면장자리를 차지하느라고 눌러왔던 땅에 대한 욕심이 발동하면서 배가 아파지기 시작했던 것이다. 그 법이 공포되자 하시모토는 죽산면 땅 전부를 차지할 욕심으로 날마다 눈에 불을 켜고 면사무소를 찾아들었다. 시행규칙에 맞춰 토지조사를 할 조직을 짜는데 자기가 쉽게 땅을 차지할 수 있도록 사람들을 배치하라고 성화였다. 면장은 누군데 땅은 누가 차지한단 말인가……. 백종두는 이 뜨거운 욕심을 버릴 수가 없었다. 면장자리에 앉아 토지조사령을 잘만 이용하면 그건 길바닥에서 금덩어리 줍기였다. 옛날이야기에 나오는 도깨비방망이 두들겨 벼락부자 되는 것이 바로 그것이었다. 그런데 평생에 한 번 올까 말까 한 그 기막힌 기회를 하시모토에게 고스란히 빼앗긴다는 것은 생각할수록 울화통이 터지고 배창자가 비비꼬이는 일이었다. 그러나 자신의 목줄은 군산부의 쓰지무라에게 달려 있는 신세였다. 그렇지만 면장이 되려고 그렇게 애썼던 것은 순전히 하시모토 같은 젊은 놈 밑이나 닦아주자는 것이 아니었다. 양반 안 부러운 권세도 잡고 재물도 크게 모으자는 것이었다. 그는 하시모토 모르게 땅을 차지할 수 있는 방법을 찾아내 보려고 일부러 지주 대표 골라내는 일에 늑장을 부리고 있었다.

하시모토는 일그러진 얼굴로 한동안 말이 없다가 쓴 입맛을 다시며 입을 열었다.

"지주놈들이 땅욕심을 낼 거야 당연한 일이오. 땅욕심이 없었으면 애당초 지주가 되지도 못했을 테니까……."

아랫입술에 윗입술이 덮이도록 입을 꾹 다문 하시모토는 느리게 담배를 빼들었다.

"조선지주들 땅욕심에 일본인들이 부채질을 해댔어요. 돈 많은 일본인들이 농토를 마구 사들이지, 쌀값은 오르면서 쌀이 없어서 못 팔아먹을 지경이지, 지주치고 누가 땅욕심을 안 내겠소. 다 일본인들한테 배운 거지요."

백종두는 속풀이를 하고 있었다.

"우선 한 가지 방법이 있소. 내 말 잘 들으시오." 하시모토는 담배연기를 내뿜으며 자리를 고쳐앉고는, "지주 대표를 안 뽑을 수는 없는 일이니까 우선 우리 편이 될 만한 자들을 골라내시오. 그런데 한 가지 꼭 지킬 비밀이 있소. 그게 뭔가 하면, 지주 대표들이 할 일이 뭔지 절대 발설하지 말라 그 말이오. 다시 말해 그 일이 권한 행사가 된다는 걸 모르게 하라 그 말이오." 그는 치뜬 눈으로 백종두를 노려보듯 하며 속삭이는 것처럼 낮은 소리로 말했다. 그런데 백종두는 오히려 그 낮은 소리가 귀를 더 크게 울리는 것을 느끼고 있었다.

"아니, 내가 말을 안 한다고 무슨 소용이 있나요? 그 사람들 귀에 말뚝을 박으면 모를까, 옆 면에서 들어오는 소식들을 다 들어 환히 알 텐데요."

백종두는 코웃음이 나오려는 것을 입을 문지르며 참아냈다.

"시키는 대로 하기나 하시오. 그 다음 계획은 또 있으니까."

하시모토는 짜증을 내며 담뱃불을 거칠게 껐다.

뭐, 시키는 대로 해!

백종두는 속이 뒤집히고 있었다. 가슴이며 뱃속이 화끈하게 뜨거워졌다. 당장의 기분으로는 그 불길을 토해내야 했다. 그러나 그건 끝장을 내고 마는 일이었다. 새파랗게 젊은 날부터 이방 노릇 하느라고 그저 참는 세월을 살아왔고, 중년 들어서는 이방에서 벗어나려고 참아온 세월이었다. 그 세월이 아까워서 참을 수밖에 없었다.

"예, 얼마든지 시키세요. 시키는 대로 할 테니까 뭐든지 시키세요."

담배를 물고 성냥을 거칠게 그어대는 백종두의 얼굴은 차갑게 웃고 있었다.

"아니 백 면장, 화났소?"

하시모토는 눈치 빠르게 대응했다. 백종두가 세 번씩이나 '시키라'는 말을 곱씹는 것이 신경에 걸렸던 것이다.

"조선놈 면장이 화를 내다니요. 어디 그럴 리가 있나요."

백종두는 고개를 틀어돌리며 담배연기를 푸우 뿜어냈다.

"아, 미안하게 됐어요. 내가 실수했어요. 마음이 급해 말이 잘못 나온 거니까 잊어버립시다. 사과하는 뜻에서 오늘 밤 내가 술 한잔 사겠소."

하시모토는 정말 사과하는 것처럼 미안해하는 기색을 드러내며 백종두의 팔까지 잡고 흔들었다. 그러나 그는 사과하려는 것이 아니라 위기를 모면하려 하고 있었다. '시키는 대로 하라'는 말을 내뱉은 것은 분명 자신의 경솔이었던 것이다. 백종두의 목줄이 아무리 쓰지무라에게 잡혀 있다고 하더라도 백종두가 현직 면장은 면장이었다. 그의 비위를 거슬러서 틈이 생기거나 사이가 나빠지면 앞일이 이만저만 난감해지는 것이 아니었다. 면장과는 별직으로 토지조사국 준비원이 일본사람으로 자리잡고 있다고는 하지만 면 단위의 전권은 어디까지나 면장이 가지고 있었다. 백종두만큼 머리 잘 돌아가고, 제 앞길 위해 처신 영리하게 하면서 길들여진 면장을 만나기는 쉬운 일이 아니었다. 만약 사이가 나빠지면 앞으로 땅을 확보해 나가기도 어려울 뿐만 아니라 쓰지무라 보기에도 체면이 고약하게 될 것이었다.

"술까지 살 것 뭐 있나요."

백종두는 못 이기는 척 고개를 되돌렸다. 그러나 속으로는, 어디 두고 보자, 하며 마음을 단단하게 공글리고 있었다.

"아니 무슨 소리요. 요새 날도 더운데 내가 백 면장님한테 너무나 폐를 많이 끼치기도 했소. 술 마시면서 더위를 좀 풉시다."

하시모토는 금방 면장 끝에 '님' 자까지 붙이며 더없이 절친한 것처럼 굴었다.

아서라 이놈아, 여시질 말어라. 니가 아무리 여시라도 간이야 나가 니것 빼묵을 것이다.

백종두는 엷게 웃으며 담배를 거푸 빨아대고 나서 물었다.

"지주들이 권한 행사할 것을 비밀로 하고, 그 다음 방도라는 건 뭐지요?"

"아, 그건 몇 가지가 있는데 아직 확정하지는 못했어요. 정하는 대로 바로 상의하도록 하겠소."

하시모토는 얼른 말을 둘러붙이고 있었다. 그 계획은 이미 정해져 있었다. 그러나 백종두를 믿을 수가 없어 발설하고 싶지 않았던 것이다.

백종두는 더 무슨 말을 하지 않고 그냥 지나쳤다. 아니, 속으로는 하시모토를 비웃고 있었다. 급한 김에 다음 계획이 있다고 해놓고 막상 캐물으니까 어물거리는 거라고 생각했다. 그거야말로 눈치가 너무 빨라 백종두가 헛짚고 있는 허방이었다.

"그러고 말이오, 이건 딴 문젠데…… 지주 대표를 골라내는 문제만큼 중요한 문제요." 하시모토는 다시 목소리를 낮추어 말하며 침을 삼키고는, "거 있잖소, 신고서 배부하는 거. 신고서를 최대한 늦게 배부하는 게 좋겠단 말이오." 그는 백종두의 눈을 빤히 쳐다보았다. 각이 진 매서운 눈이 대답을 요구하고 있었다.

하, 이놈 보소. 대가리를 아주 팽글팽글 돌리네. 요것이 예삿것이 아니기넌 아니라닝게.

백종두는 정신이 번쩍 들었다. 자신은 아직 거기까지는 생각하지 못하고 있었던 것이다.

"아, 그것 참 좋은 생각이오. 그거야 얼마든지 할 수 있는 일이오."

백종두는 아주 흔쾌하게 대답해 주었다. 자신의 속셈을 감추고 하시모토를 안심시키기 위해서였다.

"고맙소, 백 면장님만 믿겠소. 이번 일만 잘 도와주면 나도 면장님한테 은혜를 크게 갚도록 하겠소."

하시모토는 백종두의 발에 족쇄를 채우는 한마디를 해놓고 의자에서 벌떡 일어났다.

이놈아, 은혜를 크게 갚으면 니놈이 나럴 군산부윤을 시켜줄 것이냐, 경성부윤을 시켜줄 것이냐. 나도 욕심나는 것이 땅이다, 땅.

백종두는 속으로 코똥을 뀌었다.

"어디 가시게요?"

백종두는 느리게 몸을 일으켰다.

"예, 군산에 좀 나갔다 와야겠소. 그게 언제쯤인지 확실히 알아봐야 되겠소."

"그거라니요?"

"동척 문제 말이오. 기다려도 그때가 언젠지 알고 기다려야 마음도 놓이고 손해도 안 볼 것 아니겠소?"

하시모토는 또 쥘부채를 쫙 펼치며 묘한 눈웃음을 피웠다.

"지금 떠나면 오늘 돌아오긴 틀렸군요. 예, 다녀오세요."

백종두는 불쾌한 기분으로 몸을 돌렸다. 그는 심한 모독감을 느끼고 있었다. 미리 군산에 갈 작정을 해두고는 저녁에 술을 사겠다고 허튼소리를 지껄여댄 것이었다.

"아니 백 면장, 왜 그러시오? 백 면장 일 끝나기 전에는 충분히 돌아올 수 있어요. 난 인력거를 타고 가는 게 아니라 말을 타고 간단 말이오, 말."

백종두는 그만 아차 싶었다. 하시모토가 얼마 전부터 일본에서 실어온 말을 타고 다닌다는 것을 깜빡했던 것이다.

"그냥 바로 오시게요? 난 또 쓰지무라 상하고 이야기가 길어질 줄 알았지요."

백종두는 잽싸게 자신의 실수를 감추며 이렇게 말을 둘러쳤다. 그런 그의 얼굴은 언제 화를 냈느냐 싶게 싹 변해 환하고 부드러운 웃음을 담고 있었다.

"쓰지무라 상도 바쁘고, 나도 군산에 오래 있고 싶은 생각이 없소."

하시모토는 백종두의 실수를 눈치채지 못하고 그대로 지나쳤다.

백종두는 말에 올라타고 있는 하시모토를 창문을 통해 바라보고 있었다. 하시모토는 능숙한 솜씨로 말을 몰아 면사무소를 벗어나고 있었다.

저놈이 죽산면 농토럴 다 차지혀서 저 말을 타고 지 맘대로 갈기고 댕기겄다 그것이제…….

백종두는 끄으응 앓는 소리를 내며 쩝쩝 입맛을 다셨다. 아무리 생각해도 그건 배가 아파 못 견딜 일이었다. 그렇다고 자신이 감쪽같이 농토를 차지할 수 있는 묘안은 아직 떠오르지 않고 있었다.

그동안에 벌써 하시모토가 수중에 넣은 논이 몇백 마지기인지 몰랐다. 하시모토는 염전에서 벌어들이는 돈을 몽땅 논을 사들이는 데 썼다. 그런데 하시모토가 가진 땅은 논만이 아니었다. 재작년부터 조사한 미개간지 거의 전부도 하시모토의 차지가 되었다. 그것이야 물론 면장인 자신이 전적으로 도와준 일이었다. 우선 미개간지를 조사해 낸 다음 그 주인들을 불러 무조건 수용당하게 될 거라는 사실을 통고하는 척하고, 몸이 단 그들에게 사람을 놓아 빨리 다른 사람에게 팔아치우게 하고는, 하시모토의 소유가 된 다음에 개간착수지로 서류를 작성해 두는 일은 오로지 자신의 전권으로 이루어진 일이었다. 그 덕에 하시모토는 논 한 마지기 살 돈으로 그보다 이삼십 배 넓이의 땅을 차지하고는 했다. 물론 하시모토는 그런 일이 이루어질 때마다 잊지 않고 인사를 차렸고, 자신은 논도 아닌 그까짓 강가 모래땅이나 갯물에 썩어 갈대만 무성한 땅은 거들떠보지도 않았다. 차츰 논을 만들 거라는 하시모토의 선하품 나오는 말도 귓등으로 들어넘기고 말았다.

그런데 하시모토의 땅에 대한 욕심은 끝이 없었다. 지금 군산으로 쓰지무라를 만나러 가는 것도 동척에서 차지하고 있는 농토를 언제 불하하게 될 것인지를 정확하게 알아내기 위해서였다. 국유지 조사로 총독부에서 엄청난 땅을 넘겨받은 동척에서는 일본인 개인들을 상대로 그 땅의 일부분씩을 불하할 거라는 말이 은밀하게 오가고 있었던 것이다. 동척에서는 각지에 땅이 너무 많아 관리하기가 어려워지니까 그런 계획을 세울 수도 있었다.

"면장님 나으리, 전화 왔는디요."

사환아이가 면장실 문을 빠끔하게 열고 어덜리는 소리로 말했다.

"누구여!"

백종두는 창가에서 돌아서며 내쏘았다.

"군산 헌병대 아드……."

"알었다, 물러가그라."

백종두는 양반말투로 말하고는 책상 위에 놓인 전화기에서 수화기를 들었다.

"이, 나 애비다."

"예 아부지, 아부지가 기둘리시든 기계가 당도혔구만이라."

"머시여! 그것 참말로 잘되았다. 이, 잘되고말고. 어찌, 공장으로 옮겼냐?"

　백종두는 웃음이 철철 넘치는 얼굴로 좋아서 어쩔 줄을 모르고 있었다.

"해관 통해 인자 옮겨야제라."

"그려, 갯물에 안 빠지게 조심히야 혀."

"아이고, 아부지도……."

"기계 설치헐 때 나가 가봐야 되겄지야?"

"아이고 참 아부지, 지가 애기요?"

　수화기 속에서 아들의 목소리가 불퉁스러워졌다.

"기계럴 니가 멀 알어?"

"아부지넌 멀 아시요? 기술자가 요렁타께 다 시설헐 것인디. 기술자가 잘허게 지키는 것도 아부지보담이야 헌병인 지가 더 나슬 것인디요."

"이, 헌병이면 겁얼 더 묵겠지야? 허면 니가 잘 단속히서 설치허도록 혀. 나가 메칠 있다가 가볼 것잉게."

　백종두는 더없이 흡족한 얼굴로 전화를 끊었다.

　마침내 정미소에 기계가 들어오게 된 것이었다. 거기다가 아들남일이가 당당하게 주인 노릇을 맡고 나선 것이 그렇게 기특할 수가 없었다. 사람 구실 못할 줄 알았던 아들을 우격다짐으로 헌병보조원을 시킨 다음부터 차차 야물어지기 시작하더니 이제 썩 똑똑해진 것이 더없이 대견하고 흡족했던 것이다.

백종두는 아들의 불퉁스럽고 대들듯 하는 말버릇을 버릇없다고 생각하지 못하고 사람 구실을 하게 되었다는 만족감에만 차 있었다.

백종두는 면장이 되고 나서 이래저래 생기는 뭉텅이돈을 모아 군산에다 은밀하게 정미소 차릴 준비를 해왔던 것이다. 일본으로 실려가는 쌀이 날로 달로 늘어가면서 정미업이 바로 금 캐는 일이라는 것은 널리 퍼진 소문이었다. 그러나 돈만 있다고 아무나 군산 땅에다 정미소를 차릴 수 있는 것이 아니었다. 돈벌이가 좋은 만큼 이런저런 장애가 많아서 권세를 끼지 않고는 일이 되지 않았다. 일본인 지주들이 진작 농장조합으로 뭉쳐져 있는 것처럼 정미소도 벌써 일본인들로 조합을 이루고 있었던 것이다.

백종두는 곧 돈이 쏟아질 황홀감을 만끽하면서 늘어지게 기지개를 켰다. 그러나 마음 한구석에는 여전히 찜찜한 느낌이 그대로 남아 있었다. 곧 본격적으로 실시하게 될 토지조사사업에서 하시모토보다 더 많은 농토를 확보할 수 있는 묘책이 떠오르지 않은 까닭이었다.

그렇다고 하시모토를 피해 다른 면으로 자리를 옮길 수도 없는 노릇이었다. 그런 요구를 쓰지무라 앞에 내놓을 수조차 없는 처지니 그 생각은 망상에 지나지 않았다.

국유지 조사에 뒤이어 이번에 실시하게 될 토지조사사업은 온 나라의 모든 땅의 주인을 문서로 확실히 밝혀내고, 그 넓이를 측량으로 정확히 재고, 토지등기를 분명하게 갖추자는 것이었다.

그 조사를 신속하게 하기 위해서 동네마다 지주 대표를 두 명씩 뽑고, 그 위에 면 단위로 지주위원회를 구성하도록 되어 있었다. 지주위원회는 면장을 필두로 하여 지방토지조사국 조사원 하나와 동리장이나 지주 대표 셋을 합해 모두 다섯 명으로 이루어지는 것이었다.

조사 방법은 먼저 소작농을 제외한 모든 농가엔 토지신고서를 배부하고, 거기에 개인 소유의 농지 전부를 기재해서 신고서를 제출하게 하는 것이었다. 그 신고서는 각 동네의 지주 대표를 경유해서 지주위원회에 접수되면 지주위원회에서 심사를 거쳐 소유권 여부를 결정짓게 되어 있었다.

조사원이라는 것이 일본사람이긴 했지만 실권은 어디까지나 면장의 수중에 들어 있었다. 자신은 마침내 도지사나 부윤이 부러울 것 없이 맘껏 휘두를 수 있는 권한을 갖게 된 것이었다. 그런데 그 권한이 자칫 잘못하다가는 아무 실속도 차리지 못하고 남 좋은 일만 시키게 될 속 빈 권한이 될 판이었다.

땅부자가 될 이보다 더 좋은 기회는 없는데…… 무슨 좋은 수가 없을까…….

백종두는 또 앓는 소리를 내며 몸을 비꼬았다. 그러면서 그는 군산 옆 옥구군 옥산면에 있는 자신의 논이 얼마나 되는지를 헤아려 보았다. 늘린다고 늘려왔지만 만석꾼이 되려면 아직도 감감했다.

왜놈 하시모토가 죽산면을 다 집어삼키려고 하는데 자신의 그런 꼴이라니 말이 안 되는 소리였다.

그때 문득 한 가지 생각이 떠올랐다. 옥산면 지주위원회에 친척을 밀어넣자는 것이었다. 똘똘한 사람을 지주 대표로 자리잡게 해서 일을 꾸밀 수 있을 것이다. 면장 유가가 과히 똑똑하지 못하니 더 좋았다.

그는 자신의 생각에 만족을 느꼈다. 그렇다고 죽산면을 하시모토에게 전부 넘겨주고 싶지는 않았다.

"밥이나 묵고 더 생각허자."

백종두는 쥘부채를 들고 일어났다.

외리와 내촌의 스물세 사람은 햇발이 퍼지는 시각에 외리의 당산나무 아래에 모였다. 그들의 구릿빛 얼굴에는 긴장감이 서려 있었다.

어떤 사람은 삼끈으로 짚신을 야무지게 묶고 있고, 어느 사람은 걷어올린 잠방이끝을 가느다란 새끼줄로 동이고 있는가 하면, 또 어떤 사람은 머리에 동인 수건을 풀어 다시 힘주어 묶기도 했고, 또다른 사람들은 서로 말이 없이 담배만 뻑뻑 빨아대기도 했다. 당산나무에서는 매미들이 진저리치듯 극성스럽게 울어대고 있었다.

"아따, 청상과부 죽은 넋이냐 어쩌냐. 지독시리 울어대네."

어떤 사람이 당산나무를 힐끗 올려다보며 중얼거렸다.

"아침보톰 저리 숨 자지러지는 것 봉게 오늘도 땀깨나 쏟게 푹푹 찌겄는디."

옆사람이 조약돌에다가 곰방대를 톡톡 쳐서 재를 털며 말을 받았다.

그때 큰소리가 울렸다.

"자아─ 다덜 일어납시다아."

내촌 김춘배가 앞으로 나섰다.

기다리고 있던 사람들은 다들 몸을 일으키고, 곰방대를 털곤 했다.

"저어…… 우리가 떠나기 전에 한마디 헐 말이 있소. 우리가 이리 떼몰려가면 주재소고 헌병파견대서 막을라고 나슬란지도 몰르요. 그러드라도 겁묵을 것 없고 심빠질 것 없이 짱짱허니 버텨야 헐 것이오. 우리야 죄진 일 없응게 우리가 원허는 것얼 당당허니 내세우먼 된다 그것이오. 다덜 맘 강단지게 묵고 토지조사국으로 가기로 허겄소."

박병진이 힘주어 다짐했다.

"맞소, 짱짱허니 대들어야제라."

"그려, 얼렁 갑시다!"

사람들이 힘찬 소리로 호응했다.

그들은 박병진과 김춘배를 선두로 하여 당산나무를 떠났다. 머리에 수건을 질끈질끈 동인 그들의 걸음은 무척이나 빨랐다.

들안개가 자취를 감춘 드넓은 들녘에는 투명한 햇살이 눈부셨다. 두꺼워지는 햇발에 잎마다 맺힌 이슬방울들을 털어내고 있는 벼들은 싱싱한 초록빛으로 들녘을 가득 채우고 있었다. 크고 긴 날개들을 유유하게 펄럭이며 해오라기들이 띄엄띄엄 내려앉고 있었다. 그 새하얗고 넓은 날개들이 금방 초록빛으로 진하게 물들 것만 같았다. 그러나 해오라기들은 초록빛 물결 속에서 오히려 그 순백의 자태를 뽐내듯 긴 목을 꼿꼿하게 세우고 느릿느릿 걸음을 옮겨 놓고 있었다. 한가하기 이를 데 없는 해오라기들에 비해 벌써부터 새를 쫓고 있는 아이들의 쉰 목소리는 다급하기만 했다. 여러 사람들이 바삐 걷는 소리에 놀라 논가의 메뚜기들이 푸드푸드 날고 있었다.

그들은 아무도 말이 없이 들길을 빠르게 걸어가고 있었다. 지게를 지거나 연장을 든 농군들이 논길들을 따라 일을 나오고 있었다. 어떤 부지런한 사람들은 벌써 논에 들어서 일을 하고 있기도 했다. 어느 농군은 일을 하다 말고 떼지어가고 있는 그들을 이상하다는 듯 한참 동안이나 바라보고 있기도 했다. 그러나 어떤 농군은 거리가 먼데도 굳이 목청을 뽑아 묻기도 했다.

"보시요오, 거그 무신 일 생겼소오?"

그들은 아무도 대꾸하지 않고 그저 걷기에만 열중하고 있었다.

"아, 무신 일 생겼냐닝게. 다덜 귀가 먹었소오?"

그래도 대꾸하는 사람은 아무도 없었다. 그들은 걷기에 바빴고, 그 사연이 한두 마디 대꾸로 될 일이 아니기도 했던 것이다.

10리 남짓 걸으면서 그들의 이마에는 땀이 내배기 시작했다. 마을을 떠날 때는 별로 눈에 띄지 않았던 제비들이 어느새 수없이 푸른 들판 위를 날고 있었다. 제비들은 그 날렵한 몸매로 볏잎들에 스칠 듯이 낮게 나는가 하면 순식간에 공중으로 치솟아오르는 빠른 날갯짓을 했다. 제비들은 치솟을 때마다 벼를 해치는 메뚜기며 다른 벌레들을 부리에 잡아채는 것이었다. 그래서 농부들은 제비풍년을 농사풍년이라고 반겼고, 제비 한 쌍이 한 해 여름에 두 배 새끼를 치면 집안에 길조가 들었다고 온 식구들이 즐거워하고, 반겼다.

그들은 한 번도 쉬지 않고 20리 길을 걸어 토지조사국에 당도했다. 그들의 낡은 삼베옷은 땀으로 젖어 있었다. 토지조사국은 바로 면사무소였다. 조사원이 면사무소에 자리잡고 있었던 것이다.

그들은 면사무소 문 앞에서 제지당했다. 총구멍이 그들의 가슴을 겨누었다.

"못 들어가! 머허는 사람들이여?"

보초를 서고 있던 순사보가 눈을 부릅뜨며 소리쳤다.

"저어, 우리넌 뺏긴 땅얼 찾을라고 왔응게 토지조사국 조사원얼 만내야 되겄소."

박병진이 침착하고 무게 실린 어조로 말했다.

"근디 어찌 떼거리로 이 야단이여?"

스무 살 남짓해 보이는 순사보는 총을 겨눈 채 반말지거리였다.

"모두가 다 논얼 뺏긴 사람덜이오."

"논얼 뺏기고 자시고 간에 이리 떼거리로넌 못 들어가!"

순사보는 눈을 더 고약하게 떴다.

"글먼 우리 두 사람만 들어가겠소."

김춘배가 박병진 옆으로 한 발짝 나섰다.

"무신 잔소리가 그리 많혀. 못 들어간다닝게."

순사보는 총을 김춘배 가슴에 겨누며 더 크게 소리질렀다.

"이래도 안 된다, 저래도 안 된다, 같은 조선사람찌리 그래서넌 못쓰요. 우리 둘이서 만내야겠소."

박병진이 한 발을 옮겨디뎠다.

"꼼지락 말어! 안 된다면 안 된게."

순사보는 한 발 물러서며 총을 다시 박병진에게로 옮겼다.

"저것언 부모도 없능가? 부모 맞잽이 어런덜보고 꼬박꼬박 반말이시."

누군가가 뒤에서 한 말이었다.

"긍게 말이여. 싹 밀어붙이고 들어가제."

다른 목소리가 말을 받았다.

그때 박병진이 몸을 돌렸다. 입을 꾹 다문 그의 눈에는 평소와 다른 서늘한 빛이 서려 있었다.

"못 들어가게 허는디 억지로 들어갈 것 없소. 우리가 안 들어가고 조사원얼 불러내면 됭게. 나가 먼첨 선창허먼 다덜 심지게 따라서 허씨요. 나가 먼첨 토지조사국 조사원 나와라 허겠소. 자아, 시작허겠소."

박병진은 숨을 들이켰다.

"토지조사국 조사원 나와라!"

"토지조사국 조사원 나와라아!"

힘을 합친 스물세 사람의 외침이 갑작스럽게 찌렁하게 울렸다.

"쏴부러, 쏴불 것이여!"

당황한 순사보가 이 사람 저 사람에게 총을 겨누며 허둥거리고 있었다.

"토지조사국 조사원 나와라!"

"토지조사국 조사원 나와라아!"

그들의 외침은 더욱 크게 울렸다.

그 느닷없는 외침에 놀란 백종두는 사무실 문을 박차며 소리쳤다.

"저것이 무신 소리여, 무신 소리!"

그때 이미 면직원들도 놀라 밖으로 뛰어나가는 사람이 있는가 하면 창밖으로 고개를 내빼는 사람도 있었다.

"토지조사국 조사원 나와라아!"

세 번째의 외침이 울리고 있었다. 백종두는 그 많은 사람들의 외침에서 섬뜩한 기분을 느끼고 있었다. 밖으로 나가볼까 하다가 그만 돌아섰다. 대상이 자신이 아니라 조사원이었던 것이고, 만약 자신이라고 하면 더욱 나갈 필요가 없었던 것이다. 저런 떼거리들이 몰려들었을 때는 순사나 헌병들을 동원하는 것이 상책이었다. 옛날부터 다 저런 데 써먹으라고 포졸들을 두었던 것이고, 이제는 순사에다 헌병들까지 배치되어 있는 것이었다.

백종두는 의자에 몸을 부리며 궐련을 빼들어 입꼬리에 물었다.

토지조사국 조사원은 나오라······. 진작 문서로 시작된 국유지 분쟁이 마침내 행동으로 나타나고 있었던 것이다. 앞으로 벌여야 할 토지조사사업에 먹구름이 낄 것 같은 좋지 않은 예감에 그는 된소리를 내며 상을 찡그렸다.

"아니, 밖에 무슨 소란이오? 날 나오라고 저 야단인데 면장님은 이리 무사태평으로 앉았어도 되는 거요?"

권총을 찬 일본사람이 다급하게 면장실로 뛰어들며 언성을 높이고 있었다. 그의 오른손은 권총집에 가 있었다.

"토지조사국 조사원 나와라아!"

"저, 저 소리가 면장님 귀에는 안 들리오?"

백종두는 아무런 대꾸 없이 성냥을 그어 담배에 불을 붙였다.

"다나카 상, 아무 걱정 말고 거기 앉으시오."

백종두의 목소리는 차분하기 그지없었다.

"아니, 걱정 말라니. 저 일을 해결해야 할 것 아니오."

다나카는 창 쪽으로 팔을 내뻗었다.

"어서 앉기나 하시오, 순사고 헌병은 왜 뒀소. 앉아서 주재소에 전화를 거시요. 당장 해산시키라고."

백종두는 책상 위의 전화를 턱짓으로 가리켰다.

"안 되겠어. 저 조센징놈들을 다 잡아 처넣어서 시건방진 버릇을 단단히 고쳐줘야지. 저놈들을 세게 안 다뤘다간 딴 놈들까지 다 본받을 거란 말야."

몸집이 왜소한 편이고 얼굴이 강파르게 생긴 다나카는 이빨을 맞갈듯 하는 어조로 말하며 전화기를 끌어당겼다.

백종두는 비위가 상하고 있었다. 조선사람을 싸잡아 업신여기는 말인 '조센징'이라는 말만 들으면 기분이 즉각 나빠졌던 것이다.

"무작정 세게 몰아치는 것이 상수는 아니오. 잘못 건드렸다간 일이 더 커지는 수가 많소. 어느 동네고 토지조사국에 원한 안 가진 사람이 없으니까. 잘못 건드려 그 사람들이 다 들고일어나면 그때는 정말 큰일이오."

"아니 면장님, 무슨 말을 그렇게 하시오. 꼭 남의 일 구경하듯 그게 뭐요?"

전화기의 송신 손잡이를 돌리려던 다나카가 벌컥 화를 냈다.

"무슨 말을 그리하시오. 다나카 상이 실수할까 봐 미리 말해 두는 것이오. 일이 시끄러워지고 말썽이 일어나는 건 상부에서도 원하지 않고 있소. 우리가 앞으로 해야 할 일이 더 많으니까 분란 일어나지 않게 조용히 해결하는 것이 상책이란 말이오. 그러니 잡아넣을 생각은 말고 적당히 구슬려서 해산시키라 그 말이오."

백종두는 자기보다 나이가 한참이나 아래인 다나카를 빤히 올려다보고 있었다.

"토지조사국 조사원 나와라아!"

또 어기찬 외침이 울려왔다.

"바까야로!"

다나카는 욕을 내뱉으며 전화기의 송신 손잡이를 돌려댔다.

면사무소 앞에서는 면직원 서너 명과 그들 사이에서 옥신각신이 벌어지고 있었다.

"아, 소리덜 질르지 말어! 참말로 말 안 들을 것이여?"

눈을 부릅뜬 면직원 하나가 주먹을 쥐어 보이며 그들에게 소리쳤다.

"아, 조사원만 나오면 소리질르라고 히도 안 질러."

"그놈이 못 나오는 것 봉게 지놈이 진 죄년 지놈이 아는구마."

"하먼, 그놈이 똥줄이 탈 것이여 시방."

면직원 한마디에 그들이 여기저기서 쏟아놓은 말이었다.

"당신덜 정말 그리 못되게 허겄어. 순사덜얼 불러야 정신 채릴랑갑네."

면직원이 그들을 노려보며 입술을 물었다. 그 얼굴에 화가 끓고 있었다.

"허, 조선놈이 왜놈 역성드는 것 봉게 영판 요상허시이?"

"배창시가 꾀일라고 헝마."

"왜놈 덕에 호강날날잉게로."

"참말로 주딩이덜 그리 놀릴 것이여!"

면직원이 부르르 떨었다.

그때 박병진이 다시 목청을 뽑았다.

"토지조사국 조사원 나와라!"

박병진의 외침이 끝나기도 전에 철퍽 소리가 났다. 면직원이 박병진의 볼을 후려쳤던 것이다.

박병진을 따라 복창을 하려고 몸에 잔뜩 힘을 넣고 있던 그들은 순간적으로 긴장했다.

"박샌, 이 피!"

김춘배가 박병진을 붙들었다. 박병진이 코를 감싸며 몸을 옆으로 돌렸다. 그의 코에서 흐르는 피는 턱에서 뚝뚝 떨어져내려 옷을 적시고 있었다.

"저런 잡새끼 쥑여라!"

"저놈 손모가지럴 분질러부러!"

이런 격한 외침과 함께 네댓 명이 면직원에게 달려들었다. 그러자 다른 면직원들이 그들에게 달려들었다.

"안 되여, 안 돼! 참어, 참어!"

코를 감싼 박병진이 다급하게 소리쳤다. 손가락골을 넘은 피가 손등을 뻘겋게 적시며 흘러내리고 있었다.

박병진의 외침은 아무 효과가 없었다.

면직원들과 그들 중의 네댓 명은 뒤엉클어져 치고받기 시작했다. 보초를 서고 있던 순사보도 면직원들의 편이 되어 개머리판을 휘둘러대고 있었다. 그들 중의 나머지 사람들은 합세를 해야 할지 어째야 할지를 모르는 눈치들로 우왕좌왕하고 있었다.

따앙!

느닷없이 울린 총소리였다. 뒤엉켰던 싸움판이 뚝 멎었다.

"바까야로 조센징!"

권총을 꼬나잡은 주재소장의 외침이었다. 총들이 그들을 겨누고 있었다.

"손 치켜들어, 손!"

새 순사보가 으름장을 놓았다.

총들을 겨누고 있는 일본순사들은 곧 총질을 해버릴 것 같은 기세였다. 그들 일행은 서로 눈치보며 손을 들어올리고 있었다. 박병진도 피범벅인 한 손으로 코를 감싼 채 다른 손을 들어올리고 있었다.

주재소장이 권총 든 손을 내두르며 순사보에게 뭐라고 지시했다. 순사보가 다시 그들에게 소리쳤다.

"셋썩 맞춰서 줄 서, 줄!"

순사보가 한 사람씩, 세 사람의 옷을 거칠게 잡아채서 줄을 세웠다. 그리고 총을 겨누고 있던 일본순사들이 달려들어 그들에게 개머리판을 마구 휘두르기 시작했다. 그들은 두 팔을 들어올린 채로 옆구리며 등짝을 맞아가며 재빠르게 세 사람씩 짝을 맞춰나가고 있었다.

"그놈들 다 죽이시오."

"그놈들이 관리를 집단폭행했소."

"보시오, 내 이빨이 부러졌소."

볼이 부어오르고, 머리가 헝클어지고, 옷의 단추가 떨어져나가고 한 면직원들이 주재소장에게 제각기 일본말로 한마디씩 하고 있었다. 군복 차림인 그들은 얼핏 보면 영락없는 일본사람이었다.

세 사람씩 줄로 세워진 그들은 두 팔을 들어올린 채 사방에서 총을 겨눈 순사들에게 둘러싸여 주재소로 끌려가기 시작했다.

"보시오, 내 말이 어떻소. 저놈들은 다 잡아 처넣어 반죽음을 시켜야 한다니까. 면직원들에게 폭행을 가하는 저놈들이 의병이라는 폭도들과 다를 게 뭐가 있소. 그런데도 말로 구슬려 해산이 시켜지겠소?"

뒤늦게 밖으로 나온 다나카는 끌려가고 있는 그들의 행렬을 바라보며 옆에 선 백종두를 비아냥거리고 있었다.

"저놈덜이 저거 즈그 명대로 안 살라고 환장덜얼 혔구만……."

백종두는 치솟는 성질을 억누르며 조선말로 중얼거리고 있었다. 그들이 자신의 부하직원들에게 덤벼들어 싸움판을 벌인 것을 생각하면 당장 요절을 내고 싶은 울화가 치밀었다. 그러나 한편으로는 앞뒤를 모르는 그들의 무모함이 어처구니없고 가소롭기도 했다. 새로 만들어진 여러 가지 법에 따라 처벌하기로 들면 그들의 목숨은 하루살이거나 날파리 목숨이었던 것이다.

"면장님, 왜 대답이 없소?"

"대답은 들어가서 합시다. 저놈들을 잡아넣었다고 일이 다 끝난 게 아니오. 저놈들을 어떻게 처리할 것인지, 더 중한 문제가 남았단 말이오."

백종두는 찬바람을 일으키며 돌아섰다.

"어떻게 처리하긴! 딴 놈들이 본받지 못하게 일벌백계로 모두 엄벌에 처해야 하오, 엄벌!"

열받친 얼굴인 다나카는 주먹으로 허공을 치며 거세게 내쏘았다.

백종두는 면장실로 걸어가며 이 일을 어떻게 처리해야 할지 몰라 머리를 빨리 굴리고 있었다. 그들이 면직원들에게 덤벼들어 폭행을 행사했으니 죄명은 여러 가지를 씌울 수가 있었다. 관리 구타로 몰면 토지문제를 피할 수가 있었다. 그렇다고 토지문제를 다 덮을 수는 없을 것이었다. 막을 길 없는 소문이 꼬리를 이을 것이고…… 어떤 식으로 처벌을 하느냐가 문제였다. 일벌백계로 엄단하는 것이 좋을지, 겁을 먹어 다시는 떼거리로 나서지 못하게 적당히 처벌을 할 것인지, 그게 문제였다. 그러나 더 문제는 다나카와 주재소장이었다. 주재소장이 같은 일본사람이니까 다나카 편을 들 수도 있었다. 토지문제는 1차적으로 조사원인 다나카 소관이었고, 죄인에 대한 처벌권 또한 1차적으로 주재소장의 권한이었다. 그들이 한편이 되면 자신은 밀릴 수밖에 없었다.

백종두는 머리가 복잡해지는 걸 느끼며 의자에 몸을 부렸다.

"총독부는 천황 다음가는 하늘이고 법이오. 헌데 감히 조센징들이 총독부가 하는 일에 왈가왈부하며 이 다나카를 나오라고 소리소리 질러대고, 관리한테 폭행을 해대고, 저런 놈들을 엄벌에 처하지 않으면 앞으로 아무 일도 못해먹어요. 저런 놈들을 엄벌에 처해 시범을 보여야만 딴 놈들이 더 꼼짝을 못한단 말이오. 이건 대법칙이오."

기다리고 있었던 기회라도 잡은 듯 다나카는 계속 열을 올리고 있었다.

"앉으시오. 엄벌을 하자면…… 어떻게 하자는 거요?"

"몰라서 묻소? 새 법에 따라 전부 총살을 시켜버려야 하오."

다나카는 거침없이 내쏘았다. 그의 강파른 얼굴에 독기가 서려 있었다.

백종두는 다나카의 눈길을 피해 담배를 빼물었다. 그러나 다나카의 말에 놀라지는 않았다. 그의 급하고 칼칼한 성질로서는 능히 그런 말을 내뱉을 수 있었던 것이다.

"왜 대꾸가 없소."

다나카가 다그치고 들었다.

백종두는 담배를 깊이 빨아 연기를 느리게 내뿜었다. 그는 다나카를 피해 서야 한다고 생각했다.

"다나카 상 말이 맞소." 백종두는 다나카에게 웃음을 보내며 담배를 권하고는, "그놈들이 다나카 상을 모독하고, 관리들을 구타하고 한 죄가 그런 처벌을 받을 만해요. 허나, 일단 잡혀갔으니까 이따가 주재소장하고 함께 차근차근 의논하도록 합시다." 그는 더없이 부드럽게 말했다.

"뭐 의논하나마나요. 토지조사사업은 총독부가 추진하는 가장 중대한 사업이고, 그 사업을 차질 없이 성공시키기 위해 전국적으로 지방행정기관은 말할 것도 없고 모든 경찰기관과 헌병기관까지 총력 협조를 하도록 되어 있소. 또한 본 사업을 추진하는 데 있어서 방해를 하거나 반대를 하는 세력이 있을 시는 가차없이 제거하고 일소하도록 되어 있소. 이런 원칙에 충실하기 위해서 경찰령 같은 법령이 공포되었다는 것을 면장님은 잊지 마시오. 경찰령에서 범법자들에 대해서는 재판 없이 처단 처형할 수 있는 특권을 경찰에 부여한 것은 무엇 때문이겠소. 바로 총독부의 사활이 걸린 이

중대 사업의 추진에 써먹고, 또 총독부를 음해하려고 드는 폭도놈들을 제거하는 데 써먹으라는 것 아니냔 말이오. 그러니 저놈들은 마땅히 총살시켜야 하고, 주재소장도 당연히 내 말에 찬동할 것이오. 어찌, 내 말이 틀렸소?"

다나카의 말은 오히려 더 강해지고 있었다.

"아니오, 다나카 상 말이 맞소."

백종두는 상대방이 미는 대로 밀리기로 했다. 다나카의 야무진 말은 틀리는 데가 없었고, 총독부를 앞세우고 나오는 그의 권력과 시에 맞서보았자 일만 뒤엉키게 되어 있었다.

"혹시 같은 조선사람이라고 적당히 하려는 생각은 아니오?"

다나카는 매운 눈길로 백종두를 쏘아보았다.

"그 무슨 섭섭한 말을 그리하시오. 나도 총독부에서 임명받은 면장이오!"

백종두는 벌컥 화를 내며 손바닥으로 책상을 쳤다. 그의 반들거리는 눈에는 다나카를 능가하는 독기가 서려 있었다.

그는 정말로 화가 나 있었다. 그는 자리 높은 일본사람들을 대할 때마다 자신이 조선사람이라는 사실이 이상하게 거북하고 켕기는 것이었고, 그러다가 조선사람이기 때문에 조금이라도 의심을 받게 되거나 차별을 당하게 되면 그만 걷잡을 수 없이 화가 솟는 것이었다.

"됐소, 됐소. 다른 조센징들은 다 안 믿어도 백 면장님만은 내가 믿소. 기분 나빠하지 마시오. 백 면장님은 천황폐하께 충성하는 충직한 신하인 것을 잘 알고 있소."

다나카는 체구에 어울리지 않는 너털웃음을 웃어댔다. 그건 자신의 뜻을 관철시키고 상대방을 제압했다는 만족의 표시였다.

이놈아, 턱주가리가 빠지고 배꼽이 튀어나오게 맘껏 웃어대라. 하나만 알고 둘은 모르는 왜놈 새대가리야. 20명을 넘게 죽여없애면 네놈 모가지는 성할 것 같으냐.

백종두는 겉으로는 웃으며 속으로는 상대를 멸시하고 있었다.

"점심때가 다 돼가니 일단 주재소장을 만나도록 합시다. 점심은 내가 한턱내겠소."

백종두는 웃음 띤 얼굴로 아주 부드럽게 말했다.

"한턱내는 점심이야 좋소."

다나카도 마주 웃었다. 그러나 그건 백종두가 판 허방에 한 발이 빠지고 있는 것이었다.

"아이고, 아이고, 나 죽네!"

"아이고메 엄니!"

주재소에서는 남자들의 비명이 끊임없이 터져나오고 있었다. 순사들은 잡혀간 그들을 유치장에 가두고 한꺼번에 세 사람씩 끌어내 무작정 몽둥이질을 해대고 있었다. 그건 무조건 기부터 꺾어놓고 보자는 수법이었다.

뒤엉키는 비명소리 속에서 전화종이 울리고 있었다.

백종두와 다나카 그리고 주재소장은 걸쭉한 점심상을 받았다. 다나카는 상이 들어오기 전부터 주재소장을 상대로 아까 백종두에게 했던 것보다 더 강한 어조로 그들 모두를 극형에 처해야 한다는 주장을 펴기에 정신이 없었다.

백종두는 그저 담배만 피우고 앉아서 주재소장의 반응을 살피고 있었다. 그런데 주재소장은 무표정인 채 눈만 껌벅거리고 있어서 그 속을 짚어낼 수가 없었다.

"에…… 소장님 생각은 어떻습니까?"

긴말을 끝내며 다나카가 주재소장에게 대답을 요구하고 있었다.

"예에, 다나카 상 말에 충분히 일리가 있군요. 대업을 앞에 두고 그런 놈들은 일벌백계할 필요가 있지요. 좌우간 밥부터 먹고, 그일은 좀더 신중하게 생각해 보도록 합시다."

주재소장은 젓가락을 집어들었다.

백종두는 소리나지 않게 안도의 숨을 쉬었다. 좀더 신중하게 생각하자는 건 다나카의 완강한 주장을 일단 피해 서려는 것이 확실했던 것이다.

"생각하고 말고가 뭐 있나요?"

다나카가 몰아붙이고 들었다.

"면장님 생각은 어떠시오?"

주재소장이 백종두에게 눈길을 보냈다.

"예, 나도 다나카 상 의견에 일리가 있다고 생각합니다. 허나 주재소에서 사건 진상을 조사하기도 해야 하니까 그동안에 좀더 생각하고 의논해 보는 것이 좋을 것 같소."

백종두는 아주 은근하게 주재소장의 편을 들었다.

"그 순서가 옳을 거요."

주재소장이 얼른 말을 받았다.

"글쎄요, 신중한 것도 좋지만 이번 기회가 소장님이 큰 공을 세울 수 있는 절호의 기회 같은데요."

다나카는 주재소장의 공명심을 자극하고 들었다. 백종두는 그만 가슴이 뜨끔해졌다. 그건 주재소장의 가장 가려운 데였던 것이다.

"우리 밥 먹을 때는 공무에서 벗어나서 편한 마음으로 밥을 먹도록 합시다." 백종두는 얼른 다나카를 가로막고 나서며, "저어 내가 재미있는 얘기 하나 하지요. 옛날부터 여기 김제 만경 사또는 아무나 할 수 있는 게 아니었어요. 들녘이 넓어 논들이 많으니까 사또한테도 생기는 게 많아 자리가 좋기로 명이 나 있었거든요. 그러니까 여기 사또로 오자면 누구나 뒷손을 쓰지 않으면 안 됐지요. 뒷손을 쓰고 여기 사또로 온 것까지는 좋은데, 그 사또들이 또 거짓말처럼 산골이나 오지로 쫓겨가게 됩니다. 그 연고인즉, 자기네가 뒷손 쓴 돈이 아까워 급하게 본전을 빼려고 백성들을 못살게 굴다 보니 시달리다 못한 백성들이 들고일어나는 거지요. 사실 조선팔도에서 관리가 편하게 배불리기야 여기만큼 좋은 데가 어디 또 있나요. 헌데 사또라는 것들이 어리석어 조급하게 나대다 보니 민심에 떠밀린 거지요. 그래 웃고 왔다가 울고 떠나는 땅이라는 말이 생겨났답니다." 무슨 뜻인지 알아듣겠느냐는 듯 그는 주재소장을 그윽이 바라보았다.

"허허, 그 멍청한 것들. 급히 먹는 밥이 체한다는 것도 모르는 종자들이었군."

주재소장이 의미 깊은 얼굴로 고개를 끄덕끄덕했다.

그런데 다나카는 무언가를 생각하는 얼굴로 눈을 꿈벅거리며 마주 앉은 백종두를 건너다보고 있었다. 백종두는 다나카의 그런 눈길을 모르는 척하며 연상 국을 떠넣고 있었다.

백종두는 평양기생 진주기생 남원기생이 어떻게 다른지 거짓말을 섞어가며 이야기를 길게 늘어놓았고, 군산에 몰려드는 쌀장수들이 얼마나 돈을 쉽게 벌어 떼부자가 되고 있는지를 허풍 섞어 이야기해 가며 점심을 끝냈다. 다나카가 다시 그 말을 못 꺼내게 하는 동시에 그의 주장을 희석시키기 위한 의도적인 행위였다.

"그럼 언제 다시 의논하지요?"

방을 나서며 다나카가 물었다.

"우선 조사부터 하고, 그건 그 다음에 의논합시다."

주재소장은 다나카를 보지도 않고 구두를 꿰신으며 건성으로 대꾸했다.

백종두는 그런 주재소장을 지켜보며 만족스러운 웃음을 흘리고 있었다.

백종두는 사무실로 들어섰다. 그 일을 놓고 이야기를 하고 있던 직원들이 일제히 몸을 일으켰다.

"아까 그놈덜언 전부 총살당허게 생겼다."

백종두가 불쑥 내던진 말이었다.

직원들은 자기네 면장이 주재소장과 점심을 함께 먹었다는 것을 알고 있었다.

스물세 사람 모두가 총살을 당할 거라는 소문은 해가 지기도 전에 사방으로 퍼져나갔다. 새벽밥을 먹듯이 하고 집을 떠난 사람들이 점심때가 되어도 안 오고, 해가 서쪽으로 기울어도 돌아오지 않자 걱정이 된 몇 집 식구들이 집을 나섰던 것이다. 그들이 면사무소에 도착했을 때는 이미 면직원들이 화풀이하듯 입을 놀린 다음이라 면사무소 주위에는 총살시킬 거라는 말이 다 퍼져 있었다. 면사무소 주변 사람들도 농사꾼들이 몰려와 면직원들하고 주먹다짐까지 벌이다가 다 잡혀간 사태에 관심이 쏠려 있던 판인데 그 사람들 전부를 총살시킬 거라는 말을 듣게 되자 그건 금방 소문으로 변해 바람을 타기 시작했다.

그 날벼락 같은 소식을 듣게 된 그들의 집안식구들은 혼비백산하여 다시 마을로 뛰기 시작했다. 그 소식을 전해 집집마다 사람을 모아야 했던 것이다. 그들의 집안사람 100여 명이 주재소 앞에 몰려든 것은 해거름 무렵이었다. 그들이 몰려들자 제일 먼저 놀란 것은 주재소장이었다.

"이거 어찌 된 일이오. 면장님이 그런 발설을 했소?"

주재소장은 다급하게 백종두에게 전화를 걸어 이렇게 따졌다.

"무슨 소리요, 점잖잖게. 혹시 다나카 상이 실수를 했는지도 모르겠소. 어쨌거나 당장 급한 건 그 일을 해결하는 것 아니겠소?"

백종두는 시치미를 뚝 뗐다. 그리고 느긋하게 주재소장의 아픈 데를 찔렀다.

"봇물이 터졌는데 무슨 수로 막는단 말이오. 그 방정맞은 다나카 그자가……."

"어허, 호랑이한테 물려가도 정신을 차려야 살아난다고 했소. 나한테 한 가지 좋은 생각이 있소."

주재소장과는 반대로 백종두의 말은 더욱 여유만만해지고 있었다.

"그게 뭐요? 어서 말하시오."

"전화로 할 얘기가 아니오. 소장님이나 나나 다 한배를 탄 입장인데 소장님 일이 곧 내 일 아니겠소. 내가 곧 주재소로 갈 테니 기다리시오."

"아 고맙소, 고맙소."

백종두는 입이 씰그러지도록 묘한 웃음을 피워내며 전화를 끊었다. 그는 자신이 생각했던 것보다 훨씬 빠르게 효과가 나타난 것에 꽤나 만족을 느끼며 담배를 빼들었다.

백종두는 면직원 둘을 거느리고 주재소로 갔다. 주재소 앞에는 소장이 다급해할 만큼 많은 사람들이 몰려들어 웅성거리고 있었다.

"면장님이오, 면장님! 질 트씨요, 질."

두 면직원이 소리치며 사람들 가운데를 무질러나갔고, 뒷짐을 진 백종두는 헛기침을 해가며 사람들이 비켜선 사잇길로 의젓하게 걸어가고 있었다. 100여 명의 사람들은 웅성거림을 뚝 멈추고 백종두에게 눈길을 모으고 있었다. 그 급변한 분위기를 의식하며 걷던 백종두는 주재소 문 앞에 이르러 갑자기 몸을 돌려세웠다.

"여러분, 나가 한마디만 허겄소. 오늘 일 저질른 사람덜얼 모다 총살시킬 것이란 소문이 있는갑는디, 그 사람덜이 면직원덜얼 패고 헌 죄로 보나, 총독부 법으로 보나 능히 총살시킬 수가 있소. 허나 우리 면민덜이 그리 당허는 것얼 면장인 나가 앉어서만 볼 수가 없어서 주재소장얼 만내로 왔소. 나가 면장 권한으로 죄인덜헌티 내릴 벌얼 깎아보도록 헐 참잉게 여러분덜언 떠들지 말고 조용허니 기둘리라 그것이오."

백종두는 얼어붙듯 서 있는 사람들을 휘둘러보고는 주재소 안으로 들어갔다.

"지금 뭐라고 하셨소?"

초조한 기색의 주재소장이 의문스러운 눈치로 물었다.

"시끄럽게 말썽 피우면 다 잡아넣겠다고 했소."

백종두는 시큰둥하게 대꾸하며 의자에 털퍽 주저앉았다.

"그 생각이란 게 뭐요?"

주재소장도 옆자리에 앉았다.

"에에 또오…… 이번 일은 요령껏 잘 처리해야만 소장님 신상이 편하고 인심도 얻을 거요. 이 일을 잘못 처리했다간 국유지 조사에서 땅 뺏겼다고 생각하는 사람들이 다 들고일어날 것이고, 그리되어 군산이고 전주에서 헌병대까지 출동하는 난리가 벌어졌다가는 소장님이 능력 없는 것으로 평가되어 문책을 당하기가 십상이오. 관직 보존이란 어느 때나 무사하고 태평한 것이 제일 좋은 것 아니던가요?"

"글쎄, 그 방도를 어서 말해 보시오."

몸달아하는 주재소장을 보며 백종두는 이제 안심하고 낚싯대를 잡아채도 된다고 생각하며 비식 웃었다.

"좋소, 들어보시오. 저놈들을 몽땅 총살시켜 버리면 보나마나 우리 면이 발칵 뒤집혀 밖에 몰려든 사람들보다 열 배는 더 몰려들어 난리가 날 것이고, 그렇다고 저놈들을 그냥 내보냈다가는 우리 쪽을 깔을 보고 이놈이고 저놈이고 버르장머리 없이 패를 짜서 대들어 땅을 내놓으라고 또 난리판을 꾸밀 것이오. 그러니 어찌해야 헐 것이냐! 그 방도가 이렇소. 그 두 가지 중에 가운데를 택해서 처벌하는 것인데, 그걸 어찌하는고 하니, 우선 저놈들 중에서 주모자하고 그렇지 않은 자들을 구분하시오. 그런 다음 주모자들은 중벌을 받도록 조서를 잘 꾸며서 재판을 받도록 넘겨버리고, 나머지 놈들은 태형령에 맞추어 몽둥이질을 한 50대씩 해서 내보내는 것이오. 주모자를 재판으로 넘겨버리면 그놈들이야 사형을 당하건 무기징역을 살건 소장님이 직접 손에 피 묻히는 것 아니니까 소장님이야 인심 잃을 것 없고, 또 그놈들이 재판을 받게 되면 다른 놈들도 거기에 정신이 팔려 땅 찾을 생각 같은 것은 뒷전이 되어 다시 몰려오지 않는다 그 말이오. 허고, 나머지 놈들을 태형령으로 다뤄 내보내면 소장님이 관대하다는 평판을 듣게 될 것이오. 헌데, 태형 50대라고 해서 너무 가볍다고 마땅찮게 생각하진 마시오. 원래 태형이란 몽둥이질을 어떻게 하느냐에 달렸지 않소? 태형 100대도 시늉만 하면 맘먹고 친 열 대만 못하고, 열 대라도 맘먹고 치면 시늉만 한 100대보다 더 무서운 것 아니오? 50대씩을 쳐도 다시는 그놈들이 떼거리로 몰려들 생각이 생기지 못하게 맵고 찰지게 치라 그것이오. 주모자들은 재판에서 중형을 받고, 태형을 맞은 놈들은 죽을 고비 넘겼다고 겁을 먹고, 그 소문이 쫘악 퍼져나가면 소장님은 인심 얻을 대로 얻으면서 다른 동네놈들이 몰려들지 않을 거니까 무사태평하게 소장 노릇 해먹으면서 재산도 불려갈 수 있을 것이오. 어떻소, 내 생각이!"

숨도 안 쉬는 것처럼 입심 좋게 말을 마친 백종두는 몸을 뒤로 젖히며 주재소장을 지켜보았다.

"아, 그것 참 묘안이오. 역시 면장님은 생각이 잘 돌아간다니까요."

주재소장은 무릎까지 치며 백종두에게 휘말려들었다.

"됐소. 그러면 어서 밖에 나가 알리고 저 사람들을 해산시킵시다."

"면장님도 같이 나가주신다고요?"

주재소장이 반색을 했다.

"한배를 탔으니 내가 통변 노릇을 해야지 어쩌겠소."

"아 고맙소, 정말 고맙소."

백종두는 주재소장을 앞세워 밖으로 나왔다. 사람들의 불안스러운 수군거림이 뚝 끊겼다.

"잘덜 들으시오. 주재소장언 모다 총살얼 시키겠다고 고집인 것얼 나가 여러 말로 일러서 주모자넌 가래내 재판얼 받게 허고 다른 사람덜언 태형 50대로 풀려나게 정했소. 주모자넌 빼고 다른 사람덜언 낼 이맘때 다 풀려날 것잉게 당신덜언 당장 집으로 갔다가

넬 이맘때 사람덜얼 딜고 가면 될 것이오. 내 말 안 듣고 한 사람이라도 여그 남아 있다가넌 벌이 총살로 뒤집어질 것잉게 그리 아시오. 자아, 다덜 가시오!"

백종두는 새떼라도 쫓듯 두 팔을 휘저었다. 그 몸짓을 따라 사람들은 주춤주춤 물러서기 시작했다.

주재소장은 자기가 한 말에 어떤 말이 덧붙여졌는지도 모른 채 그저 백종두와 물러가고 있는 사람들을 번갈아 쳐다보며 흡족하게 웃고 있었다.

주모자로 박병진과 김춘배는 쉽게 가려내졌다. 다른 사람들은 아침밥때가 지나면서 주재소 뒷마당으로 하나씩 끌려나갔다. 그때까지 물 한 모금 마시지 못한 그들은 형틀에 묶여 몽둥이질을 당하기 시작했다.

총독부에서는 온갖 형법과, 재판 없이 즉결처형을 할 수 있는 '조선경찰령' 외에도 조선시대의 태형제도를 '조선태형령'이라 이름을 고쳐 그대로 존속시켰던 것이다. 그들이 묶이는 형틀은 옛날 관가에서 썼던 것이었다.

주재소 뒷마당에서는 하루종일 숨 자지러지는 비명소리가 울려퍼지고 있었다.

땅거미가 깔리면서 그들 21명은 다시 몰려온 가족들에게 넘겨졌다. 그런데 제대로 몸을 일으키는 사람은 그들 중에 단 하나도 없었다.

32

세월의 잔가지

"후여어—홋! 후여어—."

농사꾼 하나가 쿠렁쿠렁한 소리를 드높이며 돌팔매질을 하고 있었다.

돌이 떨어진 자리에서는 수십 마리의 참새떼들이 파다닥거리며 방정맞게 날아올랐다.

"후여 후여, 훠어어 헛!"

새떼를 향해 농군의 외침은 더 커지고 빨라졌다. 그리고 새떼들을 멀리 쫓아버리려고 세차게 돌팔매질을 해댔다.

떼지어 휘돌아날던 새들이 날아오는 돌을 피해 일순간에 사방으로 흩어졌다. 그러나 다음 순간 새들은 다시 떼를 지으며 긴 비단폭이 바람결 따라 펄럭이듯 겹으로 휘돌이를 지으며 높게 날아올랐다. 멀리 날아갈 것 같은 비상이었다. 그러나 새떼는 어느새 휘돌이를 맴돌이로 바꾸며 더 오르는 것을 멈추었다. 그리고 같은 높이에서 맴돌이질을 두어 번 하는 것 같던 새들은 농군의 외침이 들려온 반대쪽으로 미끄럼을 타듯이 유연한 몸짓을 지으며 내려앉고 있었다. 새들은 그 힘들이지 않은 하강 곡선을 타고 논두렁 네댓 개를 뛰어넘고 있었다. 그러나 새들은 곧바로 논에 내려앉지 않았다. 볏잎에 스칠 듯하며 일제히 다시 솟구치는 것 같았다. 그러더니 새들은 제각기 날개를 빠르게 파드득거리며 볏잎들과 일정한 간격을 유지한 공간에서 짹짹거렸다. 잠시 동안 그 이상한 몸짓을 하고 나서야 새들은 우르르 벼이삭에 내려앉기 시작했다.

참새떼의 그 날갯짓과 짹짹거림은 마치 멀리 떨어져 있는 농군을 약올리는 것도 같았고, 저희들끼리 장난질을 하는 것도 같았다. 그러나 그건 그 어느 것도 아니었다. 새들은 몸이 일정 공간에 떠 있도록 빠르게 날갯짓해 대며 자기들이 내려앉을 자리에 위험이 있나 없나를 경계하고 점검하는 것이었다. 뱀이 도사리고 있거나 족제비가 웅크리고 있으면 제때 도망을 쳐야 했던 것이다.

"저, 저 잡녀러 새새끼덜! 팍 그냥 불얼 싸질렀으면 씨언허겠네."

소리를 외쳐대던 농군이 멀쩍하게 다시 내려앉고 있는 새떼들을 노려보며 성질을 터뜨리고 있었다. 이제 돌팔매질도 미치지 못할 거리였다.

"아서, 아서. 베룩 잡을라다가 초가삼칸 꼬실라묵는 격이시. 긍게로 금년에 이리 애 안 묵을라면 작년 삼동에 부지런히 저놈으 것덜얼 잡아 꾸워묵었어야제."

다른 농군이 진흙 묻은 발로 논둑을 걸어오며 지친 듯하고 시름겨운 듯하기도 한 웃음을 흘렸다.

"말도 말소. 저 잡것덜얼 지아무리 열성으로 잡아묵은들 무신 소양이 있당가. 저 잡놈에 것덜이 소닝게 당허겄어, 말잉게 당허겄어. 저 콩알만헌 것덜이 느자구없이 알얼 까도 한 배에 네댓 개썩, 그 에미허고 새끼덜이 또 네댓 개썩 까제끼니 그것얼 무신 수로 당허겄어. 거그에 당허자면 사람도 그리 퍼질러대야 안 되겄능가?"

"에이, 징헌 소리 말소. 사람이 그리 쏟아졌다가넌 저놈에 참새덜만 다 잡아묵는 것이 아니라 사람찌리 서로 잡아묵니라고 난리판굿이 벌어질 것이네."

"그려, 그러기도 허겄제. 아이고, 속도 출출허고, 담배나 한 대썩 꼬실리세."

새를 쫓던 농군이 논두렁에 주저앉았다. 발에 진흙이 묻은 농군이 따라 앉으며 입을 열었다.

"인자 농사일도 다 끝나가고, 올해도 그작저작 풍년인갑구마."

"풍년 부황이라고, 우리 겉은 작인 신세야 풍년 들면 더 서럽기만 허제."

"아니시, 우리보담 더 서럽고 원통헌 사람덜이 처처에 수두룩허시. 그 농지조산지 먼지로 자기 땅덜 뺏기고 작인 신세 된 사람덜 말이시."

"그려, 그 사람덜도 앞이 캄캄허게 생겼제. 그 사람덜 원통허고 천불 일어나는 것에 비허면 애당초 땅 지닌 것 없는 우리가 상팔자시."

새를 쫓던 농군이 부싯돌을 쳐서 불똥이 붙은 쑥을 훅훅 불어 대 불씨를 키워가지고 그 반을 상대방에게 내밀었다. 쑥 타는 향내가 그윽했다.

"모르겠네, 어느 팔자가 존 팔잔지."

발에 진흙 묻은 농군이 메마른 입맛을 다시며 먼 데로 눈길을 보냈다. 그들은 담배만 뻑뻑 빨아댈 뿐 더 말이 없었다. 그들 뒤쪽에서 한 남자가 휘적휘적 빠르게 걸어오고 있었다.

"이 맞구만, 두 양반이!"

그 남자가 논길을 꺾어돌며 반색했다.

"아니, 아니, 요것이 누구다요?"

새를 쫓던 농군이 눈이 휘둥그레져 몸을 벌떡 일으켰다.

"아니 시님, 요것이 어쩐 일이시당가요? 환속해 부리셨는게라우?"

발에 진흙이 묻은 농군도 놀란 얼굴로 후다닥 일어났다.

"이, 괴기 묵고 잡고 지집 생각나서 싹 파계히 부렀소."

그 남자는 한 치 남짓한 머리칼을 쓸며 껄껄 웃었다. 그 남자는 다름 아닌 승려 공허였다.

"시님, 뜸금없이 무신 일이랑게라?"

"영 안 믿기능마요."

두 사람은 의아스럽고 당황한 얼굴로 공허를 훑어보고 또 훑어보고는 했다.

"그리덜 놀랠 것 없고, 그간에 김샌허고 양샌언 별일 없이 잘 기셨소?"

공허는 두 사람에게 안부를 물었다.

공허의 변해버린 모습은 그들이 놀랄 만했다. 맨들맨들하던 중머리는 간 곳이 없고 짧게 깎인 머리는 흡사 일본낭인들의 모습이었고, 먹물옷은 어디다 벗어던졌는지 헐어빠진 삼베옷은 영락없는 농군이었다. 그 변한 모습에서 몇 달 전의 공허는 찾을 수가 없었다.

"시님이야 승복 입고도 괴기 안 잡수셨소."

발에 진흙 묻은 양승일이가 잔뜩 의문 품은 눈으로 말을 꺼냈다. 김판술이가 옆에서 고개를 주억거렸다.

"허허…… 파계년 헛말이고, 나가 사람얼 둘 죽여 임시변통으로 이러고 댕기요."

공허가 불쑥 내놓은 말이었다.

양승일과 김판술은 또 놀라며 공허를 멍하니 바라보았다.

"머 그리 놀랠 것 없소. 왜놈덜 순사고 헌병덜이 날 잡을라고 눈이 시뻘건게 이리허고 댕기면 즈그놈덜도 도로아미타불이요. 긍게 그것이 말이요 이……."

공허는 송수익의 모친 문상을 갔다가 일어난 일을 간략하게 이야기했다.

"와따따, 시님언 참말로 배포도 좋고 기운도 좋소 이."

김판술이 고개를 저으며 감탄했고,

"참말로, 시님언 무서운 것 없이 헐 일 다 허시고 댕기싱마요 이."

마른침을 삼키며 양승일은 생각 깊은 얼굴로 고개를 끄덕였다.

"근디, 두성이 총각언 어디 갔소?"

공허가 강아지풀 줄기를 뽑으며 물었다. 그런데 두 사람의 얼굴이 금방 시무룩하게 어두워졌다. 공허는 그 눈치를 얼른 알아챘다.

"어찌, 무신 일 생겼소?"

"야아, 보름이 되었을 것인디, 주재소서 잡으로 와 내뺐구만이라."

양승일이 공허의 눈치를 살피며 주저하듯 대답했다.

"무신 일로? 어디로 갔소?"

얼굴이 굳어진 공허는 연달아 물었다.

"무신 잘못인지넌 몰르겄고, 화전 허는 천수동이네로 간다는 말얼 냉겼구만요."

"이런 놈으 일이 있능가, 지대로 찾어갔는지나 모를 일이시."

공허는 혼잣말을 하며 혀를 찼다.

"그려서 우리가 가볼라고 히도 이놈으 농사일에 발이 묶이고, 그저 시님 오시기만 기둘리든 참이었구만이라."

김판술이 어물어물 말했다.

"아니, 안 가기 잘혔소. 무신 일인지도 몰르고, 괜허니 주재소에 의심 사는디." 공허는 고개를 내젓고는, "근디 김샌허고 양샌언 탈이 없소?"

그는 두 사람을 번갈아 쳐다보았다.

"야아."

두 사람의 대답이 합해졌다.

"김샌 아덜 아프단 것 어찌 되았소?"

"다 났구만이라."

"다행허니 되았소. 근디…… 오나가나 시상이 뒤숭숭해지고 시끌시끌해지고 있소. 그 토지조사란 것 땀시 사방이서 들먹들먹허기 시작허는디, 일이 벌어져도 크게 벌어질 판이오. 긍게 입조심덜 힘스로 탈 안 생기게 허는 것이 좋겄소. 누가 왜놈덜 앞잽인지 몰릉게."

"알겄구만요. 헌디, 딴사람덜도 다 무고허니 지내는게라?"

양승일이 발에 말라붙은 진흙을 손가락으로 문지르며 궁금해했다.

"나가 이놈에 머리가 질어나기 기둘리니라고 그간에 발걸음이 뜸해졌는디, 그전꺼정언 별일덜 없었제라. 나 인자 가봐야 되겄소."

공허가 가뿐하게 몸을 일으켰다.

"이리 서운허니…… 어디로 가실라고……."

김판술이 서둘러 일어났다.

"두성이 총각얼 찾아야겄소. 고상덜 되드라도 우리덜 약조 생각 힘스로 꼭 참어야 쓰요 이."

공허는 두 사람을 뜨거운 눈길로 쳐다보았다. 언제나 변함없는 다짐이었다.

"시님 덕에 우리야 무신 고상이간디요. 딴 작인덜에 비허먼 호강이제라."

양승일이 두 손을 모아잡으며 말했다.

"절 논이라고 별수 있겄소. 이나저나 소작이기넌 매일반이고, 절 인심도 결국에넌 사람 인심인디."

공허가 떨떠름하게 웃었다.

그들에게 금산사의 논을 소작 부치게 해서 사하촌(寺下村)에 묻어들게 한 것이 공허였다. 절 소작은 그래도 이모저모로 인심이 나은 편이라 소작인들은 논으로 치면 상답을 지니는 것이나 마찬가지로 여겼다. 반면에 절 소작을 얻기는 그리 쉬운 일이 아니었다. 김판술과 양승일은 빠른 걸음으로 멀어져 가고 있는 공허를 바라보고 있었다.

"나도 저 시님맨치로 딸린 것덜이 없으먼 얼매나 좋을꼬."

김판술이 한숨 섞어 중얼거렸다.

"어디 꼭 그렇기만 허간디. 처자석이 있응게 더 맘 강단지게 묵어지기도 허제. 인자 또 일 시작허세."

양승일이 곰방대를 허리에 꽂았다.

임실 쪽으로 길을 잡은 공허는 줄기차게 걸으며 생각해 보았지만 배두성이가 왜 도주를 해야 했는지 영 짚이는 것이 없었다. 만약 의병 했던 것이 탄로가 났다면 김판술이나 양승일이도 무사할리 없었다. 그 문제는 일단 접어두었다. 그런데 무슨 일로 주재소에서 잡아가려고 했고, 배두성이는 뺑소니를 쳐버린 것인지 전혀 짐작이 가지 않았다. 그저 한 가지 확실하게 잡히는 것은 배두성이가 저지른 무슨 일이 사소한 것은 아닐 거라는 점이었다. 주재소에서 잡아들이려고 한 것도 그렇고, 의논을 하지 않고는 마음대로 움직일 수 없게 되어 있는 규율을 깨고 은신처를 이탈한 것을 보아도 그랬다.

어둠살을 밟으며 공허는 주막을 찾아들었다. 점심도 굶은 데다가 어차피 내일 한나절은 걸어야 다다를 길이었다. 점심 먹을 짬도 내지 않고 쉼없이 걸어온 덕에 지루한 들길을 벗어나 어느덧 산들이 줄기를 이루는 땅에 가까워져 있었다.

공허는 국밥에 막걸리 서너 잔으로 배를 채우고 있었다. 마당 가운데 평상에서는 술기운 거나한 농부 서넛이서 목청을 높이고 있었다.

"참말이제 복통얼 해 죽을 일이여. 왜놈덜언 무작정 문서만 내놓으라고 허제, 관가서넌 우리 전답얼 역둔토로 묶음서 따로 문기(文記)헌 것이 없다고 허제. 이리되면 우리 신세넌 어찌 되는 것이여?"

"염병헐 것, 보나마나 땅 홀랑 다 뺏기고 작인 신세제 어째."

"근디 말이여, 전답얼 역둔토로 묶음서 문기 안 혔다는 것이 참말일랑가?"

"긍게 그것이 우리덜 칠팔 대조 그 옛날 옛적 일인디 그 누가 알 것이여. 인자 와서 묏등에 찾어가 그 할배덜얼 깨울 수도 없는 일이고."

"자네 술취혔능가! 그런 말이 아니시 이사람아. 문기가 없는디 어찌 해마동 세금언 꼬박꼬박 걷어갔겄냐 그것이여."

"술언 자네가 취했네. 이방덜이 동네마동 다 알고 있응게 문기 없이도 세금이야 착착 걷어딜였다는 말 잊어부렀어."

"나 말은 말이시, 그 말이 둘러붙이는 거짓말일 것이다 그 말이여."

"머시라고……."

"이, 자네 말도 그럴 법허시. 조선놈 관리덜이 왜놈덜이 시키는 대로 그리 거짓말허는지도 모를 일이시. 조선놈 관리덜이야 다 왜놈덜 부하닝게."

"참말로 그럴란지도 몰르겄네. 이거, 그리 한통속으로 돌아가면 우리 논밭이야 영영 도적질당허는 것 아니라고?"

"큰탈이여, 큰탈."

낙담하는 소리와 한숨 쉬는 소리가 뒤섞이는 것을 공허는 마루 기둥에 등을 기댄 채 듣고 있었다. 땅을 빼앗기게 된 그 이야기들은 어디를 가나 쉽게 들을 수 있었다.

"큰탈이야 그것만이 큰탈이 아니시. 측량쟁이놈덜이 사방팔방이서 들끓어대기 시작허는디, 그놈덜이 또 코 띠가고 눈 빼묵는 도적놈덜이란 소문 아니드라고. 근디 그놈덜이 옆동네에 측량얼 나왔단 말이여. 긍게 우리도 정신 채래야 히어."

"이, 그놈덜이 즈그 맘대로 깃대 꽂어서 넘 산얼 뺏는다는 소문 아니드라고."

"그냥 산이면 좋게. 저그 진안 어디서넌 선산얼 뺏긴 사람도 있다등마."

"난리판굿이네. 그놈덜이 우리 동네도 곧 올 것인디 으쩌까?"

"긍게 큰탈이란 말이시. 전답 뺏기고 인자 산자락꺼정 뺏기게 생겼웅게."

"그것이 무신 못난 소리여. 그놈에 국유지 조산지 먼지넌 우리가 몰르는 새에 둘러친 것잉게 당혔어도 측량인지 지랄인지야 우리 눈앞서 허는 짓인디 눈 뻔허니 뜨고 산밭 뺏기고 묏등 뺏기고 헐 참이여?"

"글먼 어쩌잔 것이여?"

"아, 어쩌기넌 어쩌. 산자락에 밭뙈기라도 가진 사람덜이 다 나서서 측량얼 못허게 막아야제."

"자네 시방 자다가 봉창 뚜둘기는 기여? 다 그럴지 알고 순사고 헌병놈덜이 측량쟁이덜 호위허고 댕기는 것 몰라서 허는 소리랑가?"

"맞어, 나도 저번 장에 나가다가 측량쟁이덜 네댓 놈이 깃대럴 꽂고 야단인디 그 옆이서 총 민 헌병놈이 지키고 있는 것얼 봤구만."

"아이고, 참말로 큰탈났네. 총 앞에 어느 장사가 당허겄어."

다시 한숨들을 토해내며 그들의 말이 끊어졌다. 눈을 내리감은 공허는 술트림을 하며 측량장이 패거리들을 떠올리고 있었다.

너덧 명이 한패거리가 되어 몰려다니는 그들의 모습을 보아온 것도 10년이 다 되어가는 세월이었다. 군인과 흡사한 제복을 입은 그들은 처음에는 순사나 헌병들의 호위를 받지 않았다. 그런데 호남선 철도를 놓게 되면서 농토를 빼앗기게 된 농민들이 측량을 방해하고 나서자 순사나 헌병들이 따라나서게 되었다. 그 무렵만 해도 측량장이 패거리들은 그리 많이 보이지는 않았다.

그런데 합방인지 병탄인지가 되면서 표나게 늘어났고, 금년 들어서는 부쩍 불어나 아무 데서나 그 패거리들을 볼 수 있었다. 그들이 갑작스럽게 그렇게 불어난 까닭을 지난달에야 비로소 깨닫게 되었다. 토지조사령에 따라 토지조사사업을 벌이자는 것이었다. 그리고 그 많은 패거리들이 사방에 깔리게 된 것도 사전에 미리미리 준비한 것임을 알고 왜놈들의 그 철저함에 몸서리를 치지 않을 수가 없었다. 왜놈들은 몇 년 전에 벌써 한성 대구 전주에 측량강습소를 차려놓고 측량장이들을 양성해 냈다는 것이었다. 그러니까 전라도땅에서 설치는 측량장이들은 태반이 전주 강습소에서 측량기술을 배운 것들이었다.

"어이, 한 가지 존 생각이 있는디 자네덜 들어보소. 그 측량쟁이덜 중에 깃대 꽂는 놈덜언 다 조선것덜 아니드라고. 그것덜얼 살살 꾀어 깃대럴 딴 디다 꽂게 맨들먼 안 되겠다고?"

"자네 시방 꿈꾼가, 노망헌가? 그놈덜이야 왜놈기술자가 허란 대로 허는, 거 머시냐, 왜말로 허면 꼬붕이여, 꼬붕. 그놈덜언 한 치도 지 맘대로 못허는 왜놈기술자 종놈이여, 종."

"어디 그뿐이간디? 측량기술자가 되면 대접받고 돈벌이 좋아 떵떵기리고 산다고 히서 그 질로 들어선 것인디, 그놈덜언 왜놈 앞잽이덜 중에서도 간 쓸개꺼정 왜놈이 되고 잡아 환장헌 놈덜이여. 그렇게 같은 조선사람덜 땅 뺏는 일에 앞장스고 나선 것이제."

공허는 자신도 모르게 고개를 끄덕이고 있었다. 어스름이 꽤 짙어져 사방이 어둑어둑해지고 있었다.

"아이고메 배고파 죽겄네. 봇씨요 아짐씨, 우리 왔소 우리!"

거침없이 내지르는 소리에 공허는 기둥에서 등을 떼며 눈을 떴다.

"닭 다 잡아놨소? 우리 기사님 시장허신께 얼렁 닭에다가 술상

올리씨요."

다른 목소리가 또 떠들어댔다.

"이, 인자덜 오시오? 기둘리고 있든 참잉게 얼렁 방으로 뫼시게라."

주모가 부엌에서 뛰어나오며 호들갑을 떨었다.

공허의 눈에 들어온 것은 눈익은 옷차림을 한 다섯 명의 사내들이었다. 그들은 바로 측량장이 패거리였다.

묵직해 보이는 짐을 진 두 사내가 떠들어댔고, 그 뒤로 서너 발짝 떨어져 걸어 들어오고 있는 세 사내 중에 하나가 총을 메고 있었다. 총을 멘 것은 헌병이었다.

그들이 옷을 털어대며 방으로 들어가는 것을 공허는 내려뜬 눈으로 지켜보고 있었다. 두 여자가 큼직한 상을 맞잡고 그들 뒤를 따라 들어가고 있었다.

공허는 마당 쪽이 너무 조용하다 싶어 눈길을 돌렸다. 그 순간 공허는 너무 어이가 없어 허어! 헛웃음을 토했다. 그들은 어느새 자리를 떴는지 평상은 텅 비어 있었던 것이다.

술상이 들어간 방에서는 여럿의 웃음소리가 아무런 거리낌 없이 터지고 있었다.

공허는 끄으응 된신음을 입 안에서 뭉개며 더디게 일어났다. 짚신을 꿰신고 마당으로 내려섰다. 어둠 어디선가 풀벌레소리가 실바람에 울리는 풍경소리처럼 가늘게 들려오고 있었다. 문득 밤기운이 서늘한 듯 느껴졌다. 풀벌레소리에도 밤기운에도 가을이 숨어 있었다.

공허는 가을을 느끼는 순간 송수익을 떠올렸다. 양반이면서 양반 같지 않은 사람……. 그간에 자리를 잡았는지 어쩐지 모를 일이었다. 머지않아 찾아가 봐야 될 시기가 다가오고 있었다. 약속한 일이 잘되기를 타국땅에서 외롭게 바라고 있을 것이다.

공허는 뒷간으로 들어가 바지를 내렸다. 시원하게 뻗어나간 오줌발이 오줌통에 섞이며 요란한 소리를 내기 시작했다. 빌어묵을, 오짐 싸대끼 이놈에 시상얼 씨언허게 엎어뿔 수가 없능가, 이런 생각을 하며 그는 아랫배에 힘을 주었다. 오줌발이 더 거세지며 오줌통에서 울리는 소리는 한층 더 요란해졌다.

"어허 참, 니놈 오짐발소리가 똑 금강산 비룡폭포 쏟아지는 소리다. 그려, 그리 억씬 기운으로 가부좌 틀고 앉았어 봤자 허송세월이다. 호국이야 도 닦는 것보담 앞선다고 선대 대선사님덜이 실행허신 것잉게 그 씬 기운으로 나서서 내 몫아치꺼정 다 해라."

조실 스님이 의병으로 나서는 것을 허락하면서 한 말이었다.

"아무리 정당헌 것이라도 살인언 맘에 독이 생기게 헌다. 그 독이 커지면 맘이 변하게 된다. 자기도 몰르게 변헌 맘언 인명얼 경시허게 맨든다. 그리되면 그건 사람이 아닌 것이다. 항시 맘에 부처님얼 모셔 그런 독얼 다스릴 선을 키움서 살고, 열 번 생각허고 나서 한 번 행하도록 해야 허니라."

이번에 임시로 변모를 해야 될 까닭을 말했을 때 조실 스님이 무거운 얼굴로 한 말이었다.

공허는 뒷간으로 들어서며 저놈으 새끼덜얼 싹 똥통에다 처박아

부러! 하고 불끈 솟겼던 생각을 바지를 끌어올리며 다독거리고 있었다.

공허는 주모가 정해준 끝방으로 들어갔다. 방 하나 건너가 측량패의 방이었다. 그런데도 그들이 떠들어대고 웃어대는 소리는 다 들려왔다. 공허는 잔뜩 구겨진 얼굴로 때 전 목침을 끌어다가 누웠다.

공허는 사방에 흩어져 은신해 있는 대원들을 하나하나 생각했고, 송수익의 아내와 아이들을 생각했고, 날로 달로 늘어가고 있는 주재소며 헌병파견대 그리고 일본민간인들을 생각했고, 측량패들이 설쳐대는 토지조사라는 것을 생각하다가 아물아물 잠으로 빠져들고 있었다.

헌병 네댓에게 팔다리가 잡히고 목이 조여 숨이 넘어가는 가위에 눌리다가 공허는 눈을 떴다. 어두운 방에는 아무도 없었고, 왁자하고 시끌덤벙한 소리가 귀로 밀려들었다.

"저런 씨부랄 놈덜이!"

공허는 치미는 울화로 몸을 벌떡 일으켰다. 그 요란하게 들려오는 소리는 측량패들이 술취해 불러대는 일본노래에다가, 노래에 맞추어 숟가락이나 젓가락으로 술상을 맘껏 두들겨대는 소리였다.

공허는 성질을 누르느라고 숨을 몰아쉬었다. 마음 놓고 소란을 피워대는 그들의 작태를 생각하니 기가 막혔다. 그 놀아나는 꼴들이 완전히 주인 행세였다. 왜놈들은 어떻게 된 것이 술이 취해 노래를 불렀다 하면 숟가락이나 젓가락으로 술상을 두들겨대는 못된 버르장머리를 가지고 있었다.

저놈덜 숨통얼 끊어부러!

다시 그 생각이 치밀어올랐다. 다섯 놈이라고 하더라도 모두 술 취한 놈들이었다. 총만 뺏어버리면 술취한 몸뚱어리들 다섯쯤이야 별로 어렵지 않게 처치할 수 있었다. 더 힘 안 들이고 없애자면 술이 더 취해 잠에 곯아떨어지기를 기다리면 되었다.

그러나 공허는 다시 생각해 보았다. 다섯을 없애는 것은 좋은데…… 다시 승복으로 바꿔입을 수는 없었다. 아직 승복을 바꿔입을 수 없는 형편에 안전을 도모하자면 산속 깊이 숨어야 했다. 그렇게 발이 묶이면 송수익과 약속한 것이 깨어지게 된다. 그건 작은 일로 큰 일을 그르치는 것이었다.

"이년덜아, 기사님 헌병님 모시고 자란 말이여. 돈 많이 준다닝게."

"아이고 징허단 말이오."

"이년아, 황감허제 머시가 징해."

저쪽 방에서 들려오는 말들이었다.

"허! 잘덜 허는 짓이다. 땅만 뺏는 것이 아니라 조선여자덜 몸도 더럽히는구나, 개자석덜."

공허는 목침으로 방바닥을 내려치고는 벌렁 드러누웠다.

측량패는 밤이 늦도록 노래를 부르며 술상을 두들겨대고, 꽥꽥 소리를 지르다가 와아 웃어대고, 또 노래를 불러대고는 했다. 공허는 잠을 자려고 애를 썼지만 잠들 수가 없어서 귀를 막았다가, 벽쪽으로 돌아누웠다가, 다시 일어나 앉았다가 하며 몸살을 댔다.

다시 뒷간을 다녀온 공허는 그들이 잠잠해진 다음에야 잠이 들었다.

공허는 꿈 없는 깊은 잠을 자고 눈을 떴다. 방문 쪽이 아직 어두 웠다. 늦게 자나 일찍 자나 깨어나는 시각은 언제나 어둑새벽이었 다. 절밥을 축내면서 익힌 습관이었다.

공허는 방문을 밀치고 밖으로 나섰다. 신새벽의 산뜻한 기운이 왈칵 몸을 감았다. 가슴을 펴며 숨을 있는 대로 들이켰다. 그러면 서 그는 목탁소리를 듣고 있었다. 그 목탁소리는 어디서 들려오는 것이 아니라 자신의 속 그 어디에선가 울리고 있었다. 절을 떠나 있으면서도 새벽예불 시각이면 어김없이 잠이 깨듯이 목탁소리는 언제부터인지 모르게 자신의 뼛속이나 핏속에 깊이 스며들어 있는 것 같았다. 열서너 살까지 단잠을 깨야 하는 새벽예불이 그렇게 지 긋지긋할 수가 없었고, 더 나이들면서는 가부좌가 그리도 넌덜머 리 났었는데 막상 절 생활을 벗어나고 보니 자신의 몸뚱어리에는 속속들이 절냄새와 절소리와 절기운이 배어들어 있는 것을 느끼고 는 했다.

공허는 반야심경을 읊조리며 뒷간으로 갔다. 수탉들이 목청을 뽑아대는 소리가 경쟁하듯 들려오고 있었다. 절에서는 들을 수 없 는 그 소리에서 공허는 세속의 냄새를 물큰 느끼고 있었다. 그리고 순간적으로 떠오르는 것이 있었다. 식구들의 모습이었다. 사무친 그리움으로 응어리져 있고, 꿈에서나 만날 수 있는 얼굴들이 겹쳐 지고 있었다. 그리고 어김없이 불길에 휩싸인 집이 떠올랐다. 그는 가슴이 푸드득 떨리는 전율로 몸서리를 쳤다. 왜놈들에 대한 증오가 그 불길처럼 가슴에서 타올랐다. 그는 버릇처럼 이빨을 뿌드득 갈았다.

"니가 부모형제 원수럴 갚자고 이 호신술얼 무기로 둔갑시켜 써묵을라고 했다가넌 큰탈 만낼 것이다. 니 마음에 차 있는 미움에 니가 치일 것잉게. 우선에 니 맘얼 어둡게 맨드는 미움보톰 걷어내고 가라앉혀라. 그래야 니 기운얼 과신 안 허게 되고, 그때야 호신술이 지대로 호신술 몫을 허게 되는 거이다."

스님이 얼음물 속에 들어앉히고 한 말이었다.

주막은 새벽의 희끄무레한 어둠에 묻혀 조용했다. 주인네도 측량패도 새벽잠에 깊이 빠져 있는 것이었다. 마당을 가로지르던 공허는 문득 발을 멈추었다. 토방에 벗어놓은 측량패의 구두들이 눈에 띄었던 것이다.

저것얼 싹 똥통에 처박아 애럴 믹여? 하는 생각이 순간적으로 스쳐갔다. 그 장난 섞인 생각을 밀치며 또다른 생각이 떠올랐다. 저 귀헌 구두럴 어디 쓸 디가 없을랑가? 하는 생각이었다.

공허는 화전농사를 하고 있는 천수동 강기주 그리고 손씨를 떠올렸다. 배두성이도 거기 있다면 저 구두들은 요긴하게 쓰일 수 있었다. 짚신에 비하면 몇 배나 질길지 모를 구두가 거친 화전농사에 제격이다 싶었다.

구두 신고 화전농사라?

공허는 제풀에 쿡쿡 웃었다. 그리고 신식 멋쟁이 좋아허는 시상인디 개명 멋쟁이 화전민이제 머, 하고 자답하며 마음을 정해버렸다. 그것이 똥통에 처박는 것보다 한결 나았던 것이다.

토방 가까이 걸어간 공허는 여기저기를 두리번거렸다. 마루구석에 치마가 뭉쳐져 있는 것이 보였다. 공허는 잽싸게 치마를 가져다가 토방에 펼쳐놓고 구두 다섯 켤레를 싸기 시작했다.

제법 큼직한 보따리가 된 것을 공허는 어깨에 둘러메고 돌아섰다. 마당을 반쯤 걸어나오다가 공허는 숙식비를 안 냈다는 것을 생각했다. 걸음을 멈추고 뒤를 돌아다보았다. 주모를 깨워서 돈을 치를 처지가 아니었다.

에라 모르겠다, 그냥 가자. 왜놈덜헌티 이것도 팔고 저것도 팔아 돈 많이 벌었응게 나헌티넌 그만헌 돈 보시허서 손해날 것 없다.

공허는 홀가분하게 사립을 나섰다. 그리고 아침안개 속으로 걸음을 빨리했다.

공허는 햇발이 퍼질 즈음에 비바람에 씻긴 장승이 갈림길을 알리고 있는 주막거리에서 아침요기를 했다. 그는 국밥을 떠넣으며 연상 키들키들 웃었다. 지금쯤 측량패들하고 주모가 허둥거리고 욕을 해대며 돌아칠 소란을 생각하면 기분이 그렇게 고소할 수가 없었고, 측량패들이 그 근엄한 제복에 짚신을 신고 나설 꼴을 생각하면 웃음이 절로 나왔다. 특히 짚신에 총을 멘 헌병의 꼴은 가관일 것이었다.

산길로 접어든 공허는 점심나절이 가까워 천수동이네 화전골에 당도했다. 배두성이는 천수동이 강기주와 함께 밭에서 일을 하고 있었다.

"하이고, 시님 꼴이 요것이 머시당게라? 절서 내쫓기고 시님도 화전농새 질라고 짐 싸들고 오셨소?"

두꺼운 입술에 큰 입으로 이렇게 쏟아놓으며 배두성이는 공허가 반가워 어쩔 줄을 몰라했다.

"참 속편해 좋소. 배 총각이 걱정되야 역부러 걸음헌 것이오."

공허는 퉁명스럽게 쏘아대면서도 배두성의 어깨를 잡아흔들었다. 무사한 것이 그리 반가울 수 없었던 것이다.

"먼 질 오시니라 얼매나 시장허시겄소. 밥때가 다 됐응게 얼렁 집으로 가시제라."

천수동이 흙 묻은 손을 털며 망태기와 연장을 챙겨들었다.

"그것이 긍게…… 일이 드럽게 꾀인 것이구만이라. 그 일이 어찌 되았능고 허니, 장날 연장얼 베릴라고 대장간얼 안 찾아갔등가요. 대장간에 간게 농꾼덜이 북덕이는디, 거그서 심란허니 오고가는 이얘기가 땅 뺏기게 된 것이드만이라. 그 역토니 둔토니 허는 전답덜 안 있소. 그 이얘기덜이 오가는디, 사람덜 허는 말이 전부가 한숨이고 낙담에다 다 죽어가는 꼴이드랑게요. 그 꼴새럴 그냥 보고 있자니 하도 깝깝허고 답답허서 나가 나서서 한마디 힜구만이라. 땅얼 원통허니 뺏겄으면 찾으로 나서야제 이러고덜 맥아리 없는 한탄만 허고 앉었으면 무신 소양이 있냐. 왜놈덜언 말로 될 놈덜이 아닌게 땅 뺏긴 사람덜이 전부 찰떡맨치로 똘똘 한덩어리가 돼서 나서야 헌다. 그리 안 허고넌 땅 영영 못 찾는다, 머 그랬구만이라. 그 말 헌 것뿐인디 담날 주재소서 잡으로 나온 것이구만이라. 이리 내빼옴시로 되작되작 생각혀 봉게 그 대장쟁이놈이 주재소 앞잽이였구만요. 딴사람덜이야 다 몰르는 사람덜이고, 나가 어디 사는지 아는 것이야 그 대장쟁이놈뿐인게라."

이야기를 하다 보니 그때의 분한 감정이 되살아나 배두성은 코를 씩씩 불어댔다. 공허는 헛웃음을 흘리며 그런 배두성이를 어이없이 바라보고 있었다.

"어찌 그리 웃소?"

배두성이는 불퉁스럽게 내쏘며 두꺼운 입술을 쑥 내밀었다. 옆에 앉은 천수동이가 배두성이의 허벅지를 꾹 찔렀고, 곰방대를 빨고 있던 강기주는 눈을 흘기며 쯧쯧쯧 혀를 찼다.

"말이야 맞는 말인디, 잽혀가고도 남을 말이오."

공허가 배두성이를 주시하며 한 말이었다.

"거 보소, 나 말이 틀린가. 그런 말얼 산골동네서 의병 모으디끼 혔으니 그것이 될 법이나 허냔 말이시."

강기주가 사납게 통을 놓았다.

"누가 그놈이 앞잽인지 알았드라요?"

"어허! 자네 대장님 앞이서꺼정 그리 말허겄어?"

강기주가 벌컥 화를 냈다.

"되았소, 되았소. 우리가 해산허기 전에 꿈에라도 입조심 사람조심 허라고 당부헌 말이 다 왜놈덜 시상이 그리 무서운게 그런 것 아니겄소. 좌우간 이리 무사헝게 천행이오. 다시넌 그런 실수 안 허면 되겠소."

공허는 밝게 웃으며 배두성의 두툼한 어깨를 어루만졌다.

"야아, 지가 잘못했구만이라우."

배두성이는 고개를 웅크려박으며 뒷머리를 긁적였다.

"그나저나 배 총각언 천샌허고 강샌헌티 얹혀살게 생겼으니 팔자 늘어졌소."

공허는 능청스럽게 말낚시를 던졌다.

"하이고, 팔자가 늘어지기넌, 밥때마동 바늘방석이구만요. 생선이고 손님이고 사흘 못 넘기드라고 두 양반 눈치허는 것이 어찌 기맥힌지 지도 화전 일굴 땅 구해놨구만이라."

배두성이는 눈치 빠르게 대꾸했다.

"허어, 그 말귀넌 볽네."

강기주가 픽 웃었다.

"이렇게 머리 검은 짐승은 거두지 말라는 옛말이 있는 것이여."

천수동이 웃으며 배두성의 등짝을 철썩 때렸다.

"지기럴, 쌔빠지게 화전 일구고 골빠지게 농사지면 머헌다요. 사는 재미가 암것도 없는디."

배두성이는 화가 난 듯한 어조로 말하며 고개를 틀어돌렸다.

공허는 이상한 느낌이 들어 강기주와 천수동에게 눈길을 보냈다. 강기주가 입에 쓴웃음을 물었고, 천수동은 고개를 젖히듯 하며 허허대고 웃었다.

"머시가 그리 우습소!"

배두성이가 내쏘면서 담배쌈지를 방바닥에 떡을 쳤다.

"아이고 대장님, 오신 짐에 중신 잠 스셔야 되겠구만요. 이 사람이……."

"어허, 그것이 중헌 일이 아니시. 대장님이 어찌서 저리 달라지셨는지럴 듣는 것이 먼첨 아니라고?"

성질 칼칼한 강기주가 천수동의 말허리를 자르고 들었다. 그들은 산골에 머물러 있는 대원들답게 공허를 여전히 '대장님'으로 부르고 있었다.

"이, 순서가 그렇구마……."

천수동이 무색해하며 말을 어물거렸다.

"아니오, 아니오. 나 이얘기넌 차차로 허고, 말이 나온 짐에 그 이얘기보톰 들읍시다. 나 이얘기보담 그 이얘기가 더 중헌 것 겉응게."

사실 공허는 배두성이가 장가를 들고 싶어하는 문제를 그저 농으로 들어넘겨서는 안 된다고 생각했다.

"저 사람이 시방 상사병이 났구만요. 저 너머 골 손씨 딸얼 각시 삼고 잡아 밤잠도 못 자고 끙끙 앓아댄게라."

강기주가 한달음에 말을 해치웠다.

"아, 그 필녀라는 시악씨 말이오? 인물 이쁘장허고, 몸도 실허고, 각싯감 잘 골랐는디."

공허가 빙그레 웃었다.

"잘 골른다고 다 각시 되간디라? 필녀야 코똥도 안 뀌는디요."

강기주의 서슴없는 말이었다. 배두성이는 담배연기를 진하게 내뿜으며 알아들을 수 없는 소리를 꿍얼거리고 있었다.

"필녀가……?"

공허는 여기서 말을 끊었다. 배두성이의 체면을 생각해서 필녀가 왜 그러는지를 물을 수는 없었다.

"저어 머시냐, 저 사람도 맘만 있었제 혼인허잔 말언 꺼내보덜 못헌 처지고, 또 큰일얼 앞에 두고 이리 숨어사는 헹펜에 장개럴 드는 것이 옳은 일인지 어쩐지도 몰르겄고 히서 대장님 오시기만 기둘린 것이제라."

천수동이 차분하게 말했다.

"예에, 우리가 대사에 뜻얼 뒀다고 히서 총각이 장개 못 든다는 법언 없소. 나라 걱정언 남자가 헐 대사고, 혼인언 인륜지대사요. 혼인헌다고 나라 걱정 못허는 법 아닝게, 혼인도 허고 나라 걱정도 허는 것이 더 존 일이요. 허고, 왜놈덜이 조선사람얼 마구잽이로 죽이는 시상서 그놈덜허고 끝꺼정 싸와서 이 땅얼 되찾자면 혼인 히서 아그덜 낳고 잘 키우는 것도 큰일 중에 하나요. 사람이 없고서야 무신 수로 나라럴 되찾겄소. 알겄소, 나가 나서서 중신얼 스겄소." 공허는 흔쾌하게 결정을 내리고는, "배 총각, 혼인얼 성사시키면 중신애비헌티 어찌 인사 채리는지 알기나 허요?" 그는 배두성의 허벅지를 쳤다.

"야야, 잘허면 보신이 시 벌이고, 잘못허면 주먹이 시 대구만이라."

배두성이는 쑥스러워하면서도 할 대답은 다 했다.

"참 뻔뻔허시. 상사병이 무섭기넌 무서운 병이네그랴."

강기주는 면박을 주었다.

"하먼이라, 약도 없는 병잉게라."

배두성이는 능청맞게 되받아치고 있었다.

강기주는 떫은 입맛을 다셨고, 공허와 천수동은 소리내서 웃었다.

"인자 대장님 이얘기허시제라."

천수동이 앉음새를 바로잡았다.

"이, 그래야겄소. 그것이 그렇게……."

공허는 머리를 기르게 된 연유와 구두를 싸가지고 온 이야기를 간추려서 하기 시작했다.

"보시오, 요것이 그 구둔게 돌아감스로 발에 맞게 하나썩 골르씨요."

공허는 그들 앞에 보퉁이를 내놓았다.

"참 아조 잘되았구만요. 저 사람 장개들 때 신으면 개명 멋쟁이가 따로 없겄는디요. 제참에 딱 맞추셨구만이라 이."

보퉁이를 풀며 천수동이 정말 좋아했다.

"이, 잘되았네. 어이, 자네 요것 신소."

강기주는 목 긴 헌병구두를 들어올렸다.

"그려, 고것이 질로 멋지구마. 장개듬서 떠억 신으면 아조 멋나겄네."

천수동이는 어서 받으라고 배두성이에게 고갯짓을 했다.

"흐흐흐…… 삼베옷에 그 목 진 구두가 에진간히 멋나겄다."

구두를 배두성이에게 던진 강기주가 어깨를 들썩이며 묘한 웃음을 흐흐거렸다. 공허도 웃음을 참고 있었다.

"강샌언 어째 말끝마동 넘 복장을 긁어대고 그러요. 장개듬서 사모관대 채리제 누가 삼베옷 입는답디여."

배두성이가 컬컬한 소리로 내질렀다.

"하먼, 하먼. 쎄야 짤라도 침언 질게 뱉고 잡은 법잉게로. 이 산골서 숨어사는 신세에 삼베옷이고 머시고 간에 장개럴 드는 것만도 과만헌 일인디, 사모관대넌 어디서 구헐라고? 이, 사모관대 채래입고 당나구 타고, 격식대로 다 히보소."

강기주는 입빠른 소리를 한마디도 참지 않고 거침없이 쏟아놓았다.

배두성이는 말문이 막히는지 두꺼운 입술을 사납게 훔치며 돌아앉아 버렸다.

그때 밥상이 들어왔다. 그들은 앉은걸음으로 서로 좁혀앉으며 밥상자리를 냈다. 밥상에는 쌀이라고는 보이지 않는 잡곡밥이 놓였고, 반찬은 김치와 산나물 한 가지 그리고 간장이 전부였다.

"밥상이 이 모냥이구만이라우."

천수동이 멋쩍어했다.

"아니오, 이만허먼 되았소. 이만도 못 묵고 사는 사람덜이 쎄고 쎘는디. 시장헌디 어여 묵읍시다."

공허는 입맛을 다시며 숟가락을 들었다.

"히, 그려도 대장님 오신게 산너물도 다 무쳐내네."

배두성이가 밥상으로 다가들며 중얼댔다.

"나가 갈 질도 급헝게 밥 묵는 대로 손씨럴 만내보기로 허겠소."

공허의 말이었다.

"야아, 꼭 성사되면 좋겄구만요."

천수동이 말을 받았다. 고개를 숙인 배두성이는 못 들은 척 밥만 마구 퍼넣고 있었다. 그런데 그의 귓불은 말할 것도 없었고 목덜미까지 벌겋게 달아올라 있었다.

공허는 밥을 먹고 나서 곧바로 손씨를 만나려고 산등성이를 넘어갔다. 산에는 가을이 먼저 와 있었다. 풀들은 누릿누릿 색깔이 변해가고 있었고, 두께가 얇은 나뭇잎들도 푸른빛을 잃어가고 있었다.

서로 안부인사를 끝내자 공허는 바로 용건을 꺼냈다.

"손샌, 딸얼 안 예우실라요?"

"필녀 말씸인게라? 짝이 없구만요."

"짝만 있으면 보내시겄다 그것이요?"

"하먼이요. 이 산골에 안 살면 발써 예웠어야 헐 나이가 이삼 년이 지냈는디요."

"잘되았소. 나가 마땅헌 짝얼 찾아놓고 중신 들라고 왔소."

"그거이 누군디요?"

"배두성이라고, 아실란지도 모르겄는디, 저 너메 골짝 천샌네에 와 있소."

"이, 알제라. 닷새가 됐능가 어쩐가, 퇴깽이 한 마리럴 잡아갖고 왔드만이라."

손씨는 생각에 잠긴 얼굴로 느리게 고개를 끄덕거렸다. 어떻게 토끼 한 마리를 잡아가지고 여기를 찾아온 배두성이의 마음을 헤아리며 공허는 빙긋이 웃음짓고 있었다.

"그 총각이 맘이 고진이고, 몸도 실허고, 심지도 짚고, 나가 이삼년 겪어봐서 아는디, 나무랠 디가 하나도 없구만요. 생각이 어쩌시요?"

"야아, 시님이 그리 말씸허시먼 더 볼 것 머 있간디요. 지야 존게 필녀헌티만 물어보먼 되겄구만이라."

너무 쉽게 이야기가 매듭지어져서 공허는 오히려 싱거움을 느꼈다.

"머시라고라, 배 총각? 그 사람헌티 시집가느니 평상 혼자 살겄소."

필녀는 소스라치며 펄쩍 뛰었다.

"저, 저, 가시네가 부끄럼도 몰르고. 시님 앞이서 선머심애맨치로 그것이 무신 버리장머리여!"

미안쩍은 마음에 손씨는 딸에게 호통을 쳤다.

"그래, 시악시넌 배 총각이 어쩌서 그리 싫소?"

공허는 정겨운 소리로 물었다.

필녀는 아버지의 눈치를 힐끔힐끔 살피며 입을 꼭 다물고 있었다.

"아, 어여 말씸디려."

손씨가 눈꼬리를 세웠다.

"저어…… 시님언 그 인물이 인물로 뵈시는게라? 그 두꺼운 입술허고, 툭툭 불거진 광대뼈허고, 못나도 어찌 그리 징허게 못날 수가 있당게라."

필녀는 울상이 되어 몸을 내둘렀다.

"요것이 그냥 뚫린 입이라고 못허는 소리가 없네. 니넌 잘난 것이 머시가 있냐. 남자가 그만허먼 됐제."

손씨가 무지르고 들었다.

"음마, 아부지 눈도 요상허시요 이. 송 대장님 인물에 비허먼 그 것이야 어디 사람얼굴이간디라?"

아버지의 기세에 맞선 필녀의 다부진 말이었다.

"아니, 이넌이 참말로 못허는 소리가 없네. 니 어디라고 그 양반 얼······."

딸의 느닷없는 말에 당황하고 난처해진 손씨는 공허를 살피다가 딸을 노려보다가 하며 어찌할 줄을 몰랐다.

공허도 속으로는 놀라고 있었다. 처녀가 송수익 같은 인물을 마음에 품고 있다면 배두성이가 눈에 차지 않을 것은 너무나 당연한 일이었다. 그런데 공허는 한 가지 의문이 생겼다. 처녀가 송수익을 좋아하는 것인지, 아니면 그만한 생김을 원하는 것인지 알 수 없었던 것이다.

"아니오, 말이야 시악씨 말이 바른말이오. 허나, 송 대장님 겉은 인물이 어디 그리 쉽소?"

공허는 넌지시 말을 돌렸다.

"시님, 더 말씀허실 것 없구만이라. 나가 오늘 저년 본심얼 알었웅게 저년 주딩이럴 찢어놓고 말겄구만요." 면구스러움과 창피스러움으로 열이 받친 손씨는 이렇게 말을 하고는, "이넌아, 니가 송 대장님얼 의병장으로 받드는지 알었등마 인자 봉게 흑심얼 품고 있었든 것이여. 머시가 으쩌고 으쩌? 송 대장님허고 비허면 사람얼굴이 아니고, 그 총각헌티 시집가라면 평상 혼자 살어? 아이고 이년아, 못 올라갈 나무넌 쳐다보지도 말고, 못 건늘 물언 발얼 담그지도 말란 말 듣지도 못했냐. 송 대장님이야 양반 중에 양반인 디다가 처자꺼정 있는 몸이시여. 근디 니까징 것이 어디라고 흑심얼 품어, 품기럴. 허고, 그리 흑심얼 품은 것도 가당찮은 일인디, 그런 숭헌 맘얼 부끄럽고 낯뜨건지도 몰르고 시님 앞이서 까내놔! 이년아, 니 겉은 년언 당장에……." 그는 곧 딸을 후려칠 기세로 주먹을 치켜들었다.

"아닌디요, 아닌디요. 그런 숭헌 맘 묵은 일 없어라. 그냥 보면 좋고, 옆에 있으면 좋고, 못 보면 보고 잡고 그런 것이제 시집가고 잡단 생각언 꿈에도 해본 적이 없어라. 요것언 참말이랑게요, 참말."

치켜올린 두 팔을 한쪽으로 모아 얼굴을 가린 채 앉은걸음으로 뒤로 쫓기며 필녀는 다급하게 쏟아놓고 있었다.

"손샌, 참으씨요. 딸 말이 맞소. 송 대장님얼 그냥 그리 좋아헌 것이야 얼매나 존 일이오. 손샌이 잠 과허니 생각헌 것 겉으요."

공허는 산골처녀 필녀의 마음을 헤아리고 짐작하며 손씨를 만류했다. 그때 공허의 뇌리를 빠르게 스쳐가는 얼굴이 있었다. 송수익을 만나게 해준 청상이었다. 그 청상과 필녀가 송수익을 좋아하는 것이 전혀 다르다는 생각이 확실해졌다. 그러나…… 그것은 느낌으로 깨달아지는 것일 뿐이었지 무엇이 어떻게 다른지는 말로 될 것 같지가 않았다.

"시악시, 겁묵지 말고 편허니 앉어서 나허고 속말얼 혀봅시다."

공허는 자리를 고쳐앉고는, "시악시가 송 대장님얼 좋아허는 깨끔 헌 맘얼 나넌 다 아요. 허고, 그런 맘얼 지닌 시악시가 나넌 참 좋으요. 송 대장님도 시악시 그런 맘얼 알면 참 좋아라 허실 것이오. 근디, 시악시넌 지끔도 송 대장님얼 좋아허고 보고 잡고 그려요?" 그는 아주 다정스럽게 말했다.

"야아……."

필녀는 아버지의 눈치를 힐끗 보고는 빠르게 고개를 끄덕였다. 손씨는 곰방대의 담배를 빨며 방문 쪽만 바라보고 있었다.

"송 대장님언 저그 먼 만주땅에 기시는디, 거그꺼정 가볼 맘이 있소?"

공허의 말에 놀란 손씨가 고개를 후딱 돌렸다.

"야아, 어디 기신지 알면 가제라."

고개를 약간 숙이고 있는 필녀는 아버지의 눈초리도 모른 채 가느다란 소리로 이렇게 대답했다.

"이, 그러면 아조 잘되았소. 배 총각허고 혼인허면 거그 갈 수 있소. 송 대장님이 배 총각 오기럴 기둘리고 기신게."

공허는 마지막 승부수를 던졌다.

"음마, 송 대장님이 그 사람얼 기둘려라? 그 사람이 그리 중허당가요?"

고개를 반짝 드는 필녀의 목소리가 커졌다. 그 눈에 놀라움이 담겨 있었다.

"그러요. 배 총각이 워낙에 심지가 굳고 맘이 선헌 디다가 몸 실 허고 용맹이 큰께 송 대장님이 그전보톰 귀허고 중허게 생각허셨 소. 나도 또 배 총각얼 믿고 애끼고 있소. 사람이야 다시 없소."

공허는 중매쟁이 노릇을 하느라고 자신도 모르게 배두성이를 그 저 좋게만 말하고 있었다. 고집이 세다거나 술버릇이 좀 고약하다 거나 하는 것은 떠오르지도 않았다.

"글먼 거그넌 언제 가는디요?"

필녀가 눈을 빛내며 물었다.

"언제라고 딱 못박을 수넌 없어도 그리 오래 안 걸릴 것이오. 송 대장님이 우리가 어서 오기럴 기둘리고 기시고, 우리도 얼렁 갈라 고 애쓰고 있응게."

필녀는 무슨 생각을 하는 얼굴로 고개를 보일 듯 말 듯 끄덕이 고 있었다.

"어찌…… 혼인얼 허겄소?"

공허는 조심스럽게 그러나 고삐를 잡아채는 기분으로 물었다.

"야아……."

필녀는 고개를 수그리며 가느다랗게 대답했다.

"허 참, 알다가도 모를 일이시."

손씨가 나무재떨이에 곰방대를 두드리며 끌끌 혀를 찼다.

"잘 생각혔소. 배 총각이 귀허니 생각허고 잘 위해줄 것이오."

공허는 가슴에 팽팽하게 차 있던 긴장이 풀리는 걸 느끼며 홀가

분한 기분으로 말했다.

필녀의 고개가 더 수그러졌다. 흘러내린 머리카락 사이로 붉어진 귓불이 드러나고 있었다.

"몰르겄소, 저것이 산골서 살다 봉게 다릿심이야 존디, 산이 그리 맨드능가 어쩌능가 허는 짓이 똑 선머심애 같단게라. 저것이 어찌 시집이라고 가서 여자 노릇얼 지대로 헐라는지 원."

걱정 같기도 하고 안쓰러워하는 것 같기도 한 손씨의 말이었다.

"그야 잘허겄지요. 몸 실헌 것이 힘헌 시상 살아가는 디넌 질로 큰 재산잉게 아무 걱정 마씨요."

공허는 손씨를 바라보며 웃음지었다.

사실 공허는 살결 곱고 반지르르하게 꾸민 양반집 처녀들보다는 살결 그을리고 아무 꾸밈새 없이 헌 삼베옷을 걸치고 있는 필녀한 테서 훨씬 더 사람다운 정도 느끼고, 여자로서도 고와 보였다. 비단옷에 동백기름을 바르고, 왜색이 퍼지면서부터는 일본분을 발라대며 치장을 하는 양반집 처녀들을 보면 이상하게 역겨웠던 것이다. 거기에 비하면 필녀의 모습은 가난하고 초라하기 짝이 없었다. 그러나 필녀의 그 꾸밈없고 억지가 없는 모습에서는 싱싱하면서도 청초한 산꽃의 아름다움을 느낄 수 있었다.

"어쨌그나 시님이 우환단지럴 치워주셔서 고맙구만이라우. 근디 혼인언 어찌허능 것이 좋을랑가요?"

딸 가진 부모답게 손씨는 혼례식으로 말머리를 돌리고 있었다.

"글씨요, 그것얼 어쩌는 것이 좋을란지……."

공허는 말꼬리를 흐리지 않을 수가 없었다. 중매쟁이로 떠밀려 나서기만 했을 뿐이지 혼례식까지 생각할 짬은 없었던 것이다. 손씨의 말을 듣고 순간적으로 생각해 보아도 배두성이가 무엇 하나 혼례식 준비가 되어 있을 턱이 없었다.

"시님이 기왕에 중매럴 나섰응게 혼례식꺼정 맡어서 끝내주면 고맙겄는디요."

"아니, 혼례식얼 언제 올리는디요?"

공허는 당황하지 않을 수가 없었다.

"혼인허기로 맘묵었으면 메칠 안으로 날 잡아 해치우는 것이 안 좋겄능가요. 그 총각도 숨어사는 몸으로 지닌 것이야 몸땡이뿐일 것이고, 우리도 사는 꼴이 이러니 머시가 있간디요. 양쪽 다 날만 보내봤자 생길 것도 붙일 것도 없는 처진께 옷이나 깨끔허니 뿔아 입고 찬물 정히 떠놓고 혼례식 올리면 안 되겄는게라. 시님이 축원만 지성으로 해주시먼야 그보담 더 존 일이 어디 있간디요. 허고, 아까 들은게 배 총각이 만주땅으로 가는갑는디, 그리되면 즈그덜 움막 새로 안 지어도 된게 우리 집서 살다가 뜨면 되느만요."

공허는 손씨의 폭넓은 생각에 동의할 뿐만 아니라 고마움까지 느꼈다.

"예에, 그리허면 좋겄구만요. 지가 지성으로 축원헐랑마요."

"고맙구만요. 글먼 낼이라도 택일얼 히주시제라."

"그리허겄구만요."

공허는 아까 산등성이를 넘어올 때 졌던 짐을 완전히 벗어버린 홀가분함으로 자리에서 일어났다.

"어허, 생붕알만 차고도 장개갈 질이 티이네 이. 참 잘되았구만."

천수동이가 반색을 했고, "저 인물에 어디 여자복이 들었능고. 저 인물에 필녀럴 각시 삼는 것언 선녀 차지허는 택이여."

강기주가 배두성의 속을 긁고 들었다.

"강샌, 배아프제라? 나가 인물언 못났어도 그 기운이 바우럴 뚫어불게 씨다는 것얼 필녀가 딱 알아봐분 것이요. 필녀가 남자 보는 눈이 있당게라. 허고 강샌, 나가 생붕알만 차고 있는지 아시요? 비단옷언 못해줘도 광목 치마저고리에 백통비녀 히줄 돈언 있소."

배두성이는 광대뼈 불거지고 입술 두꺼운 얼굴을 연상 벙글거리며 상대방들의 말을 척척 받아넘겼다.

"자네가 무신 돈이 있다는 것이여?"

강기주가 못 믿겠다는 얼굴이었다.

"안 믿기면 믿지 마씨요. 남자가 이 험헌 시상 살아갈라면 한두 놈 떡칠 기운이 있어야 허고, 급작시리 무신 일 당혀도 닷새 묵을 돈이야 지니고 있어야 허능 것 아니당게라?"

배두성이는 강기주를 약을 올리듯 놀리듯 하고 있었다.

"아이고메 저 사람, 겉 달르고 속 달르시. 쑹허기가 꼭 곰 아니라고?"

강기주는 혀가 나오도록 입을 헤벌리고 과장되게 고개를 내둘렀다.

공허는 그런 배두성이를 빙그레 웃으며 바라보고 있었다. 배두성이의 속이 그리 실한 줄 처음 알았던 것이고, 그런 속 깊은 생각을 가지고 있는 것이 더없이 믿음직스러웠던 것이다.

닷새 뒤로 혼인 날짜를 잡았다. 신부집에 혼인 날짜를 통고하면서 천수동과 강기주의 집안은 술렁거리기 시작했다. 두 집 아이들이 잔칫날이 온다고 어른들에 앞서 좋아서 신바람을 냈던 것이다.

신부집에 혼인 날짜를 통고하면서 공허는 있는 돈을 다 털어내 배두성의 돈에다가 보태 신부집에 보냈다. 함 대신이었다. 천수동과 강기주도 가만히 있지 않았다. 천수동네는 술을 담그고 신랑의 버선을 짓고, 강기주네는 떡을 하고 신랑의 토시를 만들기로 했다.

배두성이는 혼인 날짜가 잡힌 날부터 도끼를 들고 정신없이 나무를 쳐댔다. 그리고 사방에다 덫을 놓고 다녔다. 혼인하기 전에 장작짐을 져내려 옷이라도 한 벌 더 해주겠다는 것이었고, 토끼를 서너 마리 잡아 잔칫날 쓸 작정이라고 했다. 배두성이의 그 억척스러움에 모두는 놀라고 감탄했다. 공허는 필녀에게 그리도 마음쓰는 배두성이의 열성이 가슴 시큰해 함께 나무를 쳐넘겼다.

이틀 동안 나무를 쳐넘긴 배두성이는 다음날 밤늦도록까지 도끼질을 해댔다. 절생활에서 도끼질은 이골이 난 공허도 손을 놓지 않았다. 그렇게 해서 쌓인 장작더미가 대여섯 짐도 넘어 보였다.

장작은 네 짐으로 나누고도 두 짐이 넘게 남았다. 배두성이는 남은 장작을 반으로 갈라 천수동이네와 강기주네 부엌에다 날라다 주었다. 네 짐으로 묶인 나뭇짐을 공허까지 나서서 지고 네 사람은 산골의 새벽안개를 헤치며 아랫세상으로 내려갔다.

혼인식 전날 신부집에서 신랑의 무명 바지저고리와 두루마기를 지어서 보내왔다. 배두성이는 그 뜻하지 않은 예물을 받고 마치 어린애처럼 눈물을 뚝뚝 흘려서 사람들의 마음을 찡하게 하는 한편으로 웃음거리가 되기도 했다.

혼례식은 손씨가 말한 것처럼 입던 옷 빨아입고 찬물을 떠놓고 올리는 눈물나는 것이 아니었다. 신랑 신부가 호화로운 예복은 입지 못했을망정 말끔하게 새옷을 차려입었고, 혼례상에도 청실 홍실까지 갖출 것은 거의 갖추어져 있었다. 가난한 살림 속에서도 딸 가진 부모답게 손씨네가 여러 해에 걸쳐서 준비를 해온 덕이었다.

공허는 예식에 따라 혼례식을 진행시킨 다음 목탁 없는 독경으로 두 사람의 백년가약을 축원했다. 공허는 지성으로 독경을 하면서 마음 뿌듯한 보람을 느끼는 동시에 어느 때 없이 허전함이 밀려드는 것도 느꼈다. 이상하게도 자신은 혼자라는 생각이 새삼스럽게 사무쳤던 것이다.

공허는 술이 거나하게 취해 천수동과 강기주네 가족들과 산등성이를 넘고 있었다. 뒤처져 걷던 공허는 산등성이에서 걸음을 멈추었다. 맑은 하늘에 떠가는 구름을 올려다보았다. 바쁘게 보낸 며칠이 그렇게 보람스러울 수가 없었다. 세월은 험해도 사람은 이렇게 가지 치며 살아내는 것이라 싶었다.

33
뭉쳐야 산다

"저 뙤놈덜 다 때래죽여!"

"싹 다 뻘 밭에다 처박아부러!"

"그려, 싹 몰아쳐. 몰아쳐!"

"다덜 기운 채려, 몰아칠 것잉게!"

50여 명이 넘는 노동자들이 한덩어리가 되어 여기저기서 외쳐대고 있었다. 흥분된 그들의 얼굴에는 살기가 번뜩이고 있었다. 그들의 손에는 제각기 연장이며 몽둥이 같은 것들이 들려 있었다. 그들의 맞은편 멀찍이에도 그들과 엇비슷한 수의 노동자들이 한덩어리를 이루어 맞서 있었다.

"다덜 맘 강단지게 묵었제. 짜아, 인자 몰아치는 것이여! 다덜 가세에!"

한 남자가 소리 높이 외치며 팔을 치뻗어올렸다. 그 남자는 지삼출이었다.

"와아ㅡ."

50여 명의 노동자들이 한꺼번에 소리치며 무서운 기세로 내닫기 시작했다. 그들의 돌진에 맞서 맞은편 노동자들도 무슨 소리들을 외쳐대며 방어태세를 취하기에 바빴다.

양쪽 노동자들은 삽시간에 뒤엉켰다. 해변가 큰길은 살벌한 싸움판으로 변해버렸다. 100여 명의 노동자들은 서로 뒤엉켜 몽둥이를 휘두르고 연장을 내려치는 치열한 패싸움을 벌이고 있었다.

몽둥이들이 몸뚱이를 부수는 둔탁하고도 살벌한 소리들, 숨막히는 비명과 신음소리들, 땅바닥에 고꾸라지고 곤두박이는 사람들, 살기가 넘치는 외침들, 얼굴이며 옷을 적시는 피, 그들의 싸움은 난폭하고 치열하기 이를 데 없었다. 사방에서 사람들이 금방 모여들었다. 그 길은 군산에서도 사람들이 제일 많이 오가고 북적거리는 거리였다. 사람들은 거칠고 무서운 싸움판을 멀찍하게 떨어져 지켜보면서 서로서로 무슨 말들인지를 수군거리고 있었다. 그런 그들의 모습은 하나같이 긴장되고 움츠러져 있었다.

자꾸 몰려드는 행인들을 뒤따라 헌병과 경찰들이 모습을 나타냈다. 그런데 그들은 싸움을 막으려고 들지 않고 자기네들끼리 이야기를 주고받으며 몰려든 사람들과 함께 싸움 구경을 하는 태평스런 태도를 취하고 있었다.

"청국놈들하고 조선놈들하고 밥그릇 싸움하는 것 아닌가."

"그래, 언젠가 한번은 붙을 싸움이었지."

"그래도 저건 좀 심하지 않은가?"

"아니야, 제놈들끼리 어느 쪽이 더 센지 결판이 나야 될 싸움이야."

"저러다가 살인이라도 날지 모르지 않는가?"

"그거야 그때 가서 잡아들이면 되지."

"저거, 어느 쪽이 이기겠어?"

"글쎄, 결국 조선놈들이 이기지 않겠어?"

"아니야, 청국놈들이 기운도 세고, 한덩어리로 뭉치는 데는 유별난 놈들이야."

"청국놈들이 그래 봤자 별수 있나. 여기 부두에 몰려들어 막노동하는 조선놈들은 농사짓는 놈들하고는 종자가 달라. 기운도 세고 거칠고 뭉치기도 잘해. 아주 위험한 놈들이지. 그리고 여긴 조선땅이야. 결국은 청국놈들이 질 수밖에 없어."

"저, 저, 밀리고 있는 쪽이 어디야?"

"아니, 벌써 끝나나?"

"어디 보세. 저건 청국놈들 아니라고?"

"맞네, 청국놈들이 밀리는군."

수십 명이 넘어지고 엎어지고 널브러져 있는 싸움판에서 한쪽 패가 바다 쪽으로 밀리고 있었다. 그때서야 운집한 사람들 속에서 외침이 터지기 시작했다.

"자알헌다, 더 씨게 몰아쳐라!"

"뙤놈덜 싹 갯바닥에 처박어라!"

"그려, 그려. 뙤놈덜 싹 몰아내라!"

한번 외침이 터지기 시작하자 그 외침은 금방 번져 여기저기서 다른 외침들이 터지게 했다.

"뙤놈이고 왜놈이고 다 몰아내라!"

이런 외침도 섞이고 있었다.

"이거 구경꾼들이 합세하면 곤란하지?"

헌병 하나가 눈을 빛내며 주위의 동료들을 둘러보았다.

"맞어, 엉뚱한 일 생기기 전에 이쯤에서 사람들을 해산시켜야 해."

"자아, 다들 출동이다. 준비!"

타앙!

총성이 울렸다. 사람들의 외침과 웅성거림이 뚝 멈추었다. 헌병들과 경찰들이 긴 칼을 뽑아들고 총을 겨누며 사람들을 가르고 싸움판으로 뛰어들었다.

총소리에 싸움도 중단되어 있었다. 싸움을 멈춘 그들은 헌병과 경찰이 자신들을 향해 달려오는 것을 알아챘다. 중국사람이고 조선사람이고 할 것 없이 그들은 혼비백산 도망치기 시작했다. 헌병과 경찰들은 그들을 뒤쫓지 않고 모여든 사람들 쪽으로 돌아섰다.

사람들은 눈치 빠르게 흩어지기 시작했다. 헌병과 경찰들은 칼을 휘두르고 총을 겨눠가며 사람들을 위협하고 있었다.

"하! 나무래넌 시엄씨보담 말기는 시누가 더 밉드라고 왜놈덜 허는 소퉁이가 참말로 속터지네."

"청국놈덜도 못된 종자덜이여. 널른 즈그덜 땅 다 두고 어찌서 우리 땅으로 살살 기들어, 기들기럴."

"긍게 말이시. 나라 뺏긴 우리 조선사람덜 빌어묵고 살기도 심든 판인디."

"왜놈덜이 막으면 청국놈덜이 기들어와지간디? 다 왜놈덜이 눈 감아준게 기들어오는 것이제."

사람들이 흩어지며 한마디씩 하는 말이었다.

사람들이 흩어지는 사이에 몸을 다쳐 땅바닥에 넘어지고 쓰러져 있던 사람들도 거의가 어디론가 자취를 감추고 없었다. 그들은 헌병이나 경찰에게 잡혀갈까 봐서 기를 써가며 몸을 피한 것이었다. 그러나 아직도 땅바닥에 널브러져 있는 사람들은 열댓 명이 되었다. 그들은 혼자 힘으로는 도저히 몸을 추스를 수 없는 중상자들이었다.

왼쪽 얼굴이 피범벅이 된 방대근이는 손으로 머리를 누른 채 골목길을 비척이며 걷고 있었다. 방대근이는 머리만 깨진 것이 아니었다. 걸을 때마다 오른쪽 옆구리가 결려 숨을 쉬기가 어려웠다. 몽둥이로 한 놈의 목줄기를 후려쳐 쓰러뜨렸다. 두 번째 놈은 어깻죽지를 내려쳤다. 그런데 어디선가 몽둥이가 옆구리로 날아들었다. 숨이 컥 막히면서 무릎이 휘청 꺾였다. 정신을 가다듬으며 몽둥이를 틀어잡았다. 그때 눈에서 불이 번쩍하며 정신이 핑 돌았다. 머리를 얻어맞은 것이었다. 정신을 차려보니 땅바닥에 쓰러져 있었다. 머리에서 흘러내린 피가 땅바닥에 뚝뚝 떨어지고 있었다. 그러나 아픈 것도 느낄 겨를이 없었다. 헌병과 경찰들을 피해 이를 앙다물고 몸을 일으켜야 했다.

방대근이는 째보선창 쪽으로 발길을 돌리고 있었다. 거기 버들 술집에 가면 사람들이 모여 있을 것이었다.

방대근이는 머리가 욱신거리고 옆구리가 결리는 고통 속에서도 지삼출과 서무룡이를 생각하고 있었다.

"니넌 안직 풋기운인 디다가 쌈에도 이골이 안 났응게 뒤로 빠져 있거라."

지삼출이 만류했던 것이다.

"그 무신 섭헌 소리다요? 큰성님언 지 나이 적에 동학군으로 나섰담서요? 지도 붕알 찬 사내새끼랑게요."

방대근은 지삼출에게 대들듯 했던 것이다. 뒤로 빠지기 싫었던 것은 같은 나이또래인 서무룡이 때문이기도 했다.

"나가 밥 잘 묵는 것 말고 질로 잘헐 수 있는 것이 쌈이다. 나넌 어릴적보톰 쌈얼 혀서 진 일이 없다."

키가 훌쩍하게 크면서도 몸이 짱짱하게 생긴 서무룡의 장담이었다. 그의 장담은 결코 허풍이 아니었다. 그는 조금만 눈에 거슬리거나 비위가 상하는 사람이 있으면 싸움을 걸고 들었고, 서너 번 싸우는 것을 보니 역시 솜씨가 대단했다. 어찌 보면 그는 싸움을 재미로 삼는 것 같기도 했다.

방대근이는 이런 몰골로 지삼출과 서무룡을 대하기가 창피스럽고 부끄러웠다. 기운 좋고 몸 빠른 지삼출이나 싸움에는 이골이 난 서무룡이가 자신처럼 다쳤을 것 같지가 않았다.

째보선창이 가까워지고 있었다. 방대근이는 어디서 얼굴에 맥질

된 피라도 씻고 갈까 생각했다. 그러나 왼손을 머리의 상처에서 뗄 수도 없었고, 군산 해변가에서는 물도 구하기가 쉽지 않았다.

째보선창…… 이름도 참 더럽제 하고 생각하며 방대근은 침을 내뱉었다.

째보선창은 묘하게도 땅이 양쪽으로 찢어지듯 갈라지듯 하면서 바다와 맞닿아 있어서 배들을 대기가 아주 좋았다. 그래서 옛날부터 선창이 되었고, 날마다 작은 배들이 바글거렸다. 배들이 많이 모여드니까 자연히 객줏집들이 많아지게 되고, 일거리를 찾아 막일꾼들이 언제나 북적거렸다. 그런데 그 선창의 생김새가 여자의 그것처럼 째졌다고 해서 째보선창이라고 한다고도 했고, 언청이의 입술처럼 째졌다고 해서 째보선창이라고 한다는가 하면, 하필이면 언청이가 오래도록 유곽을 하고 있어서 째보선창이라 한다고도 했다.

"대근아, 니 인자 오냐."

방대근은 걸음을 뚝 멈추었다. 서무룡이가 저만치 앞에서 달려오고 있었다. 생각대로 그의 몸은 다친 데가 없었다.

방대근은 그만 고개를 떨구었다.

"아이고메 이 피 잠 보소. 어디 많이 상했다냐?"

서무룡이가 얼굴을 일그러뜨리며 방대근의 팔을 붙들었다.

"아니, 암시랑 안혀."

방대근은 서무룡의 눈길을 옆볼에 따갑게 느끼며 고개를 저었다. 그는 말 못할 창피스러움으로 어금니를 물었다. 기운을 쓰는 것은 서무룡이와 별로 다를 것이 없는데 어찌 된 것인지 싸우는 것은 그를 당할 수가 없었던 것이다.

"암시랑 않기넌. 이리 피가 많이 흘른 것 봉게로 머리가 터져도 많이 터졌는갑다. 여그 말고 또 다친 디넌 없냐?"

서무룡은 방대근의 몸을 빠르게 살피며 물었다. 그의 눈은 툭 불거진 데다가 가는 눈꼬리가 위로 치켜 올라간 탓에 보통 때도 사납게 보였다. 그런데 그의 감정은 분노로 차 있어서 그 눈은 더없이 살벌한 독기를 품고 있었다.

"없어."

방대근은 잘라 말했다. 그리고 옆구리 다친 것을 들키지 않으려고 결리고 아리는 통증을 무릅쓰며 몸을 빳빳하게 세우고 걸었다.

"씨부랄 놈덜, 이만허기 다행이다."

서무룡이 이빨 사이로 침을 찍 내갈겼다.

"딴사람덜언 다 괜찮허냐?"

"아니여, 열서너 사람이 다치고, 너댓 사람이 안 뵈덜 안컸냐. 그 중에 니허고 판석이 성님도 든 것이여. 애가 탄 삼출이 성님이 더 못 기둘리고 찾으로 나섰다."

"판석이 성님이?"

방대근은 그때서야 고개를 들었다. 손판석이 아직 돌아오지 못할 만큼 다쳤다는 것은 믿어지지 않았던 것이다. 손판석은 지삼출과 엇비슷하게 기운이 세고 몸도 재빨랐던 것이다. 그러나 방대근은 마음이 다소 가벼워지는 것을 느꼈다. 손판석 같은 사람이 다치는 판에 자신의 창피스러움이나 부끄러움은 어느 정도 덜어질 수 있기도 했던 것이다.

"쌈이야 한 대 맞고 두 대 쳐서 이기는 것잉게. 허고, 정신없이 얼크러지고 설크러지는 패쌈에서 다치고 안 다치고야 순전히 재수놀음인 것이여."

서무룡은 방대근을 위로하듯 말했다. 방대근은 그 말이 고마우면서도 아무 대꾸도 할 수가 없었다.

버들집에서 방대근은 얼굴이며 목줄기에 엉겨붙은 피를 닦아내고 머리 상처에는 된장을 붙여 싸맸다. 서무룡은 그 일을 도맡아하면서, 요 피걸레럴 그냥 물에 빨아불기넌 아까운디 막걸리통에 헹궈서 되마셔야 되겠구마, 이마빡이 째졌드람사 장개들기 에로왔을 것인디 그래도 머리빡이 터졌시니 아이고메 할아부지 아니라고, 해가며 우스갯소리를 했다. 그 인정스러운 마음씀에 방대근은 그저 몸을 내맡기고 있었다.

"인자 매운맛얼 봤응게 뙤놈덜이 다시넌 우리 일거리에 뎀비지 못허겄제?"

"하면, 그리 맵고 짜운 맛 봤응게 즈그놈덜도 입맛 다시고말고."

"근디 아닐랑가도 몰르네. 뙤놈덜이 원체로 찔기고 끈끈헝게로."

"그 말도 그렁마. 그놈덜이 정내미 딱 떨어지게 맵고 짜운 맛 보게 했을라면 끝꺼정 몰아서 참말로 뻘 밭에다 처박았어야 허는 것인디. 중도에서 일이 그리 깨졌시니……."

"긍게 말이여. 왜놈덜이 끼들어 다 된 밥에 재 뿌리고 나섰으니, 나 참."

"그 씨부랄 놈덜이 꼭 천불나게 헌당게. 나라 뺏은 것도 어디헌디 편을 들 디가 없어서 뙤놈덜 편꺼정 들 것이여."

"긍게로 왜놈덜언 이래저래 우리 웬수여."

"그것도 아니여. 더 드럽고 창아리 없는 놈덜이 뙤놈덜 아니라고. 그 개녀려 새끼덜언 궂은일이고 심든 일이고 안 개리고 뎀비는 디다가 품삯도 우리보담 싸게 쳐도 그저 사흘 굶은 개새끼덜맨치로 허겁지겁허니 왜놈덜 회사야 더 말헐 것 없고, 왜놈 헌병이고 순사덜꺼정 한통속으로 뙤놈덜 편들고 나스는 것 아니겄어."

벽에 등을 기대고 눈을 내려감은 방대근은 술청을 꽉 채우고 있는 사람들의 말을 듣고만 있었다. 사실 생각해 보면 땅이 끝없이 넓고 넓다는 중국사람들이 어쩌자고 자꾸 배로 건너오는 것인지 이해할 수가 없었다.

"저그, 손샌이 업혀오는구마."

"머시여? 그리 많이 상했능가?"

방대근은 눈을 번쩍 떴다. 그리고 벌떡 일어났다. 그러나 머리가 핑 돌면서 옆구리가 찢어지는 것처럼 아파 신음을 물며 도로 그 자리에 주저앉았다.

"니 옆구리도 다쳤지야!"

방대근은 귀 가까이에서 울리는 소리에 놀라 눈을 떴다. 바로 눈앞에 서무룡의 화가 난 듯한 얼굴이 다가와 있었다.

"아녀, 아니여."

방대근은 고개를 저으며 억지로 웃어 보였다.

"거짓말 말어. 근디 어찌서 옆구리럴 싸잡고 그리 주저앉냐."

서무룡의 툭 불거진 눈이 매서웠다. 방대근은 힘없이 그 눈길을 피했다. 갑자기 솟긴 아픔 때문에 자신도 모르게 옆구리를 싸잡으며 주저앉았다는 것을 방대근은 그때서야 깨달았다.

"니 말이여, 머리 터진 것보담 옆구리 다친 것이 더 고약헐란지도 몰라. 숨기덜 말고 몸 보해야 히여."

서무룡은 방대근의 어깨를 눌러잡으며 낮으나 힘지게 말했다.

"알겄어……."

방대근은 대답을 하면서 창피스러움 대신 서무룡의 뜨거운 정을 느끼고 있었다. 서무룡의 매끈하게 기름한 얼굴과 툭 불거졌으면서 가늘게 찢어져 올라간 눈에는 언제나 불량기와 독기가 서려 있었다. 그리고 훌쩍하게 큰 키에 짱짱하게 생긴 몸으로 싸움을 할 때는 인정사정없이 발길질 주먹질을 해대는데, 마치 포악한 짐승같기만 했다. 그러면서도 그는 가까운 사람에게는 더없이 따뜻한 정을 가지고 있었다.

"다덜 자리 내소, 자리."

누군가가 다급하게 외치며 술청으로 들어섰다. 사람들이 한쪽으로 비켜섰다. 뒤이어 한 사람이 업혀 들어왔다. 업힌 사람은 축 늘어져 있었고, 그 뒤를 두 사람이 받쳐잡고 있었다. 지삼출에게 손판석이 업힌 것이었다.

그들을 알아본 순간 방대근은 가슴이 섬뜩해지는 걸 느꼈다. 축늘어진 손판석이 죽은 것이 아닌가 싶었던 것이다.

"어찌 이리됐다요?"

"어디가 상헌 것이오?"

이 사람 저 사람이 물었다.

"다리가 뿐질러졌소."

손판석을 내려놓은 지삼출이 숨을 거칠게 몰아쉬며 한 말이었다. 지삼출의 얼굴은 땀으로 맥질이 되어 있었다. 손판석은 그때까지도 정신을 잃고 있었다.

"요것보톰 드시제라."

어느새 서무룡이가 막걸리가 가득 든 바가지를 지삼출 앞으로 내밀었다. 주모를 시키고 어쩌고 할 여유가 없었던 것이고, 사발술로는 안 될 것 같아서 아예 바가지로 퍼온 것이었다. 서무룡이는 언젠가 지삼출에게 겁없이 덤벼들었다가 떡판의 찐 찹쌀 신세로 혼쭐이 난 다음부터 지삼출을 위하는 것이 너무나 극진했다.

"이, 고맙네."

지삼출은 서무룡을 힐끗 올려다보며 바가지를 받아들었다. 그리고 지체없이 술을 마시기 시작했다. 술청을 가득 채운 사람들은 근심스러운 얼굴로 그 누구도 말이 없었다. 술이 넘어가며 목울대 울리는 소리만 꿀럭꿀럭 퍼지고 있었다. 그 입맛 돋우는 울림 좋은 소리는 멈추는 일 없이 계속되고 있었다. 그러나 다른 때와는 달리 그 어디에서도 입맛 다시는 소리는 나지 않았다. 꿀럭거리는 소리에 따라 바가지가 차츰차츰 기울어져 가고 있었다.

"대근이넌 어찌 되았어?"

바가지를 입에서 떼며 지삼출이 물었다.

"머리가 터지고 옆구리럴 다치기넌 힜어도 지 발로 걸어왔응게 벨일 아니구만이라. 저짝에 앉혀놨는디요."

빈 바가지를 뒤집어 든 서무룡이의 대답이었다. 그 말을 들으며 방대근이는 왈칵 부끄러움을 느꼈다. 자신도 서무룡이처럼 당당하게 지삼출 앞에 나섰어야 했던 것이다. 방대근은 사람들이 자신의 모습을 가려주고 있는 것을 우선 다행으로 여겼다.

지삼출은 방대근이가 얼마나 다쳤는지 당장 들여다보고 싶은 마음을 꾹 눌렀다. 더 급한 손판석의 일이 있었던 것이다. 그러나 방대근이를 끝까지 제지하지 않은 것이 새삼스러운 후회로 가슴에 얹혔다. 감골댁을 대할 면목이 없는 일이었다. 그렇지만 모두의 이익을 위해 나서는 일이었고, 사내로서 단련도 할 필요가 있다는 생각이 들어 끝까지 제지하지 않았던 것이다.

"의원을 불러야 안 될랑게라?"

누군가가 조심스럽게 말했다.

"아니, 정신이 깨나면 의원헌트로 딜고 가야겠소."

지삼출은 대꾸하며 곰방대를 꺼냈다. 그의 가슴은 미어져 내리고 있었다.

누구보다 믿었던 손판석이가 그리 큰 부상을 당할 줄은 전혀 생각지 못한 일이었다. 앞길이 막히는 낭패감과 함께 일을 괜히 벌였다는 후회가 치밀어오르고 있었다.

그러나 중국노동자들과 한판 맞서기로 한 것도 그저 기분 내키는 대로 경솔하게 저지른 것이 아니었다. 앞뒤를 잴 만큼 재고 신중하게 따져서 결정한 일이었다. 아무 일거리나 닥치는 대로 파먹고 드는 중국노동자들을 막아내지 않고서는 조선노동자들이 배를 곯아야 될 판이었다. 그런 꼴을 당하고만 있을 수는 없는 일이었다.

군산부두에서 일거리를 놓고 중국노동자들과 조선노동자들 사이에 크고 작은 다툼이 생긴 것은 하루이틀의 일이 아니었다. 지삼출네만 하더라도 그들과 벌써 오래전부터 대립해 왔던 것이다. 군산역에서 해관이 있는 해변가까지 철로를 연장시키는 공사는 지삼출네가 도맡도록 뭉쳐져 있었다. 그 공사는 총독부가 뒤로 물러나고 군산 연변의 일본농장들과 군산에 발붙인 일본 미곡거상들이 자기들 잇속에 따라 추진하는 공사였다. 따라서 다른 철도공사처럼 인부들을 강제로 동원할 수가 없었다. 공사는 빨리 추진해야지, 인부는 강제동원이 안 되지, 자연히 노임이 좋아질 수밖에 없었다. 그 사실을 빤히 알고 있는 지삼출네는 한덩어리로 뭉쳤다. 그들은 이미 군산·강경선의 공사에서 철도일을 몸에 익힌 사람들이었다.

그런데 갑자기 방해꾼들이 나타났다. 그들은 중국노동자들이었다. 중국노동자들이 조선노동자들의 일거리를 낚아채는 무기는 딱 한 가지가 있었다. 조선노동자들보다 노임을 싸게 낮추는 것이었다. 돈을 내야 하는 일본사람들이 그 조건을 마다할 까닭이 없었고, 조선노동자들도 노임을 낮추지 않고서는 당할 재간이 없는 일이었다. 그러나 지삼출네는 노임을 낮추는 것으로 중국노동자들과 맞서지 않았다. 이쪽에서 노임을 낮추면 저쪽에서는 더 낮출지도 몰랐고, 그렇게 되면 왜놈들만 좋은 일 시키면서 결국 일거리를 뺏기게 될지도 몰랐다. 그래서 택한 것이 협박작전이었다. 인부모집처 근방에 사람들을 풀어놓고 중국노동자들이 나타나기만 하면 잡아챘다. 뒷골목 술집으로 끌어다가 죽여없애 버리겠다고 으름장을 놓았다. 그러나 더러 기가 죽지 않고 뻣뻣하게 대드는 놈은 날이 어두워지기를 기다려 뻘 밭에다 처박아 짓밟아주기도 했다. 그 방법이 효과를 보아 결국 중국노동자들을 막아낼 수 있었다.

그때 중국노동자들이 철도 연장공사에 대들었던 것은 그럴 만한 까닭이 있었다. 그동안 그들이 도맡다시피 했던 축항공사가 다 끝나 있었던 것이다. 축항공사라는 것은 뻘 밭에다 돌벽을 쌓아올려 축대를 만드는 것으로, 일 중에 가장 궂은일이면서 힘드는 일이었다. 다리가 무릎까지 푹푹 빠지는 뻘 밭에서 돌덩어리를 쌓아올리는 공사는 쉽게 중국노동자들의 차지가 되었다. 그런데 그 일이 끝나게 되자 그들은 새 일거리를 찾아나서게 되었던 것이다.

철도 연장공사는 군산역에서부터 해변까지는 단선이었다. 그런데 째보선창께서부터 해관까지는 일직선으로 여섯 개의 복선으로 바뀌었다. 그 여섯 개의 복선은 세 개씩 나누어져 있었고, 그 사이와 양쪽 옆으로는 화물차에서 물건들을 부려 쌓을 수 있는 시멘트 축대가 철도의 길이만큼 길게 뻗어 있었다. 말하자면 수십 량의 화물차가 일시에 여섯 개의 복선에 들어설 수 있고, 그 화물차에서 동시에 화물들을 끌어내려 쌓을 수 있도록 만든 것이었다. 물론 시멘트축대 위에는 드높은 지붕이 양철로 덮여 있었다. 그 화물차들에 실려올 화물은 더 말할 것 없이 쌀이었다.

그 철도 연장공사가 끝나면서 뒤따라 이어진 공사가 쌀창고 짓기였다. 그동안 몇 년에 걸쳐 지어진 쌀창고들이 수십 개 줄지어 있었지만 그것은 턱없이 모자라 추수철에는 노적된 쌀섬더미들이 야산을 이루듯 하는 형편이었다. 그런데 철도 연장공사로 쌀섬들이 더 밀려들 것에 대비해 쌀창고 건축공사를 대대적으로 시작하게 되었다. 창고 하나에 쌀을 수백 섬씩 한꺼번에 쌓는 큰 창고를 수십 개 짓는 공사가 큰일거리가 아닐 수 없었다.

그 일거리를 중국노동자들은 그냥 지나치지 않았다. 그들은 다시 덤벼들었는데, 그전과는 달리 패거리를 짜서 힘을 뭉쳤던 것이다.

중국노동자들이 힘을 뭉쳐 덤비는 이상 이쪽에서는 더 강하게 뭉쳐야 했다. 그건 피할 수 없는 한판 대결이었다. 중국노동자들을 물리쳐야 하는 것은 꼭 밥벌이 때문만은 아니었다. 그들에게 밀린다는 것은 조선사람으로서의 체면이 말이 아니었고, 또한 그들을 은근히 필요로 하고 있는 왜놈들의 잔꾀에 앙갚음도 해야 했던 것이다.

군산에서 자리잡고 포목점이나 음식점을 하고 있는 중국사람들을 제외하고는 부두에서 막노동을 하는 사람들은 거의가 합방을 전후해서 중국에서 새로 건너온 사람들이었다. 그들은 돛대 달린 장삿배를 타고 묻어들어 부두노동판에 끼어들려고 했다. 그러나 조선노동자들이 그들을 쉽게 받아들일 리 없었다. 돈벌이를 할 욕심으로 바다를 건너온 그들은 돈벌이는커녕 입에 풀칠도 못할 궁지로 몰리게 되었다. 그러자 그들이 살길을 찾아나선 방도가 두 가지였다. 궂은일이고 힘든 일이고 가리지 않고 닥치는 대로 하는 것이었고, 조선노동자들보다 노임을 싸게 받는 것이었다.

그들의 그 방법은 효과를 나타냈다. 일본사람들이 중국노동자들을 찾기 시작한 것이다. 효과는 그것뿐만이 아니었다. 그들은 분명 불법체류자들인데도 해관이며 경찰에서는 그저 모르는 척 묵인하고 있었다. 그들 덕에 축항공사 같은 난공사를 싼값으로 할 수 있는 잇속이 있었던 것이다.

"잘 몰르겄소. 물팍이 빠진 것도 발목이 접질린 것도 아니겄고 뼉다구가 뿐질러진 것잉게 침으로도 탕약으로도 안 될 일이고, 지절로 붙기럴 기둘려야 헐 참인디, 지대로 잘 붙을란지 어쩔란지 원."

치료를 하고 난 의원이 중얼거리듯 하는 말이었다.

그 자신 없는 소리를 듣고 지삼출은 그만 암담해지고 말았다. 부러진 뼈야 날이 가면 다시 붙게 마련이지만 만약 잘못 붙어 절름발이가 되면 어쩔 것인가. 생각할수록 앞이 캄캄하고 기막힌 일이었다. 절름발이가 된 사람들 중에는 뼈가 부러지지 않고 무릎이 퉁겨지거나 엉치뼈를 다친 사람들도 적지 않았다. 그런데 뼈가 부러졌으니 그 위험은 한결 더 컸던 것이다.

"자네가 이거 어쩐 일이여. 어짓밤 꿈자리가 암시랑 안튼가?"

지삼출은 꼼짝을 못하고 누워 있는 손판석을 내려다보며 탄식했다. 그의 말에는 원망과 안타까움이 뒤섞여 있었다.

"그리 맘 아파허덜 말어. 다 지 팔자소관잉게."

손판석이 고통으로 일그러진 얼굴에 억지웃음을 피워냈다.

"이사람아, 팔자가 따로 있간디. 눈치봐 감서 잠 살살 싸울 것이제."

지삼출이 퉁을 놓듯 했다.

"넘 말 따로 허네. 자네넌 눈치봐 감서 살살 싸와 그리 성헌가? 다 엎질러진 물이고 깨진 사발잉게 그리 애태우덜 말소. 인자 다리 빙신이나 안 되기럴 바래야제."

지삼출은 손판석을 들것에 뉘어 집으로 돌아가며 누구에겐지도 모르게 줄곧 빌고 있었다. 제발 손판석이가 절름발이가 되지 않게 해달라고. 그러면서 공허를 생각했다. 공허가 지성으로 염불을 하면 효험이 생길지도 모른다 싶었다. 그러나 한편으로 공허를 만날 것이 두려웠다. 언제나 몸보존을 당부해 온 공허를 대할 면목이 없었고 변명할 말도 없었던 것이다.

지삼출의 뒤에서 들것을 들고 따라 걷고 있는 서무룡이도 말이 없었고, 그 옆에서 불편한 걸음을 옮겨놓고 있는 방대근이도 말이 없었다. 그들의 침울한 모습을 지나가는 사람들이 힐끔힐끔 쳐다보았다.

지삼출은 집 시늉만 하고 있는 손판석의 집에 당도해서 차마 얼굴을 들지 못했다. 손판석의 아내 부안댁을 볼 면목이 없었다. 서무룡이가 빠른 말로 오늘 일어난 일을 설명했고, 지삼출은 고개를 떨군 채 그저 곰방대만 빨고 앉아 있었다. 손판석은 고통이 엉킨 찡그린 얼굴로 누워 눈을 감고 있었고, 부안댁은 이야기를 들으며 연상 눈물을 훔치고 있었다.

지삼출이 얼굴을 못 들기는 바로 옆의 감골댁집에 가서도 마찬가지였다. 방대근은 움막 같은 집에 들어서자마자 피그르 쓰러지듯 했다.

"니가 어쩐 일이여! 누구허고 싸왔다냐?"

감골댁이 소스라치며 아들을 붙안았다.

"아짐, 대근이가 사사로 싸운 것이 아니라 장헌 일 허니라고 이리됐구만이라우. 긍게 그것이 말이오 이⋯⋯."

서무룡이가 다시 이야기를 맡고 나섰다. 지삼출은 또 곰방대에 담배만 재고 있었다.

"⋯⋯긍게로 대근이가 재수가 없었제라. 근디 손샌언 다리뼈가 뿐질러졌구만요."

서무룡이는 일부러 손판석이 심하게 다친 것을 토를 달아 이야기를 끝냈다.

"머시여, 다리가 뿐질러져? 그리되면 손샌도 큰 고상이고 그 식구덜도 난리 만낸 것 아니라고."

감골댁의 찌든 얼굴이 더 어둡고 무거워졌다.

지삼출은 감골댁의 말이 가슴을 짓누르는 무게를 느꼈다. 그 말은 손판석이네 식구들만 걱정하는 것이 아니었던 것이다. 거기에는 자기네의 생계 걱정도 담겨 있었다. 방대근이도 몸이 나을 때까지는 얼마 동안 일을 나갈 수 없는 형편이었다.

"당자덜 고상허는 것이 속 씨리고 안됐제 식구덜이야 산 입에 거무줄 치겄소. 몸 성헌 사람덜이 있는디요."

지삼출은 일부러 이 말을 했다. 감골댁을 안심시키고, 서무룡이도 들으라는 것이었다.

"엄니 나 물 잠……."

방대근이가 마른 입술을 혀로 축이며 물을 찾았다.

"거그 수국이 있지야, 물 한 그럭 떠오니라."

아들 옆에 바짝 붙어앉은 감골댁은 고개만 돌려 소리쳤다.

수국이가 곧 물사발을 들고 거적문을 들치며 들어왔다. 수국이는 동생의 손에 물사발을 쥐여주며 낮은 소리로 물었다.

"머리에넌 멀 붙였다냐?"

"된장."

"된장? 많이 다쳤으면 된장으로 될랑가 모르겠다. 쑥이 더 안 나슬랑가?"

수국이는 어머니를 쳐다보았다. 그 얼굴에 울음이 가득했다.

그런 수국이를 서무룡이는 눈이 휘둥그레져 바라보고 있었다. 그는 수국이를 보는 순간 그 미모에 눈이 번쩍 띄었고, 그 얼굴이 볼수록 예뻐 가슴이 벌떡거려 숨이 막힐 지경이었다.

이런 가난한 집 딸이 저리 예쁘다니…… 그는 상상하기가 어려웠다. 아니, 저 예쁜 여자가 대근이 누나라니…… 그는 도저히 믿을 수가 없었다.

"그, 급헌 짐에 그리헌 것인디, 저어 야, 약국서 존 약얼 구해다 발라야제라."

서무룡은 일본사람이 하는 양약국이라는 것을 생각해 내며 말했다. 그런데 어쩌자고 말이 더듬거려지고 말았다. 그리고 가슴은 걷잡을 수 없이 울렁거리고 있었다.

"양약국 약이 금값이라든디……."

감골댁이 말꼬리를 흐렸다.

"아니구만요. 지헌티 그만헌 돈이야 있구만요. 얼렁 댕게오겄구만이라."

서무룡은 벌떡 몸을 일으켰다. 그의 상기된 얼굴에는 평소의 불량기나 독기가 자취를 감추고 없었다.

"아서 아서, 무신 돈이 있다고 그려요. 그 맘만으로도 고마운게 되았소."

당황한 감골댁이 손을 저었다. 그러나 서무룡은 거적문을 걷고 재빨리 밖으로 나갔다.

"저 사람이 저래서넌 안 되는디. 피차 없는 돈에 어쩔라고……."

감골댁이 고마움 서린 얼굴로 중얼거리며 지삼출을 쳐다보았다.

"냅두씨요. 돈이야 담에 갚으면 됭게. 덧 안 나고 얼렁 낫자면 존 약얼 써야 허요. 된장이 어찌 양약얼 당허겄소."

지삼출은 양약을 미처 생각해 내지 못하고 있다가 뒤늦게 이렇게 말하고 있었다. 양약이 비싸기는 해도 잘 낫는다는 것은 이미 널리 퍼진 소문이었다.

"참 젊은 사람이 인정도 많다 이. 생김새넌 그리 후허게 안 뵈는디."

수국이가 동생 대근이를 바라보며 말했다. 그 얼굴에는 이제 웃음기가 감돌고 있었다.

"이, 쟈가 쌈얼 지독시리 잘허고 독허기도 땅벌 사촌이구마. 헌디 나허고넌 아조 친허고, 맘도 영판 후허니 쓴단 말이시. 겉보기 허고넌 달르게 속에넌 인정이 따로 있는 물건이여."

방대근이도 웃으며 누나의 말에 기분 좋게 대꾸했다.

"앞으로도 뙤놈덜허고 또 싸와야 헌가?"

감골댁이 근심스럽게 물었다.

"뙤놈덜이 정 못 다시고 또 뎀베들면 그때 가서 싸와야제라."

지삼출의 대답은 분명하고도 단호했다.

손판석은 말할 것도 없었고 방대근이도 다음날부터 일을 나가지 못했다. 방대근이는 하룻밤 자고 나자 옆구리가 부어오르고 욱신거리는 것이 꼼짝을 할 수가 없게 되었다.

"니도 갈빗대가 뿐질러진 것 아닐끄나?"

감골댁이 아들을 붙들고 애달아했다.

"아이고 엄니, 애태우지 마씨요. 갈빗대가 뿐질러졌음사 걸어댕기지도 못허요."

방대근은 정말 갈빗대가 부러졌는지도 모른다 싶게 아프면서도 짐짓 어머니를 안심시켰다.

"니가 시방 꼼짝얼 못허고 구들장 진 신세제 걸어댕기고 있냐?"

감골댁이 지체없이 허를 찌르고 들었다.

"와따 엄니도. 어지께 손샌언 못 걸어왔는디 나넌 안 걸어왔소."

말을 할 때마다 옆구리가 결려 방대근은 소리도 크게 내지 못했다.

"야가 무신 소리여. 다리허고 갈빗대가 똑겉으냐. 손샌도 갈빗대
가 뿐질러졌음사 걸어왔을 거이다. 허고, 갈빗대보담 더 짱짱헌 다
리뼈가 뿐질러지는 판인디 갈빗대가 안 뿐질러졌겄냐."

방대근은 그만 말문이 막히고 말았다.

"안 되겄다, 니 똥물얼 걸러묵어야겄다."

마침내 감골댁이 단호하게 말했다. 그녀가 굳이 갈빗대가 부러졌
다고 이야기를 몰아간 것은 그 처방을 내리기 위해서였다.

"아이고메 엄니, 누구 죽일라요?"

방대근은 얼결에 목청을 높이다가 옆구리를 싸잡으며 몸이 오그
라들었다.

"엄니이…… 똥물얼 어찌……."

동생의 옆구리에 붙이려고 호박속을 다지고 있던 수국이가 어머
니를 쳐다보며 동생 편을 들었다.

"아니여, 똥물언 얼병얼 푸는 명약이고, 뼉다구가 뿐질러진 디넌
막걸리에 동전가리럴 타서 묵어야 허는 것이제. 얼병으로 붓고, 갈
빗대도 뿐질러지고 혔응게 둘 다 묵어야 쓰겄다."

감골댁은 아들의 말이고 딸의 말이고 귀에 들리지 않았다.

"나 당장 일 나갈라요."

방대근이는 화가 나서 몸을 일으켰다.

그러나 마음과는 달리 몸이 제대로 말을 듣지 않았다. 똥물에다
동전가루 탄 막걸리까지 마셔야 한다니 방대근이는 어머니의 마
음을 이해하기에 앞서 울화부터 치밀었던 것이다.

"아니, 아니, 니가 왜 이러냐."

감골댁은 당황해서 아들을 붙들었다. 수국이도 동생을 붙들며 입을 열었다.

"엄니, 우선에 이 호박보톰 붙이고 하로 더 지내보는 것이 어쩌겠소. 발목얼 접질러도 담날 더 안 붓습디여. 갈빗대도 안 뿐질러졌는디 똥물이다 머시다 묵어대면 헛고상허능 것 아니겠소."

"다 지 위허니라고 허는 소리제."

감골댁이 몸을 부리며 주저앉았다.

"그런 명약언 손샌이나 많이 해믹이라고 갤차주시게라."

누나의 부축을 받고 자리에 다시 누우며 방대근이 퉁명스럽게 말했다.

"에미 속 몰르는 소리 말어. 니넌 이 집 기둥이여."

감골댁은 불쑥 이렇게 말하며 옷고름끝으로 눈물을 찍어냈다.

그 느닷없는 말에 수국이는 가슴이 철렁했다. 그리고 눈물을 찍어내는 어머니 모습에서 가슴에 찬바람이 스치는 것을 느꼈다. 동생을 기둥으로 생각하다니…… 어머니는 오빠를 돌아오지 못할 사람으로 마음을 접은 것이 틀림없었다. 그러지 않고서야 그런 말을 꺼냈을 리가 없고, 또 마을을 떠나 군산으로 이사도 하지 않았을 터였다. 지삼출네를 따라 군산으로 뜨기로 했을 때 오빠 생각을 안 한 것이 아니었다. 그러나 어머니의 속마음을 짐작했고, 괜히 어머니의 아픈 마음을 덧나게 할까 봐 입을 다물었던 것이다. 동생도 어머니의 말뜻을 알아들었는지 아무 말 없이 눈을 감고 누워 있었다.

서무룡은 지삼출과 함께 해거름에 찾아왔다. 그의 더부룩하던 머리는 말끔하게 깎여 있었다.

"뙤놈덜 어찌 되았소?"

방대근은 그것부터 물었다.

"이, 상헌 놈덜이 많애 정신이 없는갑드라. 그리 혼짝이 났응게 더는 못 뎀빌 것 겉으다. 니넌 잠 으쩌냐?"

지삼출은 방대근의 기분을 돋워주기 위해 말을 신명나게 했다.

"저어, 물 잠 묵었으면 쓰겄는디요."

살살 눈치를 살피던 서무룡이가 주저하며 꺼낸 말이었다. 그런데 감골댁은 딸을 부르지 않고 직접 일어섰다. 그러자 그만 서무룡의 얼굴이 구겨졌다.

손판석이 몸져누운 지 나흘째 되는 날 그의 아내 부안댁이 감골댁을 찾아왔다. 부안댁의 꺼칠한 얼굴에는 근심이 가득 담겨 있었다.

"무신 일 있능가? 손샌언 잠 어쩌고?"

감골댁은 날마다 들여다보면서도 부안댁이 찾아온 것이 불안해 이렇게 거푸 물었다.

"하로이틀로 나슬 병도 아닌디 성질이 지랄이라 뉘 있는 것얼 못 전디고 화럴 벌컥벌컥 냄스로 발싸심이구만이라. 대근이 총각언 잠 어쪄요?"

부안댁은 뭉텅이진 한숨을 토해냈다.

"이, 대근이넌 갈빗대가 뿐질러지지넌 안 혔능갑네. 부기가 시나
브로 빠짐서 절리는 것도 가라앉어가는 모냥이시."

아들이 그만하기 천만다행으로 여기고 있으면서도 그런 속마음
이 드러날까 봐 감골댁은 조심해 가며 말했다.

"다행이오. 허먼, 곧 일 나가겄소?"

"아니시, 그리되자면 한식경 안 걸리겄능가. 허는 일이 양반 관리
덜맨치로 신선놀음이 아니고 온 몸떵이 황소맨치로 놀려 벌어묵
는 막일인디 몸이 설낫고야 무신 기운얼 쓰겄능가. 맘 급허니 나댔
다가 병이 도지면 몸언 몸대로 망치고 고생언 새잡이로 헐 것인디.
지가 나슬라고 히도 몸이 깨끔허니 낫기 전에넌 나가 막을라네."

"양쪽 집 다 헹펜이 그려서 찾어왔는디요 이." 부안댁은 마른침
을 삼키며 다가앉고는, "몸덜이 다 낫자면 언제가 될란지 모르는디
무한정허고 손끝 맺고 앉어 지샌 신세만 지고 있겄는게라? 지샌 말
로야 몸 안 다친 사람덜이 쬐깨썩 추렴허는 것잉게 아무 걱정 허덜
말라고 허는디, 그것도 첨 메칠이제 오래야 가겄소. 그 사람덜이 다
맘이 고진이라 오래간다고 히도 그것이 얼매나 서로 못헐 일이요.
다 그날 벌어 그날 묵고사는 처지에 띠내고 자시고 헐 것이 머시가
있겄소. 날마동 지샌만 보면 옹색시럽고 미안시런 것이 똑 바늘방석
이랑게라. 그려서 차라리 우리가 벌이럴 나스는 것이 어쩔랑가 허고
이리 왔구만이라." 그녀는 절실한 눈길로 감골댁을 바라보았다.

"그려, 나 맘도 자네 맘허고 똑같으시. 나도 그 미안시런 생각으로
밤잠얼 못 잤응게. 근디, 우리덜 여자몸으로 무신 벌이가 있겄능가."

감골댁은 난감하게 부안댁을 쳐다보았다.

"이, 그것언 나가 알아본 것이 있구만이라. 여그 가차이에 미선소 댕김서 돈벌이허는 여자덜이 있드랑게요."

부안댁의 얼굴이 밝아졌다.

"미선소가 머신디?"

"감골댁언 안직 몰르시오? 미선소라는 것언 쌀 골르는 디요."

"쌀 골르는 디?"

"야아, 쌀에서 돌을 골르나 돌에서 쌀을 골르나 그 말이 그 말잉게 피장파장인디. 긍게 말이요 이, 미선소란 것언 정미소에 따라붙어 있는 것인디, 정미소서 나락얼 찧으면 그 쌀얼 미선소로 옮겨다가 또록또록헌 알쌀만 골라낸답디다. 좁쌀이고 돌이고 하나또 안 든 그 알짜배기 쌀이 일등미로 쳐져 싹 다 일본으로 실려가는디, 그 쌀 골라내는 일얼 여자덜헌티 맽긴다드랑게요."

"이, 그려서 미선소로구마."

감골댁은 어리둥절한 채 그저 고개를 끄덕였다. 왜놈들은 조선 쌀을 다 실어내다시피 하면서 또 좁쌀이고 돌이고 다 미리 골라내서 키질도 할 것 없고, 조리질도 할 것 없이 알쌀로만 밥을 해먹는다는 것이 꼭 꿈같은 이야기였지 도무지 믿어지지 않았던 것이다.

"어쩌요, 거그 일자리럴 구허는 것이."

부안댁은 눈까지 빛냈다.

"금메, 우리가 끼들 자리가 있을랑가?"

"나가 살짝 들은 이얘긴디, 마침 가실 때라 나락이 산데미로 쌓이고, 정미소도 새로 생기고 헝게 맘만 묵고 나섬사 일자리 구허기넌 그리 에롭지 안타드랑게라."

"이, 그렇기넌 허겄는디……."

"으째, 맘이 안 짚이시요?"

부안댁의 눈치 빠른 물음이었다. 사실 감골댁은 선뜻 마음이 내키질 않았다.

"글씨…… 돈언 얼매나 준가?"

"얼매나 주는지넌 세세허니 몰르겄는디, 넘덜도 그 일 히서 안 굶어죽고 사는갑등마요. 우리도 넘덜 못헐 일 시킴서 날이 날마동 눈치코치 보느니 맘편허고 속편허게 그 일로 벌어서 때우는 것이 어쩌겄소."

"그려, 목구녕이 포도청잉게. 그리라도 벌어야 옆에 폐가 안 되제."

감골댁은 힘없이 고개를 주억거렸다.

감골댁은 딸 수국이에게만 귀뜸을 하고 집을 나섰다. 마음을 짐스럽게 할까 봐서 아들 대근이는 모르게 했다.

"나도 따라가면 좋겄는디……."

수국이가 머뭇거리며 눈치를 살폈다.

"미쳤냐, 말만헌 가시네가 무신."

감골댁은 한마디로 무지르고 말았다.

감골댁의 서슬에 수국이는 무슨 말인가가 스멀거리는 입술을 달싹일 뿐 더는 말을 붙이지 못했다. 저도 힘을 보태고 싶어하는 딸의 마음을 헤아리며 감골댁은 또 가슴 쓰라림을 느끼고 있었다.

제때에 맞춰 시집을 보냈더라면 자식 둘은 보았을 나이였다. 세상이 변하면서 조혼을 금한다고는 했지만 스물이 꽉찬 처녀 나이는 아무래도 쇠고 있는 죽순이었다. 하루 세 끼 풀칠하기도 숨가쁘게 살다 보니 알면서도 세월을 놓쳤다. 하나같이 제때에 제대로 갖춰 시집을 보내지 못한 딸자식들을 생각하면 불현듯 남편이 세상을 잘못 살다 간 것이 아닐까 싶기도 했다. 남편이 그저 남들처럼 숨 죽이고 살았더라면 집안 꼴이 이렇게 되지는 않았을 거였다. 그러나 그런 생각을 곧 떼쳐내고는 했다. 어쨌거나 내놓고 자랑할 수는 없어도 남부끄럽지 않게 살다 간 남편을 원망하고 싶지 않았고, 또 그런 생각을 오래 하면 마음만 약해질 뿐이었다.

"근디, 어디로 가야 헐랑고?"

감골댁은 불안한 마음으로 부안댁을 쳐다보았다.

"새로 채린 정미소가 두어 개 있당게 거그럴 더터봐야 되겠제라."

부안댁이 어색하게 웃었다.

"거그에 일자리가 있으면 쓰겄는디……."

감골댁은 무심결에 중얼거렸다. 여자가 돈벌이할 일거리를 구하기가 너무 어려운 세상에 남들이 벌써 다 차지해 버렸을 것 같은 걱정이 앞서고 있었다.

"참말로, 요것이 무신 팔잔지 몰르겄소. 무신 놈에 팔자가 살아 갈수록 쪼그랑 망태기 꼴이 돼가니 이리 가다가넌 팍싹 깨진 쪽박 신세가 뻔허구만요."

부안댁이 먹구름덩이 같은 한숨을 토해냈다.

"그리 말허딜 말어. 나 겉은 사람도 있네. 참고 살다 보면 좋아질 날도 있겄제."

"아이고 감골댁, 인자 다 틀렸소. 다리가 지대로 안 낫고 쩔뚝발이가 돼봇씨요. 그때야 천상 쪽박 신세가 아니고 머시겄소."

"이사람아, 아무리 맘이 답답허고 캄캄혀도 말얼 그리 막 허는 법이 아니시. 맘얼 편히 묵고 냄편 다리가 잘 낫게 해도라고 지성으로 빌기나 허소."

감골댁은 나무라는 어조로 말했다.

"그간에 참자 참자 힘스로 살아왔는디, 남정네라는 것이 허는 꼬라지럴 보면 하도 기가 차 속이 뒤집어진당게라. 의병으로 나서서 처자석 고상시킨 것이야 그렇다고 치고, 인자 피해 살게 되었으면 호강언 못 시키드라도 맘이나 편케 맨글어얄 것 아니겄소. 근디 머시가 잘났다고 넘덜보담 앞에 나서서 설레발 치다가 저 꼴이 됐시니 나가 누구럴 믿고 살겄소. 내 신세가 생각헐수록 기맥히고 앞길이 막막허요."

부안댁은 손등으로 눈을 문질렀다.

"아네, 자네 맘 다 알어. 허나 자네 남정네가 주색잡기럴 히서 집안살림 망치고 처자석 고상시킨 것 아니덜 안혀. 그런 못된 남정네덜이 쌔고 쌘 판인디, 손샌이야 다 장헌 일 허다가 그리된 것잉게 자네가 맘얼 넓게 묵어야 쓰네. 하면, 손샌이야 장헌 남자제."

감골댁은 진정으로 부안댁을 위로하고 타일렀다. 부안댁의 마음은 지난날 자신이 순간순간 품었던 마음이기도 했던 것이다.

"그리 장헌 일얼 혔다고 누가 알아주기럴 허요, 묵을 것이 생기기럴 허요. 그저 숨어사니라고 정신없고, 쫄쫄이 배만 곯제. 다 소양 없는 짓이구만이라."

"아니시, 아녀. 다 시국이 잘못돼서 그런 것이제 옳은 일이야 언제고 옳은 일이고 장헌 일이야 언제고 장헌 일인 것이여. 그것이야 맘 통허는 사람찌리야 다 아는 일이시. 자네야 그저 맘 넓게 묵고 기운 내소. 나 겉은 사람도 사는 것 봄스로 말이시. 어쨌그나 남정 네가 옆에 있는 것언 천복잉게."

감골댁은 부안댁의 손을 꼭 잡았다. 부안댁은 더 말이 없었다.

그들의 앞에는 군산 시가지가 가깝게 다가오고 있었다.

"누구 알음이 있었으면 좋았을 것인디."

감골댁은 불안감이 다시 살아나고 있었다.

"걱정 마씨요, 어찌 되겠제라."

부안댁은 치맛말기를 끌어올렸다.

시가지로 들어서며 감골댁과 부안댁은 서로 약속이나 한 듯 입을 다물었다. 고개를 숙인 듯한 두 사람은 길 가장자리를 따라 부지런히 걷기만 바빴다. 그들은 자신들도 모르게 기죽고 주눅들어 몸이 움츠러들고 있었다.

넓게 뻗어나간 길 양쪽으로는 새로 지은 일본집들이 번듯번듯하게 줄지어 자리잡고 있었고, 일본상점들에는 신식물건들이 눈선 치장과 윤기를 내며 그득하게 차 있었다. 인력거나 자전거는 큰길을 바삐 오가고, 길 양쪽의 인도로 다니는 사람들도 거의가 일본

사람들이었다. 일본말과 함께 그들의 나무신짝 울리는 소리가 시끄러울 지경이었고, 일본여자들은 하나같이 화사하게 잘 차려입고 있었다.

그런데 감골댁과 부안댁의 낡아빠진 삼베입성은 후줄근했고, 손질 안 된 머리는 푸시시 헝클어져 있었고, 다 닳아진 짚신발은 때 낀 발가락을 드러내고 있었다. 그런 자신들의 모습이 상점의 유리창에 얼핏얼핏 스칠 때마다 그들은 창피스러움으로 어깨가 조여들었다.

"어디로 가능가?"

너무 빨리 걷는 것이 힘겹기도 하고 자꾸 몸이 움츠러드는 것을 면하고도 싶어서 감골댁은 일삼아 입을 뗐다.

"이, 선창 쪽으로 가능마요."

부안댁이 멈칫 놀라는 기색으로 대꾸했다. 그 목소리가 무엇에 눌린 것처럼 낮게 갈라져 나왔다.

"그려, 그짝에 쌀창고도 많은게. 근디, 잠 살살 가세, 누가 쫓아오는 것도 아닌디."

"야아…… 여그만 나오면 무담씨 그리된당게라."

부안댁은 머리카락을 쓸어넘기며 어색스럽게 웃음지었다.

"나도 그러네. 부잣집 안마당에 들어슴스로 전신에 이가 기고 온몸이 졸아드는 것이나 매일반이제. 다 죄진 것도 없음서 우리가 가난허고 꼴이 숭해서 그런 맘이 드는 것이네."

감골댁도 웃음으로 부안댁을 바라보며 스산하게 말했다.

"음마, 딱 쪽집게시요 이. 여그만 나오면 영판 낯설고 쭈밋쭈밋헌 것이 영 우리 땅 같덜 안탄게라. 나만 그런지 알았등마 감골댁도 그렁마요 이."

부안댁은 어깻숨을 내쉬며 조금 밝게 웃었다.

"그려, 여그야 인자 우리 땅이 아니제. 사람이고 집이고 나무꺼정 일본것 아닌 것이 없응게 바로 여그가 일본이시. 인자 우리가 객이 되야부렀네."

"그렇구만이라. 참 시상이 얄궂게 변해부렀지라."

부안댁은 주위를 둘러보며 쓴 입맛을 다셨다. 일본옷을 화려하게 차려입은 여자와 아이를 실은 인력거가 그녀들 옆을 빠르게 지나치고 있었다. 그리고 한 남자가 일본노래를 불러대며 자전거를 신바람 나게 몰고 있었다.

감골댁과 부안댁은 묻고 물어서 째보선창 끝머리에 새로 생긴 정미소를 찾아갔다.

"한발 늦었소. 사람이 다 찼응게."

조선사람의 무뚝뚝한 대꾸였다.

"글면 어디 또 새로 채린 정미소넌 없당게라?"

낙담하는 부안댁을 밀치며 감골댁이 물었다.

"저그 저짝에 하나가 있기넌 있는디, 거그라고 빈자리가 있을란지 몰르겄소."

"거그가 어디다요?"

감골댁의 눈에 빛이 서렸다.

"저짝으로 쬐깨 더 갔시요."

남자는 건성으로 턱짓하고 돌아섰다.

"얼렁 가세."

감골댁이 부안댁을 잡아끌었다.

"거그라고 자리가 있겠소?"

부안댁의 목소리가 풀려 있었다.

"있고 없고야 가봐야 알제."

감골댁은 앞서 걷고 있었다.

"자리가 두어 개 남기넌 남었는디, 미선소가 노인네 놀이터가 아
닝게 그냥 가는 것이 좋겠소."

불량스럽게 생긴 남자가 감골댁을 내리훑으며 내쏘았다.

"고것이 무신 소리다요?"

"아, 늙어서 말귀도 못 알아묵소? 바늘귀도 못 뀌는 눈으로 쌀이
고 돌얼 어찌 골라내겠소. 쌀도 돌이고, 돌도 쌀로 뵐 것인디."

"나가 그리 눈이 어둡던 않구만이라."

"가서 손지나 봇씨요."

남자가 고개를 돌려버렸다.

"글먼 이 아짐씨 딸이 있는디, 얼렁 딜고 올팅게 나허고 한 자리
썩 써주시게라."

부안댁의 다급한 말이었다.

"아니, 그것언……"

감골댁은 입을 열다가 말고 얼버무렸다. 부안댁이 빠르게 눈짓하

며 옆구리를 찔벅였던 것이다.

"딸이 나잇살이나 묵었어야제 에리먼 쓰잘디없소."

남자가 콧잔등을 찡그리며 귀찮다는 얼굴이었다.

"아니구만이라. 시물잉게 눈도 붉고 일얼 심지게 잘헐 나이구만
이라우."

"시무 살? 그 나이먼 쓸 만허기는 허겄는디. 어디 딜고 와봇시요."

남자가 거만스레 고개를 끄덕였다.

"아이고메 고맙구만이라. 당장 가서 딜고 오겄구만요."

부안댁은 손을 모아잡으며 허리를 굽히고 또 굽혔다.

"오늘이야 해도 다 빠져간게 낼 아칙에 일찍허니 오시오."

부안댁은 얼른 하늘을 올려다보았다. 해는 아직 중천에 떠 있었다.

"해가 빠질라먼 안직 멀었는디……."

부안댁은 불안한 얼굴로 남자를 쳐다보았다. 그 얼굴에 애원이
담겨 있었다.

"나 어디 갈 디가 있응게, 낼 올라먼 오고 말라먼 마씨요."

남자가 불량스럽게 내쏘며 돌아섰다.

"야아, 낼 아칙 일찍 오겄구만요. 우리럴 꼭 써주씨요 이."

부안댁은 다시 허리를 굽히며 말했다. 그러나 남자는 아무 대꾸
없이 정미소 안으로 들어가 버렸다.

"아이고, 인자 되았소. 얼렁 갑시다."

부안댁은 감골댁을 얼싸안을 듯이 하며 환하게 웃었다. 그러나
감골댁의 얼굴은 어둡기만 했다.

"나가 그리 늙었능가……."

감골댁이 걸음을 떼놓으며 중얼거렸다.

부안댁은 난처해서 무슨 말을 해야 좋을지 알 수가 없었다. 늙지 않았다고 하기엔 분명 늙은 나이였고, 늙었다고 하기엔 감골댁의 마음을 서운하게 할 것이었다.

"가차이 사는 우리 눈에넌 그리 안 뵈는디 넘덜 눈에넌 그리 뵈는갑구만이라. 감골댁도 집안이 가난허지만 안 혔음사 발써 큰아덜 손지 서넛 보고 편케 살 나이제 요런 일거리 구허로 댕길 나이가 아니기넌 아니제라."

부안댁은 조심스럽게 말을 돌려서 하고 있었다.

"금메…… 바늘귀가 흐릿허니 어둡기넌 헌디, 그려도 쌀허고 돌 허고럴 못 알아보던 않는디."

감골댁은 힘없는 소리로 말했다.

감골댁은 늙은이 취급을 받는 것만이 서럽고 서운한 것이 아니었다. 마흔고개를 넘으면 벌써 남자도 농사일에서 뒤로 물러나 앉게 되는 법이니까 여자가 쉰고개에서 바늘귀 못 꿰는 늙은이 취급 당하는 것이야 어쩌면 당연한 일이기도 했다. 그것보다는 수국이를 어찌해야 할 것인지가 더 마음쓰이고 있었다. 당장 입에 풀칠이 급하다고 해서 다 큰 딸을 밥벌이에 나서게 한다는 것이 영 마음에 걸렸다.

"감골댁, 그 일이 어디 눈만 붉다고 해지겠소. 날이 날마동 쪼글치고 앉어서 쌀얼 골라내자먼 몸도 젊고 실해야 안 되겠소. 긍게 이래저래 수국이가 지참이구만이라. 감골댁이야 그간에 고상이란 고상 징허게 허고 살았응게 인자 딸자석 덕 잠 봐도 괜찮허요."

부안댁은 일자리를 놓치지 않을 욕심으로 감골댁의 마음을 다독이는 동시에 수국이를 나서게 하려고 그 나름의 입심을 부리고 있었다.

"딸자석 덕 보고 말고가 아니고, 다 큰 가시네럴 그리 내돌려서 될랑가 어쩔랑가 몰르겄구마."

"아이고 감골댁, 그것이야 아무 걱정 없제라 잉. 나가 진돗개맨치로 지킴서 왔다갔다허고, 거그서야 여자덜만 뫼서 일얼 허는디 탈이 나자도 무신 탈이 나겄소. 탈이 나라고 고사럴 지내도 탈날 것이 없응게 그것이야 걱정 말랑게라."

부안댁은 감골댁의 마음을 돌리려고 일부러 과장되게 장담하고 있었다.

"그려도 그것이 글씨……."

"와따, 나가 다 알아서 헌당게라. 수국이 인물 땀시 그러는갑는디, 남자덜이야 일터에 없단 말이오."

"알겄어. 쬐께 더 생각혀 보세."

감골댁은 말꼬리를 사렸다.

해질녘에 어김없이 서무룡이가 찾아왔다. 그런데 그는 혼자였다. 감골댁은 지삼출이가 오지 않은 것이 돈 때문인가 싶어 마음에 걸렸다.

"지샌언 무신 일 있능가?"

감골댁은 조심스럽게 물었다.

"야아, 누구 만내로 가서 잠 늦을 것잉마요. 요새 무신 일 꾸미니라고 지샌이 바뿌구만이라."

"무신 일 꾸미는디? 또 뙤놈덜허고 싸울라는 것잉가?"

감골댁이 놀라움을 드러냈다.

"아니요, 조합얼 맨든다등마요."

"조합? 조합이 머시여?"

감골댁이 다가앉으며 물었고

"농장얼 지닌 것도 아니고 정미소럴 허는 것도 아닌디 막일해 묵는 신세에 조합언 무신 놈에 조합이여?"

방대근이가 어이없다는 표정을 지었다.

"니 시방 무신 소리 허고 앉었냐. 조합이란 것이 왜놈지주덜이나 왜놈부자덜만 맨드는 것인지 아냐? 우리겉이 막일해 묵는 사람덜일수록 조합얼 맨글어 심얼 합쳐야 되는 것이여. 그래야 부두 왜놈덜도 우리럴 무시 못허고, 뙤놈덜도 즈그 맘대로 나대덜 못허게 되는 것이여, 니 알아묵어?"

"와따, 니가 언제보톰 그리 유식해져 부렀다냐? 공자님 말씀 찜쪄묵는디?"

방대근이가 기색을 달리하며 몸을 일으켰다. 그 얼굴이 진지했다.

"유무식이야 손바닥 뒤집기제. 나도 사날 동안에 귀동냥힜다."

서무룡이가 눈을 찡긋했다.

"조합언 조합인디, 이름이 머시여? 막일꾼조합이여, 짐꾼조합이여?”

“어허, 점잖찬케! 노동조합이제, 노동조합, 노동자덜이 뭉친 노동
조합!”

서무룡이는 수염이라도 쓰다듬는 듯한 태도를 지었다.

“공연시 그것 맨글어 권세 있고 돈 있는 왜놈덜헌티 미움 안 살
랑가 몰르겄네. 긁어 부시럼이면 큰일인디.”

감골댁의 근심스러운 말이었다.

“그런 걱정 안 해도 되능마요. 저어, 물 잠 묵었으면 쓰겄는디요.”

서무룡은 넌지시 물을 청했다.

“이, 그러소. 야아야 수국아, 물 한 사발 떠오니라아.”

감골댁은 하루도 빠짐없이 찾아주는 서무룡이가 고마워 큰 소
리로 외쳐댔다.

곧 수국이가 물사발을 들고 들어왔다. 서무룡이가 수국이를 올
려다보며 두 손을 내밀었다. 그 눈이 평소와는 딴판으로 더없이 부
드럽고 순해 보였다. 그런데 감골댁이 얼른 물사발을 받아들었다.
그리고 서무룡이에게 전해주었다. 순간적으로 서무룡이의 얼굴에
찬바람이 스치고 지나갔다. 그는 그런 속마음을 감추려는 듯 물을
벌컥벌컥 들이켜기 시작했다.

지삼출은 밤이 늦어서야 찾아왔다.

“무신 조합얼 맨든담서? 그것이 공연시 이래저래 말썽이 안 될랑
가?”

감골댁은 지삼출을 보자마자 이 말부터 꺼냈다.

"야아, 무룡이헌티서 들으셨는갑소 이. 그것 맨들어서 이익이먼 이익이었제 손해넌 볼 것 없응게 아무 걱정 마시게라. 그리 한덩어리로 안 뭉치고넌 갈수록 우리가 손해럴 볼 것잉마요."

지삼출은 자신에 차서 말했다.

"조합 이름언 정했소?"

방대근이가 나타낸 관심이었다.

"이, 신노동조합이라고 말이 오가는디."

"새것이다 허는 뜻으로 신 자다요?"

"허! 척 헝게 삼천리시."

"신노동조합, 이름 좋구만이라."

방대근이가 빙긋 웃으며 고개를 까딱거렸다. 지삼출과 방대근의 눈길이 어떤 진한 감정으로 엉클어지고 있었다. 그들을 바라보며 감골댁은 무슨 말을 한마디 할까 하다가 그만두었다. 말이 먹혀들 것 같지 않았던 것이다.

밤이 깊어가도 감골댁은 잠들지 못하고 있었다. 지삼출에게 미선소 이야기는 꺼내지 않았다. 체면으로라도 막고 나설 것이 틀림없었던 것이다. 대근이와 수국이에게도 말을 못 꺼내고 잠자리에 누울 수밖에 없었다. 대근이가 가만히 있을 것 같지가 않았다. 그렇다고 수국이한테만 알릴 수도 없었다. 차마 에미로서 입이 떨어지지 않았다. 과년한 딸을 시집을 못 보내고 입에 풀칠이나 하자고 밖으로 내돌린다는 것이 그렇게 죄스럽고 면목 없을 수가 없었다. 아들자식과 딸자식의 차이는 그런 것이었다. 딸보다 나이 어린 아

들이 밥벌이를 해올 때는 안쓰러운 마음 한편으로 장하다는 생각
이 있었던 것이다.

늦잠이 든 감골댁은 그릇 부딪는 소리에 잠이 깨 서둘러 밖으로
나갔다.

"엄니, 이얘기 다 들었소. 나가 엄니 대신 잘헐 거싱게 아무 걱정
마씨요."

감골댁은 딸에게 손을 잡혔다.

"발써 부안댁이 댕게갔다냐……"

34

덧나는 상처

아침저녁으로 소슬한 바람이 일어났다. 하늘은 맑은 물로 날마다 씻어내는 듯 해맑은 푸르름으로 지향 없이 높아져 가고 있었다. 넘실거리는 황금빛으로 풍성했던 들녘은 하루가 다르게 황량하게 변해가고 있었다. 들녘의 황금빛은 단순한 황금빛이 아니었다. 볏잎들이 지닌 질감으로 그 황금빛은 폭신폭신한 느낌으로 들녘을 아득하게 덮고 있었다. 그 폭신함과 질펀함이 누구에게나 푸근함과 넉넉함을 품게 했다.

황량하게 변해가는 들녘에는 그리도 극성을 부리던 참새떼들도 이제 보이지 않았다. 바쁜 일손들을 따라 들녘의 황금빛은 날마다 무너져 가고 있었다. 그 황량함은 물이 가득 실려 듬직하고 그득해 보이던 포구가 썰물이 되면서 갯벌을 드러내는 것이나 마찬가지였다.

허리를 펼 짬이 없도록 바쁜 일손을 놀리고 있는 농군들 중에는 들녘의 황금빛을 멀리 바라보면서 느꼈던 푸근함과 넉넉함을 그대로 가슴에 간직하며 고된 한해살이에 보람과 만족을 느끼는 사람은 그다지 많지 않았다. 그들은 얼굴이 부어오르도록 허리를 굽혀 바삐 일손을 놀리며 들녘을 황량하게 만들어가는 것처럼 그들의 가슴도 황량하게 변해가고 있었다. 아무리 애써 가을걷이를 해보았자 자작농이 아니고서는 배고프고 추운 겨울만 앞에 놓여 있을 뿐이었다.

빼앗긴 농토를 찾으려고 면사무소로 몰려갔던 내촌과 외리 사람들은 소작인들보다 더 심하게 가슴에 찬바람이 일고 있었다. 확실한 자기 논에 농사를 짓고서도 소작인 꼴로 곡식을 빼앗겨야 하는 억울함 때문만이 아니었다. 모두 엉덩이가 터지고 으깨지도록 몽둥이질을 당해서도 아니었다. 주모자로 잡혀 들어간 박병진과 김춘배가 여직껏 풀려나지 못하고 있었던 것이다. 재판을 받아야 한다고 전주로 넘기고서도 재판도 하지 않고 세월만 보내고 있었다. 그일만이 아니었다. 몽둥이질을 당한 사람들 중에서 여섯이나 불구자가 생겨났던 것이다.

내촌에서는 두 사람이 절름발이가 되었다. 그에 비해 외리에서는 네 사람이나 불구자 신세가 되었다. 그런데 그들 넷이 전부 절름발이가 아닌 것이 문제였다. 절름발이는 두 사람이었고, 한 사람은 절름발이에 성불구가 되었고, 나머지 한 사람은 겉모양은 멀쩡한데 성불구가 된 것이었다.

해가 뉘엿뉘엿해지면서 들마을에는 저녁연기가 피어나기 시작하고 있었다. 지칠 대로 지친 박건식은 들길을 터덕거리며 걷고 있었다. 마을이 가까워지자 그는 더 맥이 빠지고 있었다. 점심도 굶고 하루종일 걸은 걸음이었다.

"어이, 자네 건식이 아니라고?"

멀찍이 떨어진 논에서 볏단을 묶고 있던 사람이 목청을 길게 뽑았다.

"야아, 안직도 일허시오?"

박건식은 껄껄한 소리로 마지못해 대꾸했다. 배도 고프고 목도 말랐다. 더구나 마음이 암울해서 그 누구하고도 말을 엮고 싶지가 않았다.

"아부지넌 어쩌시등고? 몸이나 성혀?"

논을 벗어난 그 남자는 빠른 걸음으로 박건식 쪽으로 다가오고 있었다.

"그냥 그렇제라."

박건식은 또 건성으로 대꾸하며 몸이 허물어져 내리는 것을 느끼고 있었다. 그는 그 자리에 주저앉고 말았다.

"이런, 자네가 기운이 다 파했구마. 담배나 한 대 태우소."

그 남자가 혀를 차고 박건식의 옆에 앉으며 쌈지를 꺼냈다.

박건식은 썰렁하게 변해가고 있는 들녘을 망연히 바라보고 있었다. 햇살이 걷힌 들녘에는 서늘한 바람이 꼬리를 세우고 있었다.

"재판인지 머신지넌 어찌 된다등가?"

곰방대에 담배를 재며 그 남자는 박건식의 눈치를 살폈다.

"몰르겄구만요. 다 즈그덜 맘대롱게."

박건식은 한숨을 푹 내쉬었다. 오늘 면회에서도 알아보려고 애를 썼지만 재판이 언제 열릴 것인지는 아무데서도 알아낼 수가 없었다.

"참말로 사람이 미치고 환장헐 일이시 이. 이놈덜이 사람을 몇 달썩 가둬놓고 피 보타 죽이자는 것 아니겄어."

그 남자가 결기를 세웠다. 그러나 박건식은 무표정하게 앉아 있었다. 이제 그런 결기 세운 말이 그에게는 아무런 위안도 힘도 되지 않았다. 다 부질없고 맥빠지는 소리로만 들렸다.

"엄니가 애타는디, 나 그만 가볼라요."

박건식은 무겁게 몸을 일으켰다.

"그려, 얼렁 가보소. 이따가 사랑방에 나올라능가?"

"야아, 그래 보제라."

박건식은 심드렁하게 대꾸하며 터덕터덕 걷기 시작했다.

"참말로 피 토허고 죽을 놈에 시상이다. 생짜로 땅 뺏기고 옥에 갇히고, 저 젊은것 가심이 을매나 땁땁허고 천불이 일 것이여. 아이고메, 요런 빌어묵을 놈에 시상이 은제나 끝날랑고."

그 남자는 우는 얼굴로 박건식의 뒷모습을 바라본 채 담배를 뻑뻑 빨아대고 있었다.

박건식은 고샅으로 접어들며 기운을 추슬렀다. 자신의 낙담하는 모습을 보여 밤낮없이 애를 태우고 사는 어머니의 가슴에 새 불덩이를 올려놓을 수는 없었던 것이다.

"나가 없는 집안에 니가 인자 어런이다. 아무리 애가 타고 속이 상허드라도 맘 묵직허니 묵고 식구덜헌티 속맘얼 다 내보이덜 말어야 쓴다. 딴 식구덜보담도 엄니헌티넌 궂은 소리럴 한마디도 허덜 말어라. 근심 걱정이 되는 말얼 개리지 않고 히서 부모 속얼 상허게 허는 것언 세끼 밥얼 지대로 봉양 못허는 것보담 더 큰 불효다."

아버지의 다짐이었다.

박건식은 활기찬 몸짓으로 사립을 들어서며 큰기침을 했다.

"아이고, 인자 오시오."

단번에 기척을 알아들은 아내가 부엌에서 뛰쳐나왔다.

"어디, 아범 왔다냐!"

거의 동시에 방문이 벌컥 열리며 어머니도 방에서 뛰쳐나왔다.

"야아 엄니, 잘 댕게왔구만이라."

박건식은 밝게 웃으며 어머니에게 인사했다.

"아부지 몸이 어떻트냐?"

긴장된 얼굴로 대목댁이 물었다.

"아무 탈 없으시등마요. 아부지야 원체로 짱짱허신게라." 박건식은 마루에 걸터앉으며 밝은 어조로 말하고는, "나 물 잠 주소." 아내에게 눈길을 돌렸다.

"참말로 무병허신겨?"

"야아, 무병허시고 입맛도 그대로라 진지도 잘 잡순다고 허시등마요."

그러나 그건 거짓말이었다. 옥살이가 바로 지옥살이라는 말대로 아버지의 신수는 많이 상해 있었다.

"근디, 무신 존 소식이 있드냐?"

대목댁의 물음은 잠시도 쉴새가 없이 쏟아지고 있었다. 아들이 남편을 면회 갔다 오면 언제나 그랬다.

"야아, 요분에 새로 들은 말인디, 재판이 늘어지는 것이 존 징조라고 허등마요. 무신 말이냐 허먼 말이요 이, 죄가 무건 사람덜보톰 골라내서 재판얼 허니께요. 긍게로 아부지 재판이 늘어지고 있다고 히서 애달아헐 것 없구만이라."

엉뚱한 말을 지어내느라고 박건식은 아내가 떠온 물을 마실 짬도 내지 못한 채 물사발을 그대로 들고 있었다. 그의 아내 반월댁은 남편이 들고 있는 물사발을 쳐다보고 시어머니를 곁눈질하고 하면서 무슨 말인가를 할 듯 말 듯 하고 있었다.

"고것이 참말이여? 아부지보담 죄가 더 중헌 사람덜이 그리 많혀?"

대목댁은 아들 옆으로 바짝 다가앉았다.

"하먼이라. 우리가 소문 들어 알디끼 땅 뺏긴 사람덜이 여그저그서 수없이 안 들고일어났소. 그런 사람덜 중에넌 토지조사국 왜놈얼 두들겨패고 패대기친 사람덜도 있고, 면사무소럴 때래부신 디다가 면직원덜얼 몰매 친 사람덜도 많다고 허드랑게요. 그런 것에 비허먼 아부지 죄야 죄도 아니랑게라."

이건 거짓말이 아니었다. 땅을 찾으려는 사람들이 패를 짜서 행동하는 일이 빈번해지면서 그런 일을 저지른 사람들도 자꾸 많아지고 있다고 했다.

"그려, 그 사람덜 죄가 아부지보담 중허기넌 중허구마. 근디 그런 사람덜언 재판이서 벌얼 얼매썩이나 받을랑고?"

"목타는디 물보톰 묵고 나서 이얘기허시게라."

반월댁은 더는 견디지 못하고 입을 열고 말았다. 감정을 눌러온 터라 그 목소리는 의외로 크고 퉁명스러웠다.

"잉, 그려그려. 나가 맘이 급허다 봉게 물 믹일 정신도 없었다."

대목댁은 멋쩍은 얼굴이 되었다.

"소문에넌 벌이 클 것이라 허등마요."

박건식은 내키는 대로 대답을 하고는 물을 마시기 시작했다.

물을 단숨에 마셔버리는 아들을 보면서 대목댁은 비로소 아들이 몹시 시장해한다는 것을 알아차리고 있었다.

"아가, 아범 시장허겄다. 밥 어찌 되았냐? 당아 멀었다냐?"

대목댁은 며느리에게 거푸 묻고 있었다.

"야아, 시방 뜸딜이고 있구만이라."

"어허, 진작진작 해뒀다가 딱 밥상 받게 헐 것이제. 배고픈 것이야 나랏상감도 못 참는 법인디. 얼렁 혀라, 얼렁."

대목댁은 손까지 저어가며 뒤늦게 닥치고 들었다.

며느리 반월댁은 입이 뿌루퉁해져 돌아섰다. 부엌으로 들어서며 반월댁은 결국 구시렁거리기 시작했다.

"참말로, 늦은 밥 묵고 새북장 가네. 물도 못 묵게 잡질 때넌 은제고 뜸딜이넌 밥 얼렁얼렁 허라는 억지넌 또 머시여. 자석 배고픈 것이 그리 애타면 앉아서 말만 허덜 말고 어서 나서서 아궁지에 부채질얼 해대등가 입으로 불어대등가 히서 뜸얼 딜여보제."

밥을 허겁지겁 먹어치운 박건식은 숭늉을 두 사발이나 들이켰다. 허기 못지않게 갈증도 심했던 것이다. 숨쉬기가 거북할 지경으로 배가 차자 담배를 말아피울 수도 없이 전신이 늘어지고 퍼졌다. 그리고 하루종일 먼 길을 걸어온 피곤이 한꺼번에 잠으로 몰려왔다.

"땅언 목심이여. 논밭얼 수백 마지기썩 지닌 부자양반덜헌티야 땅언 재산이제만 우리겉이 열댓 마지기로 자작허는 사람덜헌티넌 땅언 바로 목심이다 그것이여. 그 땅 잃어불면 바로 저승이 눈앞으로 닥친게 무신 말얼 더 허겄냐. 땅언 기연시 찾아야 써."

박건식은 아버지의 말을 생각하며 눈을 비비댔다. 그러나 마음처럼 눈은 쉽게 떠지지 않았다. 잠이 끈끈하게 달라붙으며 전신을 흐물흐물하게 녹이고 들었다. 땅을 기어코 찾으려면 사랑방에 나가야 했다. 가서 사람들에게 아버지가 겪는 고생을 전해야 했다. 그래서 그 사람들이 힘을 하나로 뭉치게 해야 했다. 박건식은 감당하기 어렵게 덮쳐오는 잠을 떠밀어내며 가까스로 몸을 일으키고 있었다. 그의 입에서는 신음 같은 소리가 흘러나왔다.

"그리 곤허면 그냥 자제 멀라고 또 일어나냐."

대목댁은 안쓰러움으로 혀를 차며 아들을 부축했다.

"아니구만이라, 사랑방에 나가야제라. 땅얼 찾어야 헝게, 땅얼……"

잠이 담뿍 든 눈을 뜨지 못한 채 박건식은 잠꼬대하듯 하고 있었다.

"그놈에 사랑방에 나간다고 무신 땅 찾을 길이 열린다냐. 다 맥아리빠지는 헛소리만 까발리고 앉었는 판인디. 혼자 잽혀 들어간 느그 아부지만 분허고 원통헌 일이제. 그 사람덜이야 인자 신간 편케 지냄스로 느그 아부지 고상이야 생각허는지나 아냐. 다 즈그덜 잠자리 편허고 배 따땃허먼 그만인 것이제."

대목댁은 성난 얼굴로 목소리가 거칠었다. 박건식은 잠이 확 걷히는 것을 느꼈다.

"엄니, 고것이 무신 소리다요!"

박건식은 눈을 크게 뜨며 어머니에게 정색을 했다.

"어째, 나가 틀린 말 혔냐. 느그 아부지가 즈그덜 대신으로 잽혀 들어가 그 고상허는디 즈그덜이 헌 일이 머시가 있냐. 즈그가 느그 아부지 내노라고 나서보기럴 혔냐, 땅얼 찾겄다고 새 일얼 꾸미기럴 혔냐. 그저 즈그덜 묵고살겄다고 농새짓기에 정신 팔았제 헌 일이 머시가 있냐 그 말이여!"

대목댁의 언성은 더 높아지고 있었다. 박건식은 어머니의 말이 다른 때와는 달리 푸념이 아니라는 것을 알았다. 어머니의 입장에서 보면 그 말이 과할 것도 없었다. 그러나 그건 또 내놓고 할 말은 아니었다. 그들도 제각기 태형을 맞고 나와 똥물을 먹으니 약초를 붙이느니 해가며 앓을 만큼 다 앓은 사람들이었다. 그리고 없는 돈을 염출해서 아버지의 뒷바라지를 했고, 줄곧 마음들을 써오고 있는 처지였다.

"엄니, 엄니 타는 속 다 아요. 근다고 그리 말허먼 되겠소. 그 사람덜도 그간에 저저끔 고상험스로 아부지 일에도 헌다고 허고 있응게 엄니가 쬐께 참으씨요. 엄니가 속탄다고 그런 말 내놓고 혔다가넌 그 사람덜허고 이나요. 시방 우리 편이 그 사람덜 말고 어디 또 있소. 허고, 그 사람덜허고 심 합치란 것이 아부지가 항시 허는 당부랑게라."

대목댁은 남편의 당부라는 말에 그만 더 할 말이 없어지고 말았다.

"가든지 말든지 니 알아서 혀."

대목댁은 돌아앉아 버리고 말았다. 박건식은 트림을 하며 몸을 일으켰다.

박건식은 마당으로 나서며 몸을 부르르 떨었다. 서늘한 기운이 섬뜩하게 옷 속을 파고들었다.

"아이고메, 가을이 요리 영글었능가."

박건식은 팔짱을 끼고 몸을 웅숭그리며 사립을 나섰다. 어둠 어디에선가 가을벌레소리가 가녀리고 투명하게 들리고 있었다. 그 사무치는 흐느낌 같은 애잔한 소리에 박건식은 불현듯 마음까지 추워지는 것을 느꼈다.

가을벌레가 밤 깊은 줄 모르고 울어대면 찬바람을 타고 기러기 떼가 날아오고, 기러기떼가 끼룩끼룩 울어대며 하늘가를 줄지어 날면 울긋불긋 단풍 든 나무들은 잎들을 떨구기 시작하면서 겨울이 닥쳐왔다. 그 절기 변화를 따라 벼를 베고 타작을 하고 볏단을 쌓는 가을걷이가 이루어졌다. 나락섬을 차곡차곡 쌓다 보면 가을 걷이의 힘겨움도 몰랐고, 미처 갈아입지 못한 삼베옷을 파고드는 추위를 느낄 겨를도 없었다.

그러나 그런 가을은 떠나고 없었다. 논을 빼앗기게 되면서 마음은 가을걷이를 하기 전부터 벌써 추위를 느끼기 시작했다. 애써서 가을걷이를 해보았자 수확의 절반은 빼앗기고 말았다. 절기보다 먼저 겨울이 마음에서 시작된 것이 벌써 몇 년째였다.

사랑방에는 네댓 사람이 자리를 잡고 앉아 있었다. 그들은 박건식을 보자 하나같이 그의 아버지 박병진의 안부를 물었다.

"몸이 아프신 디넌 없다고 허시는디, 축나기넌 많이 축났드만이라."

박건식은 그들에게만은 사실대로 말했다. 그들은 아버지가 겪고 있는 고생을 알아야 될 사람들이었다. 그리고 그들은 아버지의 고생을 통해서 마음을 더 단단하게 뭉쳐야 될 사람들이었다.

"어찌 안 그러겄어. 그 양반 앞이서야 우리가 다 죄인이제."

한 사람이 가라앉은 소리로 말했다.

"근디 재판언 어찌 된다등가?"

다른 사람이 물었다.

"똑같은 소리 여러 번 허게 맨들지 말고 이따가 다 뫼이먼 한 번에 듣세. 저 사람 속상허고 심드는디."

그 옆사람의 말이었다.

그들 사이에는 한동안 말이 없었다. 침침한 등잔불빛 속에서 곰방대만 빨아대거나 시무룩하게 앉아 있었다.

"염병허고, 날이 썬들썬들해징게 긍가 어쩐가 궁뎅이가 찌릿찌릿 속으로 찔름스로 허리가 묵지그리허니 아프다가 콕콕 쏘다가 헌당게로."

누군가가 무뚝뚝하게 중얼거렸다.

"어허, 자네도 그러다가 일 만내는 것 아니여?"

다른 사람이 얼른 말을 받았다.

"일언 무신 일?"

"용철이맨치로 연장이 말 안 들어부는 것 아니냔 말이여."

"머시여! 재수대가리없이 무신 잡소리여, 잡소리가."

그 남자가 벌컥 화를 냈고, 이 사람 저 사람 입에서 웃음소리가 흘러나왔다.

"그것 그냥 잡소리가 아닐란지도 모르는디? 용철이도 겉보기야 멀쩡헌디 연장이 빙신 된 것 아니드라고."

다른 사람이 뚱하게 말했다.

"아니, 나도 좆대감지럴 못쓰게 되기럴 바래는 것이여 시방?"

그 남자가 눈을 부라리고 덤볐다.

"어허, 누가 기팔이 자네 연장이 못쓰게 되기럴 바래겄어. 서로 걱정이 된게 허는 소리제."

"내 연장 어찌 될랑가 걱정허덜 말고 저저끔 연장이나 걱정허드라고. 내 좆대감지야 초저녁에도 짱짱허니 스고 새북에도 빳빳허니 스고, 잘만 스고 잘만 구녕 판게."

"대낮에넌 꼿꼿허니 안 슨가?"

"이, 인자 봉게 초저녁에도 한바탕, 새북에도 한바탕, 그놈얼 너무 일 시키다 봉게 허리도 궁뎅이도 그리 아픈 것이로구마."

"맞어, 맞어. 방애찧기럴 과허게 히서 그리된 것이여."

"아이고 말덜 말어. 말 한마디 잘못 꺼냈다가 나가 동네북이시."

한기팔이는 팔을 내저었다.

"장난말이 아니라 용철이 그리되야분 걸 보면 우리도 어찌 될랑가 몰라 영 겁나고 안심이 안 된당게로."

누군가가 어눌한 소리로 말했다.

"이, 말이 났응게 말인디, 나도 영 맘이 껄쩍지근허당게."

"어허, 실답잖은 소리. 다 맘이 병인 것잉게 그리 맘묵덜 말어."

"그려, 그짝으로 맘이 쏠리면 그것이 자꼬 쫄아드는 것 같드랑게로."

김용철의 사건에 그들은 마음의 일치를 보이고 있었다. 김용철이가 성불구가 된 것은 그들에게 그만큼 충격이었던 것이다.

그들이 다함께 태형으로 입은 상처를 앓고 났을 때 김용철은 말짱한 모습이었다. 그런데 달포쯤 지나자 이상한 말이 그들 사이에 오가게 되었다. 김용철이의 그것이 못쓰게 되었다는 것이었다. 그들은 놀라움과 함께 그 사실을 믿을 수가 없었다.

그런데 김용철이가 그렇게 된 것은 두 번째였다. 그보다 앞서 하봉수의 그것이 쓸모가 없게 되었다는 말이 퍼졌다. 그러나 그들은 하봉수의 재수없음을 마음 아파했을 뿐 별로 놀라지는 않았다. 왜냐하면 하봉수는 절름발이가 되도록 살 속 깊이 다쳤으므로 그때 그것도 상하게 된 것이려니 짐작했던 것이다.

그들이 의아스러워했지만 김용철의 성불구는 사실로 드러났다.

"사람 환장허고 죽을 일이랑게. 맘언 훤헌디 그 잡놈에 것이 영 말얼 안 듣는단 말이여. 나넌 인자 끝장나분 목심이여. 자석새끼 없는 몸으로 끝장나분 드런 놈에 팔자라닝게."

술에 취한 김용철이가 눈물까지 찔찔거리며 털어놓은 말이었다.

옛날부터 태형을 잘못 맞아 앉은뱅이가 되거나 절름발이가 되는 것은 흔한 일이었다. 그런 것보다 흔하지는 않아도 그것을 못쓰게 되는 일도 더러 있었다. 태형을 받게 되면 곤장 치는 형리에게 따로 뒷돈을 쓰는 까닭도 그런 뒤탈이 생기지 않게 하기 위해서였다.

"태형 50대라고 다 똑같은 50대간디. 곤장 따라 틀리고, 형리 따라 틀리는 법이제. 아, 똑같은 형리라도 돈얼 묵고 안 묵고에 따라 매질이 하늘허고 땅 차이로 달라지는 법잉게. 근디 자네덜이야 독 올른 왜놈덜헌티 쿠린 동전 한 닢 안 바치고 곤장도 아닌 생짜 몽딩이로 매타작얼 당했시니 전부가 절름발이 안 되고, 전부가 그것 못쓰게 안 된 것이 천행이라먼 천행이여."

동네 노인들의 말이었다.

그나마 앉은뱅이가 생기지 않은 것을 다행으로 여겨야 할 지경이었다.

김용철은 의원을 찾아다니기도 했다. 침을 맞기도 하고, 약을 지어다 달이기도 했다. 그러나 그는 아무 효과도 보지 못하고 있었다.

사람들이 하봉수보다 김용철에게 더 관심을 쓰는 것은 그럴 만한 까닭이 있기도 했다. 김용철이가 하봉수보다 열 살이 더 젊었던 것이다. 그리고 하봉수는 아들 둘에 딸이 둘이었고, 김용철은 자식도 없는 스물여덟 살이었다.

"근디 말이여, 용철이가 요상시럽게 변해간당게. 사람얼 실실 피허고, 맞대허고 앉어도 통 말얼 안 허고 말이여."

"어디 그뿐이간디. 혼자서 술얼 퍼마시고 댕기는 것이야 다 아는 일이고, 술만 마시고 들어오면 마누래럴 볶아친다등마."

"볶아치다니?"

"그 안 있능가. 안 되는디도 헐라고 발광얼 쳐대고, 그러다가 결국 안 되면 마누래럴 틀어잡고 니 한눈포는 것 아니냐, 어떤 놈 맘에 두고 지내는 것 아니냐 험스로 욱대기고 잡지고 허능 것이 똑 미친 사람 같다등마."

"그것 참 쌩사람 잡을 일이시. 그 사람이 맘얼 그리 묵어서넌 안 될 것인디."

"그 사람이라고 그러고 잡아 그러겄어. 몸 성헌 우리덜이야 아무헐 말이 없제."

"허기넌 그려. 우리가 존 소리라고 혀봤자 그 사람 화만 질를 것잉게."

"오늘도 여그 안 오겄제?"

"그럴 것잉마."

"가만히 있어라 보자아, 인자 얼추 다 뫼덜 안혔다고?"

연장자인 남상명이가 방 안을 둘러보았다. 그의 말을 따라 그들은 서로 옆사람을 확인해 나갔다.

"하샌허고 강샌이 안 왔구만이라."

한기팔이 남들보다 먼저 두 사람을 찾아내고 있었다. 하샌이란 절름발이에 성불구가 된 하봉수였고, 강샌이란 그냥 절름발이가 된 사람이었다.

"하샌이야 안 올 사람이고, 강샌이야 올 것인디⋯⋯."

남상명은 중얼거렸다. 그러나 강샌을 빼놓고 회의를 시작할 수는 없었다. 그가 절름발이인 탓이었다. 자칫 잘못했다가는 그도 김용철이나 하봉수처럼 떨어져 나갈지도 모를 일이었다.

"와따메, 이놈에 담배연기 잠 보소."

그때 방문이 벌컥 열리며 얼굴을 디미는 사람이 있었다. 강샌이었다.

"어허 참 용허시. 호랭이 지 말 헝게 딱 불거지네그랴."

누군가가 입빠르게 말했다.

"호랭이 지 말 혀? 요놈으 못된 놈에 주딩이덜이 뫼앉아 무신 숭덜 봤능고? 요놈에 쩔뚝발이가 어째 요리 늦는다냐. 쩔뚝발이 꼬라지에 어디서 술 처묵고 오다가 엎어졌다냐 잦혀졌다냐 힘스로 숭 봤능가?"

강 서방은 방으로 들어서며 입심 좋게 쏟아놓고 있었다. 그는 다리를 절게 된 뒤로도 그전과 조금도 달라진 것 없이 활달했던 것이다.

"고까짓 것이 무신 숭이여 숭언. 더 지독시런 숭얼 보든 참이구마."

"그보담도 더 지독시런 숭이 머시까? 어디 잠 들어보세."

강 서방은 사람들이 좁히며 내준 자리에 주저앉으며 느긋하게 웃었다.

"자네가 밥상 물리기 바쁘게 한바탕 떡 치니라고 넋빠져 여그 오는 것도 잊어분 것이라고 쌔가 닳게 숭보니라고 시끌시끌혔당게."

한기팔의 능청스런 말이었다.

"와따, 다덜 어찌 그리 귀신이까? 떡 치는 소리가 여그꺼정 다 딛긴 것 아니라고? 나 그럴지 알았구마. 우리 각시도 그럴지 알고 이따가 한밤중에 허잔 것얼 나가 참을 수가 있어야제. 어찌 된 놈에 것이 쩔뚝발이 된 담보톰 염치체면도 없고 눈치코치도 없고 시도 때도 없이 나 배고파 죽겄응게 얼렁 떡 주소 험스로 생지랄발광이랑게. 그러니 나라고 어쩔 것이여."

강 서방은 넉살 좋게 받아넘기고 있었다.

"아이고 저놈에 입, 무당 사설 찜쩌묵겄다."

"중놈 염불 외디끼 술술 잘도 나오네."

"아니 강샌, 그것이 참말이여 머시여?"

누군가의 엉뚱한 말이었다.

"참말인지 아닌지넌 자네가 쩔뚝발이 돼보소. 누가 담배 한 대 적선허제."

강 서방이 말을 팅겨버렸고, 여기저기서 혀 차는 소리가 낮게 들렸다. 그 바람에 방 안이 어색해지고 말았다.

"저어…… 다덜 뫼었응게 병진이 아재 면회 갔다가 온 건식이 말얼 듣기로 허겄소. 어이 건식이, 인자 아부님 소식 전허소."

남상명이 분위기를 바꾸었다. 그의 말에 사람들은 자리를 고쳐 앉거나 낮은 기침소리를 냈다.

"저어…… 가서 면회럴 허기넌 힜넌디, 전허고 달라진 것이 암것도 없구만이라. 안직도 재판이 언제 열릴란지 몰룽게라. 근디 아부지가 전허라는 말이 있구만요. 인자 더 패 짜서 나스지넌 말라고라. 사람덜이 사방서 들고일어난게 왜놈덜이 점점 더 씨게 몰아친게요. 그렇다고 손끝 맺고 앉어서넌 안 된다고 허시등마요. 땅얼 찾자먼 맘얼 한덩어리로 뭉쳐서 열흘이나 보름거리로 토지조사국에 땅 도로 내놓으라는 문서를 자꼬 내야 헌다고 당부허시등만이라."

박건식은 우울한 음성으로 말을 마쳤다.

한동안 아무도 말이 없었다. 담배들만 피워대고 있어서 방 안은 더욱 어둠침침했다.

"저어, 아재 말씀이 백번 옳으요. 우리 대신 갇힌 아재 고상이야 우리가 평상 갚어야 헐 빚이고, 아재 고상이 헛것이 안 되게 헐라먼 우리가 한맘 한뜻으로 똘똘 뭉쳐 아재 말씀대로 토지조사국에 문서럴 물이 못 나게 내는 것이 상책이오. 문서럴 내는디 헌병이고 경찰이라도 잡아딜일 수가 없고, 끝없이 문서럴 받다 보면 조사국 놈덜도 입에서 씬물이 나 무신 수럴 내게 될 것잉게."

남상명이 마무리를 지었다.

"근디, 우리가 당허고 난게 여그 가차운 동네 사람덜언 짠득 겁묵고 꼼지락달싹을 못허는디 다른 먼 디 사람덜언 우리맨치로 들고일어난다는 소문이 참말인갑제?"

누군가가 의문스럽게 물었다.

"야아, 어떤 디서넌 토지조사국원이 반 죽게 맞기도 허고, 또 어디서넌 헌병이고 순사가 몰매질얼 당허기도 혔답디다."

박건식이 대답했다.

"그것 참 속씨언허시. 근디 그리 일 저질른 사람덜언 어찌 되는 것이여?"

그 사람이 뒤미처 놀라움을 나타냈다.

"그려서 재판서 사형받은 사람덜도 더러 있다고 허등마요."

"사형? 허, 기맥힌 일이시."

"글고 보면 면장 백가놈이 우리헌티 인심 쓴 것 아니겄어? 매타작허고도 싹 다 옥에 가둬도 그만인디."

"긍게 말이여. 그리 생각허먼 그렇기도 허단 말이시."

"그리 생각허는 사람도 많기는 허제."

"허, 듣다 봉게 백가놈이 금세 부처님 되야부요 이. 허나 그리덜 생각허는 것언 영판 잘못 생각허는 것이구만이라. 그놈이 바로 왜놈덜 앞장서서 우리덜 땅 뺏어가게 맨든 숭악헌 놈이란 말이오. 면직원놈덜허고 먹살잽이헌 것 갖고 아재덜이 각단지게 몽뎅이질 50대썩 당허고, 그 골병으로 이런저런 빙신 생기고, 아부지가 잽혀 들어가고, 그것이 죄닦음으로 과혔으면 과혔제 머시가 인심 쓴 것이다요. 아재덜이 옥에 갇힐 죄럴 저질렀음사 그놈이 그리혔을 상싶으요? 그놈이 선심 쓰는 칙끼허는 디에 속덜 마씨요. 백가 그놈언 병 주고 약 주고 허는 숭악헌 백여신게라."

박건식의 열받친 말이었다.

"그려, 그 백가 겉은 놈덜이 산지사방에 자리 틀고 앉어서 땅 내력 얼 뻔허니 암스로도 왜놈덜헌티 국유지로 문서 다 넴게준 것이여."

"건식이 저 사람 말이 맞구만. 백가놈이 머시가 아수운 것 있다고 우리 편얼 들겄어. 우리가 백여시헌티 홀린 것이제."

"그렇제, 백가놈이야 왜놈이 못 돼서 환장헌 놈인디. 그나저나 건식이가 아부지 안 기신 새에 와짝 어런이 되야부렀다?"

남상명이 대견해하며 박건식을 건너다보았다.

"건식이 자야 아그 적보톰 재앙시럼스롱도 영판 똑똑허덜 안혔소. 동네 호박에 말뚝은 다 박고 댕김서도 예닐곱 살에 천자문 다 뗀 똑똑인디."

한기팔이가 얼른 토를 달았다.

"하이고, 기억도 총총허시. 똑똑헌 건 건식이가 아니라 자네시."

누군가가 퉁을 놓았다.

"이, 고런 말언 자주 헐수록 좋네. 요놈에 시상살이 재미없고 심드는디 똑똑허단 말이나 더러 들어야 살아지제."

한기팔이가 능청맞게 받아넘겼다.

"저어 머시냐, 또 한 가지 중헌 일얼 알릴 것이 있소. 우리가 어지께 오늘로 나락이야 다 비었는디, 낼 모레 새에 타작헐 채비럴 다 끝내야겄소. 글피보톰 사날간에 타작얼 허게 될 것잉게. 그놈에 동척인지 서척인지서 사람덜이 나오기로 되야 있소."

남상명이 사람들을 둘러보며 침울하게 말했다.

"지미 씨펄놈으 것, 타작도 지 맘대로 못헌 것이 발써 멫 년이여 이거."

한 사람이 벌컥 소리를 질렀다.

"이사람아, 열내덜 말소. 요것이 다 조상 잘못 둔 탓이고, 나라 뺏긴 죈게 그리 열내봤자 명만 짧아지네."

누군가가 한숨을 길게 토했다.

"나라 뺏긴 것이야 우리 잘못이 머시가 있어. 우리야 골병들게 땅 파서 오만 세금이란 세금 우로 바치고 아래로 뜯김서 산 죄뿐인 디. 다 양반이란 놈덜이 우리헌티 알궈가고 뜯어간 세금으로 배꼽이 요강꼭지가 되게 배때지 불리고, 100리고 200리고 땅 늘쿼감스로 세금이라고넌 땡전 한 닢 안 내고 사는 것도 모지래서 나라꺼정 팔아묵은 것 아니여. 근디 시상이 이리 뒤집어졌어도 양반이란 것덜언 땅얼 한 치도 안 뺏기고 지화자 얼씨구나 태평세월로 잘만 살아가덜 않냔 말이여. 어찌 보면 왜놈덜보담 더 못된 종자덜이 양반이여, 양반."

"그것이야 소도 알고 강아지도 아는 일 아니드라고. 그런 소리 우리가 아무리 히봤자 입만 아프고 기운만 파헹게 그저 조상 잘못 둔 죄라고 생각허소."

"참, 양반 아닌 조상 욕허자니 뉘서 침뱉기고, 이리 볾히고 저리 채이고 힘스로 살아갈 앞날얼 생각허면 아무 가망도 없이 팍팍허고 캄캄허제."

방구석에서 누군가가 또 한숨을 길게 내쉬었다.

"닌장맞을, 다 부자지럴 짤라서 새끼덜얼 안 깠으면 몰라도 모다 새끼덜이 주렁주렁 딸린 몸으로 그런 앞 짜르고 기운 까라지는 소리덜 허덜 말어. 어쨌그나 못 죽고 살어야 될 목심잉게 맘덜 강단지게 묵고 땅 찾을 궁리나 똑바라지게 혀얄 것 아니겄어."

쏘아지르듯 하는 한기팔의 목소리가 유난스럽게 컸다. 그 바람에 이야기가 더 이어지지 않았다.

"그려, 한샌 말이 맞제, 병진이 아재 생각험스로 맘덜 강단지게 묵드라고. 인자 오늘 이야기 다 끝난 심이구만."

남상명이 약간 물러나 앉았다.

"지년 먼첨 가볼랑마요. 몸이 곤히서⋯⋯."

박건식이 눈을 비비며 일어섰다.

"이, 자네 얼렁 가서 쉬소."

"그려, 곤헌 몸에 너무 오래 있었네."

사람들이 좁혀앉고 등을 굽히며 길을 내주었다.

그들은 이틀 동안 담배 한 대 느긋하게 피울 짬도 없이 바삐 돌아쳤다. 볏단을 묶어 논두렁에 줄가리해서 세웠고, 손 닿는 대로 여기저기 멍석을 끌어모았고, 쇠홀태를 꺼내 녹을 닦아 다리에 끼웠고, 갈퀴며 함지박 같은 것도 미리미리 챙겼다. 타작을 하자면 소용되는 물건이 한두 가지가 아니었던 것이다.

꼭 얼레빗처럼 생긴 쇠홀태는 사오 년 전부터 일본에서 들어오기 시작한 농기구였다. 그전의 벼훑이를 열서너 개 잇대어놓은 것 같은 쇠홀태는 나락을 훑어내는 데 한결 일손을 빠르게 해주는 기구였다. 동척에서는 쇠홀태를 소작인들의 집집마다 나누어주었다. 그러나 그건 공짜가 아니었다. 다음해 추수 때 그 값을 나락으로 쳐서 받아갔다. 쇠홀태와 같은 시기에 들어온 것이 '가마니' 짜는 기계였다. 그 기계가 대량으로 보급되면서 농가에서는 그 기술을 익혀야 했다. 일본사람들은 조선의 '섬'을 없애고 자기네들의 '가마니'로 곡식의 수량단위를 통일시켰던 것이다. 그래서 '가마니'라는 일본말은 어느덧 일상용어처럼 조선사람들의 입에 붙게 되었다.

동척 사람들은 타작날 아침 일찍 들이닥쳤다. 박병진의 집으로 들어선 그들은 다짜고짜 집뒤짐을 시작했다. 집식구는 아이들까지 모두 마당 가운데로 내몰렸다. 마당 가운데 쪼그리고 앉은 박건식은 쓴웃음 머금은 얼굴로 담배만 뻐끔뻐끔 빨아대며 제멋대로 설쳐대고 있는 여섯 사람을 그저 바라보고 있었다.

박건식은 그들 여섯 사람 중에 동척 직원은 둘이라는 것을 금방 알아보았다. 일본말을 지껄여대는 것이 아니더라도 옷차림으로 쉽게 표가 났다. 다른 네 명은 손쉽게 돈벌이하자고 나선 건달패들이었다. 박건식은 저것들이 일진회 찌꺼기들이겠거니 생각하고 있었다.

그들 중에 한 명은 서류철을 들고 있었고, 나머지 다섯 명은 죽도며 목검 같은 것을 들고 있었다. 그들은 방이며 부엌이며 헛간을 뒤지고 돌아갔다. 며칠 전에 베낸 볏단을 어디다 숨겼을지도 모르니 찾아내자는 것이었다.

그런 식의 집뒤짐은 인심 사나운 지주가 으레껏 타작 직전에 하는 행티였다. 그러나 자작농이었던 박건식네로서는 그런 볼썽사나운 짓이 한발 건너에서 벌어지는 언짢은 일일 뿐이었다. 그런데 자신이 이제 그런 꼴을 당하고 있었다. 집에 무슨 큰 우환이 생겨 논을 다 없애고 소작인이 된 것도 아니었다. 주색잡기로 재산을 날려 소작인이 된 것도 아니었다. 왜놈들에게 느닷없이 논을 다 빼앗기고 왜놈들에게 도둑놈 취급까지 당하는 기가 막히는 수모였다.

"아부지…… 아부지……."

네 살짜리 아들이 겁먹은 얼굴로 자꾸 소매를 잡아당겼다.

"괜찮혀, 괜찮혀. 겁내덜 말어, 아부지가 있응게."

박건식은 아들을 품에 끌어안으며 다둑거렸다. 아직도 젖비린내가 아른하게 풍기는 아들의 작은 몸이 잘게 떨리고 있는 것이 느껴졌다. 아들을 더 꼭 끌어안으며 박건식은 어린것에게 차마 견디기 어려운 부끄러움을 느끼고 있었다. 그는 어금니를 맞물었다. 가슴을 휘도는 분노와 함께 이빨이 맞갈렸다.

그들은 죽도와 목검을 멋대로 휘둘러대며 장독대의 큰 항아리까지 다 열어보고야 집뒤짐을 마쳤다.

"딴 디 어디 숨긴 디 없제?"

죽도를 든 사내가 불량스럽게 턱을 치켜올리며 윽박질렀다.

"골빠지게 진 농새 절반이나 뺏기는 판에 드럽게 나락 멫 단 숨키는 쫌팽이넌 아니로구만."

박건식은 고개를 틀어돌리며 내뱉었다.

"젊은것이 말에 풀얼 빳빳허니 믹였네."

상대방이 눈꼬리를 치세웠다.

"다 뒤졌으면 인자 나갔씨요, 나가! 누구럴 도적놈으로 알고 아 칙보톰 요것이 무신 경우 없는 쌍놈에 짓거리여!"

대목댁이 삿대질을 해대며 소리쳤다. 더 이상 의심받을 것이 없게 되자 그녀는 집주인의 권리를 행사하며 상대방의 기를 꺾고 들었다.

그들은 더 대꾸하지 않고 서둘러 사립을 나갔다. 그들은 기가 꺾인 것이 아니라 다른 집들로 갈 일이 바빴던 것이다.

그들은 서너 집을 거쳐 한기팔이네 집에 이르렀다. 식구들과 함께 마당으로 내몰린 한기팔이는 먼 하늘을 바라본 채 큼큼 헛기침을 하고 서 있었다.

뒤란까지 다 뒤진 그들은 마당으로 모여들고 있었다.

"가만있어 보드라고. 쩌그가 잠 요상시러운디?"

한 사내가 고개를 갸웃거리며 텃밭 쪽으로 걸어갔다. 그 사내의 눈길은 텃밭끝 울타리 구석에 수북하게 쌓인 짚덤불에 박혀 있었다. 그 짚덤불에는 마른풀들도 섞여 있고 해서 얼핏 보면 거름을 하려고 모아놓은 것으로 보일 뿐이었다.

빠른 걸음으로 텃밭을 무질러간 그 사내는 목검으로 짚덤불을 헤쳐댔다.

"찾았다, 여그다 여그!"

사내가 기운차게 외쳤다.

"머시여? 볏단이 거그 있다고?"

사내들이 우르르 몰려가기 시작했다.

그때 얼굴이 질린 한기팔이 주저앉고 있었다. 그의 뒷덜미를 어떤 손이 낚아챘다.

"바까야로!"

죽도를 든 동척 직원이 틀어잡은 뒷덜미를 거칠게 잡아채며 내뱉었다.

"봇씨요, 얼렁 도망가씨요!"

세 아이를 한품에 끌어안은 그의 아내가 다급하게 부르짖었다.

그 순간 한기팔이 몸을 힘껏 내둘렀다. 그 억센 힘에 끌려 동척 직원의 몸이 흔들리며 잡고 있던 뒷덜미를 놓쳤다. 그때 다른 동척 직원이 구둣발로 한기팔의 정강이를 걸어찼다. 그리고 거의 동시에 뒷덜미를 놓친 동척 직원이 내려친 죽도가 한기팔의 머리를 갈겨 댔다. 한기팔은 신음을 물며 그 자리에 허물어져 내리고 있었다.

"아이고메 병구 아부지!"

그의 아내의 울부짖음과 함께 아이들의 울음소리가 터졌다. 한기팔은 머리를 맞는 순간 아뜩해졌던 정신을 아이들 울음소리를 들으며 되잡고 있었다.

한기팔의 앞에는 흙투성이가 된 볏단들이 던져지고 있었다. 눈을 질끈 감은 한기팔은 두 주먹을 말아쥔 채 부들부들 떨고 있었다. 그의 가슴에서는 걷잡을 수 없는 불길이 일고 있었다. 그건 쌀을 탐내서 욕심을 부린 것이 아니었다. 절반을 그냥 뺏기는 것이 억울하고 분해서 저지른 일이었다. 열 단이나마 감춰야 앙갚음이 되고 속이 풀릴 것 같았던 것이다.

"그따위 짓 하지 말라고 미리 다 경고했는데 열 단씩이나! 저새끼 버릇을 단단히 고쳐줘라."

서류철을 든 직원이 한기팔에게 침을 내뱉었다.

그의 말이 떨어지기 바쁘게 둘러섰던 네 사내가 죽도며 목검을 휘두르기 시작했다. 죽도와 목검은 획획 허공 가르는 바람소리를 내며 한기팔의 몸뚱이를 난타해 댔다. 그의 아내와 아이들의 울음소리가 핏빛으로 자지러지고 있었다. 두 팔로 머리를 감싸고 몸을 웅크린 한기팔은 등짝 여기저기가 찢어지고 갈라지는 고통을 참아내면서 헛간 담에 세워둔 도끼를 노려보고 있었다. 이놈덜얼 다 찍어죽이고 나도 죽어부러! 여섯 놈 죽이고 죽으면 원될 것도 없는디. 드런 놈에 시상 더 살면 머헐 것이여. 그러나 이 뜨겁게 달아오르는 생각을 싸늘하게 식히는 것이 있었다. 세 아이들의 발버둥치는 울음소리였다. 그려, 나가 죽어불면 느그덜이 어찌 되겄냐. 그려, 참아야제. 이 고비럴 넴기고 참아야제. 그는 울음이 복받치고 있었다. 그의 질끈 감은 눈꼬리로 눈물이 삐어져나오고 있었다.

잔뜩 웅크려져 있던 한기팔의 몸뚱이는 몰매질을 견디지 못해 차츰차츰 풀어져 가고 있었다. 아이들의 울음소리가 처절한 가운데 동네사람들이 사립 앞에 몰려들고 있었다. 한기팔의 몸이 땅바닥에 완전히 풀려버리고 얼굴이 피범벅이 되어서야 그들의 매질은 멈추어졌다.

또 한 사람이 한기팔과 똑같은 매질을 당했다. 그 사람은 다섯

단을 감추었다가 그렇게 되었다.

홀태질은 각자의 논에 멍석을 잇대어 깔고 시작되었다. 땅을 빼앗긴 다음부터 새로 생긴 타작법이었다. 동척 사람들은 볏단을 집으로 옮기지 못하게 했다. 볏단이 축나는 것을 막기 위해서였다. 그리고 타작마당을 쓰지도 못하게 했다. 개개인의 소출을 정확하게 따지기 위해서였다.

동척 직원 둘은 다른 동네로 옮겨갔고, 건달패 넷이서 기세등등하게 이사람 논 저사람 논을 갈고 다니며 타작을 독촉하고 감독했다.

"홀태질얼 싹싹 혀, 싹싹!"

그들은 홀태질이 끝난 짚단을 마구 헤집어대면서 살벌하게 소리치고는 했다. 눈속임으로 홀태질하는 것을 막기 위해서였다. 홀태질을 덜해 이삭에 낟알을 조금씩 남겼다가 모자라는 양식을 벌충하는 방법을 그들은 이미 알고 있었던 것이다.

몰매를 맞은 두 사람은 타작에 나설 수가 없었다. 그들의 아내가 나서기는 했지만 타작이 여자의 힘으로 될 일이 아니었다. 다른 사람들은 말없이 두 집의 타작을 떠맡았다. 그들의 마음에는 두 사람에게 가해지는 몰매를 막아내지 못했다는 죄스러움이 담겨 있었다.

그들은 다그쳐대는 소리에 쫓기며 어두워질 때까지 일을 했다. 건달패들은 밤에도 돌아가지 않고 홀태질된 나락을 지켰다. 그러니 그들의 밥까지 돌아가면서 해내지 않을 수가 없었다.

그들은 허리가 끊어지도록 일을 해서 이틀 만에 타작을 끝냈다.

동척에서는 그 절반을 그날로 실어가고 말았다.

그들은 건달패의 세끼 밥을 이틀 간이나 해먹인 것뿐만 아니라 나락을 실어가는 가마니까지 대야 했다. 그건 이미 당연한 것으로 되어 있었다. 첫해에 그들은 가마니 내놓기를 거부했다. 그랬더니 동척에서는 타작을 끝낸 짚단까지 반을 가져가겠다고 으름장을 놓았다. 동척에서는 못된 조선지주가 하는 행티를 그대로 하려고 들었다. 짚단 절반을 빼앗기느니 가마니를 내놓는 것이 나았던 것이다. 짚단 절반을 빼앗기고 나면 지붕의 이엉을 갈아입힐 수 없거나, 삼동의 땔감이 모자라 고생할 것이 뻔했던 것이다.

결국 동척에서는 그 힘겨운 물농사에 손 한번 적신 일 없이 수확의 절반을 고스란히 빼앗아갔다. 동척이 바로 총독부라는 것을 알고 있는 그들로서는 이빨을 맞갈 뿐 더 이상 어쩌는 도리가 없었던 것이다.

"아이고, 삼포댁도 지옥살이가 따로 없당게. 하로이틀도 아니고 원."

한 여자가 두레박의 물을 물동이에 쏟으며 한숨을 푹 내쉬었다.

"아니, 무신 일 또 났등가?"

두레박을 끌어올리고 있던 여자가 손을 멈추며 제때 말장단을 맞추었다.

"또 남정네 강짜가 벌어진 모양이제?"

힘을 쓰느라고 아랫입술을 물고 물동이를 반쯤 밀어올리고 있던 여자가 물동이를 도로 내려놓으며 말참견을 했다.

"아이고 자네, 머 묵자 것 있다고 물동우 이다 말고 이리 뎀빈가.

쓰다 만 기운 아깝게."

먼저 말장단을 맞췄던 여자가 눈을 흘겨댔다.

"하이고, 넘 말 허고 지 숭 몰르는 것이 머리 검은 짐승이제. 자네나 헛심 빼지 말고 얼렁 그것이나 끌어올리소."

물동이를 내린 여자가 머리에서 또아리를 들며 눈을 마주 흘겼다.

"아이고 저 주딩이……."

그 여자가 멋쩍음을 히히거리는 웃음으로 지우며 두레박을 부지런히 끌어올렸다.

"금메 말이시, 어지께 밤에넌 진짜배기로 난리판굿이 났드란 말이시."

"진짜배기면, 삼포댁이 참말로 딴 남정네허고 눈얼 맞췄간디?"

"에이, 눈 맞칠 남정네가 어디 그리 흔칸디. 김샌이 또 생강짜 험스로 생사람 잡은 것이제."

"아니시, 아니여. 이분에넌 생트집이 아니드마. 꼬타리가 잽혀도 요상시럽게 잽혔드란 말이시."

"음마, 눈 밑 까무잡잡헌 삼포댁이 일 저질러부렀능갑네?"

"아이고, 이얘기 토막치지 말고 가만있으랑게."

"긍게 말이시, 김샌이 어지께 밤에넌 딴 때허고 달르게 삼포댁얼 반 죽게 패서 나랑 점예 엄니랑 가서 뜯어말기니라고 혼이 났구마. 그냥 부부쌈이라고 히서 냅뒀드라면 삼포댁이 맞어죽었을 것잉마. 근디 김샌이 그리 눈에 불키고 난리판굿얼 꾸민 것언 삼포댁이 방물장시럴 집 안으로 끌어딜였다는 것이여."

"아이고 어쩌끄나!"

"어메 일판났네!"

이른 아침의 싸아한 추위에 몸을 웅숭그렸던 여자들은 이제 추위를 느끼지 못하는 것 같았다.

"헌디 삼포댁 말언 그것이 아니등마. 방물장시가 지 발로 걸어 들어와서 물건 사라고 허길래 살 물건 없응게 나가라고 혔당마. 긍게 방물장시가 물이나 한 사발 얻어묵고 가자고 허드랑 것이여. 물 인심이야 즘생헌티도 후허게 써야 허는 인심이라 물 한 사발얼 떠줬다는 것이여. 삼포댁이야 물 한 사발 떠준 죄밖에 없는디, 김샌이 그 말얼 믿어줘야 말이제."

"시상에, 못 믿겄으면 글먼 밑구녕얼 딜다보제."

"음마, 딜다보면 무신 소양 있간디? 한강에 배 지내가기란 말이 어찌서 생겼는디?"

"글먼, 자네년 삼포댁이 대낮에 배럴 맞췄단 것이여?"

"어따, 어따, 쌩사람 잡을라고 허네. 말얼 그리 틀어돌리면 어쩐당가."

"방물장시야 아무 집이나 지멋대로 드나드는 물건덜이고, 물인심이야 문딩이헌티도 야박허니 못허는 것인디, 그나저나 삼포댁 앞날이 감감허고 캄캄혀."

"참말로, 잠자리 재미 못 줄람사 맘이나 곱게 써야 살제. 삼포댁이 무신 죄여."

"삼포댁이 그리 당허다가 오기로라도 무신 일 저질르는 것 아닐랑가? 삼포댁도 안직 시퍼런 나인디."

"하면, 그럴란지도 몰르제."

"아이고, 자네덜 그런 소리 말어. 김샌이 들었다가넌 자네덜이 난리당헐 것잉게. 김샌이 지정신이 아니여."

먼저 이야기를 꺼냈던 여자가 질색을 하며 손을 내저었다.

"아니, 우리가 무신 못헐 말 힜간디. 과부야 과부닝게 산다고 쳐도 과부 아닌 과부 신세로 살게 된 것도 어디헌디 그저 사흘거리로 애맨 소리에 억지소리 해댐스로 머리끄뎅이 끄들어대고 개 패디끼 패대니 사람이 무신 수로 살겄소. 삼포댁이 무신 죄가 있다고."

물동이를 이다 만 여자가 푸르르 성질을 돋우었다.

"누가 아니랴. 서방 구실 못허게 빙신이 되았음사 각시헌티 미안시럽게 생각허고 다독다독허고 살어도 젊은 여자가 한평상얼 맘붙이고 살자면 에로운 판인디, 똥짠 놈이 큰 치허드라고 그리 사람얼 볶아치고 패대고 허니 어찌 살아지겄어. 김샌 그 사람도 사람이 사는 이치럴 눈꼽만치도 몰르는 팔푼이여. 지가 밤일 안 된다고 그리 발광지랄이면 즈그 각시넌 밤일 안 되는 것얼 좋아라 허는지 아는갑제? 삼포댁이 참말로 일 저질러부러야지 정신 채릴 것잉만."

두레박을 끌어올리다가 멈추었던 여자가 자기가 말할 차례라는 듯 거침없이 쏟아놓았다.

"자네덜 시방 불난 집에 부채질이여, 금간 물동우 내붙치기여? 알고 보면 김샌도 재수 없고 불쌍허게 된 사람인디 뒷말이라고 그리 모지락시럽게 히서야 쓰겄능가."

"아 그것이야 누가 몰르간디. 긍게 동네사람덜헌티 존 말 듣고 위함받음서 살라면 속맘 눌러감서 마누래 다독이고 새끼덜 감싸감서 살어얄 것 아니여."

"빌어묵을, 마누래 그리 팰 기운 있음사 지럴 빙신 맨든 왜놈덜이나 패죽일 것이제. 지 웬수헌티넌 꼼지락도 못허는 짜잔헌 물건이 그저 마누래 잡고 분풀이허는 꼬라지허고넌. 그 채신 아깝다."

"그려, 자네덜 말이 틀린 디야 없는디, 김샌도 막막헌 팔자가 됐제. 몸이 그리됐을람사 나이나 젊지 말든지, 나이가 젊으면 아덜이나 한나 있든지. 이도 저도 아니니 그 사람이 환장허게도 되덜 안컸어. 어쨌그나 찾지도 못헐 땅 찾겄다고 면사무소로 떼거리로 몰켜간 것이 이런저런 탈만 불렀당게로."

처음 말을 꺼냈던 여자가 두레박줄을 감으며 우물을 떠날 채비를 했다.

"음마, 자네 집이야 논 안 뺏겠다고 그리 말허덜 말드라고 이. 그 남정네덜이 어디 앞뒤 없이 그리 나섰간디? 왜놈덜이 말허는 대로 순리로 허라고 문서럴 다 챙겨냈는디도 그놈덜이 영 땅얼 되돌려 줄 생각얼 안 헝게 참다 참다 못히서 나슨 것이제. 첨보톰 끝꺼정 죽일 놈덜언 왜놈덜이란 말이시."

물동이를 내려놓았던 여자가 또아리로 우물가를 치며 싸움을 걸듯 하는 기세로 몰아댔다.

"아이고, 그것이야 누가 몰르간디. 하도 일이 꾀이고 덧나가고 헝게 답답히서 허는 소리제."

"허나마나 헌 소리덜 그만두소. 어쨌그나 김샌이 못난이고 쫌팽이여. 하샌언 다리가 빙신 된 디다가 남정네 구실꺼정 못허게 되았어도 그런 말썽 안 부리고 살아가덜 않는다고."

"꼭 그런 것도 아니구마. 하샌도 쪼깐썩 요상허니 변해간다고 허드랑게. 걸핏허먼 성질얼 부리고, 쥐꼬리만헌 일에도 트집얼 잡고, 마누래 마실도 못 돌게 닦달해 대고 말이시."

"염병헌다, 거그도 못된 병이 도지는갑네 이. 남자덜 속이 어찌 그리 쥐창아리만헝고."

"참말로, 시상이 빌어묵게 됨스로 죄 없는 여자덜이 베락 맞네그랴. 여자 강짜허는 것이야 짠허기도 허고 더러 이쁘기도 헌디, 한눈폰 일도 없는 여자 놓고 남자가 허는 강짜넌 영 추접시럽고 징혀서 못 보겄네이."

"금메 말이시, 씨엄씨덜이 앙심 묵고 시키는 맵고 짠 시집살이 설움이야 서방이 밤마동 품어주고 호시 태와주는 재미로 녹아내리고 삭아내링게 살아지는 법인디 서방이 살리는 그런 애맨 시집살이넌 분허고 원통히서 무신 수로 풀고 살아질랑고?"

"그 못난 남정네덜 병 착착 고치는 명의넌 어디 없을랑가?"

"아이고, 시장시런 소리 말고 나락 절반 뺏기고 배고프게 삼동날 걱정이나 허소. 그것도 다 넘 잔치시."

"그려, 우리 코가 석 자닝게."

세 여자는 제각기 물동이를 이었다.

35

아버지와 아들

검은색의 육중한 체구에 기적소리까지 요란하게 울려대며 기차가 돌진해 오고 있었다. 사람이라고는 얼씬거리지 않는 곧게 뻗은 철길을 거침없이 달려오고 있는 기차의 모습은 확실히 위압적이고도 저돌적이었다. 쇳덩어리로 뭉쳐진 그 생김은 크고도 이상스러운데다가 색깔까지 시커메 험상궂었고, 검은 연기를 내뿜고 달리며 기적소리까지 뛔엑 뛔엑 질러대는 모습은 꼭 성난 짐승 같았다. 거기다가 기운 또한 엄청나서 사람이고 쌀이고 수백 명, 수백 가마니를 한꺼번에 태우고 싣고는 달구지보다 몇십 배 빨리 달릴 수 있다는 사실에 사람들은 그저 입을 다물지 못했다.

기차가 하얀 김을 아래로 내뿜으며 역 안으로 들어서고 있었다. 역건물 양쪽으로 쳐진 긴 가시울타리에는 사람들의 얼굴이 겹으로 매달려 있었다. 앞에는 아이들이 서 있었고 뒤에는 어른들이었다. 그 많은 사람들은 누구를 마중 나온 것이 아니라 구경꾼들이 었다. 기차가 떠나고 도착할 때마다 구경꾼들은 어김없이 그렇게 모여들었다.

아이들은 가시철사에 긁히고 찍히면서도 한사코 앞자리를 차지하려고 서로 다투었다. 그 아이들은 멀리서 들려오는 기적소리를 들으며 연상 재잘거려댔다. 그들의 재잘거림은 거의가 어른들한테서 귀동냥한 것들을 부풀려가며 아는 척하는 것이었고, 그들이 똑같이 지니고 있는 소망은 기차를 한번 타보는 것이었다. 그 아이들이 같은 구경꾼인 어른들과 다른 점은 몇 번이고 되풀이해 가며 기차를 구경하는 것이었다. 마침내 기차가 역 구내로 달려 들어오면 아이들은 환성을 지르고 손뼉을 쳐댔다. 그런 그들의 반짝이는 눈에는 신기해하는 빛과 선망이 함께 담겨 있었다.

"참, 말 듣든 대로 징상시럽게도 생겼네 이. 무작시리 크기도 허고."

"그나저나 저것이 요상스런 물건 아니라고? 어찌 그리 기운이 씰꼬?"

"석탄인지 흑탄인지럴 때는 화차라서 그렇제."

"그것이야 누가 몰르간디. 석탄인지 흑탄인지럴 때면 어찌어찌히서 그리 엄청시리 씬 기운이 생기게 되냐 그것이제."

"그런 것얼 다 알먼 나가 진작에 전라감사 해묵었게."

"빌어묵을, 저놈에 기찬지 불찬지 땀세 조선사람덜만 녹아나고 골병들었제."

"무신 소리여? 저 기차 덕에 조선천지가 기차만치 빨르게 개명되고, 천릿길도 하로이틀로 왔다갔다허게 편해지고, 먼 타관 물산덜이 서로 쉽게 자리바꿈얼 헝게 그만치 살기가 좋아진다고 안 그러등가."

"이사람 참말로 넋나간 소리 허고 앉었네 시방. 이사람아, 그런 새 날아가는 소리야 철길 놓기로 작정헌 왜놈덜이 입에 달고 댕김서 헌 소리고, 조선사람덜 중에서도 왜놈덜 덕 보고 사는 놈덜이나 논 많이 깔고 앉은 부자양반덜이 창아리 없이 허는 소리 아니여. 우리겉이 근근이 묵고사는 사람덜이 그런 덕 본 것이 머시가 있능가. 재수 없는 사람덜언 전답얼 철길로 다 뺏기고 거지꼴이 되고, 철길공사판에 끌려나가 골병들게 일헌 사람덜이 얼매나 많은가. 근디, 그 사람덜얼 돈 없이 공짜로 저놈에 기차럴 태와준가? 어림도 없는 소리 아니라고. 글고, 쩌그 저 화찬지 짐찬지에 꽉꽉 찬 것이 머신지 알겄제, 자네? 쌀가마니여, 쌀. 저것이 군산포구서 어디로 실려가는지 알겄제? 근디도 우리가 덕얼 보는감?"

"글씨…… 이 말 들으면 이 말이 옳고, 저 말 들으면 저 말이 옳고……."

어른들이 거창하게 지어진 역건물을 등지며 나누는 이야기였다.

완전히 멈춘 기차가 가쁜 숨을 토해내듯 쉬익쉭 소리를 내며 김을 내뿜고 있었다. 객차에서 사람들이 내리기 시작했다. 객차는 앞으로 서너 개 달려 있었고 나머지 열서너 개는 모두 화차였다.

객차에서 내린 사람들은 그다지 많지 않았다. 그런데 그들의 차림은 거의가 신식이거나 일본식이었고, 네모로 각진 커다란 가방들을 들고 있었다. 40여 명 중에 한복 차림을 한 사람들은 네댓에 지나지 않았다.

넓은 대합실은 사람들로 바글거리고 있었다. 그들은 하나같이 개찰구 쪽으로 몰려들고 있었다. 마중을 나온 사람들이었다. 그들의 수는 기차에서 내린 사람들에 비해 너무나 많았다.

"치성이 성! 엄니 성 왔네 성!"

한 아이의 목소리가 왁자한 소란 속에서 카랑하게 울려퍼졌다.

"머시여? 어디 보자, 어디여!"

허름한 차림의 여자가 남들 눈치 볼 것 없이 반가움이 넘치는 소리를 지르며 사람들을 헤쳐나가고 있었다. 그 뒤를 처녀와 사내 서넛이 우르르 따르고 있었다.

"서엉! 치성이 서엉!"

열서너 살쯤 먹어 보이는 아이가 역원에게 기차표를 내고 있는 남자를 향해 목청껏 외쳐댔다.

"어! 니 막둥이구나."

기차표를 내고 큰 가방을 추슬러 들던 그 남자가 반가움 넘친 얼굴로 환하게 웃어 보였다. 그는 젊은이답게 맨 먼저 개찰구를 지나 대합실로 들어서고 있었다.

"아이고메 치성아, 어서 오니라!"

대합실로 들어서는 그 젊은이를 아까 소리쳤던 여자가 얼싸안듯 했다. 그 바람에 젊은이는 큰 가방을 대합실 바닥에 놓아야 했다.

"엄니…… 엄니꺼정 멀라고 나오셨소."

여자를 바라보는 젊은이의 눈자위가 금세 붉어졌다.

"나가 안 나오면 누가 나온다냐. 어째, 몸언 성허냐?"

여자는 눈물 밴 소리로 말하며 눈이 부신 듯 젊은이를 올려다보고 있었다.

"느그덜도 다 나왔네? 그간에 잘덜 있었냐?"

그는 자신의 앞을 에워싼 네 명의 동생들을 둘러보며 더없이 다정하게 웃어 보였다. 그의 신식 차림새는 형제들간의 입성과는 너무나 차이가 났다. 그들을 옆엣사람들이 흘끔거리며 쳐다보았다.

"거그, 뒷사람 생각히서 질 잠 틔우드라고. 반가운 인사야 쩌그 널른 마당에 나가 뽕빠지게 허드라고."

소란 속에서 누군가가 걸쭉하게 외쳐댔다.

"저것, 우리보고 허는 소리다. 얼렁 질 틔우고 나가자."

그 젊은이가 서둘러 가방을 들었다. 그런데 그의 옆에 섰던 사내가 재빨리 가방을 빼앗아 들었다.

"요상허시? 차림새가 학상 겉은디 식구덜허고는 영 안 어울리덜 안혀?"

"글씨 말이시, 식구덜언 가난이 질질 흘르는디. 저런 집서 무신 수로 높은 핵교 보내고, 이 비싼 기차 타고 댕기게 허능고?"

"저 나이에 학상이 아니면 머시겄어. 지가 총독부 관리도 아니겄고."

"몰르제, 하도 요상시런 시상잉게."

사람들 사이로 멀어져 가는 그 젊은이를 보며 두 남자가 나직하게 나누는 이야기였다. 그들의 의심은 정확했다. 그 젊은이는 우체국장 하야가와의 주선으로 일본에 유학을 간 우체국 급사 양치성이었다. 다만 그들은 그 내막을 모를 뿐이었다.

"성언 아조 하이칼라 멋쟁이가 되야부렀네 이."

양치성의 막내동생이 형의 손을 잡고 깡충거리고 걸으면서 형을 부러운 듯 자랑스러운 듯 올려다보며 입을 놀렸다.

"아이고, 니가 하이칼라라는 말도 다 헐지 아네?"

양치성은 놀라움과 대견함이 뒤섞인 얼굴로 막내동생을 내려다보았다.

"나 딴 일본말도 많이 아는디?"

막내동생은 형을 올려다보며 눈을 빛냈다. 어디 한번 해보라고 하면 금방 말을 쏟아놓을 듯한 기세였다.

"상근아, 하이칼라라는 말언 일본말이 아니라 저그 저 서양말이다. 일본사람덜이 빌려다 쓰는 것잉게 일본말인지 알먼 안 되제. 구루무라는 말 니 알지야? 그 말도 서양말얼 빌려다 쓰는 것이여. 무신 말인지 알겄냐?"

양치성은 정겹게 막내동생에게 설명을 해주었다.

"쥐방울만헌 것이 주딩이만 발랑 까져갖고. 에이, 토란대가리야!"

몸이 한쪽으로 기울어지도록 큰 가방을 들고 가던 양치성의 동생이 막내동생의 머리통을 쥐어박았다.

"어째 때리고 지랄이여. 작은성도 그런지 알았간디?"

상근이는 빽 소리를 질렀다. 갑자기 얻어맞은 것이 아프기도 했고, 토란대가리라는 놀림이 분하기도 했던 것이다.

양치성은 막내동생의 머리로 눈길을 옮겼다. 가위로 깎아나간 동생의 머리에는 가위질의 흔적이 무슨 테를 빙빙 둘러놓은 것처럼 남아 있었다. 그 흔적이 마치 토란껍질의 무늬 같아서 아이들은 가위로 갓 깎은 머리를 서로 '토란대가리'라고 놀려댔다. 그건 이발소를 갈 수 없는 가난의 흔적이기도 했다.

"니 토란대가리라고 놀림당혀서 싸다. 나가 끝손질히 주겠다고 그리 달개도 말 안 듣고 발싸심해 대등마. 씨엉쿠 잘됐다."

양치성의 여동생이 변명하듯 말하며 양치성의 눈치를 빨리 살피고 나서 막내동생에게 눈을 흘겼다.

"치이, 누나넌 암것도 몰름스롱 말만 잘혀. 대가리 처백히서 머리 깎이기가 얼매나 심드는지 알어? 가우가 살얼 씹어대제, 터럭까시가 옷 속으로 기들어 몸얼 찔러대제, 목언 뻣뻣허니 아프제, 말만 말고 누나도 한분 머리럴 깎여보제. 나가 깎아줄팅게로."

상근이는 응원을 청하듯 큰형 양치성이를 올려다보고 누나를 째려보고 하며 야무지게 입을 놀려댔다.

"니 머리깎이기만 심들고, 머리 깎는 사람언 무신 깨 쏟아지는 재미가 있는지 아냐. 머리럴 깎자면……."

"아서, 아서. 저놈 억지소리에 이길 장사 없응게. 저놈 주딩이야 밤송이 한 삼태기라도 깔 주딩이 아니냐. 지놈 말대로 놀림얼 당혀도 지가 당허고, 한 열흘 지내면 표가 안 나게 된다는 배짱인디 우리가 어쩌겄냐."

양치성의 어머니가 손을 내저었다.

"우리 상근이 배짱이 아조 쓸 만헌디. 남자야 그런 배짱이 있어야제."

양치성은 막내동생의 머리를 쓰다듬으며 꽤나 흡족하게 웃었다.

"봐라, 봐라. 큰성이 딱 나 편이제."

행여 야단을 맞을지도 몰라 불안하기도 했던 상근이는 누나에게 가슴을 내밀어 보이며 기를 세웠다.

"하이고 야, 니 인자 살판났다 이. 엄니나 나도 심 안 들어 좋게 생겼응게 앞으로야 진짜배기 토란대가리럴 맨글어줄란다."

누나가 상근이에게 웃음 담긴 눈흘김을 보냈다. 양치성이와 함께 식구들이 소리내어 웃었다.

양치성은 식구들의 웃는 모습을 보며 가슴이 뭉클해지고 있었다. 여섯 식구가 아무 탈 없이 이렇게 얼굴 마주 보며 웃을 수 있다는 것. 그건 그로서는 가슴 저리는 슬픔인 동시에 가슴 벅차는 감동이었던 것이다. 우체국 급사 노릇을 하며 그동안 여섯 식구가 근근이 살아왔던 세월을 생각하면 아슬아슬하기도 하고 지긋지긋하기도 해 이렇게 살아 있다는 것이 오히려 꿈만 같았다.

시름시름 앓던 아버지가 죽어버린 집안에 남은 것이라고는 아무것도 없었다. 다 낡은 초가집마저 병치레 빚돈으로 내주지 않을 수가 없었다. 결국 아버지가 남겨놓고 간 것은 다섯 형제간들뿐이었다. 어머니가 진일 마른일 가리지 않고 품팔이를 나다녔지만 하루 한 끼를 먹기가 다급했다. 다섯 형제는 날마다 배가 고파 허덕거렸다. 눈들을 희번득이며 먹을 것을 찾았지만 아무 소용이 없었다. 동생들은 물배만 채우다가 지쳐 쓰러지고는 했다. 동생들을 먹여 살리려고 어느 집에 꼴머슴으로라도 들어가려 했지만 아직 물뼈라며 아무데서도 받아주지 않았다. 그러던 어느 날 세 살짜리 막내 동생이 배가 고파 울어대다가 흙을 파먹었던 것이다. 다음날로 어머니 모르게 구걸을 나섰다. 어머니가 입 닳아지게 되풀이하는 '집안의 기둥'이라는 장남으로서 어머니를 돕고, 아버지 몫을 대신하고, 동생들을 굶기지 않는 길은 그것밖에 없었던 것이다. 그렇다고 바가지를 들고 잘사는 집을 찾아다니며 밥을 얻을 수는 없었다. 바가지를 들어야 하는 창피스러움이 아직 남아 있었다. 그래서 생각해 낸 것이 생판 모르는 사람들에게 구걸을 하자는 것이었다. 그 대상이 일본사람들이었다. 그들을 찾아 발길은 자연스럽게 부두로 향했다. 부두 근방에 많이 오가는 일본사람들에게 손을 내밀며 굽실거렸다. 그러나 거지들이 쉽게 하는 '한푼 줍쇼' 하는 말은 목을 넘어오지 않았다. 생각대로 그 말이 나오기까지는 사나흘이 걸렸다. 그 말을 되풀이하다 보니 희한한 생각이 떠올랐다. 한푼 줍쇼를 일본말로 하자는 것이었다. 부두 근방에는 일본말을 지껄여대는 조선사람들이 적지 않았다. 그들에게 머리를 쥐어박히고 걷어차이고 하면서 '메군데 구다사이'란 말을 알아내느라고 이틀이 걸렸다.

손을 내밀고 굽실거리면서 그 말을 써먹었다. 역시 짐작대로 그 효과는 금방 나타났다. 그 말을 들은 일본사람들은 놀라기도 하고 신기해하기도 하고 재미있어하기도 하면서 동전들을 던져주었던 것이다.

그러던 어느 날 마주친 사람이 있었다. 그 사람이 우체국장 하야가와였다.

"메군데 구다사이라고? 너 다른 일본말도 할 줄 아느냐?"

하야가와가 놀라서 물었다.

양치성은 어리둥절해서 고개를 내둘렀다. 일본사람이 틀림없는데 거침없이 조선말을 했던 것이다.

"그 일본말은 언제 배웠지?"

허리를 약간 숙인 듯한 하야가와가 양치성을 유심히 쳐다보며 물었다.

"메칠 되았는디요."

"그 말을 왜 배웠지?"

"……저어, 동냥 많이 얻을라고라."

"누가 그러라고 시켰지?"

양치성은 도리질을 했다.

"그럼 너 혼자 생각이란 말이냐?"

양치성은 고개를 끄덕거렸다.

"호, 이놈 보게. 너 몇 살이냐?"

하야가와는 허리를 더 굽히며 양치성의 눈을 똑바로 쳐다보았다.

"열시 살인디요."

"열세 살……, 너 혼자서 사나?"

양치성은 다시 도리질을 했다.

"그럼, 부모가 다 있어?"

"아니구만이라. 아부지넌 죽고 엄니허고 동상덜이 넷인디요."

양치성은 상대방의 부드러운 인상과 조선말을 잘하는 것에 이끌리며 대답했다.

"그래서 동냥질을 나섰구나. 너 내가 취직시켜 줄까?"

"취직이오?"

양치성은 고개를 갸웃하며 상대방을 의문스럽게 쳐다보았다.

"응, 취직이 뭔지를 모르는구나. 이렇게 거지 노릇 하지 않고 옷 깨끗하게 입고 편한 일 해서 돈벌이를 하는 거다."

그 취직이란 것이 싫을 까닭이 없었다. 하야가와는 월급만 준 것이 아니었다. 하루도 거르는 일 없이 매일 일본말을 가르쳐주었다. 월급은 어머니의 품팔이 벌이보다 많았다. 그 월급과 어머니의 벌이를 합치면 여섯 식구가 굶는 것은 면할 수 있었다. 어머니는 말끝마다 하야가와 국장을 은인이라고 받들었다. 그리고 꿈에라도 그 은공을 잊어서는 안 된다는 말도 꼭꼭 덧붙였다. 밤마다 잠을 설쳐가며 일본말을 열성으로 공부한 것은 순전히 하야가와가 좋아하기 때문이었다. 하야가와가 그날 가르쳐준 것은 밤에 달달 외어버렸다. 다음날 하야가와 앞에서 막힘 없이 외어대면 하야가와는 그렇게 좋아할 수가 없었다. 하야가와가 원하는 것을 빈틈없이 해내는 것만이 여섯 식구가 굶어죽지 않고 살아갈 수 있는 길이었다.

"니 그간에 타국서 고상 많았지야?"

양치성의 어머니는 새삼스럽게 아들의 얼굴을 살펴보았다.

"아니구만요, 나야 돈걱정 없이 공부만 했는디요. 아그덜허고 엄니가 고상이 많었제라?"

양치성은 어머니의 주름잡힌 얼굴을 측은한 눈빛으로 바라보았다.

"아니여, 아니여, 나야 무신 고상혔간디. 국장님이 착착 보내준 니 월급으로 시상에 편케 살았제. 그나저나 하야가와 국장님언 이 하늘 아래 둘도 없는 분이시여. 묵고 자고 공부헐 비용 다 대서 니럴 일본꺼정 보내준 것도 기맥힌 일인디, 거그다가 또 우리 식구 살리니라고 니 월급꺼정 꼬박꼬박 주셨시니 그리 고마운 일이 시상에 워디 또 있다냐. 그 은공이 높기가 태산이고 넓기가 대해닝게 니 평상 갚아도 모지랠 거이다. 니 바로 인사허로 가야지야?"

"야아, 이 질로 바로 가야지라."

양치성은 바지춤을 치키며 입을 꾹 다물었다. 하야가와를 생각하기만 하면 그는 언제 어느 때나 몸이 곧바로 서는 긴장을 느꼈다.

양치성은 우체국 쪽으로 길을 잡았다.

"아이고 참, 니 빈손으로 가서 되겠냐?"

양치성의 어머니는 서둘러 아들에게로 달려오며 물었다.

"빈손이 아닝게 걱정 마시게라."

양치성이 어머니를 바라보며 어색스러운 듯한 웃음을 지었다.

"인사가 될 만헌 물건이여?"

"야아, 걱정 말라닝게요."

"그려, 니가 잘 알아서 힜겄제. 어런 앞에 절 깊이 허고 잉!"

"아이고 참, 엄니도."

그때서야 양치성의 어머니는 어서 가라는 손짓을 하며 돌아섰다.

양치성은 한동안 걷다가 고개를 돌렸다. 어머니와 동생들이 멀어져 가고 있었다. 이리저리 깡충거리며 걷고 있는 막내동생의 모습이 유난히 눈에 띄었다. 아직도 기계이발을 시킬 수 없도록 집안은 가난에 찌들어 있었다. 지금까지는 굶는 것을 근근이 면해온 생활이었다. 사람답게 사는 것은 이제부터 시작이었다.

쬐깨만 더 기둘려. 느그덜 다 호강시킬 날이 있을 것잉게.

양치성은 이런 속다짐을 하며 돌아섰다. 여지껏 부드러운 웃음이 감돌고 있던 그의 얼굴은 차갑게 굳어져 있었다.

"웃어라, 항시 웃어라. 아무리 화가 나는 일이 있어도 얼굴을 붉히지 말고, 아무리 힘들고 속이 상하는 일이 있어도 얼굴을 찡그리지 말고 웃어라. 그런 일이 생길 때마다 곧 숨을 서너 번씩 깊이 들이마시면서 웃을 일을 생각해 내라. 그걸 자꾸 연습하면 웃음 속에 내심을 감출 수 있게 된다. 남자는 마음에 층이 많을수록 크게 된다."

마음속 깊이 각인되어 있는 하야가와의 가르침이었다. 그 말은 언제나 순서가 없이 한 장의 사진을 한눈에 보는 것처럼 일시에 떠올랐다. 아니 그 말뿐이 아니었다. 하야가와가 반복했던 말들은 아무리 길다고 해도 길이에 상관없이 일시에 떠오르기는 마찬가지였다.

하야가와 아래서 보낸 세월이 10여 년이었다. 하야가와가 가르치고 원하는 대로 되려고 애쓰다 보니 자신도 모르는 사이에 그렇게 변해갔다. 평소에는 물론이고 아무리 화가 나도 일단 화를 누르며 웃을 수 있었고, 아무리 속이 상해도 일단 한숨을 돌리며 웃을 수 있게 되었다. 그러다 보니 마음에 여유가 생겼고, 말을 적게 하게 되었다. 그렇게 되면서 주변 사람들에게서 얻은 별명이 '애늙은이' 였다. 그 별명이 붙자 가장 흡족해한 것이 하야가와였다. 그러나 겉으로 웃는다고 화가 삭거나 속상하는 것이 그냥 가시는 것은 아니었다. 속에는 따로 먹은 마음이 도사리고 있었다.

"너는 이제부터 공적으로는 천황폐하의 충직한 신하인 동시에, 사적으로는 나의 아들이다."

일장기 앞에 무릎 꿇고 앉아 혈서를 썼을 때 하야가와가 준엄하게 한 말이었다. 그 말은 백지 위에 적힌 넉 자의 새빨간 글자와 함께 가슴벽에 깊이 아로새겨졌다. 그리고 우러러보고 있는 일장기의 붉은 동그라미는 이글이글 타오르는 불덩어리가 되면서 점점 커지고 있었다. 자신의 몸이 그 이글거리는 불덩이 속으로 자꾸 빨려 들어가려 하고 있었다. 10여 년 동안 아침마다 일장기를 향해 경례를 올려왔었지만 그 붉은 동그라미가 그처럼 이글이글 타오르는 불덩어리로 보인 적은 없었던 것이다. 피로 쓴 '황국충성(皇國忠誠)' 네 글자와 함께 붉은 동그라미는 뜨겁고도 눈부신 불덩어리가 되었다.

"황국에 충성을 맹서했으니 이제 황국이 베푸는 은혜를 받으러 떠나라."

일본유학이란 꿈에도 생각해 본 적이 없었다. 그런데 그것이 현실이 되었다. 돈 한푼 들이지 않고, 집안식구 생계를 걱정할 것도 없이 바다를 건너가 공부를 할 수 있게 된 것이었다.

오사카 그리고 도쿄…… 일본은 상상하기도 어려운 별천지였다. 조선은 도저히 비교조차 할 수가 없었다. 일본이 고대광실 기와집이라면 조선은 헛간에 지나지 않았다. 겉만 그런 것이 아니었다. 속이 더 문제였다. 일본의 개명된 신식문물 앞에서 기가 꺾여 몸을 가누기가 어려웠다. 조선이 왜 일본의 보호를 받아야 하는지 충분히 알 것 같았다. 아니, 일본의 보호국이 되는 것이 당연하다는 생각이 들었다.

"국장님, 방금 돌아왔습니다. 그간에 별고 없으셨는지요."

양치성은 허리를 반으로 꺾어 깊은 절을 올렸다.

"그래, 어서 오너라. 몸은 건강하고?"

하야가와는 더없이 만족스럽게 웃으며 의자에서 천천히 일어섰다.

"예에, 염려해 주신 덕분에……."

어깨를 움츠린 양치성은 방아깨비처럼 연상 허리를 굽실거렸다.

"자아, 저쪽으로 앉자. 그간에 몸이 더 실해졌구나."

하야가와는 양치성을 감싸안듯 하며 어깨를 가볍게 두들겼다.

"저어…… 이것 약소합니다만……."

양치성은 안락의자에 앉기 전에 속주머니에서 조그만 물건을 꺼내 두 손으로 받쳐 탁자 위에 조심스럽게 놓았다.

"이게 뭔가?"

"저어, 국장님 시계가 너무 오래돼서…… 마음에 드실란지……."

"시계? 그 비싼 것을 자네가 무슨 돈이 있다고!"

하야가와의 얼굴에서 웃음이 걷혔다.

"제 용돈을 아꼈습니다. 자식으로서 아버님에 대한 마음입니다."

양치성은 하야가와의 엄한 눈길을 피하지 않으며 또렷하게 말했다.

"뭐라고?" 하야가와의 얼굴에 문득 긴장의 빛이 스치더니, "학업에 열중해 1등을 한 것으로 내 체면은 충분히 세웠고, 아들 된 도리도 다한 것 아닌가. 그런데 이런 것까지 사오다니……." 그는 웃음을 환하게 살려내며 시계갑을 집어들었다.

포장지를 뜯은 하야가와는 시계갑을 열고 말없이 시계를 내려다보고 있었다. 시계를 사기 위해 양치성이 얼마나 용돈 궁한 생활을 했는지를 그는 가슴 저리게 느끼고 있었다.

"그래, 참 고맙구나. 그럼 이건 내가 차기로 하고, 내 것은 자네가 차도록 하지."

하야가와는 자기 팔목의 시계를 풀어 양치성에게 내밀었다.

"아니 이걸……."

놀란 양치성은 몸을 엉거주춤 일으켰다.

"어서 받아. 자네도 이젠 시계가 필요한 나이야. 새것을 사줄 수도 있지만 이게 더 의미 있는 일이야."

하야가와는 양치성을 지그시 바라보며 그야말로 의미 깊은 웃음을 짓고 있었다.

"고, 고맙습니다……."

양치성은 말을 더듬으며 두 손을 받쳐 시계를 받아들었다. 그는 가슴 두근거림과 함께 뜨거운 정을 느끼고 있었다.

"나를 생각하는 자네 맘은 잘 알지만 앞으로 이런 짓을 해서는 절대로 안 돼. 자네한테 주는 용돈은 풍족하지도 않고, 그 돈은 이렇게 쓰라는 게 아니야. 그 돈은 일본을 알고 배우는 데 유용하게 쓰라는 거야. 가끔 연극도 구경하고, 운동시합도 구경하고, 술집도 가보고 말이야. 그게 다 세상공부고, 자네가 하는 공부에도 도움이 되는 거니까. 앞으로 남은 1년은 틀림없이 그렇게 해야 돼. 알겠나?"

"예에, 명심하겠습니다."

"그래, 학교공부도 중요하지만 뛰어난 정보원이 되려면 세상을 샅샅이 아는 것도 그에 못지않게 중요하다는 걸 잊어선 안 돼. 하여튼 자네가 공부에 매진할 줄은 알았지만 1등을 할 줄은 몰랐다. 그 1등이란 문무를 겸한 게 아니냔 말야. 장한 일이야, 장해. 난 한없이 기쁘다."

"황송합니다."

줄곧 손을 앞으로 모아잡고 앉은 양치성은 하야가와의 넘치는 칭찬에 달아오르는 얼굴을 수그렸다.

그러나 1등을 하기까지는 정말 힘겨웠었다. 언제나 모자라는 것이 잠이었다. 책공부와 무술공부가 반반인 나날의 생활 속에서 잠은 초저녁부터 퍼부어졌다. 그 잠과 싸워가며 자정이 넘도록 책공부를 해야 하는 고통은 이만저만이 아니었다. 잠의 굶주림은 마치도 어린 시절의 배고픔처럼 질기고 쓰라리게 몸을 괴롭혔다. 그러나 일본학생들에 비해 기초공부가 모자라는 것을 극복해 내자면 그 방법밖에 없었다. 스스로도 1등을 하겠다는 욕심을 부리지는 않았다. 다만 꼴등을 해서는 안 된다는 강박감에 사로잡혀 자신을 채찍질했을 뿐이었다. 잠에 시달리는 흐린 눈앞에 어렷거리는 것은 일장기의 이글거리는 불덩어리도 아니었고 하야가와의 웃음 담긴 부드러운 얼굴도 아니었다. 잠을 이겨내게 하는 것은 어머니와 네 동생들의 가난에 찌든 모습이었다.

"자네한테 내가 한 가지 맡길 일이 있네."

하야가와가 자리를 고쳐앉았다.

"예, 무슨 일이신데요."

양치성은 더 똑바로 바로잡을 것도 없는 앉음새에다 힘을 넣었다.

"그게 뭔고 하니 말이야, 몇 달 전부터 부두노동자들의 움직임이 심상찮아. 그자들이 서로 좋은 일거리를 차지하려고 패싸움을 벌이는 것까지는 좋은데 말이야, 그중에서 몇십 명이 노동조합을 결성했다는 정보거든. 그건 좀 문제야. 왜냐하면 노동조합 결성 목적이 일거리 확보나 임금협상 같은 단순한 것이 아닐 수도 있단 말이야. 상인조합에서는 일 시켜먹기 힘들게 돼간다고 신경을 쓰고 있지만 그거야 어쩔 수 없는 일이고, 우리가 주시해야 하는 건 그 속에 감추어져 있을지도 모르는 정치적 목적이야. 의병세력은 일소된 게 아니라 다만 약화되었을 뿐으로 지금도 산발적으로 출몰하고 있잖나. 또, 그 잔당들이 지하로 숨어들었다는 사실도 잊어서는 안 될 일이야. 그러니 자네가 1년 동안 닦은 솜씨로 그 노동조합 내부를 비밀리에 파헤쳐보란 말이야. 알겠나?"

웃음기 가신 하야가와의 얼굴에서 두 눈이 예리하게 빛나고 있었다.

"예, 조속한 시일 내에 내리신 임무를 철저하게 수행하도록 하겠습니다."

양치성은 뜻밖의 지시에 긴장하면서도 자신 있게 대답했다. 자신의 능력을 시험하는 의미까지 포함된 그 지시에 우선 결연한 의지를 보일 필요를 느꼈던 것이다. 그리고 그 정도의 일이라면 1년 동안 배운 기술과 요령으로도 별로 어렵지 않게 해결할 수 있을 것 같았던 것이다.

"너무 급하게 서두를 건 없고, 잘 처리해 봐. 먼 여행하느라 힘들었을 텐데 이제 그만 가서 쉬도록 해."

하야가와가 먼저 자리에서 일어섰다.

우체국을 나온 양치성은 비로소 짓눌리는 압박감에서 벗어나는 해방감을 느꼈다. 하야가와는 언제나 가까이 있으면서도 멀고 높이 있는 사람이었다. 그의 앞에서는 언제나 긴장이 되었고, 커다란 바윗덩어리에 눌리는 것 같은 압박감에서 벗어날 수가 없었다. 그런데 오랜만에 만나게 되자 그 도는 더 심해졌다.

"그려, 공부넌 무신 공부럴 허는 것이다냐? 공부럴 끝내면 니도 우체국장 겉은 높은 자리에 앉게 되는 기여?"

양치성의 어머니는 기대에 찬 눈으로 아들에게 물었다.

"야아, 그리되겄제라."

양치성은 어머니가 바라는 대로 대답했다. 그 거짓말은 필수적인 것이었다. 학교에서는 그 필요한 거짓말부터 가르쳤다. 신분의 노출은 첫 번째 금기였다. 어머니까지도 자신이 무슨 공부를 하고 있는지 알 필요가 없었다. 자신은 하야가와의 추천을 받아 그 학교에 들어간 것이지만 이미 하야가와하고는 직장의 관계가 끊어진 셈이었다. 그 학교를 마치게 되면 다시 하야가와 밑에서 우체국 일은 할 수 없게 되어 있었다.

"니가 우체국장님이 되먼 얼매나 좋겄냐. 그리만 됨사 우리 집안이 목단꽃 피디끼 활짝 피는 것잉게. 니 손에 성제간덜 팔자도 달렸응게 고상이 되드라도 참고 참어야 쓴다 잉."

양치성의 어머니는 목이 메며 아들의 등을 어루만졌다. 입을 꾹 다문 양치성이는 고개만 무겁게 끄덕였다.

"서엉, 저어…… 나도 어디 자리 한나 봐주소."

양치성의 둘째동생은 형의 눈치를 살피고 머뭇거리며 어렵사리 말을 꺼냈다.

"자리? 효남이 니가 멫 살이제?"

양치성은 피곤이 끈적거리는 얼굴로 벽에 등을 기대며 물었다.

"성언 나 나이도 몰르능가…… 발써 열일곱 살 아니여."

효남이는 금방 볼이 부어오르며 불뚱스럽게 말했다.

"열일곱 살…… 무신 일얼 바래는디?"

"이, 작은성언 순사나 헌병질이 허고 잡아 죽능당마."

막내 상근이가 잽싸게 대답했다.

"순사나 헌병질? 니 참말이여?"

효남이가 쑥스러운 듯 옆눈질을 하며 고개를 끄덕거렸다.

"쟈가 쎄넌 짤라도 침언 질게 뱉고 잡은가부시. 열일곱 나이 갖고 무신 수로 순사질이고 헌병질이냐?"

양치성은 직감적으로 마땅찮은 생각이 들어 이렇게 말이 나가고 말았다.

"긍게로 누가 정식으로 순사고 헌병얼 시켜도란 것이간디. 성맨치로 소사로 들어가서 차차로 올라갈라는 것이제."

효남이의 말이 끝나기 무섭게 양치성의 외침이 터졌다.

"머시여, 소사! 소사가 무신 장헌 벼슬인지 아냐. 요런 빙신 겉은 놈아, 한집안서 줄줄이 소사질로 나서? 니가……."

"아서, 아서, 어째 이런다냐. 참어라, 참어. 효남아, 니 주딩이 놀리지 말고 얼렁 나가그라, 나가."

그 갑작스러움에 놀라고 당황한 양치성의 어머니는 큰아들을 제지하랴 작은아들을 내보내랴 정신이 없었다. 효남이는 제 누나에게 등이 떠밀려 밖으로 나가면서 무슨 소린가를 투덜거렸다.

양치성은 숨을 몰아쉬며 몸을 벽에 부렸다. 그리고 눈을 감았다.

"저것이 철이 없어 헌 소린게 한 귀로 듣고 한 귀로 흘려부러라."

어머니의 떨리는 목소리를 들으며 양치성은 이미 후회하고 있었다. 그러나 자신도 모를 일이었다. 오랜 세월 동안 웃는 연습을 해오면서 어느 만큼 자신감도 갖게 되었었다. 그런데 그것이 한순간에 무너지고 만 것이었다. 소사를 하겠다는 말을 듣는 순간 감정은 걷잡을 수 없이 폭발했던 것이다.

동생이 소사를 하겠다는 것, 그것이 왜 그렇게 불길로 터져 올랐는지 자신도 딱히 알 수가 없었다. 그러나 그 일은 분명 용납할 수가 없었고 다시 생각해도 화가 치솟기는 마찬가지였다.

그 까닭은 무엇인가……. 그건 지우고 싶은 기억이었고, 잊어버리고 싶은 과거였다. 그 누구에게도 내보이고 싶지 않은 흉한 흉터 같은 것이었다. 그건 단순히 창피스럽고 부끄러운 것만이 아니었다. 그보다 훨씬 더 강하고 진한 감정이 자신을 압박하고 있었다. 사환 노릇을 하며 겪은 말 못할 고생이 지긋지긋해서가 아니었다. 그보다는 사환 노릇을 했다는 것 자체가 사람의 가치에 큰 흠집이 되는 것 같은 느낌이 갈수록 커져가고 있었다. 정작 사환 노릇을 할 때는 느끼지 못했던 감정이었다. 그런데 일본에 건너가게 되면서 그 감정은 싹트기 시작했던 것이다. 남들에 비해 무언가 모자라는 것 같고, 무언가 비어 있는 것 같은 감정은 한번 의식하기 시작하자 자꾸 커지기만 했다. 그런 생각은 남들에게 꼭꼭 감추어야 하는 괴로움이 되었고, 스스로의 힘으로 이길 수 없는 고통이 되었다.

"야아 야, 니 어찌 그리 화럴 내냐. 효남이가 못헐 소리 헌 것도 아닌디."

양치성의 어머니는 큰아들의 눈치를 살피며 조심스럽게 입을 열었다.

"그놈에 소사질이 머시가 좋다고 자청허고 나스고 그러냔 말이어라."

양치성의 말은 어느 때 없이 퉁명스럽고 거칠었다.

"아니여, 그렇덜 안혀. 니가 일본으로 떠나자 사람덜이 니럴 얼매나 부러바딜 혔는지 아냐. 자수성가허게 되았다고 입 달린 사람이 먼 모다 칭찬이 자자허고, 즈그 자석덜도 소사자리 얻고 잡아 침 생키고 그래쌓당게. 긍게 효남이가 공연시 그런 말 꺼낸 것이 아니란 말이여."

"엄니, 소사질언 나 하나 헌 것으로 족헝게 다시넌 나 앞에서 그 말 못 꺼내게 단속허씨요. 아시겄소?"

양치성이는 여전히 화가 가시지 않은 얼굴로 어머니를 쏘아보듯 하며 못을 박았다.

"그려…… 그러제." 그의 어머니는 미심쩍은 얼굴을 풀지 못한 채 마지못해 대답을 어물거리며, "효남이도 인자 나이가 다 들었는디 언제꺼정 빈손 놓고 있을 수도 없는 일이고, 지 앞 감당헐 무신 자리럴 얻어야 헐 것인디……." 그녀는 기죽은 소리로 중얼거렸다.

"그것이야 나가 차차로 알아서 허겄소."

양치성은 무뚝뚝하게 말하고는 방바닥에 길게 누워버렸다. 팔베개를 한 그는 곧 잠이 들었다.

"얼렁 이불허고 비개 내래라."

측은한 얼굴인 그의 어머니는 앉은걸음을 하며 큰딸에게 일렀다.

"그려, 그려. 낯설고 물설은 타국서 얼매나 고상이 많았겄냐. 돈으로 맥질허는 천석꾼 만석꾼 자석덜도 타국 공부가 심든다고 야단덜인디 지 돈 땡전 한 닢 없이 넘 돈으로 공부라고 허자닝게 눈치코치에 맘고상, 돈 푼푼허덜 못혀 몸고상, 니가 헌 첩첩 고상얼 이 못난 에미가 어찌 다 알겄냐, 넘 먼첨 저승객 된 무정헌 니 애비

가 알겄냐. 그려, 그려, 니넌 이 집안 기둥이고 대들보여. 눈칫밥 코
칫밥 얻어묵음시로도 이리 몸이 실허니 효자가 따로 없제. 장혀,
장혀, 니가 질로 장혀."

양치성에게 베개를 받쳐주고 이불을 덮어주고 하면서 그의 어머
니는 눈물 젖은 소리로 속풀이를 하고 있었다.

"엄니, 큰성이 작은성얼 미와형가?"

그때까지 방구석에 붙어앉아 찍소리가 없었던 막내 상근이가
속삭이듯 물었다.

"아니여, 아니여. 작은성이 밑도 끝도 없이 큰성 맘에 안 드는 소
리럴 히서 그렇제. 큰성도 이 엄니맨치로 느그덜얼 다 골고로 이뻐
라 허제 이."

그의 어머니는 세차게 고개를 내저었다.

"상근아, 큰성언 소사질얼 징허게 생각허는 것이여. 근디 작은성
이 또 소사질얼 시켜도랑게 속이 뒤집어진 것이제."

상근이의 누나가 말을 덧붙였다.

"치이, 나도 소사질히서 큰성맨치로 출세허고 잡었는디."

상근이가 입을 뿌루퉁하게 내밀었다.

"아서, 아서. 야덜이 줄줄이 난리판굿 꾸밀라고 드네. 니넌 허라
는 공부나 열성으로 혀."

그의 어머니는 막내에게 눈을 부라렸다.

오랜만에 편안하고 아늑한 잠을 흡족하게 잔 양치성은 아침 일
찌감치 집을 나섰다. 어제와는 딴판으로 허름한 그의 차림은 흡사

노동판의 노동자였다.

집에서 멀찍해지자 양치성은 단정하게 넘어간 머리칼을 마구 헝클어댔다. 그렇게 되자 그의 모습은 한결 더 막일꾼 같아졌다.

양치성은 곧바로 부두로 나갔다. 부두 일대는 아침부터 활기가 넘치고 있었다. 많은 사람들이 북적거리고 있었고, 사방에서 떠드는 소리로 시끌덤벙했다. 그들은 거의가 노동자들이었다. 하루 일을 시작하느라고 그들은 바쁘고 분주하게 돌아가고 있었다.

부두 가까이에는 여기저기 쌀가마니들이 산덩어리를 이루고 있었다. 육중한 무게감을 지닌 그 덩어리 하나하나가 쌀 몇백 가마니로 이루어진 것인지 눈짐작으로는 쉽지가 않았다. 그 많은 산덩어리들은 부두 주변에 왜 그리 많은 사람들이 몰려 소란스러운 것인지를 한마디로 설명하고 있었다.

양치성은 느린 걸음으로 부두 근방을 돌아보고 있었다. 떠나 있었던 동안 변한 것이 많았다. 먼저 눈에 띄는 것은 엄청나게 큰 쌀창고들이 부쩍 불어난 것이었다. 양치성은 쌀창고가 의외로 많이 생긴 것에도 놀랐지만, 그 창고를 지은 재료를 보고 더 놀랐다. 새로 자리잡은 창고들은 모조리 시멘트벽이었던 것이다. 그리고 두쪽의 커다란 문도 모두가 철문이었다. 일본사람들은 무슨 건물이든 거의 나무로 짓기를 좋아했다. 집이란 집은 2층집까지도 나무로 지었고, 창고 같은 것들도 태반이 나무였다. 그런데 유난히 그 쌀창고들은 두꺼운 시멘트벽으로 둘러쳐져 있었던 것이다. 너무 높고 크게 짓다 보니까 나무로는 안 되는 것일까 하는 생각이 얼핏 들었다. 그러나 그 생각은 곧 지워졌다. 오래오래 쓰려고 튼튼하게 벽돌과 시멘트로 지은 것이구나 하는 생각이 머리를 채웠다.

그 생각은 또다른 생각과 일치를 이루었다. 개명된 일본의 이모저모를 보면서 연속적인 충격을 받았었고, 그 충격에 어덜리고 기죽어가면서 조선은 일본의 보호에서 영원히 벗어날 수 없을지도 모른다는 생각이 들었던 것이다. 그 막연했던 생각이 견고하고 육중한 쌀창고들을 보게 되자 사실로 확인되는 것이었다.

저 쌀창고들이 얼마나 오래가게 될 것인가…… 100년, 200년…… 그 세월을 짐작하기가 어려웠다. 벽돌과 시멘트는 돌보다 더 강하다고 했다. 일본은 앞으로도 끝없이 조선을 보호국으로 삼을 작정인 것이 분명했다. 내가 환갑나이까지 살면 앞으로 40여 년…… 그때까지도 저 쌀창고들은 끄떡도 하지 않을 것이다…….

양치성은 숨을 깊이 들이마셨다가 천천히 내쉬었다. 내가 얼마나 운이 좋은가. 앞길이 신작로처럼 환하게 열렸는데. 그는 새롭게 안도하는 동시에 가슴 뿌듯하게 만족을 느끼고 있었다. 거렁뱅이 신세로 평생을 살아야 될 판이었는데……. 그 생각을 하자 안도감과 만족감은 더욱 크게 팽창되고 있었다.

기차 선로 여섯 개로 이루어진 쌀가마니 하치장을 보고 양치성은 두 번째로 놀랐다. 하치장의 규모도 놀라웠지만 그런 효율적인 하치장을 만들어낸 일본사람들의 머리와 기술에 탄복하지 않을 수가 없었던 것이다. 세 개의 선로에는 이미 꼬리에 꼬리를 문 화물차들이 차 있었고, 하나의 선로에는 화물차를 끌고 온 기차가 흰

김을 내뿜으며 머물러 있었다.

쌀가마니들이 쌓인 곳에는 어디든 막노동자들이 웅성거리고 북적거렸다. 양치성은 느린 걸음을 옮기며 그 무리들에게 눈총을 쏘고 있었다. 노동조합은 그 많은 무리들 속에 자리잡고 있었던 것이다.

저것들이 노동조합으로 한덩어리로 뭉쳐진다? 골치 아픈 일이었다. 아니, 그건 차후의 문제였다. 그보다 더 중요한 것이 어떤 놈이 노동조합을 만들었느냐 하는 것이었다. 먼저 그놈을 찾아내야 했다. 그러자면 노동조합 조직부터 그물질을 시작하는 것이 순서였다. 인부들 사이에 자연스럽게 끼어들고, 노동조합에 가입하는 길을 더듬고, 그 길을 찾기만 하면 일은 다 끝내는 셈이었다.

"가만있거라, 요것이 누구여?"

자전거를 타고 지나치려던 순사가 양치성을 알은체하며 자전거를 멈추었다.

"이, 맞구만. 니 치성이 아니여!"

자전거에서 내린 장칠문이는 양치성의 어깨를 철썩 쳤다. 깊은 생각에 빠져 있던 양치성은 화들짝 놀라며 고개를 홱 돌렸다. 그 행동은 무척이나 민첩했다.

양치성은 몸을 돌리는 짧은 순간 어느새 상대방의 팔을 낚아잡은 상태였다. 그 기민한 동작은 하루도 빠짐없이 1년 동안 연마한 무술의 결과였다. 유도에서 검도와 격투까지 온갖 종류의 무술을 다 익혀야 했다. 그리고 사격도 중요시되었다. 오전에는 정보활동에 관한 이론학습이었고, 오후에는 무술연마였다.

"아니, 장 순사님 아니신게라?"

양치성은 공격태세를 풀며 씨익 웃어 보였다. 그러나 속으로는 귀찮은 자를 잘못 만났다는 낭패감으로 당황스러워지고 있었다.

"니 일본서 언제 왔는디 여그 이러고 섰냐?"

장칠문은 의아스런 눈길로 양치성의 몰골을 위아래로 훑었다.

"한 사날 됐구만요. 기운도 길르고 돈벌이도 허고 헐라고 겸사겸사해서 이리 나와봤구만이라. 장 순사님언 신수가 영판 더 좋아지셨는디요."

양치성은 눙치고 들었다.

"우체국 일언 으쩌고?"

장칠문은 그래도 순사라고 양치성의 그런 한마디로 의문을 풀어 버리지 않았다.

"우체국에야 지가 헐 일이 없어진 지가 언제라고라. 초년 고생이야 사서 허는 것잉게 부두에 나가 등짐얼 져보라고 시킨 사람이 누군지 아시요?"

"하야가와 국장님이시여?"

장칠문이 재빠르게 장단을 맞추었다.

"와따, 순사라 기맥히시요 이. 어찌 그리 딱 찝어내신다요? 귀신이 따로 없소."

양치성은 놀라는 시늉을 해가며 장칠문을 치켜올려 주었다.

"이, 그리된 것이로구마. 국장님이 시키신 일이람사 자네야 허기싫어도 별수 없제." 장칠문은 그제야 의문이 풀린다는 듯 얼굴에 웃음기를 띠며, "근디 자네가 저 판 속에 끼들어 돈벌이허기넌 에로울 것인디?" 그는 담뱃갑을 꺼내며 묘하게 웃었다.

"몸땡이 성헌디 머시가 에로와라."

"이, 그리 말헐지 알었제. 헌디, 나가 헐라는 말언 고런 뜻이 아니여. 저 판이 그냥 보기로넌 니나 나나 다 뎀베들어 등짐질만 허면 돈벌이가 되는지 알어도 정작 속얼 알고 보면 그것이 아니여. 다 즈그덜찌리 꾸미가 째어져 있고 패가 갈라져 있어서 거그에 못 끼면 쌀가마니에 손도 못 대는 것이야 오래된 일이고, 근자에 들어서넌 노동조합꺼정 생겼다는 것얼 알아야 혀. 무신 말인지 알아묵겄어?"

양치성은 신경에 확 불이 당기는 걸 느꼈다. 그러나 어눌한 척 물었다.

"노동조합이 머시다요?"

"그려, 자네넌 몰르겄구만. 저 막일꾼놈덜이 꼴사납고 되잖허게 신노동조합이란 것얼 얼매 전에 맹글었단 말이시. 일거리 놓고 즈그덜 패 잇속 챙기잔 것이제."

담배연기를 훅 내뿜으며 장칠문은 코웃음을 쳤다. 그 일을 하찮게 생각하는 것이 양치성은 오히려 다행스러웠다.

"글먼 나도 일거리럴 얻자면 그 조합에 들어야 되덜 안컸소? 그 조합 사무실이 어디다요?"

"자네 꿈꾼가? 저런 놈덜이 사무실언 무신 사무실. 즈그덜 떠도는 디가 사무실이제."

"허먼, 그 조합얼 꾸민 조합장언 있을 것인디, 그 사람이 누군지 아시요?"

"어허, 순사가 그리 헐일없는 사람덜인지 아능가, 자네? 그 조합이란 것이 즈그놈덜 잇속 챙기니라고 패럴 짠 것이랑게."

같은 말을 다시 반복하는 장칠문의 목소리에는 짜증이 묻어 있었다.

혹시나 하고 기대를 했던 양치성은 약간 실망을 느끼고 있었다.

"알겄구만요. 어쨌그나 등짐얼 지자면 그 조합얼 찾아가면 되겄구만요."

"아니시, 심들게 그럴 것 머 있능가. 자네 일인디 나가 당장 말해주제."

장칠문이 담배꽁초를 던지며 자신의 능력을 과시하듯 시원스럽게 말했다. 그 예기치 못한 반응에 양치성은 그만 당황했다.

"아니구만요, 그리 급헌 일도 아닌디 나가 알아서 허겄구만요. 그런 짜잔헌 일에 나스면 순사님 체면도 깎이는디요. 그러고 국장님이 아셔도 안 좋고라."

양치성은 급하게 이 말, 저 말을 끌어다 붙였다.

"그려……? 그렇기도 허겄는디, 글먼 말이여, 째보선창 쪽으로 가보소. 거그가 일꾼덜 집합손께."

"야아, 알겄구만이라."

장칠문은 자전거에 올라탔다. 양치성은 '째보선창'을 수확으로 챙기고 있었다.

36
호랑이 아가리

미선소는 정미소 창고 옆에 붙어 있었다. 2층집 높이의 정미소와 창고가 비슷한 크기였고, 미선소는 높이나 크기가 그 절반만했다.

검정색 판자벽을 둘러친 순 일본식 건물인 미선소 양쪽으로는 커다란 문이 나 있었다. 그 두 개의 문에는 옆에 있는 창고문과 마찬가지로 언제나 주먹보다 큰 자물통이 걸려 있었다. 어찌 된 것인지 사람들이 안에서 일을 하는 동안에 문이 열려 있어도 그 흉물스럽게 생긴 자물통은 어디로 치워지지 않고 언제나 쇠고리에 걸친 채 잠겨져 있었다. 문이 열려 있거나 닫혀 있거나 간에 언제나 잠겨 있을 줄밖에 모르는 그 시커먼 쇳덩어리는 마치 우락부락하게 생긴 기운 센 사람이 눈을 부릅뜨고 있는 것도 같았고, 성난 개가 위아랫니를 드러내고 험상궂게 으르렁거리는 것도 같았다.

미선소 안은 칸막이가 없이 통째로 트여 있었다. 긴 마룻바닥의 가운데를 통로로 해서 양쪽으로 두 줄씩, 여자들이 네 줄로 정연하게 앉아 있었다. 가운데 통로를 향해 줄을 맞춰 앉은 여자들 앞에는 겸상 크기만한 상들이 하나씩 놓여 있었다. 그런데 그 상들은 생김새가 특이했다. 상판이 나무가 아니라 밑이 환히 내려다보이는 유리였던 것이다.

여자들은 한 줄에 스물다섯씩이었다. 제각기 유리상 앞에 붙어 앉은 100명의 여자들 사이에서는 말 한마디 들리지 않았다. 살얼음이 잡히도록 바깥날씨가 추운데도 불기라고는 없는 실내의 추위 속에서 여자들은 모두 얼어붙은 것처럼 웅크리고 앉아 있었다.

말소리라고는 없는 적요한 실내에 맑으면서도 가녀린 소리들이 좌르륵 좌르륵 들리고 있었다. 그러나 미풍에 울리는 풍경소리가 산사의 적막을 오히려 더 깊게 하듯 그 미약한 소리들도 넓은 실내에 가득 찬 차가운 적요를 더 두껍게 할 뿐이었다.

좌르륵거리는 그 맑고 가녀린 소리들은 조롱박에 담긴 쌀을 상위에 쏟을 때 쌀알들이 유리판에 부딪히며 내는 소리였다. 여자들은 함지박에 담긴 쌀을 조롱박으로 떠서 유리판에 부었다. 그리고 그 쌀을 한 움큼씩 끌어다가 유리판에 쫙 펼쳤다. 한 움큼의 쌀은 두 손의 빠른 손놀림 아래서 어느 한 부분도 포개지는 법 없이 고르게 펼쳐졌다. 그런 다음에는 두 손 열 손가락이 거의 보이지 않을 지경으로 재빠르게 움직이기 시작했다.

손가락들의 기민한 움직임 속에서 돌은 돌대로, 싸라기는 싸라기대로, 피는 피대로 골라지고 있었다. 열 손가락은 제각기 지네발처럼 빠르게 움직이면서 정확하게 그런 것들을 쌀알과 구분해 내고 있었다. 잡물들과 분리된 토실토실한 쌀알들은 손바닥 끝부분에 밀려 유리판 아래 받쳐놓은 함지박으로 쉴새없이 떨어져내리고 있었다. 무슨 기계처럼 재빠르고 빈틈없이 움직이고 있는 여자들의 마디 굵은 손가락에는 쌀겨가 희게 묻어나고 있었다. 여자들은 웅크리고 앉은 채 그 일을 반복하고 있어서 얼핏 보면 아무 일도 하는 것 같지가 않았다.

미선소 안에는 두 남자가 어슬렁거리며 걸어다니고 있었다. 그들은 한쪽씩을 맡아 이리 기웃 저리 기웃 하고 다니며 다 골라진 쌀을 거둬 가마니에 담고, 새 쌀을 함지박에 부어주고 하는 일을 하고 있었다. 그들은 유리상 아래서 함지박을 끌어낼 때마다 귀에 꽂은 몽당연필을 뽑아 치부책에다가 '正' 자를 만들어나갔다. 함지박 하나의 양이 소두 한 말이었던 것이다. 그들 두 사람을 여자들은 십장이라고 불렀다.

"거그, 거그! 몇 번이여? 이, 48번, 일어나, 일어나! 후딱 일어나서 아가리 짝 벌려!"

통로의 중간쯤에서 어슬렁거리고 있던 십장 하나가 느닷없이 고함을 질러대며 오른쪽으로 뛰고 있었다. 여자들이 하나같이 흠칫 놀라며 고개를 들었다. 그러나 다음 순간 여자들의 고개는 다시 떨구어지고 말았다. 한눈을 팔았다가는 당장 날벼락이 떨어지기 때문이었다.

"야 이년아, 48번! 빨딱 일어나 아가리 짝 벌리랑게!"

마룻장이 쿵쿵 울리는 소리와 함께 십장의 고함은 더욱 커지고 있었다.

수국이는 눈을 내리감으며 소리나지 않게 한숨을 내쉬었다. 누군가가 또 쌀을 몰래 입에 넣고 우물거리다가 들킨 것이었다. 수국이는 꼭 자기가 그런 것처럼 가슴이 벌떡거리고 있었다.

뒷줄 오른쪽 구석 세 번째의 여자가 몸을 일으켰다. 어깨가 잔뜩 움츠러든 그 여자의 몸은 와들와들 떨리고 있었고, 겁에 질린 얼굴은 씰룩거리며 울고 있었다. 여자는 두 손으로 입을 가린 채 다급하게 위아랫니들을 훑어대며 침을 삼키고 있었다.

"이년아, 얼렁 손 띠내고 아가리 짝 벌려, 아가리!"

십장이 소리치며 그 여자에게 덤벼들었다. 십장의 팔이 뻗쳐지면서 그 여자의 머릿수건이 벗겨졌다. 그리고 십장의 우악스러운 손이 그 여자의 머리채를 낚아챘다.

"아이고메 엄니, 나 죽네!"

그 여자의 몸이 휘청 꺾이며 비명이 터져나왔다.

"이년아, 니 에미가 관음보살이냐. 욜로 나와, 욜로."

십장이 여자의 머리채를 사정없이 끌어댔다. 허리가 반으로 접힌 여자의 목은 길게 늘어졌다.

"아닌디요, 아니랑게라…… 아니어라."

여자는 통로로 질질 끌려나가며 울음으로 범벅된 소리를 토해내고 있었다.

"이년아, 아가리 짝 벌려!"

여자를 통로에 세운 십장이 눈을 부릅뜨며 소리쳤다.

"안 묵었는디요, 쌀 안 묵었는디요."

눈물이 그렁거리는 눈으로 애타게 말하는 여자는 두 손을 싹싹 비비댔다.

"느그년덜이 언제 쌀 묵었다고 혔냐! 넘 좆대가리 물었던 씹구녕이야 못 가래내도 쌀 씹어댄 주딩이야 가래낼 수 있응게 얼렁 아가리 벌려. 안 벌리겄으면 주딩이 깨부실 챔이여!"

십장이 주먹을 불끈 치켜들었다.

"말로 헐 것이 머 있간디. 한분 말히서 안 들으면 바로 주먹얼 써야제."

다른 십장이 담배연기를 훅 내뿜으며 비아냥거리듯 말했다.

"이년아, 아가리 못 벌리겄어!"

그때 십장의 주먹이 여자의 볼을 후려쳤다. 여자가 비명을 지르며 주저앉았다. 지체없이 십장의 손이 여자의 머리채를 잡아챘다.

"이년아, 엄살떨지 말고 일어나!"

십장이 머리채를 끌어올리는 대로 여자는 몸을 일으켜세우고 있었다. 눈물이 흘러내리고 있는 여자의 입은 반쯤 벌어져 있었다. 그건 주먹질을 당한 아픔으로 벌어진 것인지 여자 스스로가 벌린 것인지 알 수가 없었다.

"이년아, 더 짝 벌려, 더!"

십장이 머리채를 마구 휘둘러댔다. 눈을 질끈 감은 여자의 입이 좀더 벌어지면서 이빨들이 드러났다. 그때 십장의 투박한 손가락이 거침없이 여자의 윗입술을 밀어올렸다.

"이년아, 이런디도 쌀얼 안 묵었어! 넘 좆대감지 물었다 논 씹구녕이야 이빨이 없응게 낄 것도 없다만 아가리에넌 이빨이 있응게 지아무리 쌧바닥으로 핥아대도 이빨로 씹어댄 것이 잇새에 다 낀다 그것이여."

증거를 잡은 십장이 자신에 넘쳐 말했다. 그 여자의 이빨 사이사이에는 작은 쌀가루들이 끼어 있었다.

"잘못혔구만요. 하도 배가 고파서 싸래기럴, 싸래기럴 쬐깨 묵었구만이라. 잘못혔응게, 잘못혔응게……."

여자는 '싸래기'를 되풀이하며 두 손을 모아 정신없이 빌었다.

"이년아, 싸래기넌 쌀이 아니여? 싸래기 반쪼가리라도 입에 처넣으면 안 된다는 말 다 까묵었냐. 요런 도적년아!"

십장이 잡고 있던 머리채를 사정없이 휘둘러 뿌리쳤다. 여자가 마룻바닥에 곤두박질쳐졌다.

"이년아, 니넌 당장에 끝장이여, 끝장."

십장이 숨을 씩씩거리며 여자의 어깨며 허리를 마구 짓밟았다.

"잘못혔구만이라, 잘못혔구만이라……."

여자는 발길에 짓밟힐 때마다 절박한 소리를 되풀이하고 있었다.

"어떤 년이 또 참새새끼질얼 헌 것이여? 어떤 느자구없는 년이여?"

저쪽에서 걸걸한 소리가 느릿하게 들려왔다. 창고 쪽의 문 옆에 달린 칸막이방에서 한 남자가 나오고 있었다. 그 방은 한쪽 구석에 바짝 붙어 있어서 거의 없는 것처럼 보였다. 그 방에서 나온 것은 십장 윗자리인 감독이었다.

"야아, 48번 년이 그랬구만이라."

십장이 발길질을 멈추며 일른 대답했다.

"48번? 쌍판때기가 어찌 생긴 년이여?"

뒷짐을 진 감독이 걸어오며 말했다.

"이년아, 쌍판 들어!"

십장이 여자의 턱을 치켜올렸다.

여자의 머리카락은 헝클어질 대로 헝클어지고 얼굴은 눈물로 범벅이 되어 있었다. 감독을 올려다보고 있는 여자의 눈은 간절하게 타고 있었다.

"허, 빙신이 육갑허드라고 못난 쌍판에 미운 짓만 골라감서 허능구만! 당장에 몰아내 뿌러."

감독이 매정하게 내뱉고는 돌아섰다.

"아이고메 감독님, 나 잠 살려주시게라."

여자가 울부짖으며 감독의 한쪽 다리를 붙들었다.

"요런 잡년이 요거!"

놀란 감독이 소리치며 다리를 빼려고 했다. 그러나 여자는 더욱 힘껏 다리를 붙들고 늘어졌다.

"보시게라 감독님, 지가 안 벌면 애비 없는 우리 새끼덜 다 굶어 죽으요. 다시넌 안 그럴 것잉게 불쌍헌 우리 새끼덜 생각히서 나 잠 살래주씨요오."

여자는 통곡을 하고 있었다.

"요것 안 띠내고 멀혀!"

감독이 십장을 향해 버럭 소리질렀다.

"요런 미친년이!"

십장이 여자의 옆구리를 사정없이 걷어찼다. 여자의 몸이 들썩하는 것 같더니 축 늘어지고 말았다.

"에이 재수대가리없이."

감독이 내뱉으며 바짓가랑이를 툭툭 털고는 뒤도 돌아보지 않고 걸어갔다.

"어이, 일어나, 일어나."

십장이 여자의 허벅지께를 툭툭 찼다. 그러나 여자는 움직임이 없었다.

"어이 보소, 요것 들어내세."

십장이 여자의 팔을 잡으며 동료를 턱짓으로 불렀다.

두 십장이 여자를 양쪽에서 붙들어 일으켰다.

"잘못혔구만이라, 지가 잘못혔구만이라······."

여자는 질질 끌려가면서 실성한 듯 똑같은 소리를 중얼거리고 있었다.

두 십장은 여자를 문밖으로 끌고 나갔다. 여자들 사이에서는 그때서야 긴 한숨소리가 흘러나오고, 코 훌쩍거리는 소리가 들리기 시작했다.

수국이도 소리 없이 울며 자꾸만 흘러내리는 코를 들이마시고 있었다. 자기가 벌지 않으면 아버지 없는 아이들이 굶어죽게 된다는 그 여자의 애원이 귀에 쟁쟁히 울리고 있었던 것이다.

과부인 그 여자가 예쁘게만 생겼더라도 쫓겨나는 것은 면했으리라고 수국이는 생각했다. 그런 생각은 수국이만 하는 것이 아니었다. 모든 여자들이 똑같은 생각을 하고 있었다. 그만큼 감독은 예쁜 여자들을 밝혔고, 얼굴이 좀 반반하게 생긴 여자들이 저지르는 잘못은 어물쩍 넘겨주었다.

그러나 그 어물쩍이 남들의 눈앞에서 어물쩍이지 감독은 잘못을 저지른 여자들에게 기어코 대가를 받아낸다는 것이었다. 그 대가라는 것이 끔찍스러웠다. 몸을 내주는 것이라고 했다. 만약 그 요구를 거절했다가는 다음날로 일자리를 잃는다는 것이었다.

수국이는 그 수군거림을 도저히 믿을 수가 없었다. 그러나 자기보다 먼저 일을 해온 여자들이 다 그렇게 믿고 있어서 혼자 믿지 않을 수도 없는 일이었다. 어쨌거나 그런 끔찍스러운 일을 당하지 않으려면 털끝만큼의 잘못도 저지르지 않는 것뿐이었다.

그들이 금하는 것은 한두 가지가 아니었다. 일을 하면서 옆사람하고 말을 해서는 안 된다. 일을 시작하면 점심때까지는 밖으로 나갈 수 없다. 졸아서는 안 된다. 책임량을 다 채우지 못하면 일당을 절반으로 깎는다. 그러나 그런 것들은 하루 책임량을 꼬박꼬박 채우자면 어길래야 어길 수도 없는 규칙들이었다.

그런데 그들이 제일 엄하게 금하고 감시하는 것이 한 가지 있었다. 쌀을 한 톨이라도 입에 넣어서는 안 된다는 것이었다. 그것을 어겼다 하면 인정사정없이 불벼락이 떨어졌다. 알곡이건 싸라기건

가리지 않았다.

그런데 이상한 일이었다. 쌀을 입에 넣었다가 들켜 십장들에게 그리 험하게 두들겨맞고 쫓겨나는 것을 보면서도 사흘이 멀다 하고 그런 사람들은 또 생겨나는 것이었다. 그러나 수국이는 어느 순간 문득 사람이 그렇게 될 수 있다는 것을 깨닫고는 했다. 자신도 어느 때 불현듯 쌀을 한입 가득 넣고 와득와득 씹고 싶은 충동에 휘말리는 것이었다. 그런 때는 대개 점심때가 한참 지나 속이 쓰릴 만큼 배가 고플 때였다. 쌀을 먹고 싶은 생각이 불현듯 일어나면 어금니 사이에서는 신 침이 스물스물 나오면서 정신이 아릿거리기까지 했다. 쌀이 김 나는 밥으로 보이면서.

일단 생쌀이 김이 모락모락 오르는 밥으로 보이기 시작하면 배고픔은 견딜 수 없이 심해졌다. 그리고 엉뚱한 생각이 떠올랐다. 나만은 들키지 않을 것이라는 생각이었다. 그 엉뚱한 생각은 순식간에 부풀어오르면서 마음을 사로잡았다. 그 생각은 거센 힘으로 십장에게 두들겨맞게 될 두려움을 잡아먹었고, 일자리를 잃게 될 무서움도 잡아먹었다. 그리고 나만은 틀림없이 들키지 않을 수 있다는 자신감을 갖게 했다. 그 자신감은 어서 쌀을 한입 가득 넣으라고 부추기고 충동질해 댔다. 그 유혹의 고비를 넘기기가 어려웠다. 그 유혹은 떨쳐내려고 하면 할수록 더 끈끈하게 달라붙으며 십장들이 어디 있는지 살피게 만들었고, 손이 떨리게 만들었다. 그 고비를 넘기지 못하면 누구나 쌀을 입에 넣을 수밖에 없었다.

하루종일 쪼그리고 앉아 일을 하면서 그래도 잠시 쉴 수 있는 것은 점심때였다. 점심때라고 했지만 점심을 제대로 먹는 사람은 하나도 없었다. 고구마 한두 개나 개떡 한두 쪽을 싸오는 사람마저도 열이 될까 말까였다. 나머지 사람들은 물배를 채우고 그저 먼 산을 바라보았다. 그러나 물도 마음 놓고 마실 수가 없었다. 뒷생각 없이 많이 마셨다가는 일을 하는 도중에 밖으로 나갈 수가 없었고, 더는 참다 못해 배탈이 났다고 둘러 붙여서라도 뒷간을 다녀오게 되면 자칫 책임량을 채우지 못해 일당을 반으로 깎일 위험이 있었던 것이다.

수국이로서는 하루종일 쪼그리고 앉아 쌀을 고르는 힘겨움보다, 배고픔에 시달리며 쌀을 입에 넣고 싶은 유혹을 이겨내는 것보다 더 견뎌내기 어렵고 괴로운 일이 따로 있었다. 그건 날마다 받아야 하는 몸조사였다.

몸조사는 그 누구도 피할 수가 없었다. 자기가 아무리 쌀을 훔치지 않았다 하더라도 십장이나 감독은 그것을 믿지 않았다. 그 결백은 몸조사를 받고 나서야 인정될 뿐이었다.

몸조사는 매일 일을 끝내고 미선소를 나가면서 받게 되어 있었다. 여자들은 번호 순서대로 감독의 칸막이방을 거쳐서야 밖으로 나갈 수 있었다. 몸조사는 감독 혼자서 도맡아했다. 몸조사란 여자들이 쌀을 훔쳐 옷 속에 감춰가지고 간다고 해서 하는 것이었다. 옷 속에 작은 주머니를 달아 쌀을 훔쳐내는 여자들이 없지 않았던 것이다. 그 주머니를 찾아낸다는 명목으로 감독은 제 마음대로 여자들의 온몸을 더듬어댔다.

"허, 쌈빡허시!"

첫날 칸막이방으로 들어서자마자 감독이 눈을 빛내며 불쑥 한 말이었다. 그 순간 두근거리고 있던 수국이의 가슴은 딱 얼어붙었다. 묘한 눈빛으로 수국이를 바라보는 감독의 입가에는 비릿한 웃음이 어려 있었다. 수국이는 그 눈빛과 웃음이 무서워 고개를 숙였다.

"어디 보드라고."

감독의 손이 양쪽 겨드랑이를 더듬는가 싶더니 이내 젖가슴을 덮쳐왔다. 수국이는 눈을 질끈 감으며 몸을 부르르 떨었다. 전신에 찬 기운이 찌르르 퍼지며 소름이 쭉 끼쳤다. 온몸이 굳어지고 오그라들고 있었다.

젖가슴을 떠난 감독의 손은 허리를 더듬어내려 아랫배에 이르렀다. 그런데 그 손이 치마 속으로 불쑥 들어왔다. 수국이는 하마터면 소리를 지를 뻔했다. 감독의 손은 속곳의 앞뒤를 더듬어대고 있었다. 치마 속에 입은 것이라고는 삼베 속곳 하나뿐이었다. 감독의 손길이 여기저기 닿을 때마다 수국이는 섬뜩섬뜩 놀라며 진저리를 치고 있었다. 옷이 다 벗겨져 알몸이 되는 것 같았고, 온몸이 뱀에게 친친 감기는 것 같았고, 지네가 스물스물 기어다니는 것 같았다. 그 창피스러움과 징그러움과 소름 끼치는 고통에 떨며 수국이는 두 다리를 꼭 붙이고 서 있었다. 넓게 트인 속곳 밑으로 그 손이 금방 들어올 것 같았던 것이다.

"쌈빡헌 인물에 몸도 탱탱허시."

감독이 짭짭 입맛을 다시며 손을 뗐다. 수국이는 정신없이 문을 박차고 나왔다. 감독이 금방 덮칠 것만 같았던 것이다.

밖으로 나온 수국이는 눈물을 훔쳤다. 눈물이 나오지 않게 하려고 애를 썼지만 눈물은 자꾸 삐질삐질 흘러나오고 있었다.

"울지 말어. 다 그리 사는 것잉게."

앞서 나와 있던 부안댁이 한숨을 내쉬며 수국이의 등을 다독거렸다.

"아줌니……."

수국이는 얼굴을 가리며 울음을 터뜨리고 말았다. 부안댁의 말을 듣자 참고 있었던 울음이 터져나왔다. 창피스러움과 분함과 서러움이 뒤범벅되어 복받쳐오르는 걷잡을 수 없는 울음이었다.

"울지 말랑게. 그리 울먼 운 티가 날 것 아니라고. 엄니헌티 그 말헐 챔이여? 일 안 나댕길라면 오늘 당헌 일 이얘기히도 되겠제."

부안댁의 이 말에 울음이 뚝 멎었다. 그 이야기를 듣고 어머니가 일을 다니게 할 리가 없었다. 그러나 동생 대근이가 다 나을 때까지는 밥벌이를 하지 않을 수가 없었다.

"자네 맘 나가 다 알어. 그래도 참아야제 어쩔 것이여. 다 맘묵기에 달린 것잉게. 맨살이 닿는 것도 아닌디."

부안댁이 나직하게 말하며 수국이의 손을 꼭 잡았다. 수국이도 소매끝으로 눈물을 닦으며 부안댁의 손을 맞잡았다. 그러면서 부안댁의 말을 되씹고 있었다. 그려, 맨살이 닿는 것도 아닌디…….그러나 가슴에서는 그 말을 휘몰아가는 찬바람이 일고 있었다.

"이, 일이 뉘서 콩떡 묵기보담 쉴트랑게. 재미지기도 허고 말이시."

수국이는 어머니에게 환하게 웃으며 말했다. 다행히 어머니는 더 묻지 않고 시름겨운 얼굴을 돌렸다.

다음날 아침 눈을 떴지만 자리에서 일어날 수가 없을 지경이었다. 두들겨맞기라도 한 것처럼 여기저기가 결리고 쑤시면서 몸이 무겁게 처져내렸다. 표를 내지 않으려고 억지로 몸을 일으켰다. 그런데 앓는 소리가 저절로 흘러나오려고 했다. 뻣뻣하게 굳어진 목이 쏙쏙 쑤셨고, 양쪽 어깨가 빽적지근하게 아팠고, 허리가 묵직하게 눌리면서 등짝 전부가 갈라지는 것같이 뻐근했고, 옆구리는 잡아당기는 것처럼 결리고 있었다. 아픈 데는 그런 데만이 아니었다. 방을 나서서 걸어보니 엉덩이는 엉덩이대로 아프고, 무릎은 무릎대로 시큰거리며 쑤시고, 장딴지는 장딴지대로 부어올라 있었다. 하루종일 쪼그리고 앉아 있었던 것이 그렇게 전신을 아프게 할 줄은 몰랐던 것이다. 그건 삼복더위 속에서 밭매기보다 힘드는 일이었다.

"하이고 야, 똑 아새끼 낳고 난 담 같당게. 차차로 몸에 익겄제."

부안댁이 등을 퍽퍽 두들겨대며 머리를 내둘렀다. 수국이는 비식 웃으며 차차로 몸에 익을 것이란 말을 믿자고 생각했다.

수국이는 날마다 일이 끝나는 것이 두렵고, 칸막이방에 들어가는 것이 진저리가 쳐졌다. 그러나 그 일을 모면할 길이라고는 없었다.

두 번째 그 일을 당하고 나와서 수국이는 눈물을 보일 수가 없었다. 부안댁도 전혀 아무 일도 없었던 것처럼 그 일을 모른 척했다. 매정하다 싶은 그 냉랭함이 수국이는 오히려 다행으로 여겨지기도 했다. 그것이 두 사람 사이의 약속이 되어버렸다.

누구누구는 쌀을 훔쳐내다 들켜 감독에게 몸을 내주고 잘리는 걸 모면했다는 것이었고, 어느 누구는 감독에게 아예 몸을 내맡기고 날마다 속주머니를 채워가지고 간다고도 했다. 점심때면 수군거리는 그런 소리들을 들어가며 수국이는 나날이 자꾸 괴로워져가고 있었다.

"하, 춘향이 절개 지키잔 것이로구만."

감독은 이런 말을 투덜거리며 날이 갈수록 심하게 몸을 더듬고 드는 것이었다. 젖가슴에 너무 오래 머무르는 손을 뿌리치고, 불두덩 아래로 파고들려는 손을 쳐낸 것이 한두 번이 아니었다. 그러나 그런 일은 부안댁에게도 말을 할 수가 없었다.

"하로에 한 되라도 존게 니 맘대로 가지가란 말이여."

어느 날 감독이 느닷없이 달려들며 속곳 밑으로 손을 넣으려고 했다. 수국이는 감독을 떠다밀며 밖으로 뛰쳐나갈 수밖에 없었다.

그렇게 노골적으로 나오는 감독을 피하려면 한 가지 길밖에 없었다. 동생이 어서 나아야 했다. 그런데 동생은 쉽게 낫지 않았다. 다 나았다고 우기면서 일을 나가더니만 그날 밤부터 비실비실 앓아누웠다. 머리는 말끔하게 나았는데 옆구리 다친 것이 도진 것이었다. 어머니는 보약을 먹일 수 없는 궁색한 살림살이를 한탄했다.

동생은 하루 일을 나갔다가 닷새를 앓아눕는 식으로 그동안 몇 차례 어머니의 속을 태웠다. 수국이는 어머니보다 더 안타깝게 동생의 몸이 낫기를 고대했다. 감독 때문만이 아니었다.

동생이 시름시름 오래 앓게 되니까 서무룡이가 마음 놓고 드나들 수 있는 빌미가 되었다. 서무룡이는 동생 대근이의 병문안을 열성으로 오는 것 같았지만 속셈은 그것이 아니었다.

수국이는 언제부턴가 그 속셈을 알아차리게 되자 처음에 지녔던 고마움까지 사그라들고 말았다. 수국이는 서무룡이가 남자냄새를 풍기며 다가드는 것이 도무지 마음에 들지 않았다. 그의 툭 불거졌으면서도 고약스럽게 째진 눈이 자신의 몸을 훑을 때면 전신이 오싹해지고는 했다. 그의 눈에는 언제나 섬뜩한 기운이 서려 있었고, 웃는 얼굴에서도 불량기는 가셔지지 않았다. 그런 그가 날이 갈수록 남자냄새를 짙게 풍기는 것이 딱 질색이었다. 동생 대근이한테는 인정스러운지 모르지만 남자로서는 정붙는 데가 아무 데도 없었다. 사람이 싫기로 친다면 서무룡이가 미선소의 감독과 별로 다를 것이 없었다. 감독의 손아귀에서 벗어나고 서무룡이의 발길을 막으려면 동생이 어서 낫는 수밖에 없었다.

그런데 며칠 전에 새로운 일이 생겼던 것이다. 말로만 들어왔던 정미소 주인의 아들을 감독의 방에서 맞닥뜨리게 되었다.

칸막이방으로 들어서니 감독의 자리에 헌병이 버티고 앉아 있었고, 감독은 그 옆에 엉거주춤 서 있었다. 그 헌병이 정미소 주인의 아들이라는 것을 수국이는 금방 알아보았다.

"와따, 요것이 무신 꽃이다냐!"

헌병이 의자에서 등을 떼며 토한 말이었다. 눈이 휘둥그레진 그는 백종두의 아들 백남일이었다.

"허! 요것이 춘향이 환생 아니라고……."

고개를 숙인 수국이를 올려다보며 백남일은 언제 춘향이를 보기라도 했던 것처럼 중얼거리고 있었다.

"요런 알짜배기럴 두고, 니가 발써 입맛 다셔부렀지야!"

백남일은 느닷없이 일어나며 옆에 서 있는 감독의 다리를 걸어찼다.

"아이쿠메, 아닌디요. 쌩쌩허니 그대론디요, 아이고 죽겄네……."

갑자기 정강이를 걸어차인 감독은 한쪽 다리를 싸잡고 돌며 몸을 비비틀고 있었다.

"그 잡소리럴 어찌 믿어!"

백남일은 또 발길질을 하려고 했다.

"아이고, 아이고, 당자헌티 물어보면 될 것 아니겄소!"

두 팔을 뻗어 백남일을 막으며 감독은 뒷걸음질을 쳤다.

"잡새끼, 안직 꼬타리가 안 잽혀 나헌티넌 숨킴스로 손얼 못 댔겄제. 니 고런 맘뽀 쓰먼 어찌 되는지 알지야?"

백남일은 곧 후려칠 듯이 팔을 치켜들었다.

"아니구만요, 아니구만이라……."

감독은 평소의 위세는 다 없어지고 몰골 초라하게 구석으로 밀리고 있었다.

"되았어, 그냥 나가."

백남일이 말했다. 그러나 겁질린 수국이는 그 말을 알아듣지 못했다.

"어이 시악씨, 되았응게 그냥 나가라고."

그때서야 수국이는 자기한테 하는 말인 줄 알고 부리나케 밖으로 내달았다.

물론 몸조사를 당하지 않고 나온 것을 부안댁에게는 말하지 않았다. 그건 덮어야지 자랑거리가 아니었고, 몸조사를 하지 않고 내보내주었다고 해서 고마움 같은 것은 전혀 느껴지지 않았다. 주인 아들은 감독과 하나도 다를 것이 없었고, 그의 선심이 오히려 무서웠다.

"춘향이 환생이시여? 그냥 나가시드라고, 닌장맞을……."

다음날 감독은 눈을 치뜨며 비아냥거리는 투로 말했다. 비틀리는 그의 입술에는 떫은 웃음이 묻어나고 있었다.

수국이는 칸막이방을 나서며 주인 아들의 손이 전신을 더듬어내리는 것을 느끼고 있었다. 그 끔찍스러움에 부르르 몸서리를 쳤다.

"어지께 조사당혔어?"

감독의 방으로 들어서자마자 묻는 말이었다. 수국이는 흠칫 놀라 고개를 들었다. 주인 아들이 웃고 서 있었다. 수국이는 얼른 고개를 숙였다. 그리고 고개를 저었다.

"그냥 나가."

수국이는 쫓기고 억눌리는 기분으로 문을 밀었다. 차라리 감독에게 조사를 당하는 것이 나을 것 같았다. 어디론가 마구 도망치고 싶은 마음뿐이었다. 그러나 도망갈 데는 그 어디에도 없었다. 첫날처럼 자꾸 눈물이 나오려고 했다.

딸랑 딸랑 딸랑······.

종소리가 울리기 시작했다. 하루 일이 끝났음을 알리는 종소리였다.

"휴우우······."

"아이고메 나 죽겄다······."

"아이고, 아이고, 허리야······."

여자들은 종소리를 따라 한숨을 길게 토해내고, 신음 같은 소리를 내며 기지개를 켜고, 허리나 어깨들을 두들기기 시작했다.

"아이고, 이놈에 팔자 언제나 면헐랑고. 자네 몫아치 다 힜제?"

부안댁이 등을 두들기며 물었다.

"야아, 아줌니도 다 채왔제라?"

수국이도 부안댁을 바라보며 인사 삼아 물었다. 매일 일을 끝내며 나누는 말이었다.

"이, 어찌어찌 채우기넌 채왔는디, 이놈으 일언 어찌 된 것이 늘 품이 없이 갈수록 짠뜩 심이 든당게."

부안댁이 한숨을 쉬며 스산하게 웃었다. 수국이는 날이 갈수록 기미가 많이 돋으면서 풀기가 없어져 가고 있는 부안댁의 지친 얼굴을 보면서 아무 할 말이 없었다. 다리가 부러진 손샌이 언제 자리를 털고 일어날지 기약이 없었다. 또, 손샌이 걷게 된다 하더라도 다리가 그전처럼 성성할 것인지 어쩔지 알 수가 없는 일이었다. 그런 근심까지 품고 마음이 삭아내리고 있는 부안댁에게 나날의 일이 힘겹지 않을 리가 없었던 것이다.

여자들이 몸조사를 받으려고 길게 줄을 서고 있었다. 수국이도 번호 순서를 맞춰 부안댁의 뒤에 섰다.

"아이고 징헌 거. 같은 조선사람이 허는 정미소에서나 이 짓얼 말아야제."

어느 여자가 억누른 소리로 말하며 혀를 차댔다.

"하이고, 큰 것도 바래네. 못된 짓얼 왜놈덜헌티 배와갖고 돼데 왜놈덜 찜쩌묵게 해대는 판 아니여."

"그려, 돈 있고 권세 있는 것덜이 어디 조선사람이간디. 맘이야 벌써 다 왜놈 되야부러 우리 겉은 가난허고 못난 인종덜이나 조선 사람으로 남았제."

"참말로, 목구녕언 어찌서 밥얼 처넣고 처넣고 히도 맥히덜 않는 고. 목구녕이 포도청이 아니라 목구녕이 철천지 웬수여."

"죄 없는 목구녕 타박하덜 말어. 목구녕 맥히먼 황천길잉게."

"이리 근천시럽게 살라먼 황천길이 낫제. 요것이 어디 사람 사는 꼬라지랑가."

"그리 각다분허니 생각허덜 말어. 나 혼자 살자고 요런 꼴 당허 능 것이 아닝게. 얼매든지 더듬고 주물러대라고 혀. 맘만 딱 강단지 게 묵어불먼 즈그놈덜이 아무리 더듬고 주물러도 우리 살 닳아지 는 것 아닝게."

십장 하나가 이쪽으로 걸어오자 여자들은 입을 다물었다.

여자들의 말에 귀를 기울이고 있던 수국이는 혼자서 고개를 끄 덕였다. 이 말도 옳고, 저 말도 옳았다. 여자들은 날마다 비슷비슷한 말들을 푸념하듯 넋두리하듯 주고받았다. 그 말들은 부질없고 하잘것없는 것 같으면서도 듣다 보면 마음의 찬바람을 가시게 해주기도 했고, 막막한 생각을 고쳐먹게 하는 힘을 주기도 했다.

"오늘도 쌀언 한 알갱이도 안 지녔겄제? 그리 똑똑허니 정절 지킨다고 어사또 부인 될지 아는감? 꼴보기 싫은게 얼렁 나가부러, 얼렁."

담배를 피우고 있던 감독은 사나운 눈으로 수국이를 노려보며 신경질을 부렸다. 수국이는 주인 아들이 와 있지 않은 것을 다행으로 생각하며 잽싸게 칸막이방을 벗어났다.

해가 짧아져 밖은 어둑어둑했다.

"얼렁 가세."

기다리고 있던 부안댁이 서둘러 발길을 옮겼다. 한 걸음이라도 더 빨리 가서 저녁밥을 해야 하는 부안댁의 처지가 수국이는 가슴 아팠다. 어머니가 저녁밥을 맡고 있는 자기에 비하면 부안댁의 고생은 말이 아니었던 것이다.

수국이는 부안댁과 함께 부지런히 큰길을 건넜다.

"어이, 방대근이가 니 동상이제?"

한 남자가 불쑥 앞을 막아섰다.

"어메!"

수국이와 부안댁은 소스라쳤다.

"니 동상이 맞제?"

"그, 그런디요……."

수국이는 말을 더듬으며 어둑한 속으로 남자를 쳐다보았다. 모르는 얼굴이었다.

"방대근이가 잽혀갔다. 니도 가자."

"야아? 무신 일인디요?"

"그야 가보면 알어. 얼렁 따라와!"

남자가 수국이의 팔을 잡아챘다.

수국이는 순간적으로 지삼출을 떠올렸다. 그저께 밤인가 지삼출이 말했었다. 누군가가 자기 뒤를 캐고 다니는 냄새가 난다고. 그러면서도 지삼출은 태평스럽게 웃었던 것이다. 자기가 의병 한 것을 아는 사람은 아무도 없다면서.

우악스러운 힘에 끌려가면서 수국이는 지삼출이가 잡혀간 것이라고 생각했다. 그런데 동생은 왜 잡아가고, 자기는 왜 또 잡아가는지 알 수가 없었다. 의병을 한 지삼출을 따라 밤에 도망친 것이 죄가 되는지 어쩐지 모를 일이었다. 수국이는 가슴이 벌떡거리고 머릿속이 뒤헝클어져 더는 아무 생각도 할 수가 없었다.

"아이고 어쩌끄나, 저 일얼 어쩌끄나……."

부안댁은 어둠 속으로 묻혀가는 수국이를 보며 발만 동동거리고 있었다.

수국이는 남자가 잡아끄는 대로 어느 집으로 끌려 들어갔다. 몇 걸음을 옮기다가 수국이는 발을 멈추었다.

"여그가 어디다요!"

어두컴컴한 속의 느낌으로도 경찰서나 헌병대 같지가 않았던 것이다.

"잔말 말고 따라와. 느그 동상이 기둘리고 있응게."

남자가 거칠게 팔을 잡아챘다.

수국이는 좁고 긴 마루를 지나 어느 방으로 떠밀려 들어갔다.

"어메 엄니!"

수국이는 소스라치며 외쳤다. 바로 눈앞에서 웃고 있는 것은 동생 대근이가 아니라 정미소 주인의 아들이었다.

속았다는 생각이 번뜩 스쳐갔다. 수국이는 다급하게 돌아서며 문을 밀쳤다.

"꼼지락 말어!"

문이 미처 열리기도 전에 남자의 손이 어깨를 덮쳐왔다.

"아이고메 사람……."

수국이는 목이 찢어져라 소리를 질러댔다. 그러나 남자의 손이 입을 틀어막고 말았다.

수국이는 입이 틀어막힌 채 번쩍 들렸다. 백남일은 오른팔로 수국이의 허리를 감고 왼손으로는 수국이의 입을 틀어막고 있었다. 수국이는 입을 막고 있는 손을 떼내려고 하면서 발버둥질을 쳐댔다.

"온냐, 온냐, 꽃언 고와야 허고, 고운 꽃에넌 까시가 있어야 더 뿐지를 맛이 나는 법이다. 얼싸절싸!"

백남일은 신바람을 내며 수국이를 요 있는 쪽으로 옮겨갔다.

"나 말만 들어. 춘향이보담 더 호강시켜 줄팅게."

백남일은 벙글거리며 수국이를 요 위에 내려놓았다.

"아야앗!"

백남일이 소리쳤다. 수국이가 그의 손을 물어뜯은 것이다.

"아야야! 이년아, 이거……."

백남일의 몸이 기우뚱거리며 소리가 더 커졌다. 수국이는 입을 떼며 백남일을 떠다밀었다. 백남일이 뒤로 벌렁 넘어갔다.

"아이고메 사람 죽이네에!"

수국이는 목청껏 외쳐대며 문 쪽으로 내달았다.

"요런 죽일 년이!"

문밖으로 한 발을 내딛는 수국이를 백남일이 덮쳤다. 수국이는 더 소리를 지를 수가 없었다. 백남일이 머리채를 잡아채는 바람에 고개가 뒤로 넘어갔던 것이다. 화가 치솟은 백남일은 머리채를 사정없이 잡아끌었다. 머리카락이 다 뽑혀져 나가고, 얼굴껍질까지 다 벗겨져 나가는 것 같아 수국이는 더 이상 버둥거리지를 못하고 질질 끌릴 수밖에 없었다.

"아이고 엄니……."

갑자기 머리채를 위로 잡아채는 바람에 수국이는 신음을 물며 몸을 일으켰다.

"어디 또 물어뜯어 봐라!"

독이 시퍼렇게 오른 백남일이 수국이의 얼굴을 후려쳤다. 수국이는 그대로 요 위에 무너져내렸다. 수국이는 정신이 까마득하게 멀어지면서 속이 뒤집히는 것을 느꼈다. 어머니의 손을 붙들려고 했지만 어머니는 자꾸 멀어져 가고 있었다.

백남일은 서둘러 방문을 닫았다. 그의 손가락들 사이에 끼여 있던 헝클어진 머리카락들이 다다미방 바닥에 떨어져내렸다.

수국이는 요 위에 죽은 듯이 쓰러져 있었다. 백남일은 비리치근하고도 축축한 웃음을 피워내며 옷을 벗어던지기 시작했다. 곧 알몸이 된 그는 수국이를 향해 발을 떼어놓았다.

한쪽 무릎을 꺾고 수국이를 가랑이 사이에 넣은 그는 아래를 만족스럽게 내려다보고 있었다. 수국이는 머리카락이 헝클어져 내린 얼굴을 요 위에 박고 있었다. 울음이 담긴 듯 약간 찡그려진 그 고운 얼굴은 마치 낙하하면서도 꽃잎들이 흐트러지는 일 없이 꽃송이 그대로 뚝뚝 떨어져내리는 붉은 동백꽃 같았다.

혀로 입술을 핥은 백남일은 입맛을 다셨다. 그리고 수국이의 저고리 옷고름을 풀었다.

"흐흐흐…… 참말로 이쁘시 이. 통째로 칵 씹어도 비린내도 안 나겄당게. 하여튼지 간에 나가 여자복언 있는 놈이여. 흐흐흐……."

백남일은 연상 칙칙한 웃음을 흘려가며 수국이의 저고리를 벗기고 있었다.

저고리가 벗겨지고, 치맛말기가 풀어헤쳐졌다. 뽀얀 속살과 함께 젖무덤이 드러났다.

"크크크…… 젖팅이도 얼굴맨치로 이쁘시. 크도 작도 않고 종지기만헌 것이 어찌 이리 땡글허니 이쁠그나. 쪽쪽 뿔면 단물이 짤끔짤끔 나오겄다. 나가 여자복언 있는 놈이랑게. 크크크……."

백남일은 더욱 색정이 는적거리는 얼굴로 불그덕디그리한 웃음을 흘리고 있었다.

두 개의 젖가슴은 조그마하면서도 동그랗게 다듬어올린 예쁘장한 봉분 같았다. 그 윤곽 선명한 봉분 가운데 적갈색의 젖꽃판이 유난히 도드라진 동그라미를 그리고 있었다. 뽀얀 봉분 가운데 찍힌 싱그러운 적갈색 젖꽃판은 무슨 꽃잎을 오려붙인 것 같았다. 그 젖꽃판이 한가운데 자리를 마련하여 젖꼭지를 받치고 있었다. 젖꽃판에 받쳐진 앵두알만한 젖꼭지는 곧 꽃을 피워낼 듯한 꽃망울이었다.

치마가 요 위에 허물인 듯 벗겨져 나가면서 속곳이 드러났다. 수국이의 입술이 달싹거리고 있었다. 백남일은 숨길이 더 거칠어지며 찰지게 입맛을 다셨다. 그리고 다급하게 속곳을 끌어내렸다. 그대로 알몸이 드러났다.

그 순간 백남일의 눈에 불이 붙었다. 그의 얼굴도 벌겋게 타오르고 있었다. 그는 씩씩거리며 여자의 알몸을 덮쳐눌렀다.

"엄니, 엄니!"

그때 수국이는 눈을 번쩍 떴다. 희미하게 되돌아오고 있던 정신이 몸을 누르는 압박에 확 깨어났던 것이다.

"아이고메 엄니!"

수국이는 질겁을 했다. 자신이 알몸이었던 것이다. 아니 남자도 알몸이었다. 그 남자와 자신의 살이 맞붙어 있었다. 수국이는 남자를 떠다밀었다. 그러나 남자는 꿈쩍도 하지 않았다. 다시 힘을 모아 떼밀었다. 그때 저 아래를 쳐올리는 압박을 느꼈다. 그 섬뜩한 느낌은 머리를 찡 울렸다. 몸을 요동치며 발버둥질을 해댔다. 그러나 그 징글맞고도 끔찍스런 압박감은 떼쳐지지 않았다. 아니, 오히려 더 심해지고 있었다. 수국이는 남자의 머리카락을 움켜잡았다. 그리고 마구 흔들어댔다. 그런데 수국이는 눈에서 불이 번쩍하는 것을 느꼈다. 저 아래 살이 찢어지는 것 같은 아픔이 전신으로 쫙 퍼지고 있었다.

"엄니…… 아으, 아, 아……."

살 찢어지는 아픔이 점점 더 깊어지는 걸 느끼며 수국이는 움켜잡았던 남자의 머리카락을 놓고 있었다. 손이 풀리면서 전신의 힘도 풀려나가고 있었다. 장독대의 항아리들이 모조리 깨져나가고 있었다. 쌀자루의 쌀이 진창에 쏟아지고 있었다. 날개 펼친 학 한 쌍이 수놓인 베갯모 두 개가 갈가리 찢어지고 있었다. 어머니의 통곡소리가 울리고 있었다.

다 깨어지고 부서지고 찢어지는 것을 느끼며 수국이는 눈물을 주체하지 못하고 있었다. 한쪽 눈에서 흐른 눈물이 콧등을 타고 넘어 다른 눈의 눈시울을 적시며 흘러내렸다. 그리고 두 눈에서 흐르는 눈물은 한 줄기로 합쳐져 방울방울 떨어지며 요를 적시고 있었다.

짐승처럼 요동치며 불바람을 일으키던 백남일이 죽어넘어지듯 잠잠해졌다. 그리고 제풀에 허물어져 이내 요 위로 굴러 내려갔다.

수국이는 갑작스럽게 밀려든 홀가분함에 몸을 벌떡 일으켰다. 그리고 잡히는 대로 옷을 끌어당겼다. 그때 백남일의 손이 수국이의 손목을 덥석 잡았다.

"어찌 이려?"

"나 인자 갈라요."

"가면 멀혀. 니넌 인자 헌지집이여. 헌지집이 가면 어디로 갈 것이여?"

그 말은 수국이의 정수리를 쳤다. 헌계집―정신이 아찔해지며 온몸의 맥이 쭉 빠졌다. 듣고 보니 자신은 틀림없는 헌계집이었다. 어깨가 처져내리면서 허리가 접혀졌다.

수국이는 옷을 끌어당겨 앞을 가리면서 얼굴을 묻었다. 새로운 울음이 복받쳐올랐다. 몸을 벌떡 일으켰을 때는 집으로 가야 된다는 생각뿐이었다. 집으로 가서 어머니 등뒤에 숨고 싶은 생각뿐이었다.

그런데 헌계집이라는 말을 듣는 순간 가슴이 와르르 무너져내리며 한시라도 빨리 이 방을 벗어나고 싶었던 무서움증도 사라지고 말았다. 그 대신 몰려든 것은 앞을 가로막는 절망감이었다. 헌계집, 그건 두말이 필요 없이 끝장이었다. 헌계집은 정말이지 아무 데도 갈 데가 없는 몸이었다. 과부는 과부니까 할 말이 있지만 헌계집은 헌계집이라서 한마디도 입을 열 수가 없었다. 어머니인들 한마디 변명할 수 있는 것이 아니었다.

얼굴을 묻은 수국이는 느껴울고 있었다. 길게 땋아내린 머릿단 아래 묶인 빨간 댕기가 흐느낌을 따라 잘게 떨리고 있었다.

그 빨간 댕기는 아무리 살림이 가난한 집에서도 딸이 첫 꽃을 보면 어머니가 사다가 매주는 것이었다. 장성한 처녀라는 표식이었

고, 순결한 처녀라는 증명이었고, 시집보낼 뜻이 있으니 중매를 서
도 좋다는 자랑이었다.

"인자 니넌 내 것잉게 딴 디 갈란 생각 말어. 니가 아무리 숨키고
덮을라고 히도 아무 소양이 없어. 낼이먼 소문이 쫘악 퍼질 것잉게.
아니여, 지끔도 소문이 퍼지고 있을란지 몰르제?"

눈을 거슴츠레하게 뜬 백남일이 담뱃갑을 끌어당기며 느물느물
말했다.

수국이는 또 가슴이 내려앉고 있었다. 미처 그것까지는 생각하
지 않았던 것이다. 그리고 문득 떠오르는 것이 있었다. 아까 감독
이 사나운 눈초리로 노려보며 쏘아댄 말이었다.

"……그리 똑똑허니 정절 지킨다고 어사또 부인 될지 아는감?"

니까짓 것이 그리 잘난 칙해 봐야 백남일이 첩질밖에 더 허겄냐!
뒤늦게 들려오는 감독의 말이었다.

감독의 그 밑도 끝도 없던 말과 신경질을 부리던 태도…… 감독
은 그때 이미 백남일이가 꾸미고 있는 일을 알고 있었던 것이 분명
했다.

수국이는 발등을 찍고 싶었다. 그때 눈치를 알아챘어야 했던 것
이다.

자신이 몸을 더럽힌 것을 벌써 알고 있는 사람은 감독 말고도
또 있었다. 자신을 여기까지 끌고 온 남자였다. 그들의 입으로 벌써
소문은 퍼지고 있는지도 모를 일이었다.

치마로 앞을 가린 수국이는 벌떡 일어났다. 가슴속에서 불길이

오르고 있었다. 차라리 죽지 첩질을 하며 살고 싶지는 않았다. 소문이 퍼지기 전에 여기를 나가야 했다.

"머시여, 머!"

담배를 입에 문 채 졸음에 젖어들고 있던 백남일이 화들짝 놀라며 눈을 떴다. 그리고 옷을 입고 있는 수국이의 팔을 거머잡았다.

"일 다 끝냈응게 인자 나 가게 히줏씨요."

수국이가 우는 얼굴로 사정했다.

"무신 소리여, 시방. 나가 오십 영감인지 알어? 한 분이야 맛배기고, 일언 인자보톰 시작이여. 니가 나럴 몰라서 허는 소린디, 나가 하룻밤에 너댓 번언 예사로 허는 가운뎃다리 장사여. 니걸이 이쁘고 단물 질질 흘르는 새것허고넌 열 분이라도 허제. 하먼 열 분이라도 허고말고. 짜아 욜로 와, 한 분 또 맛보드라고."

백남일은 수국이를 우악스럽게 잡아끌었다. 점심에 저녁까지 굶은 수국이는 그 기운을 이기지 못해 다시 요에 쓰러졌다.

"아니, 요것이 머시여? 이, 핏방울 아니라고. 그려, 그려, 아다라시 처녀라 그것이제. 흐흐흐…… 기분 쪼옷구마, 쪼아."

콧잔등에 주름이 잡히는 소웃음을 웃으며 백남일의 고개는 뒤로 넘어가고 있었다.

수국이가 몸을 바짝 오그려붙이고 있는 요 위에는 피가 번져 있었다. 하얀 천 위에 찍힌 그 선연한 붉은빛은 바람에 흩날리는 꽃잎 같기도 했고, 무슨 처연한 슬픔의 조각 같기도 했다.

"흐흐흐…… 아다라시 처녀라서 그랬능가 맛이 아조 짠득짠득허니 꼬시드란 말이여. 그려, 그려, 니넌 인자 볼 것 없이 내 것이여."

백남일이 다시 수국이에게 덤벼들었다.

"니넌 인자 신작로맨치로 팔자가 훤허니 열린 것이여. 나 말만 잘 들으면 평상 호강시켜 줄팅게……."

백남일은 열기 묻어나는 끈끈한 소리로 중얼거리며 미처 다 입지 못한 수국이의 옷을 다시 벗기고 있었다.

수국이는 이제 아무런 저항도 하지 않았다. 저 아래 속살의 쓰라리고 욱씬거리는 통증이 몰아오는 절망감에 휘말리며 속울음을 울고 있었다. 백남일이가 중얼거리는 소리가 하나도 귀에 담기지 않았다. 더 살고 싶은 생각이 없었다. 어머니 앞에 얼굴을 내밀 면목이 없었다. 사람들의 눈총과 손가락질이 무서웠다. 그렇지만 혼자 죽고 싶지는 않았다. 자신을 망가뜨린 이놈을 그대로 살려두고 싶지는 않았다. 당한 만큼 원수를 갚고 싶었다.

"음냐, 니넌 보물이여, 보물……."

옷을 다 벗긴 백남일은 색정 듣는 입맛을 다시며 다시 수국이를 덮쳤다. 수국이는 몸서리를 치며 반사적으로 백남일을 떠밀었다. 몸이 오그라들면서 두 다리가 꼬였다.

"아니, 뱃질 한번 트기가 에롭제 기왕 티인 뱃질얼 어째 이리 막고 이런당가? 이 맞어, 요것이 아다라시란 표식이겠제? 그려, 니가 이럴수록 나럴 더 입맛나게 맹그는 것이여."

백남일은 음산한 웃음을 흐흐거리며 어깨를 떠밀어올리고 있는 수국이의 두 팔을 쳐냈다. 팔꿈치가 꺾이며 수국이의 두 팔은 요

위로 떨어져내렸다. 그 팔을 백남일의 두 손이 재빨리 붙들었다. 그리고 그의 입이 수국이의 한쪽 젖가슴을 물었다. 뜨거운 열기가 젖꼭지에 닿는 순간 수국이는 진저리를 치며 몸을 벌떡 일으켰다. 그러나 그건 마음뿐이었다. 상대방의 무게에 눌려 머리만 약간 들렸다가 말았다.

"으흥, 으응 응, 흐흠 으응……."

백남일은 연상 끈끈한 콧소리를 흘려가며 젖가슴을 핥아대고 있었다. 뜨거운 기운이 점점 더 심하게 젖가슴에 퍼지고 있었다. 그럴수록 수국이는 몸을 파먹히는 징그러움에 떨었다.

백남일의 입은 다른 젖가슴으로 옮겨갔다. 숨길은 점점 더 뜨겁고 거칠어지고 있었다. 그러면서 그의 무릎이 수국이의 두 허벅지 사이로 파고들려고 하고 있었다. 그러나 수국이의 두 다리는 단단히 꼬여 있었다. 힘의 강도가 달라지며 그의 무릎이 두어 차례 허벅지 사이로 비집고 들려고 했다. 그러나 하나가 된 허벅지는 완강하게 무릎을 거부하고 있었다. 그러자 무릎이 번쩍 들리는가 싶더니 허벅지를 사정없이 내리찍었다. 그 무릎은 방앗공이가 아니면 도끼처럼 매몰차게 허벅지에 내리박혔다.

"아이고 엄니이……."

몸이 들썩하며 수국이가 비명을 토했다. 무릎이 다시 허벅지 사이를 파고들었다. 이미 두 다리는 풀려 있었다. 기운이 빠져버린 수국이의 두 다리는 억센 남자의 다리가 조정하는 대로 휘둘리고 있었다.

"엄니, 아하…… 아으, 아, 아…….."

수국이는 이를 악물고 몸을 비비틀었다. 처음보다 훨씬 더 아픈 고통이 저 아래서부터 전신으로 퍼지고 있었다. 불몽둥이가, 이글이글 타고 있는 불몽둥이가 아랫배를 파고들고 있었다. 그 불몽둥이를 피해야 했다. 힘껏 몸을 위로 밀어올렸다. 몸이 약간 올라가는 것 같았다. 다시 힘을 썼다. 그러나 몸은 꼼짝도 하지 않았다. 어느새 등 밑으로 파고든 남자의 두 손이 양쪽 어깨를 받치고 있었던 것이다. 다음 순간 불몽둥이는 더 뜨겁고 거세게 속살을 지져대기 시작했다. 그 아픔을 도저히 견뎌낼 수가 없어서 수국이는 무엇이든 손에 잡히는 대로 잡아뜯었다. 그녀의 손에 잡힌 것은 남자의 등짝이었고, 그녀의 손가락은 그 등짝을 긁어대고 있었다.

"잉, 잉, 자리헌다. 생긴 대로 색질도 잘허능구마. 그려, 그려, 긁어대, 박박 긁어대."

숨을 헉헉대는 백남일의 요동은 점점 더 심해지고 있었다.

"그려, 울고 잡은 대로 다 울어불고 넬보톰언 새 맛으로 사는 것이여. 니만 팔자가 핀 것이 아니라 느그 식구덜도 팔자가 활짝 핀 것잉게 서러울 것 하나또 없어. 처녀시집이라고 가서 평상얼 똥구녕이 째지게 가난허니 살먼 무신 소양이 있다냐. 그 인물만 아깝제. 나가 평상 호강시켜 줄팅게 그리 알어. 나가 얼매나 부잔지 니 몰르지야? 전답에, 돈에, 정미소에, 헌병으로 또 평상 벌어딜일 것이니 니넌 얼매나 좋아졌냐."

머리를 팔로 받치고 옆으로 누운 백남일은 담배를 빨며 나긋나

굿한 소리로 말하고 있었다. 치마로 앞을 가리고 그와 반대쪽으로 돌아누운 수국이의 몸은 달팽이 모양으로 조그맣게 웅크러들어 있었다.

"우리 아부지도 다 늙었웅게 살날이 얼매 안 남었어. 그리되면 보나마나 나가 우리 나이또래서넌 군산 질가는 부자고, 일본사람 조선사람 다 합쳐서도 열 손꾸락 안에 들 것이여. 긍게 나 말만 사분사분 잘 들음사 니넌 인자 마나님 팔자 된 것이여."

그러나 수국이는 여전히 죽고 싶은 생각뿐이었다. 그리고 그에게 원수 갚고 싶은 마음뿐이었다.

"배가 고픈디 인자 밥얼 묵어보드라고. 진 밤 재미지게 보낼라면 배가 든든혀야 되게."

백남일이 옷을 입기 시작했다. 수국이도 정신없이 옷을 입었다.

옷을 다 입은 수국이는 다시 보내달라고 애걸했다. 그러나 백남일은 들은 척도 하지 않았다.

밥상이 들어왔다. 수국이에게는 눈에 선 밥상이었다. 눈에 익은 것이라고는 흰쌀밥밖에 없었다.

"요것이 비싼 일본음석이여. 당장에 호강시키는 것잉게로 많이 묵어."

백남일이 능글맞게 웃었다.

수국이는 속이 쓰라리게 배가 고팠다. 그러나 전혀 입맛이 없었다. 입 속은 바싹 마른 채 쓰디썼다. 설령 입맛이 있었다 해도 그의 앞에서는 아무것도 먹고 싶지가 않았다. 그 꼴을 당하고 그와 마주 앉아 배를 채운다는 것은 치가 떨리는 일이었다.

백남일은 분주하게 밥을 먹으면서 몇 번이고 밥을 먹으라고 권했다. 그러나 수국이는 주전자의 물을 따라 마셨을 뿐 끝내 숟가락을 들지 않았다.

"와따, 인물값 허니라고 긍가 어쩐가 성질머리 한분 깔깔허고 뻐시시. 배고픈 디야 양반 없고 체면 없는 법잉게 알아서 혀. 낼 아척이면 그놈에 고집도 야들야들 보들보들혀질 것잉게."

백남일이 콧방귀를 뀌었다.

수국이는 새벽녘까지 그 일을 세 번이나 더 당했다. 백남일은 코를 골아대며 잠에 곯아떨어졌나 싶다가도 불현듯 잠이 깨서 몸을 감고 들고는 했다. 그 지긋지긋한 일을 당하면서 수국이는 큰언니 보름이와 작은언니 정분이를 생각했다. 두 언니도 이런 꼴을 당하면서 사는 것일까 싶었던 것이다. 만약 그렇다면 어떻게 참고 살아지는 것인지 도무지 이해할 수가 없었다.

백남일은 코를 드렁드렁 골면서 자고 있었다. 방문 창호지에 새벽빛이 희붐하게 어리고 있었다. 수국이는 마음을 다져먹고 백남일을 떼밀었다. 그러나 아무 반응이 없었다. 좀더 세게 떼밀었다. 그래도 반응이 없었다. 더욱 세게 떼밀었다. 그러자 백남일은 짜증을 부리며 돌아누웠다. 쉽게 잠이 깰 것 같지는 않았다. 서둘러 옷을 챙겨입었다. 살금살금 기어서 문 쪽으로 갔다. 몸이 하나 겨우 빠져나갈 만큼 문을 밀었다. 백남일의 코고는 소리가 더 커지고 있었다. 수국이는 방문을 빠져나왔다.

먼동이 터오고 있는 새벽추위는 살 속을 파고들었다. 수국이는 걷기에도 거북하면서도 마구 뛰고 있었다. 그 남자가 머리채를 잡아챌 것만 같았던 것이다. 인적 없는 거리에 새우젓장수의 쉰 목소리가 길게 끌리고 있었다.

얼마를 뛰다가 기침을 하며 수국이는 주저앉았다. 숨이 가쁘면서 속이 뒤집어졌다. 헛구역질이 솟으면서 머리가 어질어질했다. 차가운 땅바닥을 짚고 숨을 몰아쉬며 수국이는 그놈을 그대로 살려두고 왔다는 생각에 부딪혔다. 왜 그놈을 죽일 생각을 못했는지 스스로가 원망스럽고 미웠다. 그러나 되짚어 생각해 보아도 손수 죽일 자신감은 생기지 않았다.

수국이는 오한을 느끼며 일어섰다. 눈물과 함께 어머니를 부르는 소리가 자신도 모르게 질정없이 솟고 있었다. 수국이는 '엄니, 엄니'를 부르며 걷고 있었다.

수국이는 집 앞에서 머뭇거렸다. 어머니를 대하기가 무서웠다. 그러나 또 못 견디게 어머니가 보고 싶었다. 수국이는 울음을 추스르며 거적문을 들었다.

"누구여? 수국이냐!"

수국이는 섬짓했다. 잠기라고는 전혀 없는 어머니의 목소리였다. 수국이는 그만 돌아서서 도망치고 싶었다.

그때 어머니가 뛰어나왔다.

"수국아, 나……."

감골댁은 말을 잇지 못하고 굳어지고 있었다. 딸의 어지러운 몰골에서 모든 것을 알아차렸던 것이다.

"엄니이……."

수국이는 어머니의 품으로 달려들었다. 감골댁은 울음이 터지는 딸을 힘껏 보듬었다.

"니…… 니…… 일 당혔지야?"

딸의 헝클어진 머리카락에 얼굴을 비비대며 감골댁은 울음으로 막히는 목소리를 힘겨웁게 밀어내고 있었다. 그 말은 묻고 싶은 말이 아니었다. 묻기도 어렵고 대답하기는 더욱 어려운 말이었던 것이다. 그러나 짐작으로만 넘길 수도 없는 일이었다. 한 가닥 기대가 남아 있었다. 어떻게든 변을 피했기를 바라는 질긴 마음이었다.

"어엄니이…… 어엄니이……."

흐느낌이 격렬해지며 수국이는 어머니의 가슴을 더 파고들었다. 그 뜨거운 몸대답에 감골댁은 눈물이 쏟아지고 말았다. 가슴이 무너져내리며 딸을 더 꼭꼭 끌어안았다.

"그놈이 누구드냐. 부안댁 짐작대로 정미소집 아덜이 맞다냐?"

감골댁은 숨길이 거칠어지며 물었다. 울음을 걷잡지 못하며 수국이는 고개만 끄덕였다.

"그려…… 일이 결국 그리되았구만. 늑대 아가리 피허고 여시 아가리 피허니라고 야반도주해 왔등마 호랭이 아가리가 기둘리고 있었구나. 그런 오살육시럴 흴 눔!"

감골댁은 부르르 떨며 이빨을 뿌드득 갈았다. 어머니의 몸떨림을 가슴으로 느끼며 수국이는 비로소 깊은 아늑함에 젖어들고 있었다. 그리고 어머니를 따라 어금니를 맞물었다.

"되았다. 그만 울고 들어가자. 우선에 대근이넌 눈치 못 채게 허고."

감골댁은 팔아름을 풀며 딸을 부축했다.

그때까지 밖에 귀를 기울이고 있던 방대근이는 후닥닥 제 잠자리로 돌아가 누웠다. 그리고 잠자는 시늉을 했다. 그러나 가슴에서는 천둥이 울리고 푸른 불꽃이 번득거리고 있었다. 그놈, 정미소집 아들놈을 당장 때려죽이고 싶은 증오로 온몸이 불덩어리가 되고 있었다. 그 주체할 수 없는 격분으로 숨소리가 자꾸 거칠어지려 하고 있었다. 그는 주먹을 말아쥐며 당장 뛰쳐나가고 싶은 충동을 가까스로 억누르고 있었다.

치솟기는 감정대로 했었다면 조금 전에 그놈이 바로 정미소집 아들인 것을 알았을 때 곧바로 박차고 나갔어야 했다. 그러나 그 충동을 간신히 참아냈던 것은 어머니와 누나 때문이었다. 일을 마음먹은 대로 틀림없이 해내야 했다. 그러자면 우선 모르는 척하는 것이 상수였다. 어머니와 누나가 알았다가는 방해가 될 뿐이었다.

어제 저녁 부안댁의 말을 전해 듣고 누나를 찾으러 나섰을 때부터 그런 변고는 예상됐던 것이다. 군산바닥을 다 뒤지다시피 하면서, 그리고 헛걸음하고 집으로 돌아오면서 그놈이 누구든지 간에 가만두지 않겠다는 마음은 이미 굳어져 있었다. 그 일을 맡고 나설 사람은 자신뿐이었다. 아버지도 없고 형도 없는 집안에 남자는 오로지 자신 하나였다. 형이 멀고 먼 타국으로 떠난 것은 큰누나를 지키기 위해서였다. 이제 자신은 수국이 누나를 위해 나서야 될 참이었다.

어렸을 때부터 너무 예뻤던 수국이 누나는 언제나 자신의 자랑이었다. 다른 아이들은 바로 손위 누나와 걸핏하면 싸움질이었지만 자신은 거의 싸우지를 않았다. 정말 화가 나서 어쩌다 싸우게 되더라도 얼굴을 때린 일은 단 한 번도 없었다. 수국이 누나를 다른 누나들보다 유독 좋아했던 것은 얼굴이 예뻐서만은 아니었다. 바로 꽃이름인 누나의 '수국'이라는 이름 탓이기도 했다. 누나가 태어난 날 마당가의 수국꽃이 만발했다는 것이었다. 아들 하나를 낳고 딸을 내리 셋을 낳게 되자 할머니는 너무 서운해 마루에 멍하니 앉아 있었다는 것이다. 그런데 마당가에 활짝 핀 수국꽃덩어리가 부처님 얼굴로도 보이고, 관세음보살님 얼굴로도 보이더라는 것이다. 할머니는 곧 합장을 하고 소원을 빌기 시작했다. 다음에는 꼭 아들을 점지해 달라고. 수국꽃덩어리가 그리 부처님이나 관세음보살님 모습으로 보일 때 축원을 올리면 틀림없이 소원성취가 된다는 말이 전해져 오고 있었다. 그래서 누나의 이름도 수국이라고 지었고, 그 덕에 자신이 태어났다는 것이었다. 자신은 어렸을 때부터 그 이야기를 귀가 닳도록 듣고 자라면서 수국이 누나와 더욱 정이 깊어졌던 것이다.

날이 밝아 사람들 오가는 소리가 들리게 되자 방대근은 잠이 깨는 척하며 잠자리에서 일어났다. 누나는 한쪽에서 잠들어 있었다.

"아니, 누나가 왔네. 언제 왔당게라?"

방대근은 놀라는 시늉을 해 보였다.

"발써 왔제."

감골댁은 얼굴을 들지 않고 대답했다.

"어찌 된 일이라등게라?"

"이, 벨일 아니드란다. 어떤 놈이 사람얼 잘못 보고 끌어갔다는 것이여."

방대근은 여기서 말을 끝내려다가 혹시 의심받을지도 모른다 싶어 좀더 안전하게 하려고 한마디를 더 물었다.

"그 말이 참말이다요?"

"하면, 참말이제."

끝내 얼굴을 들지 못한 채 엉성한 거짓말을 하고 있는 어머니가 가엾고 안쓰러워 방대근은 새롭게 이를 악물며 밖으로 나갔다.

아침밥을 하고 있던 감골댁은 걱정스런 얼굴로 들어서는 부안댁에게 눈짓손짓 해가며 밖으로 밀어냈다.

"새북에 왔는디, 그놈이 맞네."

감골댁의 말은 차고 짧았다.

"아이고 어쩌끄나……."

"우선에 입 봉해두소."

지삼출과 무주댁이 찾아들었을 때도 감골댁은 그들을 밖으로 밀어냈다.

"그런 개자석……."

지삼출은 울컥 터져나오는 말을 여기서 뚝 끊었다. '……좆대감지럴 확 뽑아부러야 혀!' 그가 삼킨 말이었다.

수국이의 자리가 비어 있는 미선소에는 벌써 그 소문이 다 퍼져 있었다. 점심때 여자들은 그 이야기로 배를 불리고 있었다.

"그 시악시가 위태위태허등마 기연시 일 당해부렀구마."

"그 인물 아까와 어찌까이."

"그런 인물 갖고 요런 디 나슨 그 큰애기가 애초에 잘못했제."

"꼭 잘못이랄 것도 없는디. 인자 팔자 늘어진 것 아닐랑가?"

"이, 그렇기도 허구마. 평상 호강허고 살게 생겼제. 이 집 재산이 얼맨디."

"어따, 첩살이 호강이 무신 놈에 호강이여. 지아무리 칠칠이 호강혀도 첩살이 설움언 따로 있는 것인디."

"평상 배곯고 사는 본처살이 고상언 안 생각허고? 누가 가진밭에 안 엎풀채 줘서 한이제 엎어진 짐에 가지 따묵는 것이야 다 지복 아니겠어."

"아이고, 말도 숭허게는 허네."

이런 말들을 들으며 부안댁은 그저 어리둥절할 뿐이었다. 어떻게 해서 이렇게 소문이 빨리 퍼졌는지 도무지 알 수가 없었던 것이다.

지삼출은 점심나절까지 전혀 일손이 잡히지 않았다. 행여나 행여나 하며 대근이를 기다리느라고 자꾸 한눈을 팔게 되었다. 그러나 대근이는 점심때가 되도록 돌아오지 않았다.

지삼출은 점심을 먹으러 가며 대근이를 더는 기다리지 않기로 했다. 이제 돌아올 사람이 아니었던 것이다. 공사판에서 아침나절 일을 빼먹고 저녁나절 일을 한다고 해서 일당 절반을 쳐주지 않는다는 것은 대근이도 잘 알고 있는 일이었다.

지삼출은 마음이 불안해지기 시작했다. 대근이가 꼭 무슨 일을 저지를 것만 같았던 것이다. 대근이는 아침에 공사판으로 나오는 길에 어디를 잠깐 들렀다 가겠다고 했다. 그때 무심코 지나쳤던 것이 잘못이었던 것 같았다. 아니, 그때만 해도 감골댁의 말대로 대근이가 그 일을 모르고 있는 줄 알았던 것이다. 그러나 곰곰이 생각해 보니 대근이가 그 일을 다 알면서도 모르는 척한 것이 아닌가 싶어졌다. 대근이는 그런 속 깊은 데가 있었고, 그렇지 않고서야 일을 나오다 말고 어디를 갈 데가 없었던 것이다.

이런 생각이 들자 지삼출은 더욱 불안해졌다. 만약 대근이 혼자서 그놈을 상대하려 들었다가는 꽤나 위태로운 일이었던 것이다. 상대방은 명색이 헌병으로 긴 칼을 차고 다니는 데다 순사나 헌병이면 으레껏 익힌다는 무술도 어느 정도는 할 줄 알 것이었다. 그런데 대근이는 서무룡이만큼 싸움에 능하지를 못했고 몸도 아직 다낫지 않은 형편이었다.

"무신 근심 있으신게라?"

줄곧 지삼출의 눈치를 살피고 있던 서무룡이 입을 뗐다.

"아니시, 벨일 아니여."

서무룡이가 알아서는 일이 불붙듯 할 것이 뻔해서 가볍게 웃어 보이기까지 하며 시침을 뗐다. 서무룡이는 수국이를 너무 좋아하고 있었던 것이다.

"뒷조사가 심해지는게라?"

"아니여. 큰아가 잠 아파서 그러시."

지삼출은 나오는 대로 둘러붙였다.

"야아, 없는 살림에 걱정되제라."

서무룡은 고개를 끄덕거렸다.

지삼출은 오후의 일을 작파했다. 대근이를 찾아나서지 않을 수 없었다.

방대근이는 하루종일 백남일의 뒤를 밟고 있었다. 자전거를 타고 달리면 기를 쓰고 뛰었고, 음식점으로 들어가면 길 건너편에서 기다렸고, 목욕탕으로 들어가면 샛골목에서 한정 없이 기다렸다.

백남일은 미행당하는 줄도 모르고 목욕탕에서 나와 바로 여관으로 갔다. 몸이 피곤하고 잠이 와서 견딜 수가 없었던 것이다. 아침에 늦잠을 잤는데도 온몸이 찌뿌드드하면서 나리지근했고, 코에서는 피냄새가 풀풀거리며 시간이 가도 가시지 않았다. 목욕을 했지만 몸은 개운해지지 않고 오히려 잠이 퍼부어지고 있었다. 요상허시, 작년꺼정만 해도 다섯 번 정도야 암시랑토 안혔는디. 보약얼 잠 묵어야 쓸랑갑네. 백남일은 속으로 투덜거리며 요에 눕자마자 잠에 곯아떨어지고 말았다.

방대근은 또 여관 샛골목 귀퉁이에서 여관문을 지키고 있었다. 목욕탕이라는 것도 여관이라는 것도 그에게는 생소한 곳일 뿐이었다. 들어가 보기는커녕 한 번도 눈여겨본 적도 없는 곳들이었다. 그런 것들은 일본사람들이 몰려들면서 생겨난 것이었고, 일본사람들만 드나드는 곳인 줄 알았었다. 그런데 백남일 같은 조선놈도 거침없이 드나들고 있었다.

방대근은 끝이 뾰족한 돌을 만지작거리며 목포쯤으로 도망가면 어떨까 생각하고 있었다. 목포부두에도 군산만큼 일거리가 많다는 소문이었다. 그렇지 않으면 아주 안전하게 만주로 갈 수도 있었다. 농토를 빼앗긴 사람들이 만주로 떠난다는 소문이 부쩍 심해지고 있었다. 어디로 가든 어머니와 의논해야 될 문제였다.

백남일은 심부름하는 아이가 깨워서 눈을 떴다. 한숨도 잔 것 같지 않은데 부탁해 놓은 한 시간이 지나간 것이었다. 백남일은 선잠을 깬 짜증을 애써 눌러가며 몸을 일으켰다. 무엇보다 중요한 일이 기다리고 있었다. 급한 대로 셋방을 하나 당장 얻어야 했던 것이다. 그 예쁘고 달디단 것을 당장 들어앉히자면 집을 장만하기 전까지 그런 임시변통을 하지 않을 수가 없었다. 앞뒤 볼 것 없는 일이었다.

백남일은 아침에 부탁해 놓은 영감을 찾아갔다. 방을 두 개 구해놓았다고 했다. 무조건 큰 것으로 결정하고 그는 돈부터 내밀었다. 그 싱싱하고 나긋나긋한 것을 매일 품을 생각을 하니 있는껏 기분이 달뜨고 있었다. 백남일은 새로 세상 사는 맛에 취해 콧노래를 흥얼거리며 헌병대로 가고 있었다.

방대근은 그 뒤를 일정한 간격을 두고 따라가고 있었다. 그런 방대근의 모습이 마침내 지삼출의 눈에 잡히게 되었다. 오후 일을 작파하고 방대근이를 찾아나선 지삼출은 벌써 서너 시간째 헤매다니고 있던 참이었다.

지삼출은 대근이를 찾은 순간 자신의 예상이 적중한 것을 알아챘다. 그는 어깨를 늘어뜨리며 휴우 안도의 숨을 내쉬었다. 그리고 멀찍이 떨어져 몸을 숨겼다. 대근이를 보호하자는 생각이었다. 그놈을 노리고 있는 대근이를 말릴 생각은 없었다. 말린다고 들을 대근이가 아니었고, 또 말려서는 안 되는 일이었다. 그놈에 대한 자신의 마음도 대근이와 다를 것이 없었다. 다만 대근이가 앞뒤를 재지 않고 너무 서둘러대는 것이 걱정이었던 것이다. 그놈을 어떻게 하고 나면 군산바닥에서는 더 살 수가 없는 일이었다. 어디로 뜰 것인지 마련도 없이 대근이는 그저 내닫기만 하고 있었다. 나이 탓이리라 싶었다. 어쨌거나 대근이를 이제 찾아냈으니 그가 하는 일이 빈틈없이 되도록 도울 수밖에 없었다. 어디로 뜨는 일은 그 다음 문제였다. 먼저 일을 해치운 다음 어디로 뜨는 것도 별로 어려울 것은 없었다. 멀리 피할 시간이 촉박해서 그렇지 짐을 싸들고 나서기에는 양쪽 집 다 단출했다. 살림살이라는 것이 겨우 밥 끓여먹는 것 정도인데, 그런 것들이야 다 버리고 가도 별로 아까울 것이 없었다.

사방이 어둑어둑해져서 백남일은 헌병대에서 나왔다. 그는 자전거를 느리게 몰아가고 있었다. 방대근이가 그 뒤를 빠른 걸음으로 따라갔다. 지삼출도 대근이의 뒤를 따르기 시작했다.

백남일은 자전거를 천천히 몰며 휘파람을 불고 있었다. 그는 큰길에서 벗어나 좁은 길로 방향을 틀었다. 좁은 길 양쪽으로는 일본식 주택가였다. 길에는 사람들이 적잖이 오가고 있었다. 백남일은 골목으로 꺾어들었다. 방대근은 마구 뛰기 시작했다. 백남일이

사라진 골목으로 급하게 꺾어돌던 방대근은 흠칫 놀라며 뒷걸음질을 쳐서 몸을 숨겼다.

숨을 몰아쉬는 방대근의 이마에는 진땀이 내배고 있었다. 백남일을 놓칠까 봐 그렇게 빨리 뛰었던 것이다. 그런데 백남일은 바로 눈앞에서 자전거를 내리고 있었다.

방대근은 백남일이 자전거를 내린 것이 두 번째 집 앞이라는 것을 뒤늦게 확인하고 있었다. 백남일은 대문을 두들기며 누군가를 부르고 있었다. 방대근은 돌을 움켜쥔 손아귀에 힘을 주면서도 온몸에 맥이 풀리고 있었다. 사람들이 오가는 길이 너무 가까웠고, 날이 아직 덜 어두웠고, 더구나 집 안에서 사람이 곧 나올 판이었다.

예상대로 곧 대문이 열렸다. 그리고 한 여자가 얼굴을 내밀었다. 백남일이 무슨 말인가를 하며 자전거를 안으로 끌고 들어갔다.

대문이 닫히는 소리를 들으며 방대근이는 막힌 숨을 토해냈다. 하루종일 온몸에 팽팽하게 차 있었던 긴장이 한꺼번에 허물어지고 있었다. 그러나 방대근은 몸을 추스르며 다시 골목으로 접어들었다. 천천히 걸어서 그 집 앞까지 갔다. 대문에는 문패가 붙어 있었다. 문패에 쓰인 이름은 백종두였다. 방대근은 문패를 뚫어지도록 응시한 채 그 이름을 곱씹고 있었다.

문패라는 것도 세상이 바뀌면서 붙이기 시작했다. 관청이 나서서 시키는 일이었다. 조선사람들에 비해 일본사람들은 문패 달기에 열성이었다. 그들은 집을 지었다 하면 어김없이 문패를 내달았다. 그들이 그러는 것은 관청의 지시를 잘 따르려는 것이기보다는 자기네 나라와 편지 내왕이 잦은 까닭인지도 몰랐다.

누군가가 골목으로 들어서는 인기척이 들렸다. 방대근은 반사적으로 고개를 돌렸다.

"아니······!"

방대근은 너무나 놀랐다. 이쪽으로 다가오고 있는 사람은 지삼출이었던 것이다.

"이 집으로 들어갔는갑제?"

지삼출이 대문을 흘낏 살피며 혼잣말하듯 했다. 그 한마디에서 자신의 속셈이 다 들통났다는 것을 방대근은 깨달았다. 당황스럽기도 하고 난감하기도 해서 그는 아무 대꾸도 할 수가 없었다.

"가자, 오늘언 글렀응게."

지삼출이 나직하게 말하며 방대근의 어깨를 감싸잡았다. 방대근은 어깨를 미는 지삼출의 지긋한 힘을 느끼며 걸음을 떼어놓았다. 방대근은 언제나 지삼출의 말을 거역할 수가 없었다. 어느 때나 감싸고 돌보아주는 것이 큰형님 같았고 때로는 아버지 같기도 했던 것이다.

"니 혼자 혀서넌 위태허다. 뒷일도 생각혀야 허고."

골목을 벗어나며 지삼출이 말했다.

"엄니넌 나가 몰르는지 아는디요."

어머니에게 비밀을 지키라는 말을 방대근은 이렇게 했다.

"알겄다. 아무도 몰르는 것이 좋제."

지삼출은 방대근의 어깨를 감싸잡은 팔에 힘을 주었다. 방대근은 그때까지 손에 쥐고 있던 돌을 슬그머니 놓아버렸다. 갑자기 긴장이 풀리면서 배고픔이 몰려들었다.

저녁을 먹은 지삼출은 손판석을 찾아갔다. 그동안 하루도 거르지 않은 병문안이었다. 그러나 오늘은 어느 때 없이 마음이 무거웠다. 다른 날과는 달리 병문안이 아닌 까닭이었다.

"그놈으 일얼 어찌해야 헝고?"

얼굴이 수척한 손판석이 먼저 입을 열었다. 지삼출은 오히려 다행이다 싶었다.

"고것이 말이시 예삿일이 아니구마. 그놈얼 해치울라고 대근이가 오늘 당장 나섰단 말이시."

"머시여? 일 저질러부렀능가?"

"안직 아니여, 때릴 못 잡았응게. 허나 메칠 새로 원수야 꼭 갚 겄제."

"근디 말이여, 그것이 엎어진 물이고 깨진 옹구 아니겄어?"

손판석이 지삼출을 빤히 쳐다보았다. 지삼출은 손판석의 말을 탓하고 싶지 않았다. 처녀가 몸을 버리면 누구나 으레껏 그렇게 생각하게 마련이었던 것이다.

"당자넌 더 말헐 것도 없고 감골댁 맘도 대근이 맘허고 같을 것 잉마."

지삼출은 고개를 저었다.

"그리되면 일이 커지는디?"

"긍게 말이시. 대근이 혼자 심으로 될 일이 아닝게 나도 나서야 되겠단 말이시."

"머시여? 글먼 나넌 어찌고?"

손판석은 혼자 남겨진다는 것을 직감했던 것이다.

"자네넌 다리나 어서 낫도록 허소. 뒷일언 나가 다 알아서 헐 것 잉게."

지삼출이 손판석의 손을 잡았다.

"그려…… 고런 놈에 첩으로 살 수야 없는 일이제. 고런 놈언 다 죽여야 혀."

손판석이 뿌드득 이를 갈았다.

"낼이고 모레고 일이 되는 대로 뜰 것잉게 그리 알고 있으소. 근디, 아무도 몰르는 것이 좋을 것잉마."

지삼출은 목소리를 더욱 낮추었다.

"알겠구마. 그나저나 요놈에 다리가 어찌 될란지 모르겄당게. 이대로 빙신이 되야불면 으쩌까?"

손판석이 또 뻣뻣하게 뻗친 다리를 붙들며 얼굴이 어두워졌다.

"그런 걱정 말고 맘 강단지게 묵소. 지금꺼정 잘 참아냈웅게 쪼깨만 더 참소. 자네야 원체로 몸이 실헝게 아무 탈 없을 것이구마."

지삼출은 또 비슷한 내용의 위로를 했다. 그러나 속으로는 언제나 걱정이었다. 누구나 부러진 다리가 제대로 낫기는 어려웠던 것이다. 손판석만 대하면 그때 패싸움을 벌였던 것이 자꾸 후회로 곱씹히고는 했다. 그러나 한편으로 보면 패싸움은 잘한 것이었다.

그 효과가 여러모로 컸던 것이다. 중국노동자들이 함부로 얼씬거리지 못했고, 조선노동자들이 일거리에 따라 서로 힘을 합치게 되었다. 그리고 일본회사에 취직해 있는 조선사람 감독이나 십장들의 태도가 조금씩 달라지게 되었다.

결국 손판석은 몸을 사리지 않고 너무 열심히 싸웠던 것이고, 그 싸움을 이기게 한 공로자였던 것이다. 그간에 한 차례 다녀간 공허 스님도 손판석이 몸을 상한 것을 안타까워하면서도 그 공은 장하게 생각했던 것이다.

"긍게로 아그덜도 눈치 못 채게 뜰 채비 히두소. 낼 아칙에 감골댁헌티도 살짝허니 귀뜸해 두고."

지삼출은 잠들기 전에 아내에게 군산을 떠야 할 사정을 대충 설명했다. 무주댁은 잠자코 있기만 했다. 수국이의 일 때문만이 아니라 남편이 뒷조사를 당하고 있다는 데는 아무 할 말이 없었던 것이다.

"수국이넌 어쩌등고?"

"딴맘 묵을랑가 몰라 감골댁이 옆에 딱 붙어 있응게 하로 내내 뉘 있제라."

"딴맘?"

"아, 바닷물에 풍덩 해불든지 낭구에 목얼 매불면 어쩔 것이요."

지삼출은 끄응 된소리를 내며 돌아눕고 말았다.

감골댁은 수국이의 허리에 묶은 끈을 자신의 손목에 감아 잡은 채 앉아서 꾸벅꾸벅 졸고 있었다. 그러다가 수국이가 조금만 몸을 움직이는 기척이 있어도 화들짝 놀라며 눈을 뜨고는 했다.

감골댁은 딸의 신세가 망쳐진 것이 생각할수록 기가 막혔다. 큰 딸 보름이는 겨우겨우 지켜냈고, 작은딸 정분이는 별로 눈에 안 띄는 인물이라 별일 없이 시집을 보냈다. 그런데 결국 막내딸은 지켜내지 못하고 만 것이다. 그건 순전히 자신의 잘못 때문이었다. 하루 한 끼를 죽으로 때우더라도 그놈의 돈벌이를 내보내지 말았어야 했던 것이다. 남편에게 죄를 지어도 큰 죄를 진 것이었다. 남편의 당부를 지켜내려고 그간에 겪어온 온갖 고생이 다 허사가 되고 말았던 것이다. 그렇지만 에미로서 할 일은 아직도 남아 있었다. 몸 망친 처녀야 사람 취급을 않는 세상이었지만 딸의 목숨은 지켜야 했다. 자신이 죽기 전에 딸이 먼저 죽는 꼴은 볼 수 없었다.

수국이는 자는 척하면서 마음의 갈피를 잡지 못하고 있었다. 죽어야 한다는 생각을 하면서도 또 딴생각이 엇갈리고 있었다. 기왕 망쳐진 몸 어머니하고 동생이나 편히 살게 할까 하는 생각이었다. 그러나 그 생각을 하면 짐승 같은 그놈이 떠올라 몸서리가 쳐지고, 또 죽을 생각을 했다. 그렇지만 죽게 되면 어머니의 가슴에 못을 박게 되고……, 그런 못할 짓을 하느니 차라리……. 수국이는 결말을 낼 수 없는 생각의 쳇바퀴만 돌리며 속울음을 울고 있었다.

다음날 점심 무렵에 한 남자가 감골댁을 찾아왔다.

"수국이가 딸이오?"

"근디요. 누구다요?"

감골댁은 그 남자를 경계했다.

"나 미선소 감독이오. 뫼시고 갈랑게 얼렁 나오라고 허씨요."

남자의 어투는 불손하기 짝이 없었다.

"가기넌 어디로 가!"

순간적으로 감골댁의 눈빛이 변하며 반말이 터져나갔다.

"다 암스로 멀 그러요. 우리 쥔이 딜고 오라고 허요. 인자 이 집 식구덜 다 팔자 피게 생겼소. 얼렁 딜고 나오씨요."

"머시여 이놈아! 느그덜이 사람이여!"

감골댁이 부르르 떨며 소리쳤다. 그리고 다급하게 거적문을 들치고 집 안으로 들어갔다. 감골댁의 몸놀림은 마치 젊은 사람처럼 재빨랐다. 거적문을 들치면 바로 부엌이었다.

감골댁은 눈에 띄는 대로 부지깽이를 집어들었다. 그러나 마음에 차지 않아 내팽개쳤다. 감골댁은 눈을 번뜩이며 여기저기를 살폈다. 도마와 함께 칼이 눈에 들어왔다. 감골댁은 칼을 집어들었다.

"이놈아, 니 잘 왔다. 니놈 배때지보톰 갈라야겄다!"

칼을 꼬나잡은 감골댁이 거적문을 제치고 뛰쳐나오며 외쳐대고 있었다. 그런 감골댁의 눈에는 파란 불이 켜져 있었다.

"아니, 아니, 어째 이러시요. 딸 망친 놈언 따로 있는디 어찌 이런 당게라?"

당황한 감독은 뒷걸음질 치고 있었다.

"이놈아, 니 죽고 나 죽자!"

감골댁은 곧 칼을 휘두를 기세로 감독에게 덤벼들고 있었다.

"허, 요상허시. 기왕지사 신세 망친 것 팔자나 고칠 일이제 그리

나댄다고 한분 찢어져뿐 밑구녕이 지대로 돌아가지간디. 헌지집 끌어안고 있음서 어디다 써묵을라고? 겉보리니 숭년에 죽얼 쒀묵을 것이여, 살찐 되야지니 잔치에 잡아묵기럴 허겄어."

망신을 시키자는 듯, 화를 지르려는 듯 감독은 큰소리로 외쳐대며 발 빠르게 뒷걸음질 쳐대고 있었다.

해거름이 되어 서무룡이가 방대근의 집을 찾아왔다. 방대근이가 공사장에 안 나온 것은 그러려니 했지만 지삼출까지 나오지 않아 그는 하루종일 마음이 뒤숭숭했던 것이다. 그는 방대근의 집에 들어가지 못하고 발길을 돌렸다. 방대근이가 집에 없었던 것이고, 감골댁의 기색도 평소와는 너무 달랐던 것이다. 자신이 모르고 있는 무슨 일이 벌어지고 있음을 그는 알아차렸다. 그는 지삼출의 집으로 갔다. 지삼출도 그의 아내도 없고 두 아이만 거적 깔린 방에서 놀고 있었다.

"곱단아, 감골댁집에 무신 일 났지야?"

"이, 사람덜이 그러는디 수국이 언니가 신세 망쳤디야, 정미소 아덜헌티."

"머시여! 수국이가……."

서무룡은 머리가 쿵 울리는 것을 느꼈다. 그의 툭 불거진 눈에서 살기가 뻗쳤다. 그는 손판석의 집으로 달려갔다.

한편 지삼출과 방대근은 어둠 속에 몸을 감추고 떡으로 저녁을 때우고 있었다. 온종일 백남일의 뒤를 밟다가 어두워지면서 술집까지 따라온 것이었다.

"술 처묵는 것이 아조 잘되았소."

방대근이가 추위에 떨며 속삭였다.

"그려, 한주먹감이제."

지삼출이 떡을 삼키며 대꾸했다.

백남일은 밤이 깊어서야 술집에서 나왔다. 그도 또 한 사람도 비틀거리며 골목을 걸어나가고 있었다. 그들 뒤에서 일본여자들이 배웅하고 있었다.

"니 나가 허는 말 알겄제? 닐언 무신 수럴 써서라도 끝내란 말이여."

"야아, 아무 걱정 마시랑게요. 닐언 딱허니 신방 채리게 맹글 것잉게라."

두 사람의 혀 꼬부라진 말이었다. 미선소 감독과 헤어진 백남일은 혼자 비틀거리며 걸어가고 있었다. 밤늦은 길에는 오가는 사람이 드물었다. 한참을 걷던 백남일은 어느 골목으로 접어들었다. 그는 전봇대 앞에서 바지 단추를 끌렀다. 그때 누군가가 그의 뒷덜미를 낚아챘다.

"요런 씨부랄 놈아, 니가 우리 누나 신세럴 망쳐놨지야!"

"어! 그것이 아니고……."

그때 방대근의 주먹이 백남일의 얼굴을 후려쳤다. 백남일은 비명도 제대로 못 지르고 푹 고꾸라졌다. 방대근의 주먹은 그냥 주먹이 아니었다. 그의 손아귀에는 어제처럼 뾰족한 돌이 쥐어져 있었다. 방대근의 주먹은 몇 번이고 연거푸 백남일의 얼굴을 내려찍었다.

백남일은 저항 한 번 못하고 나가뻗었다. 방대근은 그것으로 끝나지 않았다. 백남일의 사타구니를 마구 걷어차고 짓밟아댔다.

"아서, 아서, 죽이지넌 말어. 그만혀."

그때까지 지켜보고만 있던 지삼출이 방대근을 붙들었다.

"그만허면 되았웅게 얼렁 가자."

지삼출이 방대근을 잡아끌었다.

그들은 한달음에 집으로 돌아왔다.

"나만 내뿔고 가는 것이 아니제?"

손판석이 절박하게 물었다.

"나럴 못 믿능가? 자네넌 그저 몰른 칙끼허소."

지삼출이 손판석의 손을 잡았다 놓았다.

지삼출네와 방대근네는 밤길을 잡았다. 매서운 바람이 들녘을 달리고 있었다.

37

파장과 진동

양치성은 뒤늦게 허방을 짚은 것을 알게 되었다. 백남일의 얼굴을 그렇게 떡을 만들어놓고 도망간 것이 바로 지삼출이라는 자였다. 뒤통수를 호되게 얻어맞은 기분이었다. 그놈을 잽싸게 잡아채지 못한 것이 그렇게 후회스러울 수가 없었다.

그놈은 틀림없는 의병 잔당이었다. 그렇지 않고서야 헌병을 그 지경으로 두들겨팰 수가 없는 일이었고, 또 그리도 재빨리 자취를 감추기도 어려운 일이었다. 그 배짱이며 민첩성을 생각할수록 그놈이 의병이었다는 심증은 굳어졌다.

지삼출이라는 자를 보았을 때 그 의심은 직감적으로 들었던 것이다. 그 눈빛이며 인상이 흔한 막노동꾼들의 모습이 아니었다. 막노동꾼들의 눈은 대개 멍하거나 순했고, 얼굴은 무덤덤하거나 시들어 있었다. 그런데 그자의 눈은 똑바로 박혀 생기를 띠고 있었고, 얼굴은 어떤 무게감과 함께 반항적으로 보였던 것이다. 그런데도 그자를 바로 잡아채지 않았던 것은 좀더 시간을 두고 줄기와 뿌리를 송두리째 뽑아올리기 위해서였다.

그런데 전혀 예기치 못했던 일이 터지고 말았다. 백남일이라는 자는 헌병옷을 입었을 때부터 별로 신통치 않게 여겨왔었는데 결국 그런 빙충맞은 짓을 저질러 중대한 일까지 망치고 들었던 것이다.

양치성은 백남일에게 미움을 넘어서 증오감까지 느끼고 있었다. 하야가와의 그 지시는 첫 번째 시험이었던 것이다. 그 문제를 보기 좋게 해결해 자신의 능력을 확실하게 입증할 작정이었다. 그런데 백남일이가 느닷없이 똥칠을 하고 말았던 것이다.

이제 남은 일은 하야가와에게 결과 보고를 하는 것이었다. 그러나 그것이야말로 난처하기 이를 데 없는 일이었다. 처음에는, 탐사해 본 결과 의병 잔당의 침투는 없었다고 할까 생각했었다. 그러나 그 생각을 곧 지우고 말았다. 그런 거짓말을 하야가와 앞에서 해서는 안 된다는 판단이 섰던 것이다. 하야가와는 무슨 일에나 너무 눈치가 빠르고 남의 속을 귀신같이 꿰뚫어보는 사람이었다. 그런 그에게 자신의 거짓말이 통할 것 같지 않았다. 그리고 거짓말이 들통났다가는 자신의 신세는 끝장이었던 것이다. 어쩌면 하야가와는 그 일을 자신에게만 맡긴 것이 아닐지도 몰랐다. 하야가와는 능히 그럴 수 있는 사람이었다. 그런 복선배치 방법은 정보활동의 기초이기도 했다. 만약 그렇다면 자신의 거짓말은 금방 들통나게 마련이었다. 어설픈 거짓말로 신세를 망치느니 차라리 사실 그대로 보고하는 것이 발뺌할 수 있는 좋은 방법이었다. 사실대로 보고하면 모든 책임을 백남일에게 떠넘길 수 있었던 것이다.

그러나 그런 식으로 책임을 모면한다고 하더라도 백남일에 대한 증오심은 가실 것 같지가 않았다. 자신의 능력을 과시할 수 있는 기회를 망쳐버린 그 괘씸함을 그냥 넘길 수가 없었던 것이다. 괘씸한 만큼 앙갚음을 해주고 싶은 마음이 꿈틀거리고 있었다.

그뿐만 아니라 백남일이가 예쁜 처녀를 제멋대로 범한 것을 생각하면 또다른 감정이 뒤틀려올랐다. 보잘것없는 중인놈의 자식새끼가 약삭빠른 애비 덕에 헌병옷을 걸치고 안하무인으로 놀아나고 있었던 것이다. 아전에서 면장이 된 그 애비놈의 거드름도 아니꼬운 것이었지만 헌병옷을 걸치고 설쳐대는 그 아들놈의 꼬락서니는 더욱 눈꼴시었던 것이다. 그런데 그 애비놈은 재산까지 많이 모아 정미소에다 미선소까지 차려놓았고, 그 아들놈은 미선소 여자들을 제 마음대로 범하고 있는 것이었다. 중인놈들이 놀아나는 꼴이 궁녀들을 거느린 상감이 부러울 것 없는 판이었다. 그 꼴을 도저히 그냥 보아넘길 수가 없었다.

"헌병의 제복을 입고 그런 짓을 하는 건 대일본제국의 위신을 더럽히는 것이며, 거룩하신 천황폐하께 불충을 저지르는 일이라고 사료됩니다."

양치성은 몇 번이고 연습했던 이 말을 기어이 하야가와 앞에 내놓았다.

보고를 받는 동안 불쾌한 기색이 역연했던 하야가와의 얼굴이 양치성의 그 말을 듣자 심하게 찡그려졌다. 그리고 그는 곧 정색을 하며 자리를 고쳐앉았다.

"그래, 자네 말이 맞네. 그런 자격 미달인 자들은 현직에서 다 몰아내야 돼. 그런 작자들 때문에 오히려 우리가 민심을 잃어서야 될 일인가!"

"예, 지당한 말씀이십니다."

양치성은 절도 있게 허리를 반으로 굽혔다. 그러면서 자신이 목적한 과녁에 화살이 명중되는 짜릿한 쾌감을 맛보고 있었다.

"자넨 역시 판단력이 정확해. 그만하면 됐어." 하야가와는 만족스러운 얼굴로 양치성을 바라보며 고개를 끄덕거리고는, "헌데, 도망간 그놈들 말고는 의병 잔당이 더 없을까?" 그는 허점을 찌르듯 말머리를 급하게 돌렸다.

"예, 그래서 계속 탐사하고 있습니다. 아무래도 그놈들뿐일 리가 없을 것 같습니다. 최선을 다하고 있으니 조금만 더 여유를 주십시오."

양치성은 엉겁결에 말을 꾸며대고 있었다. 그러나 자신도 이미 그런 의혹을 가지고 있었던 터라 당황하거나 말을 더듬지는 않았다.

"음, 잘하고 있구만. 한번 시작한 일이니까 뿌리를 뽑아야지."

하야가와는 자리를 털고 일어났다.

양치성은 국장실을 물러나오며 더없이 만족스러웠다. 예정했던 대로 일을 망친 책임을 백남일에게 떠넘겼고, 거기다가 그자가 몸이 낫더라도 다시는 헌병 노릇을 못해먹게 만든 것이었다. 그리고 자신은 칭찬까지 받았던 것이다.

양치성은 뿌듯하면서도 홀가분한 기분에 이끌려 경찰서로 가벼운 발걸음을 옮겼다. 하야가와에게 보고를 끝낸 이상 자신이 맡은 일은 다 마무리를 지은 것이나 마찬가지였다. 그러니까 다른 일들은 흥미로운 구경거리일 뿐이었다. 몸을 심하게 다친 백남일이가 어떤 꼴이 될 것인지, 도망간 두 놈이 잡혔는지 어쨌는지, 구경거리로서는 다 괜찮은 것들이었다.

양치성의 흥미는 거기서 끝나지 않았다. 백남일이 한번 범한 처녀가 얼마나 예쁜 것인지 궁금하기도 했다. 소문이 퍼진 대로라면 예쁘기는 예뻤던 모양이었다. 예쁜 처녀를 총각도 아닌 놈이 망치고 들었으니 그렇게 호되게 두들겨맞은 것은 싸다는 생각이 들었다. 그리고 그 처녀를 한번 구경하고 싶은 마음이 동하기도 했다. 하야가와를 만나고 나서 마음이 느긋해지면서 생기는 엉뚱한 생각이었다.

"아 그것이야 헌병대에 가서 물어보소. 잡아묵든 삶아묵든 즈그덜 일 즈그덜이 알아서 헐 것 아니겄어."

장칠문은 퉁명스럽게 내질렀다.

"참 요상허요 이. 뛰는 호랭이 눈썹도 뽑고, 날아가는 새 똥구녕도 맞힌다는 헌병대서 어찌 이적지 두 발로 걷는 그놈덜얼 못 잡고 있다요?"

양치성은 일삼아 장칠문의 심통을 긁어대고 있었다.

"그런 헛소리 말어. 헌병대 즈그덜이야 몰악시런 것 빼먼 머시가 볼 것 있간디. 도망간 놈덜 잡을람사 우리 경찰 손얼 안 빌리먼 안 되제."

장칠문은 그래도 경찰이라고 헌병대에 대한 적대감을 노골적으로 드러냈다.

"그래도 헌병대 체면이 있제, 아무 꼬타리도 못 잡아서야 어디 낯이 스겄소?"

"이, 자네 말이 맞네. 헌병대서 면체면헐라고 한 놈얼 잡아딜이긴 잡아딜였다네."

장칠문은 코웃음을 쳤다.

"그놈이 누구요? 두 놈 중에 한 놈이다요?"

"어허, 자네도 말귀럴 어찌 알아들어? 면체면헐라고 엉뚱헌 놈얼 잡아딜였당게로."

"그놈 이름 아시요?"

"몰르겄어. 서 머시기라고 허등가 어쩌등가. 말 듣자닝게 그놈이 백남일이가 망쳐논 큰애기럴 좋아했다등마. 헌병대서넌 그놈헌티 죄럴 다 뒤집어씌울라고 허능갑는디, 애맨 사람 하나 잡는 것 아니라고."

"애맨 사람얼 잡다니, 죄 없는 사람얼 잡아서야 쓰겄소? 그 사람이 죄럴 졌음사 진작에 두 놈 따라 달아났을 것 아니겄소."

"바로 그 말이여. 이치가 그리 뻔헌디, 결국에넌 백남일이놈이 죽일 놈이여. 백남일이가 허는 말이, 지럴 팬 너댓 놈 중에 하나가 바로 그놈이라고 했시니 그 젊은 놈이야 꼼지락달싹 못허고 황천길로 가게 생겼제."

"아니, 백남일이넌 그날 밤에 술이 취했드람서 어찌 너댓 놈 중이서 그 사람 얼굴얼 기억헌다요? 그리허고, 백남일이가 일 당헌 고샅에넌 불도 없이 캄캄했을 것 아니겄소?"

"이, 자네 말 듣고 봉게 그렇기도 허시. 그나저나 다 소양 없는 소리여. 초록언 동색이라고 헌병대서 누구 편 들겄어."

양치성은 마음을 공글렀다. 백남일에 대한 새로운 보복감이 꿈틀대고 있었다.

"백남일이넌 잠 으쩌요? 병원에넌 또 가봤능게라?"

양치성은 새로운 정보를 얻어 마음이 조급하면서도 또다른 정보를 탐하고 있었다.

"그 사람 멋모르고 낯짝 이쁜 년 조깝지 까묵었다가 시방 골창 빠지게 고상허능 것이제. 그놈에 붕알얼 어칫께나 심허니 채였든지 간에 팅팅 부어올른 것이 요만허니 호박뎅이만허드랑게. 그 붕알이 채임서 팍 터져뿔지 않은 것이 다행이드랑 말이시. 좌우간에 그리 다친 붕알이 새로 써묵어질랑가 몰르제?"

담배를 빼무는 장칠문의 입가에는 차가운 비웃음이 어리고 있었다.

"써묵을 연장이야 따로 있제 어디 붕알얼 써묵는다요?"

삐딱하게 돌아가고 있는 장칠문의 심보를 환히 들여다보며 양치성은 피식 웃었다.

"자네 시방 무신 소리여? 써묵을 연장이야 따로 있다고? 아, 붕알이 빙신인디, 좆대감지만 스면 멀헐 것이여. 붕알이 바로 씨주머닌디, 그것이 빙신 되야 씨럴 못 담으면 좆대감지 지 혼자서 백날 꺼떡꺼떡헌다고 새끼가 까질 것이여? 글고 말이여, 붕알이 빙신 되야불면 좆대감지라고 잘 서지간디? 무신 말이냐면, 붕알 따로 좆대 감지 따로 노는 것이 아니고 그것 둘언 한몸이다 그것이여. 좆대감 지가 스먼 늘어진 붕알이 짜악 올라붙고, 붕알이 짜악 올라붙음서 좆대감지넌 하늘도 뚫게 짱짱해지고 말이시. 자네 똑똑헌지 알았 등마 어찌 이리 쉰 이치도 몰르까? 이, 그려, 그려, 인자 봉게 총각 이라서 그렇구마. 나가 총각헌티 못헐 소리 혔는감마. 그려도 다 미리미리 귀동냥혀 둬서 손해날 것이야 없응게 잉."

장칠문은 무슨 맛있는 것이라도 먹은 것처럼 입맛을 다시며 입을 훔쳤다. 그 거침없는 음담이 쑥스러워 양치성은 눈길을 돌리고 있다가 장칠문의 말이 끝나자 곧 다른 말을 물었다.

"눈 다친 것언 어찌 된다드랑게라?"

"이, 그 덕에 그 사람 일본 귀경허게 생겼등마."

"일본 귀경이요?"

"아, 여그서야 고칠 기술이 없응게 눈깔 한짝 곯아서 외눈깔 빙 신 안 될라면 일본 아니라 아라사꺼정이라도 가야제 어쩌겄어."

이것은 또 새로운 정보였다. 양치성은 그것을 마음의 갈피에 담았다.

"눈이 그리 심허니 다쳤구만이라 이."

"몰르제, 눈알이 무신 연장엔지 찍혀 터졌는지 깨졌는지 그랬당게 일본으로 간다고 나사질란지. 어쨌그나 그 사람 죽지 않은 것이 천행이여. 맘보넌 드럽게 쓰는디도 명언 질게 타고났제."

"언제 일본으로 간다등게라?"

"날이야 하로가 급헌디, 붕알이 팅팅 부어올라 있으니 어쩔 것이여. 급헌 불보톰 꺼야제."

"헌병대서넌 그 사람보고 무신 말이 없다요?"

"글씨, 의병 허든 놈 잡은 것도 아니고, 헌병대 불질르라고 허든 놈 잡을라다 그리된 것도 아닌디 좋아라 헐 리가 있겄어, 그나저나 인자 그놈도 한 팔 떨어져 나간 신세가 될 것이여. 헌병 노릇 다시 해묵기넌 에로울 것잉게."

"아니 무신 소리다요?"

양치성은 자신도 모르게 정색을 했다. 그렇게 감정을 드러내는 것은 정보활동에 있어서 1차적 금물이라는 것을 깨달을 여유가 없었다. 장칠문의 말은 분명 자신이 의도하는 바와 일치하는 것이었다. 그런데도 그 사실이 전혀 반갑지 않았다. 백남일이가 헌병대서 잘려 나가는 것은 어디까지나 자신의 영향력 때문이어야 했던 것이다.

"무신 소리기넌? 그놈이 일본 가서도 눈이 못 낫고 외눈깔이 되야불면 무신 수로 헌병 노릇 해묵어지겄어. 지놈이 헌병자리만 떨어져 나가불면 그때야 더 보잘것없는 허깨비 신세제."

장칠문은 언제부턴가 '그 사람'을 '그놈 저놈'으로 바꿔가며 적대 감을 노골적으로 드러내고 있었다.

"글씨요…… 헌병 노릇 못헌다고 허깨비 신세야 되겄소? 정미소다 미선소다 그 재산이 얼매라고."

양치성은 장칠문의 적대감을 이해하면서도 그 허풍스런 과장을 꼬집었다.

"어허! 자네 시방 우리 집안얼 어찌 보고 허는 소리여? 우리도 얼매 안 있어서 정미소고 미선소 채릴 참이여."

"야아? 무신 소리다요?"

양치성은 너무나 놀라고 말았다.

"어찌 그리 놀래고 긍가? 자네도 우리 집안얼 시퍼본 모양이제?"

장칠문이 눈꼬리를 고약하게 세우며 양치성을 노려보았다.

"아니구만이라, 아니어라. 하도 뜸금없는 소리라 놀랬구만요. 그 소리 듣고 안 놀랠 사람 누가 있겠소."

양치성은 서둘러 변명을 해대고 있었다. 그는 이중으로 당황하고 있었다. 스스로의 감정을 통제하지 못하고 그대로 드러낸 것이 당황스러웠고, 장칠문의 기분을 상하게 한 것 또한 당황스러웠다. 그러나 장칠문이네가 정미소와 미선소를 차릴 거라는 그 뜻밖의 말에는 역시 놀라지 않을 수 없었다.

"자네, 똑똑허니 들어. 우리가 정미소에 미선소럴 세웠다 허먼 우리 집안 재산이 그놈 집안 재산보담 많다는 것얼 알어야 써. 어찌서 그냐! 우리 집안에넌 또 사탕공장에다가 상점이 있다 그것이여. 그런 디다가 그놈이 헌병질 못해묵게 되고 나넌 그대로 순사질얼 해묵으면 그 꼴이 어찌 되제? 그때 그놈 꼴이 허깨비가 아니고 말 탄 장술랑가아?"

턱을 치켜들며 말꼬리를 길게 비틀어올리는 장칠문의 얼굴에는 자만에 찬 비웃음이 는적거리고 있었다. 양치성은 그런 장칠문을 그저 멍하니 쳐다보고만 있었다.

"그놈이, 지까짓 놈도 양반 붕알 밑에 고개 처박고 찝찌름허고 시큼털털헌 꼬린내 맡고 산 아전놈에 새끼가 나럴 보부상 자석이라고 항시 눈 아래로 깔아봄스로 콧똥얼 뀌었제. 헹, 지놈이 헌병질만 못해묵게 되야 봐라, 지놈이 내 붕알 꼬린내 맡어야 될 것잉게."

장칠문은 말을 질겅질겅 씹듯이 하며 곧 백남일에게 앙갚음이라도 할 것 같은 기세였다.

양치성은 아무 말도 할 수가 없었다. 아니, 할 말을 완전히 잊어버리고 있었다. 세상이 변하면서 장칠문의 아버지 장덕풍이가 요령껏 눈치껏 돈벌이를 해댔다는 것은 알고 있었지만 그렇게까지 돈이 많을 줄은 상상하지 못했던 것이다. 양치성은 감정이 몹시 뒤틀리고 있었다. 세상이 뒤바뀌니까 아전놈이 날뛰어 양반 행세고, 장사꾼놈이 설레발을 쳐서 떼부자가 돼! 아니꼽고 더러워 못 봐주겠구나.

"장 순사님 원대로 일이 되았으면 좋겄소. 나 인자 가볼라요."

양치성은 비위 상하는 것을 싹 감추고 이렇게 가시 돋친 말을 하며 일어섰다.

"두고 보소. 영축없이 그리될 것잉게."

장칠문은 상대방의 심중은 전혀 모른 채 힘 뻗치는 장담을 해 보였다.

한편 서무룡은 꼼짝달싹할 수 없는 막다른 골목에 몰려 있었다. 그는 이제 목숨을 포기한 상태였다. 자신의 결백을 주장할수록 심하게 가해지는 것은 매질뿐이었다. 어차피 죽을 바에는 맞아서 죽는 고통이나 당하지 말자고 마음을 바꾸었던 것이다.

서무룡은 그날 정신없이 대근이네 집으로 내달았던 것을 수없이 후회했다. 그러나 그 후회는 자신이 잘못했다는 것으로 끝나지 않았다. 후회를 할 때마다 수국이에 대한 그리움이 커지면서 그렇게 하지 않을 수 없었다는 생각이 거듭될 뿐이었다. 수국이가 어떤 놈한테 당했다는 것을 알았을 때 눈앞에 보이는 것이라고는 아무 것도 없었다. 오로지 그놈을 죽이고 말겠다는 생각으로 자정이 넘도록 지삼출과 대근이를 찾아 헤맸다. 그리고 잠에서 깨자마자 다시 수국이네 집으로 치달았던 것이다.

그런데 수국이의 집에도 지삼출의 집에도 사람의 자취라고는 없이 휑댕그렁하니 비어 있었다. 잠시 무슨 영문인지를 모르고 있다가 손판석을 생각해 냈다. 손판석을 찾아가면 밤새 무슨 일이 벌어졌는지 알 것 같았던 것이다. 지삼출의 집을 뛰쳐나왔다. 그런데 총구멍이 앞을 가로막았다. 몸을 피할 겨를도 없이 개머리판에 턱을 얻어맞고 정신을 잃었다.

꼼짝 못하고 헌병대로 끌려갔다. 발버둥을 쳐댔지만 매만 벌었다. 헌병대에서 다시 병원으로 끌려갔다.

"이 맞어, 저놈이여. 너댓 놈 중에 저놈도 끼여 있었어!"

얼굴에 붕대를 어찌나 많이 감아돌렸는지 누구인지 알아볼 수 없는 놈이 내뱉은 말이었다.

그때서야 모든 것을 알아차릴 수가 있었다. 방대근이와 지삼출이 어젯밤에 저놈을 두들겨패고 도망을 갔고, 저놈이 바로 수국이를 범한 헌병 그놈이라는 것을. 그리고 자신이 공범자라는 엉뚱한 누명을 쓰게 되었다는 것을.

서무룡은 아무리 생각해도 원망스러운 것이 지삼출과 방대근이었다. 딴사람 일도 아니고 수국이가 당한 일을 두고 어쩌면 그렇게 자신을 따돌렸는지 모를 일이었다. 생각할수록 서운하면서도 배신감을 느끼지 않을 수가 없었다.

그간에 남다른 정을 나누며 가까이 지내온 것을 생각하면 그럴 수가 없는 일이었다. 거칠고 힘든 노동판에서 서로 의지하며 힘이 되었고, 의기투합해서 중국노동자들과 싸우면서부터는 의형제 같은 정이 얽혔던 것이다. 서로 한덩어리가 되어 믿으며 돕고 산다는 것에 새로운 즐거움과 보람을 느낄 수 있었다. 다친 사람들 뒷바라지에 앞장서 나서며 돈이 아깝지 않았던 것도 다 그런 까닭이었다. 그런데 그들은 자신을 감쪽같이 따돌리고 말았던 것이다.

그것도 딴사람 일이 아니라 수국이가 당한 일이었다. 그랬으면 틀림없이 자신에게 알렸어야 할 일이었다. 배신감과 원망은 방대근이보다는 지삼출에게 더 컸다. 수국이에 대한 자신의 마음은 지삼출이 너무나 잘 알고 있었던 것이다. 수국이를 각시 삼게 해달라고, 중매를 좀 서달라고 지삼출에게 얼마나 졸라대고 매달렸는지 몰랐다. 그런데 수국이가 그런 흉한 일을 당했으면 의당 자신에게 알려 그놈을 죽이고 말았어야 했다. 그리고 도망도 함께 갔어야 했다. 그런데 자신을 빼놓고 둘이서만 일을 하느라고 그놈을 죽이지도 못했고, 자신을 이 꼴로 만든 것이었다.

지삼출의 마음을 되짚어 생각해 보기도 했다. 수국이가 몸을 망쳐버려 시집가기는 틀렸으니까 자신에게 그 일을 숨긴 것인지도 몰랐다. 어쩌면 그럴 수도 있는 일이었다. 그 대목만 생각하면 그만 미칠 것만 같았다. 자신의 마음은 전혀 그렇지가 않았다. 수국이가 몸을 망친 것은 분명 몸을 망치지 않은 것만은 못했다. 그렇다고 자신의 마음이 변한 것은 아니었다. 처녀가 아니라는 마음 찜찜함은 그놈에게 원수를 갚는 것으로 씻어버릴 수 있었다. 자신의 손으로 그놈을 죽여없애기만 하면 수국이를 얼마든지 새 각시로 맞이할 수 있었다. 수국이가 그놈에게 마음을 두는 것도 아닌데 처녀고 처녀가 아니고는 아무 흠이 아니었다. 미친개한테 잘못 물린 것이라고 생각하면 그만이었고, 첫날밤에 소금물로 씻어버리면 기분 말끔해질 일이었다. 그리고 수국이가 그 일로 다치게 된 마음을 감싸고 쓰다듬어주면서 얼마든지 깨 쏟아지게 잘살 수 있었다. 이런 자신의 마음도 모르고 지삼출이 자신을 빼돌렸다는 것을 생각하면 너무 안타깝고 속이 타 머리를 벽에 박치고 죽고 싶었다. 그 절박한 심정과 함께 수국이에 대한 그리움은 더욱 사무치고 있었다.

헌병대에서는 지삼출이하고 방대근이가 어디로 도망갔는지 대라고 두들겨팼다. 오로지 수국이를 다시 만나야 된다는 생각으로 그 매질을 견디어냈다. 어떻게 해서든 살아나야 했다. 살아나서 수국이를 찾아야 했다. 수국이는 얼굴만 예쁜 것이 아니었다. 마음도 얼굴만큼 고왔다. 그 고운 마음을 쓰느라고 미선소에 다니다가 그 꼴을 당한 것이었다. 그런 수국이를 각시로 삼아 알뜰살뜰하게 아끼며 한세상을 살고 싶었다.

그러나 헌병대를 벗어날 길이 없었다. 수국이를 망친 그놈의 말 한마디가 바로 목을 달아매는 동아줄이었던 것이다. 그 한마디 앞에서 자신의 결백은 송두리째 거짓말이 될 뿐이었다. 그놈이 어째서 그런 엉뚱한 거짓말을 했는지 도무지 알 수가 없었다.

서무룡은 고개를 젖혀 머리를 벽에 기댔다. 이대로 죽어가야 한다는 절박함 앞에서 그는 숨이 막히고 있었다. 자신을 도와줄 사람은 아무도 없었다. 그렇다고 유치장을 탈출할 방법도 없었다. 그러나 그는 줄기차게 유치장을 탈출할 생각에 골몰해 있었다. 그것만이 살아날 수 있는 유일한 길이었다.

백남일은 서무룡이가 자기를 해친 자가 아님을 뻔히 알고 있었다. 그러나 전날 동료들에게 했던 말과 맞추기 위해서 공범자로 지목하고 말았다.

범인들을 잡기 위해 백남일은 동료 헌병들에게 사건 당시를 진술하지 않을 수 없었다. 술에 취한 데다 사방이 어두워 범인들의 얼굴은 알아볼 수가 없었다. 다만 순간적으로 깨달은 것은 그들이 둘이라는 것이었다. 그러나 동료들에게 사실대로 말하고 싶지는 않았다. 그건 체면문제였다. 그래서 네댓 놈에게 당한 것이라고 둘러붙였다.

백남일은 견디기 어려운 고통 속에서 자신이 얼마나 심하게 다쳤는지 알고 있었다. 아무리 술에 취했다고는 하지만 단 두 놈에게 그렇게 다쳤다는 것은 체면이 말이 아니었다. 남자로서의 체면도 그렇고, 헌병으로서의 체면은 더욱 그랬다.

백남일의 진술에 따라 헌병대에서는 범인들 검거에 나섰다. 제일 먼저 덮친 것이 방대근이네 집이었다. 그러나 집은 이미 비어 있었다. 잠복조를 남긴 헌병대에서는 부두노동판 조사와 동시에 전화망 수사를 펼쳤다. 그런 것을 모르고 방대근이네 집으로 정신없이 내달아간 서무룡이는 잠복조에게 덜컥 붙들리고 말았던 것이다.

"나가 그 짓얼 혔음사 그 사람덜허고 진작에 도망갔제 머 묵자 것 있다고 남어 있었겠소."

서무룡은 매질을 당하면서도 이 말을 피를 토하듯 외쳐댔다.

그 말은 일본헌병들에게도 어느 만큼 먹혀들지 않을 수가 없었다. 더구나 서무룡이가 그 처녀를 좋아하는 처지였는데 일을 당했다는 소식을 듣고 달려간 것이라는 사연이 덧붙여져 헌병들에게 좀더 강한 설득력을 발휘하고 있었다. 병문안을 겸해 병원에 온 헌병들은 그 점을 백남일에게 알리며 사실 확인을 하고자 했다. 그때마다 백남일의 태도는 완강했다.

"그놈이 틀림없다니까! 같은 헌병인 내 말을 안 믿고 그놈 말을 믿겠다는 거야 뭐야."

백남일의 이런 우격다짐에 헌병들은 더 말을 하지 못하고 말았다.

백남일은 처음과는 달리 새로 생긴 감정으로 그자를 몰아붙이고 있었다. 그자가 수국이를 좋아한 놈이라는 것이 몹시 감정을 상하게 만들었다. 그는 자신이 당한 분풀이를 몽땅 그놈한테 해버리고 싶었다.

"더 조사고 뭐고 할 것 없어. 그놈이 틀림없으니까 다른 놈들 못 잡으면 그놈부터 당장 총살시켜 버려."

백남일은 동료들에게 거침없이 내뱉고는 했다.

백종두는 군산부청에부터 들러 쓰지무라에게 문안을 올린 다음 병원으로 인력거를 몰았다. 병원으로 가면서도 그는 못내 마음이 언짢았다. 아들놈이 일으킨 말썽이 더없이 속상하고 창피스러웠던 것이다. 아들이 눈 병신이 될지도 모르고, 남자 구실을 못하게 될지도 모를 만큼 심하게 다쳤다는 소식을 듣고도 바로 올라오지 않은 것은 사무가 바쁜 탓만이 아니었다. 그렇게 심하게 봉변을 당한 내막을 듣고 나자 그만 속이 뒤집히고 말았던 것이다.

병신 같은 놈의 새끼! 차라리 뒈질 것이지!

감정은 이렇게 치받쳐올랐다. 토지조사사업 실시를 위해 일이 정신없이 바쁘기도 했지만 그 감정을 다스리느라고 일부러 며칠을 보냈다.

남일이놈은 헌병대에 들어가면서 좀 사람 노릇을 하는가 싶었다. 헌병 노릇도 곧잘 해내는 것 같았고, 정미소며 미선소 관리도 썩 잘하는 것 같았다.

그런데 그게 오래가지 못하고 결국 탈을 내고 만 것이다. 그것도 다른 일이 아니고 계집 하나를 잘못 건드려 큰일을 다 망치고 드니 더욱 기가 차고 한심스러웠다. 그 계집이라는 것이 양갓집 규수라면 또 몰랐다. 기껏해야 미선소에서 일하는 하찮고 천한 계집 하나를 건드려놓고 그런 봉변을 당하다니 참으로 어처구니가 없었다. 계집은 천할수록 다루기가 쉽고, 사내는 천할수록 부리기가 쉬웠다. 미선소에서 일하는 계집이라면 더 볼 것이 없었다. 천하기로 더 바닥일 수가 없고, 가난하기로 더 심할 수가 없을 터였다. 그런 처지의 계집 하나 요령 좋게 다루지 못한 아들놈이 한심스럽기 짝이 없었다. 사내 나이 몇이라고 그런 요령도 없는 것인지 안타까울 뿐이었다. 자신이 아들놈의 나이 적에는 그 어떤 계집이든 계집 다루는 요령은 통달해 있었던 것이다.

백종두는 생각할수록 속이 상해 연상 혀를 차댔다.

"빙원 다 왔구만이라우."

인력거꾼의 외침이었다.

백종두는 인력거에서 천천히 내렸다. 아들을 대하더라도 화를 내지 말자고 스스로에게 다짐했다. 미우나 고우나 자식이었고, 어쨌거나 몸이 다쳐 고생하고 있는 건 아들이었던 것이다.

간호원을 따라 병실로 들어서던 백종두는 소스라치게 놀라고 말았다.

"아니, 니가…… 니가 남일이여?"

백종두는 자신도 모르게 말을 더듬었다. 그럴 수밖에 없는 것이 눈앞에 있는 건 아들의 얼굴이 아니라 온통 붕대뭉치였던 것이다. 붕대 사이로 드러난 것은 눈 하나와 입뿐이었다. 코마저도 붕대로 가려져 있어서 눈 하나와 입만으로는 도저히 아들인 것을 알아볼 수가 없었다.

"예…… 남일이구만요. 일 바쁘신디 멀라고 오셨능게라."

백남일의 목소리는 기어들어 가고 있었다. 집에서 미리 통고도 없이 갑자기 아버지가 나타나자 그는 너무 당황하고 겁질려 있었다. 그는 평소부터 아버지 앞에서는 주눅들고 쭈뼛거리는 처지였다. 그런데 이번에 저지르고 당한 일들이 떳떳치 못해 더욱 기가 죽고 있었다.

"이놈아, 요것이 무신 꼬라지여!"

백종두는 벌컥 소리를 질렀다. 화를 내지 말자고 미리 마음을 다졌으면서도 생각보다 많이 다친 아들을 보자 그만 울화가 치솟고 말았다.

백남일은 고개를 푹 떨구었다. 아무 면목도 없었고 겁도 났다. 아버지는 화가 났다 하면 때를 가리지 않고 긴 담뱃대를 휘둘러댔다. 여기서는 담뱃대가 없으니까 바로 주먹질을 해댈지도 모를 일이었다.

"이놈아, 지집질이고 첩질이고 헐라면 야물딱지게 헐 일이제 요것이 무신 꼬라진냔 말이여. 몸 상허고 망신 사고, 요것이 어디 나잇살이나 묵은 사내자석이 헐 짓이냐. 쯧쯧쯧쯧……."

빠르고 세차게 혀를 차대는 소리에 백종두의 역정이 묻어나고 있었다. 그 소리에 따라 백남일의 고개는 더 수그러들고 있었다.

"니 눈언 빙신 되는 것이다냐?"

백종두는 담배를 거칠게 뽑으며 아들의 속을 것질러대는 투로 물었다.

"잘 모르겠는디…… 일본에 가면 지대로 나슬 수도 있다등마요."

"헹, 팔자에 없는 일본 귀경허게 되야서 아조 쪼엇컸구나!"

백종두는 담배연기를 후욱 소리나게 내뿜었다. 주먹이 날아오지 않는 것만을 다행으로 생각하며 백남일은 숨도 크게 쉬지 못하고 있었다.

"니럴 해꼬지헌 놈덜언 잡았다냐?"

백종두가 묻고 싶은 말은 이것이 아니었다. 순서대로 하자면, '니 붕알 다친 것언 어찌 된다드냐'였다. 그러나 차마 그 말을 물을 수는 없었다. 서로 민망하고 옹색스러운 일이었다.

"저어…… 한 놈언 잡았고 다른 놈덜언 안직……."

"그나저나 일본얼 갈라먼 하로라도 얼렁 가얄 것 아니다냐."

백종두의 어조는 약간 누그러지고 있었다.

"예에…… 긍게로…… 병원서 허라는 대로…… 메칠 있다가……."

백남일은 어물거리고 더듬거리며 슬금슬금 대답을 피하고 있었다. 불알의 부기가 가라앉아야 된다는 말을 해서는 안 되었던 것이다.

"근디, 니가 손댄 그 가시네년 대체 뉘집 딸년이간디 이 난리판굿이냐."

"저어…… 애비넌 없고 동상놈이 한나 있는디, 그놈이 부두 막노동꾼이라……."

"아니, 애비도 없는 집구석이면 째지게 가난헐 것인디, 미선소에 나댕기넌 꼬라지에 니가 손얼 댔으면 감지덕지가 아니고 박찼다는 것이여? 그년이 그거 어찌 생게묵은 년이다냐!"

백종두는 어느덧 아들의 편이 되어 열이 오르고 있었다.

"그 수국이란 년이 원체로 인물이 이쁜 디다가……."

"머시여? 니 시방 머시라고 혔냐. 수국이?"

백종두는 깜짝 놀라며 언성을 높였다.

"예에, 그년 이름이 수국인디요."

백남일은 멀뚱하게 아버지를 쳐다보았다.

"그년이 죽산먼서 살았지야?"

"그것언 잘 몰르겄는디요."

"이 얼빙아, 지집얼 손댈라먼 그년 내력보톰 소상허니 알아얄 것
아니여!"

백종두는 버럭 소리를 질렀다.

수국이는 흔한 이름이 아니었다. 그리고 얼굴이 예쁘고, 아버지
가 없다는 것을 보면 하시모토가 몸달아했던 바로 그 처녀가 틀림
없을 것 같았다. 어느 날 갑자기 자취를 감추어버려 하시모토 앞에
서 자신의 입장을 그리도 난처하게 만들었던 그 처녀가 군산으로
숨어들었던 모양이다. 그런데 하필이면 그 처녀를 아들놈이 손댄
것이었다. 이 일을 하시모토가 알면 어찌 될 것인가.

백종두는 그만 가슴이 서늘해졌다. 보나마나 하시모토와의 관계
는 끝장나는 것이었다. 하시모토는 한동안 그 처녀에게 홀딱 반해
마누라가 일본에서 건너오는 것까지 막고 있을 지경이었고, 요즘도
가끔씩 입맛을 다시며 그리워하는 형편이었다. 자신이 '수국이'라
는 이름을 기억하는 것도 하시모토가 그 어설프고 서투른 소리로
날마다 되풀이해 댄 탓이었다.

그런데 일이 공교롭게 되느라고 아들놈이 그 처녀를 범하고 말
았으니 이걸 하시모토가 알아서는 절대 안 될 일이었다. 하시모토
가 얼마든지 오해할 수도 있었다. 자신이 그 처녀를 빼돌려 남일이

놈에게 붙여줬다고 한들 꼼짝없이 그 오해를 뒤집어쓰게 될 판이었다.

"니, 수국인지 먼지 허는 그년 이름 아무헌티나 까발리고 그러지야?"

백종두는 아들을 험상궂게 노려보았다.

"아, 아닌디요……."

"니 큰탈 안 만낼라면 지끔보톰 다시넌 그년 이름 주딩이에 담덜 말어. 알아듣었어!"

"예에…… 근디 무신 일인디요? 수국이럴 아부지도 아시능게라?"

"이놈아, 또 수국이여!" 백종두는 버럭 소리치며 주먹을 치켜들다 말고 입을 앙다물더니, "이 모지래넌 놈아, 시키는 대로나 혀. 니놈이 주딩이 놀려대서 그 소문이 죽산면꺼정 퍼지는 날에넌 우리 집안 폭싹 내래앉을 것잉게 그런지나 알어." 그는 마구 혀를 차대며 돌아서 버렸다.

백남일은 병실을 나가는 아버지를 한쪽 눈으로 바라보고 있었다. 하! 요상허시. 저 영감탱이가 어째 저렁고? 그려, 그랬을 것이여. 수국이럴 눈독 딜였다가 놓친 것일 기여. 근디 나가 탁 입맛 다셔부러서 저리 분해허는 것 아니라고. 영감탱이가 늙어감스로도 욕심이 끝이 없어.

백남일은 아귀가 딱 맞게 아버지의 마음을 점치고 있었다. 그러면서 속으로 키들키들 웃어대고 있었다. 무어라고 형용할 수 없이 기분이 통쾌했던 것이다. 그건 난생처음으로 느껴보는 아버지에 대한 승리감이었다. 수국이의 그 고운 얼굴과 함께 요 위에 번져 있던 빨간 피가 눈앞에 어릿거리고 있었다.

이틀이 지나 서무룡이는 헌병대에서 풀려났다. 헌병대를 나오는 그는 기운이 하나도 없이 어깨가 축 늘어져 있었다. 얼굴에도 죽을 고비를 넘기고 살아난 사람다운 생기라고는 전혀 없었다.

서무룡이는 큰길가에 멍하니 서서 눈을 껌벅거리고 있었다. 그는 며칠 만에 다시 보는 거리가 영 눈설었다. 그의 머릿속에는 어젯밤에 겪은 일만이 가득 차 있었다. 그 일은 분명 생시에 겪은 일인데도 어느 순간에는 꿈에서 겪은 일인지 생시에 겪은 일인지 모르게 혼란이 일어났다.

어젯밤 잠을 자다가 한밤중에 끌려나갔다. 뒤로 쇠고랑이 채워져 헌병대를 나갔다. 총을 든 헌병들이 양쪽과 앞뒤를 지키며 걸었다. 죽으러 가는 길인 것을 금방 깨달았다. 도망갈 수도 없는 형편이었지만 도망갈 마음을 먹을 수도 없었다. 힘이 빠진 두 다리가 후들후들 떨리고 있었던 것이다.

한참을 걸어 해변가에 이르렀다. 어둠이 진해 바다는 보이지 않았고, 갯내음과 함께 물결치는 소리가 바닷가라는 것을 알려주었다. 차가운 먼 하늘에 별들이 초롱초롱했다. 여기서 총살시키려는 것인가…… 눈물이 흘러내렸다. 홀로 살다가 돌아가신 어머니의 얼굴이 떠올랐다. 어머니가 돌아가시고 나서 처음 흘리는 눈물이었다. 니가 첩에 자석이라 아부지도 성제간도 없는 것이여. 존 각시 얻어 니가 새끼덜 많이 낳고 잘살먼 그 고적헌 설움 다 갚는 것이제. 이 에미 한도 풀리는 것이고. 어머니가 눈감으며 남긴 말을 눈물과 함께 씹으며 해변가를 한동안 걸어갔다.

배에 떠밀려 올라갔다. 아, 바닷물에 처박아 죽일라는구나! 그 생각과 함께 불끈 힘이 솟구쳤다. 그렇게 죽을 수는 없었던 것이다. 양쪽 어깨로 헌병들을 떠다밀고 머리로 박치기를 해댔다. 그러나 몰매를 맞고 쓰러지지 않을 수가 없었다. 쇠고랑이 채워진 몸으로는 어쩔 수가 없었다.

노 젓는 소리만 삐끄덕거리며 찬바람에 흩어지고 있었다. 땅에 묻히지도 못하고 고기밥이 되는 것이 기가 막혔다. 아니, 그보다도 장가 한번 들어보지 못하고 죽는 것이 너무 억울하고 원통했다. 수국이, 수국이를 목이 타도록 불렀다.

수국이를 안아보는 것은 바라지도 않고 손을 한 번만 잡아보았더라도 그렇게 억울할 것 같지는 않았다. 수국이의 눈치만 보다 만 것이 너무 안타깝고 후회스러웠다. 싸움을 할 때처럼 힘있게 덤벼들었어야 했다. 그러나 수국이는 정녕 가시 돋친 꽃이고, 냉기 서린 꽃이었다. 그런 마음을 먹었다가도 수국이의 싸늘한 눈길을 보면 그만 마음이 움츠러들고 말았다.

노 젓는 소리가 멎었다. 헌병들이 달려들었다. 헌병들은 다리와 몸통을 묶으려 들었다. 소리소리 지르며 발버둥질을 쳤다. 묶이지 않으려는 것이 아니었다. 어떻게 해서든 배를 엎을 작정이었다. 배가 엎어지면 그놈들하고 함께 죽을 수 있었다. 그러나 그들의 힘을 당할 도리가 없었다. 몸통과 다리를 묶였다. 그리고 커다란 돌이 두 개 매달렸다. 바다로 던지기만 하면 그대로 가라앉을 판이었다.

"서무룡, 끝판인디 헐 말 있으면 혀."

나직한 조선말이었다.

서무룡은 깜짝 놀랐다. 헌병 넷은 모두 왜놈이었던 것이다. 그렇다면 그 목소리의 주인은 아까 배에 떠밀리면서 스쳤던 사공 아닌 또 한 사람이었다. 서무룡은 눈을 부릅떴다. 그러나 어둠에 묻힌 그 사람의 얼굴은 알아볼 수가 없었다.

"담배, 담배 한 대만 주시게라우."

"담배넌 안 되겠구만."

"……."

"헐 말이 없는갑제."

"……."

"글먼 괴기밥이 돼야겠제."

"아니, 아니, 헐 말이 있소. 긍게 말이요 이, 나넌 너무 원통허요. 죄진 것이 아무것도 없는디 이리 죽이는 법이 어디 있다요. 나 잠 살래줏씨요, 나 잠 살래줏씨요."

"죄진 것이 없웅게 살래도라고?"

"야아, 누구신지 몰라도 살래만 줌사 그 은공 평상 갚겠구만이라. 무신 짓얼 히서라도 평상 갚겠구만이라."

"무신 짓얼 히서라도 평상 갚어?"

"야아, 살껍데기럴 빗겨서라도 그 은공얼 갚겠구만이라우."

"살껍데기럴 빗긴다고? 글먼 못헐 일이 없겠네?"

"하먼이라. 무신 일이든지 허라먼 다 허제라. 똥얼 묵으라도 묵
겄소."

"그 말얼 어칫게 믿어."

"그리 안 허먼 그때 가서 죽이씨요."

"참말로 시키는 일언 무신 일이고 다 허겄어?"

"하먼이라, 하먼이라."

그 목소리가 뭐라고 일본말을 했다. 그러자 헌병들이 우르르 달
려들었다. 몸이 번쩍 들렸다.

"아이고메, 살래줏씨요. 죽어도 맘 안 변헐 것잉게 살래줏씨요오!"

목이 터져라 소리질렀지만 바닷물에 내던져지고 말았다. 손도 발
도 움직일 수 없는 채 몸은 가라앉고 있었다. 도저히 더는 참을 수
없어 숨을 토해냈다. 짠물이 왈칵 밀어닥치며 숨이 막혔다. 그리고
기억이 없었다.

정신을 차려보니 다시 배 위에 누워 있었다. 못 견디게 추운 것
을 느끼며 살아 있다는 것을 알았다.

"니가 맘이 변허먼 어찌 되는지 알겄지야?"

"야아, 알겄구만이라."

"살래주먼 무신 일이든지 다 헌다고?"

"야아, 똥도 묵겄당게라."

"되았어, 니럴 살래주겄다."

그동안 있었던 일은 그 누구한테도 발설을 하지 않겠다는 약조
가 쓰인 종이에 손도장을 누르고 헌병대에서 풀려났다. 서무룡은

두려움에 짓눌려 살아났다는 기쁨을 전혀 느낄 수가 없었다. 쥐도 새도 모르게 죽을 수 있다는 것이 두려웠고, 앞으로 무슨 일을 시킬 것인지 두려웠고, 자칫 잘못했다가는 언제든지 죽게 된다는 것이 두려웠다.

"서무룡 씨, 배고프제라?"

서무룡은 걸음을 우뚝 멈추었다. 뒤에서 들리는 목소리는 바로 어젯밤의 그 목소리였다. 서무룡은 무서움증으로 고개를 뒤로 돌리지 못했다.

"갑시다, 밥 묵으로."

서무룡은 화들짝 놀랐다. 그 사람이 팔을 잡았던 것이다. 그 목소리가 달라진 것이 있다면 어젯밤보다 부드러워진 것이었고, 존대를 쓰고 있었다. 그러나 서무룡의 무서움증은 어젯밤과 마찬가지였다.

"겁내지 말고 얼렁 갑시다."

그때서야 서무룡은 조심스럽게 눈길을 돌렸다.

"아니……"

서무룡은 자신의 팔을 붙들고 있는 사람을 보는 순간 또 놀랐다. 그 사람은 자기 나이또래밖에 되지 않았고, 키도 자신보다 약간 작았으며, 곱상하게 생긴 얼굴은 부드럽게 웃고 있었던 것이다.

서무룡의 상상 속에 들어 있던 그 사람은 그런 모습이 아니었다. 나이가 듬직한 그 사람은 몸집이 씨름꾼같이 크고 얼굴은 우락부락하게 생겨 있었다. 한마디로, 절을 지키고 있는 사천왕 같은 모습이었던 것이다.

"저그 밥맛이 아조 존 디가 있소."

그 사람은 여전히 부드럽게 웃는 얼굴로 말했다. 그러나 서무룡은 웃어지지가 않았다. 웃으려고 했지만 얼굴 전부가 뻣뻣하게 굳어져 있었다. 서무룡은 그 사람에게 끌려가듯 걸음을 옮겨놓을 수밖에 없었다.

서무룡은 다시 그 젊은 사람을 흘낏 훔쳐보았다. 그 키나 몸집이나, 싸우기로 들자면 한주먹감밖에 되지 않았다. 그러나 그 젊은 놈을 한주먹으로 때려눕힐 마음은 전혀 생기지 않았다. 온몸에 맥이 다 풀려버려 손가락 하나 오그릴 힘이 없었다. 자기보다 몸집이 작은 사람 앞에서 이처럼 기가 꺾이고 맥을 쓸 수 없는 것은 최초의 일이었다. 두 눈으로 상대방을 똑똑히 보고 있으면서도 그가 몸집 어마어마하게 크고 험상궂게 생긴 사천왕으로 여겨질 뿐이었다. 그렇게 생각하지 않으려 했지만 어젯밤의 일은 너무나 생생하게 살아 있었다.

"나 양치성이라고 허요. 맘 편허니 묵으씨요."

음식점 구석방에 자리잡자 그 남자가 담배를 권하며 말했다.

"야아, 지넌 서무룡이……."

얼떨결에 이름을 대던 서무룡은 말꼬리를 흐리고 말았다. 상대방은 이미 자신에 대해서 모든 것을 다 알고 있으리라는 생각이 들었던 것이다. 헌병대에서는 며칠 동안 별 시시콜콜한 것까지 다 묻고 기록했던 것이다.

"백남일이란 사람얼 잘 아요?"

"아니구만이라. 요분 참에 말로만 들었제 얼굴도 몰르는디요."

그건 헌병대에서 물었던 것과 똑같았다. 서무룡은 잔뜩 긴장했다.

"수국이란 시악씨허고넌 서로가 좋아라 허고 지냈소?"

"긍게 머시냐…… 그런 심이제라."

이건 헌병대에서 물었던 말이 아니었다. 솔직하게, 지 혼자 짐칫
국 마신 것이제라, 하려다가 말을 바꾸었다. 순간적으로 창피스럽
고 반발심이 생겨 그렇게 대답하고 싶지가 않았던 것이다.

"얼매나 좋아혔소?"

"금메요, 장개들고 잡았는디라."

"그 시악씨도 그리 맘묵었소?"

"그 맘이야 잘 모르겠구만이라."

"글먼 백남일이가 웬수 같겄소 이?"

서무룡은 그만 쭈뼛해졌다. 자신의 마음 한복판을 찌르는 그 말
에 무슨 대답을 해야 좋을지 알 수가 없었다.

"맘이 좋기야 허겄소."

서무룡은 슬쩍 마음을 감추었다.

"죽이고 잡았지라?"

서무룡은 가슴이 섬뜩해졌다. 아까의 말이 나뭇가지로 찌르는
것이라면 이번 말은 쇠꼬챙이로 찌르는 것이었다. 이 양치성이라는
사람은 헌병들보다 더 날카롭게 사람의 마음을 꿰뚫는다는 생각
이 들었다.

"속에서 천불이야 올랐어도 엎어진 물이고 깨진 사발인디라······."

서무룡은 또 어물어물 마음을 감추려고 했다. 다시 조사를 받고 있다는 느낌이 들었던 것이다.

"장개들라고 맘묵었든 짝얼 망쳐뿐 놈얼 죽일 생각이 없음사 그 것이야 사내자석이 아니오. 근디 백남일이야 인자 안 죽여도 되게 생겼소. 지가 못된 짓헌 죄로 빙신이 되게 생겼응게. 그러고 당신언 앞으로 중헌 일얼 헐 것잉게 백남일이 일이야 깨끔허니 잊어부러야 허요. 그리헐 수 있겄소?"

양치성은 정색을 하고 서무룡을 똑바로 쳐다보았다. 서무룡은 어젯밤의 약속이 퍼뜩 떠올랐다. 그리고 바닷물로 내던져지던 공포가 몰려들었다.

"야아, 시키는 대로 허제라."

서무룡은 상대방의 매운 눈길에 주눅들며 고개를 끄덕거렸다.

"되았소. 인자보톰 나가 허는 말 잘 들으시요. 시키는 일만 지대로 허먼 팔자가 필 것잉게. 앞으로 헐 일이 무신 일인고 허니, 노동조합에 든 사람덜 중에서 누가 의병얼 했는지 골라냈시요."

양치성은 목소리를 한껏 낮추었다.

"의병이라고라?"

서무룡은 무슨 말인지 몰라 상대방을 멀뚱하게 쳐다보았다.

"이, 나가 허는 말 잘 들으시요. 무신 말인고 허니, 의병질 허든 놈덜이 몸얼 피해 노동판에 숨어들어 갖고 그 조합원덜 틈에 끼였을란지도 몰르요. 그런 놈덜얼 쥐도 새도 몰르게 찾아내라 그것이오. 무신 말인지 알겠소?"

"의병질허든 놈덜이라? 그러제라."

서무룡은 가볍게 대답했다. 예상했던 것보다 어려운 일이 아니라서 긴장이 풀렸던 것이다.

"자아, 요것 받으시오."

"요것이 머시다요?"

"돈이오. 일얼 허자면 더러 술도 묵어야 헐 것잉게."

"……."

"요분 일만 잘허면 막일 안 허고 편허니 살게 맨글어줄텅게."

서무룡은 점심을 먹고 양치성과 헤어지자마자 사람 없는 뒷골목을 찾아들었다. 아까 받아넣은 봉투를 찢었다. 거기서 나온 돈은 20원이나 되었다. 서무룡은 믿을 수가 없어 다시 세어보았다. 그러나 그 돈은 틀림없이 20원이었다. 서무룡은 돈을 재빨리 주머니에 감추며 사방을 두리번거렸다.

서무룡은 뒷골목을 벗어나 큰길까지 나오면서도 가슴이 벌떡거리는 것을 느끼고 있었다. 꼭 꿈만 같은 일이었다. 그렇게 큰 목돈을 만져본 일이 없었다. 그 돈은 돌을 고른 일등미 두가마니 값이었고, 한 달 내내 뼈빠지게 막노동해야 하는 품값이었다. 그러나 계산이 그럴 뿐이지 제아무리 열성으로 노동판에서 일을 해보았자 그런 목돈은 만질 수가 없었다. 품값이 일당인 데다가 비가 오고 눈이 오면 공치는 날이었다. 일당은 푼돈으로 바스러지게 마련이고, 공치는 날이면 또 까먹고 해서 20원 목돈을 쥐기란 평생 가도 어려운 일이었다.

서무룡은 눈앞이 훤히 열리는 기분이었고, 세상이 뒤바뀐 느낌이었다. 분명 하룻밤 사이에 완전히 뒤바뀐 세상이었다. 꼭 죽는 줄만 알았었는데 목숨이 살아나고 이런 큰돈까지 얻게 될 줄은 꿈도 꾸지 못한 일이었다. 어젯밤 몸이 묶여 돌덩어리가 매달렸을 때 살려주기만 하면 정말 무슨 짓이라도 할 수 있을 것 같았다. 똥 아니라 그보다 더한 것이라도 먹으라면 먹을 수 있었다. 그 마음은 지금도 변함이 없었다. 그런데 시킨 일은 똥을 먹으라는 것이 아니었다. 그리고 이렇게 큰돈까지 주었다.

"요분 일만 잘허면 막일 안 허고 편허니 살게 맨글어줄팅게."

살껍질을 벗겨서라도 살려준 은공을 갚겠다고 했었다. 그런데 오히려 그쪽에서 이런 말을 한 것이다. 그 사람은 두렵고 무서우면서도 고맙기 그지없는 사람이었다. 그 사람이 시키는 대로만 하면 정말 편하게 살 팔자가 열리게 될지도 모를 일이었다. 노동판에서 평생을 굴러보아야 잘살 가망이라고는 없었다. 그런데 뜻밖에도 앞길이 열리는 것도 같았다. 그 기회를 놓치지 않으려면 시키는 일을 열성으로 하는 것뿐이었다. 서무룡은 마음을 새롭게 다잡았다.

그는 뒤로 미뤄두었던 수국이의 일을 다시 생각했다. 잘살 수 있게 된다면 수국이는 더욱 필요했다. 수국이를 호강시켜 가며 알뜰살뜰 살고 싶은 욕심이 불현듯 강하게 일어났다. 그는 손판석의 집으로 발길을 서둘렀다.

"허허, 자네가 쎙고상얼 당했네그려. 그래도 이만허니 풀려났으니 얼매나 다행인가. 쯧쯧쯧쯧……."

그동안 겪었던 서무룡의 이야기를 듣고 난 손판석은 못내 안쓰러워했다.

그러나 서무룡은 자신이 겪은 일을 사실대로 이야기하지 않았다. 어젯밤부터 오늘까지 일어난 일은 완전히 빼버리고, 헌병대에서 더 조사할 것이 없으니까 풀어준 것으로 어물어물 때워넘겼다.

"근디 말이오, 인자 나가 수국이럴 찾아야 될 판인디, 다딜 어디로 갔는지 갤차주시게라."

"그것이야 나도 몰르는구마."

"아니, 아재도 몰라라?"

"이, 나도 수국이가 그리 당했다넌 대목꺼정만 알았제 그리 일 저질르고 급작시리 뜰 줄이야 몰랐당게."

손판석도 한 가닥은 접고 있었다.

"참말이다요?"

"허먼 참말이제."

서무룡은 어깨를 늘어뜨리며 한숨을 토해냈다.

밤 깊은 산골짜기에는 솔바람소리가 가득했다. 솔바람소리에는 추위가 실려 있었다. 그믐으로 기울어지고 있는 달이 하늘 한쪽에 오롯이 박혀 있었다. 반 넘게 몸을 깎아먹히면서 시나브로 빛을 잃어가고 있는 달은 창백했다. 사위어가는 달빛은 산골짜기에 도사린 어둠을 제대로 사르지 못한 채 산줄기들의 육중한 윤곽만 드러내고 있었다.

솔바람소리에는 간간이 이상한 소리가 길게 섞이고 있었다. 추위를 타는 산짐승들의 울음소리였다. 솔바람소리는 바람결을 따라 사무치는 울음이듯 드세지다가 자지러지는 흐느낌이듯 잦아들다가 다시 몸부림하듯 억세지고는 했다. 산골짜기를 끊임없이 비질해 대는 그 솔바람소리에 씻겨 내려가 달빛은 골짜기에서 더 흐린지도 몰랐다. 솔바람소리에 가끔 산짐승들의 울음소리만 길게 섞이고 있는 골짜기에서 인적이라고는 느낄 수가 없었다. 흐릿한 달빛 아래서 바람막이 하느라 일부러 낮춰 지은 화전민의 집을 찾기란 그리 쉽지 않았다. 산골짜기의 둔덕 아래 옴폭한 자리에는 집 두 채가 작게 웅크리고 있었다. 불빛이라고는 없는 그 두 채의 집은 얼핏 보아서는 나뭇더미 같을 뿐이었다.

한쪽 집 방문이 조금 열렸다. 그리고 사람이 하나 나왔다. 솔바람소리가 거친 물굽이처럼 솟겨 일어나고 있었다. 치마가 바람에 펄럭여댔다. 여자가 잠시 머뭇거리듯 하다가 걷기 시작했다. 사립을 벗어난 여자가 펄럭이는 치마를 여몄다. 그리고 산비탈을 빠르게 타고 올랐다. 세찬 바람결에 길게 땋아내린 머리채가 한쪽으로 쏠리고 있었다. 어디선가 산짐승의 울음이 슬픈 가락이면서도 섬뜩하게 울리고 있었다. 그러나 그 여자의 걸음걸이에는 주춤거림이 없었다.

여자는 비탈을 조금 더 오르다가 걸음을 멈추었다. 여자의 머리 위로는 굵은 소나무가 솟아 있었다. 나이든 소나무는 실한 가지들을 옆으로 뻗치고 있었다. 그 여자는 손에 감아쥐고 있던 끈을 풀었다. 끈이 길게 풀리면서 바람을 탔다. 여자는 발뒤꿈치를 들고 팔을 있는껏 뻗쳐 끈을 소나무 가지에 걸쳤다. 소나무 가지에 걸쳐진 하얀 끈의 한쪽 끝이 바람에 나부꼈다. 여자는 그 끝을 가까스로 잡아 다른 쪽 끝과 묶었다. 끈은 하얀 고리가 되었다. 여자는 고리를 한 손으로 잡은 채 여기저기를 두리번거렸다. 뒤돌아선 여자는 몇 걸음을 옮겨 큼직한 돌 하나를 끌어안았다.

그리고 힘들여 가며 돌덩어리를 소나무 아래로 옮겼다. 여자의 가쁜 숨소리가 솔바람소리에 실려가고 있었다. 여자는 돌 옆에 짚신을 나란히 벗었다. 잠시 짚신을 내려다보고 있던 여자는 버선발로 돌 위에 올라섰다. 긴 머리채 끝에 묶인 빨간 댕기가 몸부림치듯 바람에 나부끼고 있었다.

"수국아…… 수국아……."

감골댁은 잠결인 채 옆자리를 더듬었다. 아무것도 잡히는 것이 없었다.

"아이고메, 수국아! 수국아!"

감골댁은 벌떡 일어나며 소리쳤다. 잠이 깬 눈에도 딸은 보이지 않았다.

"어찌 그러시요?"

지삼출의 아내 무주댁이 눈을 비비며 일어나 앉았다.

"어이, 수국이가 없네, 수국이가!"

감골댁은 절박하게 소리치며 몸을 일으키고 있었다.

"소피 보러 나갔겄제라 이."

잠에 젖은 필녀의 말이었다.

"아닌디, 나가봐야 쓰겄소."

무주댁이 치맛말기를 끌어올리며 일어섰다. 감골댁은 벌써 밖으로 나가고 있었다.

"아이고 참, 사람이 죽기가 그리 쉽간디? 잠덜도 안 자고 무신 난리여."

무겁게 몸을 일으킨 필녀는 이렇게 툴툴거리며 머리를 득득 긁어댔다.

"수국아아! 수국아!"

감골댁은 다급하게 딸을 불러대며 부엌으로 뒷간으로 내닫고 있었다.

"예 말이오, 만복이 아부지! 얼렁 일어나 봇씨요. 수국이가 없소, 수국이가!"

무주댁은 남편을 깨우느라고 방문을 흔들어대고 있었다.

"누나가 어쨌다고라?"

방에서 먼저 뛰쳐나온 건 방대근이었다. 그 뒤를 이어 지삼출과 배두성이가 허둥지둥 밖으로 나왔다.

"아이고메, 이년이 기연시 일 저질러부렀능갑네. 대근아, 이 일얼 어쩔끄나!"

감골댁이 비틀거리며 주저앉았다.

"다덜 얼렁 찾아내드라고!"

지삼출이 사립 밖으로 내닫고 있었다.

그들은 우르르 지삼출의 뒤를 따랐다. 뒤늦게 방에서 나온 필녀는 사람들이 밖으로 몰려나가는 것을 보고야 정신이 들었다.

"음마, 참말로 일 저질렀능갑네."

필녀는 날쌘 동작으로 마당을 벗어났다.

"수국아아…… 수구욱아아!"

감골댁이 딸을 목놓아 부르는 소리가 바람 부는 골짜기를 울리고 있었다.

"수국아, 수국아아!"

"수국아 어딨냐, 수국아ー."

다른 사람들도 사방으로 흩어지며 소리쳐 부르고 있었다.

"저그다, 저그! 수국이 저그 있어!"

앞장섰던 지삼출이가 외쳐댔다.

"머시라고! 어디라고?"

"어디여, 어디?"

사람들은 허둥지둥 지삼출이 쪽으로 방향을 바꿔 달리기 시작했다.

지삼출이가 달려 올라가고 있는 그쪽 소나무 가지에 사람의 몸뚱이가 축 늘어져 매달려 있었다. 그들은 거의 동시에 그 모습을 보았다.

"아이고 이년아, 수국아……."

감골댁은 비틀비틀하다가 쓰러졌다.

"아줌니, 왜 이러요. 정신 채리씨요."

무주댁은 남자들을 뒤따라 뛰려다 말고 쓰러진 감골댁을 붙안았다. 그 옆을 지나쳐 필녀가 비탈을 치올라가고 있었다.

"얼렁 받쳐라, 받쳐!"

수국이의 하체를 받쳐올리고 있는 지삼출이 막 소나무 아래 다다른 방대근과 배두성이에게 외쳐댔다.

수국이의 몸은 세 남자들의 손에 받들려 내려졌다.

"죽어부렀다요?"

울음덩이 같은 방대근의 말이었다.

"아니여, 안직 온기가 있어. 얼렁 업고 내래가자."

지삼출과 배두성은 수국이를 방대근의 등에 업혀주었다. 방대근은 양쪽으로 지삼출과 배두성의 부축을 받으며 정신없이 아래로 뛰기 시작했다.

"어찌 되았소?"

필녀가 숨을 헐떡이며 물었다. 그러나 배두성은 그대로 지나치고 말았다.

"참말로, 보기보담언 맘이 독허시. 그 인물 아깝고 불쌍혀 으쩌까이."

필녀는 목이 메며 발길을 돌렸다.

"아이고메 수국아, 이년아아!"

무주댁에게 붙들려 있던 감골댁은 통곡을 터뜨리며 딸에게 매달리려고 했다.

"안직 맥이 있응게 가만있으씨요."

지삼출이 감골댁을 막았다. 그의 말은 '온기'에서 '맥'으로 바뀌어 있었다.

"머시라고, 수국이가 살았다고?"

"안직 몰릉게 가만있으랑게라."

지삼출의 말은 어느 때 없이 퉁명스러웠다. 감골댁은 더 말이 없이 딸을 업은 아들의 뒤를 허둥거리며 따랐다.

"아이고, 부처님, 산신님, 관세음보살님, 살래주십소사. 우리 불쌍헌 새끼 살래주십소사. 평상 시집 못 가고 혼자 살아도 존게 살래주십소사. 존 일 헌다고 지가 눈감기 전꺼정언 살래주십소사. 이년아, 이 무정한 년아, 이 에미 두고 니가 먼첨 갈라는 것이 어디서 보배운 것이여. 니 먼첨 보내고 이 에미가 어찌 살아질 것이냐. 니 따라 이 에미 죽어불면 대근이넌 혼자 어찌 될 것이냐. 이년아, 야속한 년아, 아무리 앞질이 각다분혀도 거그꺼정언 생각히야제. 아이고, 부처님, 산신님……."

감골댁은 손바닥을 맞비비며 실성한 것처럼 중얼거리고 있었다.

"어이, 찬물 한 그럭 떠오소."

지삼출이 마당으로 들어서며 아내 무주댁에게 일렀다.

"방 좁은게 여자덜언 들어오지 마씨요."

물사발을 받아든 지삼출의 냉정한 말이었다. 나도? 하는 얼굴로 감골댁이 지삼출을 올려다보았다. 그러나 지삼출은 매정하다 싶게 돌아서 방으로 들어가더니 방문을 닫아버렸다.

흐린 관솔불 아래 수국이는 반듯이 뉘어졌다. 지삼출은 수국이의 치맛말기를 풀었다. 그리고 수국이의 발뒤꿈치를 번갈아가며 쳐댔다.

"코에 귀 대고 있어봐라."

지삼출이 어찌할 줄을 모르고 있는 방대근이에게 일렀다. 방대근이는 잽싸게 무릎 꿇어 앉으며 제 누나의 코에 귀를 갖다 댔다.

지삼출은 방대근의 반응을 살펴가며 계속 수국이의 뒤꿈치를 쳐댔다. 그러나 방대근이는 아무런 반응이 없었다.

"이래 갖고넌 안 되겠다."

지삼출은 벌떡 일어나더니 수국이의 배 위에 걸터앉듯 하는 자세를 취했다. 그리고 두 손으로 가슴을 눌렀다.

지삼출은 가슴을 눌렀다가 손을 탄력 있게 재빨리 떼고 다시 누르고 하는 동작을 되풀이하고 있었다. 그건 동학군과 의병생활을 하면서 익힌 치료법이었다. 어지간한 약초들은 식별해 내고, 그 쓰임새를 알게 된 것도 그때의 경험이었다.

"무신 소리가 나는 것 겉으요!"

방대근이가 소리쳤다.

"그려? 더 똑똑허니 들어봐."

지삼출의 목소리도 활짝 피어났다. 지삼출의 이마에는 진득한 땀이 내배고 있었다.

"이 맞소, 숨이 티였소. 숨얼 쉬요!"

방대근이의 생기 넘치는 외침에 울음이 섞여 있었다.

"머시여, 수국이 숨길이 티였다고!"

방문이 벌컥 열리며 감골댁이 뛰어들고 있었다.

"엄니, 누나가 살아났소!"

"아이고메, 꿈이냐 생시냐!"

감골댁과 방대근이 얼싸안았다.

"아이고, 그나저나 집 나간 것얼 금세 알아낸 것이 천행이여."

지삼출이 이마의 땀을 손등으로 문지르며 휴우 한숨을 토해냈다.

"아이고, 자네가 우리 수국이 살래냈네. 자네 은공이 하늘이시."

감골댁이 지삼출의 손을 덥석 잡았다.

"아니구만이라. 아짐이 수국이 나간 것얼 금세 알아챘응게 그리 됐제라. 쬐깨만 늦었음사 될 일이간디요. 무신 꿈이라도 꿨습디여? 그리 용케 알아내지게."

"이, 꿈얼 꿨구만. 금메 말이시, 쟈덜 아베가 뜸금없이 뵈등마. 화럴 냄스로 나럴 막 나무래는 것이여. 무신 일로 그런지넌 몰르겄는디, 그러고넌 후딱 어디로 가부렀어. 그래 놀래서 잠얼 깨봉게 수국이가 없드란 말이시."

감골댁은 눈물을 흘리고 있었다.

"그려라, 아재가 딸 살랬구만이라."

지삼출은 고개를 끄덕이며 쌈지를 꺼냈다.

"우리 인자 들어가도 되겄소?"

방문을 빠끔하게 열고 고개를 디밀며 무주댁이 남편의 눈치를 보았다.

"들어오기넌 오는디 정신없이 시끄럽게 해서넌 안 될 것잉마. 배서방, 우리 나가서 담배나 한 대썩 꼬실리세."

지삼출이 몸을 일으켰다. 그때까지 무슨 일을 해야 좋을지 몰라 마음만 다급해서 우왕좌왕했던 배두성은 비로소 긴 숨을 내쉬며 방을 나섰다.

"산중이라서 긍가 한겨울이시. 닌장맞을, 또 한 해가 가네그려."

담배연기를 바람에 날려보내며 지삼출이 중얼거렸다.

"저리 아슬아슬허게 살아났는디도 또 딴맘 묵으면 어쩐다요?"

배두성이가 지삼출 옆에 쪼그리고 앉으며 걱정스러워했다.

"글씨, 에진간히 맘이 독허지 않음사 그리 못헐 것잉마. 죽는 무섬증에 정얼 띠게 된께로."

"근디, 사람 맘얼 어찌 안당가요. 저 큰애기도 이쁜 얼굴만 봄사 그리 독헌 일 저지를지 누가 알았겠소."

"그렇기도 허제. 인자 더는 딴맘 못 묵게 옆에서덜 다독다독 잘 히야제."

솔바람소리는 여전히 골짜기를 훑어내리고 있었다. 두 사람은 흐린 달빛이 서린 건너편 산줄기를 바라보며 담배만 빨아대고 있었다.

"자네넌 안직 소식 없능가?"

지삼출이 갑자기 생각난 듯 물었다.

"소식이라고라?"

"장개들었으면 애비가 돼얄 것 아니냔 말일시."

"호호호······ 밤일얼 헌다고 허는디 안직 그 소식언 없는디요."

"이사람아, 그리 징허게 웃덜 말어. 장닭도 아니고 밤일 너무 재미지게 히서넌 그 소식 듣기 에로울 것잉게 알어서 혀. 금실 너무 좋아불면 자석 귀허다는 말이 바로 그 말잉게로."

"체, 만주 갈람사 그 소식 없는 것이 더 나슬 것인디요."

"긍게······ 그렇기도 허시."

"그나저나 공허 시님이 언제 오실랑고. 하매 오실 때가 되았는디."

배두성이는 아내 필녀를 생각하며 중얼거렸다. 필녀는 이상하게도 만주로 떠나는 것을 고대하고 있었다. 자기보다도 밤일 재미를 더 좋아하는 것 같은 필녀가 더없이 예쁘다가도 만주로 떠나고 싶어할 때면 슬그머니 미워지려고 했다. 필녀와 함께 사는 산골은 딴 세상이었다. 만주고 뭐고, 필녀와 함께 자식 낳으며 이 산골에서 한평생 살고 싶은 마음이 언제부턴가 살살 고개를 들고 있었던 것이다.

"공허 시님도 바쁘겄제. 진작 소식 접했을 것잉게 곧 오시겄제."

지삼출은 몸이 부르르 떨리는 한기를 느끼며 곰방대를 털었다.

군산을 떠나면서는 송수익 대장이 묵었던 연화사로 갈 작정이었다. 공허를 빨리 만나기 위해서였다. 일부러 금산사 사하촌의 김판술을 찾아간 것도 공허에게 하루라도 빨리 소식을 전하자는 것이었다. 그러나 사하촌을 떠나면서 생각하니 연화사로 가서는 안 될 것 같았다.

연화사는 공허가 자리잡고 있는 절이 아니었다. 그리고 며칠 동안이라도 공밥을 얻어먹기에는 자기네 입들이 너무나 많았던 것이다. 시주가 많은 큰절도 아니었고, 자기네 입들이 의병대장 송수익이 아니었던 것이다. 그래서 천수동이네 화전골로 방향을 바꾸었다. 화전골에 당도하자마자 곧 연화사로 혼자 떠났다. 예상했던 대로 연화사에 공허는 없었다. 주지승에게 이야기를 전해놓고 되돌아왔던 것이다.

"아이고야 수국아 이년아, 나다 나! 나 에미여, 에미!"

방에서 터져나오는 외침이었다.

"이, 정신이 들었는갑소."

배두성이가 벌떡 몸을 일으켰다.

"그려, 인자 되았구만. 근디······."

지삼출은 무겁게 몸을 일으키며 시름겨운 한숨으로 뒷말을 얼버무렸다. 수국이가 마음을 제대로 잡을 것인지 어쩐지, 수국이의 한평생이 어찌 될 것인지, 그지없이 마음 무거웠던 것이다. 지삼출은 불끈 화가 솟기면서, 그놈을 죽여버리지 않고 살려둔 것이 괜한 인정을 베푼 것이 아닌가 하는 생각이 문득 들었다. 수국이가 살아났기에 망정이지 만약 죽어버렸더라면 대근이한테 톡톡히 원망을 들을 뻔했던 일이었다.

수국이는 제 어머니 말고는 아무도 얼굴을 보려고 하지 않았다. 방에 들어갔던 지삼출도 그 기색을 알고 그냥 되돌아나왔다. 지삼출로서는 차라리 그것이 낫다 싶었다. 그렇지 않았으면 수국이한테 무슨 말이든 한마디 했어야 할 텐데 마음에 차는 마땅한 말이 없었던 것이다. 맘 야무지게 먹고 새 마음으로 살아야 한다고 하자니 너무 입에 발린 소리였고, 병으로 부모 앞서가는 것도 불효인데 손수 목숨을 끊는 것이야 더 말할 것 없으니 다시는 그래서는 안 된다고 하자니 너무 사람속 몰라주는 앞뒤 막힌 소리였고, 하여튼 쓸 만한 말이 마땅찮았던 것이다.

그런데 수국이가 사람 만나기를 꺼려하며 한정 없이 우는 것이 문제가 아니었다. 수국이는 말을 제대로 못했고, 목을 움직이지 못했다. 목이 매달리는 바람에 목을 다친 것이었다. 감골댁은 종종걸음을 치며 줄곧 눈에 눈물을 담고 있었다.

"저것이 저러다 빙신이 되야불면 어쩌겄능가, 죽느니만 못헐 일이제."

감골댁은 딱할 지경으로 애를 태웠다.

"아니구만이라. 약얼 구허고 있응게 너무 걱정 마씨요. 젊은 삭신잉게 금세 깨끔허니 나슬 것잉마요."

지삼출은 감골댁을 대할 때마다 위로했다. 그건 말만이 아니었다. 목이 매달렸다고는 하지만 되살아날 정도로 짧은 시간이었으니 그리 심하게 다친 것은 아니라는 확신이 있었다.

필녀는 자기네 친정에 웅담이 있을지도 모른다고 했다. 지삼출은 필녀와 배두성이를 따라 산등성이를 넘어갔다. 날이 새고 나서야 밤새 그런 일이 벌어진 것을 알게 된 천수동이와 강기주도 약을 구하려고 나섰다.

"장인언 그냥 한집서 살자고 허는디 저 물건이 고집얼 세왔당게요. 시집얼 갔웅게 친정얼 떠야 헌다고라. 말이야 그런디 속이야 나가 즈그 친정밥 공짜로 파묵을랑가 무서와 그런 것이제라."

날랜 몸놀림으로 산길을 타며 앞서가고 있는 필녀를 보며 배두성이가 불만스러운 듯 하는 말이었다.

"허허허…… 그것 똑똑헌 생각이구마. 아무리 봐도 자네가 마누래헌티 꼭 쥐여사는 것 아니라고?"

지삼출이 불쑥 말했다.

"와따, 속 질르지 말게라. 한주먹감도 안 되는 저런 것헌티 누가 쥐여산다요."

배두성이는 불퉁스럽게 내지르며 그 두꺼운 입술에 잔뜩 심통을 물었다.

"웅담언 없어졌고, 이 멧돼지쓸개럴 갖다 믹이씨요. 웅담만언 못해도 요것도 뼈매디 다친 디넌 직방잉게라. 더군다나 큰애기 몸이면 효험이 금방 날 거구만이라."

필녀의 아버지는 조금도 싫은 기색이 없이 선선하게 약을 내주었다.

멧돼지쓸개는 역시 약효가 컸다. 돌멩이처럼 딱딱하게 굳은 것을 칼로 갈아내서 그 가루를 찬물에 녹여 마셨다. 누르스름한 그 물은 진저리쳐지도록 쓰디썼다. 수국이는 어머니의 우격다짐으로 그 쓴 물을 마셔가며 이틀 만에 목을 가누게 되었다.

"시님, 저것이 또 딴맘 안 묵게 무신 존 부처님 말씸얼 잠 히주시게라. 우리야 무식해 논께 무신 말로 저것 맘얼 돌릴 것인지 몰르겠구만요. 시님 말씸이면 저것도 맘얼 달리 묵고 새 기운얼 채릴 것 겉구만이라우. 시님, 저 불쌍헌 것얼 어찌 잠……."

감골댁은 공허가 승려인 것을 알게 되자 초면인데도 불구하고 간절하게 합장하며 이런 부탁을 했다. 초면인 것을 가리지 않는 것은 평소에 마음 깊이 간직해 온 부처님에 대한 신심 탓이었다. 아무리 없이사는 살림살이였어도 탁발 나온 스님이 사립 앞에 발을 멈추면 그때마다 쌀 한줌, 보리 한 보시기라도 올리며 합장했던 것이다. 그때마다 우러렀던 것은 부처님 모습이었지 스님들의 얼굴이 구면인지 초면인지 따지지 않았던 것이다. 죄 많은 중생은 누구나 다 똑같은 마음으로 신심을 키웠고, 그런 신심 앞에 모든 승려는 마음을 의지하고 쉴 수 있는 기둥이고 숲그늘이었다.

"예에, 소승이 아는 것언 없어도 보살님 원이 그리 절절헝게 부처님 말씸얼 전해보도록 허겄구만요."

아직까지도 머리모양이며 입성이 농사꾼 그대로인 공허가 감골댁의 뜻을 정중하게 받아들였다.

공허는 수국이와 마주 앉았다.

"소승의 꼴이 이러헌 것언 중 행색으로 순사 두 놈얼 죽였기 땜시요. 임시로 왜놈순사덜 눈얼 피허기로는 이 방도가 질이라서."

공허는 일삼아 이 말부터 꺼냈다. 고개를 약간 수그린 수국이는 다소곳이 앉아 있기만 했다.

"부처님에 많고 많은 가르침 중에서 질로 크고 중헌 것이 둘이 있소. 그 첫 번찌가 탐욕얼 없애고 자비럴 행허라는 것이고, 그 두

번찌가 목심 있는 것얼 살생허지 말라는 것이오. 근디, 나넌 명색
이 중으 몸으로 순사럴 둘썩이나 목졸라 죽였소. 요것이 살생이겄
소, 아니겄소?"

이 갑작스러운 물음에 수국이는 문득 고개를 들었다. 공허와 눈
이 마주쳤다.

수국이는 공허의 눈을 쳐다본 채 머리가 혼란스러워지고 있었다.
살생 같기도 하고, 살생이 아닌 것 같기도 하고……. 스님의 물음이
라 대답을 해야 된다고 생각하면서도 어느 쪽을 골라야 좋을지 알
수가 없었다. 수국이는 대답을 고르지 못하고 고개를 수그렸다.

"살생이라고 생각허시오?"

공허의 목소리는 낮고 묵직했다.

"저어…… 임진란 때 큰시님덜이 나라럴 구헐라고 나섰다는 이
얘기럴 많이 들었는디, 그 생각얼 허먼 살생이 아닌 것도 같고……
잘 모르겄구만요."

수국이는 겨우 대답을 만들어냈다.

"맞소, 바로 맞혔소. 부처님이 말씸허신 살생이란 내 탐욕으로 눈
이 멀어 남에 목심얼 앞뒤 없이 죽이는 것얼 말허는 것이오. 허고,
살생얼 안 당헐라고 대들어 싸우다가 상대럴 죽이는 것언 살생이
아니오. 그것언 살생헐라고 뎀빈 놈덜이 응당 받게 되야 있는 인과
응보다 그것이오. 무신 말인고 허니, 시상 이치럴 잘못 알먼 병이
되고, 지대로 잘 알먼 약이 된다 그 말이오. 요런 이얘기가 있소. 옛
날에 두 큰애기가 있었는디, 봄이 되야 너물얼 캐니라고 산에 들었

는디, 너물 캐는 재미에 취해 자꼬 산중 짚이 들어가는 것얼 몰랐소. 그러다가 산도적덜헌티 덜컥 잽히고 말었소. 두 큰애기넌 더 볼 것 없이 몸얼 더럽히고 말었소. 목심이 살아나기넌 혔는디 한 큰애기넌 금방 목매달아 죽어부렀고, 다른 큰애기넌 죽는 것이 큰 죄라고 생각허고 삭발이나 허고 살라고 절얼 찾아갔소. 근디, 목매달아 죽어뿐 큰애기넌 목심얼 경시헌 죄에다, 사람 노릇 다 안 허고 부모 가심에 못박은 죄로 자기 집 소로 환생혔소. 그래 평상얼 소로 일험서 그 죄닦음을 다 혔소. 그런디 절얼 찾아간 딴 큰애기넌 머리도 못 깎고 백일기도럴 올렸소. 시님이 머리럴 안 깎아주고 기도만 올리라고 헌 것이오. 그 큰애기넌 날마둥 더러운 몸얼 거둬주십소사 험스로 지극정성으로 기도럴 올리는 도리밖에 없었소. 그러다가 기도가 끝나는 날 관음보살 현몽얼 허고, 담날 신랑감얼 만내게 됐소. 장원급제허고 집으로 가다가 산길얼 잃어불고 몸이 다친 양반집 총각이었소."

수국이는 죄스럽고 면구스러워 고개를 더 수그렸다.

"그 총각언 큰애기럴 보자말자 깜짝 놀랬소. 어찌서 그랬냐! 질얼 잃어분 디다가 높은 디서 떨어져 몸꺼정 다친 판이라 살아날 가망이 없어진 총각언 낙망얼 해부렀소. 산속서 죽게 된 자기 신세럴 생각해 봉게 총각언 기가 맥혔소. 바래고 바래든 과거급제럴 혔웅게 인자 이쁜 각시 얻어 가난헌 집안 일으킴서 한바탕 늘어지게 살아볼 작정이었는디 그리되야 부렀단 말이오. 그대로 죽기가 서러와 총각언 하늘얼 올려다봄스로 간절허니 빌었소. 지가 무신 죄럴 지어 이리 벌얼 내리신당가요. 지가 몰르고 지은 죄가 있으면 평상 존 일 힘스로 갚을 것잉게 살길얼 열어주십소사. 그리 빌다가 잠이 들었는디, 꿈에 이쁜 여자가 구름얼 타고 나타나서 따라오라고 손짓얼 혔소. 근디 그분언 감로수 병얼 든 관음보살님이었소. 너무 놀래서 잠얼 깨봉게 관음보살님언 간 디가 없고, 꿈에 관음보살님이 손짓허든 쪽에서 무신 소리가 가늘게 들려오고 있었소. 가만히 들어봉게 목탁소리였소. 총각언 그 소리럴 따라 걸어가서 절얼 찾아낸 것이오. 근디 총각이 물얼 떠내온 큰애기럴 보고 깜짝 놀랜 것언, 그 큰애기 얼굴이 바로 꿈에서 본 관음보살님 얼굴허고 똑같았단 말이오."

수국이는 자신도 모르게 손을 가슴에 얹으며 고개를 들었다. 바로 눈앞에 잔잔하지만 젊은 생기가 초록빛인 양 내비치고 있는 스님의 눈이 있었다.

수국이는 다시 고개를 숙이고 말았다. 스님의 눈이 자신의 마음을 환히 들여다보고 있는 것 같았다.

"그 총각허고 큰애기넌 서로가 관음보살님이 점지헌 짝인 것얼 알아봤소. 이심전심이었든 것이오. 총각언 큰애기헌티 청혼얼 했고, 큰애기넌 그 답으로 총각으 다친 몸얼 지성껏 돌보았소. 그래 두 사람언 혼인허고, 아들딸 많이 낳고 평상 잘살았소. 부처님언 설허시기럴 몸언 맘얼 담는 그럭이라고 허셨소. 그렇게 알맹이넌 맘이고 껍데기넌 몸인 것이오. 그런 이치로 사람이 죽는다는 것언 맘이 껍데기인 몸얼 벗어불고 극락왕생허는 것이라고 말씸허신 것이기도 허요. 긍게로 중헌 것언 맘이제 몸이 아닌 것이고, 그 큰애기덜 둘이 도적놈덜헌티 몸얼 더럽힌 것언 너물얼 캐다가 손얼 까시에 찔리고, 발얼 돌에 채이고 헌 것이나 하나또 다를 것이 없소. 흔헌 말로, 시상사 다 맘묵기에 달렸다는 말이 바로 부처님의 그 가르침에서 나온 것이오. 허고, 목매달아 죽은 큰애기가 소로 환생히서 평상 죄닦음얼 헌 것언 첫찌로 목심얼 경시헌 죄요. 부처님이 말씸허시기럴 이 시상이서 질로 에로운 일이 만상 중에서 사람으로 몸얼 짓고 태어나기가 질로 에롭고, 그 담으로 에로운 것이 바른 마음 지닌 불자 되기가 에롭다고 허셨소. 사람 하나가 죽고 새로 사람이 되어 태어나자면 만 년에 만 년으 세월이 흘러야 된다고 설허셨소. 그리 에롭게 태어난 목심얼 경시허는 것언 질로 큰 죄요. 그 담이 함부로 목심 끊어 부모헌티 불효허는 죄요. 그런 죄넌 다 몸이 맘보담 중헌지 잘못 알고 저질른 어리석음이오. 이런 부처님 말씸얼 명심허는 것이 좋겄소."

공허는 입에 침이 마르는 것을 느끼며 이야기를 끝냈다. 늘 부처님의 가르침에 대해서 아는 것이 아무것도 없는 것 같은 송구한 마음일 뿐이었는데 그런 말을 하자니 무척이나 힘이 들었고, 무슨 효력이 있을 것인지 걱정스러웠다.

그런데 수국이가 조용히 합장을 했다. 그리고 고개를 깊이 숙였다. 공허로서는 너무 뜻밖이었다. 그는 마주 합장하며 기쁨이 어린 소리로 염송했다.

"관세음보살 나무아미타불……."

수국이는 속으로 공허의 염송을 따라서 했다. 그러면서 몸은 마음을 담는 그릇이고, 사람에게 알맹이는 마음이고 몸은 껍데기일 뿐이라는 말이 가슴에 가득 차 있는 것을 느끼고 있었다.

수국이로서는 스님과 그렇게 가깝게 마주 앉은 것이 처음이었고, 그런 뜻깊은 말을 듣기도 처음이었다. 몇 년 전 초파일에 어머니를 따라 금산사에 간 일이 있었다. 어머니는 오빠가 무사하게 돌아오기를 빌려고 등을 달려 갔었다. 그때 노스님의 법문을 들었다. 그런데 너무 어려워 무슨 말인지 알아들을 수가 없었다. 그에 비해 공허 스님의 법문은 못 알아들을 말이 없었다. 그리고 맺힌 데를 풀어주는 다정함과 아픈 데를 어루만져주는 따스함에 젖게 했던 것이다.

수국이의 태도가 달라졌다. 밥을 제대로 먹었고, 얼굴에 가끔 웃음기도 드러났다. 감골댁은 공허만 대하면 그저 합장을 했다. 공허의 호칭이 바뀌었다. 지삼출은 능청스럽고 짓궂게도 '공허 대사'라고 부르기 시작했다. 수국이의 마음을 돌려놓는 신통력을 발휘했다는 뜻이었다. 그러나 공허는 그 소리만 들으면 질색을 했다.

지삼출과 공허는 다른 대원들과 함께 둘러앉아 앞일을 의논하기 시작했다.

"인자 송수익 대장님허고 약조헌 대로 만주로 뜰 시기가 되았소. 뜨기 전에 우리가 헐 일이 있고, 상의해서 정헐 것도 몇 가지가 있소."

공허가 제일 먼저 내놓은 것은 자금조달 문제였다. 그건 송수익이가 만주땅 통화를 중심으로 터를 잡는 동안에 공허는 이쪽에서 추수철을 지내고 겨울로 접어들면서 쌀이 돈으로 바뀌는 것을 틈타 대원들하고 장만하기로 진작 결정되어 있었다. 그러니까 그 문제에 대한 의논이란 실행날짜만 정하면 되는 것이었다.

"날짜야 빠를수록 안 좋겠소. 그보담도 누구 집얼 털 것이냐가 더 중헌 일 아니겠소?"

지삼출의 신중한 대응이었다.

"맞소. 그간에 나가 쓸 만헌 집얼 몇 집 골라났소. 인심 사납고 왜놈덜헌티 홀딱 넘어간 놈덜 집으로."

공허의 여유 있는 대답이었다.

그 다음에 의논이 오간 것이 만주로 떠나는 것에 대해서였다.

"긍게로…… 만주넌 여그보담 서너 배는 더 춥고, 농사철이 되자도 안직 멀었응게 아그덜 미리 딜고 가서 고상시켜서야 쓰겄소. 근다고 남자덜만 우루루 나스면 헌병놈덜헌티 의심 사기 딱 좋고. 그렇게 아그덜 없는 집안보톰 뜨는 것이 어쩔랑가 모르겄소."

공허가 내놓은 의견이었다.

"근디, 국유지 조산지 먼지로 전답얼 뺏긴 사람덜이 갈수록 많이 만주로 뜬다는 소문이든디, 우리가 늦게 갔다가 차지헐 땅이 없는 것은 아닐랑게라?"

천수동이가 걱정스럽게 말했다.

"먼첨 뜬 사람덜언 낮잠 자고 있간디?"

지삼출의 웃음 담긴 말이었다.

"그 말이 맞소. 앞서간 사람덜이 그런 일이야 다 알아서 챙길 것이오."

"그러면 걱정 없겄소. 근디, 딴 의병덜도 우리맨치로 이리 짜갖고 만주로 뜨는 디가 있을게라?"

강기주가 공허를 보며 물었다.

"있고말고라. 북쪽으로 갈수록 압록강 두만강 넘은 의병덜이 많으요."

그 문제도 결정을 보았다. 그 결정을 제일 반가워한 것이 필녀였다. 아이가 없는 필녀네가 먼저 뜨는 가구 중에서도 첫손가락에 꼽혔던 것이다.

"아니, 만주에 가면 금이 있어 돈이 있어. 여그보담 서너 배가 더 춥기만 허다는디 머시가 좋아서 그 야단이여!"

배두성이가 역정을 부렸다.

"헹, 왜놈덜허고 쌈허기가 겁나는갑제? 맘이 변헌 것이여 머시여?"

필녀는 야무지게 따지고 들었다. 그 기세에 밀리며 배두성은 어물거렸다.

감골댁은 만주로 뜨는 문제를 놓고 고심했다. 만주로 뜨는 것은 군산으로 떴던 것과는 너무 달랐던 것이다. 만주로 뜨는 것은 큰아들·큰딸·작은딸 세 자식과의 이별이었다. 그렇다고 주저앉자니 작은아들이 쫓기는 몸이었다. 쫓기는 아들과 몸 버린 딸을 데리고 어디서 살아야 할 것인지 막막하기만 했다. 그런데 대근이는 말할 것도 없었고 수국이도 만주로 뜨는 것을 바라는 눈치였다. 몸 버린 땅을 떠나고 싶은 것인지 어쩐지, 그 속마음을 알 듯 말 듯 했다. 그러나 캐물을 수는 없었다.

"만주로 뜰라면 그전에 느그 언니덜헌티 소식이나 전해야 허겄지야?"

"그러제라. 메칠 안 걸릴 것잉게."

수국이의 반색이었다. 감골댁은 만주로 뜨기로 마음을 정하고 수국이와 함께 두 딸을 찾아보러 나설 수밖에 없었다.

공허와 지삼출은 다른 사람들과 함께 일 떠날 준비를 갖추었다. 부잣집을 털러 떠난다고 해서 무슨 표나는 무기를 가진 것이 아니었고 주먹밥을 싸고 짚신을 바꿔신는 정도였다.

"시님언 인자 영 속인 되야부렀소?"

지삼출이 짚신을 묶으며 물었다.

"요분 일 끝내고 빡빡 밀어불라요."

공허가 머리를 긁적이며 웃었다.

그들의 뒤를 방대근이도 따라나섰다.

"대근아, 니넌 안직 뼈가 덜 여물었다."

지삼출이 방대근의 앞을 막아섰다.

〈제2부 「민족혼」, 4권에 계속〉

아리랑 3

제1판 1쇄 / 1994년 6월 25일
제1판 47쇄 / 2001년 6월 10일
제2판 1쇄 / 2001년 10월 10일
제2판 27쇄 / 2006년 10월 10일
제3판 1쇄 / 2007년 1월 30일
제3판 37쇄 / 2020년 6월 30일
제4판 1쇄 / 2020년 10월 15일
제4판 4쇄 / 2023년 4월 30일

저자 / 조정래
발행인 / 송영석

발행처 / (株)해냄출판사
등록번호 / 제10-229호
등록일자 / 1988년 5월 11일(설립일자 | 1983년 6월 24일)

04042 서울시 마포구 잔다리로 30 해냄빌딩 5·6층
대표전화 / 326-1600 팩스 / 326-1624
홈페이지 / www.hainaim.com

ISBN 978-89-6574-933-2
ISBN 978-89-6574-943-1(세트)

파본은 본사나 구입하신 서점에서 교환하여 드립니다.